Karen ROSE

Op het spel

De Fontein

Eerste druk februari 2018

Oorspronkelijke titel *Every Dark Corner*
Oorspronkelijke uitgever Berkley, een imprint van Penguin Random House LLC, New York

Vertaling Hans Verbeek
Omslagontwerp Studio Jan de Boer, Amsterdam
Omslagillustratie © Ebru Sidar/Arcangel Images
Opmaak binnenwerk Text & Image, Westerbork
ISBN 978 90 261 4443 1
ISBN e-book 978 90 261 4444 8
NUR 332

MIX
Papier van verantwoorde herkomst
FSC® C004472

www.uitgeverijdefontein.nl
www.karenrosebooks.com

OP HET SPEL

Van Karen Rose verschenen bij De Fontein:

Sterf voor mij (2008)
Schreeuw voor mij (2009)
Moord voor mij (2010)
De dood in haar ogen (2011)
De mond gesnoerd (2012)
Van mij alleen (2013)
In vertrouwen (2014)
Heb je me gemist? (2014)
Wreed weerzien (2014)
Over de schreef (2015)
Op de hielen (2015)
Niemand zeggen (2016)
In de val (2016)
In het donker (2017)
In het vizier (2017)
Op het spel (2018)

Voor mijn vriendin Amy Lane, omdat je verhalen mijn hart hebben getroost toen ik bang was en verdriet had, en omdat je personages me geholpen hebben opnieuw verliefd te worden op mijn eigen personages.
PS Dank je voor het breiwerk. ☺

Voor tante Maurita. U hebt ware kracht en waardigheid getoond te midden van een periode van intens verdriet. Dank u dat u me de eer hebt gegund uw erekind te zijn.

Ter herinnering aan dominee Richard Wertz, beter bekend als oom Dick. U hebt ons getrouwd, u hebt met ons gelachen en geleefd en toen uw tijd hier op aarde ten einde liep bent u dat einde waardig en met diep geloof tegemoet getreden.
We zouden willen dat u hier was.

En, zoals altijd, voor Martin, vanwege (tot dusver) onze vijfendertig fantastische jaren samen. Ik hou van je.

Proloog

Cincinnati, Ohio, zaterdag 8 augustus, 12.45 uur

Koekjes. Chips. Fruit Roll-Ups. Mallory Martin knarste bij elk pakje dat ze in haar boodschappenwagentje gooide harder met haar tanden. Ze streepte het fruitsnoep door op haar boodschappenlijstje en liep naar de afdeling met diepvriesmaaltijden. *Diepvriespizza. IJs.* Dan naar de sauzen – een van elke soort op het schap aan het einde van de gang. Chocoladesaus, gesuikerde walnoten, pinda's, karamel. *Geen eigen merk*, had hij gezegd. *Haal de duurste.* Het zuur brandde in haar keel. *Alleen het beste, lieve Mallory. Alleen het beste.*

Ze liet haar blik weer over de lijst gaan en controleerde nog eens extra of ze alles had wat hij had opgenoemd. *Niets vergeten, lieve Mallory*, had hij met een strakke glimlach gezegd terwijl hij met zijn vinger over haar gezicht streek. *Je weet hoe akelig ik het vind om je te moeten straffen.*

'Zo te zien geeft er iemand een feestje.'

Mallory schrok van de zware mannenstem en ze omklemde de pot kersen die ze net van het schap had gepakt. *We kunnen echt niet zonder kersen.* Ze kon de zangerige, spottende woorden in haar hoofd horen.

Altijd in haar hoofd. *Altijd. Overal.* Ze haatte dat. Ze haatte hem. Ze staarde naar de pot kersen in haar hand. Ze haatte zichzelf.

'Gaat het wel?' vroeg de man die voor haar karretje stond bezorgd.

Mallory drong de gehate stem uit haar gedachten en keek op naar de vreemde die voor haar stond. Hij was een jaar of dertig, met brede schouders en een beetje een buikje. Hij zag eruit als een voormalige footballspeler, van al een tijdje geleden. Ze kende het type. Ze kende álle types. Hij stond haar met een achterdochtige uitdrukking op zijn gezicht op te nemen. Alsof ze gek was en op het punt stond iets krankzinnigs uit te halen.

En dan zou hij nog gelijk hebben ook, dacht ze.

‘Ik wilde u niet laten schrikken,’ zei hij. ‘Neem me niet kwalijk.’

‘Er is niets aan de hand,’ zei ze rustig. ‘Maar dank u dat u het vraagt.’ Ze probeerde haar karretje vooruit te duwen en om hem heen te manoeuvreren, maar de man deed een stap opzij en blokkeerde haar beweging voor die kon uitmonden in een ontsnapping.

Ze deed een stap achteruit, maar opnieuw spiegelde hij haar beweging en hield haar tegen. ‘Ik ken u,’ zei hij en hij bestudeerde haar gezicht.

Er liep een rilling over haar rug. Angst. Afkeer. Wanhoop. Ze dwong zichzelf te glimlachen. ‘Nee, dat geloof ik niet. Ik woon hier nog maar pas.’ Een leugen, uiteraard. Maar na zo veel leugens, wat maakte eentje extra dan nog uit?

Hij hield zijn hoofd scheef en keek haar onderzoekend aan. Mallory trok het karretje een paar passen achteruit en klemde haar kaken op elkaar toen dikke vingers zich om het metaal sloten en haar op haar plek hielden.

Ze kon precies zien op welk moment hij wist wie ze was, omdat zijn lippen zich in een valse grijns plooiden. Ze kende deze man niet, maar die glimlach? Díé kende ze. Opnieuw brandde het zuur in haar keel, maar dit keer was dat vermengd met wanhopige angst.

‘Laat me erlangs,’ zei ze en ze hoorde de paniek in haar eigen stem. ‘Ik moet hier weg.’ Ze rukte het wagentje uit zijn handen en racete om hem heen. Ze overwoog heel even om het boodschappenwagentje te laten voor wat het was en er als een speer vandoor te gaan. Zo ver weg te vluchten als ze maar kon. Zo snel als ze maar kon. Vluchten tot ze een plek bereikte waar geen enkele man ooit die glimlach zou tonen.

Maar dat was niet mogelijk.

Want het internet was overal. Mallory was overal. Ook al wilde ze zelf nergens zijn. Dat was ook al niet mogelijk. Ze duwde haar karretje naar de zuivelafdeling en deed de deur van het melkschap open. Ze bleef even alleen maar staan. De frisse lucht van de koeling was een welkome opluchting voor haar oververhitte gezicht.

Haar hart ging wild tekeer, haar hoofd bonsde zo hevig dat dat het enige was wat ze nog kon horen. Ze bleef de deur vasthouden terwijl ze voorzichtig achteromkeek. Haar maag kromp ineen. De man stond aan het einde van het gangpad, te sms’en. Zijn telefoon leek klein in zijn grote handen. Hij keek op, zag dat ze naar hem stond te kijken en lachte haar opnieuw toe met die valse glimlach. Wriemelde haar met zijn worstenvingers een groet toe.

En nam een foto van haar.

Nee. Nee. Nee. Niet weer. Alsjeblieft. Ze wilde het uitschreeuwen. *Niet opnieuw. Niet meer.*

Maar ze schreeuwde niet. Huilde niet. Ging er niet vandoor. In plaats daarvan pakte ze met zo veel waardigheid als ze kon opbrengen een fles melk van tweeënhalve liter, zette die in haar wagentje en keek weer op haar boodschappenlijst.

Slagroom. Het was het laatste item op haar lijstje en haar hand beefde toen ze hem uitstak naar de rode bus. Een spuitbus slagroom kopen zou de gewoonste zaak van de wereld moeten zijn. Maar ze wist waarom hij het wilde hebben. Wist dat hij het voor heel wat meer zou gebruiken dan alleen op een ijsje spuiten.

Vertel het iemand. In hemelsnaam, Mallory, zeg het tegen iemand.

Hou je kop, wilde ze snauwen. Hoe vaak had ze al niet tegen zichzelf gezegd dat ze het moest vertellen? Maar zo eenvoudig lag dat niet. Niets was ooit zo eenvoudig. *Als het eenvoudig was, dan zou ik het al hebben gedaan*, dacht ze vermoeid. De rode bus ging in het wagentje en ze liep naar de kassa's.

De voormalige footballspeler met de zware stem stond in de rij voor de kassa aan haar linkerkant en probeerde haar blik te vangen door haar flirtend knipoogjes toe te werpen. Mallory negeerde hem en hield haar hoofd gebogen. Ze betaalde contant, zoals ze altijd deed.

We mogen geen sporen achterlaten, hè, Mallory, schat?

Nee, dacht ze dof. *Wíj mogen dat niet. Maar ík heb het wel gedaan.* Ze had een spoor achtergelaten dat vanuit de ruimte te zien moest zijn. Dat was nooit haar bedoeling geweest. *Ik kon er niets aan doen.*

Dat was de waarheid, maar wie kon dat iets schelen?

Ze schudde zwijgend haar hoofd toen de caissière vroeg of ze hulp nodig had met haar tassen. Ze was per slot van rekening achttien. Ze kon verdomme zelf haar spullen wel in de auto laden.

Nou ja, niet haar auto. Die was van hem. Alles was van hem.

Zelfs Mallory. En dat liet hij haar niet vergeten.

De intense hitte van augustus voelde aan als een klap in haar gezicht toen ze haar wagentje de supermarkt uit duwde. Ze keek gespannen om zich heen voor ze de straat overstak naar haar auto. De voormalige footballspeler was weg. 'Dank U,' fluisterde ze zachtjes.

Ze laadde snel de boodschappen in de kofferbak, stopte zorgvuldig het ijs in de koeltas zodat het onderweg naar huis niet zou smelten. Hij werd altijd kwaad als het ijs zacht was geworden. Het was nooit goed als hij kwaad werd. Mallory had er genoeg littekens aan overgehouden. Niet dat iemand haar zou geloven.

Daar had hij wel voor gezorgd, dacht ze bitter terwijl ze met beide handen het kofferbakdeksel dichtsloeg. Ze bleef even staan, met haar handen plat op het kokendhete metaal om zich staande te houden op haar trillende benen. *Niemand zal me ooit nog geloven.*

Er viel een schaduw over haar heen. 'Nou, nou, als dat Sunshine Suzie niet is!' zei de zware stem lijzig.

Mallory verstijfde en haar handen balden zich tot vuisten. Ze deed geen stap bij de auto vandaan. Ze wist niet zeker of ze dat wel kon.

De voormalige footballspeler was terug. Hij stond achter haar. Ze kon zijn brede schouders weerspiegeld zien in de achterruit van de auto. Hij hield een telefoon voor zijn gezicht. 'Ik zei toch dat ze het was,' voegde hij er zelfingenomen aan toe. Vervolgens draaide hij de telefoon in haar richting. In de ruit zag ze de wazige weerspiegeling van het gezicht van een andere man. *Een videogesprek. Shit.* 'Draai je om, Suzie. Zeg eens hallo tegen mijn vriend. Hij is ook een groot fan.'

Mallory liet haar hand in de zak van haar spijkerbroek glijden en haar vingers sloten zich om haar sleutels. *Een paar stappen. Stap in, dan ben je veilig.*

Ze wilde wegschieten, maar die dikke vingers sloten zich om haar bovenarm in een greep die zo strak was dat ze er een rij blauwe plekken aan zou overhouden. Dat wist ze uit ervaring. 'Laat me los!' riep ze uit. 'Laat me alsjeblieft gaan.'

'Vergeet het maar,' zei de man met een wrede lach in zijn stem. 'We hebben je al een paar jaar niet meer gezien, schat. Nu je terug bent, wil ik een toegift. Wat vind jij, Justin? Vind je niet dat Sunshine Suzie ons een showtje schuldig is?'

'O, man,' loeide de man aan de telefoon. 'Ik kan alleen maar hopen dat je dit aan het filmen bent.'

'Ab-so-luut.'

Mallory slikte het zuur weg dat opnieuw in haar keel opkwam. 'Nee!' Met de sleutels in haar hand draaide ze zich razendsnel om en haalde de wang van de grote man open. Hij schrok zo dat hij zijn telefoon op het asfalt liet vallen. Het scherm versplinterde en het gezicht van de man aan de andere kant van het gesprek verbrokkelde in honderd stukjes.

Mallory probeerde te vluchten, maar meneer Football verstevigde zijn greep terwijl zijn gezicht rood aanliep. 'Dat was een splinternieuwe telefoon, trut,' gromde hij. 'Daar zul je voor boeten, hoe dan ook.'

'Neem me niet kwalijk,' zei een vrouwenstem rustig. 'Is er een probleem?'

Een vrouwelijke agent. In uniform. Mallory wilde het uitgillen. Ja! In plaats daarvan hoorde ze zichzelf zeggen: 'Nee, mevrouw.'

Meneer Football liet haar abrupt los en Mallory was vrij. 'Niets aan de hand, agent,' zei hij met een soepele glimlach. 'Een misverstandje, meer niet.'

'Meer niet,' stemde Mallory in. Ze knikte de agente dankbaar toe, rende naar de bestuurderskant van de auto en drukte op de afstandsbediening om het slot te openen.

'Wacht!' beval de agente.

Mallory verstijfde opnieuw terwijl haar hand de kruk van het nu geopende portier omklemde. 'Ik moet gaan,' zei ze. De paniek in haar stem was voor iedereen duidelijk. 'Mijn ijs smelt.'

'Wat is hier gebeurd?' vroeg de agente scherp.

Vertel het haar. Vertel het haar gewoon. Vertel haar alles. Even aarzelde Mallory, maar toen dacht ze aan de laatste keer dat ze het had proberen te vertellen en de keer daarvoor. Niemand luisterde. Niemand geloofde haar. En de straf voor een poging het te vertellen was veel te zwaar om het nog eens te proberen.

'Er is niets aan de hand,' hield Mallory vol. 'Gewoon een geval van persoonsverwisseling. Hij dacht dat ik iemand anders was.' Ze sloot zichzelf op en startte de motor. Ze was blij dat er geen auto voor haar geparkeerd stond, want de agente en meneer Football stonden nog steeds achter haar. Ze reed rechtdoor over de parkeerplaats en ging op weg naar de uitgang in de verwachting dat de agente achter haar aan zou komen. Ze slaakte een zucht van opluchting toen dat niet het geval bleek.

Mallory omklemde het stuur zo hard dat haar knokkels wit zagen en reed naar... húís. Het woord bleef in haar keel steken. Het deed pijn om het zelfs maar te dénken. Maar het was waar ze woonde, hoe erg ze de plek ook haatte. Toen ze de oprit op reed, deden haar handen pijn van het omklemmen van het stuur.

Je had door moeten rijden. Er zat genoeg brandstof in de tank om haar tot aan Columbus te brengen, misschien wel tot Toledo. *En dan? Doe niet zo stom, Mallory. Je bent hier teruggekomen omdat je wel moest.* Er was geen andere plek om naartoe te gaan. Geen uitweg.

Niet dat ze weg zou lopen als ze dat zou kunnen. Vanwege Macy. Altijd Macy. *Macy die ervandoor gaat zodra ze me ziet. Alsof ik het monster ben.* Macy kende het monster niet. Zou hem nooit kennen, tenminste, zolang Mallory zich gedroeg. Dus zou Mallory zich gedragen.

Ze bleef zitten en staarde naar de leuke witte boerenwoning die haar gevangenis was. In de val. Ze zat in de val. En als ze hier nog lang bleef zitten, zou ze nog met de zweep krijgen ook. De laatste keer dat ze hem boos had gemaakt had het twee weken geduurd voor de striemen waren verdwenen.

Maar haar handen beefden nog steeds en haar maag kromp nog steeds samen vanwege de confrontatie op de parkeerplaats bij de supermarkt. *Sunshine Suzie.* Mallory haatte Sunshine Suzie.

Ze deed haar ogen dicht en verzette zich tegen de aandrang om over te geven. Het was niet de eerste keer dat ze werd herkend. Het was zelfs niet de eerste keer dat een man haar had meegesleurd voor een 'toegift', maar dit was de eerste keer dat er iemand van de politie bij betrokken raakte.

Moet ik hem over die agente vertellen? vroeg ze zich aarzelend af. Het antwoord kwam vrijwel meteen. *Nee. Absoluut niet.* Zelfs als de agente het kenteken van de auto had genoteerd, zou het de politie nooit hierheen brengen. Nooit naar hem. Hij was onvindbaar. Onzichtbaar.

Hij was Satan. *En ik zal nooit aan zijn hel kunnen ontsnappen.*

Ze stapte lusteloos uit de auto en pakte de boodschappen terwijl het woord 'toegift' door haar hoofd spookte. De geur van hamburgers op de barbecue kwam vanachter het huis en maakte haar misselijk toen ze de trap aan de achterkant op klom naar de keukendeur.

Hamburgers, hotdogs en ijs. Wat kon een kind zich nog meer wensen?

Vrijheid.

Mallory keek door het raam naar binnen voor ze de deurkruk pakte. Vanwaar ze stond en van buiten naar binnen keek kon ze de keukentafel zien en opnieuw kwam haar maag in opstand.

O, god. Het waren er dit keer vier. Vier stuks die om de tafel zaten. Meestal was het er maar één, hooguit twee. Maar vandaag...

Vier stuks. Twee meisjes en twee jongens. Allemaal jong. Dertien jaar misschien. Allemaal vervuld van ontzag vanwege het geluk dat hun blijkbaar ten deel viel. Hamburgers, hotdogs en ijs.

Zo mooi. Alle vier. Naïef en onschuldig.

Maar niet lang meer. Hij zou ze gebruiken tot ze helemaal opgebruikt waren. *Tot ze mij zijn. En daarna zullen mensen hén in de supermarkt herkennen.*

Néé. Er knapte iets in haar. *Niet meer.* Ze kon het knappen voelen. Ze voelde de gal opkomen en kon het niet meer tegenhouden. Haar knieën begaven het, ze viel tegen de trapleuning en haar hoofd hing over de zijkant. Het weinige dat ze die dag had gegeten kwam omhoog en ze was te moe om te proberen het tegen te houden.

Vier stuks, onschuldig. Sunshine Suzie. Toegift.

Ze zakte op het bordes bevend in elkaar terwijl de woorden door haar hoofd raasden. Vandaag zou hij ze gratis ijs geven. Volgende week gratis pizza. Maar de week daarna... Mallory veegde haar mond af aan de mouw van haar shirt.

Er zou betaald moeten worden. Er moest altijd worden afgerekend.

Ze hief haar hoofd. *Maar dit keer niet.* Er zouden geen Sunshine Suzies meer zijn. Er zouden geen toegiften meer volgen. *Niet meer.*

Maar hoe moet het dan met Macy? Haar vastberadenheid wankelde. En toen hoorde ze het gelach in de keuken. Vier jonge kinderen die om een grap lachten. Mallory kon zich de laatste keer niet heugen dat ze had gelachen. Als ze dat al ooit had gedaan. Maar Macy lachte wel en Mallory moest zorgen dat dat zo bleef.

Toegift. Ze sloot haar ogen. Er moest een manier zijn. Om hem tegen te houden. Om eens en voor altijd een einde te maken aan deze nachtmerrie zonder Macy op te offeren.

De deur ging met een nauwelijks waarneembare piep open. Hij kwam de keuken uit en zijn schaduw viel op haar. 'Mallory, schat,' zei hij vleiend. 'Kom toch binnen. Straks smelt het ijs nog.'

Mallory dwong zichzelf overeind te komen. Zette zich schrap zodat haar knieën het niet zouden begeven. Knikte zonder hem aan te kijken. Ze keek hem nooit aan. Ze haatte wat ze daar zag. Macht. Zelfingenomenheid omdat hij wist dat hij alle troeven in handen had.

'Laat me je even voorstellen aan onze gasten,' ging hij verder, en Mallory dwong zichzelf hen aan te kijken. 'Jongens, dit is mijn dochter.'

Dit moet ophouden. Mallory moest zorgen dat dit ophield. Ze zóú zorgen dat er een einde aan kwam.

Ook al moet ik hem doden om dat te bereiken.

Ook al wordt het míjn dood.

1

Cincinnati, Ohio, woensdag 12 augustus, 17.30 uur

Rennen. Rennen. Sneller. Hou hem tegen. Alstublieft, God, laat me hem dit keer tegenhouden.

Kate rende met twee treden tegelijk de trap op terwijl haar hart als een bezetene tekeerging. Maar niet door het rennen. Het was de angst. Angst die zo hevig was dat ze hem kon ruiken. Kon proeven. Kon voelen hoe het een laagje vormde op haar huid terwijl ze de trap op stormde, waar geen eind aan leek te komen.

Want ze wist dat ze hem nooit kon tegenhouden. Ze kwam altijd te laat.

Ze bereikte de deur en bleef staan. Ik kan het niet. Ik kan dit niet nog een keer. Alstublieft, laat me dit niet nog een keer hoeven doen. *Maar haar hand bewoog terwijl ze ernaar keek en draaide de deurknop om.*

Haar hand ging altijd naar de deurknop. De deur zwaaide altijd open alsof hij een paar honderd kilo woog. Langzaam.

Ze zag hem in haar fauteuil zitten, met zijn hoofd op de vrolijk gekleurde sprei die haar oma speciaal voor haar had gehaakt toen ze zes was. Er lag een spottende glimlach om zijn lippen.

En de loop van een pistool stak in zijn mond. Haar pistool.

Ze deinsde terug en deed een seconde voor het wapen afging haar ogen dicht. Want ze wist wat er zou gebeuren. Ze wist hoe erg het zou...

'Kate?' De stem was gedempt maar volhardend, toen werd hij plotseling luid en duidelijk. Dat werd gevolgd door een tikje tegen haar wang. 'Kate? Speciaal agent Coppola, je moet wakker worden.'

Kate werd met een schok wakker en haar hart ging heftiger tekeer dan het in haar droom had gedaan. Ze was opnieuw te laat geweest. Maar ze zou altijd te laat komen, want hij had niet tegengehouden willen worden.

Hij had gewild dat ze het zou zien.

Ze knipperde met haar ogen, haar ogen schoten heen en weer en namen de ziekenhuiskamer in zich op, de stoel waarin ze zat – verdomde ongemakkelijk – en de diepe, ritmische ademhaling van de man die in het bed naast haar lag – speciaal agent Griffin Davenport.

Maar vooral de ongewone ogen – het ene blauw, het andere bruin – die haar aanstaarden vanuit een vrouwengezicht dat omkranst werd door helderwitte lokken die scherp contrasteerden met de rest van het haar, dat pikzwart was. Kate stak aarzelend haar hand uit om even Dani's schouder aan te raken, gewoon om zich ervan te overtuigen dat ze niet nog steeds droomde. De schouder was stevig en echt.

Kate ademde scherp uit. 'Dani,' zei ze, gewoon om even haar eigen stem te horen. Hij klonk schor, als schuurpapier. Alsof ze had gegild. *O, god, laat ik alsjeblieft niet hebben gegild.*

Dokter Dani Novak sprak op kalme toon, zoals je zou gebruiken bij een wild dier. Of een vrouw die met een wilde blik in haar ogen wakker werd uit een nachtmerrie. 'Ja, ik ben echt. En ja, je bent wakker.'

Ze zat geknield voor Kate met het snoertje van haar oortelefoontjes in haar ene en haar laptop in de andere hand terwijl Kate de deken die ze had zitten breien als een schild tegen zich aan drukte.

'Je was bijna je computer kwijt,' verklaarde Dani op dezelfde kalme toon. 'Ik kwam net binnen toen hij van je schoot gleed. Je was aan het dromen.'

Kate liet het breiwerk in haar schoot vallen zodat ze haar vingertoppen tegen haar slapen kon drukken. 'Ja,' was het enige wat ze kon uitbrengen. Ze vond het vreselijk om wakker te worden uit die droom. Haatte het om zich zo wazig en gedesoriënteerd te voelen. Haatte het geluid van haar hartslag in haar oren. Haatte het dat het laatste wat ze had gezien het uiteenspatten van het hoofd van een man was geweest. 'Ik wou dat je een paar tellen eerder binnen was gekomen,' mompelde ze.

Dani maakte een meelevend geluid. 'Ik ook. Je was aan het... praten in je slaap.'

Kate's ogen werden groot en een ander soort angst bezorgde haar zo'n schok dat ze in één klap helemaal wakker was. 'Wat heb ik gezegd?' *Laat het alsjeblieft niet te veel zijn geweest.*

Dani dempte haar stem tot een fluistertoon. 'Alleen "Het spijt me, Jack. Het spijt me zo."'

'Meer niet?'

Het knikje stelde Kate gerust, want ook al kende ze Dani niet zo heel erg goed, ze wist wel dat de vrouw niet loog. Dani was de zus van Deacon, een goede vriend van Kate en haar voormalige partner bij de FBI. Hij was eerlijker dan alle mannen die ze ooit had ontmoet.

Deacon Novak was een zeldzaam fenomeen – een mannelijke collega die gewoon een goede vriend was. En dat was alles. Er was nooit ook maar een spoortje van iets anders geweest, niet één keer. De aantrekkingskracht was er gewoon voor geen van beiden geweest en Kate was daar heel erg blij om. Ze had destijds geen behoefte gehad aan een minnaar. Daar zou ze misschien wel nooit meer behoefte aan hebben. Maar ze had wel wanhopig behoefte gehad aan een vriend en Deacon was een van de beste gebleken.

Toen Deacon van Baltimore naar Cincinnati was gegaan had Kate hem gemist – zijn vaardigheden, maar ook zijn sarcasme en botte eerlijkheid. Ze miste haar vriend. Dus toen er een vacature ontstond in Cincinnati, zou ze die kans ook hebben aangegrepen als dat een stapje terug betekende. Gelukkig was het een stap omhoog op de ladder geweest. Ze vertelde tegen iedereen dat ze de baan had genomen omdat het een promotie betekende, maar de ware reden dat ze van alle mogelijke overplaatsingen Cincinnati had gekozen was Deacon Novak.

Ze werkten niet meer zij aan zij – Deacon was toegewezen aan een samenwerkingsverband met de politie van Cincinnati, terwijl Kate strikt voor het FBI-kantoor werkte – maar de wetenschap dat hij in de buurt was, dat ze weer een vriend had die over haar waakte... dat was voldoende.

Het nieuws dat Deacon kort nadat hij in Cincinnati was begonnen de liefde had gevonden stemde Kate ongelooflijk gelukkig. Zij had ooit ook haar zielsverwant gevonden, lang voor ze Deacon Novak ontmoette. Deacon verdiende zijn kans en Kate hoopte uit de grond van haar hart dat zijn verloofde Faith en hij het geluk zouden vinden dat zij ooit had gekend.

Maar ze hoopte ook dat Deacon en Faith heel wat langer van hun geluk zouden kunnen genieten dan Kate het hare had gekend, want die paar jaar dat ze werkelijk gelukkig was geweest betekenden niet veel in het grote geheel van een leven. Toen ze drie jaar geleden met een gebroken hart en een verloren gevoel naar Baltimore was verhuisd, had ze niet beseft hoeveel behoefte ze had aan een vriend tot ze Deacon ontmoette. Nu –

Spottende glimlach, loop in zijn mond, schot –

Hou op. Ze zette het beeld met geweld van zich af. Maar het zou terugkeren. Het ging nooit ver weg, het was een bijna voortdurende bespotting. Maar ook een voortdurende herinnering aan hoezeer ze behoefte had aan vrienden. En hoe bespottelijk behoeftig het ook mocht klinken, Kate hoopte dat de zus van Deacon ook een vriendin kon worden.

Broer en zus Novak hadden altijd de indruk gewekt dat ze uit hetzelfde hout gesneden waren, dus Kate geloofde Dani toen die mompelde: 'Ik geloof niet dat iemand heeft gehoord wat je zei. Het was meer mompelen dan praten wat je deed. Alles in orde met je?'

Kate knikte, nog steeds van haar stuk door de droom. Door de wetenschap dat ze in haar slaap had gepraat, zonder dat ze controle had over haar woorden. In ieder geval was 'Het spijt me, Jack' nog niet zo'n ramp. Het had veel erger kunnen zijn. *Ik heb in ieder geval niet gegild.*

Maar was alles in orde? *Verdorie, néé.* Het zou misschien wel nooit meer goed komen met haar.

'Dat komt wel,' loog ze. Ze forceerde een glimlach, dwong haar handen om niet te trillen en nam Dani de computer en oortelefoontjes uit handen. 'Bedankt dat je mijn waardeloze laptop hebt gered.' Ze legde hem onder haar stoel op de vloer. 'Ik wil dolgraag een nieuwe, maar deze mag niet kapotgaan, in ieder geval niet voor ik de gelegenheid heb gehad om back-ups te maken van mijn aantekeningen over de geluidsopnamen die ik de hele middag heb zitten uitschrijven.'

Dani haalde haar schouders op. 'Dat geluidsbestand was of afgelopen, of het was alleen maar een hoop lucht.'

Kate staarde haar aan. 'Heb je geluisterd? Dat was privé.'

'Niet met opzet.' Dani bleef kalm. Ze pakte het snoer van de oortelefoontjes en hield het uiteinde omhoog. 'Die is eruit gegaan toen ik die waardeloze laptop van je opving.'

Nu voelde Kate zich bezwaard. 'Het spijt me. Nogmaals bedankt,' zei ze nederig. 'Ik deed chagrijnig. Ik word nooit zo prettig wakker.'

Dani wuifde het excuus weg. 'Ik ook niet. Hoe dan ook, het enige wat ik kon horen was geruis.'

'Omdat de speaker ook waardeloos is,' mopperde Kate. Ze was ondanks alles toch dankbaar dat ze niet per ongeluk de inhoud van een lopend onderzoek had gedeeld met elke verpleegster, patiënt of familielid op de intensive care.

'Waar zat je naar te luisteren?' vroeg Dani nieuwsgierig.

'Opnamen die hij heeft gemaakt toen hij undercover was.' Met een knik van haar hoofd wees ze naar de man in het ziekenhuisbed.

Speciaal agent Griffin Davenport was een week eerder in coma gebracht zodat hij kon genezen nadat een kogel hem een gekneusde long had bezorgd, een rib had gebroken en zijn borstholte met bloed had laten vollopen. Hij lag al die tijd al op de intensive care aan de beademing. Het gestage rijzen en dalen van zijn brede borstkas gaf aan dat de machine haar werk deed.

Tegen Dani zeggen dat Davenport opnamen had gemaakt was geen punt. De dekmantel van de man was volledig naar de knoppen gegaan tijdens het oprollen van een bende mensenhandelaren die hadden teruggeslagen door hem hier in het ziekenhuis te doen belanden. Het was een operatiezuster geweest die de envelop vol cd's had gevonden in een zak die aan de binnenkant van zijn broek was genaaid en zij had ze aan de politie overhandigd.

En om heel eerlijk te zijn? De inhoud van de cd's was tot dusver niet erg belastend geweest en Kate was al dagen bezig ze te beluisteren.

Nog maar dagen? Het lijken wel weken. Er was een hoop gangstergeklets, maar het meeste daarvan was geen nieuws. Niets om het neerschieten van Davenport te rechtvaardigen, dat was zeker.

'Waarom jij?' vroeg Dani.

Kate maakte haar blik los van Davenport en keek naar Dani, die haar vanuit haar knielende positie nog steeds aandachtig zat gade te slaan. 'Wat bedoel je, waarom ik?'

'Waarom zit jij naar zijn opnamen te luisteren?'

'Omdat er ergens op een van deze cd's iets belangrijks staat.' Daar was ze van overtuigd. 'Davenport heeft een enorm risico genomen door te proberen ze naar buiten te smokkelen.'

De envelop waar de cd's in zaten was geadresseerd aan zijn begeleider, voor het geval hij niet in staat zou zijn ze persoonlijk te overhandigen, en dat was uiteindelijk precies wat er was gebeurd. Alleen waren ze niet naar Davenports begeleider gestuurd, want die was dood, neergeschoten door leden van dezelfde bende. Dus had Kate zitten luisteren terwijl Davenport bezig was te genezen.

'Nee, ik bedoel, waarom ben jíj degene die ze afluistert? Er lopen daar een heleboel agenten rond en Deacon zei dat jij nu een van de hoge piefen bent. Waarom kan een van de mindere goden dat luisteren niet doen?'

Kate haalde ongemakkelijk haar schouders op. 'Ik ben de nieuweling. Ik werk hier nog maar een week en ik heb nog geen zaken op mijn bordje. Bovendien laat ik een paar van de mindere goden ook luisteren.'

Dani hield haar hoofd peinzend schuin, precies zoals Kate haar broer wel duizend keer had zien doen. 'Waarom kom je elke dag op bezoek?' Ze grinnikte bij het zien van Kate's ontstelde blik. 'Dacht je dat het de verpleegsters hier niet was opgevallen? Dacht je dat ze me niet alles probeerden te ontfutselen op het moment dat ik binnenstapte?'

Dat de verpleegsters Dani vragen stelden kwam niet als een verrassing. De vrouw was arts op de spoedeisende hulp in het ziekenhuis, hoewel ze op dit moment verlof had. Dat ze naar Kate vroegen was de verrassing. 'Wat probeerden ze je precies te ontfutselen?'

'Ze zien jullie twee zo'n beetje als twee geliefden die het lot niet gunstig gezind is, op tragische wijze van elkaar gescheiden, maar weer herenigd toen hij werd neergeschoten en jij hem te hulp schoot.'

Kate's ogen werden groot. 'Je maakt een geintje, hè? Davenport en ik?'

'Je komt elke dag op bezoek, Kate.'

Dat was zo. Soms luisterde ze naar de opnamen aan haar bureau in het kantoor van de FBI, maar ze wilde hem per se elke dag bezoeken. Ze had de indruk dat zij de enige was die dat deed en dat zat haar dwars. Ze had moeite met de gedachte dat hij zo alleen was na zo diep undercover te zijn geweest. Het leven van een speurder was vaak heel erg eenzaam.

Dus praatte ze soms over alledaagse dingen – de niet-aflatende hitte en hoge vochtigheidsgraad, haar zoektocht naar een appartement. Een paar keer had ze hem deelgenoot gemaakt van haar frustratie omdat ze niets waardevols hoorde op de cd's. Ze speelde muziek van haar iPod voor hem en las hem voor uit het boek dat ze in haar handbagage had gegooid toen ze de week ervoor op weg ging naar Cincinnati. Maar meestal zat ze gewoon bij hem en werkte haar brei-achterstand weg terwijl ze luisterde naar de geluidsopnamen waar hij zijn leven voor had gewaagd.

'Ik heb hem minder dan een uur voor hij werd neergeschoten voor het eerst ontmoet en dat is de waarheid.' Ze zuchtte toen Dani er het zwijgen toe deed en wachtte op meer. 'Deacon hoorde bij het team dat binnendrong op het terrein van de mensenhandelaren en hij heeft me erbij gehaald als een van de scherpschutters.' Ze was net twee hele dagen in de stad, maar had de kans met beide handen aangegrepen. Ze kon haar scherpschutterskwaliteiten niet zo vaak gebruiken als ze wel zou willen en Deacons zaak paste helemaal in haar straatje. 'Ik was op verkenning en zag Davenport proberen weg te glippen. Hij probeerde de cd's naar buiten te krijgen, maar dat wist ik toen niet. Ik heb hem vanuit een boom besprongen.'

Dani ging in de stoel naast haar zitten en haar verrukte glimlach verraste Kate meer dan het geroddel van de verpleegsters had gedaan. 'Je hebt hem gepakt? Hem neergehaald? Verdorie, meid. Je bent echt een superheld. Ik dacht dat Deacon overdreef.'

Kate's wangen werden warm van de lof. 'Ik ben niet echt óp hem gesprongen. Ik denk niet dat ik hem onderuit had kunnen halen, zelfs niet vanuit een boom.' Want Griffin Davenport was gebouwd als een tank.

'Waarschijnlijk niet eens vanuit een helikopter,' mompelde Dani. 'Wat heb je dan precies gedaan?'

'Ik landde achter hem en porde met mijn geweer in zijn rug. Maar hij wilde gevonden worden, dus werkte hij mee en dat was maar goed ook. Ik zou het vreselijk hebben gevonden als ik hem had moeten neerschieten. Helaas hadden de mensenhandelaren geen last van dergelijke scrupules.'

Dani knikte ernstig. 'Ik ben nog niet in de gelegenheid geweest om je te bedanken.'

Kate fronste haar voorhoofd. 'Waarvoor?'

'Voor het redden van Deacons leven. Hij stond pal naast Davenport toen de kogels in het rond begonnen te vliegen. Als jij de schutter niet had weten tegen te houden, dan zouden er op dit moment misschien nog meer patiënten op de intensive care liggen. Of lijken in het mortuarium. Dus dank je.'

Kate voelde zich ongemakkelijk. 'Ik deed gewoon mijn werk. Elke andere agent daar zou hetzelfde hebben gedaan.'

Dani trok een donkere wenkbrauw op. 'Zoals ik het heb gehoord beschikte geen van de andere agenten over de vaardigheid met een geweer om een wegracende auto vanaf honderden meters tegen te houden.'

'Deacon overdrijft,' zei Kate binnensmonds. Ze voelde zich nu heel erg ongemakkelijk, ook al klopte het wel. Ze was een goede schutter, maar ze was geen stomkop. 'Bovendien, ze waren toen al op de vlucht. Het was niet mijn bedoeling om ze te doden. Ik wilde ze levend te pakken krijgen zodat we ze konden ondervragen.' Ze had ze tegengehouden, maar ze had ook de schutter uitgeschakeld en een van zijn medegangsters. De enige passagier die het had overleefd wist zo weinig over de feitelijke mensenhandel dat hij zo goed als nutteloos was.

Dani schudde haar hoofd. 'Je wilde ze misschien levend te pakken krijgen om ze te ondervragen, maar ik ben blij dat mijn broer nog leeft, punt. Ik sta bij je in het krijt, Kate. Serieus.'

Kate wilde het weglachen, maar besefte toen dat Dani Novak inderdaad heel serieus was. 'Hij is mijn vriend,' zei ze alleen maar. 'Ik zou hetzelfde hebben gedaan voor elke andere agent, maar het feit dat het Deacon was maakte het gemakkelijker om die nacht te slapen.'

Alleen had ze niet geslapen. Ze was wakker geworden uit de nachtmerrie. Ze had de droom al bijna een maand voor ze naar Cincinnati kwam niet meer gehad, maar de afgelopen week had ze hem elke nacht gehad. Misschien dat het vuurgevecht met de mensenhandelaren dat had losgemaakt of misschien kwam het doordat ze elke nacht in een vreemd hotelbed stapte. Of doordat ze gewoon uitgeput was omdat ze helemaal niet echt geslapen had. Of doordat ze haar rug verpestte in die oncomfortabele stoel van de intensive care.

Kate rolde haar hoofd en hoorde haar nek kraken. 'Ik haat het om in slaap te vallen in een stoel.'

'Dan moet je misschien maar naar huis en naar bed,' zei Dani vriendelijk.

'Nou,' zei Kate opgewekt, 'ik had niet verwacht dat je bij Davenport zou komen kijken.' Het kon haar niet schelen dat haar verandering van onderwerp zo subtiel was als een klap met een honkbalknuppel. 'Heb je weer dienst?'

Dani's verlof van de spoedeisende hulp was een paar maanden eerder begonnen. Kate kende het verhaal in grote lijnen, gedeeltelijk van telefoongesprekken en uit mails met Deacon gedurende de afgelopen negen maanden en gedeeltelijk van het nieuws dat ze online had gelezen. Dani was hiv-positief – en Kate vond dat hoe het zover gekomen was Dani's zaak was en van Dani alleen.

Maar iemand was het daar niet mee eens geweest, want Dani's status was naar de media gelekt, wat geleid had tot negatieve berichten in de pers en uiteindelijk tot Dani's verlof. Ook nu kende Kate de details niet, maar ze kende de Novaks goed genoeg om te weten dat Dani in haar werk elke denkbare voorzorgsmaatregel had genomen. Hopelijk betekende haar aanwezigheid hier vandaag dat de ophef zozeer was weggestorven dat Dani verder kon met de carrière waar ze zo hard voor gewerkt had.

Maar er trok een schaduw over Dani's gezicht. 'Nee. Ik heb ontslag genomen.'

Kate's mond viel open. 'Wat? Maar waarom? En wanneer? Bedoel je nu net?'

Dani haalde diep adem en liet die weer ontsnappen. 'Ik ben eerlijk gezegd niet hier om te zien hoe het met agent Davenport gaat,' zei ze. Haar verandering van onderwerp was al net zo onhandig en haar toon zo opgewekt dat haar stem broos werd. 'Deacon heeft me gevraagd om te komen kijken hoe het met jou gaat. Hij is bang dat je jezelf te veel belast met dat waken.'

Kate wilde vragen waarom Dani geen aanklacht wegens discriminatie indiende. Ze wilde vragen of Dani al een andere baan had, want ze vond de gedachte dat de vrouw haar rekeningen niet zou kunnen betalen vreselijk. Ze wilde er zeker van zijn dat het allemaal goed zou komen met Deacons zus.

Maar Dani had duidelijk gemaakt dat ze er niet meer over wilde praten, dus haalde Kate op haar beurt diep adem en dwong zichzelf te glimlachen. 'Je kunt Deacon vertellen dat het goed met me gaat.'

Dani's ogen vulden zich met een blik van dankbaarheid die ze niet uitsprak. In plaats daarvan liet ze haar antwoord scherp en wrang klinken. 'Ik zal tegen hem zeggen dat je lag te slapen in je stoel en dat je waarschijnlijk niet fatsoenlijk eet. Dan zal hij hier snel genoeg zijn om je persoonlijk uit te kafferen.'

Kate trok een zuur gezicht, maar alleen voor de vorm. 'Jij wordt geacht de aardige Novak te zijn.'

Dani grijnsde. 'Verrassing! Nou, aangezien het blijkbaar goed met je gaat, zie ik je later nog wel.' Ze maakte aanstalten om overeind te komen, maar Kate greep haar bij de arm en hield haar tegen.

'Nee, Dani, wacht.' Ze wilde na die droom niet alleen achterblijven met haar gedachten. Ze wilde niet weer in slaap vallen. Ze wilde niet opnieuw horen dat het pistool afging. 'Kun je nog even blijven, een beetje kletsen misschien?' Ze deed haar best om dapper te glimlachen. 'Je kunt zorgen dat ik wakker blijf.'

Dani keek haar vriendelijk fronsend aan. 'Als je zo moe bent, kun je misschien beter naar huis en naar béd gaan,' herhaalde ze zichzelf.

'Ik kan niet naar huis. Ik logeer in een hotel tot de verhuizers mijn spullen komen brengen.' Maar ze wilde ook niet naar het hotel. *Want dan ga ik weer dromen en ik wil gewoon...* Er trok een huivering door haar lijf en het feit dat ze niet eens haar best deed om die te onderdrukken maakte iets duidelijk. Ofwel was ze gewoon uitgeput of ze voelde zich voldoende op haar gemak bij Dani om haar kwetsbaarheid te tonen. Of misschien een beetje van allebei. 'Bovendien moet ik hier bij agent Davenport blijven voor het geval dat hij weer bijkomt. Ik ben een van de laatste mensen die hij zag voor hij werd neergeschoten, dus ik hoop dat ik hem kan kalmeren als hij gedesoriënteerd is wanneer ze hem weer proberen bij te brengen.'

'Weer? Hebben ze al een keer geprobeerd hem uit het coma te laten ontwaken?'

'Ja, maar dat liep niet zo goed af.' Kate voelde zich plotseling ongedurig. Ze stond op om haar rug te strekken en om beter naar het gezicht van Davenport te kijken, dat schuilging achter een masker. Een blonde lok was over zijn voorhoofd gevallen en ze streek hem zachtjes weg. 'Voor ik hier was hebben ze geprobeerd hem uit het coma te halen waar ze hem in hadden gebracht, maar hij werd heel onrustig. Hij sloeg wild om zich heen en probeerde het luchtslangetje eruit te trekken, dus toen hebben ze hem meteen weer verdoofd.'

'Hij is veel te groot om wild om zich heen te slaan,' mompelde Dani. 'Hij zou iemand kunnen verwonden.'

Dat zag ze niet verkeerd. Davenport was bijna 1 meter 85 en zijn enorme voeten hingen vrijwel over de rand van het bed. Hij moest zo'n honderd kilo wegen en voor zover Kate het had kunnen zien zat er geen grammetje vet aan zijn lijf.

Dat ze zelfs maar gekeken had was iets wat binnen deze vier muren moest blijven. Ze was niet op zoek naar een man om haar leven mee te delen, maar dat betekende niet dat ze niet van het uitzicht kon genieten. En Griffin Davenport was, zelfs in coma, een heel fraai uitzicht. Afgezien van zijn gespierde borst bezat hij een sterke kaaklijn, goudblond haar en fraaie trekken, ook al ging het grootste deel van zijn gezicht schuil achter het masker van de beademing.

Een combinatie van alle Avengers bij elkaar. Met een flinke portie Thor en Captain America, haar persoonlijke favorieten. Uiteraard wist ze ook dat hij weer zou bijkomen. De artsen hadden zo'n beetje de garantie gegeven dat hij snel zou herstellen. Als zijn leven gevaar had gelopen, dan zou kijken helemaal verkeerd zijn geweest.

'De verpleegster zei dat er drie mensen nodig waren om hem in bedwang te houden terwijl een vierde hem verdoofde.'

'Onrust bij het ontwaken uit een verdoving is niet ongewoon,' zei Dani. 'Het kan een heel desoriënterende ervaring zijn. Net zoiets als ontwaken uit een heel echte nachtmerrie.'

De sluwe toon in Dani's stem deed Kate naar haar kijken en ze zag dat de vrouw niet langer naar Davenport keek, maar haar observeerde. Op dat moment realiseerde Kate dat ze Davenports voorhoofd had staan strelen. Teder, om precies te zijn.

En dat was niet voor het eerst. Ze had de afgelopen week een paar keer gemerkt dat ze zijn gezicht aanraakte. Ze maakte zichzelf wijs dat dat was omdat ze wist dat comapatiënten zich bewust waren van mensen in hun nabijheid. Ze maakte zichzelf wijs dat het was omdat ze niet wilde dat hij zich alleen zou voelen of bang zou zijn, dat hem aanraken gewoon medeleven was, maar diep vanbinnen was het nog steeds verontrustend om haar vingertoppen de huid van een andere man te zien strelen. Ze wist niet goed waarom.

Misschien omdat het strelen, dat zo onwennig zou moeten aanvoelen, zo... natuurlijk was? Of omdat ze niet vol walging was teruggedeinsd om hoe hij aanvoelde?

'De dokter zei dat ze hem langzaam van het verlammingsmiddel dat hem immobiel hield af hebben gehaald en dat ze de hoeveelheid verdovende middelen weer zijn gaan verkleinen. Hij kan elk ogenblik wakker worden.'

'Ik weet zeker dat hij dan een vriendelijk gezicht wel kan waarderen,' zei Dani zacht.

'Dat dacht ik ook. Ik zou iemand bij me willen hebben wanneer ik bijkwam.' Ze streelde Davenports voorhoofd een laatste keer en ging weer zitten. Ze keek verstoord toen haar maag begon te rommelen. 'Ik moet iets te eten hebben, anders word ik vals. Nog valser,' verbeterde ze zichzelf en ze zag Dani meesmuilen. 'Ik heb al mijn energierepen al op en het eten hier in de cafetaria is waardeloos. Hoor je me, Davenport?' zei ze vinnig tegen de man in het bed. 'Je moet de volgende keer nétjes wakker worden, dan kan ik het ziekenhuis uit om echt eten te gaan zoeken.'

'Heeft hij familie? Iemand die je kunt bellen, iemand die hij kent?'

'Voor zover ik tot nu toe weet niemand. Hij is een paar jaar undercover geweest. Meestal worden voor die diepe undercoveracties mensen uitgekozen die juist geen familie hebben. Hij heeft zijn begeleider opgegeven als zijn contactpersoon in noodgevallen, maar die is vorige week vermoord door andere leden van die bende mensenhandelaren. De regel voor een tweede contactpersoon was blanco.'

'Wat eenzaam,' mompelde Dani.

Kate had precies hetzelfde gedacht. Dat gaf haar een vreemd gevoel van verbondenheid. Maar in ieder geval had ze een paar mensen die ze het kon vragen. En dat moest ze zo snel mogelijk doen, want Personeelszaken zat haar er al een week over achter de vodden.

'Luister, Dani, weet je nog dat je zei dat je bij me in het krijt staat? Ik ben klaar om de rekening te vereffenen. Als je het niet wilt doen, dan begrijp ik dat uiteraard.'

'Vraag maar gewoon,' zei Dani geduldig.

'Ik was bij Personeelszaken om alle papieren voor de overplaatsing in te vullen en toen besefte ik dat mijn contactpersoon in noodgevallen niet... niet meer beschikbaar is.' *Niet aan de droom denken. Niet* – Ze kromp ineen toen ze de echo van het schot weer hoorde. 'Ik zou het Deacon kunnen vragen, maar...' Ze liet de gedachte met een schouderophalen wegsterven.

Dani hield haar hoofd scheef. 'Maar?'

Kate zuchtte. 'Maar hij zou me dan vragen waarom ik een nieuwe contactpersoon moet hebben en daar wil ik het op dit moment niet met hem over hebben.' *Nooit, eigenlijk.* 'Hij wil niet nieuwsgierig zijn, maar...'

'Dat is hij wel,' maakte Dani de zin af. 'Ik ook, eerlijk gezegd, maar ik ben wat discreter.' Haar stem kreeg een zachte klank. 'Je vorige contactpersoon, was dat Jack?'

Ze vroeg het zo vriendelijk, zo meelevend, dat Kate zich verplicht voelde te knikken. Haar stem weigerde dienst en het knikje was alles wat ze kon opbrengen. Maar het was in ieder geval de waarheid.

Jack Morrow was haar contactpersoon geweest. Tot hij zich door het hoofd schoot en zijn hersenen op de stoel in haar woonkamer terechtkwamen. En de muur, en het tapijt en het plafond. En de deken die haar grootmoeder speciaal voor haar had gehaakt toen ze zes was.

'Dan condoleer ik je met je verlies,' zei Dani vriendelijk.

'Dank je.' Kate dwong de woorden naar buiten, wetende dat ze zich schuldig zou moeten voelen omdat ze Dani liet denken dat Jack iemand was geweest om wie ze had gegeven, maar zelfs dat kon ze niet opbrengen. En het was ook niet helemaal onwaar. Ze had om Jack gegeven als een geliefde vriend, maar dat was veranderd.

Jáck was veranderd. En dat gold ook voor Kate. En die verandering was in veel opzichten niet ten goede. *Stel dat Johnnie je nu kon zien. Wat zou hij vinden van de vrouw die je bent geworden?*

Als Johnnie me nu zou kunnen zien, dan zou hij hier zíjn en dat zou betekenen dat Jack hier zou zíjn en dan zou ik dit belachelijke gesprek met mezelf niet voeren, dus hou verdomme je kop.

Een scherpe steek in haar nek deed haar beseffen dat ze hard met haar tanden zat te knarsen. En natuurlijk was Dani dat opgevallen. 'Gaat het wel?' vroeg Dani ernstig.

'Ja. Alles kits.' *Ik mag alleen niet weer in slaap vallen. Niet zolang ik niet alleen ben.* Want de nachtmerrie kwam altijd terug. Ze zou misschien een week of twee niet dromen, maar hij kwam altijd terug, meestal wanneer ze er het minst op verdacht was.

Zoals wanneer ik lig te slapen, snauwde ze tegen zichzelf.

'Bel me als je iets nodig hebt,' zei Dani.

'Jij ook.' Kate's hersenen begonnen weer te werken op het moment dat Dani bij de deur was en ze herinnerde zich wat ze het liefst had willen vragen over Dani's ontslag. 'Dani, wacht. Heb... heb je een andere baan op het oog? Ik weet dat Deacon je niet van de honger zal laten omkomen, maar ik wil graag zeker weten dat alles goed komt met je.' Haar stem brak en ze kon wel door de grond zakken. Ze hief haar hoofd. 'Ik moet gewoon weten dat alles in orde met je is.'

Dani's glimlach ontplooide zich, een lieve glimlach die tot haar ongelooflijke ogen reikte. 'Ja, het komt goed. Dank je. Ik werk al een tijdje parttime voor de gratis kliniek die onderdeel is van de Lorelle Meadows-opvang. Het bestuur heeft net ingestemd met het creëren van een voltijdspositie en die hebben ze mij aangeboden. Eerlijk gezegd vind ik het walgelijk dat ik onder druk van de media en algemene schijnheiligheid weg moet als trauma-arts, vooral omdat ik me naar de letter aan alle voorschriften van de inspectie heb gehouden. Maar ik word een belangrijk onderdeel van de gemeenschap bij de kliniek en dat geeft me een heel goed gevoel. Ik begin maandag. Als je een beetje gesetteld bent moet je eens langskomen, dan geef ik je een rondleiding.'

'Doe ik.' Toen Dani weg was liet Kate haar blik weer op Griffin Davenport vallen, wiens borst bleef rijzen en dalen. 'Ik wil niet zeuren, Griff, maar ik wou dat je opschoot en bijkwam. Ik moet echt gaan slapen en dat gaat hier niet gebeuren. Niet nog eens.'

Ze ging plotseling rechtop zitten, omdat ze dacht dat ze een van zijn vingers op het witte laken had zien bewegen. Ze waarschuwde zelfs de verpleegster, maar de vrouw kon geen tekenen vinden dat hij bezig was bij te komen. Uiteindelijk klopte ze Kate op de hand en adviseerde haar naar huis te gaan om te gaan slapen. Zei dat ze zich dingen begon in te beelden.

Een antwoord onderdrukkend dat absoluut onacceptabel zou zijn geweest, ging Kate weer zitten. Ze maakte haar laptop klaar, pakte haar breiwerk en bereidde zich voor op weer een opwindende avond luisteren naar Davenports undercovertapes.

Ze aarzelde even met haar oortelefoontjes in haar hand. 'Je beseft toch wel dat als je nu zou bijkomen je me gewoon zou kunnen vertellen waar ik naar op zoek moet. Dus kom op, Davenport.' Ze lette opnieuw op, maar er kwam geen reactie, dus deed ze de oortelefoontjes in en ging aan het werk.

Woensdag 12 augustus, 22.30 uur

Hij had al lang geleden geleerd dat als je iets wilde verstoppen, je dat het beste in het volle zicht kon doen. Dat was precies de reden dat hij zijn auto door de kapotte poort van de achteringang van King's College had gereden en daar nu op zijn informant wachtte. Niemand zou raar opkijken van een auto die daar geparkeerd stond – het was voor King's College het equivalent van een liefdeslaantje.

Nou ja, een beetje liefdeslaantje, vermengd met drugshandel.

En er hingen geen camera's. In ieder geval geen die functioneerden. Daar hadden de studenten zelf voor gezorgd. Mensen die zeiden dat de jeugd van tegenwoordig met het jaar dommer werd hadden blijkbaar nooit te maken gehad met handige studenten die erop gebrand waren stoned te worden of te neuken of allebei.

Er was eerder in het semester een hoop heisa geweest over de veiligheid op de campus nadat twee jonge vrouwen waren ontvoerd. Het bestuur was 'geschokt en verbijsterd' geweest dat hun reputatie op het gebied van veiligheid was besmeurd en had alle lampen en camera's op het campusterrein vervangen. Vervolgens hadden ze elkaar schouderklopjes gegeven vanwege hun goede werk en er nooit meer naar omgekeken. De camera hier bij het liefdeslaantje was de eerste die eraan had moeten geloven. Hij had nog geen week gefunctioneerd.

Dit was hij allemaal te weten gekomen van zijn klantjes. Studenten hadden de neiging om nogal praatgraag te worden als ze stoned waren en zijn dope was de beste. Dat wist iedereen.

Maar mocht de camera voor de verandering eens werken, dan was er ook geen man overboord. Die zou precies zien wat hij wilde dat hij zou zien. Maar dat betekende niet dat hij het prettig vond om hier te zitten en het risico te lopen dat hij zou worden gadegeslagen. Uiteindelijk zou er iemand langskomen. Het bleef per slot van rekening het liefdeslaantje.

Hij wierp een blik op zijn horloge – ja, hij droeg er nog steeds een, ook al maakte hem dat tot een oude man – en fronste zijn voorhoofd. Ze was te laat. Hij kon gebrek aan punctualiteit niet waarderen. Het was een teken van respectloosheid dat niet kon worden getolereerd. Maar het deed er niet echt toe. Ze zou niet lang genoeg meer leven om naar haar volgende afspraak te gaan, waar die ook mocht zijn.

Hij hoorde haar voor hij haar zag. Sidney Siler reed op een scooter die dringend toe was aan een nieuwe uitlaat. Ze kwam zijdelings slippend aangereden, waardoor grind alle kanten op spoot. Hij sloeg zijn ogen ten hemel. Door haar te vermoorden zou hij de gemeenschap een dienst bewijzen. Ze was een gevaar op de weg.

Ze ging op de passagiersstoel zitten. 'Sorry dat ik te laat ben. Ik weet dat je daar een hekel aan hebt.'

Ze kwam niet met een smoes en dat waardeerde hij. Niet genoeg om haar in leven te laten, maar toch. 'Nou? Heb je haar gezien?'

'Ja, en ze trapte er helemaal in dat ik de assistente van haar advocaat was. Ik had mijn zwarte pakje aan, het mantelpakje dat ik anders alleen naar begrafenissen draag. Dat en de volmacht op papier met het briefhoofd van haar advocaat zorgden ervoor dat ik zonder problemen langs de balie bij de gevangenis kwam. Daarvoor sta ik echt bij je in het krijt.'

Natuurlijk kon de volmacht de toets der kritiek doorstaan. Hij had hem zelf vervalst. Dat ze haar begrafenispakje had gedragen was gewoon verrukkelijk ironisch. 'Nou! Hoe ging het?'

Sidney vertrok haar gezicht. 'Ik zal van nu af aan extra voorzichtig zijn wanneer ik drugs koop. Die gevangenis is echt smerig. Ik wil echt niet aan de andere kant van het glas terechtkomen.'

'Ik mag hopen dat de hygiëne in de gevangenis niet je enige reden is om er weg te blijven,' zei hij droog. 'Hoe kwam Alice op je over?'

'Koel.' Een oprechte huivering trok door Sidney terwijl ze een grimas maakte. 'Ik bedoel ijzig. Ik ben blij dat ze geloofde dat ik aan haar kant sta. Ik zou niet graag bij haar in een slecht blaadje staan.'

Dat was waarschijnlijk een van de slimste dingen die Sidney ooit had gezegd. 'En?'

'Ze was een beetje verrast dat ik daar was, want ze leefde in de veronderstelling dat ze haar advocaat had ontslagen, omdat het zo'n mietje was. Haar woorden, niet de mijne. Ik kreeg de indruk dat ze niet veel vertrouwen had in zijn vermogen om haar tevreden te stellen. In de juridische betekenis, uiteraard.'

Zijn mond vertrok even. Hij mocht Sidney echt graag. 'Uiteraard. Hoewel Alice nooit moeilijk tevreden te stellen was. In die betekenis, in ieder geval.' Tijdens de klus was Alice ijskoud. Verdomme, ze was gepakt op een dak terwijl ze met een geweer schoot op een groepje FBI-agenten die een belangrijke getuige begeleidden. Maar buiten diensttijd beschikte de vrouw over een paar serieuze slaapkamervaardigheden. Hij had er bijna van genoten, maar ze was véél te oud naar zijn smaak. Hij onderdrukte een huivering. Seks met Alice was onderdeel van het spel geweest. Als je haar product wilde, dan neukte je haar. En een tijdlang had hij willen hebben wat ze verkocht. Dus had hij gedaan wat nodig was.

Sidney grijnsde sluw, zodat haar tanden wit afstaken tegen haar donkere huid. 'Ik kan me jullie twee niet voorstellen, je weet wel, samen. Ik bedoel, ze is van mijn leeftijd. En jij... niet.'

Hij keek haar kwaad aan. Dat kreeg je ervan als je omging met mensen in de leeftijd van zijn klanten. Ze werden veel te vrijpostig. 'Het samenzijn dat we mogelijk ooit hebben beleefd, was in een grijs verleden. Wat ik bedoelde was dat Alice het voor lange tijd hard te verduren krijgt achter de tralies.'

Sidney onderdrukte een lach. 'Lang en hard. Sorry, sorry.' Ze dwong zichzelf ernstig te kijken. 'Ze zegt dat ze in de val is gelokt.'

‘Natuurlijk zegt ze dat. Dat zeggen ze allemaal. Heeft ze het over mij gehad? Je weet wel, kusje voor haar vriendje en zo?’

‘Nee. Ik heb het ook niet over je gehad.’ Ze keek hem fronsend aan. ‘Ik ben niet achterlijk, Professor.’

Hij voelde een lichte huivering van opluchting en wist dat goed te verbergen. Dat was het enige zwakke punt geweest in zijn plan, maar hij was een beetje wanhopig geweest om iemand binnen de gevangenismuren te krijgen om met Alice te praten – iemand die niet naar hem te herleiden was.

‘Mooi,’ zei hij glimlachend. ‘Zoals jij al zei, je wil niet bij haar in een slecht blaadje komen te staan. En als ze erachter komt dat ik je heb geholpen daar binnen te komen om een interview te doen voor je artikel...’

‘Dat gebeurt niet. Daar komt niemand achter. Ik heb het zelfs nog niet aan mijn decaan verteld. Ik wist niet zeker of ik wel binnen zou komen en ik wilde haar niet teleurstellen als het mis zou lopen. Maar als ik het haar vertel, gaat ze helemaal uit haar plaat. Dat zal een perfecte opmaat zijn voor ons artikel over psychopaten. Ik lig nu al voor op mijn schema en het semester is nog niet eens goed begonnen.’

‘Heb je Alice gevraagd naar het overdragen van haar dossiers om een deal te sluiten?’

‘Ja. Ik zei tegen haar dat mijn baas had gezegd dat hij dacht dat hij de doodstraf wel van tafel kon krijgen als ze lijsten kon produceren die haar klanten en leveranciers erbij zouden betrekken, precies zoals je had gezegd. Ze ging compleet uit haar dak. Ze zei dat alleen idioten, imbecielen of oude zakken met een slecht geheugen ergens anders lijsten bijhielden dan in hun hoofd. Dat was veel te gevaarlijk. Ze zei dat ze alles achterhoudt wat ze weet tot ze het aanbod van volledige onschendbaarheid krijgt. Ik mag het achterlijke voorstel van mijn baas naar hem terugbrengen, dan kan hij het in zijn reet stoppen. Dat was een ongelooflijk moment. Het was net... alsof ik... haar zag. Echt zag wie ze was. Een psychopaat die het helemaal kwijt was.’

Hij werd overspoeld door een nieuwe golf van opluchting. Alice had geen dossiers bijgehouden. Als dat wel het geval was geweest, had hij ze moeten zien te vinden om ze te vernietigen. Dit maakte alles zo veel eenvoudiger. Hij had alleen contact met Alice gehad wanneer hij spul van haar betrok, dus hoefde hij zich geen zorgen te maken dat iemand anders over zijn informatie beschikte. Hij kon haar zonder meer uit de weg ruimen.

Het enige losse eindje dat nog overbleef was een voormalige undercoveragent van de FBI die op dit moment in coma lag. Hij had al maatregelen getroffen om dat losse eindje weg te knippen.

'Nou ja, Alice is inderdaad een psychopaat.' Hij keek Sidney glimlachend aan. 'Ik had je er een beloofd en die heb ik geleverd.'

'Dat heb je zeker. Ik kan niet wachten om het allemaal op te schrijven. Het was echt een kick, moet ik toegeven.'

Hij trok zijn wenkbrauwen op. Ze waren zwaarder dan normaal – de luchtvochtigheid in augustus had de neiging de gezichtsvermomming die hij droeg wanneer hij op het campusterrein was zwaarder te maken. Hij had die vermomming jaren geleden al bedacht, toen hij zelf nog studeerde en cocaïne verkocht aan zijn vrienden. Op kleine schaal, niets bijzonders. Gewoon genoeg om zijn boeken te kunnen betalen en benzine voor zijn auto. Maar zijn zaken waren snel gegroeid toen bekend werd dat hij de hand kon leggen op 'echt goed spul'.

Hij maakte het allemaal zelf in zijn kelderlaboratorium, een vleesgeworden Walter White een jaar of tien voor Hollywood het idee kreeg voor *Breaking Bad.* Hij verkocht nog steeds aan mensen als Sidney, maar dat was meer om zijn oor te luisteren te kunnen leggen bij de leeftijdsgroep van studenten dan voor het geld. Het grote geld kwam de laatste jaren van de verkoop aan grote organisaties, drugsbendes zoals Alice voor haar vader had geleid. Nu Alice het zwijgen was opgelegd door die verrekte FBI, moest hij een andere organisatie zien te vinden waar hij aan kon verkopen. Hij had tenslotte ook zo zijn onkosten.

Alice had nooit geweten dat hij zowel klant als leverancier was. Hij verkocht haar zijn hoogwaardige spul als de Professor en hij kocht andere zaken van haar als zichzelf. Gelukkig had hij al andere bronnen aangeboord voor zijn aankopen. Een stuk goedkoper dan de waar van Alice en bijkomend voordeel was dat hij kon ophouden haar te neuken.

Hoe dan ook, hij was blij dat Sidney hem niet had genoemd.

'Wil je een échte kick beleven?' vroeg hij.

Sidney's zwarte ogen glinsterden. 'Ik dacht dat je het nooit zou vragen.'

Hij overhandigde haar een zakje met wit poeder. 'Mijn speciale mengsel vandaag.'

Ze bekeek het product vol twijfel. 'Wat kost dat speciale mengsel?'

'Hetzelfde als altijd. Ik dacht dat je het wel een beetje zou willen vieren.'

Ze straalde. 'Absoluut.' Ze haalde haar spullen uit haar rugzak en zette alles klaar op de console tussen de twee voorstoelen. Spiegel, rietje, scheermesje. Ze maakte alles met efficiënte gebaren klaar en vormde drie dikke lijnen. Ze boog zich voorover om haar eerste snuif te nemen, maar hij hield haar met een tikje op haar schouder tegen.

'Ik heb vandaag een kleine bonus – iets nieuws wat ik heb ontwikkeld. Wil je het proberen?'

Ze keek hem achterdochtig aan. 'Is het veilig?'

Ze snoof cocaïne. Hij wilde met zijn ogen rollen, maar hij hield zich in. 'Heel veilig. Ik heb het zelf uitgeprobeerd en het aan een paar van mijn beste klanten gegeven. Je zult het lekker vinden, geloof mij maar.'

Ze begon te stralen als een kerstboom omdat ze tot zijn beste klanten werd gerekend. 'Wat moet ik doen?'

Hij hield een klein medicijnflesje omhoog waar één capsule in zat. 'Snuif je lijntje, steek dit in je mond en bijt het kapot. Je kick wordt echt ongelooflijk. Orgastisch ongelooflijk.'

Ze giechelde. 'Ik geloof nooit dat dat een echt woord is, Professor.' Ze boog zich voorover, snoof het lijntje door het rietje naar binnen en leunde met gesloten ogen achterover toen de coke zijn werk deed. 'O, wauw. Alleen dit al... ongelooflijk.'

Hij pakte zachtjes haar kaak beet, trok die omlaag en schudde de capsule uit het flesje rechtstreeks in haar mond. Geen contact. Geen vingerafdrukken. 'Nu bijten. Hard. En snel doorslikken.'

Ze gehoorzaamde. Een minuut lang gebeurde er helemaal niets. Ze fronste haar voorhoofd. 'Ik voel helemaal niets.'

'Dat komt nog wel. Maak je geen zorgen.' Hij haalde twee rubberhandschoenen uit zijn zak en trok ze aan. Hij veegde de ongebruikte cocaïne terug in het zakje, sloot dat af en stak het in zijn zak. Hij stopte haar spullen weer bij elkaar, liet het etui in haar rugzak vallen en pakte haar telefoon eruit.

'Wat ben je aan het...' Ze vertrok haar gezicht. 'Ik voel me niet zo... O, god, wat zat er in die pil?'

'Cyaankali.'

'Wá...?' Haar ogen werden groot in hulpeloze paniek terwijl haar mond weigerde om het woord helemaal te vormen.

'En er zat ketamine door de coke. Dat is mijn speciale mengsel. Je kunt je niet bewegen, dus probeer het maar niet. De komende paar minuten zul je wensen dat je dood was. En daarna zul je dat ook zijn.'

Om het scherm van haar telefoon te activeren was haar vingerafdruk nodig, dus pakte hij haar hand en duwde haar rechterwijsvinger op de startknop. Klaar. Hij bladerde door haar foto's om zich ervan te vergewissen dat ze geen foto's van Alice had genomen. Hij wilde geen enkele aanwijzing dat er een verband was laten bestaan.

Uitstekend. Geen foto's. Hij zou haar telefoon bij de eerste de beste gelegenheid in een vuilcontainer gooien.

Sidney zat voorovergebogen met haar armen om zich heen geslagen. *Kramp*, dacht hij. Het zou nu niet lang meer duren. Hij boog zich voor haar langs, trok aan de portierhendel, duwde haar naar buiten en gooide haar rugzak achter haar aan. 'Het spijt me,' zei hij verontschuldigend. Dat was ook echt zo.

Hij trok het portier dicht en reed de kapotte poort door, weg van het liefdeslaantje. Hij haalde vervolgens de simkaart uit haar telefoon en gooide het mobieltje in de eerste vuilcontainer die hij zag. Hij reed nog een paar straten verder, stopte langs het trottoir en gooide de simkaart in een afvoerput. *Volgende halte, de Ohio.*

De rivier maakte het zo gemakkelijk om van dingen af te komen. En in het zeer onwaarschijnlijke geval dat de simkaart werd gevonden, zou de rivier zelf alle gegevens die erop stonden hebben gewist. Hij vertrok zijn gezicht. *En mensen eten nog steeds vis die uit die rivier komt. Ongelooflijk.*

Over vis gesproken... Hij had nog niet gegeten. Hij vroeg zich af wat Mallory had klaargemaakt. Hij hoopte dat het opgewarmd ook lekker was. *Als het maar geen vis is.*

2

Cincinnati, Ohio, woensdag 12 augustus, 23.30 uur

Ze maakte weer dat tikkende geluid. En ze zat te neuriën, echt heel erg vals. Maar Decker vond het niet erg. De geluiden die ze maakte waren echt. Hij wilde echt. Hij probeerde steeds naar de realiteit te klauteren. Maar de duisternis hield hem tegen en hij was zo verdomde moe van al dat vechten.

Maar ze zat te tikken en te neuriën, dus daar klampte hij zich aan vast. Wat was dat nummer? Hij wist dat hij het kende. Zelfs zo vals als zij het zat te neuriën kende hij het. De titel van het nummer zweefde voor hem, te ver weg om te kunnen pakken. En toen, woorden. Ze zat te zingen.

'*How I wish... how I wish you were here.*'

Aha, Pink Floyd. Nog steeds echt heel vals. En zo verdomde triest. *Waarom is ze zo triest?* Hij moest het weten, maar hij kon het niet... kon het niet vragen. Kon zijn lichaam niet in beweging krijgen. Er schoot een golf van woede door hem heen, maar die stierf al snel weer weg. Net genoeg energie om de woede te voeden.

Toen hield het getik op. Het zingen hield op, haar stem brak af op het punt dat de twee verloren zielen in een vissenkom zwemmen. Hij raakte in paniek toen hij het geruis van beweging hoorde. *Ga niet weg. Ga alsjeblieft niet weg. Raak me nog eens aan. Alsjeblieft.* Dat had zo heerlijk aangevoeld en dat wilde hij haar vertellen. Het was zo lang geleden dat iemand hem op die manier had aangeraakt.

Een vochtig geluid vond zijn weg door de duisternis, gevolgd door een sidderende zucht. Ze huilde. *Niet huilen. Alsjeblieft.* Hij ontspande toen het getik opnieuw begon. Ze zat nog steeds te snuffen, maar ze ging tenminste niet weg.

'Verdomde internetradio,' mopperde ze. 'Me een beetje trieste liedjes op mijn dak sturen. Me laten huilen als een baby. Alsof ik daar vandaag op zit te wachten. Waar ik op zit te wachten is een beetje blijheid.' Het tikken hield even op. 'Hé, Griff, wil je ook een beetje blijheid? Misschien dat dat je zal helpen om bij te komen, dan kun je me vertellen waar ik naar moet zoeken.'

Er klonk zachtjes muziek en hij wilde dichterbij komen, erin kruipen. Hij kon het nauwelijks horen.

Hij voelde lichte druk op zijn kussen en de muziek klonk luider. *Yes. Dat. Dank je.* Ze had haar iPod naast zijn oor gelegd. Toen wilde hij lachen. Hij kende dit nummer ook. 'Zip-a-Dee-Doo-Dah'. Ze speelde Disney-songs voor hem af.

'Dit is mijn geheime afspeellijst, dus je moet beloven dat je het niemand zult vertellen,' mompelde ze terwijl haar vingers over zijn voorhoofd streken. *Ja. Alsjeblieft. Meer.* Maar haar aanraking verdween en hij wilde het uitschreeuwen. Wilde smeken. *Raak me nog een keer aan. Alsjeblieft.* 'Ik heb hem "Death Metal" genoemd voor het geval iemand mijn iPod onder ogen krijgt. Ik moet aan mijn reputatie van keiharde tante denken, weet je. Maar soms hebben zelfs keiharde tantes behoefte aan een beetje blijheid en iedereen is dol op Mickey Mouse.' Ze stond dichtbij, haar stem klonk als een zacht gemurmel in zijn oor. 'Zelfs van die belachelijke kleerkasten als jij.'

Het tikken ging weer verder en hij ontspande opnieuw. Wat was ze aan het doen? *Doe je ogen open. Kijk zelf.* Maar zijn oogleden waren veel te zwaar. Hij wilde haar zeggen dat ze tegen hem moest praten. Hij moest haar horen, moest de weg terug vinden. Ze had eerder heel veel gepraat. Die keer eerder dat hij wakker was. Bijna wakker, in ieder geval. Ze had gepraat en gepraat.

Soms tegen mij. Soms tegen die andere vrouw. Die andere vrouw kon Decker niets schelen. De muziek kon hem niet schelen. Hij wilde háár horen. Móést haar horen.

Moet haar vertellen... Zijn hersenen hielden op. Dit was belangrijk. Hij moest haar vertellen... *Wat?*

De muziek bleef komen. Kinderliedjes. Blije liedjes. *Zet die muziek uit en praat tegen me.* Hij had er meer behoefte aan om haar te horen dan hij behoefte had aan muziek. Maar de muziek ging maar door.

Toen herinnerde hij het zich en het was alsof zijn hersenen een schok te verwerken kregen. *Ik moet haar over de kinderen vertellen.*

Ze zuchtte opnieuw en het getik hield weer op. 'Het speelkwartier is voorbij, Griff.' Hij hoorde het geruis, voelde haar naast zijn bed, en de muziek hield op. 'Ik moet weer verder met die verrekte opnamen van je, die tot dusver eerlijk gezegd doodsaai zijn. Maar maak je geen zorgen, ik geef het niet op.'

Word wakker. Ze gaat weer zitten. Word nou wakker. Doe. Het. Hij dwong zijn ogen open –*Jezus christus, dat doet pijn. Zo fel. Veel te fel.*

Maar hij was niet van plan zijn ogen weer dicht te doen, want ze stond daar, haar gezicht centimeters verwijderd van het zijne, bruine ogen opengesperd en haar mond open van schrik. Toen glimlachte ze naar hem.

Hij kende haar. Haar zo rood als de dageraad. Mooie, blanke huid. Sproeten om haar neus. *Kate.* Ze heette Kate. Hij probeerde te praten, maar kon het niet. *Kutmasker. Kutslang. Moet eruit.*

'Welkom terug, agent Davenport. Het werd tijd dat je wakker werd.' Ze greep zijn pols beet voor zijn hand het masker wist te bereiken. 'Niet doen. Blijf van die slang af. Ik waarschuw een verpleegster.'

Kinderen. Hij moest haar over de kinderen vertellen. Hij werd overmand door wanhoop en hij worstelde om zich van haar hand te bevrijden, maar ze verstevigde haar greep.

'Griffin, hou op.' Ze was kalm, maar vastberaden. 'Als je weer probeert om die slang eruit te trekken, dan zullen ze je opnieuw verdoven. Begrijp je dat?' De uitdrukking op haar gezicht verzachtte, ook al gold dat niet voor haar greep. 'Niet bang zijn. Het komt allemaal goed, geloof me maar.'

Hij geloofde haar, dus hield hij op met worstelen. Toch liet hij zijn hand niet zakken, je wist maar nooit.

Ze glimlachte hem opnieuw toe. 'Dank je. Misschien herinner je je me niet. Ik heet Kate.'

Dat wist ik. Hij ontspande een beetje meer. Dat had hij in ieder geval goed.

'Speciaal agent Kate Coppola,' ging ze met kalme stem verder. 'Ik was bij je toen je werd neergeschoten. Het is belangrijk dat je kalmeert en luistert. Ik wil niet dat ze je opnieuw verdoven. Je ligt aan de beademing, maar het komt allemaal goed.'

Hij knikte. Dat hoopte hij tenminste. Hij liet zijn hand op het bed vallen, te moe om nog te vechten. Ze veegde het haar weg van zijn voorhoofd en zijn ogen gleden weer dicht. *Niet ophouden. Hou alsjeblieft niet op.* Maar haar aanraking verdween en hij raakte weer in paniek. *Nee. Niet weggaan. Blijf hier!*

Hij dwong zijn ogen open te gaan en ontspande zich weer. Ze was er nog steeds. *Moet het haar vertellen.* Hij knipperde heftig met zijn ogen.

'Ik drukte alleen even op de alarmbel. Ik ben hier, Griff.' Hij fronste zijn voorhoofd en ze fronste terug. 'Zo heet je. Griffin Davenport.'

Hij schudde zijn hoofd en was verbaasd dat het bewoog. Hij had zo lang klem gezeten. Hij had niet gedacht dat hij ooit de weg terug zou vinden. Hij kreeg tranen in zijn ogen en knipperde ze weg. *Shit.*

Maar ze was er om met haar vingertoppen de nattigheid weg te vegen. Hij strekte de arm die kon bewegen uit – in de andere zaten slangen – en pakte haar pols toen ze haar hand weg wilde halen van zijn gezicht. En opnieuw glimlachte ze en dat was lief. *Zo verrekte lief.*

Ze streelde zijn voorhoofd en hij knokte om zijn ogen open te houden. 'Ik laat je niet alleen, Griff. Nog niet, in ieder geval. Op een gegeven moment zal ik wel weg moeten om te gaan slapen. Maar ik kom terug.'

Hij fronste opnieuw zijn voorhoofd en schudde zijn hoofd. *Niet Griffin, Niet Griff. Ik heet Decker.*

'Ik zou ook willen dat ik niet hoefde te slapen,' zei ze met een lachje. 'Maar ik zal wel moeten.'

Hij leunde gefrustreerd achterover. Hij was te uitgeput om meer te doen dan naar haar staren.

Ze kneep haar ogen tot spleetjes. 'Wacht. Waarom schudde je met je hoofd?' Ze hief haar hoofd en keek in de richting van de deur. 'Hij is bij kennis. En rustig.'

Een tel later stond de verpleegster naast zijn bed en keek hem glimlachend aan. 'Ik zie het.'

Kate keek met opgetrokken wenkbrauwen weer naar hem. 'En hij is niet van plan om de slang eruit te trekken, hè, agent Davenport?'

Decker wilde grauwen, maar zelfs daar was hij niet toe in staat. *Verdomme.* Het was bijna fijner in de duisternis. *Nee, dat was het niet.*

De verpleegster was aan het redderen, maar Kate bleef en haar blik verliet geen ogenblik de zijne. 'Je bent hier nu een week,' zei ze. 'Ze halen deze slang weg. Dat klopt toch, zuster?'

'Absoluut,' verzekerde ze hem.

Hij hoefde dat niet van de verpleegster te horen. Hij vertrouwde Kate en probeerde haar dat duidelijk te maken. Ze knikte hem even toe en glimlachte, dus hij moest erin zijn geslaagd iets juist over te brengen.

'Blijf met hem praten, agent Coppola. U houdt hem stabiel en kalm en dat is een goede zaak. Ik vraag of de dokter zo snel mogelijk komt.'

Kate pakte zijn hand zodra de verpleegster klaar was met hem. 'Ze moesten je een week lang in coma houden. De kogel heeft een heleboel dingen gedaan waarvoor ik te moe ben om dat allemaal te proberen uit te spreken, maar het komt erop neer dat hij je long heeft beschadigd. Als ze je zelfstandig hadden laten genezen, dan zou het elke keer dat je ademhaalde ongelooflijk pijn hebben gedaan. Vandaar het coma. Snap je?'

Hij knipperde met zijn ogen. *Blijf praten, schat*, dacht hij. *Je doet het geweldig.*

'Je had een buis in je borst, die ze er inmiddels uit hebben gehaald, maar het apparaat ademt nog steeds voor je. Zodra ze er zeker van zijn dat je zelfstandig kunt ademen, halen ze die buis ook weg. Maak je geen zorgen.'

Dat deed hij ook niet. Niet daarover, in ieder geval. Maar hij maakte zich wel érgens zorgen om. Wat was het?

Precies. de kinderen. Hoe zat het met de kinderen?

Verdomme. Hij kon het zich niet herinneren. Hij kon het zich niet herinneren en het was belangrijk.

'Sst.' Kate kneep in zijn hand en streelde met haar vrije hand over zijn voorhoofd. 'Je raakt weer helemaal gespannen. Je moet kalm blijven. Als ze denken dat je weer helemaal doordraait, dan verdoven ze je weer. In de eerste plaats denk ik niet dat je dat leuk zult vinden en in de tweede plaats is het belangrijk dat je met me kunt praten. Ik moet weten wat er op die cd's staat dat zo belangrijk is.'

Ja. Kinderen. Op de cd. Zijn hand ging weer naar de slang en ze verstevigde haar greep.

'O, kom op, Griffin. Echt waar? Dwing me niet om je hard aan te pakken. Ik garandeer je dat je dat niet fijn zult vinden.' Ze duwde op zijn hand tot die plat op het laken lag. 'Dat is beter. Ik begrijp dat je over de cd wilt praten. Zodra de dokter er is, zullen we wel iets verzinnen. Dat beloof ik je.'

Hij ontspande zich. Ze had het beloofd. *Schiet op, dokter. Alsjeblieft.*

Donderdag 13 augustus, 00.15 uur

Het gerinkel van een telefoon wekte Mallory uit een diepe slaap, maar dat vond ze niet erg, want ze had akelig gedroomd over mannen met vingers als worsten die haar in de supermarkt achternazaten. Ze wierp een blik op de klok op haar nachtkastje en huiverde omdat haar huid klam was van het zweet. Het was nog maar net middernacht. Tijd genoeg om weer in slaap te vallen en nog wat te dromen. *Hoera.*

Maar wacht. De telefoon was overgegaan en opgenomen. Na middernacht. Ze knipperde heftig met haar ogen toen de betekenis daarvan tot haar doordrong. Hij hield zich altijd streng aan de 'negen tot negen'-regel. Geen telefoontjes voor negen uur 's morgens en ook niet na negen uur 's avonds. In die gevallen werd er niet opgenomen en werden de nummers geblokkeerd vanwege buitengewone onbeleefdheid. Behalve als zijn twee zussen belden, uiteraard. Als zij belden nam hij wel op, maar dan werd hij toch kwaad omdat ze na negenen belden.

Nell, zijn oudere zus, had de neiging wat meer respect te tonen en belde hem alleen als er sprake was van een noodgeval. Gemma daarentegen belde gewoonlijk wanneer ze daar zin in had, hoe laat of hoe vroeg ook. Maar hij nam altijd op, omdat het zou kunnen dat ze belde vanwege Macy.

Want hij had Macy aan Gemma gegeven zodat ze haar wettelijk kon adopteren en kon grootbrengen als haar eigen kind. Maar Mallory had hij gehouden. Gehouden en gebruikt en misbruikt tot ze geen hoop meer had op redding.

Gemma belde hem meestal voor hulp wanneer Macy ziek was en dat was zeker in het begin vaak het geval geweest. Nu niet meer zo. Het was altijd in zijn belang geweest om het kleine zusje van Mallory gezond en veilig te houden, want het was alleen zijn dreigement dat hij Macy onder zijn hoede zou nemen om van haar de volgende Sunshine Suzie te maken dat Mallory in het gareel hield.

Aanvankelijk had Mallory gedacht dat Gemma een bondgenoot zou worden, die zijn jongere zus Macy zou willen redden. Ze dacht dat Gemma zou luisteren als ze haar vertelde wat hij haar had aangedaan. Wat er voor Macy in het verschiet lag. Wat er voor Gemma zelf in het verschiet lag, want als hij nu de voogdij over Macy zou willen, dan moest er eerst iets vreselijks met Gemma gebeuren.

Zoals doodgaan, bijvoorbeeld. Hij zou zijn eigen zus vermoorden. Hij had tegen Mallory opgeschept over hoe hij dat zou aanpakken – op dezelfde manier als hij de moeder van Mallory en Macy had omgebracht.

Maar Gemma had Mallory destijds niet geloofd. In plaats daarvan had ze gekletst en hem precies verteld wat Mallory tegen haar had gezegd.

Daarna was het allemaal niet zo goed verlopen voor Mallory. Hij had haar hardhandig duidelijk gemaakt wat de prijs van eerlijkheid was. En dat was het moment geweest dat ze alle hoop had laten varen dat ze ooit nog vrij zou komen.

Maar dit telefoontje kwam veel later dan Gemma meestal belde en er was opgenomen, dus het was zeer waarschijnlijk zakelijk. Mallory klauterde voorzichtig uit het prinsesachtige hemelbed dat hij voor haar had gekocht toen ze net bij hem was komen wonen en liep voorzichtig over de hardhouten vloer, waarbij ze de planken vermeed waarvan ze wist dat die kraakten.

Ze drukte haar oor tegen de deur. Hij was beneden, dus ze hoorde alleen maar gemompel. Als ze de slaapkamerdeur opendeed en hij haar hoorde... Nou, ze was al een tijdje niet meer geslagen, dus hij zou in ieder geval niet op verse wonden slaan. Maar telefoontjes na middernacht waren nooit goed en Mallory kwam tot de conclusie dat het risico van ontdekking opwoog tegen de wetenschap waarmee hij haar straks zou opzadelen. Want zich door hem laten verrassen liep altijd slecht af.

Ze pakte een lege plastic fles van haar dressoir in de veronderstelling dat als hij haar hoorde rondscharrelen ze net kon doen of ze in de badkamer water ging halen.

Ze deed de deur open tot de kier net breed genoeg was voor haar om erdoorheen te glippen en liep op haar tenen langs de slaapkamer van Roxy. De deur was dicht, maar dat deed er niet toe. Roxy zou geen levende ziel vertellen dat Mallory uit bed was. Roxy kon nog maar nauwelijks ademhalen. Ze moest naar het ziekenhuis, maar dat stond hij niet toe. Zijn echtgenote zou thuis sterven.

Maar niet omdat hij iets om haar gaf. Alleen maar omdat hij bang was dat iemand achter de waarheid zou komen. Arme Roxy. Ze zat in dit leven gevangen, net als Mallory.

Maar Mallory kon zich niet veroorloven zich te laten afleiden door medeleven. Als hij haar hoorde... nou, dan zou ze eerder in het hiernamaals zijn dan Roxy. En op sommige dagen verlangde Mallory daarnaar. Als Macy er niet was geweest, zou ze zichzelf al lang geleden naar het hiernamaals hebben gestuurd. Want dat was de enige manier waarop ze hier kon wegkomen.

Ze liep op haar tenen langs de logeerkamers. Die waren op dit moment allemaal leeg, maar ze waren opgeruimd en klaargemaakt voor de volgende lichting... slàchtoffers. Het woord alleen al bezorgde haar een misselijk gevoel, maar dat maakte het niet minder waar. De kamers waren ingericht op een manier die de droom was van elk kind, maar die de bron van hun nachtmerries zou worden. En dat zou spoedig gebeuren, tenzij Mallory een plan bedacht om hem tegen te houden.

'Wanneer?' vroeg hij scherp. 'Wanneer is hij bijgekomen?'

Vanaf haar positie boven aan de trap kon ze hem telkens maar een paar seconden zien terwijl hij door de woonkamer liep te ijsberen.

'Heb je met hem afgerekend?' wilde hij weten. 'Het kan me geen moer schelen, al was J. Edgar Hoover zelf opgestaan uit de dood om hem te bewaken. Ruim hem uit de weg voor ze die slang weghalen. Maakt niet uit hoe.' Hij gromde diep in zijn keel. Mallory deed een stap achteruit en sloeg haar hand voor haar mond om te voorkomen dat ze van schrik een geluid zou maken. Maar hij had haar niet gezien en ging door met ijsberen. 'Dacht je dat het mij iets kon schelen dat je geen dienst hebt? Ga terug en regel dit, of anders krijg jíj een luchtslang in jóúw strot.'

Ze ging voorzichtig achteruit en glipte haar kamer in terwijl hij beneden nog steeds tekeerging tegen degene die zo onverstandig was geweest een direct bevel te negeren. *Hij is in ieder geval niet bezig afspraakjes voor mij te regelen. Of videoshoots.* Dat laatste zou niet voor haar zijn, dus dat was tenminste iets. Een van de voordelen van ouder worden. Als hij een videoshoot aan het regelen was geweest, zou haar tijdschema voor het redden van de vier kinderen die ze zaterdag had gezien aanzienlijk naar voren geschoven moeten worden.

Dan zou ze gedwongen zijn geweest iets te ondernemen wat onherroepelijk haar dood zou worden. Dat plan stond haar helemaal niet aan.

Mallory kroop in bed en staarde naar het plafond terwijl ze nadacht over wat ze had gehoord. Meer in het bijzonder over hoe ze gebruik kon maken van die informatie, want dit zou de doorbraak kunnen zijn waar ze om had gebeden.

Degene die 'uit de weg geruimd' moest worden lag waarschijnlijk in een ziekenhuis, want er zouden slangen worden uitgetrokken. Ze had genoeg televisie gezien om dat te weten. Maar wat haar aandacht had getrokken, was zijn verwijzing naar J. Edgar Hoover. Ze had ook genoeg televisie gezien om die naam te kennen.

Hoover was de vroegere baas van de FBI. Haar hart begon sneller te kloppen. Betekende dat dat de FBI erbij betrokken was? Hielden ze hem in de gaten? Had hij zo kwaad geklonken omdat hij bang was? Hij klonk nooit bang. Nou ja, niet vaak. Het was al bijna een jaar geleden dat ze voor het laatst angst in zijn stem had gehoord. Ze had toen ook gebeden, maar er was niets gebeurd en het leven was verdergegaan.

Maar als de FBI erbij betrokken was... De mogelijke gevolgen maakten haar gewoon duizelig. Dat betekende dat iemand hem verdacht. *En die iemand zal me dit keer geloven.* Dat alleen al was voldoende om haar het gevoel te geven dat ze wilde huilen, maar ze had lang geleden geleerd 's nachts niet te huilen. Of op welk moment van de dag dan ook.

O, Mallory. Het gefluister in haar hoofd kwam van hem en ze haatte het. *Niemand zal je ooit geloven.*

Dat was niet waar. Degene die hem verdacht zou haar geloven. *Ik moet hem alleen zien te vinden. Of haar.*

O, Mallory, Mallory, Mallory. Je bedoelt 'iemand' die 'iemand anders' bewaakt in een ziekenhuis 'ergens'? Je bedoelt al die namen die je niet kent en al die locaties waar je geen idee van hebt – en zonder zelfs maar een idee waar je moet beginnen met zoeken?

Mallory klemde haar kaken op elkaar. *Ja. Dat is precies wat ik bedoel.* Die 'iemand' was precies degene die ze moest zien te vinden. Ze zou er wel achter komen waar ze moest zoeken. Zeker weten.

Ze kon zijn computer niet gebruiken, want hij hield alles bij. Hij had zo'n beetje elke website geblokkeerd. Ze mocht een website met recepten gebruiken wanneer het haar beurt was om te koken. Maar sites die iets te maken hadden met nieuws of dagelijkse gebeurtenissen... die waren allemaal geblokkeerd.

Maar ze zou een manier bedenken. Want als iemand haar geloofde, dan betekende dat dat iemand hem zou tegenhouden. *Iemand anders dan ik.* En dat zou kunnen betekenen dat het niet haar dood hoefde te worden.

Donderdag 13 augustus, 06.30 uur

'Mijn hemel, meid. Wat is er met jou gebeurd?'

Decker werd abrupt wakker. Zijn ogen schoten open en hij zag een man in de deuropening staan. Hij knipperde heftig met zijn ogen terwijl hij zich afvroeg of hij wakker was of nog sliep, of dat hij misschien weer aan de morfine lag en aan het hallucineren was, want de man zag er... vreemd uit. Sneeuwwit haar stond in scherpe pieken overeind op zijn hoofd, maar hij was niet oud. Hij zag eruit alsof hij van Deckers leeftijd was.

Dat was vierendertig. Hij hield even op om een interne controle af te werken en merkte tot zijn voldoening dat zijn hoofd helder was en alle informatie toegankelijk. Ja, het klopte allemaal. Hij had een paar weken geleden zijn verjaardag gevierd. *Alleen.* Want hij was toen undercover geweest en de verjaardag van Gene Decker was in april.

Hij richtte zijn aandacht weer op de merkwaardige man in de deuropening. Het sikje van de man was ook wit, net als zijn wenkbrauwen, die hij hoog boven de *wraparound* zonnebril die hij droeg had opgetrokken. Binnen. Ze wáren toch binnen? Deckers blik schoot omhoog. *Plafond, check.* Ja, ze waren binnen. *Dus hoe zit het nou, verdomme?* De man had zijn handen in zijn zij en zijn mond stond grimmig.

Decker knipperde nog een paar keer met zijn ogen. De man was er nog steeds.

Er klonk een hees gegrinnik uit de stoel aan de andere kant van zijn bed, begeleid door zacht geklik. *Kate. Mooi. Ze is ook nog hier.*

'Ja, Griff, hij is echt. Je bent weer wakker. Je hebt hem al eens eerder ontmoet, op de avond dat je werd neergeschoten, om precies te zijn. Dit is speciaal agent Deacon Novak. Hij heeft ervoor gezorgd dat je niet doodbloedde voor de ambulance er was. Deacon, hou op met zo kwaad naar me te kijken en doe eens beleefd tegen Griffin.'

Deacon. Decker had die naam eerder gehoord. Hij zocht in zijn geheugen en was tevreden toen zijn brein snel en pijnloos het verband legde. Kate had het eerder over hem gehad, toen die andere dame bij haar was. Toen hij nog gevangenzat in het duister.

Hij fronste zijn voorhoofd. Maar Kate had ook gezegd: *Het spijt me, Jack.* Wie was Jack nou weer?

Hij voegde Jack toe aan de steeds langer wordende lijst van dingen die hij Kate zou vragen zodra ze die verrekte slang eruit haalden. Waarom hadden ze dat nog niet gedaan? Ze had beloofd dat ze het zouden doen. Hij begon weer gespannen te raken en dwong zichzelf te ontspannen. Ze zou hem wel vertellen waarom niet, maar voorlopig was hij voldoende bij de tijd om te beseffen dat hij hem er niet zelf uit kon trekken. Dat was een heel slecht idee.

Agent Novak kwam naast zijn bed staan en Decker tuurde naar hem op. Ja, hij herinnerde zich hem nog. Min of meer. Alleen, er was iets raars geweest... Zijn ogen... Maar dat kon niet echt zijn. Dat moest de morfine zijn. Niets zo erg als hallucinaties door morfine.

Novak stond hem nu toe te knikken. 'Agent Davenport. Ik ben blij dat je weer onder ons bent.'

Decker tilde langzaam zijn hand op en was geschokt door de moeite die dat kostte. Een week? Hij had het gevoel dat hij een maand had liggen slapen. Hij tikte tegen een ooghoek en Novaks mond vertrok in een zelfgenoegzame grijns, maar hij gehoorzaamde en deed zijn zonnebril af.

Shit. Decker deinsde achteruit tegen zijn kussen en dat leverde hem een nieuw gegrinnik op van Kate. Die ogen waren echt maf. Net kattenogen, maar dan tweekleurig. Blauw en bruin. Allebei.

Hij herinnerde zich die ogen terwijl ze op hem neerkeken en een stem eiste dat hij niet dood zou gaan. Hij dacht echt dat ze onderdeel waren geweest van de morfinehallucinaties. *Verdomme.*

'Gelukkig gebruikt agent Novak zijn heksenogen voor het goede doel en niet voor slechte dingen. Meestal.'

Novak keek haar snerend aan. 'En dat van een vrouw die eruitziet alsof ze onder een tram heeft gelegen. Wel verdomme, Kate. Dani zei dat je niet goed voor jezelf zorgde, maar ik had geen idee dat het zo erg was. Donder in vredesnaam op naar je hotel en ga slapen.'

Geen grote mond tegen haar! Decker moest zich bedwingen om de buis van de beademing niet uit zijn keel te trekken en hem in Novaks strot te stoppen. Novak kon niet eens de dodelijke blikken van Decker zien, omdat hij over het bed naar Kate staarde met zijn eigen dodelijke blik in zijn ogen.

Het geklik begon weer en Decker draaide voorzichtig zijn hoofd om te zien waar het vandaan kwam. *Aha. Breien.* Ze zat in de stoel naast zijn bed iets te breien wat groen en bruin en... *Camouflage*, besefte hij. Het patroon was hetzelfde als dat van zijn gevechtstenue in het leger. Hij voegde een vraag daarover toe aan zijn lijst en hief toen zijn blik naar haar gezicht.

Ze zag er inderdaad moe uit. Maar haar gezicht was nog steeds het enige wat hij wilde zien.

'Ben je klaar met schreeuwen?' vroeg Kate op vriendelijke toon aan Deacon. 'Want zo niet, dan stel ik voor dat je je tirade op normale toon afmaakt. We zijn hier op de intensive care.'

Deacons wangen werden rood. 'Verdomme, Kate,' zei hij op luide fluistertoon. 'Je maakt jezelf nog ziek. Pak je spullen. Ik breng je zelf naar je hotel, nu direct.'

'Nee.'

'Nee?' echode hij vol ongeloof. 'Kom dan met me mee naar huis.'

Decker verstijfde bij wijze van protest, maar hij kalmeerde toen hij Kate's volgende woorden hoorde.

'Ik weet zeker dat je verloofde daar wel iets over te zeggen heeft.'

'Ja, nou, Faith zei dat ik tegen je moest zeggen dat je zo lang mag blijven als je wil. We hebben een extra kamer en ze wil je leren kennen. Kom op nou, Kate,' smeekte hij.

'Ik ga terug naar mijn hotel zodra die slang eruit is. Ik heb hem beloofd dat ik zou blijven.'

Decker kreeg een tevreden gevoel dat de grens van bezitterigheid flink overschreed. Ze had ook beloofd dat ze een manier zou bedenken waarop hij kon communiceren, maar dat was niet gebeurd. *Omdat ik weer in slaap ben gevallen*, realiseerde hij zich. *Verdomme.* Hij had haar nog niets verteld van wat hij haar moest vertellen.

Dat hij Decker heette en niet Griff.

O, shit. De kinderen. Hij tikte zwakjes tegen de rand van zijn bed, maar Kate hoorde hem toch boven het geluid van haar breinaalden, dat nu ophield. Binnen een seconde stond ze over hem heen gebogen en streken haar vingers weer over zijn voorhoofd.

Ja. Dat. Niet mee ophouden. Ze glimlachte hem geamuseerd toe. *Hou daar ook niet mee op.* Hij vond het fijn om haar te zien glimlachen.

'Het spijt me. Ik moest even kwaad worden op Deacon. Ik vermoed dat je wil weten waarom de slang er nog steeds in zit. Je was gisteravond te moe om de zelfstandig-adementest met goed gevolg af te leggen.

Je viel halverwege in slaap.' Ze wierp hem een vergevingsgezinde blik toe. 'Waarschijnlijk omdat je jezelf had uitgeput door zelf die buis eruit te willen trekken.'

Hij kneep zijn ogen samen en ze lachte zachtjes. 'Je krijgt later vandaag wel de kans op een scherp weerwoord. De dokter zei dat hij halverwege de ochtend terugkomt en het nog eens zal proberen. Tot het zover is, ben je klaar om te proberen te communiceren door met je ogen te knipperen? Eén keer voor ja en –'

Hij onderbrak haar door zijn ogen nadrukkelijk één keer dicht te doen en ze lachte opnieuw. 'Oké, ik neem aan dat dat een ja is. Deacon, heb je die schema's gemaakt waar ik je om heb gevraagd?'

'Ja.' Novak liet zijn rugzak van zijn schouders glijden en rommelde erin.

'Voor het geval je in de war bent geraakt over wie waar werkt,' ging ze verder, 'agent Novak en ik werkten vroeger samen toen we in Baltimore waren gestationeerd. Nu zijn we allebei in Cincinnati, maar hij hoort bij een samenwerkingsverband met het politiekorps van Cincinnati. Ik werk voor de FBI-eenheid die zich bezighoudt met mensenhandel. Ik ben hier om verder achter de handelaren aan te gaan bij wie jij de afgelopen drie jaar hebt gezeten. Mijn nieuwe partner is agent Troy en ik weet zeker dat hij met je wil praten. We moeten namen hebben van relaties, leveranciers, klanten. Ik heb naar je opnamen zitten luisteren in de hoop dat ik het geldspoor kon volgen. Novak is hier omdat hij bij het team zat dat jouw handelaren heeft geïdentificeerd en ze heeft opgepakt. Hij zoekt antwoorden op een paar vragen zodat hij zijn rapport kan afmaken. Ik neem aan dat hij ook hier is omdat hij je leven heeft gered, dus dat geeft hem het recht. En o ja, hij is ook gekomen om me uit te kafferen.'

'Wat dat laatste betreft heb je helemaal gelijk,' mopperde Novak terwijl hij een vel papier zo groot als een kleine poster uitrolde waarop een alfabetkaart stond met het beeld van een qwertytoetsenbord eronder.

'We kunnen dit op verschillende manieren doen,' zei ze. 'Je kunt met een pen schrijven, maar dat is veel te vermoeiend en dan val je misschien weer in slaap voor je ons hebt verteld wat je te vertellen hebt. Morgen of misschien zelfs later vandaag zul je je – als die slang er eenmaal uit is – sterk genoeg voelen om te schrijven.'

Ze sprak alsof ze hier ervaring mee had. Weer een vraag voor zijn lijst.

'Of,' ging ze verder, 'wij kunnen het schrijfwerk voor je doen. Je kunt de letters aanwijzen en die noteren wij dan. Als je arm te moe wordt, wijst Deacon de letters aan, jij knippert met je ogen, en ik noteer. Hoe we dit ook aanpakken, het zal langzaam gaan, dus heb een beetje geduld met ons, oké?'

Decker knipperde één keer.

'Mooi,' zei Kate. 'Ik heb een paar ja/nee-vragen voor we beginnen. In de eerste plaats: heet je Griffin Davenport? Het leek je gisteravond nogal dwars te zitten toen ik je zo noemde.'

Hij knipperde één keer en probeerde toen zijn schouders op te halen. Dat deed pijn. Maar niet zo erg als hij had verwacht.

'Ja, maar?' zei Kate en hij knipperde opnieuw. Ze hield de pen omhoog, maar hij schudde zijn hoofd, opgelucht toen het vertrek niet zo ronddraaide als het de avond ervoor had gedaan. Hij stak zijn rechterhand op en wriemelde met zijn vingers. 'Je kunt je rechterhand niet gebruiken? O, je bent links. En dat is natuurlijk de arm waar ze een speldenkussen van hebben gemaakt,' voegde ze er op wrange toon aan toe. 'Oké, het toetsenbord dus?'

Hij knipperde en Novak hield het papier zo dat hij erbij kon. D-E-C-K-E-R. Hij wees naar elke letter en zag dat ze haar wenkbrauwen fronste.

'Gene Decker was de naam die je undercover gebruikte,' zei ze. 'Is Decker ook je echte naam?'

B-N-M.

'Het is een bijnaam,' vermoedde Deacon en Decker knipperde hard. 'Een bekende naam gebruiken moet het iets gemakkelijker hebben gemaakt om undercover te zijn.'

Hij knipperde één keer en keek Kate toen met vragend opgetrokken wenkbrauwen aan.

Ze keek hem glimlachend aan. 'Decker, dus. Kun je je de avond dat je werd neergeschoten nog herinneren?'

Dat kon hij, tot in het kleinste detail. *God.* Hij was erop voorbereid geweest dat hij de mensen die hij moest ontmaskeren zou haten. Het waren per slot van rekening drugshandelaren die cocaïne, heroïne en oxycodon vervoerden en verhandelden langs en in het gebied van de I-75 tussen Miami en Detroit. Maar het was nog veel erger. Ze hadden hun zaken uitgebreid en verkochten behalve drugs ook mensen. Mensen. Kinderen.

Hij had ze niet zomaar gehaat. Hij wilde alles en iedereen uitroeien, ze aan hun darmen ophangen. Maar hij moest aardig doen. Moest het leed verzachten waar hij maar kon zonder zijn dekmantel prijs te geven. Hij had verdomme moeten doen alsof hij hen bewonderde.

'Hé,' zei Kate zacht. 'Je hartslag schiet als een raket omhoog. Misschien moeten we hier nog even mee wachten.'

Hij knipperde twee keer. Hard. Vervolgens sloot hij zijn ogen en dwong zichzelf te ontspannen. Ze streelde zijn voorhoofd weer en ontspannen werd ineens een stuk eenvoudiger.

'Wat?' vroeg Kate scherp. Hij deed zijn ogen open en zag Novak en haar woedend naar elkaar kijken.

Novak haalde zijn schouders op. 'Ik zei niks.' Maar dat wilde hij wel, zag Decker.

Hij wachtte tot Novak naar hem keek en kneep toen zijn ogen tot spleetjes. *Koest, jongen.*

Novak vertrok zijn gezicht. 'Wauw,' zei hij sarcastisch. 'Ik had helemaal geen geknipper of letters nodig om dat te begrijpen, Davenport. Boodschap ontvangen, luid en duidelijk. Ik zeg niks.'

Decker had de tijd om even te knikken voor er een verpleegster binnenkwam, die Novak aan de kant schoof. 'Jullie moeten weg,' zei ze zonder verdere omhaal. 'Jullie maken mijn patiënt van streek.'

Novak haalde zijn penning uit zijn zak, maar de verpleegster wuifde die weg. 'Ik weet wie jullie zijn,' zei ze zonder een duimbreed te wijken. 'Jullie allebei. En dat kan me niets schelen. Jullie moeten gaan.'

Deckers schouders kwamen omhoog van de matras in een zwijgend protest, maar Kate duwde hem zachtjes terug terwijl de verpleegster zijn hartslag en ademhaling controleerde.

'Mevrouw,' zei Kate zacht, 'hij is een FBI-agent en hij wil iets met ons delen. Als u ons dwingt weg te gaan, dan zal hij alleen maar meer opgewonden raken. Laat het hem vertellen en dan gaan we weg zodat hij kan rusten. Oké?'

De verpleegster keek hen fronsend aan. 'Ik weet dat hij daarbuiten een FBI-agent is, maar hierbinnen is hij mijn patiënt en het is mijn taak om ervoor te zorgen dat hij het overleeft en weer naar búíten kan.' Ze snoof gefrustreerd. 'Vijf minuten en dat is alleen maar omdat hij kans heeft gezien zichzelf te kalmeren. Maar als zijn hartslag weer omhooggaat, gooi ik jullie er allebei uit ook al moet ik jullie persoonlijk wegsleuren, en geloof maar niet dat ik dat niet kan. Ik heb vier zoons grootgebracht die net zo breed waren als meneer Davenport hier. Ik heb vaardigheden die jullie niet aan den lijve willen ondervinden. Duidelijk?'

'Ja, mevrouw,' zei Kate respectvol en haar lippen vormden een oprechte glimlach. 'Dank u dat u hem tot uw prioriteit hebt gemaakt. We zullen zorgen dat u ons er niet uit hoeft te gooien.'

'Oké dan,' mopperde de verpleegster. 'Ik zal tegen de dokter zeggen dat hij wakker is.'

Novak keek over zijn schouder om zich ervan te vergewissen dat ze weg was en keek Kate toen met rollende ogen aan. 'Slijmbal,' mompelde hij.

'Ja, en wie heeft ons vijf minuten extra bezorgd, hè, lefgozer? Je houdt je gedeisd tegen verpleegsters. Die kunnen ons maken en breken.' Ze keek Decker aan. 'En jij, maat, beheers je. We zullen het later nog wel hebben over de avond dat je bent neergeschoten. Voorlopig wil ik weten waar ik naar moet zoeken op de cd's.'

De cd. De kinderen. Decker deed even zijn ogen dicht terwijl hij zich probeerde te herinneren waar en wanneer hij dat had gehoord. Hij zette locaties en datums op een rijtje tot hij erachter was. *Oké, goed.* Hij deed zijn ogen open en begon op het moment dat Novak de kaart binnen zijn bereik hield met zijn vinger te prikken.

D-I-4-A-U-G. Hij wachtte even. 7-8-9-U?

'Dinsdag 4 augustus?' vroeg Novak toen hij klaar was. 'Dus ergens tussen zeven en negen uur die avond?'

Decker knikte en liet zijn arm weer langs zijn lichaam vallen.

'Dat was de dag voor je werd neergeschoten,' merkte Kate op. 'Wacht even.' Hij ging verliggen zodat hij kon kijken terwijl zij zich omdraaide, maar toen boog ze zich voorover om de tas vanonder haar stoel te pakken en Decker kreeg een tijdelijke kortsluiting in zijn hersenen.

Kate Coppola had een héél lekker kontje en haar broek zat precies strak genoeg om dat goed te laten uitkomen. Er kwam een honger in hem op, dierlijk en gloeiend heet, en de vingers van zijn rechterhand strekten en balden zich tot een vuist terwijl hij zich voorstelde dat hij haar aanraakte. Bad dat ze dat goed zou vinden.

'Kijk uit, klootzak,' waarschuwde Novak naast zijn oor in een bijna onhoorbare grom.

Dat doe ik toch, dacht Decker terwijl zijn ogen elke beweging volgden die Kate maakte. *Maak je daar maar geen zorgen over.*

Novaks vingers omklemden weinig zachtzinnig zijn kin en dwongen hem zijn blik af te wenden van Kate en naar hem te kijken. 'Ze is niet van jou,' zei hij woordloos.

Decker trok zijn wenkbrauwen op en beantwoordde Novaks blik. *Nog niet.*

Novaks blik werd ijzig. Hij liet Deckers kin los en richtte zich tot tamelijk indrukwekkende hoogte op, slechts een seconde voor Kate overeind kwam met een onopvallende canvas tas met een plaatje van kittens met een bol wol op de zijkant. 'Mijn breiwerk,' verklaarde ze terwijl ze hem naast hem op de matras zette. 'Wat nu weer?' vroeg ze Novak met ergernis in haar stem.

Novak schudde zijn hoofd. 'Je breitas is niet echt een veilige plek,' gromde hij.

Ze knipperde met haar ogen, verrast door zijn toon, niet wetende dat zijn zure houding te maken had met Decker. 'Niet onveiliger dan mijn computertas. Ik hou ze allebei in het oog.'

'Tenzij je in slaap was gevallen op die stoel,' snauwde Novak.

'Hou je mond.' Kate wierp Novak een strenge blik toe die Decker een zelfingenomen gevoel gaf en haalde met de ene hand een bol wol in camouflagekleuren uit de tas terwijl ze met de andere verder zocht. 'Ik heb vijf cd's bij me. Hopelijk is het een van deze hier. Ik heb Grote Kantoor I, II en III al beluisterd.' Ze hield de cd's omhoog in de hoesjes waar hij ze in had gestopt en hield ze een voor een omhoog. 'Grote Kantoor IV? Keuken? Garage? Slaapkamer? Thuiskantoor?'

Hij knipperde en ze stopte de vier andere cd's terug onder haar breiwerk. 'Thuiskantoor dus. Ik zal hem zo snel mogelijk afluisteren. Novak en ik laten je nu met rust zodat je kunt slapen.'

Decker greep haar arm toen ze aanstalten maakte om te vertrekken. Hij negeerde Novaks afkeurende grom en tikte op haar pols waar haar horloge zou hebben gezeten als ze er een had gedragen. 'Hoe laat het nu is?' vroeg ze en hij schudde zijn hoofd. Haar blik maakte duidelijk dat ze hem begreep. 'Wanneer ik terugkom?'

Hij liet met een knik haar arm los.

'Dat zal wel een paar uur duren,' zei ze.

'Minstens,' mopperde Novak. 'Ze gaat naar haar hotel om te slapen, toch, Kate?'

Ze kneep geërgerd haar lippen op elkaar. 'Ja, jezus. Maar eerst gaan we kijken wat er op die verrekte cd staat, toch, Novak? We zorgen dat

Zimmerman de informatie krijgt en dan ga ik slapen.' Ze klemde haar kaken op elkaar toen Novak niet reageerde. 'Hou je gedeisd, Deacon,' zei ze heel zacht en Decker kon alleen maar hopen dat ze die toon nooit tegen hem zou gebruiken. 'Ik weet niet wat jou precies dwarszit, maar zorg maar dat je het kwijtraakt. Nu.'

Novak knikte. Zijn lippen vormden een dunne streep. 'Duidelijk. Ben je zover?'

'Wacht bij de liften op me, alsjeblieft. Ik kom er zo aan. Gá,' blafte ze toen Novak niet meteen in beweging kwam. 'Onze vijf minuten zijn bijna om.'

Novak ging zonder achterom te kijken weg en Kate keek, nog steeds geërgerd, naar Decker. 'Ik heb geen idee waar dat allemaal over ging, maar ik denk dat jij het wel weet.'

Decker zette grote ogen op en knipperde onschuldig, maar ze liet zich niet voor de gek houden.

'Ik had vier broers, maat. Je hoeft het niet eens te proberen.'

Had? Wie is Jack? Hij zat met veel te veel vragen, maar op dit moment was slechts één antwoord belangrijk. Hij greep naar de kaart die Novak had achtergelaten en begon te wijzen. K-I-D-S. Daarna wees hij naar de cd in haar hand en zag haar verbleken, waardoor de sproeten bij haar neus scherp afstaken.

'Wat voor kinderen?' vroeg ze dringend.

Hij haalde hulpeloos zijn schouders op, want hij wist niet hoe ze heetten. Hij wist niet wie ze had. Hij wist maar twee dingen – ten eerste dat ze gevaar liepen. Hij raakte opnieuw haar pols aan en deed met zijn wijsvinger de wijzer van een klok na die verder tikte.

'Wie het ook zijn, hun tijd begint te dringen,' zei ze grimmig.

Hij knikte en sloot zijn ogen. *Dat was het tweede ding.* Hij had voorlopig gedaan wat hij kon. Hij zou er nu op moeten vertrouwen dat ze het stokje van hem zou overnemen. Voorlopig, in ieder geval.

Hij hoorde dat ze haar spullen bij elkaar zocht en voelde toen haar vingertoppen op zijn gezicht. Ze streek langs de rand van het masker, waardoor er een huivering over zijn huid trok. 'Rust nu maar uit,' zei ze zacht.

Hij deed zijn ogen open en staarde haar koppig aan. Een van haar mondhoeken ging omhoog. 'Jaja, ik snap het. Je wil niet rusten. Je wil op pad en je werk doen. Jammer dan. Voorlopig dan in ieder geval,' voegde ze eraan toe toen ze zijn gezicht zag. 'De dokter zei dat als ze je eenmaal van de beademing hebben, je behoorlijk snel beter zult worden. Een week, hooguit. Dan kom je je bed uit en loop je het ziekenhuis uit en kun je weer aan het werk. Maar vandaag niet. Vandaag is het je taak om te slagen voor de ademhalingsproef zodat de artsen die slang eruit kunnen halen. Ik kom terug zodra ik je iets te vertellen heb.'

Hij bewoog zijn hand naar zijn hartstreek en nu ging de andere mondhoek omhoog.

'Ja, dat beloof ik.' Ze legde haar hand om zijn gezicht en liet haar vingers in zijn haar glijden, en hij wilde zuchten. Maar dat kon hij niet, dus draaide hij zijn hoofd in haar hand en hij hoorde haar adem even stokken, maar ze trok haar hand niet meteen weg. Dat deed ze pas na een paar seconden, die hij gretig koesterde omdat hij niet wist wanneer ze terug zou zijn.

Iemand ergens bij de deur schraapte haar keel.

'De verpleegster geeft me het boze oog, dus ik moet nu afscheid van je nemen.' Ze maakte haar hand los, schreef een telefoonnummer onder het geprinte toetsenbord voor ze het papier opvouwde en in zijn hand stopte. 'Mijn mobiele nummer. Bel me als je me nodig hebt, maar ga nu rusten.'

Donderdag 13 augustus, 06.30 uur

Dr. Meredith Fallon was dol op haar mensen. Maar ze had bijna net zo veel respect voor ze, zo niet meer. De vrouwen die zij tot haar vriendinnen rekende waren door een hel gegaan en waren daar zo verdomd sterk uit gekomen. Hun kracht ging echter gepaard met compassie en toewijding om de wereld een betere plek te maken voor iedereen in hun omgeving. Geen zelfzuchtig mens te bekennen.

Behalve wanneer het om pannenkoeken ging en dan vooral wanneer Bailey Beardsley de spatel zwaaide. Dan was het elke vrouw voor zich. Op dat moment verdrongen acht vrouwen zich om het kookeiland in de boerenkeuken van Bailey en ruzieden over welke vulling er die ochtend gebruikt moest worden.

Meredith hield zich erbuiten en gaf er de voorkeur aan om haar vriendinnen bezig te zien vanuit de relatieve rust aan Beardsley's keukentafel terwijl ze van een grote mok koffie nipte.

'Zijn ze altijd zo?'

Meredith draaide zich om naar de jonge vrouw die naast haar zat en wierp haar een korte grijns toe. Dit was Audrey O'Bannions eerste kennismaking met de steeds verder uitdijende kring van Merediths vriendinnen. Meredith had Audrey leren kennen via dr. Faith Corcoran en rechercheur Scarlett Bishop. Faith was negen maanden eerder bij Merediths praktijk voor hulpverlening gekomen en Scarlett werkte samen met Deacon, de verloofde van Faith.

Audrey en Faith waren stiefnichten. Hun stamboom was tamelijk krom. *Oké, heel erg krom*, gaf Meredith toe, want Scarlett had nu verkering met Audrey's oudste broer. Meredith, Faith en Scarlett hadden Audrey onder hun vleugels genomen.

De O'Bannions waren rijk, maar Audrey maakte op Meredith een compleet verloren indruk. Ze was al drie keer opgepakt vanwege haar deelname aan demonstraties over onderwerpen die uiteenliepen van dierenrechten tot de benarde toestand van daklozen. Ze zette zich ook onvermoeibaar in voor het werven van fondsen voor die doelen, dus ze deed goede dingen. Maar toch leek ze stuurloos. En zo eenzaam.

Meredith wilde daar graag verandering in brengen. 'Ze maken gewoon lol,' zei ze tegen Audrey. 'Er komt tenminste geen wijn aan te pas. Filmavond met wijn erbij? Het kostte een keer drie uur voor we eruit waren welke film we zouden gaan zien. Tegen die tijd was alle wijn op en waren hun echtgenoten ze al komen halen.'

Audrey glimlachte flauw, maar oprecht. 'Dat lijkt me ook leuk. Misschien nog wel leuker dan de film zelf. Komen jullie altijd hier bij elkaar, in Bailey's huis?'

'De filmavonden zijn bij mij thuis, maar ontbijt is altijd hier, omdat Bailey een geweldige kok is. Bailey en ik zijn trouwens ook stiefnichten, net als Faith en jij. Bailey's stiefzus, Alex, is een nicht van me. Bailey en Alex zijn opgegroeid in de buurt van Atlanta, maar Alex is bij mijn familie komen wonen toen haar moeder... Nou, ze is vermoord.'

Audrey's glimlach vervaagde. 'Wat afschuwelijk,' fluisterde ze.

Meredith wist dat Audrey het begreep, want haar jongere broer was negen maanden eerder vermoord en ze was nog maar een week geleden bijna haar twee oudere broers kwijtgeraakt. Er zat een hoop pijn achter het gepolijste uiterlijk van Audrey. Dat was de reden dat Meredith erover was begonnen. Audrey moest weten dat ze niet de enige was.

'Het was afschuwelijk,' stemde Meredith in. 'Ook voor Bailey, want ze was dol op de moeder van Alex. Je zou het niet zeggen als je haar nu zo zag, maar Bailey raakte verslaafd. Heroïne.' Meredith knikte toen Audrey geschokt naar adem hapte. 'Alex ging een paar jaar geleden terug naar Atlanta om Bailey en haar dochter Hope bij te staan. Alex viel voor een politieagent daar en is er gebleven. Bailey heeft haar man Ryan daar ook leren kennen, maar toen ze was afgekickt was ze toe aan een nieuwe start, dus toen zijn ze hierheen gekomen en hebben bij mij gewoond tot ze dit huis kregen. Bailey heeft haar verpleegstersopleiding afgemaakt en is nu counselor op het gebied van drugsmisbruik. Ze werkt voor Wendi Cullen, dat blondje dat op dit moment bessen in haar mond staat te proppen als een dol geworden eekhoorn. Soms is het moeilijk te geloven dat Wendi directrice is van een reclasseringscentrum voor minderjarige meisjes en niet een van de bewoners. Maar de meiden zijn dol op haar.'

Audrey grinnikte. 'Wendi is de reden dat ik hier ben, hè? Haar centrum heeft fondsen nodig.'

'Nee, schat. Jij bent de reden waarom je hier bent. Ik denk dat je dit groepje dames wel leuk zult vinden. We vormen een geweldige steungroep.' Iets waar Audrey vreselijk behoefte aan had. 'Je zou bij ons moeten komen. Elke tweede donderdag is er ontbijt, de vierde woensdag is het film. Je bent bij dezen uitgenodigd.'

Audrey keek Meredith aan met een blik vol behoedzame dankbaarheid. 'Dank je. Maar toen je me uitnodigde voor het ontbijt, zei je dat het huis dat Wendi gebruikt haar wordt afgenomen en dat ze geld nodig heeft voor een nieuw onderkomen.'

'Haar huis wordt gesloopt, om precies te zijn. Het staat op de lijst om over zes weken tegen de grond te gaan – er komt een nieuwe weg. Maar we kunnen ons niet veroorloven de diensten die ze biedt kwijt te raken.'

'Ze neemt jonge vrouwen op die gedwongen werden tot prostitutie. Ze biedt hun een veilige, stimulerende omgeving waar ze kunnen herstellen en weer volwaardig lid van de gemeenschap kunnen worden.'

Meredith was onder de indruk. 'Iemand hier heeft haar huiswerk gedaan.'

'Dat doe ik altijd als ik voor fondsenwerving word gevraagd,' zei Audrey een beetje verdedigend.

'Dat verklaart dan waarom je er zo succesvol in bent.' Meredith glimlachte en zag dat Audrey's boosheid zichtbaar zakte. 'Ik heb het gevoel dat mensen je onderschatten en je afdoen als oppervlakkig of dwaas of misschien zelfs stom. Daar zal ik niet bij horen.'

'Dank je. Maar ik heb Wendi's biografie gelezen en gezien dat ze ook slachtoffer is. Dat haar misbruiker obscene foto's van haar heeft gemaakt en die heeft verspreid in de tijd dat er net internet was. Ik ben onder de indruk dat ze zo iets positiefs heeft weten te halen uit iets wat zo afschuwelijk was. Daar wil ik haar bij helpen.'

'En we zullen die hulp dankbaar aanvaarden. We wilden je dolgraag bij onze groep hebben, maar je bleef onze uitnodigingen maar afwimpelen. En vertel me nou niet dat je het druk hebt. We hebben het allemaal druk. Faith, Wendi, Bailey en ik zijn allemaal counselor of therapeut. Dani is arts. Delores heeft een dierenopvang. Corinne studeert. Ze loopt stage bij mij en doet kunsttherapie met de hele kleintjes. En Scarlett en Kendra zitten bij de politie, dus die komen alleen wanneer ze geen dienst hebben.'

Eerlijk gezegd was Scarlett Bishop niet zo heel vaak geweest, ook niet wanneer ze vrij was, en de paar keer dat ze wel was gekomen was ze op haar hoede geweest, alsof ze bang was zichzelf bloot te geven. Dat Scarlett vanochtend wel was komen opdagen was een heel aangename verrassing. Dat ze onbevangen meelachte met de anderen was een ontwikkeling die Meredith heel gelukkig maakte – en een die ze helemaal toeschreef aan de nieuwe relatie van de rechercheur met Audrey's oudste broer, Marcus. *Wat je ook doet, Marcus, ga daarmee door. Alsjeblieft.*

Kendra's aanwezigheid was, hoewel geen verrassing, zorgwekkend, want ze lachte niet met de rest. En ze bleef steelse blikken over haar schouder werpen in de richting van Meredith wanneer ze dacht dat niemand het in de gaten had. Er was iets aan de hand.

'Is Kendra ook rechercheur?' vroeg Audrey.

'O nee, nog niet. Ze komt net van de academie. Wendi en zij zijn zussen, tussen twee haakjes.'

Audrey knipperde met haar ogen, maar haar goede manieren verhinderden haar meer te zeggen dan 'O?'

Meredith grinnikte, want Wendi was 1 meter 58, blond en superslank, terwijl Kendra bijna 1 meter 82 en gespierd was en een zwarte huid had. 'Pleegzusters,' verklaarde ze. 'Ze vinden het geweldig om een reactie te krijgen, dus als ze het je vertellen, doe dan net of je verrast bent, oké?'

'O-ké. Dus... moet ik wijn meenemen voor de filmavond?'

'Graag, maar niet iets duurs. Het moet alleen lekker smaken bij chocola.'

Kendra maakte zich abrupt los uit de groep en kwam bij hen aan tafel zitten. 'Ik heb nog niet de kans gehad om hallo en welkom te zeggen, Audrey. Dus, hallo.' Ze glimlachte. 'En welkom.' Ze zette de schaal met bessen op tafel. 'Wendi was bezig zich ziek te eten. Die vrouw heeft verdorie een verzorger nodig.'

Meredith stopte een bes in haar mond. 'Je doet het prima, Kendra.'

Kendra glimlachte vertederd. 'Dat weet ik. Ik heb ook een heleboel oefening gehad.' Toen vervaagde haar glimlach. 'Ik heb een kleine bekentenis te doen. Ik ben vandaag speciaal gekomen omdat er iets is waar ik met jou over wil praten, Mer, als dat goed is. Ik wil niet storen als jullie ernstige zaken aan het bespreken zijn. Ik heb gewacht tot ik de indruk kreeg dat jullie klaar waren.'

'Dat is prima,' zei Audrey met een oprechte glimlach. 'Praten jullie maar. Ik denk dat ik me maar eens in het strijdgewoel stort.'

Meredith wachtte tot Audrey zich bij de zeer luidruchtige groep rond het kookeiland had gevoegd. Ze wendde zich tot Kendra en werd onmiddellijk ernstig toen ze zag hoe van streek ze was. 'Wat is er aan de hand, schat?'

Kendra deed haar mond open. En weer dicht. Ze keek omlaag naar haar gebalde vuisten. 'Ik heb fantasieën. Over dingen die ik wil doen met misdadigers. Vooral degenen die zich schuldig maken aan seksmisdrijven.'

O. Arme Kenny. 'Gewelddadige dingen?' zei Meredith zacht.

Kendra knikte grimmig. 'O, zeker. Zo gewelddadig dat als ik dat tegen iemand op het bureau zou vertellen, ik acuut naar de psych zou worden gestuurd. Dan zit ik voor de rest van mijn leven bij de verkeerspolitie. Ik ben een beetje bang van mezelf. Ik heb soms een heel kort lontje.' Ze keek Meredith smekend aan. 'Ik wil mijn carrière niet verpesten. Ik wil niet in de gevangenis belanden. Ik zou eigenlijk moeten zeggen dat ik niemand iets wil aandoen, maar dat krijg ik niet uit mijn strot.'

'Ik zou je ook voor leugenaar hebben uitgemaakt als dat wel was gelukt,' zei Meredith op vriendelijke toon. 'Ik zou ze met mijn blote handen willen wurgen, ze villen en ze hun eigen ingewanden te eten geven. Ik wil dat ze duizend pijnlijke doden sterven voor elk kind wiens leven ze hebben verwoest. Ik ben blij dat ik geen directe toegang heb tot het bureau voor kentekenbewijzen, want het zou te verleidelijk zijn om hun adressen te achterhalen.'

Kendra zag bijna kans een schrikreactie te verbergen en Meredith wist dat ze een zenuw had geraakt. 'Jij lijkt altijd zo... evenwichtig. Zelfs wanneer je het hebt over mensen van hun ingewanden ontdoen. Je bent... kalm.'

Meredith lachte zachtjes. Dat was een algemene misvatting. 'Nee, dat ben ik niet. Dat ben ik echt niet. Maar ik blijf ook niet hangen bij die gewelddadige gedachten. Dat is een van de redenen dat ik zo fanatiek ben wat betreft bijeenkomsten als deze. Als ik bezig ben en mijn hart gelukkig is, dan is er geen ruimte voor boosheid. Ik heb een heleboel woede, dus maak ik, hou ik en onderhoud ik een heleboel vrienden. Dat houdt me met beide benen op de grond. Ik train ook. En doe yoga. Mediteer. Ik kan je wel wat tips geven als je wil.'

'God, wil je dat doen?' Kendra leek dankbaar – en zo jong. Ze was normaal gesproken zo'n oude ziel dat Meredith soms vergat dat ze nog maar net oud genoeg was om alcohol te mogen kopen.

'Natuurlijk. Laten we na het ontbijt onze agenda's maar eens naast elkaar leggen. En dat ontbijt is klaar, als ik op de geur afga.'

Ze schepten allemaal voor zichzelf op, een ontbijtbuffet, toen Bailey's echtgenoot de keuken binnenkwam, gekleed in pak en stropdas. Hij pikte een pannenkoek en rolde die op om hem als een burrito met zijn vingers te eten.

'Ryan!' Bailey wierp hem een getergde blik toe. 'Pak een bord.'

'Kan niet.' Hij drukte een kus op haar mond. 'Ik moet ervandoor. Ik ben te laat. Hope ligt nog in bed.' Hij keek naar Delores. 'Angel ligt aan het voeteneinde van haar bed, voor het geval je je afvraagt waar ze naartoe is.'

Angel was de enorme hond van Delores – hij zag eruit als een kruising tussen een wolfshond en een Deense dog met een vleugje sintbernard. De hond deed ook dienst als knuffeldeken en als lijfwacht sinds een moordenaar Delores voor dood had achtergelaten. Ze ging zelden ergens heen zonder Angel.

Delores keek ontzet. 'Het spijt me. Ik wist niet dat ze naar boven was geslopen. Ik ga haar meteen halen.'

'Als je het maar uit je hoofd laat,' zei Ryan vriendelijk. Hij was een grote man, een voormalige aalmoezenier, en hij kwam op Meredith altijd over als buitengewoon zachtaardig. 'Ze houdt Hope gezelschap.' Hij wierp een betekenisvolle blik in de richting van Bailey. 'We moeten er ook een voor haar nemen. Dat weet je.' Hij richtte zijn blik weer op Delores. 'Hope vraagt al heel lang om een hond. Ze is inmiddels negen – dat is oud genoeg om voor een hond te zorgen, dus ik denk dat we binnenkort bij jouw asiel langskomen.'

Bailey rolde met haar ogen, maar vol liefde. 'Je wil alleen maar een hond voor jezelf.'

Hij grijnsde. 'Dat is niet helemaal onwaar. Geef je schoonfamilie daar maar de schuld van. Ik moet naar mijn werk. Hou van je.'

'Ik ook van jou.' Bailey glimlachte toen hij nog een pannenkoek pikte en de vrouwen die gezamenlijk stonden te zwijmelen een kushand toewierp. 'Die man is net zo'n kind als Hope. Een paar weken geleden kwamen mijn zus en haar man op bezoek uit Georgia en ze hadden hun basset bij zich. Ryan en Daniel namen Hope mee naar het park en hebben urenlang met die hond met een bal gespeeld. Nu heeft Hope het alleen nog maar over honden.'

'Hoeveel dieren heb je?' vroeg Wendi aan Delores toen ze eenmaal zaten.

'Dertien katten en tien honden, maar slechts de helft van de honden komt op dit moment in aanmerking voor adoptie. Hoezo?'

'Nou, gesteld dat ik een nieuw onderkomen vind, dan overweeg ik om een nieuwe beroepscursus voor de oudere meisjes te beginnen,' zei Wendi. 'We hebben al een kookprogramma en eentje voor het ontwerpen van websites, maar ik denk dat werken met dieren een waardevolle aanvulling kan zijn. De vraag naar dierenartsassistenten groeit – en met honden werken zou een goede therapie zijn voor al onze meisjes, ongeacht wat ze besluiten te gaan doen met hun leven.'

'Dat klinkt geweldig,' zei Delores. 'Daar wint iedereen bij.' Ze aarzelde. 'Hoe gaat het met de huizenjacht?'

Wendi schudde haar hoofd. 'Niet goed. Elk pand dat mensen willen doneren is slechts één stap verwijderd van onbewoonbaarverklaring en ik heb nog niets gevonden met een redelijke huur – geen plek die leuk én veilig is. Of groot genoeg. Maar ik heb nog zes weken, dus het is nog niet gedaan.'

Vanuit haar ooghoeken zag Meredith dat Audrey een bedachtzame uitdrukking kreeg, maar het was Scarlett Bishop die als eerste iets zei. 'Je moet die panden niet te snel afschrijven. We kunnen een ploeg vormen die de boel komt opknappen. Marcus en zijn vriend Diesel bouwen huizen voor goede doelen. Ik zal het ze vragen.'

Audrey knikte. 'En het zijn leuke huizen ook. We zouden fondsenwerving kunnen doen voor de bouwmaterialen en de aankleding. Dat heb ik eerder gedaan. Ik weet wie ik moet benaderen.'

'Dat klopt,' bevestigde Dani. 'Ze heeft een serieus bedrag binnengehaald voor onze gratis kliniek.'

'En ik heb misschien een huis op het oog voor je meiden,' voegde Faith eraan toe. 'Ik heb al een paar telefoontjes gepleegd, maar ik moet nog een en ander doen voor ik je bijzonderheden kan vertellen. Het moet wel worden opgeknapt, maar... Nou, het heeft karakter. Verheug je nog nergens op, maar weet wel dat we proberen te helpen.'

Wendi's ogen straalden. 'Hemel, alles wat jullie kunnen doen...' Ze raakte aangedaan. 'Dank je.'

Ze waren de rest van het ontbijt bezig dingen te plannen, tot Scarlett een sms kreeg. 'Sorry, dames,' zei ze terwijl ze van de tafel wegschoof. 'Ik moet ervandoor.'

'Is alles in orde?' vroeg Meredith bezorgd.

'Ja. Het is werk. Mijn partner moet me spreken.'

Meredith fronste haar voorhoofd. 'Ik dacht dat je nog met ziekteverlof was.' Scarlett had een rib gekneusd tijdens een zaak waar ze een week eerder mee bezig was geweest.

'Ik doe alweer een paar dagen bureaudienst. Maak je niet druk, mam.'

Haar vertrek maakte een einde aan de bijeenkomst en de groep maakte korte metten met de afwas en ruimde Bailey's keuken op voor ze afscheid namen.

'Heb je vanavond iets?' vroeg Kendra terwijl ze met Meredith meeliep naar haar auto. 'Ik wil graag zo snel mogelijk met die woedebeheersing beginnen. Ik kan eten meenemen.'

'Ik sla nooit eten af. Laten we zeggen, rond een uur of acht?' Meredith pakte haar mobieltje om alles in haar agenda te zetten, maar zag toen dat ook zij een sms had gekregen terwijl ze in Bailey's keuken zaten. Het was afkomstig van speciaal agent Zimmerman, die belast was met de leiding over het plaatselijke FBI-kantoor. Hij vroeg haar hem zo snel mogelijk te bellen. Normaal gesproken werd ze benaderd door het Cincinnati Police Department, niet door de FBI. *Dit kan interessant worden.*

'Acht uur is prima,' zei Kendra. 'Ik zie je dan.'

'Laat je tot die tijd niet meeslepen door je woede.'

Kendra knikte. 'Ik zal mijn best doen.'

'Doe heel erg je best.'

3

Cincinnati, Ohio, donderdag 13 augustus, 08.50 uur

Kate was teruggekeerd naar haar hotelkamer, maar alleen om te douchen en andere kleren aan te trekken alvorens ze zich weer naar het bureau haastte. Nu begreep ze Deckers haast, zijn wanhopige behoefte om het iemand te vertellen. Was hij zich de hele tijd dat hij in coma lag bewust geweest van wat er om hem heen gebeurde?

Mijn god, ik hoop van niet. Om een week lang met die wetenschap opgescheept te zitten en het aan niemand kunnen vertellen? Te weten dat kinderen gevaar liepen en niet in staat zijn er iets aan te doen? Dat hij in staat was geweest zichzelf zo te kalmeren als hij had gedaan, getuigde van een heel sterke wil.

God. Kinderen. Ze was jaren geleden al opgehouden zich af te vragen hoe iemand in staat kon zijn kinderen tot doelwit te maken. Ze had het bestaan geaccepteerd van puur kwaad, vermomd als wandelende, pratende, ademende menselijke wezens. En vervolgens deed ze het uiterste om hen in een klein doosje te stoppen. Meestal was dat doosje een stalen kooi in de gevangenis, maar als het een eikenhouten kist twee meter onder de grond was zodat ze nooit meer in staat zouden zijn om zich te midden van onschuldigen te begeven? Dat was buitengewoon bevredigend, hoewel dat iets was wat ze nooit tegen iemand bij de FBI zou zeggen, want dan zou ze voor ze met haar ogen kon knipperen bij de psychiater zitten. Hoewel de kans groot was dat de mensen die ze het meest respecteerde precies hetzelfde dachten en zich ook hadden voorgenomen het nooit aan iemand te zeggen.

Toen ze aankwam was de sfeer in het kantoor van speciaal agent Zimmerman grimmig, maar ze nam aan dat haar nieuwe baas daar alle reden toe had. Hij had echt een beroerde week achter de rug.

Zimmerman stond uit het raam te staren met zijn armen over elkaar geslagen, zijn lippen op elkaar geknepen en een afgetobde uitdrukking op zijn gezicht. Ze kende hem nog maar een week en zeker tachtig procent van de tijd was dat zijn uitdrukking geweest. Hij had de week ervoor twee agenten verloren, allebei doodgeschoten door de mensenhandelaren. En dan telde ze de bijna-dood van Decker nog niet mee.

Kate had gedurende haar carrière verschillende keren families op de hoogte moeten brengen van sterfgevallen, zowel bij de FBI als bij het leger. Ze was er elke keer stuk van geweest. Zo stond Zimmerman er op dit moment ook bij. Hij zou er wel overheen komen. *Dat doen we allemaal, uiteindelijk.*

De twee gevallen agenten hadden in ieder geval families en vrienden gehad die om hen treurden. Als Decker was gestorven, wie zou er dan om hem hebben getreurd? *Ik zou getreurd hebben.* Want hij had haar aandacht gevangen vanaf het moment dat hij de week ervoor op de grond lag en naar haar opkeek terwijl zij hem onder schot hield.

Maar de avond ervoor, toen die blauwe ogen openschoten en zich op haar gezicht concentreerden alsof ze zijn reddingslijn was... toen had hij op zijn minst haar fantasie gevangen. Wat de rest betrof, dat zouden ze wel zien.

Deacon Novak was al gearriveerd en zat aan de kleine, ronde tafel van Zimmerman naar zijn laptop te staren met zijn oortelefoontjes in. Hij keek naar haar op en zijn onmogelijke ogen waren op dat moment weinig betoverend. Zijn blik was vermoeid en leeg en ze vond het vreselijk om te zien. Ze zag hem veel liever sarcastisch en oneerbiedig.

Hij haalde de telefoontjes uit zijn oren. 'Ik heb het voor hem afgespeeld,' zei hij zacht.

Hij bedoelde Zimmerman, begreep ze. Deacon en zij hadden Deckers opnamen van 4 augustus beluisterd terwijl ze op het parkeerterrein van de spoedeisende hulp in zijn SUV zaten. Deacon had haar daarna zwijgend naar haar auto gebracht, niet langer zeurend dat ze moest gaan slapen toen ze tegen hem zei dat ze hem een uur later weer zou zien.

'Dat had ik al begrepen,' zei ze en ze was opgelucht toen een mondhoek omhoogkwam.

'Wijsneus.'

Zimmerman draaide zich op dat moment om en de pijn stond op zijn gezicht te lezen, maar zijn blik was vastberaden. 'De rest kan hier elk ogenblik zijn. Dan spelen we het voor hen af en stellen we een plan van aanpak op. Ga zitten, Kate. Er is koffie en er zijn bagels, mocht je interesse hebben.'

Ze had interesse. Ze had zich de eerste keer dat ze naar de cd luisterde misselijk gevoeld, maar nu had ze honger. Ze was uitgehongerd, om eerlijk te zijn. 'Nee tegen de koffie, maar een bagel zou er wel in gaan.'

Zimmerman wierp haar een blik vol afschuw toe waarvan ze niet zeker wist of die bedoeld was als grapje. 'Drink je geen koffie? Ben je wel menselijk?'

Ze glimlachte naar hem. 'Ik drink wel koffie, maar als ik een hele nacht heb doorgewerkt word ik te nerveus.'

Deacon grinnikte. 'En dan komt dat mens-zijn aan de orde. Vooral als ze dan ook nog honger heeft.' Hij deed net of hij bang was en slaakte een gil toen ze haar wenkbrauwen naar hem optrok. 'Ik waarschuw hem alleen maar dat je nogal... intimiderend kunt zijn wanneer je chagrijnig bent van de honger en te weinig slaap hebt gehad.'

Haar neiging om intimiderend te worden was een symptoom van de ADHD die pas bij haar werd vastgesteld toen ze een jaar in het leger zat. De dokter had er zo'n beetje voor gezorgd dat ze haar verstand niet had verloren. Hij had zeker haar militaire carrière gered. Ze was er nog maar zó ver van verwijderd geweest om in de bak te belanden die ze als MP moest bewaken.

Nu wist ze waar ze op moest letten. Zorg dat je niet te vermoeid raakt. *Ha.* Zorg dat je niet te gestrest raakt. *Dubbel ha.* Laat je suikerspiegel niet te laag worden. En zorg dat je altijd iets te doen hebt met je handen. Die eerste twee hoorden onlosmakelijk bij een carrière in de wetshandhaving, maar die laatste twee kon ze aardig regelen en dat deed ze ook.

Zimmerman ging naast Deacon zitten met een volle mok koffie. 'Het geeft niet. Ik word dan ook prikkelbaar. Ik heb altijd een noodvoorraad energierepen in mijn bureaula voor het geval je echt wanhopig wordt.'

'Die heb ik normaal gesproken ook, maar bedankt.' Ze pakte een bagel en ging op de stoel aan de andere kant van Deacon zitten. Ze wierp een blik op zijn scherm en zag dat hij naar de audiobestanden van Decker had zitten luisteren. 'Ik heb onderweg vanuit het ziekenhuis hierheen agent Troy gebeld, dus die komt ook. Wie komen er verder nog?'

'Wij.' Een vrouw van Kate's lengte met een lange zwarte vlecht kwam door de deur van Zimmermans kantoor, gevolgd door een kalende man van begin vijftig met een gezicht dat ooit knap was geweest, maar waar de jaren niet bepaald vriendelijk voor waren geweest.

Rechercheur Scarlett Bishop was Deacons nieuwe partner in het samenwerkingsverband met het CPD en Kate mocht haar graag. Scarlett was een harde, maar ze had een goed hart. En ze hield een oogje op Deacon.

De man was Kate's nieuwe partner, speciaal agent Luther Troy, en afgaande op wat ze tot nu toe had gezien, dacht ze dat ze het fijn zou gaan vinden om met hem samen te werken. Troy was slim en grappig en beschikte over een vlijmscherpe geest die, zo had ze inmiddels al ontdekt, zowel diep kon snijden als handig kon schaven. Een geest die zich uitte in een verbale branie die hem een draai om zijn oren van Kate's moeder zou hebben opgeleverd. Haar vader zou niet zo zachtaardig zijn geweest, want Troy behoorde tot een van de vele, vele groepen die haar vader verachtte.

Troy had het onderwerp vorige week zelf ter sprake gebracht toen ze voor het eerst aan elkaar waren gekoppeld. Hij had haar recht in de ogen gekeken en gezegd: 'Ik ben homo. Is dat een probleem voor je? Als dat zo is, moet je het nu zeggen. Ik moet zeker weten dat je achter me staat.'

'Voor mij niet,' was haar snelle en eerlijke antwoord geweest. 'Jij dekt mij, ik dek jou.'

Hij leek tevredengesteld, maar Kate had een spoortje van we-zullen-zien waargenomen in de manier waarop hij knikte. Ze nam aan dat hij extreem op zijn hoede moest zijn. Niet eerlijk, maar dat was de realiteit, zeker bij de politie, waar het nog steeds een uitdaging vormde om iets anders te zijn dan blank en hetero.

Kate moest zichzelf ervan weerhouden om met haar tong langs de kronen van haar voortanden te gaan, een kleine herinnering aan de keer dat ze hardop blijk had gegeven van haar afkeuring over het schaamteloze vooroordeel dat de hoeksteen was geweest van het gezin waarin ze was opgegroeid. Ze had tot op de dag van vandaag geen spijt van wat ze had gezegd. Ze vond het alleen jammer dat ze niet snel genoeg was geweest om haar vaders vuist te ontwijken. Of haar moeders klinkende draai om haar oren toen ze er eenmaal in was geslaagd overeind te krabbelen.

En waarom denk je nu precies aan hen? Omdat ze zich tegenover Decker had laten ontglippen dat ze was opgegroeid met vier broers. Ze was van haar stuk gebracht door de woordloze, vijandige uitwisseling tussen Deacon en Decker. Ze had tegen Decker gezegd dat ze niet had geweten waar het om ging, maar dat had ze wel. Ze was vermoeid geweest, emotioneel uitgeput en van haar stuk gebracht, en het feit dat ze broers had was gewoon... ontsnapt. Woordendiarree.

Ze had een hekel aan woordendiarree. Ze had er een nog grotere hekel aan om aan haar familie te denken. *Doe dat dan niet. Denk liever aan de manier waarop Decker zijn hoofd in je hand vlijde.* Alsof hij verdroogde aarde was geweest en haar aanraking pure regen.

Ze haalde diep adem en haar hart begon sneller te kloppen. *Nee, daar moet je ook niet aan denken. Denk gewoon aan die twee mensen die net zijn gaan zitten en je onderzoekend aankijken omdat je de indruk wekt dat je je verstand hebt verloren.*

'Goeiemorgen,' zei ze tegen hen allebei, trots op het feit dat haar stem niets prijsgaf van wat ze had zitten denken. 'Scarlett, je ziet er een stuk beter uit.' Deacons partner had deel uitgemaakt van het team dat de mensenhandelaren had opgepakt en ze had daarbij een paar ribben gekneusd.

'Ik voel me ook beter. Ik kan in ieder geval weer ademhalen.' Scarlett schoof een plastic bak vol koekjes naar het midden van de tafel. 'En ik word helemaal gek van die bureaudienst, dus leef je uit.'

Troy begon te stralen. 'Zeg alsjeblieft dat er stukjes chocola in zitten.'

Scarlett knikte. 'En pecannoot. Eet alsjeblieft op. Ik heb er thuis nog een stuk of honderd, die allemaal wachten om op mijn heupen te springen en te roepen: "Schat, ik ben thuis!"'

Deacon had al een graai gedaan en schoof de bak door. 'We zijn al negen maanden partner en ik kom er nu pas achter dat ze kan bakken. Deze zijn echt verrukkelijk.'

'Dat komt omdat ik net een nieuwe oven heb. Dat maakt een enorm verschil,' zei Scarlett terwijl ze Kate nauwlettend gadesloeg. 'Hoe gaat het met jou, Kate?'

'Ik heb een appartement gevonden en geregeld dat mijn spullen worden gebracht, dus ik begin een beetje te settelen.' Dat was niet wat Scarlett bedoelde, maar Kate wilde er niet verder op ingaan. 'Hoe gaat het met Marcus?'

Marcus O'Bannion was de uitgever van de *Ledger*, een van de belangrijkste kranten in de stad. Hij was een onmisbare schakel geweest bij het oppakken van de bende – maar hoe dat zat wist Kate niet precies. Ze was verbaasd geweest over wat hij allemaal wist over een lopend onderzoek – en dat hij was betrokken bij de uiteindelijke operatie. De man kon beslist omgaan met wapens, maar hij bleef een burger – en een mediafiguur, wat nog erger was.

Deacon was niet erg scheutig geweest met details en dat had bij Kate de indruk gewekt dat ze het niet helemaal volgens het boekje hadden gedaan. Scarlett deed haar mond ook niet open, maar ze was als een blok gevallen voor Marcus, dus zij was sowieso geen onafhankelijke bron van informatie. Maar Marcus leek een eerlijke vent en Deacon vertrouwde hem. Dat wilde veel zeggen.

Hoe het ook zij, Marcus had de primeurs die de afgelopen week op de voorpagina van de *Ledger* hadden gestaan duur betaald. Hij had te veel mensen van wie hij hield verloren toen een van de mensenhandelaren schietend een slachting aanrichtte op het hoofdkantoor van de *Ledger.*

'Hij is vandaag weer aan het werk gegaan,' zei Scarlett. 'Het is beter voor hem dat hij iets omhanden heeft. Hij heeft moeite gehad met slapen, maar dat lijkt de goede kant op te gaan.' Ze wekte de indruk dat ze wilde vragen of Kate ook slaapproblemen had gehad, maar op het laatste moment besloot dat niet te doen.

Kate was daar dankbaar voor. Ze had er geen behoefte aan dat nog iemand haar vertelde hoe moe ze eruitzag.

Troy veegde de kruimels van zijn vingers, boog zich naar haar toe en fluisterde: 'Bishop is te aardig. Ik niet. Je ziet er niet uit, Coppola. Waarom slaap jíj niet?'

'Vreemd hotelbed,' fluisterde ze terug. 'Ik verheug me erop weer in mijn eigen bed te slapen.'

Troy's wenkbrauwen gingen aarzelend vol bewondering omhoog. 'Wauw. Je kunt echt heel goed liegen. Begrijp me niet verkeerd – ik beschouw dat als een pluspunt voor een partner. Je moet alleen niet tegen mij liegen.'

Ze zuchtte zacht. 'Nachtmerries, oké? De aanleiding doet niet ter zake. Het komt wel goed.'

'Beter,' zei hij. 'Je probeerde op het laatst snedig te doen met dat "Het komt wel goed", maar de Russische jury geeft negen punten voor de poging.'

Ze moest lachen. 'Hou je kop,' zei ze zonder boosheid.

'Dat zal wel lukken.' Hij richtte zijn aandacht op Zimmerman, die ook kruimels van zijn vingers veegde. 'Heeft iedereen die opname gehoord?' vroeg Troy hem. 'Ik nog steeds niet.'

'We wachten nog op twee mensen,' antwoordde Zimmerman.

'Een van hen is er eindelijk en het spijt haar dat ze zo laat is. Het kwam met bakken uit de hemel, net toen ik mijn auto aan het parkeren was.' Een roodharige vrouw haastte zich naar binnen met een druipende paraplu en een rood, vochtig gezicht. Niet bezweet, zag Kate een beetje jaloers. Geen sproeten, geen zweet. Porseleinen huid. En vochtig.

Ze had dr. Meredith Fallon de week daarvoor ontmoet, maar slechts vluchtig. Ze wist dat de vrouw kinderpsycholoog was en zeer gerespecteerd werd door Deacons eenheid. En als ze dat al niet had geweten, dan zei de uitdrukking op Deacons gezicht op dat moment genoeg. Die was vol bewondering en... misschien dankbaarheid, ook al begreep Kate dat niet. Nog niet, in ieder geval.

'Meredith,' zei Scarlett verrast. 'Ik wist niet dat je zou komen.'

'Ik heb dr. Fallon uitgenodigd,' verklaarde Zimmerman. 'Meredith, kom binnen, ga zitten. Ik ben blij dat je kon komen, zeker gezien het feit dat ik je niet erg bijtijds heb gewaarschuwd.'

'Geen probleem,' zei Fallon met een soepele glimlach. 'Ik kon mijn eerste afspraak overdoen aan mijn partner. Ik ben blij dat je me hebt gebeld.'

'Deacon heeft je aanbevolen voor deze zaak. Ken je de agenten Coppola en Troy?'

Meredith knikte. 'Ik heb ze vorige week even gezien toen ze de familie Bautista ondervroegen.' Een van de vele gezinnen die het slachtoffer waren geworden van de mensenhandelaren bij wie Decker undercover was gegaan. 'De Bautista's doen jullie de groeten, tussen twee haakjes. Zij waren vanmorgen mijn eerste afspraak en ik ben lang genoeg gebleven om ze voor te stellen aan mijn partner. Ze zijn bij Faith in goede handen.'

Kate knipperde verrast met haar ogen. 'Werkt Deacons verloofde met jou samen?'

'Dat klopt. Dr. Corcoran heeft een heleboel ervaring in het werken met slachtoffers van seksueel geweld. Ik heb haar gelukkig weten over te halen zich bij mijn praktijk te voegen.'

'Wat betekent dat Faith niet langer rechtstreeks met daders van seksueel geweld te maken krijgt,' zei Deacon en zijn opluchting daarover was voor iedereen duidelijk. Vervolgens ging een van zijn mondhoeken omhoog. 'En dat betekent dat mijn haar niet nog witter wordt omdat ik me zorgen maak dat een van haar patiënten haar zal proberen te vermoorden.'

Aha. Dat verklaarde zijn dankbaarheid, dacht Kate voor ze zijn voorzet inkopte. 'D, als je nog witter wordt, moeten we allemáál binnenshuis een *wraparound* zonnebril op.'

Het had het gewenste effect. Iedereen glimlachte even voor ze aan de slag gingen met de grimmige werkelijkheid van Deckers cd.

Zimmerman keek op zijn telefoon toen die zoemde. 'We wachten nog op één persoon, maar rechercheur Kimble sms't net dat hij op weg is naar boven. Zet de boel maar klaar als je wil, Deacon?'

Vanuit haar ooghoeken zag Kate dat Meredith Fallon verstijfde. Het duurde maar heel even en binnen een paar seconden stond haar gezicht weer glimlachend en sereen.

Troy boog zich weer naar Kate toe. 'Jullie tweeën hebben zeker wel een hoop lol gehad samen?' zei hij met een vleugje weemoed in zijn stem terwijl hij in de richting van Deacon knikte, die bezig was met de cd.

'Je moet ook wel eens lachen,' mompelde Kate, 'anders ga je huilen en dan kun je niet meer ophouden. Ik hoop dat jij ook wel eens lacht, want ik heb zo het gevoel dat we dat echt nodig zullen hebben.'

'Dat is al even geleden,' gaf hij toe. Hij bewoog zijn hoofd in de richting van Meredith. 'Hoe zit het met haar?'

'Geen idee,' fluisterde Kate terug. 'Ik zal het aan Dea–'

Ze werd onderbroken door een klop op de deur en toen ze zich omdraaide zag ze een lange man met donker haar naar binnen stappen met een verlegen glimlach op zijn gezicht en een doorweekt pak aan zijn lijf. Rechercheur Adam Kimble en Deacon waren samen opgegroeid. Ze waren familie.

'Hallo, allemaal,' zei Kimble. 'Sorry dat ik zo laat ben. Er hoeft maar één druppel regen te vallen en het verkeer loopt... vast.' Dat gold ook voor Kimble's spraakvermogen toen hij Meredith Fallon aan tafel ontwaarde, maar hij herstelde zich snel en zijn glimlach verscheen weer.

'Goeiemorgen, rechercheur,' begroette Zimmerman hem. 'Je hebt nog niets gemist. We staan op het punt om naar het audiobestand van agent Davenport te luisteren. Mensen, dit is Adam Kimble. Hij zit bij de EBM, samen met Deacon en Scarlett.'

'Achtergrond?' mompelde Troy.

'EBM is het samenwerkingsverband. Eenheid Bijzondere Misdrijven.'

Troy rolde met zijn ogen. 'Dat weet ik ook wel. De achtergrond van Kimble.'

'Hij is een neef van Deacon.'

Troy knipperde met zijn ogen. 'Echt waar? Dat zou ik nooit gedacht hebben. En verder?'

Kate probeerde zich meer te herinneren. 'Ik heb hem vorige week ontmoet toen we die mensenhandelaren oppakten, maar voor hij bij de EBM kwam werkte hij voor de afdeling Persoonlijke Misdrijven.' Dat was het eufemisme dat het CPD gebruikte voor seksuele misdrijven. 'Geen idee wat er gaande is tussen hem en dr. Fallon.'

Kimble had zijn doorweekte jasje uitgedaan en schudde dat even uit. 'Waar kan ik dit ophangen? En is er misschien iets waarmee ik mijn hoofd kan afdrogen? Ik voel me net een verzopen kat.'

'Er zit een haak aan de achterkant van de deur,' antwoordde Zimmerman. 'Papieren doekjes op de tafel bij de koffie. Ken je iedereen, Adam?'

'Niet iedereen.' Kimble ging gehaast met een tissue over zijn natte hoofd, keek de tafel rond en nam de enige vrije stoel, pal naast Meredith. Maar hij had even geaarzeld. Een seconde maar en het was alleen te zien wanneer je erop lette, maar uiteraard zat iedereen die aanwezig was op te letten.

Dat was de ellende met samenwerken met een stelletje politiemensen. Iedereen was erin getraind om gedragingen te observeren. Dat maakte je privéleven privé houden tot een hele uitdaging. Kate vond dat ze daar meestal goed in slaagde. God, dat hoopte ze tenminste. Ze had privébesognes waarvan ze niet wilde dat iemand die te weten kwam. Nooit.

Kimble keek Troy over de tafel aan, een en al zakelijkheid nu. 'Ik neem aan dat jij agent Troy bent. Ik heb gelezen over die bende die jullie afgelopen week in Cleveland hebben opgerold.' Zijn ogen kregen een harde, bijna boze, uitdagende blik. 'Dat was goed werk.'

Troy leek niet op zijn gemak. 'Dank je, maar nu krijg ik het gevoel dat ik het erbij heb laten zitten omdat jij je huiswerk wel hebt gemaakt en ik niet eens de opdracht wist.'

Kimble glimlachte wrang. 'Hé, D, zo te zien ben ik eens een keer de beste van de klas,' zei hij met zelfspot.

Deacon keek op van zijn laptop en rolde met zijn ogen. 'Dat zou je altijd zijn geweest als je niet steeds bij de directeur op het matje had moeten komen. Chef, ik heb dit stuk zo veel mogelijk opgeschoond met de software die ik heb. De geluidskwaliteit is nog steeds waardeloos, maar het is klaar om te worden afgespeeld. Moeten we Adam en Meredith eerst nog bijpraten?'

'Ik geef jullie de verkorte versie,' zei Zimmerman, 'en ik zal jullie specifieke vragen beantwoorden mocht je die na het luisteren nog hebben. Agent Griffin Davenport is drie jaar lang undercover geweest bij een bende mensenhandelaren die aanvankelijk de aandacht van de FBI hadden getrokken vanwege drugshandel – heroïne en oxy vormden hun belangrijkste bron van inkomsten. Ze kenden Davenport als Gene Decker. Hij begon als beveiliger voor de bendeleiders, maar kwam al snel tot de conclusie dat er meer aan de hand was. Hij kreeg als lijfwacht geen toegang tot informatie die we moesten hebben en we overwogen om hem eruit te halen, maar toen kreeg hij een paar maanden geleden een schampschot – niet zo ernstig als zijn verwondingen van vorige week, maar voldoende om hem een tijdje uit te schakelen. Griffin is afgestudeerd accountant en gelukkig hadden we dat betrokken bij zijn undercoverprofiel. Hij wist ze te overtuigen hem toe te voegen als assistent van de accountant van de bende. Hij kreeg in de gaten dat er sprake was van mensenhandel, maar hij kreeg geen toegang tot de echte boeken omdat hij niet bij de kring van vertrouwensmensen hoorde. Dus hij en zijn begeleider...' Zimmerman aarzelde en sloot een paar seconden zijn ogen. 'Neem me alsjeblieft niet kwalijk. Agent Symmes en ik waren bevriend.'

En agent Symmes was dood. Kate probeerde zich te herinneren of Decker dat had gehoord voor hij in coma werd gebracht en besefte toen dat het lichaam van zijn begeleider op dat moment nog niet was gevonden. *Ik moet het hem vertellen.* Ze zag er vreselijk tegen op.

Zimmerman schraapte zijn keel en ging verder. 'Davenport en zijn begeleider hadden een vooropgezet plan om "Gene Decker" onderdeel te laten worden van de kring vertrouwelingen en wachtten op het juiste moment om dat in werking te zetten. Hun doorbraak kwam vorige week toen een van de slachtoffers kans zag te ontsnappen. Davenport schakelde het hoofd Beveiliging van de bende en diens rechterhand uit en bracht hen naar de plek die agent Symmes had geregeld. Symmes zou de twee mannen opbrengen en... Nou, er was sprake van een worsteling. Symmes doodde hen allebei, maar liep daarbij zelf fatale verwondingen op.'

Zimmerman aarzelde opnieuw, de pijn deed zijn gezicht verstrakken en hij perste zijn lippen hard op elkaar. Kate liet hem niet haar medeleven zien, want ze dacht niet dat hij daar blij mee zou zijn. In plaats daarvan pikte zij de draad op waar hij die had laten vallen en gaf hem zo de gelegenheid weer tot zichzelf te komen.

'Nadat agent Davenport de twee mannen had laten verdwijnen,' zei ze, 'kreeg hij de verantwoordelijkheid voor een paar cruciale veiligheidstaken. Er was blijkbaar sprake van dusdanige verwarring in de gelederen dat niemand aan hem twijfelde en hij slaagde erin afluisterapparatuur te plaatsen in de privékantoren. Davenport probeerde gisterochtend te ontwaken, maar hij was zo uit zijn doen dat de dokter hem opnieuw verdoofde. Toen hij vanochtend wakker werd, was een van de eerste dingen die hij duidelijk maakte de datum en de tijd van de opname die Deacon op het punt staat af te spelen.'

'Wat was het éérste wat hij zei?' vroeg Meredith zacht.

'Nou, hij zéí niet echt iets,' antwoordde Kate. 'Hij ligt nog aan de beademing. Hij wees letters aan op een toetsenbord en vertelde ons dat hij Decker heette. Dat is blijkbaar een bijnaam, dus die gebruikte hij als deel van zijn undercoveridentiteit.'

Zimmerman keek verrast. 'Ik ken hem al drie jaar en ik heb hem altijd Griff genoemd. Richard Symmes deed dat ook.'

Kate haalde haar schouders op. 'Misschien heeft het met zijn coma te maken.' Of misschien was het gewoon persoonlijk. Ze wilde echt graag dat het persoonlijk zou zijn. 'Het laatste wat hij duidelijk maakte voor de verpleegster me eruit gooide was "kids".' Iedereen aan tafel leek in te zakken. 'En dat is de reden dat we allemaal hier zijn.'

'Jullie krijgen twee stukjes te horen,' zei Deacon, 'allebei uit een gesprek tussen de bendeleider en zijn dochter, Alice.'

Scarlett Bishops gezicht verstrakte. 'Bitch,' mompelde ze en niemand corrigeerde haar. Alice was gearresteerd terwijl ze een poging deed een getuige te vermoorden. Als ze daarin was geslaagd, zou haar volgende doelwit Scarletts vriend Marcus zijn geweest.

Kate vond dat Scarlett haar boosheid gezien de omstandigheden bewonderenswaardig wist in te tomen.

'Ze hebben het ook over een man die Woody McCord heet,' ging Deacon verder. 'McCord is gearresteerd wegens het bezit van kinderporno na een anonieme tip via een hotline op internet.' Hij keek rechtstreeks naar zijn nieuwe partner toen hij dat zei en Scarletts gezicht verstrakte opnieuw, maar dit keer flikkerde er ongerustheid in haar ogen in plaats van woede.

Maar ze zei geen woord. Ze staarde alleen maar terug naar Deacon, tot hij zuchtte.

Troy stootte Kate aan en ze haalde haar schouders op. 'Geen idee,' zei ze, maar zo hard dat iedereen aan tafel het kon horen. 'Maar we zullen wel een idee krijgen, nietwaar, rechercheur Bishop?'

Scarlett knikte kort. 'Ja, maar niet nu.'

Kate boog zich voorover en leunde met haar ellebogen op tafel. Ze hield haar toon vriendelijk, ook al was ze behoorlijk kwaad. Scarlett beschermde Marcus, dat wist ze zeker. 'Welk deel van "kids" is minder belangrijk dan het geheim dat jij bewaart, rechercheur Bishop?'

Scarlett maakte een ellendige indruk. 'Verdomme, Kate. Ze hebben al zo veel doorgemaakt.'

O, schei toch uit. Kate sloeg haar ogen ten hemel; haar geduld liep ten einde. 'K-I-D-S, Scarlett. Die anonieme tip kwam van de krant van je vriendje, hè? Knipper één keer met je ogen voor ja, twee keer voor nee.'

Scarlett knipperde helemaal niet. 'Ik zal voor de informatie zorgen die jullie nodig hebben,' zei ze stijf. 'Zo snel mogelijk.'

Verdomme. Kate beheerste zich en haar handen gingen naar haar tas met breiwerk. 'Dank je.'

Troy haalde verrast zijn wenkbrauwen op toen ze haar breiproject uit de tas haalde en verwoed begon te breien. 'Ik kan me McCords arrestatie wel herinneren,' zei hij kalm. 'Het was wekenlang in het nieuws omdat hij ook docent was op een van de plaatselijke middelbare scholen. Hij is dood aangetroffen in zijn cel – hij had zich verhangen. Maar dat is bijna een jaar geleden. Waarom is McCord op dit moment van belang?'

Scarletts antwoord was helder en zakelijk. 'Volgens de advocaat van McCord was hij van plan de namen te onthullen van zijn leveranciers in ruil voor vermindering van de aanklacht van bezit van kinderporno in pooierpraktijken. De volgende dag is hij dood gevonden. Zijn vrouw werd een paar dagen later dood aangetroffen; ze had schijnbaar zelfmoord gepleegd. Zijn advocaat is kort daarna omgekomen bij een brand. Vermoedelijk brandstichting.'

'Dus McCord had zeer waarschijnlijk hulp toen hij zich verhing,' merkte Troy droog op.

'Daar ging ik wel van uit, ja,' zei Scarlett.

Kate keek Scarlett aan. 'Hij is betrapt met kinderporno op zijn computer thuis, hè? Maar pooier spelen suggereert dat er sprake was van geldelijk gewin. Hij moet bereid zijn geweest om toe te geven dat er sprake was van een soort handel om ervoor te zorgen dat de openbaar aanklager wilde onderhandelen. Was hij pooier?'

'Ik weet het niet.' Scarlett had zichzelf weer helemaal onder controle. Elk teken van verdriet of boosheid was verdwenen. 'Misschien. Maar ik vermoed dat de kinderporno die ze op zijn computer hebben aangetroffen voor meer bestemd was dan alleen persoonlijk gebruik.'

Troy fronste zijn voorhoofd. 'Denk je dat hij het verkocht? Dat zou hem een nog langere straf hebben bezorgd dan alleen het bezit. Souteneur spelen zou niet hebben geholpen.'

'Tenzij de leveranciers die hij erbij wilde lappen echt grote vissen waren,' zei Scarlett zacht. 'Deacon en ik hadden al de link aangetoond tussen McCord en iemand van wie bekend is dat hij slachtoffers van mensenhandel had gekocht als arbeidskracht.'

'Verdomd grote vissen,' zei Troy. 'Waarom heb ik hier niet over gelezen? De krant van je vriend heeft verder alles gepubliceerd,'

Scarletts ogen schitterden. 'Bij lange na niet alles, agent Troy.'

Zimmerman kwam tussenbeide. 'We hebben O'Bannion gevraagd die informatie niet te publiceren in de *Ledger* en hij is heel bereidwillig geweest. De eenheid die zich bezighoudt met kinderporno op internet, ICAC, heeft de bestanden onderzocht die negen maanden geleden van McCords computer zijn gehaald.'

Scarlett slaakte een vermoeide zucht. 'En McCord is dood, dus wat voor handel hij nou wel of niet heeft gedreven is achterhaald. De dreiging is voorbij.'

Kate zuchtte in stilte. *Niet zo achterhaald als je denkt, liefje.* 'Speel het eerste stuk maar af, Deacon.'

'Dit is Alice die aan het woord is.' Deacon tikte op zijn toetsenbord en er kwam een vage, blikkerige stem uit de speakers, een boze vrouwenstem.

'O'Bannion is uitgever van een krant. Die onderzoeken dingen. Ik hoef het toch niet voor je uit te tekenen? Hij heeft ons negen maanden geleden bijna de kop gekost toen hij onthulde dat Woody McCord een verzameling kinderporno bezat. Als hij een beetje dieper had gegraven, dan had hij beseft dat hij met McCord nog niet eens het topje van de ijsberg had blootgelegd.'

Het fragment kwam ten einde en Troy floot. 'Oké. Ik snap het. McCord is belangrijk.'

'Maar hij is dood,' zei Kimble zacht en er klonk iets in zijn stem wat Kate haar breiwerk deed neerleggen, waarna ze zijn gezicht bestudeerde. Hij was net zo gespannen als zij, realiseerde ze zich. En hij stak er een heleboel energie in om dat te beheersen.

'En hij kan nooit meer een kind iets aandoen,' zei Meredith zo zacht dat het bijna een streling was.

Kimble knikte grimmig. 'Klopt. Maar hij is het topje van de ijsberg. Waar is de rest?'

'Tweede fragment,' zei Deacon. 'Alice en haar vader. De Sean waar ze het over hebben is de man van IT, de halfbroer van Alice.'

'Houd je nog steeds de partner van McCord in de gaten?' vroeg de man.

'Ja,' antwoordde Alice. 'Hij lijkt de touwtjes stevig in handen te hebben en hij heeft schijnbaar geleerd van Woody's fouten.'

'Heeft hij nieuw materiaal toegevoegd?'

'Een paar, maar niet via ons. Maar we krijgen nog steeds een deel van zijn winst. Geen enorme winsten, maar continu, en er is het vooruitzicht van uitbreiding in de toekomst. De partner van McCord was blij met Seans expertise in digitale handel. Zijn server in het buitenland onderbrengen en hem leren over proxyservers is ook... gewaardeerd. Die waardering heeft van het doorsijpelen van winst een gestage stroom gemaakt. We hebben in geen maanden persoonlijk contact gehad. Hij weet dat ik zijn activiteiten in de gaten houd, maar zolang er elke maand geld wordt gestort, laat ik hem met rust.'

Het fragment was ten einde en de stilte hing als een donkere wolk boven de tafel tot Zimmerman die verbrak. 'Het topje van de ijsberg. En aangezien deze geheimzinnige figuur en McCord partners waren, kunnen we alleen maar aannemen dat het materiaal hetzelfde was als dat waar McCord een deal over wilde maken.'

'Kinderen,' zei Kate grimmig.

Donderdag 13 augustus, 09.00 uur

'Nou, agent Davenport?' De dokter legde de slang van de beademing op de schaal die de assisterende verpleegster vasthield. 'Hoe voelt dat? Beter? Een knikje is voldoende.'

Bekijk het met je knikje. Decker moest weten of zijn stem nog werkte. *Zodat ik met Kate kan praten.* 'Alsof je een buis uit mijn strot hebt gerukt,' bracht hij schor uit, waarna hij begon te hoesten. En dat deed pijn.

De dokter, een man van in de vijftig met grijzend haar, een dikke snor en zachte handen, klakte met zijn tong. 'Ik zei toch dat een knikje voldoende was, maar jullie van de politie luisteren nooit. Hij mag ijsschilfers hebben,' zei hij tegen de verpleegster, waarna hij een stethoscoop op Deckers borst drukte. 'Inademen. Langzaam.'

'Mond open,' zei de verpleegster en ze stopte een ijsschilfer in zijn mond toen hij gehoorzaamde.

En ja, dat ijs was een prettig gevoel. Zijn keel voelde aan alsof er een stuk of tien katten uit waren getrokken, die stuk voor stuk hun nagels in de wanden van zijn luchtpijp hadden geslagen, maar daar kon hij mee leven. Hij had veel erger meegemaakt.

De dokter luisterde en leek tevreden over wat hij hoorde. Decker was alleen maar blij dat het geen pijn deed aan zijn borst wanneer hij zelfstandig ademde. Hij zou nu in staat zijn om op te staan en rond te lopen. Hoe eerder hoe beter. Want zodra hij kon lopen zonder om te vallen, zou hij dit verrekte ziekenhuis uit wandelen en weer aan het werk gaan.

Kinderporno. Materiaal. Vooruitzicht van uitbreiding in de toekomst. McCords partner was nog steeds actief. *Maar niet lang meer.*

De dokter kneep zijn ogen tot spleetjes. 'Wat het ook is waar je net aan dacht, hou ermee op. Je hartslag schoot omhoog. Tenzij je graag wil dat de aardige zuster je weer verdooft?' vroeg hij met een valse glimlach.

De verpleegster kneep haar lippen samen, zich duidelijk net zo aan de dokter ergerend als Decker. Maar ze zei niets en de dokter zag de uitdrukking op haar gezicht niet of negeerde die. *Klootzak.* Zoals Kate die ochtend al had gezegd, je joeg verpleegsters niet tegen je in het harnas. Ze konden je het laten bezuren.

Decker concentreerde zich op het omlaagbrengen van zijn hartslag en ontblootte zijn tanden in een opzettelijke parodie van een grijns. 'Nee, dokter.' *Lul.* 'Dat zal niet nodig zijn.'

'Mooi. Je borst klinkt schoon. We zullen je binnenkort overplaatsen naar een gewone kamer.'

'Geweldig,' gromde Decker. 'Ik wil hier weg. Ik moet weer aan het werk.' *Omdat... kinderen. Verdomme nou toch. Haal adem. Hou die hartslag normaal.*

'Natuurlijk wil je dat.' De dokter sloeg zijn armen over elkaar en keek Decker aan met wat vermoedelijk zijn meest serieuze blik was. 'Zo gaan we het aanpakken, speciaal agent Davenport. Wanneer je eenmaal in een gewone kamer ligt zetten we je aan het werk – werk om te herstellen, en dat is zwaar. Je doet je ademhalingsoefeningen, je eet je maaltijden, maakt wandelingetjes over de afdeling en je werkt méé. En dan zie je heel misschien over een week daglicht. Maar weer aan het werk? Reken maar op een maand. Op zijn vroegst.'

Haal adem. Deckers hartslag bleef normaal, maar het was een uitdaging. *Een week alleen voor het daglicht? Ammehoela. En een maand om weer aan het werk te gaan? Wat rook je precies, dokter?* Maar hij knikte alleen maar. 'Dat klinkt goed, dokter.'

De dokter staarde hem een ogenblik aan en lachte toen snuivend. 'Als je denkt dat ik dáárin trap... Een week, Davenport. Ik meen het.'

En anders? Decker zag kans zich in te houden en niet zijn ogen ten hemel te slaan. 'Ik geloof u,' zei hij met een knik om het te benadrukken.

De dokter sloeg voor hen allebei de ogen ten hemel. 'Wat jij wil.'

'Dokter, wacht,' riep Decker toen de arts zich omdraaide om weg te gaan. 'Ik ben er een week tussenuit geweest, hè?'

'Klopt,' zei de dokter op zijn hoede.

'Nou, ik kan lezen, toch?'

De dokter trok een grijze wenkbrauw op. 'Dat weet ik niet. Kun je dat?'

Klootzak. 'Ik mag lezen. Klopt dat?'

De dokter knikte. 'Dat is correct, ja.'

Was dat nou zo moeilijk? 'Ik hield een heleboel ballen in de lucht toen ik hier kwam en ik zou graag willen weten waar ze zijn terechtgekomen. Ik moet een krant hebben. Alstublieft. Gun me dat tenminste.' Op die manier kon hij erachter komen wat het publiek wist voor Kate terugkwam.

'Je ligt op de intensive care, agent Davenport,' zei de dokter geprikkeld. 'Je haalt voor het eerst in een week zelfstandig adem. Je wordt zo snel als enigszins mogelijk is naar een andere kamer overgebracht. Meer kan ik niet beloven.'

Decker onderdrukte zijn frustratie. 'Dank u,' zei hij en hij probeerde beleefd te klinken.

'Bedank me maar door mee te werken. Ik wil je hier echt niet terugzien.'

Hier nog een. Decker keek de man woedend na en haalde diep adem toen hij eenmaal weg was. *Oké, prima.* Hij haalde zelfstandig adem. *Dat is in ieder geval iets.*

'Ik zal even bellen voor een dienblad met eten,' zei de verpleegster en Decker dacht dat hij medeleven bespeurde in haar stem. 'Hier heb je een bakje ijsschilfers. Je keel zal wel pijn doen.'

'Je tong zal wel bloeden van al het bijten dat je erop hebt moeten doen,' zei hij zacht terwijl hij op een ijsklontje zoog. 'Ik dacht dat ze artsen fijngevoeligheid en respect bijbrachten?'

Haar mondhoeken bewogen. 'Dat doen ze ook. Soms slaat het aan.'

Hij zocht diep vanbinnen naar zijn meest serieuze toon. Helaas zorgde zijn keel ervoor dat alles wat hij zei klonk alsof hij een kidnapper was die belde voor het losgeld. 'Is er een manier waarop ik op de hoogte kan komen van een speciaal nieuwsonderwerp? Ik beloof dat ik al mijn eten zal opeten en absoluut niet zal klagen. Ook al is het grijs en akelig. Zelfs als het gelatinepudding is met stukjes fruit erin. Ik zal de braafste patiënt zijn die je ooit hebt gehad. Dat beloof ik. Maar ik moet echt het nieuws zien.'

Ze lachte zachtjes. 'Ik weet wie je bent, agent Davenport. Dokter Dani Novak is een vriendin van me. We hebben het gisteren over je gehad.'

Hij knipperde in verwarring met zijn ogen. 'Novak? Net als agent Novak?' *Nog zo'n irritante klootzak.*

'Ja. Broer en zus.'

Hij vroeg zich af of dat die andere stem was geweest die hij een dag eerder had gehoord. 'Heeft ze... je weet wel, ook dat ooggedoe?'

Opnieuw een lachje. 'Een beetje maar. Maar ze zei dat je een held bent. Ik zal eens zien of ik ergens een tablet of zoiets voor je op de kop kan tikken. Maar je mag niet te lang lezen.' Ze zwaaide met haar vinger.

Hij keek haar glimlachend aan. 'Mag ik dan wel klagen over de gelatinepudding?'

'Nee. Aan die belofte zal ik je houden.'

'Verdorie. Dan zal ik me aan mijn deel van de afspraak moeten houden.' Hij onderdrukte een geeuw. Verdomme, hij vond het vreselijk om zo snel moe te worden. Dit was waardeloos. 'Is dokter Novak een van mijn artsen?' Hij hoopte van niet, want dat zou betekenen dat hij aardiger tegen Deacon moest zijn.

Ze keek verdrietig. 'Nee, dokter Novak heeft gisteren ontslag genomen. Ik kan niet op de bijzonderheden ingaan, maar het komt erop neer dat ze genaaid is en dat we haar heel erg zullen missen. Nee, dokter Dani was hier om die andere agent te zien, die in die stoel naast je heeft gebivakkeerd. Kate Coppola.'

Hij werd warm vanbinnen. Ze had hier gebivakkeerd. Dat vond hij leuk. Toen viel er een stukje op zijn plaats. Deacon Novak had gedacht dat Dani overdreef toen ze zei dat Kate er zo moe uitzag. Zijn schouders ontspanden een beetje vanwege de opluchting die hij voelde omdat hij zich dingen steeds gemakkelijker kon herinneren. 'Mag ik je om nog een gunst vragen? Wil je agent Coppola ervan op de hoogte brengen dat ik weer kan praten en haar vragen of ze zo snel mogelijk wil komen?'

Hij keek naar het tafeltje naast zijn bed en fronste zijn voorhoofd, omdat het enige wat erop stond een schaaltje ijs was. 'Iemand heeft een papiertje van mijn tafeltje gepakt. Daar stond het nummer van Coppola op.'

'Dat is geen probleem. Ze heeft het nummer bij de balie achtergelaten, dus ik moet het ergens hebben.'

Hij ook, want hij had het toen Kate het opschreef meteen in zijn geheugen geprent. 'Fijn. Dank je.' Hij bleef dankbaar glimlachen tot de verpleegster de kamer uit was en kreeg toen een bedenkelijke trek om zijn mond. Het was niet *geen probleem.* Hij hield er niet van als mensen met hun vingers aan zijn spullen zaten.

Hij had geslapen toen Kate die ochtend wegging. Iemand moest toen zijn binnengekomen en het hebben meegenomen. Het was maar een stukje papier, maar de gedachte dat er iemand in zijn kamer was geweest, zo dicht bij hem... Het maakte hem nerveus.

Beheers je, Decker. Je ligt in een ziekenhuis, godbetert. Mensen komen in zo'n situatie nu eenmaal dicht bij je. Hij zette de gedachte resoluut van zich af en concentreerde zich op wat belangrijk was. Hij zou op de hoogte komen van het nieuws. En Kate zou spoedig bij hem langskomen.

Donderdag 13 augustus, 09.20 uur

Kate bestudeerde de gezichten van de mensen aan Zimmermans tafel terwijl Deacon de fragmenten nog eens afspeelde die Decker Davenport bijna ten koste van zijn eigen leven naar buiten had gesmokkeld. Ze zag walging en woede, maar ook vastberadenheid om de geheimzinnige man tegen te houden die kinderen kocht zodat hij hen kon exploiteren om rijk te worden.

'Materiaal,' mompelde Meredith. 'Dat ze menselijke wezens – kinderen – zo kil als materiaal kunnen beschouwen...'

'Wat weet agent Davenport verder nog over deze mysterieuze klant?' vroeg Troy.

Kate haalde haar schouders op. 'Dat weet ik niet zeker. We zullen terug moeten naar het ziekenhuis om het hem te vragen. Hopelijk mag hij vandaag van de beademing af, maar hij zal toch niet meteen veel kunnen praten. Maar ik denk dat dit alles is wat hij weet – wat we net hebben gehoord, bedoel ik. Ik vind dat we ons moeten concentreren op Alice, om haar zover te krijgen dat ze ons vertelt wie die vent is.'

Scarletts donkere ogen schitterden. 'Denk je echt dat je haar aan het praten krijgt?'

'Nee,' zei Kate hoofdschuddend. Zowel Scarlett als zij had de dochter van de bendeleider ondervraagd, maar de vrouw zou niet gemakkelijk breken. 'Tenzij we iets hebben om druk op haar te zetten. Op dit moment hebben we helemaal niets wat haar kan paaien of pressie op haar kan uitoefenen. Ze is advocaat en ze eist volledige onschendbaarheid omdat ze... je weet wel, waarom ook niet? Ze zal ons dwingen elke troef die we in handen hebben te tonen voor ze ook maar iets doet.'

'Dan moeten we een manier zien te vinden om haar in de kaart te kunnen kijken, ook al moeten we daar vals voor spelen,' zei Kimble. 'Hoelang woont ze precies hier in Cincinnati?'

'Drie jaar,' zei Deacon. 'Vanaf het moment dat ze haar studie rechten had afgerond.'

Kate klapte haar laptop open om haar aantekeningen te bekijken. ‘We hebben maandag haar afschriften gekregen – geen bijzonderheden. Troy en ik hebben via Skype ook een paar oud-professoren geïnterviewd. Iedereen zegt zo’n beetje hetzelfde – ze was een rustige studente. Deed haar werk, haalde redelijke cijfers, niets buitengewoons. Ze maakte niet gemakkelijk vrienden en was buiten de universiteit niet betrokken bij clubs of andere verenigingen.’

‘Kate is veel te bescheiden,’ zei Troy met een welwillend boze blik. ‘Ik ben het grootste deel van de afgelopen week bezig geweest met de afronding van mijn laatste zaak in Cleveland. Kate heeft het veldwerk gedaan – uren. En dan nog naar die opnamen luisteren? Geen wonder dat je niet hebt geslapen,’ zei hij luid als een terzijde.

‘Nog wat harder, Troy,’ zei ze geërgerd. Niemand viel de mannelijke agenten lastig wanneer ze niet sliepen. Het was seksistisch en verdomd irritant. ‘Ik geloof dat een paar mensen in het gebouw hiernaast je niet hebben gehoord. Waar het om gaat is dat niemand uit Alice’s academische verleden iets van haar afweet. Ze bestaat vrijwel niet op de sociale media. Het enige wat we weten is dat ze negen maanden geleden bij Marcus O’Bannion op bezoek is geweest in het ziekenhuis en toen lid werd van een sportschool zodat ze hem in het oog kon houden toen hij uit het ziekenhuis werd ontslagen. Ze kletste met hem, vroeg hem naar zijn nieuwsverhalen. Deed zich voor als een vriendin. Haar vader en zij wilden niet dat Marcus dieper zou graven naar Woody McCord, zijn arrestatie en zijn daaropvolgende dood.’

Deacon knikte. ‘Maar wat haar werkelijk zorgen baarde was de mogelijkheid dat Marcus McCords partner zou ontdekken.’

Scarlett wierp een bezorgde blik in de richting van Deacon. ‘En ik weet waarom je mij hebt gevraagd om naar deze vergadering te komen. Terecht, overigens. Je zult met alle mensen bij de *Ledger* willen praten – Marcus, zijn broer Stone en hun vriend, Diesel Kennedy. Zij hebben McCords verzameling kinderporno ontdekt.’ Ze keek Zimmerman opstandig aan. ‘Ik zal ze adviseren er een advocaat bij aanwezig te laten zijn.’

In dat geval hebben de jongens van de Ledger *een of twee wetten overtreden terwijl ze onderzoek deden naar Woody McCord*, dacht Kate. Waarschijnlijk gehackt, aangezien McCords computer een rol speelde. Ze betrapte zich erop dat ze ernaar uitkeek om die mannen persoonlijk te leren kennen.

'Zoiets vermoedde ik al,' zei Zimmerman. 'Alleen al vanwege het hacken. Daarom heb ik rechercheur Kimble ook gevraagd aanwezig te zijn. Ik wil een nauwe samenwerking met het CPD bij deze zaak, vooral gezien het feit dat onze man hiervandaan lijkt te komen. Kimble, je kent het gebied?'

Kimble knikte bedachtzaam. 'Ik ben hier opgegroeid. Net als Scarlett en Deacon.'

Zimmerman keek tevreden. 'Mooi. Jullie zijn misschien in staat iets los te peuteren wat wij als import niet meteen zien. Rechercheur Bishop, ik waardeer al het werk dat je hebt gedaan, maar je bent te nauw betrokken bij deze zaak. Aangezien er een kans bestaat op tegenstrijdige belangen laat ik Kimble en Novak deze zaak doen. Dat is geen berisping. Dat begrijp je toch, hè?'

Scarletts wangen werden rood, maar ze knikte alleen maar. 'Ik ben te nauw betrokken,' gaf ze toe. 'Ik neem aan dat mijn inspecteur het hiermee eens is?'

'Dat is ze,' antwoordde Zimmerman. 'Niemand wil je in een lastig parket brengen,' voegde hij er op vriendelijke toon aan toe. 'Inspecteur Isenberg stond erop dat we het belang van je carrière in het oog houden.'

Scarlett keek hem glimlachend aan – een flauwe glimlach, maar oprecht. 'Ik weet het. Dat waardeer ik.'

Deacons ogen waren eerst groot geworden van verbijstering en keken nu woedend in de richting van Zimmerman. 'Ik wist niet dat ze je van de zaak zouden halen, Scar. Anders had ik je wel gewaarschuwd.'

Scarlett wierp Deacon een nog warmere glimlach toe. 'Dat weet ik. Als jullie het ermee eens zijn, dan ga ik nu naar de redactie van de *Ledger* om met Marcus en Diesel te praten. Stone is nog niet aan het werk. Als jullie hem willen ondervragen, dan zul je naar het huis van zijn vader in Indian Hill moeten gaan. Hij is daar aan het herstellen.'

'Zeg tegen ze dat we ze binnen een uur willen spreken,' zei Kate. 'En dank je,' voegde ze er op een heel wat vriendelijker toon dan de laatste keer aan toe. Toen had ze zo'n beetje geblaft. Ze wachtte tot Scarlett het vertrek uit was voor ze zich tot Zimmerman wendde. 'Er is nog één ander spoor waar we ons op kunnen richten. Vlak voor hij werd neergeschoten noemde De... avenport' – ze corrigeerde zichzelf op het laatste moment omdat ze niets wilde laten blijken van de groeiende vertrouwdheid met de agent – 'de boekhouder van de mensenhandelaren, Joel Whipple. Joel had tegenover Davenport laten doorschemeren dat hij eruit wilde stappen. Davenport dacht dat hij misschien als kroongetuige zou willen optreden.'

'Maar?' vroeg Kimble.

Zimmerman keek kwaad. 'Maar toen de agenten die ik naar Whipple's huis had gestuurd daar aankwamen, was hij gevlogen. Niets wat wijst op een misdaad. Een team probeert hem nu op te sporen, maar ik durf te wedden dat de boekhouder een plan B had en een nieuwe identiteit en reisbescheiden klaar had liggen voor het geval ze ooit zouden worden gepakt. De bendeleider had dat in ieder geval wel – hij had een paspoort in zijn zak toen hij werd gepakt.'

'En een vliegticket naar Tahiti,' voegde Deacon er somber aan toe. 'Ik denk dat je gelijk hebt dat Whipple een ontsnappingsroute had. Ik vraag me af waarom hij Davenport in de waan zou laten dat hij bereid zou zijn om op te treden als kroongetuige.'

'Misschien dat Whipple hem verdacht,' zei Kate bedachtzaam. 'Maar nogmaals, dit was voor hij werd neergeschoten. Davenport zei dat hij geen toegang kreeg tot de belangrijke zaken toen hij op de afdeling Boekhouding zat. Hij deed de legitieme boeken en Whipple deed de echte. Geen van beide zijn aangetroffen in Whipple's huis.' Ze dacht terug aan de dag dat Decker was neergeschoten. 'Vlak voor hij geraakt werd zei hij dat hij de gegevens had die hij nodig had en dat hij ze voornamelijk in zijn hoofd had zitten. Hij was erop gebrand u bij te praten, meneer,' zei ze tegen Zimmerman.

Zimmermans lippen vertoonden een zweem van een glimlach. 'Mooi zo. Griff heeft een fotografisch geheugen. Als hij in de gelegenheid is geweest een blik op de echte boeken te werpen, dan zal hij in staat zijn ons een heleboel belangrijke informatie te verschaffen.'

'Dus moeten we kijken naar wat hij in zijn hoofd heeft zitten,' zei Kimble, 'en hopen dat die gestage stroom winst waar Alice het in die opname over heeft ergens is genoteerd, zodat we het geldspoor kunnen volgen.'

'Ik heb geen idee hoelang dat gaat duren,' waarschuwde Kate. 'Hij moest vanochtend nog vreselijk zijn best doen om zich kleine details te herinneren. Dan herinnerde hij zich iets, maar vervolgens kon je zien dat hij vreselijk gefrustreerd raakte wanneer het hem weer ontglipte. Dat komt door de verdoving, die nog eens boven op het hele fysieke trauma is gekomen.' En hemel, wat kon ze zich dat goed herinneren. Dat was een van de zwaarste dingen geweest om te moeten zien toen Johnnie – *Nee. Niet nu. Je gaat daar nu níét aan denken.* 'Het wist de geheugencellen,' voegde ze er met zachte stem aan toe.

'Trek uit hem wat je maar kunt zodra hij daaraan toe is,' zei Zimmerman. 'En trek je niets aan van de artsen. Ze zullen hem rustig willen houden zodat hij kan herstellen, maar je zult hem zo hard aan moeten pakken als...' Hij zuchtte. 'Dat klinkt vreselijk verkeerd en het is ook niet wat ik bedoel. Verdomme, ik wíl dat hij herstelt, maar...'

'Hij zei dat de tijd drong voor de kinderen,' maakte Kate haar verhaal af. 'Dat weet hij. Ik hoef hem niet te pushen. Dat doet hij zelf wel.'

'Jíj hoeft hem niet te pushen?' zei Troy licht bestraffend en Kate voelde haar wangen rood worden.

Ja, ze had weer een partner. En nee, dat was ze niet vergeten. Niet echt. Maar ze zag niet iemand anders naast Deckers bed zitten. *Alleen ik.*

'We. Ik. Wie ook met hem praat. Dat wil zeggen, iedereen, behalve Deacon.' Ze wierp Deacon een veelbetekenende blik toe. 'Meneer hier is een beetje verkeerd begonnen met agent Davenport. Ze hebben woorden gehad.'

'Ik dacht dat Davenport aan de beademing lag en niet kon praten,' merkte Troy geamuseerd op.

'Stille woorden,' zei Kate effen.

Zimmerman keek verrast. 'Deacon?'

'Het was niets, meneer,' zei Deacon terwijl hij Kate's boze blik beantwoordde en daar nog een schepje bovenop deed. 'Agent Coppola zag dat verkeerd.'

'Dit wordt interessant,' mompelde Troy en hij grinnikte toen Kate en Deacon allebei hun boze blik op hem richtten. 'Het is goed om te zien dat Oude Partner tekortkomingen kent. Geeft Nieuwe Partner een goed gevoel.'

Kate moest ondanks zichzelf lachen en de spanning was gebroken. Ze vermoedde dat dat Troy's bedoeling was geweest. 'Oké, Nieuwe Partner. Zie je wel, je kunt ook lachen. Zo moeilijk is dat niet. Weet je iets van boekhouden af?'

Troy's tevreden grijns maakte plaats voor een grimas vol afschuw. 'Jezus, nee. Ik ben bij de FBI gekomen toen je nog niet vreselijk slim en zo hoefde te zijn.'

'Gelul,' zei Zimmerman goedmoedig. 'Maar ze hebben je toch aangenomen.'

Troy keek zijn baas verrast knipperend aan voor zijn lippen begonnen te krullen. 'O, dat was een goeie. Die zag ik niet aankomen. Oude Partner heeft een slechte invloed op onze chef, agent Coppola.'

'Dacht je dat ik dat niet wist?' mompelde Kate. 'Maar serieus, wie hier – afgezien van mijzelf – heeft kennis van boekhouden?'

Kimble's wenkbrauwen gingen omhoog. 'Jij wel? Echt waar?'

'Afgestudeerd wiskundige met als specialisatie forensische accountancy,' bevestigde ze met een zakelijk knikje, maar haar hart was sneller gaan kloppen. Ze was buitengewoon gekwalificeerd om Decker te ondervragen, wat betekende dat ze meer tijd met hem zou doorbrengen en tegelijkertijd haar werk zou doen. *Kids.* Ze was de kinderen beslist niet vergeten. *Het materiaal*, dacht ze bitter en ze wenste elk van hun misbruikers naar een duistere hel. 'Ik was gekwalificeerd accountant toen ik bij de FBI ging werken, dus ik werk met agent Davenport.' Ze keek even naar Troy. 'Doe je mee, Nieuwe Partner?'

Troy's mondhoeken gingen omhoog. 'Jazeker. Ik wil hem in elk geval graag ontmoeten. Daarna wil ik gaan graven in de activiteiten van Alice in de periode dat ze hier woonde. Iedereen laat ergens een voetafdruk achter. Ze moet een paar activiteiten hebben gehad buiten de universiteit of een minnaar of iets dergelijks. Er moet iemand zijn die meer kan vertellen over wat haar bezighoudt – en wat voor geheimen ze misschien heeft die we kunnen gebruiken om haar onder druk te zetten.'

Deacon knikte. 'We hebben ook de zoon van een van de handelaren gearresteerd. Alice en hij hadden een soort van relatie.'

Kate vertrok haar gezicht. 'Ik heb hem een keer ondervraagd. Hij weet van niets of hij is echt heel goed in stommetje spelen. Ik weet niet welke van de twee het is.'

'Ik heb hem nog niet verhoord,' zei Deacon. 'Laat mij eens zien wat ik uit hem kan krijgen.'

'Ik wil Woody McCord,' zei Kimble heel zacht. Het was Kate opgevallen dat hij geen spoor van een glimlach had getoond toen de anderen elkaar aan het plagen waren. Dat was Meredith Fallon ook opgevallen. Ze sloeg hem steeds wanneer ze dacht dat niemand keek vanuit haar ooghoeken gade. 'Ik weet dat hij al bijna een jaar dood is, maar gezien zijn beruchtheid moet hij het onderwerp van gesprek zijn geweest onder zijn buren en collega-docenten. Als hij en die vent partners waren, dan herinnert iemand zich misschien dat hij ze samen heeft gezien.'

Meredith haalde diep adem. 'Weet je dat zeker?' vroeg ze met bijna onhoorbare stem.

Kimble knikte met een strak gezicht en keek naar Zimmerman. 'Dat is toch de reden dat ik hier ben, of niet, agent Zimmerman? U wilde iemand die in het verleden met de ICAC heeft gewerkt om de bestanden door te nemen die op McCords computer zijn gevonden om te zien of er iets is wat ons naar die geheimzinnige figuur kan leiden.'

Kate kromp ineen. Dat was het enige karwei dat gedaan moest worden waar ze niet eens aan had willen denken. Niemand wilde graag foto's bekijken die met kinderen te maken hadden. Die scheurden je helemaal open en lieten een groot, gapend gat vol zwarte smurrie achter waar je hart en ziel hoorden te zitten. Dat Kimble het zo tegemoet trad, ook al zag hij er duidelijke tegen op... *Wauw*. Het respect voor hem benam haar bijna de adem.

Zimmerman knikte. 'Je inspecteur vindt je de beste persoon voor dat karwei. Heeft ze gelijk?'

Meredith zuchtte zacht. 'Ja, ze heeft gelijk. Dat ben je, Adam. Het... het spijt me. Ik had mijn mond moeten houden.'

Kimble keek naar haar, keek voor het eerst sinds hij in de stoel naast haar was gaan zitten echt naar haar. 'Ik zal dit vroeg of laat moeten doen,' zei hij met een zachtheid die verbijsterend was. Hij wendde zich tot de groep. 'Ik zat vorig jaar bij de afdeling Persoonlijke Misdrijven en had een... nou, een slechte ervaring. Ik heb verlof moeten nemen om mijn hoofd weer op orde te krijgen. Maar ik ken de mensen van de ICAC en ik weet waar ik naar moet zoeken in McCords fotobestanden. Ik...' Hij liet zijn adem ontsnappen. 'Nou ja, beter ik dan iemand anders.'

'Waarom?' wilde Kate weten en zijn mond vertrok in een parodie van een glimlach die haar hart pijn deed.

'Omdat het mij al een keer kapot heeft gemaakt. Het is nergens voor nodig dat iemand anders eraan onderdoor gaat.'

Meredith slikte moeizaam. 'Ik kan met je meekomen,' bood ze aan.

Kimble's verwrongen glimlach veranderde, werd bijna... lief. 'Nee, als ik stoom moet afblazen, weet ik waar ik zijn moet.'

Kate keek naar Deacon en zag dat hij met onverhulde pijn in zijn blik naar het tweetal zat te kijken. Maar de pijn werd verzacht door hoop. Wat het ook was dat Kimble was overkomen was erg, heel erg. De troost die Meredith had geboden, was blijkbaar... helend.

Kate schraapte haar keel. Ze voelde zich plotseling heel schuldig over haar vreugde dat ze meer tijd met Decker zou doorbrengen. 'Agent Davenport zal aanvankelijk maar korte periodes achter elkaar in staat zijn om te worden ondervraagd. Hij zal veel en vaak moeten slapen tot hij weer sterk genoeg is, zeker als ik steeds informatie van hem vraag. Ik ga nu naar het ziekenhuis om te zien hoe het met hem gaat. Misschien kan ik een tablet voor hem meenemen zodat hij dingen kan opschrijven wanneer hij zich iets herinnert. Daarna ga ik naar de *Ledger*, naar Scarlett en Marcus, en dan kom ik hopelijk te weten wat het onderzoek van de krant naar McCord precies inhield. Daarna neem ik contact op met jou, Adam, en dan kunnen we...' Ze haalde diep adem en liet die sidderend weer ontsnappen. 'Je zou die last niet alleen moeten dragen.'

'We zullen zien,' zei Kimble. Hij deed zijn ogen dicht en zag er vermoeid en... écht uit, voor het eerst sinds hij het kantoor van Zimmerman was komen binnenwandelen. 'Jezus, dit is waardeloos.'

'Ik kan wel iemand anders zoeken,' bood Zimmerman aan. 'Dat zal geen nadelige gevolgen hebben.' Eén kant van zijn mond ging triest omhoog. 'Geen aantekening in je personeelsdossier.'

Kimble deed zijn ogen open en lachte even, een roestig geluid, alsof hij al veel te lang niet had gelachen. 'Dank u, directeur Zimmerman. Maar er zit al een aantekening in mijn dossier.'

Zimmerman schudde zijn hoofd. 'Dat is niet zo. Alleen een korte vermelding van het feit dat je verlof hebt genomen.'

'Ik had het niet over mijn personeelsdossier, meneer. Ik had het over het dossier in mijn hoofd. Bovendien, hoe vaak krijgt iemand de kans om recht te zetten wat hij fout heeft gedaan?'

'Je hebt helemaal niets fout gedaan,' zei Meredith kalm, maar vastberaden. 'Hoor je me?'

'Jazeker,' zei Kimble gehoorzaam, maar met iets van scherpte in zijn stem. 'Ik hoor je.'

Meredith slaakte een zucht. 'Maar je gelooft me niet.'

'Ik weet niet goed of ik je geloof of niet,' zei Kimble en alle sarcasme was nu verdwenen. 'Maar ik weet wel dat ik dit moet doen. Mijn inspecteur weet dat ook,' voegde hij er aan het adres van Zimmerman aan toe. 'Anders zou ze me niet hebben aanbevolen voor deze klus. Ik ga hiervandaan rechtstreeks naar de ICAC.'

'Verder nog iets?' vroeg Zimmerman.

'Misschien,' antwoordde Meredith met een bedachtzame frons op haar voorhoofd. 'De foto's die McCord heeft genomen zijn minstens negen maanden geleden gemaakt. Waarschijnlijk nog wel langer geleden. We weten niet wanneer hij is begonnen kinderen tot slachtoffer te maken. Die kinderen zijn misschien volwassen geworden. Verdergegaan.'

'Of ze zijn dood,' zei Kimble grimmig.

Meredith stemde met een knik in met zijn woorden. 'Maar niet allemaal. Veel van hen overleven en worden volwassen.'

'En blijven in de seksbusiness wanneer ze ouder worden,' zei Kate, die vermoedde waar de psychologe naartoe wilde. 'Het is het leven dat ze kennen, dus ze gaan van misbruik over op prostitutie.'

'Precies,' zei Meredith. 'Tot voor kort werd deze slachtoffers prostitutie ten laste gelegd en dan hadden ze boven op het misbruik ook nog eens een strafblad. McCords slachtoffers – en die van zijn onbekende partner – lopen nu te tippelen of, als ze geluk hebben, zitten in therapie. Ik ken heel veel van die jonge vrouwen en ook een paar jonge mannen. Een van mijn collega's beheert een opvanghuis voor jonge vrouwen die uit het leven komen om ze te helpen een nieuw bestaan op te bouwen. Ik zal er proberen achter te komen of een van hen McCord kende. Als dat niet zo is, ga ik op straat op zoek. Mijn collega, Wendi Cullen, weet waar ze rondhangen. Zij wil wel met me meegaan.'

Troy knikte instemmend. 'Ik ken Wendi. Ze is scherp en ze kan goed met jongeren omgaan. Ik heb vorig jaar een paar jonge vrouwen bij haar ondergebracht. Ze heeft een goed programma gerealiseerd.'

'En dat loopt het gevaar te worden opgeheven,' merkte Meredith op. 'Maar op dit moment helpt het precies een paar van de slachtoffers met wie we moeten praten.'

'Ik zal een agent opdracht geven met je mee te gaan, Meredith,' zei Zimmerman en hij maakte een gebaar met zijn hand om haar protest af te kappen. 'Daar wordt niet over gediscussieerd. We zullen iemand kiezen die je niet belemmert in je pogingen met die vrouwen te praten, maar je gaat niet alleen op pad.' Hij liet zijn schouders hangen. 'Dat geldt voor jullie allemaal. Ik weet dat ik jullie niet hoef te zeggen dat je voorzichtig moet zijn, maar ik zeg het toch. Zorg dat je de meldkamer onder een sneltoets hebt. Vraag om versterking voor je je in een gevaarlijke situatie begeeft. Wacht niet tot de kogels je om de oren vliegen. Als je dit pand verlaat zonder je kogelwerende vest, dan ga je met onbetaald verlof. Geen uitzonderingen en geen excuses. Geen begrafenissen meer. Iedereen om vier uur vanmiddag weer hier om verslag te doen. Ingerukt.'

4

Cincinnati, Ohio, donderdag 13 augustus, 09.45 uur

Hij keek op zijn horloge. Hechtte tegenwoordig verdomme dan niemand meer aan punctualiteit? Iedereen was altijd zo bezig online dat ze doodgewone beleefdheid vergaten. Zoals op tijd komen wanneer ze dope wilden kopen.

Kom op, Roy. Ik heb nog meer te doen vandaag. Verpleegsters onder druk zetten, bijvoorbeeld. Want het vriendinnetje van Roy had de avond ervoor niet meegewerkt toen hij haar de opdracht had gegeven terug te gaan en Davenport af te maken.

Dus nu zou hij Roy afmaken. Dat was waarschijnlijk uiteindelijk zijn verdiende loon, dus hij kon er niet mee zitten. Maar hij vond het misschien wel vervelend dat hij een vaste klant kwijtraakte, zeker iemand als Roy, die altijd prompt betaalde zonder over de prijs te pingelen. Niet dat Roy iets om geld gaf. En trouwens ook niet om mannelijke trots. Hij had zijn verpleegstertje ontmoet en zich vrolijk gevoegd in zijn rol van gigolo. Of toyboy. Of hoe die gasten het tegenwoordig ook noemden. Wat de juiste term ook was, Roy werd onderhouden en leefde goed van het salaris van de verpleegster.

Hij hoopte oprecht dat Roy in ieder geval goed was geweest in bed, want deze relatie zou de ondergang worden van de verpleegster. Ze zou Davenport vermoorden, anders zou haar verslaving bekend worden gemaakt bij het ziekenhuis. Daar zou hij zich misschien rot over hebben gevoeld als de verpleegster niet precies had geweten waar ze aan begon toen ze het bed in dook met een student die half zo oud was als zij.

Vrouwen die op stoute jongetjes vielen hadden hem altijd verbijsterd. Roy beantwoordde desalniettemin volledig aan het beeld met zijn grijns en zijn gepimpte auto en zijn houding, compleet met de bijbehorende spieren – dankjewel, steroïden. *Ik hoop oprecht dat hij goed was in bed, schat, maar ik heb zo mijn twijfels.*

Roy's recreatieve drugsgebruik was een extra bekoring geweest. Een manier voor een alleenstaande vrouw van middelbare leeftijd met een tienerzoon om een beetje pit in haar leven te brengen. Nu zou ze de prijs moeten betalen.

Roy was uiteraard alleen maar een schot voor de boeg. Een manier om te tonen dat hij bereid was om zonder mededogen of aarzeling te doden. Hij dacht niet dat Roy's vroegtijdige dood haar op dit moment al te zeer dwars zou zitten. Ze was de arme drommel beu geraakt, maar was er nog niet in geslaagd hem uit haar huis of haar bed te krijgen. *Wie weet, ze is me misschien wel dankbaar.*

Tot ze de volgende boodschap zou ontvangen, want dan zouden de ware gevolgen van haar weigering om mee te werken duidelijk worden.

Het gegrom van Roy's opgevoerde auto deed een aanslag op zijn gehoor en hij wierp een blik in de achteruitkijkspiegel om zich ervan te vergewissen dat Roy alleen was. Dat was niet echt een zorg geweest, want Roy was niet zo goed in delen. Hij had zijn voorraad alleen maar met de verpleegster gedeeld tot ze verslaafd was. Roy was haar dealer geworden, want de hemel wist dat ze niet betrapt wilde worden op het kopen van drugs. Ze gebruiken was al erg genoeg. Ze gaf Roy geld en hij kocht dope voor hen beiden.

Hij had geen idee of de verpleegster wist dat ze ook de drugsverslaving van haar vriendje financierde. Hij vermoedde van wel. Hij was er vrijwel zeker van dat ze niet wist dat Roy degene was geweest die het fotografisch bewijs had geleverd dat de verpleegster narcotica had gestolen van het ziekenhuis.

Toen ze besefte hoeveel hun drugsverslaving haar kostte, was ze begonnen de cocaïne aan te vullen met gestolen opiaten. Van het ziekenhuis stelen was zo gemakkelijk geweest om mee te beginnen. En zo moeilijk om mee op te houden.

Een beetje verdoving voor de patiënt, en een beetje voor de zuster. De ampul in je zak laten glijden, mee naar huis nemen en spuiten maar. Dat zou Roy op zich niets hebben kunnen schelen, maar ze deelde het niet met hem en dat had hem kwaad genoeg gemaakt om een paar foto's te schieten terwijl ze op haar bed zat met een injectienaald in haar arm en een duidelijk gestolen ampul in haar hand. Foto's die Roy hem had laten zien toen hij zo high was als maar kon en die hij graag naar hem had doorgestuurd voor een paar gratis shots van het speciale mengsel van de Professor. Roy wist niet eens meer dat hij ze had verstuurd. Hij was echt heel erg stoned geweest.

Hij wist ook niet dat zijn lieve verpleegstertje werd gechanteerd. Dat was maar beter ook, want Roy was dan misschien geen genie, maar zelfs hij had één en één bij elkaar kunnen optellen en als de verpleegster haar baan zou kwijtraken zou dat betekenen dat het Roy zijn boterham zou kosten. En daar stond Roy niet om te trappelen.

De verpleegster wilde haar baan ook niet kwijtraken, want haar kind was ziek en ze hadden haar zorgverzekering hard nodig. Hij wist niet precies wat het kind mankeerde en het kon hem weinig schelen ook. Als de verpleegster deed wat hij haar opdroeg, dan deed het er ook niet toe. Dan zou hij haar er niet bij lappen en dan kon ze verder met haar leven.

Ze had zich er niet onmiddellijk bij neergelegd, ondanks het fotografisch bewijs van haar drugsgebruik. Ze had zelfs geprobeerd zich onder zijn dreigement om het allemaal bekend te maken uit te kletsen. *Dan word ik misschien wel ontslagen*, had ze gezegd, *maar dan vind ik ergens anders wel een baan. Zoiets blijft niet aan je kleven. Ik heb een heleboel vriendinnen die weer een baan hebben gekregen nadat ze waren ontslagen omdat ze gebruikten.*

Waarna hij haar op kalme toon duidelijk had gemaakt dat hij er persoonlijk voor zou zorgen dat elk ziekenhuis in het land op de hoogte zou worden gebracht van haar verslaving. Dus had ze er uiteindelijk mee ingestemd, maar dat waren alleen maar woorden. Ze had het karwei nog steeds niet afgemaakt. *En nu is Davenport bij kennis, verdomme.* Als Davenport ook maar één beschuldiging uitte... *dan snij ik die trut de darmen uit haar lijf en ik zal zorgen dat ze dat van het begin tot het einde voelt.*

'Gozer.' Roy liet zich op de passagiersstoel zakken met een suffe grijns op zijn gezicht waarvan hij waarschijnlijk dacht dat die innemend was. 'Sorry dat ik zo laat ben. Het was een gekkenhuis op de campus. Een of andere meid is dood gevonden. Te veel gesnoven, denk ik.'

Roy deed hem altijd denken aan Ted 'Theodore' Logan uit de *Bill and Ted*-films. Als Ted in het lichaam van een jonge Arnold Schwarzenegger zou steken. God, die knaap was enorm.

Alleen een idioot zou Roy kwaad maken als hij nuchter was – of bij bewustzijn zelfs. *Ik ben geen idioot.* Maar hij wist ook dat hij dit goed moest timen, want anders moest hij Roy's dikke reet naar diens auto slepen. Dat beest moest minstens honderdvijftien kilo wegen.

Hij keek Roy welwillend glimlachend aan. 'Ik weet het. Ik heb het vanochtend op het nieuws gezien en daarom wist ik dat ik niet in de buurt van de campus moest komen.'

Roy knikte tevreden. 'Dat vermoedde ik al toen ik de coördinaten zag.' Hij keek naar de bomen die hen omringden. Hij had Roy de gps-coördinaten gestuurd in plaats van een adres, want deze open plek had geen adres. 'Heel landelijk, Professor. Ik krijg het gevoel dat ik eigenlijk een flanellen overhemd en wandelschoenen zou moeten dragen.'

Hij grinnikte. 'Ik heb deze plek gevonden toen ik zo oud was als jij. Ik heb hier jarenlang een wietplantage gehad.' Dat was niet eens gelogen.

Roy keek geïntrigeerd. 'Het gerucht ging al dat je je eigen spul verbouwde. Misschien ga ik dat ook eens proberen.' Hij klopte op het borstzakje van zijn overhemd. 'Ik heb het bij me. Jij ook?'

'Uiteraard.' Hij trok uitdagend zijn wenkbrauwen op. 'Wil je het nu proberen?'

Roy's ogen werden groot, net als die van Sidney de avond ervoor, en kregen een opgewonden blik. 'O, zeker.' Maar toen fronste hij zijn voorhoofd. 'Waarom wil je dit hebben?' Hij klopte opnieuw op zijn borstzakje. 'Ik dacht dat je dat zelf had?'

Goede vraag, Brutus. De knul had hem verrast. 'Heb ik ook, maar de laatste tijd is mijn voorraad niet van de juiste kwaliteit. Ik heb wat klachten gekregen. Ik wil een controle uitvoeren in mijn lab, de boel vergelijken.'

Roy leek dat te slikken. 'Oké. Ik was gewoon nieuwsgierig. Hoe zit het met die nieuwe samenstelling?'

Hij gaf Roy het pakketje. 'Het is misschien iets te zwak voor iemand met jouw omvang. Als dit je niet een ontzettende kick geeft, dan geef ik je meer mee naar huis. Vertel het gewoon verder.'

'O, dat zal ik zeker doen. Maak je geen zorgen.' Roy maakte het poeder klaar en snoof het in één keer naar binnen.

Precies zoals hij wel had geweten dat die knul zou doen.

Roy leunde achterover in zijn stoel en er trok een schaduw over zijn gezicht. 'Het is... oké. Eerlijk gezegd snap ik niet waar al die opwinding over gaat. Het spijt me, Professor. Dit is een losse flodder.'

Hij had ook geweten dat Roy dat zou zeggen. Anders dan het mengsel van Sidney een avond eerder, had hij dat van Roy zo samengesteld dat er veel meer ketamine in zat. Het zou over een minuut of twee beginnen te werken. Dit was het punt waar timing om de hoek kwam kijken als hij een hernia wilde vermijden.

Hij zuchtte diep. 'Daar was ik al bang voor. Dat is de reden dat ik het op iemand met jouw postuur wilde uitproberen. Het werkt bij die kleine gasten, maar jouw stofwisseling functioneert anders.'

'Dat weet ik,' zei Roy trots. 'Bel me als je het voor elkaar hebt, oké?'

'Daar kun je op rekenen.'

Roy stapte uit en bleef even staan met zijn hand op het portier. 'Ik heb vergeten je de ampullen te geven.' Hij viste ze uit zijn zak.

De seconden tikten weg. *Stap in je auto, kluns.* Hij hield zijn glimlach weemoedig. 'Hou ze maar. Ik zou me er niet prettig bij voelen als ik ze van je aannam.' Hij stapte uit en liep achter Roy aan naar de gepimpte auto. Hij wachtte tot hij achter het stuur zat met het portier dicht alvorens op het raampje te kloppen. 'Ik heb vergeten je dit te geven,' zei hij toen Roy het raampje omlaagdraaide. Hij overhandigde hem nog een zakje met wit poeder. 'Voor al je moeite.'

'Dat gaat niets voor me doen, Professor. Verkoop het maar aan een mager ventje, dan verdien je nog wat.' Hij glimlachte, stak de sleutel in het contactslot en draaide die om. De lucht vulde zich met het gebrul van de motor die zijn grote trots was. Hij wilde de auto in de versnelling zetten, maar wachtte even terwijl een niet-begrijpende frons rimpels in zijn voorhoofd trok. 'Shit. Ik voel... Ik voel me niet...' Hij slikte moeizaam. 'Zo lekker.'

Hij bleef rustig staan terwijl Roy's spieren dienst begonnen te weigeren en verstijfden. Roy probeerde hem nog te grijpen, maar hij stapte gemakkelijk buiten zijn bereik. Hij had ook geweten dat de jongen dat zou doen.

Het had eerlijk gezegd langer geduurd dan hij had verwacht voor de verlamming zou intreden en hij had er genoeg doorheen gedaan om een nijlpaard te vellen. Godzijdank zat Roy weer in zijn auto, want anders had hij hem op de grond moeten laten liggen. Geen schijn van kans dat hij zijn rug eraan zou wagen door met honderdvijftien kilo dood gewicht te gaan lopen zeulen.

Hij wachtte nog een paar minuten, trok toen handschoenen aan en nam de ampullen uit Roy's borstzakje. Hij haalde een injectienaald en een tourniquet uit zijn eigen zak en maakte met geroutineerde gebaren de arm als een ham klaar voor de injectie. Roy had vijf ampullen Dilaudid bij zich, de hydromorfon die de verpleegster had gestolen, precies zoals zijn opdracht luidde.

Hij begon met het injecteren van de inhoud van twee ampullen. Omdat de verpleegster een deel van het middel aan haar patiënten had gegeven, was geen van beide vol. Hij wachtte, liet de naald in Roy's arm zitten en hield zijn vingers op diens pols. Hij voelde de hartslag tot die niet meer dan een fluistering was en uiteindelijk helemaal ophield.

Hij stak de ampullen die hij niet had gebruikt in zijn zak, legde de lege op zijn gehandschoende handpalm en maakte een foto met het mobieltje van Roy. Hij vond 'zustertje' in Roy's lijst met contacten en stuurde haar de foto. Die liet hij volgen door een foto van de dode Roy in de bestuurdersstoel met de naald nog in zijn arm.

Vervolgens wachtte hij op het telefoontje. Hij hoefde niet lang te wachten.

'Wat heeft dit te betekenen?' fluisterde de verpleegster kortaf. Het geluid echode. Ze zat in een toilet of een kleine kast. 'Wie is dit?'

'Dat is uw vriendje, mevrouw,' zei hij beleefd. 'Of althans, wat er van uw vriendje over is. Ik ben de man die het niet kan waarderen wanneer er tegen hem gelogen wordt. Wanneer iemand belooft dat hij of zij bepaalde dingen zal doen, maar alleen maar smoesjes verzint... Nou, mevrouw, dat maakt me kwaad.' Hij liet de beleefde toon varen. 'Oké, en nu goed luisteren. Doe wat ik gezegd heb dat je moest doen.'

'En anders?' reageerde ze hysterisch. 'Vermoord je hem dan? Dat heb je al gedaan.'

'Met de drugs die jíj uit het ziekenhuis hebt gestolen. De volgende foto die je krijgt is van deze knul.' Hij vond een foto van de verpleegster met haar tienerzoon en verstuurde die. Aan haar kreun hoorde hij dat ze hem had ontvangen.

'Waarom? Waarom doe je dit me aan?'

'Het is niet persoonlijk. Echt niet. Ik wil alleen dat je dit karweitje doet. Als je het gewoon gedaan had toen je de gelegenheid had, zou niemand iets hebben gemerkt. Maar dat heb je niet gedaan, dus je hebt me hiertoe gedwongen. Ik uit geen loze dreigementen. Ik zal er niet alleen voor zorgen dat het met je zoon net zo afloopt als met die arme Roy hier, maar ik zal het ook zo regelen dat de ampullen die jij hebt aangeraakt op hun lichaam worden gevonden.'

Ze snakte naar adem. 'Dat kun je niet.'

'Dat kan ik en dat zal ik. Nou, als je meewerkt, dan zal ik ook iets voor jou doen.'

Een lange, lange stilte. 'Wat?' snoof ze alsof ze moeite had het woord uit haar keel te krijgen.

'Ik zal ervoor zorgen dat Roy als hij wordt gevonden een heel andere ampul in zijn hand heeft. Daar zal oxycodon in zitten en die zal niet tot jou te herleiden zijn. Maar ik moet eerst uit betrouwbare bron horen dat Davenport dood is. Heb je me begrepen?'

'Ja.' Een duidelijk hoorbaar, moeizaam slikken. 'Ik haat je.'

'Dan ben je niet de enige,' zei hij vriendelijk, en dat was waar ook. Het kon hem gewoon niet schelen. 'Aan het werk, zuster. Ik wacht op goede tijdingen.'

Donderdag 13 augustus, 11.45 uur

Decker had nog steeds geen krant gekregen of een tablet, dus hij had nog steeds geen flauw idee wat er van zijn zaak was geworden. De verpleegster die hem alles zo lief had beloofd was in rook opgegaan en haar vervangster had alleen maar kwaad naar hem gekeken. 'Weet u wel,' zei ze met een nasale stem die ronduit irritant was, 'dat het nog maar tien minuten geleden is dat u voor het laatst om een krant vroeg en negen minuten en vijftig seconden geleden dat ik nee heb gezegd?'

'Nee,' brulde hij, zijn boosheid de vrije loop latend. 'Ik was me er niet van bewust dat het nog maar tien minuten geleden is omdat ik verdomme geen telefoon heb. Ik wil gewoon een krant. Is dat zo moeilijk?'

Ze had de deur van zijn kamer bij de eerste brul dichtgedaan en stond hem nu met haar armen over elkaar geslagen kwaad aan te kijken. 'Bent u zich er dan wel van bewust dat dit een intensive care is? Bent u zo zelfzuchtig? Of bent u geestelijk gestoord en moet ik de beveiliging bellen? We zullen u met alle plezier kalmeren.'

Smerige heks, dacht hij, maar toen geneerde hij zich voor zijn geschreeuw. 'Het spijt me. Je hebt gelijk. Ik had niet mogen schreeuwen.' Hij dacht aan wat Kate die ochtend tegen Deacon had gezegd toen ze hem om precies dezelfde reden bestraffend toesprak. Hij wierp haar zijn beste glimlach toe, de glimlach die er keer op keer voor had gezorgd dat zijn pleegmoeder hem vergaf. 'Ik zal van nu af aan alleen mijn innerlijke stem gebruiken.'

De verpleegster accepteerde morrend zijn excuus. 'Toch krijgt u geen krant of een tablet en zelfs geen twee blikjes met een touwtje ertussen. U ligt op de IC.'

Hij zuchtte. 'Kun je dan zorgen dat ik hier wegkom, alsjeblieft?'

'Graag. Ik zal dat tot mijn prioriteit maken.'

En dat had ze ook gedaan. Hij lag nu tenminste op een gewone kamer, maar hij had geen contact met de buitenwereld gehad sinds het moment dat Kate uren eerder was vertrokken en hij werd langzaam maar zeker gek.

Er kwam een nieuwe verpleegster binnen, maar hij durfde haar niet om een tablet te vragen. Hij was er inmiddels achter dat hoe vaker hij erom vroeg, hoe langer ze hem zouden laten wachten. Dus deed hij zijn ogen dicht en haalde diep adem, de drang om opnieuw te vragen onderdrukkend. Hij wachtte tot de nieuwe verpleegster klaar was met het verwisselen van de infuuszak en was weggegaan voor hij zijn ogen opende en zijn bed onder een hoek van veertig graden omhoogdraaide. Ze had hem onder een hoek laten liggen die hem alleen maar in staat stelde om naar het plafond te staren. Nu kon hij tenminste de tv zien. En dat was absoluut nutteloos.

Hij zapte langs de tv-kanalen als een eekhoorn aan de speed en besteedde ongeveer een seconde aan elk kanaal. Dat was een seconde te veel. Het tv-nieuws was nog erger dan nutteloos. Geen wonder dat het land naar de kloten ging. De mensen dachten dat wat ze op 'nieuws'-tv kregen voorgeschoteld werkelijk nieuws was.

Nee, hij wilde niets weten van de jongste escapades van welk Hollywoodstel dan ook dat op dat moment toevallig iets vreemds uithaalde. Lieve baby'tjes en ouderschapstests konden hem niets schelen. Hij wilde geen sieraden kopen of zelfs maar de hoogtepunten van de honkbalwedstrijd van de avond ervoor zien. Hij bleef even een extra seconde hangen bij een verbouwingsprogramma. Dat was het later misschien nog waard om even naar te kijken.

Hij moest een plek zien te vinden waar hij kon wonen nu hij niet langer undercover was en alles wat hij zich kon veroorloven zou vermoedelijk opgeknapt moeten worden.

Maar hij wist niet eens waar hij binnen de FBI zou terechtkomen. Hij kon overal naartoe overgeplaatst worden, maar hij wilde graag hier blijven. Een tijdje, in ieder geval. In ieder geval tot hij het karwei had afgemaakt waaraan hij was begonnen.

Hij was van plan om zich voor het eerst in een eeuwigheid te settelen, waar hij ook terecht zou komen. Hij wilde een huis. Het hoefde niet groot te zijn of luxe. Gewoon een plek waar hij een moestuin kon beginnen en een hond kon houden. Een heel grote hond. Die gedachte deed hem glimlachen, want hij had ook in geen eeuwigheid een huisdier gehad. Misschien dat hij zelfs rozen zou planten. Mama Davenport had rozen gekweekt, allerlei verschillende kleuren. Hij had een lattenframe voor haar gemaakt en wat was ze daar blij mee geweest.

Zijn keel werd dichtgesnoerd bij de herinnering. Ze leefde niet meer. Al lang niet meer. God, hij miste haar, maar een deel van hem was blij dat ze niet lang genoeg had geleefd om hem nu zo te zien. Om te zien wat een harde man hij was geworden. Hij stootte een lach uit die veel te onzeker klonk voor een gedecoreerde soldaat. Ze zou hem een schop onder zijn kont hebben gegeven als ze had gehoord hoe hij tegen die verpleegster tekeerging.

Dat was altijd haar volstrekt loze dreigement geweest. *Ik geef je een schop onder je kont, jongen!* Maar hij had nooit een vriendelijker vrouw gekend. Ze zou nooit haar hand tegen hem hebben opgeheven...

Hij haalde heel diep adem en liet die langzaam weer ontsnappen terwijl zijn ogen prikten. *Ik zal zorgen dat je trots op me bent, mama D.* Hij had die woorden tegen haar gezegd toen hij op het perron stond te wachten met de stropdas van zijn nieuwe uniform keurig rond zijn nek. God, wat was hij jong geweest. Maar haar woorden...

Decker had zichzelf al veel te lang niet toegestaan daaraan te denken. *Je hebt me allang trots gemaakt, Decker McGee. Elke dag dat je bij ons was heb je me trots gemaakt.* Ze was op haar tenen gaan staan om haar vinger tegen zijn lippen te drukken om zo zijn ontkenning tegen te houden. *Ik was trots toen je nog Decker McGee was. Dat je je naam veranderd hebt in Davenport maakt alleen maar dat ik nog meer van je hou.* Ze had nooit gezegd dat ze van hem hield, pas toen hij op zijn trein stond te wachten. Maar hij had het geweten. Elke dag dat hij onder haar dak leefde had hij het geweten. *Zorg goed voor jezelf, tweede luitenant Griffin Davenport. En kom weer heel thuis, jongen.* Ze had hem omlaaggetrokken en een stevige kus op zijn wang geplant. *Kom veilig thuis, hoor je?*

En toen had ze zich omgedraaid en was ervandoor gegaan met een snelheid die verrassend was voor een vrouw van vijfenzestig. Hij was alleen met Old Griff achtergebleven op het perron. *Mama zegt het, Decker. Mama zegt het.* Toen had hij Decker de hand geschud, hem in een stevige omhelzing genomen en met schorre stem in zijn oor gefluisterd. *Je zult bij ons altijd een thuis hebben. Vergeet dat nooit.*

Deckers hand beefde terwijl hij de tranen van zijn gezicht veegde. Hij greep de afstandsbediening en begon langs de kanalen te zappen met dezelfde geconcentreerde intensiteit waarmee hij zich had voorbereid op de strijd. Want... ja. Het gevoel was niet zo heel anders.

Hij zou later wel naar dat verbouwingsprogramma overschakelen. Wanneer zijn hart niet aanvoelde alsof het net in zijn borst was fijngeknepen.

Een beeld op het scherm trok een paar seconden te laat zijn aandacht en rukte zijn gedachten terug van waar ze naar waren afgedwaald. Hij zapte terug tot hij het juiste kanaal had gevonden en tuurde toen naar het scherm, blij met de afleiding.

Hij kende die mensen. De man en de vrouw. Ze hadden allebei donker haar en ze waren allebei lang. Ze waren die avond daar geweest. Op het terrein van de mensenhandelaren. Toen hij was neergeschoten.

Maar hun namen bleven frustrerend buiten bereik.

Het kanaal was van een plaatselijke vierentwintiguursnieuwszender en het was nu het hele uur, dus hij kreeg eindelijk echt nieuws te zien. Het tweetal werd in de stad op straat gevolgd door een verslaggeefster met een microfoon en haar vragen verschenen in ondertitels op het scherm. Hij zette het geluid precies op tijd harder om haar te horen roepen: 'Meneer O'Bannion! Marcus!'

Marcus O'Bannion. De krantenman. Hij gaf een krant uit, de *Ledger.* Hij had Woody McCord ontmaskerd. De mensenhandelaren hadden deze man gehaat. Decker beschouwde dat als zo'n beetje de hoogste lof die iemand kon krijgen.

De vrouw was... Nou, ze was heel knap. Niet zo knap als een zekere roodharige, maar nog steeds opvallend mooi. *Rood.* Haar naam had iets met rood te maken. 'Scarlett,' zei hij hardop, ingenomen met zichzelf. De achternaam was iets religieus. Priester, dominee... 'Bishop,' zei hij met een tevreden knikje.

'Meneer O'Bannion! Rechercheur Bishop!' De verslaggeefster had de achtervolging ingezet, want het tweetal leek geen vaart te minderen.

Bishop trok even aan de mouw van O'Bannion en boog zich naar hem toe om iets tegen hem te zeggen toen hij zijn pas inhield. Ze pakte O'Bannions hand, vlocht hun vingers in elkaar, en ze draaiden zich als één man om.

'Ja?' zei O'Bannion rustig.

'Is dit uw eerste dag terug sinds de schietpartij?' vroeg de verslaggeefster een beetje buiten adem.

Decker fronste zijn voorhoofd en de vragen stapelden zich sneller in zijn hoofd op dan ze op het scherm deden. *Schietpartij? Waar? Wanneer? Wie is er neergeschoten?*

O. Juist. Het kwam allemaal weer bij hem boven. Een van de bendeleden was de redactie van de *Ledger* binnengewandeld en was om zich heen gaan schieten. Ze hadden verschillende mensen verloren. *Mijn hemel.*

O'Bannion maakte een... uitgeputte indruk. Diepbedroefd. *Dat snap ik*, dacht Decker.

Bishop zag er... Decker moest lachen om de strijdlustige houding van de rechercheur, om het vuur in haar ogen. Ze zag eruit als een leeuwin, alsof ze iedereen met haar klauwen in stukken zou rijten die het waagde een vinger uit te steken naar de man naast haar. *Dat wil ik ook*, was de plotselinge gedachte die bij hem opkwam. *Ik wil dat iemand zo naar mij kijkt.*

Nee. Hij was al zo ontzettend lang alleen dat hij wist dat hij het stadium van willen allang voorbij was. Het was een diepgewortelde behoefte. Een honger, zelfs. Hij was bijna bang om het toe te geven. Het was iets enorms geweest dat hem de laatste dagen dat hij undercover was, was gaan verteren. Misschien kwam dat omdat hij gedwongen was geweest zo in de nabijheid te leven van het soort verdorvenheid dat zo algemeen was onder die mensenhandelaren. Hij had iets nodig gehad wat als tegenwicht kon dienen. Of in ieder geval iets wat sterk genoeg was om het weg te houden bij zijn ziel, want hij had het gevoel gehad dat hij langzaam wegteerde. Als er geen einde aan was gekomen toen dat was gebeurd... Hij had gevreesd dat er niets zou overblijven van de man die hij ooit was.

De echte Griffin Davenport, die hem had opgenomen en hem een thuis had gegeven, was een verrekt goed mens geweest. Eerbaar. Hardwerkend. Vriendelijk. Zeker niet het soort man dat op de intensive care tegen verpleegsters schreeuwde. Decker had elke dag van zijn militaire loopbaan zijn best gedaan om net als hij te zijn. En gedurende zijn drie jaar undercover.

Uiteindelijk was de herinnering aan de echte Griffin Davenport het enige wat ervoor had gezorgd dat Decker zijn verstand niet had verloren. Hij hoopte dat hij er op tijd uit gestapt was, dat er nog voldoende Griffin in zijn ziel aanwezig was om ervoor te zorgen dat Decker een leven kon hebben. Om een leven te delen met iemand anders.

Om te verdienen dat iemand naar hem keek zoals Bishop naar O'Bannion keek.

'Ja,' hoorde hij O'Bannion zeggen. 'Dit is voor velen van ons de eerste officiële dag dat we terug zijn. Voor velen van ons vormen de media ons leven. We begrijpen dat jullie gaan graven en zoeken en ons – ons verdriet – in de openbaarheid brengen. Ik neem aan dat dat redelijk is, want wij verdienen ons brood op dezelfde manier. Maar vele van onze medewerkers zijn niet gewend te worden lastiggevallen met camera's. Ik vraag jullie om hen met rust te laten om hun verdriet in stilte te verwerken. Ik zal met alle plezier interviews geven als jullie de privacy van mijn mensen respecteren. Maar nu moet ik aan het werk. Dank u.'

Hij duwde de deur van het kantoor open en ging naar binnen, maar Bishop bleef nog even achter om de verslaggeefster boos aan te kijken en om er zeker van te zijn dat de vrouw niet achter hen aan kwam. De verslaggeefster draaide zich om naar de camera en lepelde haar afronding op. Het volgende item ging over het lichaam van een studente dat was gevonden op de campus van King's College. Ze was vermoedelijk overleden aan een overdosis. Haar vriendinnen waren geschokt bijeengekomen en vertelden wat een geweldig persoon ze was geweest. Hoeveel lol je met haar kon hebben.

Decker zette het geluid van de tv uit. Stomme, stomme jongelui. Hun leven zo vergooien. 'Voor de lol.' Zij hadden plezier gemaakt terwijl hij in Afghanistan was en kogels probeerde te ontwijken. Hij voelde niet veel sympathie voor ze. Als ze de drugs niet zouden gebruiken, zou er ook geen markt zijn en zouden mensen als hun dealers geen werk hebben.

Dan zouden ze hun werkterrein niet hebben uitgebreid naar de mensenhandel. *Kinderen, schei toch uit.*

Hij begon weer te zappen, maar er was helemaal niets. Zelfs het verbouwingsprogramma was afgelopen. Hij keek naar de telefoon op het tafeltje naast zijn bed en vroeg zich af wat Kate had weten te ontdekken over McCords naamloze partner.

Maar ook als ze nog niets had gevonden, zou ze misschien langs kunnen komen om hem iets te brengen waarmee hij online kon gaan. Hij strekte knarsetandend zijn arm uit, voorbereid op pijn, maar aangenaam verrast toen het helemaal niet zo erg bleek. Hij zou haar bellen, een boodschap voor haar achterlaten als ze niet opnam, en dan zou hij uit bed stappen.

De dokter had gezegd dat hij moest lopen. De dokter had ook gezegd dat dat pas over een week kon. *Bekijk het.* En bekijk het maar met je maand voor hij weer aan het werk kon. In de woestijn werden ze opgelapt als ze werden geraakt en dan werden ze teruggestuurd het strijdgewoel in.

Andere mannen hadden misschien een week nodig om hieruit te komen. Decker nam zich voor dat in vier dagen te doen. Hooguit. En dat was alleen maar als hij het zolang kon volhouden zonder iemand te vermoorden uit frustratie vanwege pure verveling.

Hij koos Kate's nummer uit zijn hoofd en verwachtte te worden doorgeschakeld naar haar voicemail, maar ze nam op. En zijn ongedurige lichaam leek tot rust te komen op het moment dat hij haar stem hoorde.

'Coppola,' zei ze.

'Da...' Zijn eigen naam bleef steken en hij schraapte zijn keel. 'Davenport.'

'Decker.' Hij kon haar glimlach horen en hij moest terug glimlachen, ook al kon ze hem niet zien. 'Het praat!' voegde ze er plagend aan toe. 'Wanneer hebben ze de slang eruit gehaald?'

'Uren geleden. Ze zouden je bellen.'

'Hm. Ik heb geen telefoontjes van het ziekenhuis gemist, dus dat hebben ze niet gedaan. Dat is grof. Hoewel ze het misschien druk hadden, maar toch. Kun je bezoek aan?'

'Hangt ervan af,' antwoordde hij schor. 'Momentje.' Hij stopte een paar ijsschilfers in zijn mond en schraapte opnieuw zijn keel. 'Die verdomde slang. Het was alsof hij van gebroken glas was toen ze hem eruit haalden. Wat voor bezoek?'

'Nou, mijn partner en ik, om te beginnen.'

Decker vertrok zijn gezicht. 'Komt Deacon mee?'

Ze grinnikte. 'Nee. Mijn nieuwe partner is Luther Troy. Dat heb ik je vanochtend verteld, maar dat weet je misschien niet meer. We staan eerlijk gezegd op het punt om in de hal van het ziekenhuis in de lift te stappen.'

'O.' Hij werd heen en weer geslingerd tussen opwinding en teleurstelling. *Ze is op weg naar boven.* Maar niet alleen. En hij was te laat om haar te vragen een apparaat voor hem mee te nemen. 'Ik had gehoopt je te pakken te krijgen voor je wegging bij het bureau. Ik moet een laptop hebben of een mobieltje of een tablet of zoiets waarmee ik het internet op kan.'

'Ik heb mijn oude tablet voor je meegebracht. Die is misschien een beetje langzamer dan de nieuwe, maar hij doet het.'

Opluchting vermengde zich met iets anders. Iets wat meer was. 'Dank je. Ze hebben me verhuisd. Ik lig op de derde verdieping. Vierzesentwintig.'

'Begrepen. Ik raak zo in de lift het signaal kwijt, dus ik moet ophangen.'

Hij hing op, leunde achterover in zijn kussen en deed zijn ogen dicht. Vermoeidheid overviel hem als een vloedgolf en sleurde hem mee. *Shit.* Daar ging hij met zijn eerste rondje over de verdieping. Hij kon zijn ogen niet eens openhouden. *Ik mag niet in slaap vallen. Kate komt eraan.*

Donderdag 13 augustus, 12.00 uur

Kate liet haar mobieltje in haar zak glijden en fronste haar wenkbrauwen. 'De verpleegsters van de intensive care zouden me bellen zodra hij van de beademing af was. Hij ligt op de derde.'

Troy drukte op de bijbehorende knop. 'Ze hadden het waarschijnlijk druk, zoals je al zei.'

'Dat kan, maar...' Ze keek hem boos aan toen zijn mond vertrok. 'Wat?'

'Je moet een echte dragonder zijn geweest toen je in het leger zat. Die uitdrukking op je gezicht, nou, die stond borg voor een snelle en pijnlijke vergelding. Ik zou je niet graag kwaad maken.'

Hij zei het op luchtige toon, de toon die hij altijd gebruikte voor opbouwende kritiek. Kate veegde de uitdrukking van haar gezicht. 'Zo beter?'

'Veel beter. Wat deed je in het leger?'

'Ik zat bij de militaire politie.'

'Waarom verbaast me dat niet?' zei hij droog. 'Ik wed dat er tientallen mannen en vrouwen in het leger zijn die nog steeds huilen in hun slaap als jij in hun nachtmerries komt spoken.'

Ze glimlachte spottend. 'Eerder honderden. Sorry. Ik heb de pest aan ziekenhuizen. Een heleboel waardeloze herinneringen. Als ik eenmaal in de kamer van iemand ben gaat het meestal wel, maar ik krijg de kriebels van die gangen.' Ze had zichzelf dankzij haar breiwerk in de hand weten te houden toen ze bij Decker zat.

'Vanwege je echtgenoot,' zei Troy zacht. 'Ik vind het heel erg voor je.'

Haar ogen werden groot van de schok dat hij van Johnnie wist, en dat hij hem ter sprake bracht. 'Daar heb je diep voor moeten graven.'

Hij haalde bijna verontschuldigend zijn schouders op. 'Ik weet graag met wie ik te maken heb. Wat je kwetsbaarheden zijn.' Hij kreeg een bittere trek op zijn gezicht. 'Ik ben in het verleden al vaker op mijn bek gegaan. En jouw familie loopt ook niet bepaald met de regenboogvlag te zwaaien.'

'Nee,' stemde ze in. 'Tolerantie staat niet hun woordenboek, maar haat beslist wel.'

Troy schudde zijn hoofd. 'Hoe heb jij kans gezien daar niet mee besmet te worden?'

'Ik ben het huis uit gegaan en weggetrokken,' zei ze wrang en ze betrapte zich erop dat ze opnieuw met haar tong over haar voortanden ging. 'Bijna twintig jaar geleden. Nooit meer terug geweest. Hoe zit het met jou? Heeft je familie je geaccepteerd?'

'Ja,' zei hij met een flauwe glimlach. 'Met uitzondering van één broer, maar de rest is geweldig.'

Daarna bleven ze allebei stil, een ongemakkelijke stilte die verbroken werd door het tegelijkertijd zoemen van hun mobiele telefoons. Dankbaar voor de afleiding haalde Kate die van haar uit haar zak.

En staarde vol ongeloof naar het schermpje. *Echt niet. Dit is echt onmogelijk.*

'Verdomme,' siste ze en toen ze opkeek zag ze dat Troy ook vol afschuw en woede naar zijn schermpje keek. 'Hoe heeft dat in vredesnaam kunnen gebeuren?

'Ik weet het niet,' zei hij effen. 'Laten we hem bellen, dan horen we het wel.' De liftdeuren gingen open en ze haastten zich samen naar een wachtkamer voor familie. 'Ik bel naar jouw mobieltje en schakel Zimmerman dan door. Op die manier kunnen we allebei horen wat hij te zeggen heeft zonder de luidspreker aan te zetten.'

Hij was al aan het bellen en hun drieën met elkaar aan het verbinden. Kate liep naar het raam van de gelukkig lege wachtkamer. 'Kate is met mij aan de lijn,' zei Troy toen hun chef opnam. 'Wat is er verdomme aan de hand, Z?'

'Dat heb ik toch gezegd,' antwoordde Zimmerman en zijn eigen woede was duidelijk uit het trillen van zijn stem. 'Iemand heeft Alice Newman te pakken genomen. Ze is dood.'

Donderdag 13 augustus, 12.00 uur

Het geluid van zijn mobiele telefoon drong door het geluid van de douche. Gelukkig was hij bijna klaar – het verwijderen van de restanten van zijn Professor-gezicht nam soms wat tijd in beslag. De warmte van augustus maakte het noodzakelijk dat hij een sterkere lijm gebruikte, omdat anders zijn vermomming los zou laten. En dat zou echt kwalijk zijn.

Hij zette het water uit en pakte de rinkelende telefoon. Hij zwoer dat als dit telefoontje uit de gevangenis geen beter nieuws bracht dan wat hij uit het ziekenhuis had gekregen, hij helemaal door het lint zou gaan. *Uitvluchten.* Griffin Davenport leefde nog omdat de persoon in het ziekenhuis steeds úítvluchten had. Nu was de man bij kennis. En binnenkort zou hij gaan praten. Hij had al cd's aan de FBI gegeven. Zijn contactpersoon in het ziekenhuis had dat tenminste wel geweten. De hemel mocht weten wat er op die cd's stond, maar aangezien Davenport dríé jaar lang had gespioneerd bij Alice's mensen, hoefde je geen genie te zijn om aan te nemen dat er informatie op stond die Alice niet graag met anderen zou willen delen.

Hij maakte zich niet zo heel bezorgd dat hij zelf ontmaskerd zou worden. Hij had niet rechtstreeks met Alice te maken gehad sinds McCord zich had laten pakken. Stomme idioot. Maar stel dat die cd's materiaal bevatten waarmee ze voldoende onder druk gezet kon worden om een deal te sluiten met het Openbaar Ministerie.

Dan lapt ze me er zonder er twee keer over na te denken bij. Nog niet eens één keer. Dus Alice moest uit de weg.

Terwijl hij zijn onlangs geschoren hoofd afdroogde drukte hij op ANTWOORDEN. 'Ja?' zei hij kortaf.

'Het is gedaan, Professor,' zei Rawlings kort en zakelijk.

Hij slaakte een zucht van verlichting. Rawlings maakte het altijd waar. Hem moeten vermoorden zou vervelend worden. 'Weet je het zeker?' vroeg hij en hij hield zijn toon luchtig.

'Jazeker. Ik heb haar lichaam met eigen ogen gezien. Hou je je aan onze afspraak?'

Hij smeerde zijn gezicht in met een vochtinbrengende balsem, want zijn huid droogde uit van de lijm. 'Ik zie je vanavond. Je weet waar. Als je dit pak een paar keer versnijdt, ben je de rijkste bewaker van de hele gevangenis.'

Een droog gegrinnik. 'Ik ben al tevreden als ik in leven blijf, Professor.'

Hij verstijfde even, een fractie van een seconde. 'Wat wil je daarmee zeggen?' vroeg hij kalm met net de juiste hoeveelheid verontwaardiging in zijn stem.

'Dat wil zeggen dat mama geen domkop heeft grootgebracht. Ik heb zojuist voor jou afgerekend met een belangrijke gevangene en voor ik dat deed, heb ik de extra voorzorgsmaatregel genomen om na te trekken wie haar de afgelopen dagen allemaal hebben bezocht. Ze heeft heel veel bezoek gehad – rechercheurs, FBI, advocaten. Ik weet niet waarom je haar dood wilde hebben, maar ik draai al heel lang mee in het gevangenissysteem. Je zou een dergelijk risico niet hebben genomen als ze niet een heel groot gevaar voor je betekende.'

Het werd hem koud om het hart, maar hij hield zijn toon normaal terwijl hij zorgvuldig het flesje balsem op zijn plek in het medicijnkastje zette. 'Heeft allemaal niets met mij te maken. Ik heb je toch gezegd dat ik alleen maar de bemiddelaar ben? Dat is alles. Ik ben voor dit karwei in de arm genomen omdat ik contacten heb binnen de gevangenis. Onder wie jij.'

'Zit Sidney Siler ook bij die contacten?'

Er borrelde woede in hem op. *O Rawlings, je zou een pijnloze dood sterven. Maar nu? Je gaat pijn lijden.* 'Ik ken haar. Hoezo?'

'Ja, nou, ík weet dat ze gisteren bij Alice op bezoek is geweest en een vals identiteitsbewijs heeft gebruikt. Ik weet ook dat ze vanochtend dood is aangetroffen, zogenaamd door een overdosis. Het gerucht gaat dat het om verontreinigde coke gaat.'

Mijn coke is niet verontreinigd, kuttenkop. 'Dat is zonde. Ik mocht haar wel. Ze had bij mij moeten kopen. Dan zou ze nu niet dood zijn.'

Rawlings grinnikte opnieuw. 'Nou, ik moet je één ding nageven. Je bent een koele kikker. Ik hoop dat je je niet beledigd voelt, maar ik heb je toegevoegd aan mijn lijst van mensen die ik een dienst heb bewezen. Die lijst ligt op een veilige plek. Als ik ergens dood word gevonden of wat dan ook, dan weet mijn vertegenwoordiger dat de lijst openbaar moet worden gemaakt. Dat is gewoon een kleine verzekering. Ik weet zeker dat je dat zult begrijpen.'

O, zeker. Ik begrijp dat je dood bent. Of zou willen dat je dat was. 'Uiteraard. Ik zal ervoor zorgen dat ik een soortgelijke verzekering heb.' *Want ik ben geen idioot, klojo.* Hij wist dingen waar Rawlings geen idee van had. *Zoals dat zelfs als de Professor bekend zou worden, niemand hem met mij in verband kan brengen.* Die voorzorgsmaatregel nam hij nu al bijna twee decennia. Maar hij wist ook dat de oudste zoon van Rawlings drugsproblemen had. De kleine Timmy Rawlings was dol op cocaïne. Heel erg dol.

Hij was niet van plan om dreigementen te uiten. Hij zou actie ondernemen en dan zou Rawlings senior er wel achter komen. Rawlings senior was op dat gebied best slim. 'Dus we zien elkaar vanavond?'

'Absoluut. Tot vanavond.'

Hij verbrak de verbinding en slaakte een zucht. Het losse eindje Alice was weggewerkt. Hij zou later dat jong van Rawlings onder handen nemen. Hij had nog tijd voor de bijeenkomst van die avond.

Voorlopig was speciaal agent Davenport zijn grootste zorg. Hij had nog een paar mensen in het ziekenhuis, maar die wilde hij niet in de waagschaal stellen. Hij had ze precies nodig op de plekken waar ze zaten. Als hij degene die al daarbinnen was niet in actie kon krijgen, dan zou hij misschien zelf met Davenport moeten afrekenen. En dat zou knap waardeloos zijn.

Hij moest Davenport elimineren zodat hij zich kon gaan bezighouden met de planning van de komende videoshoot. Zijn nieuwste klanten hadden heel uitgesproken verzoeken wat het acteertalent betrof en ze waren bereid goed te betalen voor zijn moeite. En als hun aanstond wat ze zagen, zouden ze nog jaren een bron van inkomsten zijn.

De individuele deals, zoals met Roy en Sidney, brachten niet genoeg op om de rekeningen te betalen. Tot vorige week was de verkoop van cocaïne, heroïne en speed aan Alice en haar vader zijn belangrijkste inkomstenbron geweest. Hij moest een nieuwe distributeur zien te vinden die bereid was om dezelfde hoeveelheden af te nemen, maar dat zou tijd kosten. Tot dan moesten de pornovideo's en de verkoop van de steracteurs het geld voor de rekeningen binnenbrengen.

Een jaar geleden zou hij moeite hebben gehad om de acteurs te leveren die zijn pornoklanten wilden, alleen omdat die acteurs duur waren geweest en relatief lastig om aan te komen. McCord had niet geloofd in louter Amerikaanse producten en had zich voor hun materiaal tot Alice en haar vader gewend. Dat zou de veiligheid van hun operatie vele malen sterker hebben gemaakt – niemand kon de tieners opsporen, omdat niemand ze kende. Geen familie die op zoek ging wanneer ze verdwenen. En als er al iemand gepakt werd, dan waren dat Alice en haar vader, en zij werden geacht over middelen te beschikken om de politie te ontlopen.

Hij had er aanvankelijk mee ingestemd, omdat hij de leerling was geweest en McCord de expert. McCord had alle contacten voor de pornobusiness – zowel bronnen waar hij zijn acteurs vandaan haalde als kanalen voor de distributie van de video's en de acteurs zelf wanneer ze met hen klaar waren. Ze kwamen uit alle windstreken van de wereld, spraken verschillende talen, en dat maakte het allemaal een stuk lastiger om ze klaar te stomen.

Hij wilde dat zijn acteurs blij waren voor de camera, niet bang en huilend. Dat was slecht voor de zaken.

Maar toen werd McCord zelf gepakt en toen was alles uit elkaar gevallen. *Nu ben ík de expert.* Hij had een heleboel veranderingen doorgevoerd en alles liep een stuk beter. Nu kwam zijn materiaal uit lokale bronnen. Als hij de tijd kreeg, kon hij zijn acteurs opleiden om te doen wat hun werd gezegd. Geen dwang nodig.

Hij kon nog steeds materiaal kopen wanneer dat nodig was, en voor heel wat minder geld dan McCord had betaald, dus zijn winst was aanzienlijk toegenomen. Een moeder zou haar ziel en zaligheid verkopen voor een shot – maar meestal deed ze eerst afstand van haar kind. Hij kon het weten – hij hield al jaren zijn eigen groep verslaafden in stand. Hij volgde een groot deel van hen en schrapte hun naam van de lijst wanneer ze afkickten. Of stierven. Meestal gingen ze dood.

Persoonlijk zou hij niet in hetzelfde vertrek willen zijn met een slonzige verslaafde die haar eigen kind verkocht voor drugs, maar hij deed wat hij moest doen om rond te kunnen komen. Net als ieder ander.

Ik doe het alleen beter.

5

Cincinnati, Ohio, donderdag 13 augustus, 12.15 uur

'Bijzonderheden graag, chef,' zei Kate met opeengeklemde kaken in de telefoon. Alice was dood. Hun belangrijkste spoor – de enige die met zekerheid kon vertellen wie McCords partner was – liep dood.

'Hoe hebben ze haar te pakken gekregen?' voegde Troy er in zijn eigen telefoon aan toe. 'We hadden haar in een beveiligde afdeling opgeborgen.'

Het licht dat door het raam van de wachtkamer op de derde verdieping naar binnen viel deed de blos van kwaadheid die zich snel over Troy's gezicht verspreidde sterk uitkomen, net als de grimmige blik in zijn donkere ogen en de boze trek om zijn mond. Haar nieuwe partner zag er net zo verbijsterd uit als zij zich voelde. En net zo woedend.

Ze had hem nog niet eerder woedend gezien. Mooi. Troy beschikte over vuur. Daar had ze al op gehoopt.

'Duidelijk niet beveiligd genoeg,' merkte Zimmerman kortaf op.

Kate sleepte een plastic stoel naar het raam en liet zich erop vallen. Haar knieën knikten plotseling. *Ik ben moe*, dacht ze lusteloos, maar ze schoof de uitputting terzijde. Ze zou later wel slapen. Misschien. Ze liet haar adem ontsnappen. Probeerde haar woede in toom te houden.

'Iets in me wil op zoek gaan naar Bishop om haar te wurgen,' zei ze eerlijk. 'Als ze het ons meteen had verteld toen ze er vorige week achter kwam dat McCord geen zelfmoord had gepleegd, in plaats van de privacy van de mensen van de *Ledger* te beschermen, hadden we misschien strengere bewaking op Alice gezet.'

'Dat was ook mijn eerste reactie,' zei Zimmerman, die net zo vermoeid klonk. 'Ik had op één cijfer na het nummer van haar inspecteur al ingetoetst voor ik kalmeerde. We dachten dat we alle pornografen te pakken hadden toen we McCord hadden ontmaskerd. Dat dacht Bishop ook.'

Kate masseerde haar voorhoofd. 'Wat was de doodsoorzaak van Alice?'

'Het lijkt op vergif. Misschien in haar ontbijt. De lijkschouwer is er nu om haar te onderzoeken. Alice gebruikte de maaltijden in haar cel, dus ze zat niet bij de rest van de gevangenen. Ze was blijkbaar een beroemdheid,' voegde hij er op kille toon aan toe.

'Dus degene die dit heeft gedaan had toegang tot haar eten,' zei Troy. 'Afhankelijk van hoe streng de beveiliging is, is dat een beperkte groep of juist heel breed.'

'Ik ben bang dat het de tweede mogelijkheid is,' antwoordde Zimmerman grimmig. 'De gevangenisdirecteur heeft wel een paar voorzorgsmaatregelen genomen, zoals dat hij haar in haar cel liet eten, maar ze zijn volop bezig zich in te dekken, dus ik heb geen idee wie ik op dit moment kan geloven. Dr. Washington zal de autopsie uiteraard zo snel mogelijk doen, maar haar schatting van het tijdstip van overlijden is vroeger dan die van de directeur. Het lijkt erop dat Alice al een uur dood was voor de directeur me belde.'

'Is dr. Washington goed?' vroeg Kate.

'Ja,' zei Zimmerman. 'Als er een doodsoorzaak is vast te stellen, dan zal Carrie Washington die vinden. Alice heeft haar eten rond een uur of negen gekregen en was tegen tien uur dood, dus het vergif was tamelijk snelwerkend.'

'Iemand wilde niet dat ze haar mond zou opendoen,' zei Troy. 'Dat zou de mysterieuze partner van McCord kunnen zijn, maar wie weet hoeveel mensen ze zou hebben kunnen beschuldigen? Ik sta er eerlijk gezegd van te kijken dat ze niet eerder te pakken is genomen.'

'Wie het ook heeft gedaan is bezig losse eindjes...' Kate maakte de zin niet af en er ging een schok door haar lichaam alsof ze in aanraking was gekomen met schrikdraad. *O god.* 'Shit. Decker. Decker is bijgekomen en nu is Alice dood.' Ze zag begrip flikkeren in Troy's ogen en ze begonnen allebei tegelijk in de richting van kamer 426 te rennen. 'Hij werkt losse eindjes weg en Decker is daar het belangrijkste van. Moet ervandoor, chef. Bel zo terug.'

Kate verbrak de verbinding en ontweek een verpleeghulp die een karretje met eten voortduwde. 'Shit. Etenstijd.' Ze zwaaide haar penning in de lucht terwijl verschillende verpleegsters vanachter de balie tevoorschijn kwamen en tegen haar riepen dat ze moest stoppen omdat anders de beveiliging gewaarschuwd zou worden. Ze rende harder, ontweek nog een paar karretjes, maakte een scherpe bocht naar rechts kamer 426 binnen en kwam glijdend tot stilstand met een uitdrukking vol afschuw op haar gezicht.

Decker ademde, maar zijn ademhaling ging met horten en stoten. Hij knipperde hard en onregelmatig met zijn ogen. Zijn huid was niet zomaar bleek, hij zag asgrauw en zijn lippen... *Jezus christus.* Zijn lippen zagen blauw.

Een vrouw in groene ziekenhuiskleding stond aan het voeteneinde van het bed met een dienblad eten in haar handen. Haar naamplaatje maakte duidelijk dat ze hulpverpleegster was. Ze was verstijfd en staarde met ogen vol angst naar Kate.

'Laat dat dienblad los!' beval Kate en de vrouw liet het onmiddellijk vallen. Het kwam met een luid gekletter op de grond terecht en het eten vloog alle kanten op. De vrouw stak haar handen in de lucht en deinsde doodsbleek achteruit.

'Kate.' Decker stak zijn arm naar haar uit en sprak met schorre stem. 'Mis. Er is iets mis.'

'Ik weet het.' Zo te zien had hij het eten op het dienblad nog niet aangeraakt. 'Heeft iemand je medicijnen gegeven? Wat dan ook?'

'Alleen het infuus.'

Het was mogelijk. Kate rende om het bed en kneep voor alle zekerheid het infuus af. Ze draaide zich om naar de verpleegster die hen vanuit de deuropening woedend aankeek. Haar naamplaatje zei dat ze Jen Choi was, gediplomeerd verpleegkundige.

'Waar denkt u dat u mee bezig bent?' wilde Choi weten terwijl ze naar het bed marcheerde. Ze was een jaar of vijftig en zag kans heel intimiderend over te komen ondanks het feit dat ze nogal frêle was. 'Dit is een ziekenhuis, geen –'

'Zijn lippen zien blauw,' snauwde Kate, haar tirade onderbrekend. 'Doe iets.'

'Verdomme,' siste de verpleegster. Ze belde naar de balie om de dokter te laten roepen en begon Decker te onderzoeken. 'Wat hebt u met hem gedaan?'

'Ik?' Kate staarde haar alleen maar aan.

'Ja, u.' De ogen van de verpleegster werden groot toen ze het infuus zag. 'U hebt zijn infuus áfgeklemd? Ik weet niet wie u bent, dame, maar de beveiliging is onderweg om u hiervandaan te slepen.'

De woede van de vrouw had een merkwaardig kalmerend effect en Kate zag kans haar paniek terzijde te schuiven zodat ze kon nadenken. 'Ik ben speciaal agent Kate Coppola van de FBI. Dit is speciaal agent Davenport. Ze hebben hem iets gegeven. Of hij heeft een reactie of iets dergelijks.'

Laat het alsjeblieft geen vergif zijn. Het mocht niet zo zijn dat hij zo had geknokt om te overleven, alleen om uitgeschakeld te worden door ziekenhuiseten waarmee geknoeid was. Ze boog zich over de rand van het bed zodat ze hem kon verstaan. 'Heb je lunch gehad, Decker?'

'Nee.' Hij deed zijn uiterste best om bij haar te blijven. 'Nog niet. Wel ontbijt.'

Shit, verdomme, kut. Alice had ook ontbeten. 'Hoe laat?'

Hij keek haar met zijn ogen knipperend aan. 'Na... nadat ze de buis eruit hadden gehaald. Weet niet hoe laat.'

Kate keek de verpleegster aan. 'Hoe laat was dat?'

De verpleegster keek haar fronsend aan. 'Dat weet ik niet precies. Ergens voor tienen.'

'Twee uur geleden dus.' Alice was binnen een uur dood geweest. 'Wat zit er in het infuus?'

Choi keek haar aan en haar ergernis was duidelijk. 'Een zoutoplossing en antibiotica. Hetzelfde wat hij op de intensive care kreeg. Die zak is met hem meegekomen, om precies te zijn.'

'Zuster Choi, het kán niet hetzelfde zijn wat hij op de intensive care heeft gekregen. Zijn lippen zagen daar niet blauw. Nu moet u hem snel iets geven om wat het ook is dat dit veroorzaakt teniet te doen of er iemand bij halen die dat kan.'

De verpleegster stond gebogen over Deckers bed en keek nu verbijsterd op. 'Denkt u dat wíj dat hebben veroorzaakt?'

Kate haalde diep adem. 'Drie minuten geleden hebben we een reden gekregen om aan te nemen dat agent Davenport het doelwit kan zijn van iemand die hem dood wil hebben. We komen in zijn kamer en treffen dit aan. Wat denkt u zelf?'

'Kate.' Decker knipperde heftig met zijn ogen, hij worstelde om haar aan te kunnen kijken. 'Je moet de verpleegsters niet tegen je in het harnas jagen. Ze kunnen je maken en breken.'

Kate snoof verrast lachend. 'Je hebt gelijk.'

Hij knikte kort. 'Jij ook. Iemand heeft het infuus verwisseld. Niet zij.'

Ze haalde opnieuw even diep adem, werd weer ernstig en keek de verpleegster aan die nu geschokt terugkeek. 'Ik moet dit infuus meenemen als bewijs. Haal alstublieft een nieuw.'

De verpleegster knikte alleen maar. 'We hebben de dokter gewaarschuwd. Hij kan elk ogenblik hier zijn. Dit lijkt op een overdosis opiaten. Meneer Davenport krijgt iets om dat tegen te gaan.'

'Oké.' Kate keek de kamer rond en besefte dat Troy er niet was; hij hield zich vermoedelijk bezig met de bewaking. Ze richtte haar volgende verzoek aan de verpleegster, omdat ze veel te veel energie had en het gevoel had dat ze elk ogenblik kon ontploffen. 'We moeten kopieën hebben van alle bewakingsbeelden op deze verdieping en een lijst van alle mensen die zijn infusen hebben aangeraakt.' Ze keek naar de hulpverpleegster die het dienblad in handen had gehad. 'Je kunt dat allemaal op de grond laten liggen. Ik neem dat ook mee als bewijsmateriaal. Wacht alsjeblieft buiten in de gang. Ga niet weg. Ik kom later naar je toe.'

De vrouw knikte. Haar ogen waren groot in haar smalle gezicht en ze haastte zich de kamer uit.

'Kenau,' fluisterde Decker.

'Geloof dat maar.' Kate ging even met haar vingers over zijn gezicht. 'Hoe gaat het met ademen?'

'Geen slang. Alsjeblieft.'

'Als ze denken dat je er een nodig hebt...'

'Nee. Verdomme, geen slang.' Hij knipperde heftig en keek naar de verpleegster. 'Hebt u dat gehoord?'

'Uw lippen zien blauw, meneer. U hebt zuurstoftekort. Als die situatie voortduurt, loopt u hersenbeschadiging op. Is dat wat u wil?'

Decker keek zuster Choi vuil aan. 'Nee.'

'Dat dacht ik al. Vertel me nu eens hoe u zich voelde vlak voor uw vriendin Speedy Gonzales over mijn verdieping scheurde, mijn verpleegsters gebruikte als horden en een algehele paniek veroorzaakte in haar poging om bij u te komen.'

'Alleen maar algehele paniek?' vroeg hij tussen moeizame ademhalingen door. 'Geen totale chaos? Amateur.'

'Hou daarmee op,' zei Kate bestraffend. 'Bewaar je adem om haar antwoord te geven.'

Decker draaide zijn hoofd naar de verpleegster. 'Plotseling heel moe. Moeite met ademhalen. Net een golf die me omlaagsleurde.' Hij fronste zijn voorhoofd terwijl hij zijn hand waar geen infuus in zat naar Kate uitstrekte, bijna zonder erbij na te denken. Ze pakte hem zonder aarzelen beet en kneep even. 'Metaalachtige smaak ook,' voegde hij eraan toe. 'Vies. Wilde alleen maar slapen.'

De dokter haastte zich naar binnen en keek bedenkelijk toen hij het eten op de grond zag liggen. 'Laat iemand dat opruimen,' zei hij, waarna hij zich kwaad tot Kate wendde. 'U hebt aan het infuus van een patiënt gezeten.'

'Dat is mogelijk vervuild.' Ze trok een wenkbrauw op, waarmee ze hem uitdaagde haar tegen te spreken. 'Doe me een lol, dokter. Leg een nieuw infuus aan. Een vers. En waag het niet te zeggen dat ik weg moet gaan.'

De dokter sloeg zijn ogen ten hemel en voerde zo'n beetje dezelfde controles uit als de verpleegster al had gedaan. 'Als u naar de andere kant van het bed wil gaan, dan heb ik de ruimte om mijn werk te doen,' was het enige wat hij tegen Kate zei voor hij zich tot Decker wendde. 'Ik ga u iets geven wat naloxon heet.'

'Laat aan haar zien,' zei Decker en hij sloot zijn ogen. Hij vertrouwde erop dat Kate voor hem zou zorgen.

Kate liet zijn hand los en wilde om het bed lopen om de dokter de ruimte te geven, maar Decker stak zijn hand weer naar haar uit en opnieuw aarzelde ze geen moment. De man leek te snakken naar aanraking, maar dat kon een gevolg zijn van het feit dat hij een week in coma had gelegen. De dokter hield de ampul omhoog zodat Kate het etiket kon lezen. 'Ervan uitgaande dat er niet mee geknoeid is, is het wat hij zegt dat het is.'

'Doe het dan maar gewoon,' zei Decker vermoeid.

De dokter sprak terwijl hij aan het werk ging. 'Naloxon neutraliseert de effecten van opiaten in uw systeem.'

'En als het iets anders is?' vroeg Troy, die achter Kate stond. Hij was zo stilletjes binnengekomen dat ze hem niet had gehoord. Of misschien was ze op Decker gefocust. Dat zou betekenen dat ze te gefocust was. Ze moest waakzamer zijn wat betreft mensen die door die deur binnenkwamen.

'Dan kan het geen kwaad.' De dokter spoot het middel in Deckers ader en hield hem nauwlettend in de gaten. 'Het is zo veilig dat ze het meegeven aan mensen die als eerste ter plaatse zijn en in het veld mensen met een overdosis heroïne moeten behandelen. Als ze het bij het verkeerde eind hebben en het blijkt geen heroïne, dan is er nog geen man overboord. Waarom ligt er eten op de grond?'

'We hadden reden om aan te nemen dat een persoon die betrokken was bij een van de zaken van agent Davenport is vergiftigd via het eten in een instelling,' antwoordde Troy.

'Ik nam geen enkel risico,' voegde Kate eraan toe. 'Ik zei tegen de hulpverpleegster dat ze het blad los moest laten en helaas nam ze dat letterlijk.'

'Dat kan ik haar niet kwalijk nemen, gezien de manier waarop u hier kwam binnenstormen.' De dokter had zijn blik niet van Decker afgewend. 'Kunt u het in een bewijszak doen of iets dergelijks? Straks glijdt er iemand over uit.'

'Zo meteen,' zei Kate zacht terwijl ze in Deckers hand kneep. 'Decker? Gaat het?'

Hij knikte langzaam en een seconde of vijftien later haalde hij met een diepe teug adem. 'Ja. Ik kan weer beter ademen. Geen buis.'

'Er is er net vanochtend een bij hem uit gehaald,' verklaarde Kate tegen de dokter.

'Ik weet het.' Hij tikte op zijn zak waar een iPad Mini uitstak. 'Ik heb zijn medische geschiedenis gelezen toen ik op weg was naar zijn kamer. Soms keren de symptomen van een overdosis terug. Ik blijf wachten en zal hem naloxon geven als dat inderdaad gebeurt.' Hij keek achterom naar Troy. 'En nee, daar kun je geen overdosis van krijgen.'

'Dank u,' zei Troy. 'Dat wilde ik inderdaad vragen.'

'Dat vraagt iedereen. Hebt u aan het bedieningspaneel gezeten, rechercheur?'

'Speciaal agent Coppola,' corrigeerde Kate. 'Achter mij staat speciaal agent Troy en deze man hier is speciaal agent Davenport. En nee, ik heb niet aan het paneel gezeten. Ik heb alleen de slang afgeklemd. Hoezo?'

'Omdat iemand het infuus op maximaal heeft gezet,' zei de dokter met een grimmig gezicht. 'Gezien de hoeveelheid in de zak heeft het niet heel lang gelopen. Hooguit tien, vijftien minuten.'

De dokter was in ieder geval overtuigd.

'Ik had agent Davenport ongeveer vijf minuten voor we hier kwamen aan de telefoon. Hij klonk toen alert.'

'Voelde het meteen nadat ik had opgehangen,' zei Decker, die zijn ogen nog steeds gesloten hield. 'Ik voel me nu een stuk beter.'

'Dat zeggen ze allemaal als ze geen beademingsbuis willen,' merkte de dokter op.

'In ieder geval zijn je lippen niet langer blauw,' zei Kate tegen Decker. 'Dat maakte me bang.'

Deckers mondhoeken krulden heel even. 'Mij ook. De verpleegster verwisselde de zak en ging weg. Ik heb een beetje tv-gekeken. Het moet tegen het hele uur hebben gelopen, want daarna werd het nieuws een stuk minder stom.'

De dokter knikte. 'De timing klopt dus. Jen, wie had er dienst in deze kamer?'

Zuster Choi fronste haar voorhoofd. 'Ik. Dat heb ik nog steeds. Maar ik heb zijn infuus niet verwisseld. Hij is hier gekomen met een infuus van de intensive care en de zak was nog zo'n beetje halfvol, net als die daar. De dosering stond bovendien op minimaal. Hij zou dus het eerstkomende uur geen nieuw infuus nodig hebben gehad.'

'Hoe zag die andere verpleegster eruit?' vroeg Kate aan Decker.

'Jaar of veertig. Blond. Mager gezicht. Net een konijn.'

'Een mager gezicht zoals een konijn?' vroeg Kate.

'Nee. Het vertrok. Ze had een tic.'

'We moeten een lijst hebben van alle verpleegsters,' zei Kate. 'Blond of niet. We zullen ze ondervragen. We hadden het hele ziekenhuis moeten afsluiten.'

'Heb ik gedaan,' zei Troy. 'Niet volledig afgesloten, maar er staan agenten bij alle uitgangen en de bewaking is bezig alle videobeelden in het hele ziekenhuis te kopiëren. Davenport, hoe lang was ze?'

Decker deed zijn ogen weer even dicht. '1 meter 70. Hooguit vijfenvijftig kilo. Ze was zo mager als wat. Ze had heel kort haar.' Zijn wenkbrauwen trokken licht samen, alsof denken pijn deed. 'Die tic... nu ik erover nadenk, ze was misschien high.'

'Shit,' mompelde de dokter.

'Heel kort haar?' Zuster Choi vertrok haar gezicht. 'Dat kan Eileen Wilkins zijn geweest. Maar ze is niet van deze afdeling.'

'Ze is van de intensive care,' zei Kate grimmig. 'Daar heb ik haar tenminste gezien. Ze heeft een paar keer zijn infuus verwisseld toen hij in coma lag.'

'Ik bel naar beneden,' zei Troy. 'Ze kunnen de uitgangen in de gaten houden en haar oppakken als ze nog niet weg is.' Hij liep bij Deckers bed vandaan en pleegde het telefoontje.

Deckers uitdrukking was volkomen neutraal geworden. 'Ik kan me haar niet herinneren.'

Kate boog zich over het bed om in zijn oor te kunnen fluisteren. Ze hield haar stem kalm, ook al kookte ze van woede. 'Omdat je verdomme in coma lag. Ze had je op elk moment kunnen vermoorden en je zou niet eens geweten hebben dat ze er was. Ik had kunnen toekijken terwijl ze dat deed en het niet eens in de gaten hebben gehad. Dus als je daar de zenuwen van krijgt, dat geldt ook voor mij.'

Zijn gezicht verstrakte en ontspande toen weer. 'Ja, daar krijg ik de zenuwen van.'

'Als ze nog in het ziekenhuis is, zullen we haar vinden.'

Zijn borst ging omhoog en weer omlaag toen hij een diepe teug adem nam en die vervolgens weer liet ontsnappen. Toen hij zijn ogen weer opendeed, zag ze de volle omvang van zijn woede. En zijn zeer begrijpelijke angst. 'En als er nog anderen rondlopen met vergiftigde infusen?'

'Daar zullen we naar kijken. We zullen een manier bedenken om te zorgen dat je veilig blijft. Dat beloof ik.'

Hij knikte kort, maar daar voelde ze zich niet door beledigd. Het was moeilijk om in een hulpeloze toestand te verkeren wanneer je gewend was om zelf de touwtjes in handen te hebben. En aan een ziekenhuisbed gekluisterd zijn gaf je toch al het gevoel dat je zo hulpeloos als een kind was. Dat gold misschien nog wel meer voor degene die aan het bed stond en toekeek dan voor de patiënt zelf. Dat wist ze maar al te goed.

Maar dit keer is het anders. Ze dwong zichzelf te ademen, zachtjes. Decker zou het in ieder geval overleven.

Donderdag 13 augustus, 12.35 uur

Hij nam de telefoon bij de derde keer dat hij overging op, nadat hij eerst had gekeken wie er belde. 'Dit kan maar beter goed nieuws zijn, zustertje. Ik ben je uitvluchten zat.'

'Het is gedaan.' Roy's vriendin bracht de woorden met moeite uit. 'Het is gedaan, klootzak. Laat nu mijn zoon met rust.'

'Hoe heb je het gedaan?'

'Ik heb hem voldoende hydromorfon gegeven om een olifant te doden. Ik heb het in zijn infuus gedaan en dat op maximaal gezet.'

'En toen ben je weggelopen?'

'Ja. Had je liever dat ik was opgepakt?' Ze bracht de woorden sissend uit.

Zijn telefoon trilde toen er een bericht binnenkwam, dit keer afkomstig van een van zijn onvervangbare bronnen binnen het ziekenhuis. Verpleegster heeft gefaald. Agent leeft nog.

Natuurlijk. Hij klemde zijn kaken op elkaar. *Verdomme. Nu zal het nog moeilijker worden om hem te doden.*

'Natuurlijk wil ik niet dat je wordt gepakt,' zei hij op kalme toon tegen de verpleegster. 'Ben je weg uit het ziekenhuis?'

'Ja.'

'Mooi. Heeft iemand je gezien?'

'Nee. De FBI-agent sliep. Ik ben naar binnen geglipt en weer naar buiten. Ik heb mijn sleutelkaart ook niet gebruikt. Ik ben gewoon achter mensen aan gelopen, dus er staat nergens genoteerd dat ik er ben geweest. Ik heb geen dienst, dus dat zou lastig te verklaren zijn geweest. We hadden een afspraak. Je zou het zo regelen dat ik niet in verband gebracht kan worden met Roy, dat hij mijn ampullen niet bij zich zou hebben.'

Ze klonk nerveus terwijl ze haar eisen stelde. Het viel hem op dat ze niet vreselijk overstuur leek van Roy's dood, wat betekende dat ze nog niet zo stom was.

'Ik verbreek mijn beloften nooit,' zei hij op ijzige toon tegen haar. *Zoals sommige andere mensen.* 'Roy's dood zal niet in verband worden gebracht met jou.' Want zij zou ook dood zijn.

'Dank je.' Ze deed een poging om waardig te klinken. 'Dus ik hoor je niet meer?'

'Nee.' *Je zult me niet horen aankomen en niet zien ook, schat.* 'Ik weet het nog beter gemaakt. Ik zal je vertellen waar Roy is, dan kun je zelf de ampullen pakken. Op die manier weet je zeker dat alles in orde is.'

Ze slaakte een zucht van opluchting. 'Dat zou heel mooi zijn.'

'Ik zal je een sms sturen met de coördinaten.'

Hij beëindigde het gesprek, stuurde de coördinaten naar Roy's verpleegster en stuurde een sms naar zijn vertrouwde contactpersoon. Verdachten?

Hij moest een minuut wachten voor hij antwoord kreeg. De agent heeft haar gezien.

'Natuurlijk,' mopperde hij, en sms'te toen terug: Wie weet ervan?

Iedereen. FBI. Staf. Nieuws gaat als lopend vuurtje.

Laat dat maar aan de geruchtenmachine van het personeel over, dacht hij zuur. Thx. Tot gauw.

Graag gedaan. Hou van je. xxx.

En dat was verrekte mooi. Een contactpersoon die van je hield was iemand die je nooit zou verraden. Tot ze niet meer van je hielden. Maar hij vermoordde ze altijd voor dat gebeurde.

Hij pakte fluitend zijn sleutels, deed de kelderdeur van het slot en liep op een holletje de trap af, langs zijn laboratorium en langs de afgesloten voorraadkamer waar hij zijn beste coke, heroïne en speed bewaarde, samen met de steroïden die hem zo veel geld hadden opgeleverd van de sportschooljongens. Hij deed de deur van zijn wapenkamer open, waar hij zijn geweren en handvuurwapens bewaarde, alsmede een paar nieuwe wapens die hij zelf had vervaardigd, maar nog niet had getest. Hij had de juiste middelen om een paar snelle, smerige autobommen in elkaar te knutselen wanneer dat nodig was – en hij had dat in de loop der jaren nodig gehad, meestal als een niet al te vriendelijke waarschuwing aan het adres van een klant die niet had betaald.

In een speciale afgesloten kast bewaarde hij het restant ricine dat hij had gemaakt om te zien of hij ertoe in staat was. Walter White had het per slot van rekening op televisie gedaan. Hoe moeilijk kon het helemaal zijn? Helemaal niet moeilijk, zo bleek. Hij was teleurgesteld geweest dat het geen grotere uitdaging had gevormd, dus had hij een deel ervan gebruikt om iets anders te proberen – een toevoeging aan een vlooienbom die heel wat meer zou doden dan alleen maar vlooien.

Hij bewaarde het resultaat – twee spuitbussen met ricine – volledig afgesloten in een speciale luchtdichte kluis. Niet omdat hij bang was dat ze zouden worden gestolen. Niemand behalve hij had de sleutel van dit vertrek. Maar stel dat ze per ongeluk af zouden gaan. Dat zou heel kwalijk zijn.

Hij had iets dergelijks echter helemaal niet nodig om de verpleegster te doden. Hij pakte een gewoon halfautomatisch geweer en zijn favoriete pistool, voorzien van een geluiddemper voor het geval dat. Het was niet nodig om de dood van Eileen Wilkins op iets anders te laten lijken dan het was – de eliminatie van een werkneemster wier diensten niet langer gewenst waren. Want ze had gefaald. Hij wilde dat mensen hoorden over Eileen. Hij wilde dat toekomstige contactpersonen wisten dat hij geen emplooi had voor sukkels. Hij moest zich ervan verzekeren dat de volgende keer dat hij opdracht gaf iemand te doden, dat ook snel zou gebeuren en goed.

Nu moest hij bedenken wat hij met Griffin Davenport aan moest. Dat de man van nu af aan vierentwintig uur per dag bewaakt zou worden was een ding dat zeker was. Dat hij belangrijke informatie had doorgegeven aan zijn collega-FBI-agenten was al net zo zeker.

Hij vroeg zich even af of het nog de moeite waard zou zijn om Davenport te vermoorden. Alice was dood, dus ze kon niets bevestigen van wat hij beweerde. En ze had niets op schrift gesteld. *Dus wat dat betreft zit ik goed.*

Maar het zat hem dwars dat hij een los eind niet had weggewerkt. De man moest weg, gewoon voor zijn eigen gemoedsrust.

Toen hij klaar was, sloot hij de kelderdeur af. 'Ik ga nu weg!' riep hij naar boven naar Mallory. 'Ik ben voor het eten thuis.'

Mallory kwam tevoorschijn uit het washok met een mand vol schone kleren, maatje *tween*. Alles wat een opgroeiende jongen of meisje zich kon wensen om zich speciaal te voelen. 'Ik zal zorgen dat het klaar is.'

'Ik heb zin in biefstuk. Zorg ervoor dat er biefstuk is.'

'Dan zal ik misschien naar de winkel moeten.'

Hij maakte er geen punt van om haar vrij rond te laten lopen – binnen zekere grenzen, natuurlijk. Hij wist dat ze wel zo verstandig was om niet weg te lopen of hem te verraden of iets anders te doen wat hem in gevaar kon brengen. Hij had de gezondheid en het geluk van haar zusje in handen.

Hij gaf haar een tikje tegen haar neus en besefte dat ze weer was gegroeid. Ze was zo'n leuk kind geweest. Zijn eerste ster. Ze had een heleboel geld verdiend voor McCord en hem, zelfs ondanks al die kopiërende klootzakken die hun video's bekeken zonder ervoor te betalen.

'Haal dan meteen wat verse aardbeien,' zei hij. 'En maak dat zandgebak dat je zo goed kunt. Daar heb ik later wel zin in, denk ik.'

Donderdag 13 augustus, 12.35 uur

'Die ademhaling gaat gewoon, dokter,' zei Decker nadat hij op verzoek van de arts een paar keer diep had ademgehaald. Bij elke teug was Kate's bloeddruk een beetje lager geworden. Dat de naloxon werkte, betekende dat de diagnose de juiste was geweest. Hij was verdoofd, niet vergiftigd zoals Alice. 'Ik geloof niet dat ik nog meer van uw wondermiddel hoef te hebben en u hoeft echt niet langer te blijven. Het gaat goed nu. Dank u.'

De dokter wierp hem een geërgerde blik toe. 'Ik neem mijn eigen beslissingen, agent Davenport. Ik ga hier pas weg wanneer ik denk dat u stabiel bent.'

'Ik dacht wel dat u dat zou zeggen,' mopperde Decker. Hij richtte zijn blauwe ogen op Kate en haar hart sloeg even over. Hij had de mooiste ogen die ze ooit had gezien. 'Wie is er vergiftigd?'

Ze wierp de dokter een achterdochtige blik toe en boog zich voorover om in zijn oor te fluisteren. 'Alice.'

Decker liet zijn brede schouders hangen. 'Wel verdomme. Ze was een los eindje.'

'Ik weet het.' Ze veegde met haar duim over zijn knokkels. 'We waren bang dat jij ook als een los eindje beschouwd zou worden.'

Hij snoof hees lachend. 'Dus heb je het personeel als hindernisbaan gebruikt.'

'Ja.' En het was het waard geweest, want hij was ongedeerd. Ze maakte haar hand los. 'Ik moet dat eten op de grond in zakjes stoppen en labelen. Ik ben zo terug.'

'Ik doe het wel,' zei Troy, die de kamer weer binnenstapte. 'Blijf jij maar bij Davenport.'

'Dank je,' zei Kate tegen haar partner. 'Was Eileen Wilkins al weg?'

Troy schepte het gevallen eten in een bewijszak. 'Ja, verdomme.'

Kate slaakte een zucht. 'Heb je een opsporingsbericht laten uitgaan? Natuurlijk heb je dat. Sorry, ik ben nog steeds van mijn stuk.'

'Geeft niks. Ik voelde me niet beledigd.' Troy verzegelde de bewijszak. 'De beveiliging van het ziekenhuis zorgt dat we een kopie van de foto van haar identiteitsbewijs krijgen. Zodra we die hebben, zal ik het opsporingsbericht bijwerken.'

'Is dit je nieuwe partner?' vroeg Decker. 'Hij is niet zo'n lul als die andere vent.'

Troy lachte. 'Je mag Novak echt niet, hè?'

'Lul,' verklaarde Decker.

'Deacon is een goeie vent.' Kate liet haar vermaning vriendelijk klinken. 'We zijn al jaren bevriend.'

'Toch is hij een lul.'

Troy stond aan het voeteneinde van Deckers bed. 'Ik ben Luther Troy. Leuk je te leren kennen, agent Davenport. Moet ik je Griff noemen of Decker?'

'Allebei is goed.' Decker haalde een paar keer diep adem, deed toen zijn ogen wijd open en richtte zijn blik op Kate. 'Je zei iets over dat je iets voor me zou meebrengen om mee online te kunnen.'

Kate zoog een wang naar binnen. 'Ik geloof echt dat hij zich beter voelt, dokter.'

'Of hij is geobsedeerd,' repliceerde de arts. 'Hij heeft enorme herrie geschopt op de intensive care.' Opnieuw tikte hij tegen de iPad in zijn zak. 'Hij heeft de verpleegsters behoorlijk op de kast gejaagd.'

Deckers wangen werden rood. 'Ik heb mijn verontschuldigingen aangeboden.'

'Dat is genoteerd en dat betekent dat de verpleegsters die hebben aanvaard. U moet echt behoorlijk hebben lopen slijmen om Mary Jean te hebben kunnen charmeren. Ze is een taaie.' De dokter overhandigde de vervuilde infuuszak aan Kate, sloot een nieuwe aan en haalde toen wat eruitzag als voorgevulde injectiespuiten uit zijn zak. 'Ik laat deze bij u achter, agent Coppola. Het zijn auto-injectors. Dezelfde actieve bestanddelen als naloxon, maar van een ander merk. Maakt niet uit waar u hem injecteert. Het kan geen kwaad. Als hij een nieuwe aanval van uitputting krijgt of als zijn ademhaling onregelmatig gaat, moet u hem inspuiten. Niet aarzelen. Waarschuw dan de verpleegster. Ik kom over een tijdje nog even langs om te zien hoe het gaat.'

'Dank u.' Kate stak de injectiespuiten in de zak van haar jasje. 'Wat moeten we nou met jou, Decker?' vroeg ze toen de dokter de kamer had verlaten.

Hij wierp haar een snelle, ondeugende grijns toe. 'Hoe bedoel je, Kate?'

Haar wangen werden warm. 'Ik bedoel, hoe houden we je in leven?'

Zijn blauwe ogen keken haar twinkelend aan. 'O, dat. Ja, ik denk dat dat ook wel leuk zou zijn.'

'Ik begin agent Novak een beetje te begrijpen,' zei Troy nuffig.

'Hou op,' zei Kate toen Decker zijn mond opendeed om te reageren. 'Ik durf je niet goed hier alleen te laten.' Ze keek Troy bezorgd aan. 'Iedereen kan bij hem komen, zelfs met een gewapende bewaker voor de deur.'

Troy zuchtte. 'Ik weet het. Ze zouden net zomin als wij in de gaten hebben of het personeel iets verkeerds uitspookt.'

Decker kreeg weer een harde uitdrukking op zijn gezicht. 'Ik moet hier weg. Ze zeiden dat ik moest lopen, dat ik hier weg mocht als ik kon lopen.' Hij probeerde abrupt overeind te komen en liet zich toen kreunend weer in de kussens zakken. 'Dat was behoorlijk stom, hè?'

Kate toonde geen medelijden. 'Dat was het zeker. Hoelang zeiden ze dat je zou moeten blijven?'

'Ze zeiden een week. Ik mikte op vier dagen. Nu... nu moet ik hier nog eerder weg.'

'Heel veel eerder,' stemde Kate in. Ze bestudeerde de apparatuur die hem omringde. 'Waar maken ze zich zorgen om? Infectie? Terugval?'

'Longontsteking. De kogelwond is grotendeels genezen, maar longontsteking vormt een risico als ik niet in beweging kom.'

'Dus je kunt hier niet vierentwintig uur per dag worden bewaakt. Je zult deze kamer een keer uit moeten om te lopen.' Er kwam een gedachte bij haar op en ze wendde zich tot Troy. 'Zou het mogelijk zijn om voor een privédokter te zorgen die we kunnen vertrouwen en hem op een veiliger plek onderbrengen? Een hotelkamer of een schuiladres, of zo?'

'Dat vind ik eigenlijk wel een goed idee,' zei Troy en hij klonk verrast.

Decker knikte. 'Ik ook,' zei hij, maar hij klonk helemaal niet verrast en dat was leuk. 'Heb je een dokter op het oog?'

Kate knikte. 'Jazeker. Dani Novak. De zus van Deacon. Ze heeft hier net ontslag genomen en ze begint pas over een paar dagen in haar nieuwe baan. We kunnen haar vertrouwen, vooropgesteld dat ze beschikbaar is.'

'Ze is gisteren bij je langs geweest,' zei Decker en Kate keek hem met haar ogen knipperend aan.

'Heb je dat gehoord?'

'Stukjes en beetjes,' gaf Decker toe.

'Ik zal zien of ik dat kan regelen.' Troy deed de deur open en keek achterom. 'De bewaker is er. Hij heet agent Triplett. Ik bel wel zodra ik iets weet, Kate. Het was leuk om je te ontmoeten, Griff.' Hij deed de deur achter zich dicht en liet hen beiden alleen.

Decker zocht naar de bediening van het bed en liet het langzaam overeind komen tot hij rechtop zat. 'Nou, wat betreft die tablet die je me hebt beloofd...'

Kate schudde haar hoofd. 'Je weet toch dat je een eigenwijze, koppige kerel bent, hè?'

'Ik beschouw dat als een van mijn sterke punten.' Hij stak zijn hand uit. 'Alsjeblieft.'

Kate diepte de tablet op uit haar breiwerktas, maar aarzelde even voor ze hem aan Decker gaf. Zodra hij online was, zou hij uitzoeken hoe de zaak ervoor stond waarbij hij was neergeschoten. Hij zou de overlijdensberichten zien en over de dood van agent Symmes lezen, de enige naam die hij had opgegeven voor noodgevallen. Het bericht over de dood van zijn begeleider verdiende een meer persoonlijke aanpak. 'Ik moet je eerst een paar dingen vertellen.'

Zijn blik werd onmiddellijk behoedzaam om zijn gevoelens te verbergen. 'Ik luister.'

Donderdag 13 augustus, 13.00 uur

Decker zat te luisteren, hoewel hij dat niet wilde. Je hoefde geen genie te zijn om te weten dat wat hij te horen zou krijgen hem niet zou aanstaan.

Het strekte Kate tot eer dat ze er geen doekjes om wond. Ze probeerde het niet mooier te maken met eufemismen of nietszeggende algemeenheden. Ze vertelde het gewoon, helder, maar rustig. 'Agent Symmes is dood.'

Hij sloot zijn ogen zodat hij het medeleven in haar ogen niet hoefde te zien en klemde zijn kaken op elkaar als reactie op de toenemende benauwdheid in zijn borst, die niets te maken had met zijn fysieke kwetsuren. Hij deed er een paar tellen het zwijgen toe, tot het ergste van de emotie voorbij was. Toen hij sprak, klonk hij kalm. Zorgvuldig. 'Zoiets vermoedde ik al.'

'Omdat hij je niet is komen opzoeken toen je in coma lag?'

Decker knikte. 'Hij was mijn contactpersoon voor noodgevallen.'

'Ik weet het. Hij was je enige. Daarom vond ik het zo akelig om je alleen te laten.'

Hij slikte moeizaam. 'Maar goed ook, denk ik. Symmes zou niet al die uren bij me zijn gebleven zoals jij. Hij heeft familie. Hád familie,' verbeterde hij zichzelf met nog steeds vaste stem. 'Geen vrouw en kinderen, in ieder geval, maar zijn ouders zijn oud en hij zorgde voor ze.' Zijn keel kneep dicht en hij moest hem even schrapen. 'Als jij er niet was geweest, zou Zuster Satan waarschijnlijk een kussen op mijn gezicht hebben gedrukt.'

'Misschien,' zei ze zacht. 'Maar dat maakt het verlies van hem niet gemakkelijker.' Zijn hand die de bedrand omklemde werd plotseling warm. Haar hand lag op de zijne. Het betekende troost, puur en zuiver en... zoet. En het gaf hem de moed om de vragen te stellen waar hij het antwoord op moest weten, ook al waren dat antwoorden die hij helemaal niet wilde horen.

'Hoe is hij gestorven?' Want dat had niet mogen gebeuren. Decker kon zich haarscherp herinneren dat hij het hoofd Beveiliging van de mensenhandelaren en een van zijn mannen had overmeesterd. Dat was de dag voor hij werd neergeschoten geweest. Hij kon zich elke seconde van die dag voor de geest halen. *Ik heb ze vastgebonden. Stevig. Ik heb me ervan overtuigd dat hun zakken leeg waren en ik heb ze ontwapend. Ik weet dat ik dat heb gedaan.* Maar er was iets gebeurd, want Richard Symmes was dood.

'Het hoofd Beveiliging had een mes in de zoom van zijn broek,' zei Kate. 'We waren in staat om de gebeurtenissen te reconstrueren. Het lijkt erop dat die tweede knaap zijn baas heeft geholpen de broek kapot te scheuren en het mes te pakken te krijgen. Ze hebben bij elkaar de touwen waarmee hun handen waren vastgebonden doorgesneden en hadden zich bijna weten te bevrijden toen Symmes binnenkwam. Ze hebben hem neergestoken, maar het lukte hem om ze neer te schieten. Ze waren alle drie dood tegen de tijd dat wij er waren.'

Decker wilde zuchten, maar hij hield het in. 'Ik had ze beter moeten fouilleren.'

Haar hand kneep even in de zijne. 'Het was een dun mes, Decker. Als je ze had uitgekleed en hun kleding had onderzocht, misschien dat je dan... Maar je hebt ze ontwapend en te oordelen naar de knopen die ik heb gezien had je ze goed vastgebonden. Misschien moet je je eens afvragen hoe het kan dat agent Symmes zich heeft laten verrassen. Symmes was gewapend. Hij wist dat hij zich in een mogelijk levensgevaarlijke situatie begaf. Misschien was hij niet voorzichtig genoeg.'

'Symmes was een goede vent.'

'Voor zover ik kan oordelen, geldt dat ook voor jou,' zei ze en hij kon de glimlach in haar stem horen, ook al weigerde hij hardnekkig om haar aan te kijken.

Zijn mondhoeken leidden echter een geheel eigen leven en gingen omhoog bij het horen van haar compliment. 'In ieder geval heeft hij ze te pakken gekregen,' zei hij schor.

'Hoe heb jíj ze weten te pakken?' vroeg ze zonder haar hand van de zijne af te nemen. 'Dat vroegen we ons af.'

Hij waardeerde de verandering van onderwerp. 'Ik was zo gefrustreerd dat ze me alleen die verrekte legitieme boeken lieten zien. Het maakte niet uit hoe vaak ik het hoofd van de afdeling een hint gaf.'

'Joel Whipple.'

'Ja, die. Joel is een rat. Hij is een genie met getallen, maar hij heeft een gemene inborst, ook al was hij te bang om er iets mee te doen. Hij zou je bijvoorbeeld nooit overboord duwen, maar als je toevallig struikelde en overboord viel, dan zou hij toekijken hoe je verdronk. Hou hem in de gaten. Hij zei dat hij een deal wil sluiten, maar hij is een gluiperd.'

Kate haalde haar schouders op. 'Dat doet er niet meer toe. Hij is weg. Met de noorderzon vertrokken.'

Decker was niet echt verrast. 'Kwade opzet?'

'De onderzoekende agenten hebben niets kunnen vinden. Hij is ertussenuit geknepen. Hij zit waarschijnlijk ergens op een strand cocktails te drinken. Kan hij je hebben verdacht?'

'Dat ik van de FBI was? Dat betwijfel ik. Als dat zo was geweest, zou hij dat tegen de anderen hebben gezegd en dan was ik op een avond naar bed gegaan en de volgende ochtend niet meer wakker geworden.' Een zenuwtrekje in haar vingers was het enige teken dat de gedachte dat hij niet wakker zou worden haar niet aanstond. Voor de rest deed ze er het zwijgen toe en liet hem antwoorden op de vraag die ze had gesteld. Dat vond hij prettig. Te veel mensen stelden een vraag en probeerden die vervolgens zelf te beantwoorden. 'Maar hij dacht wel dat ik op zijn baantje uit was. Daarom liet hij me aan de legitieme boeken werken. Hij wist dat ik me stierlijk verveelde. Ik denk dat hij zijn tijd afwachtte en hoopte dat ik door het lint zou gaan zodat hij een excuus had om een eind aan me te maken.'

'Wat gebeurde er op de avond dat je die twee bewakingsmensen ontvoerde?'

'Dat was deels geluk en deels goede voorbereiding. Op het moment dat ze me van lijfwacht accountant maakten ben ik een plan gaan voorbereiden voor het geval ik een doorbraak kreeg. En dat gebeurde die avond.'

'De ontsnapping van een van hun slachtoffers van mensenhandel.'

'Precies. Dat deed een alarm afgaan in de controlekamer van de beveiliging. Ik was al bevriend geraakt met de man die dienst had. Dan werkte ik de hele nacht door en hield mijn pauze daar bij hem. Ik begon koffie en donuts mee te nemen zodat hij op zijn gemak zou zijn met mijn aanwezigheid. Ik hield ook een injectiespuit met een verdovend middel in mijn zak, voor het geval ik snel zou moeten ontsnappen. Toen het alarm afging heb ik hem geïnjecteerd met het verdovende middel en ik heb er ook iets van in zijn koffie gedaan voor het geval iemand zou komen controleren. Het maakte hem zo wazig dat ik hem mee kon tronen naar zijn auto zonder dat er verder nog alarm werd geslagen.

'Ik heb toen contact opgenomen met zijn baas en tegen hem gezegd dat ik dacht dat die man gebruikte, maar dat ik dacht dat hij er beter aan deed om meteen in actie te komen zonder de rest van zijn team erbij te betrekken. De chef waardeerde dat – hij was een voormalige politieman die de handelaren niet echt vertrouwde. Maar zij vertrouwden hem wel en dat was een misrekening. Hij kwam naar me toe, ik injecteerde hem ook met het verdovende middel, bond hem vast en bracht hem naar het appartement dat Symmes in gereedheid had gebracht als ons ontmoetingspunt. Ik belde Symmes met de vaste telefoon in het appartement, liet hem één keer overgaan en hing weer op. Dat was onze code.'

'Waarom heb je niet tegen Symmes gezegd wie je naar het appartement had gebracht?'

'Omdat allebei de beveiligingsjongens op dat moment dachten dat ik een coup wilde plegen. Voor ze me bij Boekhouding zetten, zat ik bij de afdeling Beveiliging. Ik wilde ze in de waan laten dat ik een onbetrouwbare opportunist was, niet dat ik van de FBI was. Toen ik de kamer uit was, heb ik Symmes gebeld op mijn wegwerpmobiel. Hij was al onderweg om ze op te pikken. Ik heb het mobieltje meteen weggegooid nadat ik hem had gebeld – ik gebruik die wegwerpdingen altijd maar één keer. Rich Symmes wist waar hij op afging.

Dus waarom heb je je te pakken laten nemen, Rich? Waarom?

'Dan zou je je niet schuldig moeten voelen over zijn dood,' zei Kate zacht, maar beslist. 'Het was een goed plan, Decker. Het werkte, alleen heeft Symmes zich door hen laten verrassen. Dat is niet jouw schuld.'

Hij knikte, dankbaar voor haar woorden. Ooit zou hij ze misschien ook geloven. 'Is er nog meer wat je me moet vertellen?'

'De mannen die jou hebben neergeschoten... die zijn ook dood. Iedereen die iets in de organisatie te zeggen had of er meer over kon vertellen is nu dood. De enige mensen die nog overeind staan zijn van het lagere echelon.'

Er klonk iets door in haar stem, een aarzelende spijt die hem naar haar deed kijken. 'Wie heeft de mannen gedood die mij hadden neergeschoten?'

Haar kin kwam licht omhoog. 'Dat heb ik gedaan. Ze schoten je vanuit de bosjes neer, sprongen in hun auto en reden weg. Ik ging erachteraan, ik schoot, de auto knalde op een boom en... geen schutters meer.'

Decker dacht aan de omstandigheden bij het erf waar hij was neergeschoten. Als de auto van de schutters zich op de weg had bevonden en wegreed, dan had ze eerst een lange oprijlaan af moeten rennen voor ze een vrij schootsveld had. Als ze snel waren geweest, dan zouden ze een enorme voorsprong hebben gehad. 'Hoe ver weg waren ze?'

Ze haalde haar schouders op. 'Een meter of zevenhonderd.'

Zijn ogen werden groot. Ze had een rijdende auto weten te raken vanaf zevenhonderd meter? 'Meen je dat nou echt?'

Haar mond werd een streep. 'Ik ben goed in wat ik doe, Decker.'

Hij herinnerde zich dat ze een geweer met een telescoopvizier bij zich had gehad toen ze achter hem uit die boom kwam vallen. 'Potverdorie, dat moet wel. Ik bedoel... wauw.' Ze leek niet op haar gemak met zijn lof, dus hij legde het er iets minder dik bovenop. 'Dank je. Je hebt voorkomen dat ze iemand anders iets konden aandoen.'

Ze wendde haar blik af. 'Ja. Maar nu kunnen we ze niet ondervragen.'

'Wie kan zeggen of ze überhaupt nu nog in leven zouden zijn? Degene die Alice te pakken heeft genomen had hen ook kunnen pakken. Hoe staat het daar trouwens mee?'

'Je weet min of meer hetzelfde als ik. Novak is ermee verdergegaan. Hoe voel je je nu?'

'Moe. Gefrustreerd. Hongerig.' Hij wierp haar een zijdelingse blik toe. 'Maar voor de rest had ik er een stuk slechter aan toe kunnen zijn. Dank je dat je de verpleegsters als hindernisbaan hebt gebruikt. Je hebt waarschijnlijk mijn leven gered.'

Haar bruinrode wenkbrauwen gingen omhoog en godzijdank kreeg ze weer die eigenwijze houding terug. 'Waarschíjnlijk? Ik zou zeggen dat ik dat beslist heb gedaan. Ik zou ook zeggen dat je beslist bij me in het krijt staat.'

Hij was plotseling niet langer moe, maar hij was wel gefrustreerd en hij had wel honger. Alleen nu op een andere manier. Hij stond bij haar in het krijt. Dat idee stond hem wel aan. Het stond hem zozeer aan dat hij zijn heupen moest verschuiven en een knie moest buigen om de tent die ter hoogte van zijn kruis plotseling in het laken oprees te verbergen.

Hij lachte meesmuilend om een blik te verbergen die beslist verhit zou zijn geweest en waar zowel haar oude als haar nieuwe partner niet van gediend zou zijn. 'Kan ik dan nu online?' vroeg hij en hij keek veelbetekenend naar de tablet die ze in haar hand hield.

Ze lachte kort en legde de tablet in zijn handen. 'Ik heb alle beveiligingen eraf gehaald, dus je hebt mijn wachtwoord niet nodig. Leef je maar uit.'

'Dank je.' Hij vroeg zich af of haar wachtwoord *Jack* zou zijn geweest. 'Iets waar ik beter niet naar kan kijken?'

'Nee. Ik gebruik hem alleen voor e-boeken, breipatronen en spelletjes en dat helemaal niet vaak. Eerlijk gezegd kan ik me de laatste keer niet heugen dat ik hem heb beroerd.'

Maar ze beroerde hem wel. Hij hield zijn blik op de tablet gericht en voelde zich voor het eerst in lange tijd onzeker. Want zij was de eerste persoon in heel lange tijd die dichtbij genoeg kwam om ertoe te doen. Ze had zijn hand vastgehouden en uren achtereen bij hem gezeten en ze had beslist zijn leven gered. Hij wist dat het haar stem was geweest waar hij de hele week naar had geluisterd terwijl hij hulpeloos in dat verrekte bed op de intensive care had gelegen. Hij wist dat zij degene was die hij vertrouwde.

Maar hij wist niet waarom ze was gebleven. Ze had gezegd dat dat was omdat Symmes dood was en hij geen andere contactpersonen voor noodgevallen had. Als dat het enige was, dan was hij niet geïnteresseerd. Hij wilde haar medelijden niet. Hij wilde dat zij net zo opgewonden was als hij.

'Decker? Is er iets?'

Hij sloeg een roffel op het omslag van de tablet, omdat zijn vingers iets te doen moesten hebben. Iets moesten aanraken. *Vraag het haar gewoon. Vraag het, dan heb je dat maar gehad.* 'Wie was Jack?'

Ze snakte zelfs in de stilte van het vertrek nauwelijks hoorbaar even naar adem en lange tijd zei ze geen woord. Uiteindelijk slaakte ze een zucht. 'Hoe weet jij van Jack?'

Hij hield zijn blik op zijn nog steeds trommelende vingers gericht. 'Ik heb je gehoord,' gaf hij toe. 'Je sprak tegen hem. Toen ik... er niet bij was. Je zei dat het je speet.'

Opnieuw een stilte, langer dit keer. Toen stak ze haar hand over het hekje van het bed en bedekte zijn hand. 'Hou alsjeblieft op met trommelen. Ik word er gek van.' Haar hand, die ze niet had weggetrokken, trilde zichtbaar.

'Wie was hij, Kate?'

'Hoe weet je dat hij iets wás? Misschien ís hij wel.'

'Die andere vrouw – de zus van Novak – je zei tegen haar dat je een nieuwe contactpersoon moest hebben omdat je oude niet meer beschikbaar was. Ze vroeg of het Jack was en toen condoleerde ze je. Dat betekent meestal een overlijden.'

'Jezus,' fluisterde ze en haar stem trilde ook. 'Wat heb je verder nog gehoord?'

'Later zat je te neuriën. 'Wish You Were Here', en toen huilde je.' Een van zijn mondhoeken ging even omhoog. 'Toen speelde je Disney-liedjes voor me af en ik moest beloven dat ik het tegen niemand zou zeggen. Dat je je reputatie van keiharde tante moest beschermen.' Hij waagde het erop en draaide zijn hand om zodat hij hun vingers in elkaar kon strengelen. Ze trok haar hand niet weg en hij raapte opnieuw zijn moed bij elkaar. 'Wie was Jack, Kate?' vroeg hij zo vriendelijk als hij maar kon.

Ze haalde diep adem. 'De broer van mijn echtgenoot,' zei ze bij het uitademen.

Wat, verdomme? Hij draaide met een ruk zijn hoofd om en staarde haar aan. 'Ben je getróúwd?' wilde hij weten en hij had onmiddellijk spijt van zijn toon.

Ze was doodsbleek. Verbijsterd. Alsof iemand haar had geslagen. *En die iemand ben ik dan. Idioot.* Want een verbale klap kon soms harder aankomen dan een fysieke.

Ze schudde haar hoofd. 'Nee,' fluisterde ze. 'Niet meer. Hij is ook gestorven.'

Decker liet zijn hoofd op het kussen vallen en schold zichzelf inwendig de huid vol. 'Het spijt me.'

'Wat?' vroeg ze en haar stem was te rustig. Te ingetogen. 'De beschuldiging dat ik mijn echtgenoot bedrieg, dat ik mijn echtgenoot heb verloren of dat je in mijn persoonlijke leven zit te snuffelen?'

'Het eerste en het tweede. Ik beschuldigde je van iets vreselijks en dat spijt me.' Hij draaide zijn hoofd om haar weer aan te kijken. Het schuldgevoel stak dieper dan een echt mes ooit bij hem had gedaan. Maar hij moest eerlijk zijn. 'Maar niet het laatste. Ik moest het weten.'

Ze kneep even zachtjes in zijn hand voor ze de hare terugtrok. 'Het is in orde, denk ik. Ik zou het me ook hebben afgevraagd. Eh, ik ben in de auto begonnen de tablet op te laden. Die zal nu zo'n twintig procent vol zijn.' Ze haalde het oplaadsnoer uit haar tas, samen met een draadloze netwerkkaart. 'Je kunt hier in het ziekenhuis internet gebruiken, maar als je iets beveiligd wil doen, kun je beter mijn wifikaart gebruiken.'

'Dank je.'

Ze boog zich voorover om de stekker van de oplader in het stopcontact vlak bij de vloer te stoppen en hij beet op zijn tong. Verdorie, die vrouw had een figuur. *Zo'n lekker kontje.* Hij wilde zo graag zijn hand uitsteken en het beetpakken... *Maar niet hier. Niet nu.*

Maar beslist een keer. Hij legde de tablet zo dat die zijn stijve verborg, die zijn tweede adem had gevonden toen hij hoorde dat ze niet getrouwd was. Niet meer, in ieder geval. In zijn hart voelde hij medeleven omdat ze iemand had verloren van wie ze had gehouden, maar zijn piemel kende dergelijke gevoelens helemaal niet. Het enige wat die wist, was dat hij haar wilde. Heel erg.

Ze kwam overeind en hing de tas met het plaatje van de kittens met een bolletje wol over haar schouder. De beweging deed haar jasje openvallen, waardoor haar dienstwapen in de schouderholster zichtbaar werd.

God. De zachte vrouw die breide met wol in camouflagekleuren was een betere schutter dan hij. Veel beter. De tegenstrijdigheid was... geil. Zo geil dat de tablet op zijn schoot omhoogkwam en langs het laken omlaaggleed, in beweging gezet door een bijna pijnlijk kloppen van zijn totaal niet meevoelende penis. Hij legde de tablet weer op zijn plek en besefte toen dat ze ook haar laptoptas had gepakt.

Ze ging weg. 'Wacht,' zei hij. 'Waar ga je heen?'

'Niet ver. Ik moet er samen met agent Troy voor zorgen dat je die privédokter krijgt.'

'Je kunt hem hiervandaan bellen,' zei Decker terwijl hij haar gezicht bestudeerde. Ze was nog steeds van haar stuk.

'Ik moet even wat ruimte hebben,' zei ze zacht. 'Maak je geen zorgen. Ik kom terug en agent Triplett staat voor je deur. Ik zal tegen hem zeggen dat niemand je iets mag geven. Kan ik water of sap voor je mee terug nemen? Ik zal het uit de drankautomaat in de cafetaria halen.'

'Ja, dat zou fijn zijn.' Hij fronste zijn voorhoofd toen zijn maag begon te rommelen. Hij verging plotseling van de honger. 'En een cheeseburger. Misschien twee. En kip. Geen soep of nuggets. Vleugeltjes, met chilisaus. Of misschien maar beter geen chilisaus. Dat bewaar ik voor morgen.'

Ze lachte. 'Anders nog iets?' vroeg ze.

De opluchting deed hem terugzakken in zijn kussen. Ze glimlachte weer naar hem. 'Pinda-M&M's,' zei hij. 'En taart. Appeltaart. Of kersen, wat ze maar hebben. Misschien Cheetos. En een brownie. Of cake. Chocola.'

Ze schudde haar hoofd. 'Wat dacht je van een afspraak met de tandarts vanwege al die suiker?'

'Ik zal m'n tanden poetsen.' Hij salueerde met drie vingers. 'Padvinderserewoord.'

Ze keek verrast op. 'Zat je bij de padvinders?'

'Verkenner.' Met dank aan Mama D en de echte Griffin Davenport.

Ze kreeg een nadenkende uitdrukking op haar gezicht. 'Fijn voor je. Ik zal zien wat ik kan doen wat het eten betreft.' Ze maakte aanstalten om de deur open te doen, maar bleef plotseling staan. 'O. Ik ben helemaal vergeten waarvoor ik hier eigenlijk was. We moeten alles weten wat jij je kunt herinneren uit de boeken van die mensenhandelaren. Klanten, leveranciers, winst, verlies – alles wat je maar te binnen schiet. Hopelijk zit er iets tussen wat ons naar McCords geheimzinnige partner wijst.'

Decker knikte, blij dat hij iets tastbaars te doen had. 'Ik ga ermee aan de slag.' Hij wachtte tot ze weg was en de deur achter zich had dichtgedaan voor hij de tablet aanzette en de browser opende.

Hij staarde een volle minuut naar het scherm voor hij toegaf aan de behoefte om het te weten. Hij tikte met één hand zijn zoektermen in: *Kate Coppola, echtgenoot, dood* en *Jack.* Toen hield hij zijn adem in en drukte op ENTER.

6

Cincinnati, Ohio, donderdag 13 augustus, 13.25 uur

Mallory had onderweg naar de Kroger, de supermarkt, goed nagedacht over haar plan en ze dacht dat ze precies wist wat haar te doen stond. Maar nu ze op haar plaats van bestemming was en haar auto wegzette, wist ze het niet meer zo zeker.

Stel dat hij erachter komt. Stel dat mensen me nog steeds niet geloven.

Hij had Macy. Hij zou de voogdij over haar krijgen, ook al moest hij daarvoor moorden.

Dat heeft hij al vaak genoeg gedaan. Wat wil nog twee erbij dan nog zeggen?

Maar... ze waren zijn bloed. Zijn zus. Haar echtgenoot.

Toch zou hij het doen. Daar twijfelde Mallory geen moment aan. Hij had het al een keer bijna gedaan. *Alleen om me een lesje te leren.* En als hij de voogdij over Macy kreeg? Dan zou hij van haar een Sunshine Suzie maken.

Dus wat moet ik nu? Mallory zuchtte. Ze had deze discussie al zo vaak met zichzelf gevoerd. 'Kiezen of kabelen,' mompelde ze, de woorden die haar moeder een leven geleden gebruikte.

Het was de gedachte aan haar moeder die haar in beweging zette. Geen schijn van kans dat ze ooit net zo zou worden, overleven van de ene shot tot de andere terwijl haar kinderen zich hongerig en koud in slaap huilden. *Dat gaat niet gebeuren. Ik ga echt nog liever dood.*

Ze deed de oude, onopvallende auto die hij haar had gegeven op slot. Ze zag dat hij de kentekenplaten weer had verwisseld. Dat deed hij iedere keer dat ze terugkwam van een boodschap en ze vroeg zich vaak af hoe hij aan al die platen kwam. Maar ze vroeg er niet naar, want ze wilde echt niet nog meer van zijn geheimen kennen.

Ze had al moeite genoeg met de geheimen die ze wel kende.

Ze keek voor zich terwijl ze de Kroger binnenging en hoopte dat er nog steeds een openbare telefoon was. Openbare telefoons waren tegenwoordig moeilijk te vinden, dus ze deed haar best om het in haar geheugen te prenten wanneer ze er ergens een zag, omdat ze geen mobieltje had. Dat zou hij nooit goedvinden, ook al zou hij elk telefoontje van haar kunnen natrekken.

Gedachtespelletjes. Hij was dol op gedachtespelletjes.

Ze slaakte een zucht van verlichting toen ze de ouderwetse telefoon zag. *Hij is er nog.* Ze staarde ernaar en dwong zichzelf om te denken aan de kleding die ze had gevouwen. Hij bereidde zich voor op de terugkeer van de kinderen. Zaterdag. Hij was het proces de zaterdag ervoor al begonnen. Ze het gevoel geven dat ze welkom waren. Gewaardeerd. Geliefd.

Zaterdag zou hij de volgende stap zetten. Hij zou zorgen dat ze het gevoel kregen dat ze mooi waren. Knap. Sexy.

Haar keel begon te branden toen het maagzuur opkwam. *Pleeg het telefoontje, Mallory. Hij zal het niet weten. Hoe kan hij het in vredesnaam weten? Hij denkt dat hij me bang heeft gemaakt, te bang om iets te doen.* Vanwege Macy. Altijd vanwege Macy.

Als je niet belt, krijgt hij gelijk.

Ze dwong haar voeten in beweging te komen tot ze voor de betaaltelefoon stond. Met trillende handen haalde ze het zware telefoonboek tevoorschijn dat eronder hing en balanceerde dat op het smalle plankje in de telefooncel. Ze had nog nooit een telefoonboek gebruikt, maar ze kon lezen, dus hoe moeilijk kon het zijn?

Moeilijker dan je zou denken. Er stonden zo veel nummers in en ze had maar een beperkt aantal muntjes. Die had ze tussen de kussens van de bank gevonden, maar ze hield nooit alles wat ze vond. Ze gaf de meeste aan hem terug, omdat hij het anders zou merken. Hij wist altijd alles, want hij had in alle vertrekken camera's opgehangen. Hij hield haar in de gaten. De hele tijd.

Ze liet het telefoonboek terugvallen en kneep haar ogen stijf dicht tot de golf van misselijkheid die haar overviel was weggetrokken. Hij wist het altijd.

Hij zal het weten, hij zal het weten, hij zal het weten.

Ze perste haar nagels in haar arm en de pijn leidde haar af van de eindeloze litanie.

Als je hem die kinderen iets laat aandoen, ben je geen haar beter dan hij. Dus pak dat telefoonboek en bel. Ze gehoorzaamde. Ze ademde door haar neus in een poging het snelle kloppen van haar hart tot bedaren te brengen.

Ze koos een nummer waarvan het adres het dichtst bij de plek was waar ze zaterdag boodschappen had gedaan. Want ze wist niet hoe ze erachter moest komen wie de FBI-agent was die in het ziekenhuis lag, degene die hij wilde laten doden. Maar die politieagente zou het wel weten. De agente die vriendelijk had gedaan. Die had beseft dat er iets mis was en had geholpen er een einde aan te maken, ook al wist ze waarschijnlijk niet precies aan wat.

Mallory worstelde met de munten, zo erg beefden haar handen. Uiteindelijk slaagde ze erin er voldoende in te stoppen en koos het nummer. Ze slikte het zuur weg terwijl ze dat deed. Als ze werkelijk belde, zou ze willen overgeven, maar als ze niet belde, zou ze ook willen overgeven, dus kon ze net zo goed bellen en ervoor zorgen dat de misselijkheid in ieder geval iets opleverde.

'Politie van Cincinnati,' zei een heldere vrouwenstem. 'Met wie kan ik u doorverbinden?'

'Dat... dat weet ik niet precies,' stamelde Mallory. 'Ik ben op zoek naar een dame... een politieagente. Maar ik weet niet hoe ze heet.'

'Prima,' zei de telefoniste en haar stem veranderde van helder en zakelijk in vriendelijk. 'Is dit een noodgeval?'

'Nee. Ik heb het alarmnummer niet nodig. Ik moet alleen die agente vinden.'

'Nou, ik zal proberen haar te vinden, maar ik weet zeker dat een andere agent net zo goed kan helpen.'

'Nee!' riep Mallory terwijl de paniek haar bij de keel greep. 'Ik bedoel, ik bedoel, nee, alstublieft. Ik wil echt heel graag met speciaal deze vrouw praten. Ze had afgelopen zaterdag dienst.' *Waarom heb ik haar naam niet gevraagd. Stomme koe!* 'Ik heb haar ontmoet bij de Kroger op Glenway. Ze was jong. En echt heel, heel lang. En Afro-Amerikaans.'

Hoeveel lange, Afro-Amerikaanse vrouwelijke agenten konden er nou zijn? Mallory hoopte niet veel.

'Ik ken haar niet persoonlijk,' zei de telefoniste, 'maar ik zal proberen haar te vinden. Wilt u dat ze u terugbelt?'

O nee. O nee. Mallory had hier niet dieper over nagedacht. Helemaal niet. Hoe kon de agente haar nou terugbellen.

'O, eh... ik heb geen telefoon. Ik bel vanuit een telefooncel. Kan ze me op dit nummer bellen?'

'Schat, gaat het wel met je? Je hoeft me geen details te geven voor het geval er iemand meeluistert, maar je zou misschien kunnen zeggen: "Het is echt heet vandaag" als je in moeilijkheden bent en hulp nodig hebt. Ik kan ervoor zorgen dat er in no time agenten bij je zijn.'

Vertel het haar. Vertel het haar. Maar dat kon Mallory niet. Ze kende deze vrouw niet. Ze wilde de dame die haar had geholpen. Die die man had weggejaagd. Die medeleven leek te tonen.

'Er is echt niets aan de hand,' zei Mallory en ze legde valse warmte in haar antwoord. 'Ik wil haar graag wat vragen stellen over hoe het is om een vrouwelijke agent te zijn. Voor een schoolproject.'

Ja. Dat is goed. Voor school.

'Een schoolproject?' vroeg de telefoniste behoedzaam. 'Maar de scholen zijn nog niet begonnen.'

Betrapt. O god. 'Zomerschool. Ik ben vorig schooljaar blijven zitten.'

'Oké,' zei de telefoniste. 'Ik zal proberen het uit te zoeken. Wat dacht je ervan om mij op dit nummer terug te bellen? Vraag maar naar Lilith. Zo heet ik. Ik zal het uitzoeken en zorgen dat je die informatie krijgt.'

Mallory voelde haar knieën knikken. 'Dank u,' fluisterde ze onzeker.

'Ik wil je graag helpen, schat. Laat me je alsjeblieft helpen.'

'Ik bel later nog wel terug,' zei Mallory in paniek. 'Dank u.'

Ze hing op, maar bleef de hoorn omklemmen. Ze klampte zich eraan vast, deed haar ogen dicht en haalde een lange tijd heel diep adem tot ze zich voldoende zeker voelde om los te laten. Om rechtop te gaan staan. Om de winkel binnen te gaan en zijn biefstuk te kopen en zijn verrekte aardbeien.

Donderdag 13 augustus, 13.30 uur

Kate deed de deur van Deckers kamer achter zich dicht en slaakte een zucht. Hij had haar in haar slaap om Jack horen roepen. En hij herinnerde zich dat nog. Ze vroeg zich af wat ze verder nog had gezegd terwijl hij in coma lag. Ze vroeg zich af of hij echt verkenner was geweest. En ze vroeg zich af of ze hem had misleid door de afgelopen week aan zijn bed te zitten, tegen hem te praten, zijn gezicht aan te raken. *Het is pas misleiding wanneer je niet van plan bent verder te gaan.*

Ben je van plan verder met hem te gaan? Nou, vertel op. Ja, dat wilde ze. Want ze vond hem leuk en dat werd meer met elk moment dat ze in zijn gezelschap doorbracht. Hij was grappig en onbeschaamd en geestig.

Ze vond hem uiteraard in andere opzichten ook leuk. Het was lang geleden dat haar hart zo snel had geklopt. Behalve wanneer ze dienst had en achter moordenaars aan zat, natuurlijk.

Hij is op dit moment daarbinnen waarschijnlijk bezig me te googelen. Dat zou ik in ieder geval wel doen als ik in zijn schoenen stond.

'Agent Coppola?'

Kate schrok op. Ze had zitten dagdromen en was de agent die de wacht hield helemaal vergeten. Ze keek opzij, vervolgens omhoog, en haar ogen werden groot. Waarom hij was gekozen om de beveiliging van Decker op zich te nemen was in één oogopslag duidelijk. De man was enorm. Hij moest wel bijna twee meter zijn en hij had de bouw van een betonnen bunker, zoals haar vader altijd zei.

Verdorie, Decker zou naast hem gewoon gemiddeld zijn. *Nou, een beetje boven het gemiddelde*, gaf ze toe.

De man zou enorm intimiderend zijn geweest, met zijn glimmende, kale hoofd en zijn zwarte pak met twee rijen knopen, als hij niet zo mooi was geweest. Mooi als een model met een donkerbruine huid, ogen die nog donkerder waren, wimpers die verboden zouden moeten zijn en een innemende glimlach. Het duurde een seconde voor ze haar stem had hervonden en zijn glimlach werd een beetje ongemakkelijk, een grijns van 'ah, verdorie'. Alsof hij wist wat voor effect hij op mensen had, maar een beetje te beleefd was om er openlijk van te genieten.

'Ja, ik ben Coppola. En jij bent agent Triplett, Davenports beveiliging?'

Hij stak zijn hand uit. 'Jefferson Triplett. Aangenaam kennis te maken. Welkom in Cincinnati.'

Ze keek glimlachend naar hem op terwijl ze handen schudden. 'Dank je. Ik ben er een beetje halsoverkop in gerold, meteen toen mijn vliegtuig vorige week landde. Ik geloof dat jij de eerste bent die me echt welkom heet.'

Hij was jong en serieus, ergens halverwege de twintig, en zijn mooie ogen en open glimlach vertoonden nog niets van de schaduwen die haar teamgenoten en zij allemaal gemeen leken te hebben. Op een dag zou hij die schaduwen ook hebben en dat maakte haar meer dan een beetje verdrietig.

'Ik doe de dagdienst hier. Laat het me weten als u of agent Davenport iets nodig heeft.'

'Ik ben op weg naar de cafetaria. Hij heeft geen lunch gekregen en ik heb nauwelijks ontbeten.'

'Dat zal een veiliger plek zijn om zijn eten te halen,' stemde Triplett in. 'Tenminste, uit het oogpunt van besmetting. Ik heb het niet over het risico op maag- en darmklachten.'

Kate grinnikte. 'Zeker als je kijkt naar de lijst met eten waar hij om heeft gevraagd. Die man moet een maag van staal hebben. Laat alsjeblieft niemand zijn kamer binnen terwijl ik weg ben, tenzij jij erbij bent. Niemand mag hem eten geven of medicijnen toedienen of zelfs maar zijn infuus verwisselen. Zijn verpleegster komt misschien maar tot je knieën, maar onderschat haar niet. Ze is een felle.'

'Nee, mevrouw. Mijn moeder is ook maar 1 meter 52, maar ze is vanbinnen heel groot.'

'En ze heeft je geleerd "mevrouw" te zeggen,' verzuchtte Kate. 'Mijn god, ik word oud.'

'Nee, mevrouw, u komt niet in de buurt van oud,' zei hij met die grijns van hem. 'Ik heb over dat schot van u gehoord. We hebben het er allemaal over.'

'Echt waar? En wat zeggen jullie erover?'

'De helft gelooft het niet. De andere helft wil dat u ons ook zo leert schieten.'

Haar mondhoeken gingen even omhoog. 'En bij welke helft hoor jij, agent Triplett?'

'Beslist bij de tweede, mevrouw. Ik zou dolblij zijn met wat training.'

'Gaan we doen,' zei Kate met een besliste knik.

'Geweldig. Nou, hoe zit het met haar?' Hij wees naar de muur aan de andere kant van de gang, waar een vrouw stond te wachten die zenuwachtig met haar voet tikte. Het was de hulpverpleegster die het dienblad had laten vallen.

'O, shit,' mompelde Kate. *Ik was haar helemaal vergeten.*

'Ze heeft geen stap verzet,' zei hij. 'Ze zei dat u gezegd had dat ze moest wachten.'

'Dat klopt. Bedankt, agent Triplett.' Ze wendde zich tot de wachtende vrouw. 'Mevrouw, wilt u met me meekomen, alstublieft?'

Ze ging de vrouw voor naar dezelfde wachtkamer waar ze eerder samen met Troy met Zimmerman had gesproken. De hulpverpleegster zei niets, wrong haar handen en staarde naar haar schoenen terwijl ze liep. Ze keek heel schuldig, maar Kate wist wel beter dan op uiterlijkheden af te gaan.

'Laten we even gaan zitten,' zei Kate en ze wierp een blik op het naamplaatje van de vrouw. TERESA ROBBEY – GEDIPLOMEERD HULPVERPLEEGSTER. 'Mevrouw Robbey, dank u voor het wachten.'

Robbey keek geërgerd op. 'U gaf me anders niet veel keuze. Ik hoop dat dit me niet mijn baan kost. Ze moesten iemand mijn dienst laten overnemen. Ik word per uur betaald. Nu word ik gekort op mijn salaris. Ik moet ook boodschappen doen en de huur betalen.'

Kate zuchtte. 'Ik zal zien of ik daar iets aan kan doen, oké? Wilt u met mij doornemen wat u vanochtend hebt gedaan – waar u de maaltijden die u aan het rondbrengen was vandaan hebt, wie ze heeft klaargemaakt?'

'Ik dacht dat jullie wisten wie het had gedaan,' zei Robbey achterdochtig. 'Eileen Wilkins.'

'Mogelijk. Maar tot we harde bewijzen hebben, moeten we zorgen dat we alle belangrijke vragen stellen. Dus... waar hebt u de maaltijden opgehaald?'

'Op dezelfde plek als altijd. Beneden in de keuken. De dames daar laden de dienbladen vol met de voorgeschreven maaltijd. Zij laden de karretjes. Ik ga er alleen maar heen en pak de kar die ik geacht word rond te brengen.'

'Dus degene die de karretjes vollaadt weet precies naar welke kamer ieder dienblad gaat?'

'Ja. Dat moet wel, denk ik.'

'Weet u wie uw karretje heeft volgeladen?'

'Waarschijnlijk Jessie. Zij doet het meestal. Maar ik heb niet gezien dat ze het deed, als dat is wat u wil weten. Toen ik daar kwam stond het karretje al volgeladen klaar.'

'Oké. Hebt u daarbeneden iemand gezien die daar niet thuishoorde?'

'Zoals Eileen? Nee, die was niet beneden. Gewoon de normale ploeg.'

'Kent u Eileen Wilkins persoonlijk?'

'Ja.' En mevrouw Robbey leek daar helemaal niet blij mee. 'Ik mag haar niet.'

Kate trok haar wenkbrauwen op. 'Want?'

Robbey aarzelde. 'Luister, het is een hechte organisatie hier. De verpleegsters mogen me en dat maakt mijn werk een stuk gemakkelijker. Ik wil niet roddelen.'

'Als het aan mij ligt, dan zal niemand van het personeel te horen krijgen wat u mij vertelt.'

Robbey zuchtte diep. 'Zal wel. Eileen Wilkins is een gebruiker.'

Kate wachtte tot er meer zou komen, maar Robbey hield haar kaken op elkaar. *Je bent niet van plan het me gemakkelijk te maken, hè?* 'Een gebruiker in de zin dat ze misbruik van je maakt of in de zin van drugsgebruiker?'

'Allebei.'

Nu was het Kate's beurt om te zuchten en ze deed dat ongeduldig. 'Ik probeer aardig te doen, mevrouw Robbey, omdat ik u heb laten wachten.'

'En u hebt me de stuipen op het lijf gejaagd.'

'Dat ook. Maar u zult toch wat gedetailleerder in uw antwoorden moeten zijn. Laat me niet elk woord uit u hoeven trekken. Dan raak ik geïrriteerd en ik denk dat we dat allebei niet leuk vinden. Nu, Eileen Wilkins. Gebruikt ze drugs tijdens haar werk?'

'Ja. Dilaudid. Dat is hydromorfon, een pijnstiller die ze mensen geven die allergisch zijn voor morfine.'

'Hebt u haar zien gebruiken?'

'Ja, maar dat weet ze niet. Ze steekt al een hele tijd de restanten van de ampullen in haar zak om ze mee naar huis te nemen. Ik denk dat ze een zware dag had, want ze was in het toilet en... Wat ik nu ga zeggen klinkt misschien pervers, maar ik wilde alleen maar zeker weten dat er niets aan de hand was met degene die in dat hokje zat. Ik hoorde gesnuif en zo, alsof iemand een of andere aanval had. Ik riep eerst en vroeg of alles in orde was. Ik wist op dat moment nog niet dat het Eileen was. Ze maakte een raar geluid, een soort kreun, en zei toen dat er niets aan de hand was. Maar zo klonk ze helemaal niet. Ze klonk opgefokt. Dus toen gluurde ik door een kier. Toen zag ik haar op de bril zitten met een naald in haar arm en een ampul in haar hand.'

'En u weet zeker dat er DILAUDID op de ampul stond?'

'Ja. Ik studeer voor mijn diploma verpleegkunde. Ik let op alles. Ik wil niet de rest van mijn leven hulpverpleegster blijven. Ik heb kinderen die straks moeten gaan studeren.'

'Oké, prima. Weet u hoelang ze al gebruikt?'

'Een jaar. Misschien langer. Het is begonnen niet zo lang nadat ze die knul had ontmoet met wie ze verkering heeft.'

'Vertel me eens wat meer over hem.'

'Hij heeft dezelfde bouw als die agent in bed, Davenport. Grote vent. Gespierd. Maar zo stom als een ezel. Opvliegend ook. Ze heeft hem afgelopen jaar meegenomen naar het kerstfeest van de afdeling.' De blik die ze Kate toewierp was verdedigend, maar ook bijna vijandig. 'Ik sta 's avonds achter de bar om wat bij te verdienen. Ik word in dienst genomen voor bijna alle afdelingsfeestjes.'

'Ze zouden je moeten uitnodigen,' zei Kate zacht en Robbey glimlachte bitter.

'Weinig kans. Ze mogen me wel, maar niet zo graag dat ik mee mag doen met hun feestjes.'

Kate's mondhoeken gingen even omhoog. 'Sorry. Ik zie zuster Choi nog niet zo voor me aan het hoofd van de polonaise.'

Robbey glimlachte ook. 'Nee. Ze is wel een felle, dat klopt. Maar ze is ook een van de goeden. U had geluk dat u er vandaag zo gemakkelijk bent afgekomen. Choi zorgt goed voor haar patiënten.'

'Doet Eileen dat ook?' vroeg ze en Robbey snoof.

'Nee. De helft van de tijd krijgen ze niet de pijnstillers die ze zouden moeten krijgen omdat ze een shot moet hebben en ze heel wat meer achterhoudt dan ze uitdeelt. Ze roomt de boel af en haar patiënten zijn de klos.'

Kate vroeg zich af of Johnnie's verpleegsters dat ook hadden gedaan en wat ze gedaan zou hebben als ze hen had betrapt. Vooral op het laatst, toen hij ze echt nodig had. *Een verpleegster die zo wreed was zou écht pijnstillers nodig hebben wanneer ik met haar klaar ben.* 'Ik vraag me af, mevrouw Robbey, en ik oordeel niet – echt niet – maar hebt u geprobeerd het iemand te vertellen? Haar aan te geven?'

'Nee.' Ze keek beschaamd. 'De laatste hulpverpleegster die een verpleegster aangaf werd later geconfronteerd met allerlei anonieme klachten. Ze was echt heel goed in haar werk, maar ze is uiteindelijk ontslagen. Ik kan me niet veroorloven om te worden ontslagen.'

'Dat is waardeloos,' reageerde Kate met zachte stem. 'Maar u hebt kinderen die te eten moeten krijgen. Ik begrijp het. Echt waar.' Ze wreef opnieuw vermoeid over haar voorhoofd. 'Vertel me eens wat meer over Eileen. Als ze dit bij agent Davenport heeft gedaan, dan moet er een reden voor zijn. Hij heeft haar nooit eerder ontmoet, dus ze kan niets met hem te verhapstukken hebben gehad. Zat ze om geld verlegen?'

'Natuurlijk. Dat geldt voor iedereen. Haar kind is ouder dan die van mij en ze is net als ik alleenstaand. Hij heeft speciale zorg nodig ook, dus ik weet zeker dat ze geld nodig heeft.'

'U zei dat ze een vriend had, dat ze hem had meegenomen naar het kerstfeest. Wat is er gebeurd?'

'Hij gedroeg zich als een eikel. Hij is een stuk jonger, en ik bedoel écht een stuk jonger. Ze vond zichzelf heel wat, paradeerde rond, danste met hem, maar de andere verpleegsters lachten haar uit. Noemden haar een cougar. Maakten opmerkingen over de omvang van zijn... je-weet-wel.' Ze hield haar duim en wijsvinger een paar centimeter uit elkaar. 'Allemaal heel stiekem, achter hun hand.'

Kate knipperde met haar ogen. 'Lachten ze haar uit omdat haar vriend niet groot geschapen was?'

'Ja. Door de steroïden. Niemand wordt zó gespierd zonder die te gebruiken. Behalve die knul van u daar in dat bed. Davenport.' Ze keek omhoog, alsof ze zich geneerde. 'Ik heb even vluchtig naar zijn bloedanalyse gekeken. Geen steroïden.'

'Fijn om te weten,' zei Kate ironisch en dat leverde haar een flauwe glimlach op van Teresa Robbey.

'Hoe dan ook, Eileens vriendje gedroeg zich die avond als een eikel. Hij dronk te veel, praatte te hard. Hij kreeg zelfs een draai om zijn oren van een van de verpleegsters omdat hij haar in haar billen kneep. Laten we het er maar op houden dat ik het die avond druk had, want iederéén dronk veel. Die verpleegsters weten er wel raad mee.'

'Hoe heet het vriendje?'

Ze beet op haar lip. 'Ray? Roy?' Ze knikte beslist. 'Roy. Ik herinner me dat de verpleegsters hem Toyboy Roy noemden. Maar ik weet niet wat zijn achternaam is.'

'Dat geeft niet. Wat deed hij toen hij een klap van die verpleegster kreeg?'

'Hij wilde uithalen, stond op het punt om terug te slaan, maar Eileen trok hem mee naar buiten. De laatste tijd was ze niet meer zo trots op hem. En de volgende keer dat ik haar zag, had ze heel veel oog-make-up op.'

'Had hij haar geslagen?'

'Iemand in ieder geval.'

'Heeft hij iets gezegd of gedaan waardoor u de indruk had dat hij nog andere drugs gebruikte behalve steroïden?'

'Hij vroeg me of hij een paar gram bij me kon kopen, alsof ik dealde of zo. Hij zei dat hij het kocht voor zichzelf en "moeders" maar dat hij zijn spul met me zou delen als ik na het feest met hem wilde afspreken – wat ik natuurlijk niet heb gedaan. Telt dat?'

Kate leunde achterover in haar stoel. *Shit.* 'U had dáármee kunnen beginnen, weet u.'

Robbey haalde haar schouders op. 'Hallo. Een paar van de verpleegsters vroegen me waar ze iets te pakken konden krijgen en zeker zo veel echtgenoten of vriendjes. Eileens toyboy was niet de enige. Ik denk niet dat iemand zich nog herinnert dat ze het hebben gevraagd. Ze hadden tegen die tijd allemaal behoorlijk de hoogte.'

'Hoe ziet meneer Toyboy Roy eruit?'

'Lang, blond, knap. Hij is een jaar of tweeëntwintig. Beslist niet ouder. Hij gaat om met bovenbouwleerlingen, maar hij hangt voornamelijk in de sportschool rond. Ik zie hem soms wanneer ik op de campus ben voor mijn avondcolleges. Hij heeft het goed voor elkaar bij Eileen. Hij woont gratis bij haar en doet wat hij wil, terwijl zij extra diensten draait om de eindjes aan elkaar te knopen. Maar ik denk dat dat het normale tarief is tegenwoordig voor iets leuks aan je arm.'

'Dat denk ik ook. Verder nog iets over Eileen of meneer Toyboy?'

Robbey dacht daar even over na. 'Ze maakte de afgelopen paar dagen een gespannen indruk. Al een week, misschien.'

'Wanneer zag u haar die spuit zetten in de toiletten?'

'Ongeveer... dat was vier dagen geleden.' Opnieuw een schouderophalen. 'Ik weet het niet. Ik bedoel, ik mag haar niet, maar ik zie haar niet opzettelijk iemand ombrengen. Dat is een tamelijk grote stap – vindt u niet?'

Misschien. Maar misschien ook niet. Als Eileen geld nodig had... of als ze werd gechanteerd... Kate had dat vaker zien gebeuren.

'Daar komen we denk ik wel achter zodra we haar hebben opgespoord. Dank u, mevrouw Robbey. U bent een grote hulp geweest. Wat wilt u dat ik doe – moet ik proberen u weer dienst te laten doen of wilt u gewoon naar huis?'

'Dienst. Ik moet boodschappen betalen.'

'Begrepen. Wie zorgt voor het rooster?'

'Iemand van beneden. Ze heet Lacey.' Robbey keek achterdochtig. 'Gaat u dat echt proberen?'

'Ja. Dat is het minste wat ik kan doen. Ik zal haar vragen om hoe dan ook even contact op te nemen, oké?'

'Oké.'

Kate kwam overeind. 'Het spijt me dat ik u bang heb gemaakt. Agent Davenport heeft een heleboel doorgemaakt. Toen ik dacht dat hij misschien in gevaar verkeerde... ik raakte in paniek en u stond in de baan van de schokgolf.'

Robbey ging ook staan. 'U had daar alle reden toe, denk ik, als je kijkt naar hoe er geknoeid was met zijn infuus. En zijn lippen zágen blauw. Dat was me net opgevallen toen u kwam binnenstormen alsof de tent in brand stond. Ik stond op het punt om Choi te waarschuwen.'

'Dank u. Dat waardeer ik. Veel succes met uw studie.' Kate glimlachte haar even toe en liep toen in de richting van de liften. Ze zou het met Lacey hebben over Teresa Robbey's dienst en dan eten voor Decker gaan halen. *Verdorie, ik moet misschien wel een karretje lenen om het allemaal mee terug te nemen.*

Donderdag 13 augustus, 14.05 uur

Drie jaar. Decker staarde naar de foto van Kate op het scherm van de tablet. John Fitzgerald Morrow was drie jaar geleden overleden. Hij liet een vrouw achter, Katherine A. Coppola, met wie hij een jaar getrouwd was, en zijn broer Jack R. Morrow. John was nog maar drieëndertig jaar. Hersentumor.

Dat moest vreselijk waardeloos zijn geweest. Zowel voor John als voor Kate.

De informatie was gemakkelijk genoeg te vinden geweest. Het bericht over Johns overlijden was bij zijn eerste zoekactie meteen opgedoken. Het online condoleanceregister dat de begrafenisonderneming had opgezet was nog steeds actief. John Morrow was geliefd geweest bij heel veel mensen. Veel mooie herinneringen en goede wensen in dat gastenboek.

Decker vroeg zich af of Kate ze had gelezen. Of ze er enige troost uit had geput.

En toen vroeg hij zich af of er voor hem een begrafenis of online condoleanceregister zou zijn geweest als hij een week eerder was overleden, of een jaar eerder, of tien jaar. Nee, moest hij toegeven. Die zouden er niet zijn geweest, omdat hij veel te lang een schaduw was geweest. Niemand kende hem echt. Niet meer. Van de mensen om wie hij ooit had gegeven, was niemand meer in leven. Niemand had hem overleefd om een herinnering achter te laten op internet of waar dan ook.

Kate zou dat hebben gedaan. Daar twijfelde hij geen moment aan. Maar ze kende hem, hoelang? Een week? En op een paar uur na had hij die week doorgebracht in dat verrekte coma.

Hij was onverklaarbaar boos en stond op het punt om de zoekpagina te sluiten, maar... deed het niet. Hij bleef naar de foto van John Morrow staren. Hij was een knappe man geweest. Een gelukkige man. Een productieve man. Een man die trouw opriep en respect en genegenheid van iedereen die hem had gekend. Iedereen die het register had getekend, in ieder geval.

Hij was leraar geschiedenis op een middelbare school geweest en zijn leerlingen hadden zich blijkbaar voldoende op hun gemak gevoeld om hem deelgenoot te maken van hun diepste geheimen en hun puberangsten. Ze dachten allemaal met genegenheid aan hem terug. Sommigen hadden hem verzekerd dat ze goed waren terechtgekomen. En ze hadden stuk voor stuk dezelfde zin gebruikt: *Pluk de dag en maak je leven tot iets buitengewoons.*

Dat was een citaat uit een film. Dat wist Decker wel. Hij herinnerde zich vagelijk dat hij die film samen met Mama D en Griff op dvd had gezien. Hij herinnerde zich dat Mama D tranen met tuiten had gehuild. En hij herinnerde zich Robin Williams die op zijn bureau had gestaan, maar niet veel meer.

Decker was toen nog maar vijftien geweest. Als er in een film geen explosies voorkwamen, dan was het alleen maar een excuus om naast Mama D te zitten en vertroeteld te worden of net te doen of hij met Griff ruziede om de bak popcorn. Al wist hij nog wel dat hij had gewild dat hij net zo'n leraar had gehad als Robin Williams was geweest. Iemand die niet alleen maar de grote, grof uitziende jongen had gezien die onbekend was met al die culturele kost die hij op de middelbare school toch wel moest hebben gehad. Iemand die zijn binnenste zag en hem vertelde dat hij het waard was om gered te worden.

Hij had zo'n leraar het jaar daarop gekregen en zijn pleegouders en dr. Hearle hadden hem samen zo'n beetje de goede weg op gesleept. Het rechte pad. Het pad dat Mama D trots op hem had gemaakt.

John Morrow was blijkbaar zo'n leraar voor zijn studenten geweest. Shit, het had er alle schijn van dat John Morrow in alle opzichten een geweldige vent was geweest en het leek verrekte moeilijk om in zijn voetsporen te treden. *Geen druk, Decker. Helemaal geen druk.*

Jack Morrow, daarentegen, had problemen gehad. Hij had zo in de problemen gezeten dat hij een halfjaar geleden een pistool in zijn mond had gestoken en de trekker had overgehaald. Er was geen online condoleanceregister geweest. Geen liefdevolle herinneringen die voor altijd op internet zouden blijven bestaan. Alleen maar een kort bericht in *The Des Moines Register* waarin stond dat hij zelfmoord had gepleegd nadat hij zijn baan als assistent-trainer van het footballteam van de middelbare school waar hijzelf eindexamen had gedaan was kwijtgeraakt.

En dat zijn lichaam in Washington D.C. was gevonden in het appartement van zijn schoonzus, speciaal agent Katherine Coppola, die op dezelfde school had gezeten.

Jezus, Kate. Dat ze thuis moest komen en hem daar zo aantreffen... Decker had de gevolgen gezien van zelfmoorden die op die manier waren gedaan. Hij had de rotzooi opgeruimd die zij hadden achtergelaten. Hij had er nog steeds nachtmerries van en die slachtoffers waren vreemden geweest. Geen familie.

Het spijt me, Jack. Waarom? Waarom speet het Kate?

Dat zal ik haar vragen. Maar niet vandaag.

Decker dacht niet dat hij het zou kunnen verdragen om weer die ontredderde blik in haar ogen te zien. Hij sloot het zoekvenster en wiste de zoekgeschiedenis. Als ze hem op de man af zou vragen of hij had gezocht, dan zou hij eerlijk antwoord geven. Was dat niet het geval, dan zou hij deze kennis voor zichzelf houden tot het juiste ogenblik was aangebroken. Of tot ze het uit zichzelf zou vertellen.

Hij staarde ontmoedigd naar het scherm. Hij was er zo op gebrand geweest om op internet te kunnen, maar nu kon hij met de beste wil van de wereld niet zeggen waarom. Hij had willen weten hoe zijn zaak had uitgepakt, maar Kate had hem de belangrijkste bijzonderheden verteld. Richard Symmes, dood. De zware jongens – met inbegrip van

Alice – allemaal dood. *Iedereen die nu nog in leven is weet niets wat kan helpen McCords partner te pakken.*

Hij kneep zijn ogen tot spleetjes. *McCord.* Decker herinnerde zich hoe kwaad Alice en haar vader waren geweest toen Marcus O'Bannion in de *Ledger* over McCords perversiteit publiceerde – dat zeiden ze tijdens hetzelfde gesprek waarin ze de geheimzinnige compagnon van McCord hadden besproken.

Maar hoe was O'Bannion eigenlijk te weten gekomen over McCord? En waarom was een troep bloeddorstige, gewetenloze mensenhandelaren zo vreselijk bang voor hem geweest?

Er werd op de deur geklopt en een seconde later stak er een roodharig hoofd naar binnen. 'Ik ben het,' zei Kate. 'Ik heb eten.'

'Kom binnen,' zei hij met een kwaad gezicht vanwege de vragen die door zijn hoofd tolden.

Kate bleef abrupt staan. 'Wat is er aan de hand? Is er iets gebeurd?'

Ik weet dat je zes maanden geleden een nachtmerrie hebt moeten doorstaan was de eerste gedachte die bij hem opkwam, maar die schoof hij terzijde. 'O'Bannion.'

'Is hij hier geweest?' Ze kwam dichterbij met een dienblad waarop alles lag waarom hij had gevraagd. Behalve dat er in plaats van twee cheeseburgers slechts één op lag, en een leeg bordje met kruimels en een paar druppels ketchup en mosterd.

'Nee. Maar ik heb wel een vraag over hem en McCord. Heb jij die andere burger van me opgegeten?'

Ze zette het blad op de draaibare tafel. 'Je mag wel een beetje aardiger tegen me doen. Eten voor jou halen heeft me bijna zweepslagen opgeleverd van zuster Choi. Ze stond in de lift toen ik naar boven kwam.'

'Dus toen heb je gelogen en gezegd dat het allemaal voor jou was en om dat te bewijzen heb je mijn hamburger opgegeten?'

Ze lachte. 'Nee, ik heb de waarheid verteld. En Choi zei dat je het mocht hebben, maar niet meer dan één hamburger. Dus toen heb ik die andere opgegeten. Ik verrekte van de honger.'

'Dank je.' Hij keek grijnzend naar het dienblad. 'Je hebt de M&M's.'

'Daar heb ik wel over gelogen. Ik heb gezegd dat die voor mij waren en ik heb er niet één gegeten.' Ze liet zich op de stoel naast het bed ploffen. 'Al zou ik het niet afslaan als ze me werden aangeboden.'

Hij gooide haar het zakje toe. 'De helft.'

'Dat is niet meer dan billijk.' Ze stopte een paar snoepjes in haar mond, schopte toen haar schoenen uit en zette haar voeten op de rand van zijn matras. Ze had mooie voeten, met gelakte nagels. Nauwelijks zichtbaar door haar zwarte kousen zag hij roze met...

Hij tuurde en begon te lachen. 'Je hebt het schild van Captain America op je teennagels.'

'Dat heet *nail art*,' zei ze luchtig en ze knipoogde. 'Dat is een van de weinige manieren waarop ik versieringen kan aanbrengen en me toch aan de kledingvoorschriften houden.' Ze tilde haar linkervoet op zodat hij het kon zien. 'Schild van Captain America, Hawkeye-boog, vuisten van de Hulk én hamers van Thor.'

'Ik neem aan dat je fan bent.'

'Deacon is een fan. Hij heeft me verslaafd gemaakt aan superheldenfilms. En Thor is zo knap.' Ze lachte toen hij zijn ogen ten hemel sloeg. Toen werd ze weer ernstig en kwam ter zake. 'Dus, O'Bannion. Wat is je vraag?'

Hij wendde zijn blik van haar tenen, want hij vroeg zich nu af of de kousen helemaal tot bovenaan doorliepen. En wat er voor nodig zou zijn om het haar goed te laten vinden dat hij ze uitdeed. Hij schraapte zijn keel en concentreerde zich. 'Hoe wist hij van McCord?'

Ze knikte instemmend. 'Nou, dát is een goede vraag. Een die Scarlett Bishop geacht wordt binnenkort voor ons te beantwoorden. Ik was van plan naar de *Ledger* te gaan nadat ik klaar was met jou, maar toen kreeg jij het plotseling op je heupen.'

'Sorry.' Hij nam een hap van zijn cheeseburger en vertrok zijn gezicht. 'O jee. Ik dacht dat ik zo'n honger had dat ik behangplaksel nog lekker zou vinden, maar ik had het bij het verkeerde eind.'

Ze grinnikte. 'Het is in ieder geval veilig. Ik heb er een op en het gaat nog goed met me. Tot nu toe, in ieder geval.'

Hij keek haar fronsend aan. 'Niet leuk, Kate.' Niet nu Alice dood was.

Ze haalde haar schouders op. 'Het was een beetje grappig, maar oké. Ik neem het terug.'

'Heeft agent Troy die verpleegster al gevonden?'

'Nee, nog niet. Hij is nog beneden bij de bewaking en bekijkt beveiligingsbeelden. Hij probeert erachter te komen door welke deur Eileen Wilkins vandaag naar buiten is gelopen. Hij is ook nog steeds bezig een veilige plek voor je te vinden waar je kunt herstellen. Ik heb de dokter geregeld. Dani Novak zal binnenkort hierheen komen om kennis met je te maken en met je dokter te overleggen.'

'Doet iemand hier moeilijk over?'

Ze haalde haar schouders op. 'Het ziekenhuis vindt het maar niks dat we buiten hen om gaan en de FBI is niet te spreken over de kosten, maar je had vanmorgen wel dood kunnen gaan, dus... wat maakt het uit?'

'Wanneer heb je dat gesprek met Marcus O'Bannion en zijn mensen?'

'Ik ben nog steeds van plan om zo gauw ik kan naar de redactie van de *Ledger* te gaan. Er staat een bewaker bij je deur om ervoor te zorgen dat niemand je lastigvalt terwijl ik weg ben.'

'Dat weet ik. Agent Triplett is hier geweest om zich voor te stellen en hij komt af en toe kijken of ik niet opnieuw die symptomen vertoon. Elke vijf minuten. Daar kun je de klok op gelijkzetten.'

Ze glimlachte. 'Hij is leuk.'

Decker snoof. 'Hij is een monster.'

'Zei de tank.' Ze legde het halfvolle zakje snoep op zijn dienblad, pikte een appel en poetste die op de mouw van haar jasje. 'Ik vind hem een aardige jonge man.'

'Zei de jonge vrouw. Je bent niet oud, Kate.'

Ze zuchtte. 'Zou je anders niet zeggen,' mompelde ze. 'Maar terug naar hoe Marcus wist over McCord. Marcus en zijn team van de *Ledger* hebben blijkbaar dubieuze methodes gebruikt om informatie over burgers, onder wie McCord, te verzamelen, zodat ze hun praktijken in de krant aan de kaak konden stellen. Deacon vertelde me dat de mensen die O'Bannion op de korrel nam tuig waren die op de een of andere manier door de mazen van de wet glipten.'

'Ik dacht dat agent Novak naar de gevangenis was gegaan om meer te weten te komen over de dood van Alice.'

'Dat is ook zo. Hij is daar nog steeds. Hij doet zijn best om het bureaucratische gelul te omzeilen, maar weet je, ik heb zo'n dingetje dat ze mobiele telefoon noemen. Ik gebruik het om met mensen te praten die niet in hetzelfde vertrek zijn als ik.'

Hij onderdrukte een glimlach en at de laatste M&M's. 'Wijsneus. Dus Novak komt niet hierheen?'

'Nee. Ik heb eerlijk gezegd met hem afgesproken bij het mortuarium, maar ik wacht tot zijn zus hier is voor ik ga. Deacon zei dat ze onderweg was. We zullen ons allemaal beter kunnen concentreren wanneer we ons niet voortdurend zorgen lopen te maken dat hier iemand binnenkomt en je via je infuus vergiftigt.'

'Dat zou klote zijn,' gaf hij droog toe. 'Dan heb ik nog een andere vraag. O'Bannion had de mensenhandelaren de stuipen op het lijf gejaagd. Ze haatten hem omdat hij McCord te grazen had genomen. Maar waarom – als zijn capaciteiten als onderzoeker zo geweldig zijn dat geharde criminelen er bang van worden – wáárom heeft hij McCords partner dan niet tegelijk ontmaskerd? Ze waren partners, waarschijnlijk werkten ze samen.'

Ze grinnikte spottend. 'Ik heb tegen Zimmerman gezegd dat het vanwege je narcose een tijdje zou duren voor je hersenen weer op volle kracht zouden werken, maar ik had het helemaal bij het verkeerde eind. Dat is weer een goede vraag. Ik had daar nog niet aan gedacht.'

'Je hebt het tamelijk druk gehad,' zei hij zacht en hij stopte zijn genoegen om haar lof ergens diep weg, waar hij hoopte dat het niet te zien zou zijn.

'Tamelijk,' gaf ze toe. 'Maar toch is het een verrekt goede vraag. Misschien is er een reden dat de partner niet onmiddellijk in beeld kwam bij O'Bannions mensen. Misschien werkten ze aan verschillende dingen, of misschien deelden ze alleen distributiekanalen of servers, van die dingen.'

'Misschien. Het zou helpen als ik wist met wat voor dingen McCord was betrapt.'

'De politie heeft zijn huis doorzocht en zijn computer meegenomen. Die stond tjokvol met foto's.' Ze haalde diep adem. 'Van kinderen.'

Decker duwde het dienblad weg. Zijn honger was verdwenen. 'Dat wist ik, dat het om kinderen ging,' zei hij zacht. 'Ik bedoelde in wat voor vorm, foto's, video's, wat?'

'Dat weet ik niet precies. Een van de mensen van ons team, Adam Kimble, is op dit moment bij de ICAC om de bestanden door te nemen die in beslag zijn genomen. Daar is hij wel een tijdje mee zoet.'

Decker bleef lange, lange tijd stil. Zat na te denken. Terug te denken aan de tijd dat hij nog Decker McGee was. De tijd voordat Mama D en Griff hem hadden opgenomen. Toen hij nog niet wist hoe hij moest vechten voor wat recht was, maar wel geweten had dat hij omringd werd door krom.

Voor hij van zichzelf iemand had gemaakt die het waard was om gered te worden.

'Waar was je nu net?' vroeg Kate met zachte stem.

Decker zuchtte. 'Ik was een pleegkind. In en uit het systeem,' zei hij en ze verstijfde onmiddellijk en er trok een uitdrukking van iets wat in de buurt kwam van afschuw over haar gezicht. 'Nee,' zei hij beslist. 'Wat je net dacht is nooit gebeurd.' Hij slikte moeizaam. 'Maar alleen omdat ik echt hard kon lopen en groter was dan de meeste mannen die mijn moeder mee naar huis nam.'

'Decker,' fluisterde ze. Het verdriet stond op haar gezicht te lezen en was te horen in haar stem. Duidelijk voor hem te zien.

'Ik ben op mijn pootjes terechtgekomen. Maar ik kende... mensen... kinderen... voor wie dat niet geldt.' Met inbegrip van dat meisje dat net zulke ogen had als hij. 'Wat je collega nu moet bekijken. Man, ik moet zeggen dat ik hem niet benijd. Die shit maakt je elke keer dat je ernaar kijkt een beetje meer dood. Het holt je beetje bij beetje uit wanneer je hoort dat een persoon wordt verkocht – voor wat voor doel dan ook. Tot een díng gemaakt worden. Een bezitting, minder dan een mens. De tewerkstelling is al erg genoeg, maar...'

'De sekshandel scheurt je vanbinnen aan stukken,' zei ze triest. 'En als je niet oppast – of als je je het te veel aantrekt – dan holt het je ziel uit en blijft er alleen een verwrongen, lege huls van je over.'

'Heeft het jou uitgehold?' vroeg hij absoluut ernstig.

'Nee. Niet totaal. Maar aan de andere kant, ik werk nog niet zo lang op dit terrein. Ik ben overgeplaatst naar de eenheid in D.C. kort nadat we de FBI in Minneapolis hadden geholpen een paar makers van kinderporno te pakken. Ik werkte toen aan een dubbele moord en de enige getuige was het zesjarige dochtertje van het slachtoffer. De moordenaars waren uit op de juwelen van haar moeder, maar ze waren ook van plan het kind te verkopen aan een van die kinderpornografen in Minneapolis. Die pornogasten draaiden de bak in. Degene die de kleine Lana had willen kopen werd binnen een maand vermoord. Doodgestoken in de douche.'

'Mooi. Weer een stuk tuig minder. Wat is er met het meisje gebeurd?' Want dat moest hij weten. Hij moest weten dat een páár van de kinderen werden gered. Hij was opgelucht toen Kate glimlachte.

'Lana en haar kleine zusje zijn weer in Rusland, waar ze zijn geboren, en ze wonen bij hun tante. Ik heb met Kerstmis een kaart gekregen van de tante met een foto van de twee meisjes. Ze maakten een gelukkige indruk. Veilig.'

'Die goede foto's moeten een tegenwicht vormen voor de slechte.'

'Maar dat doen ze niet,' zei ze. 'Bij lange na niet. Maar ze helpen wel om te voorkomen dat we lege hulzen worden zoals anders misschien zou gebeuren.' Ze bleef stil en keek hem zo lang aan dat hij zich ongemakkelijk begon te voelen.

'Wat?' vroeg hij achterdochtig.

'Ik zat te overwegen of ik je zou vragen wie je hebt verloren.'

Hij deinsde achteruit, toen kneep hij zijn ogen tot spleetjes. 'Hoe kom je erbij dat ik iemand zou hebben verloren?'

Haar mond vertrok een beetje spottend. 'De narcose heeft je misschien geen goed gedaan, want het is van je gezicht af te lezen.'

Hij was plotseling moe en ging met zijn handen over dat voornoemde gezicht. 'Narcose. Laten we het daar maar op houden.'

Kate ging plotseling rechtop zitten, liet haar voeten van het bed glijden en stak ze in haar schoenen voor ze opstond om het klokhuis van de appel weg te gooien. 'Het spijt me,' zei ze terwijl ze de rommel van zijn dienblad pakte. 'Ik had niet zo nieuwsgierig moeten doen. Ik vind het vreselijk als mensen dat bij mij doen. Ga slapen. Ik blijf zolang ik kan.'

Er ging een steek van schuldgevoel door hem heen omdat hij wel op zoek was geweest naar de dood van haar echtgenoot, maar schoof dat terzijde. Dat was noodzakelijk geweest. *En jij bent een eikel, Decker. Voor wat, hoort wat. Geef haar dan in ieder geval iets.*

Nee, niet zomaar íéts. Hij had informatie over haar vergaard terwijl hij dat niet had moeten doen. Dat had hij echt niet mogen doen. Hij kon haar niet zomaar íéts geven. Hij moest haar verrekte vraag beantwoorden.

En dat betekende dat hij haar hét moest geven, datgene wat hij zo lang verborgen had gehouden. Datgene wat zijn vastberadenheid had gevoed en hem de afgelopen drie jaar in gang had gehouden.

Hij sloot zijn ogen en riep de naam op die hij in geen twintig jaar hardop had uitgesproken. Hij had het zelfs niet aan Griff of Mama D verteld. Want ze hadden het wel gevraagd. *Zijn er bij je thuis nog meer zoals jij? Dan nemen we hen ook op. Ze zullen veilig zijn bij ons. Dat beloven we.* Maar Decker had zijn hoofd geschud, want er was niemand geweest. Niet meer.

Hij deed zijn ogen open en zag dat Kate e-mails aan het bekijken was op haar telefoon omdat ze dacht dat hij sliep. 'Ze heette Shelby Lynne,' hoorde hij zichzelf zeggen met een stem die hij bijna net zo lang niet had gehoord. Hij had dat accent begraven op de dag dat hij haar begroef. Hij stopte het zonder enig mededogen weer weg.

Kate legde langzaam haar telefoon op schoot en sloeg haar ogen op en keek hem aan. 'Wie was ze?'

'Mijn zus,' zei hij, niet met de stem waar hij zo hard aan gewerkt had, maar toch nog een stuk beschaafder dan de stem die hij toen had gehad.

Haar mond zakte open, en ging met een stille zucht weer dicht. 'Is ze dood?'

Hij knikte. 'Ja. Twintig jaar geleden. Ze was elf.'

Ze sloot haar ogen. 'Dat spijt me zo.'

Het spijt me, Jack. Het spijt me zo. Kate's leven was ook niet alleen maar rozengeur en maneschijn geweest. Misschien gaf dat Decker de moed om verder te gaan. Of misschien wilde hij gewoon dat iemand het wist. Als hij de week ervoor was gestorven – of een van die andere keren dat hij te dicht bij een kogel of een mes was gekomen – dan zou niemand de waarheid over Shelby Lynne McGee hebben geweten. Iemand moest van haar afweten.

Iemand moet haar herdenken. Iemand buiten mij. 'Dat verdient ze,' mompelde hij.

Haar ogen vlogen open. 'Wie verdient wat?'

'Shelby Lynne verdient het dat ze wordt herdacht.'

Kate's glimlach was tegelijkertijd lief en triest. 'Vertel me over haar, dan zal dat ook gebeuren.'

7

Cincinnati, Ohio, donderdag 13 augustus, 14.30 uur

Kate hield zich muisstil. Ze durfde zelfs niet te ademen, bang als ze was dat de kleinste beweging het moment zou verbreken en Decker een excuus zou geven om niet te zeggen waar hij duidelijk zo veel moeite mee had. Ze had niet gelogen. De emotie, het verwoestende verlies, was van zijn gezicht af te lezen – van het gezicht van een man die erin was geslaagd drie jaar lang met succes een dekmantel in stand te houden.

Het had haar geschokt toen hij de eerste keer de naam van zijn zus zei. Niet de naam zelf, maar het accent. De toon. Het was alsof hij werd nagesynchroniseerd door een heel jonge man uit het diepe zuiden. *Shalby Lee-yun.*

De tweede keer dat hij de naam had uitgesproken, had hij als zichzelf geklonken. Met de stem die ze had gehoord toen ze hem voor het eerst zag op het terrein van de mensenhandelaren. Een beetje ruw, met slechts een vleugje van het Zuiden.

Ze had nergens iets gevonden over een zus, dood of levend. Dus bleef ze daar als een standbeeld zitten wachten.

'Ik heet niet Griffin Davenport,' zei hij en ze knipperde even met haar ogen. Dat leek hem te amuseren. 'Geen schok van verrassing, agent Coppola?'

'Niet echt. Ik wilde iemand zien te vinden die bij je kon waken als ik mocht worden weggeroepen. Iemand die familie was.'

'Iemand die niet dood was, zoals agent Symmes.'

Ze knikte. 'Ik heb een beetje gegraven en een paar schulden geïncasseerd. Ik heb een vriendin in je dossier laten zoeken naar contactpersonen uit het verleden.' Ze haalde haar schouders op toen hij zijn wenkbrauwen optrok. 'Mijn vriendin wilde me de lijst niet zomaar geven. Ik moest heel specifiek zijn, zoals: "Is er iemand met de naam

Davenport die als naaste familie staat vermeld?" Ze vertelde me dat er in je informatie ooit een Griffin Davenport IV uit Biloxi, Mississippi, en diens vrouw Ramona als contactpersonen voor noodgevallen stonden vermeld. Ze zijn allebei gestorven tijdens je eerste uitzending, slechts een paar maanden na elkaar.'

Zijn adamsappel ging op en neer toen hij probeerde te slikken. 'Ik zat er al twee jaar en had maar één verlofpas verdiend. Mama D vertelde me tijdens dat verlof niet dat ze ziek was en dat de dokter tegen haar had gezegd dat ze kalm aan moest doen en veel moest rusten. Ze had een zwak hart, maar ze stond in de keuken boven het hete fornuis om al mijn favoriete gerechten klaar te maken, terwijl ik aan tafel zat en haar vertelde over de woestijn en alles wat ik had gezien. Ze had altijd willen reizen, maar dat was er nooit van gekomen. Bleek dat haar hart de reden daarvan was. Ze heeft haar hele leven in de buurt van de artsen moeten blijven. Dat was ook de reden dat er nooit een Griffin Davenport V is gekomen. Daar kwam ik pas achter toen ik met Griffin aan haar graf stond. Dat was mijn tweede verlof.'

'Voor haar begrafenis?'

'Ja. Griffin is kort daarna overleden. Ik was pas een jaar daarna in de gelegenheid om bloemen op zijn graf te leggen.'

'Je hebt je naam in die van hem veranderd. In Griffin Davenport.'

Hij knikte. 'Een naam is belangrijk. Griffin Davenports naam werd overal waar hij kwam gerespecteerd. Als Griffin iets zei, dan was dat net geld. Je kon op zijn woord vertrouwen. Ik wilde niet bekend zijn onder de naam die ik bij mijn geboorte had meegekregen, dus heb ik die van hem overgenomen.'

'Wist hij dat?'

Een knik. 'Toen ik achttien werd is hij met me meegegaan naar de rechtbank om de formulieren in te vullen. Hij heeft me nooit gevraagd waarom ik mijn naam wilde veranderen. Ik heb altijd aangenomen dat hij dat wel wist. Maar het feit dat ik zijn naam aannam betekende iets voor hem, dat zag ik wel. Ik had nooit geweten dat ze zo wanhopig graag kinderen wilden, niet tot na Mama D was overleden.'

'Welke naam had je bij je geboorte meegekregen?' vroeg ze en zijn gezicht verstrakte. Zijn uitdrukking werd onwillig. En gegeneerd.

'Barron. Barron Robert McGee.'

Kate aarzelde. Ze wist niet goed hoe ze moest reageren. 'Barron is niet zo'n vreselijke naam. Hij is anders.'

'Het ging niet om de voornaam. Het ging om de achternaam. En het feit dat iedereen wist dat mijn vader Duke McGee was – en inderdaad, Duke was zijn echte naam. Zijn broer heette Earl. Mijn moeder heeft me ooit verteld dat ze mij Prince wilde noemen, maar dat mijn vader niet wilde dat zijn zoon een hogere titel had.'

Kate deed haar mond open en weer dicht. 'Ik weet niet hoe ik daarop moet reageren.'

Hij lachte hoofdschuddend. 'Dat geldt voor ons allebei.' Toen werd hij weer ernstig. 'Ik weet niet hoe het voor jou was toen je opgroeide, maar met Duke en Lizzie McGee samenleven was geen lolletje. Duke raakte altijd in de problemen, had altijd schulden bij de verkeerde mensen, raakte altijd betrokken bij knokpartijen en verdronk het weinige dat hij verdiende. Uiteindelijk vocht hij met de verkeerde en zijn schedel werd ingeslagen met een whiskyfles. In het echt gaan ze niet aan diggelen zoals in de film.'

Hij deed zijn best om een beetje luchtiger te klinken, maar ze zag de gespannen trek om zijn mond. 'Nee, dat is zo,' zei ze zacht. 'Hou oud was je toen hij stierf?'

'Tien. Shelby Lynne zeven. Maar het was toch al een moeilijke tijd, zelfs voor Duke doodging. De kinderbescherming haalde me bij ze weg vanwege zijn gewelddadigheid – één keer voor Shelby werd geboren en twee keer erna. Een van die keren werden we samen ergens geplaatst en een andere keer zaten we bij verschillende pleeggezinnen. Beide keren slaagde mijn moeder erin ons terug te krijgen. Toen ging hij dood en ze draaide helemaal door. Ze gebruikten samen wel coke en wiet, maar toen hij stierf, ging ze helemaal door het lint.'

'Dat doet verdriet soms met mensen,' zei ze zacht terwijl ze aan Jack dacht.

Hij keek haar een beetje bevreemd aan. 'Nee, het had niets met verdriet te maken. Ze was dolblij dat ze weer single was. Ze was van hem bevrijd. Het drugsgebruik werd erger en erger, tot ze de hoer moest gaan spelen om haar volgende shot te kunnen betalen. Dan nam ze mannen mee naar huis en... nou, sommigen van hen hielden van kinderen. Ik was tegen die tijd oud genoeg om weg te lopen, maar ik bleef vanwege Shelby Lynne.'

'Je moest voor haar zorgen.'

Opnieuw een knik. 'Ik nam haar altijd mee naar buiten om de nacht door te brengen in een klein tentje en zodra de kust veilig was, bracht ik haar naar huis en maakte ik haar klaar voor school. Ik heb dat... een hele tijd gedaan. Maanden. Lizzie werd dan zo kwaad – ze kon meer verdienen als we meewerkten.'

Kate haalde diep adem en beet haar tanden op elkaar om te voorkomen dat ze iets akeligs zou zeggen.

'Om een lang verhaal kort te maken, op een avond had ze zich voorbereid. Ze deed iets in mijn eten en toen ik wakker werd zat ik vastgebonden op de keukenstoel.' Hij sloot zijn ogen. 'Shelby Lynne was klein voor haar leeftijd. Broze botten. Slechte voeding, begrijp je.'

Kate stootte sidderend de adem uit die ze had ingehouden terwijl haar ogen zich vulden met bittere, boze tranen. *Mijn god, Decker.* 'Je hoeft niet verder te vertellen.' *Vertel alsjeblieft niet verder.*

Hij likte zijn lippen. Slikte moeizaam. 'Jawel, dat moet ik wel,' fluisterde hij. 'Want ik móét deze zaak samen met jou doen, we moeten die partner van McCord gaan zoeken zodra mijn benen me kunnen dragen. Personeelszaken zal me met ziekteverlof willen sturen, maar daar ga ik niet aan meewerken. En ik wil dat je begrijpt waarom. En dat je een manier voor me vindt om me erbij te betrekken.'

Shit. Ze begreep het. Ze begreep het echt. Ze wist ook dat hij onder al die spieren en botten breekbaar was. Hij had rust nodig. Maar diep in haar hart wist ze dat als ze in zijn schoenen zou staan, ze het ook tot het einde toe zou willen volhouden. *Verdomme, Decker. Waarom moet je zo nodig de held uithangen?*

Om dezelfde reden als ik. Ze zuchtte. *Shit.*

'Ik luister,' zei ze kalm. *Ik beloof niks, maar ik luister.*

Hij haalde ook diep adem en opende zijn ogen om andermaal haar blik gevangen te houden. Ze had gedacht dat ze verdriet en wanhoop en nietsontziende woede zou zien, maar ze zag helemaal niets. Geen spoortje van emotie in die blauwe ogen. Zijn gezicht had uit steen gehouwen kunnen zijn.

'Toen ik bijkwam kon ik alles horen. Shelby was aan het gillen. Ik denk dat ik daar wakker van was geworden. Ik brak de stoel om me te bevrijden. Lizzie lag buiten westen op de vloer van haar slaapkamer met de injectienaald nog in haar arm. Shelby was hysterisch. Ze bloedde. Overal. Die vent graaide zijn kleren bij elkaar en ging ervandoor. Ik belde het alarmnummer. De politie wierp een blik op het tafereel en wist meteen wat er was gebeurd.'

Kate slaakte opnieuw een sidderende zucht die pijn deed in haar borst. 'Vertel me alsjeblieft niet dat ze jou de schuld gaven.'

'Nee,' zei hij nog steeds angstaanjagend beheerst. 'Ze wisten dat ik haar bij het huis weghield. En waarom. Ze hadden mijn tent gezien. Het was maar een heel klein stadje. Nauwelijks een stipje op de landkaart. De politie wist het. Iedereen was op de hoogte. Maar iedereen zei dat het hun zaken niet waren.'

Ze wilde dat stadje verwoesten en elke andere stad waar mensen op de hoogte waren en geen vinger uitstaken. Ze wilde haar woede op de een of andere manier botvieren. Maar hij hield zijn woede onder controle, dus dat zou zij ook doen. 'Wat is er met Shelby Lynne gebeurd?'

'Ik heb drie dagen bij haar gezeten in het ziekenhuis. Als ze bij bewustzijn was, was ze catatonisch. Maar het grootste deel van de tijd was ze buiten bewustzijn en dat was... genadig.' Zijn borst kwam omhoog. Daalde. 'Ze stierf.'

Ze stierf. Hoe kon iemand zo veel pijn leggen in twee woorden? 'En Lizzie?'

'Ze is later op de avond dat het gebeurde overleden. Overdosis.'

'En die vent? Heeft de politie hem te pakken gekregen?'

'Nee.' Het kwam er bikkelhard uit.

'Was hij een vreemde?' vroeg ze zacht omdat ze vermoedde dat er een heleboel schuilging achter dat 'Nee'.

'Nee. Hij was tamelijk bekend in de stad.'

'Leeft hij nog?' vroeg ze en ze hield haar toon o zo terloops.

Decker keek haar recht in de ogen. 'Nee.'

Ze knikte, hield haar hoofd schuin en keek hem doordringend aan zodat hij haar bedoeling niet kon misverstaan. 'Mooi. Ik hoop dat hij hoe hij ook is gestorven, flink pijn heeft geleden.'

Een mondhoek kwam omhoog in een grimmige glimlach. 'De politie zei dat dat beslist het geval was geweest. Dat heb ik in ieder geval in de krant gelezen. Hij is de avond dat Shelby Lynne stierf verdwenen. Hij moet dronken zijn geworden en is in de rivier gevallen. Er ligt een heleboel troep in die rivier. Zijn lichaam was behoorlijk toegetakeld toen hij in de buurt van Natchez aanspoelde.'

'En Barron Robert McGee? Waar is hij naartoe verdwenen?'

Opnieuw een zenuwtrekje in zijn strakke gezicht. 'Hij werd in een opvanghuis gestopt omdat hij pas veertien was en volgens de hoge heren bij de kinderbescherming niet voor zichzelf kon zorgen.'

'Alleen zorgde hij al jaren voor zichzelf en zijn zusje.'

Een achteloos schouderophalen. 'De eerste twee pleeggezinnen waren aardige mensen, maar Barron hunkerde naar een knokpartij. En dat kwam mooi uit, want die hufters op de school waar hij zat waren maar al te graag bereid daaraan mee te werken. Het derde pleeggezin... nou, dat was niet zo geweldig. Pleegpapa was dol op blonde jongetjes. Dus toen ben ik weggelopen. Ik kreeg een lift naar New Orleans in een vrachtwagen, gelukkig van een aardige vent. De volgende lift was iemand die ook van blonde jongetjes hield, dus ik ben uitgestapt en gaan lopen tot ik zo moe en hongerig was dat ik dacht dat ik flauw zou vallen. En ik had het koud. Ik had het nog nooit zo koud gehad. Het was januari en zelfs zo ver naar het zuiden kan het dan nog rond het vriespunt zijn. Ik had geen jas, dus zocht ik een schuur op en ging slapen. Ik werd wakker met de loop van een geweer in mijn gezicht.' Dit keer gingen allebei zijn mondhoeken omhoog en dat verraste haar.

'Was dat goed?' vroeg ze.

'Ja. Echt heel goed. Mama D moest niets hebben van "zwervers, bedelaars en nietsnutten", maar ze had een zwakke plek voor hongerige jongens met een vuil gezicht. Ze dreef me naar de keuken. Ze had haar geweer in mijn rug en ik mijn handen omhoog en alles. Ik moest aan Mama D denken toen je die avond uit die boom kwam vallen en je geweer in mijn rug duwde. Ik wilde bijna naar je glimlachen, maar je was gewapend, dus ik dacht dat ik je maar beter niet kwaad kon maken. Net zoals ik Mama D niet kwaad maakte.'

'Was ze goed voor je?'

'O, zeker. Dat waren ze allebei. Het was de beste dag van mijn leven toen ik daar in die berg hooi wakker werd.' Hij wendde zijn blik af. 'Ik heb nooit iemand verteld over Shelby Lynne en wat er die nacht gebeurd is. Toen ik de gelegenheid kreeg om als undercoveragent te gaan werken, dacht ik dat ik een paar drugsdealers uit de roulatie zou halen en misschien het aantal Lizzies kon verminderen die hun kinderen verkopen voor een shot. Toen ik achter die mensenhandel kwam... dat was een kans om dingen recht te zetten tegenover Shelby.'

'Je had helemaal niets gedaan wat rechtgezet moest worden, Decker.'

Hij schudde zijn hoofd. Hij aarzelde en haalde toen opnieuw diep adem. 'Je hebt niet gevraagd of ik de politie een beschrijving heb gegeven van de man die mijn zusje had verkracht.'

Nee, dat had ze niet gedaan. Haar gevoel had haar gezegd dat niet te doen. 'Ik nam aan dat er wel een reden voor was als je dat niet hebt gedaan.'

Er flikkerde iets van emotie in zijn ogen. 'Je hebt een hoge dunk van me. Misschien wel te hoog.'

'Ik denk het niet. Was het iemand van de politie?'

Hij leek verrast dat ze dat vroeg. 'Nee. Maar hij werd gerespecteerd in de stad en ik was gewoon dat stuk tuig van Duke en Lizzie McGee.' Hij wilde iets zeggen, maar deed zijn mond weer dicht.

O, god. Er is meer. Kate zette zich schrap. 'Ga verder.'

Decker keek haar aan en Kate deinsde letterlijk achteruit. Zijn gezicht was nu allesbehalve uit steen gehouwen. Dít was de pijn die ze had verwacht te zullen zien.

'Hij had foto's gemaakt,' zei hij met schorre stem. 'Van mijn zus. Heeft ze op internet gezet. Internet was toen nog tamelijk nieuw, maar de liefhebbers van kinderporno hadden het al omarmd. Wanneer het er eenmaal op staat, dan is het daar voor de eeuwigheid. Je kunt het misschien wel verwijderen, maar je kunt het niet wissen. Het zit daar, opgeslagen op harde schijven als die van McCord zodat perverselingen ernaar kunnen kijken wanneer ze daar zin in hebben. Sommige kinderen in de pleeggezinnen... Ze hadden de foto's gezien en haar herkend. Ze maakten haar belachelijk.'

Kate merkte dat ze eens te meer haar woede moest beteugelen. 'Heb je daar een eind aan gemaakt?'

'Ik heb ze helemaal in elkaar geslagen,' gaf hij toe.

Het inhouden van haar woede deed haar maag opspelen en bezorgde haar hoofdpijn. 'Mooi. Maar het is er nog steeds, op internet, bedoel ik. Je weet dat het daar is en... dat doet pijn. Het moet pijn doen, Decker.'

'Alleen wanneer ik eraan denk.'

'Dus dat betekent altijd,' zei ze op vriendelijke toon.

'Daar komt het wel op neer. Die foto's... die verspreiden zich, worden gedeeld, en iedereen zegt dat het een misdrijf zonder slachtoffers is. Vertel dat maar aan de kinderen op die foto's,' zei hij bitter. 'Het proberen in te perken is als met je blote handen proberen gas vast te houden. Het verspreidt zich als een kankergezwel en is beschikbaar voor viezeriken in alle donkere hoekjes op deze aardbol. En er is niets wat je ertegen kunt doen, behalve achter die klootzakken aan gaan die het vervaardigen en ze een voor een te pakken nemen.'

Zijn wangen waren nat van de tranen en Kate wist niet zeker of hij wel in de gaten had dat hij huilde. Ze haalde een handdoek uit de badkamer, maakte die nat met warm water en waste zorgvuldig zijn gezicht.

Hij gaf toe aan haar aanraking en zijn schouders ontspanden. 'Dus nu begrijp je het.'

'Ja. Ik begrijp het.' Ze veegde zijn haar van zijn voorhoofd. 'Je bent echt moe, Decker,' zei ze troostend. 'Je moet slapen. Ik ben al uitgeput van het aanhoren van je verhaal, dus jij moet wel helemaal uitgeput zijn van het vertellen. Ga slapen. Als je wakker wordt is Dani Novak hier. Als ik er niet ook ben, dan is dat omdat ik aan het werk ben. Maar ik beloof je dat ik terugkom.'

'Dan kunnen we de boeken checken,' fluisterde hij voordat hij toegaf aan de uitputting.

'Reken maar.'

Ze hing de handdoek aan het hekje van het bed en pakte zijn hand. Met haar andere hand streelde ze zijn gezicht tot zijn ademhaling regelmatig werd en er een licht gesnurk klonk.

Ze hoorde de deur achter zich opengaan, gevolgd door een gefluisterd 'Kate'.

Ze deed een stap bij het bed vandaan en draaide zich om. Dani Novak stond haar met een zachte uitdrukking op haar gezicht gade te slaan. 'Hij slaapt nu,' fluisterde Kate.

'Dat zie ik.'

'Ben je in voor een optreden als privédokter?'

'Jazeker. Deacon en Adam hebben een plek gevonden. Ik heb al gesproken met de arts van agent Davenport. We willen hem over een uur of zo overbrengen.'

Kate was verbaasd. 'Zo snel al? Ik was bang dat het ziekenhuis op zijn minst zou tegenstribbelen.'

'Dat deden ze ook. Dat probeerden ze in ieder geval, maar je baas gaf ze de wind van voren. Een van zijn agenten was hier bijna vermoord. Zimmerman was niet aardig tegen de machthebbers hier in het ziekenhuis. Een van de afdelingshoofden suggereerde dat de FBI voor bewaking bij zijn kamer had moeten zorgen. Dat was het moment dat Zimmerman zo'n beetje ontplofte. Zijn beveiliging had nooit kunnen weten dat die verpleegster vanochtend had moeten worden tegengehouden en het ziekenhuis kan niet beloven dat het niet nog eens gebeurt. Dat was het punt waarop de machthebbers de aftocht bliezen.' Ze keek naar Decker. 'Ik zal bij hem blijven tot hij klaar is om te worden vervoerd.'

Kate keek op haar telefoon toen die begon te zoemen omdat er een sms van Deacon binnenkwam, waarin hij haar vroeg hem bij het mortuarium te ontmoeten. De lijkschouwer had blijkbaar nieuws. 'Een uur zou genoeg moeten zijn om erachter te komen wat de lijkschouwer ons over Alice wil vertellen.' Ze zocht haar spullen bij elkaar. 'Dank je, Dani. We waarderen het allemaal heel erg.'

Dani's ogen, het ene blauw en het andere bruin, twinkelden vrolijk. 'Ik vermoed dat sommigen van ons het meer waarderen dan anderen.'

Kate deed haar mond open om het te ontkennen, maar slaagde er niet in de woorden over haar lippen te krijgen. Het zou sowieso een leugen zijn geweest. Ze hing haar laptoptas om en pakte haar tas met breiwerk. 'Tot gauw.'

Donderdag 13 augustus, 14.45 uur

Hij moest lachen toen de verpleegster kwam aanrijden. Hij was er als eerste aangekomen, omdat de coördinaten die hij had doorgegeven betekenden dat ze dezelfde afgelegen weg moest nemen die Roy eerder had gebruikt. Die route stelde hem in de gelegenheid om haar te zien terwijl ze naderde zodat hij kon vaststellen of ze niet iemand had meegenomen.

Hij had gewild dat Roy hem daar zag, dus had hij open en bloot staan wachten. Maar hij wilde niet dat Eileen hem zag en daarom was hij langs de andere kant gekomen. Zijn auto stond ergens uit het zicht.

Ze was alleen, tenzij ze iemand in de kofferbak had verborgen, maar dat betwijfelde hij sterk. Maar ze was duidelijk voorbereid op een hinderlaag. Ze stapte uit met een helm op haar hoofd en haar bovenlijf gehuld in een kogelwerend vest met de verbleekte letters SWAT op de rug. Het vest was oud en de hemel mocht weten waar ze het vandaan had. Maar ze was in ieder geval niet helemaal op haar achterhoofd gevallen. Dat zou zijn taak iets uitdagender maken.

Hij merkte dat hij glimlachte. Hij had al heel lang geen fatsoenlijke uitdaging meer gehad.

Hij pakte het geweer vanonder zijn stoel en stapte uit zijn auto, ervoor zorgend dat hij geen geluid maakte. Eileen keek om zich heen alsof ze verwachtte dat hij vanachter een boom zou opduiken. Weinig kans. Hij was niet van plan zich te laten zien voordat het voor haar te laat was om er iets aan te doen.

Hij stak zijn pistool in de holster en schouderde het geweer. Ze zou zich moeten bukken om de ampullen te pakken en dan kon ze niet om zich heen kijken. Dat was het moment dat hij het eerste schot zou lossen.

Hij wachtte tot ze bij Roy's auto was en voorzichtig haar arm door het geopende raam stak. Ze droeg rubberhandschoenen om geen vingerafdrukken achter te laten, maar was zo voorzichtig om niets anders aan te raken dan Roy's shirt. Heel slim.

Hij richtte op de onbedekte huid van haar arm en haalde kalm de trekker over.

Haar gil bereikte zijn oren op het moment dat ze zich met een ruk omdraaide en in zijn richting keek met haar arm stevig tegen haar lichaam gedrukt. Hij richtte zijn vizier op het kuiltje in haar hals en haalde opnieuw de trekker over voor ze haar draai had afgemaakt.

Yes. Bloed spoot uit haar keel en haar ogen gingen een seconde lang wanhopig heen en weer voordat ze stil en levenloos werden.

Hij liet zijn geweer zakken en zuchtte even. Wat uitdagingen aanging gaf hij deze een zes. Voornamelijk omdat ze een magere nek had, en het was niet bepaald een eitje om die precies goed raken terwijl ze nog in beweging was. Toch, twee schoten – *pang, pang* – en hij was klaar.

Hij raapte de lege hulzen op, liep vervolgens naar Roy's gepimpte auto, haalde de lege ampullen uit Roy's borstzakje en liet die in de zakken van het kogelwerende vest van de dode verpleegster glijden. Toen haalde hij de mobiele telefoon uit haar broekzak – weer een telefoon die een vingerafdruk vereiste. Hij trok zorgvuldig haar handschoen uit en drukte het topje van haar wijsvinger op de thuisknop.

Bingo. Hij controleerde of ze misschien sinds de laatste keer dat ze hadden gesproken contact met iemand had opgenomen, hetzij via sms, e-mail of een rechtstreeks telefoontje. Dat had ze niet. Uitstekend. Hij resette de telefoon, haalde de simkaart eruit en nam alles mee naar zijn auto. Hij maakte de telefoon vrij van vingerafdrukken en herstelde de fabrieksinstellingen alvorens weg te rijden. Toen hij het park binnenging was hij langs een bouwplaats gekomen en hij stopte daar op zijn weg terug. De bouwplaats was verlaten, maar er was wel een chemisch toilet. Eileens mobieltje ging de wc in.

De simkaart zou hij bij zich houden tot hij weer in de stad was en daar in een afvoerput gooien, zoals hij ook met die van Sidney Siler had gedaan. Hij keek op zijn horloge. Hij was een beetje aan de late kant.

Hij had die middag afspraken, maar hij zou er op tijd moeten kunnen zijn. En tegen de tijd dat hij klaar was voor die dag zou die knul van Rawlings met zijn maten rondhangen op hun favoriete plek, een basketbalveldje in het park achter de CVS-drogisterij en -apotheek.

De jeugd van tegenwoordig heeft veel te veel vrije tijd, dacht hij, en hij lachte hardop toen hij enigszins tot zijn afschuw bedacht dat dat iets was wat zijn ouweheer zou hebben gezegd.

Zijn ouweheer had hem nooit geslagen. Hij had altijd voor eten en een dak boven zijn hoofd gezorgd. Hij had nooit drugs gebruikt en was nooit vreemdgegaan.

Hij was een academicus geweest. Een denker. Hij hoefde nooit zijn vuisten te gebruiken. Waarom zou je je in het zweet werken als je het zelfvertrouwen van een kind ook met één enkel woord kon ondermijnen? Of met een gebaar. Hij was een klootzak van het zuiverste water geweest, een hebzuchtige hufter die financiële – en emotionele – steun gaf op zíjn voorwaarden. *En die kwamen nooit overeen met de mijne.* Maar pa's hufterigheid had hem gedwongen om creatief te zijn als hij geld wilde verdienen, en voilà. Een drugsimperium was geboren.

Hij wilde alleen dat zijn vader hem nu zou kunnen zien. De video's? Zijn vader zou woedend zijn. Dat maakte het alleen maar leuker.

Zijn maag knorde om hem eraan te herinneren dat hij niet had geluncht. Hij koos de sneltoets voor zijn zus. 'Nell, met mij.'

'Ik stond net op het punt om je te bellen. Je afspraak van halfvier is er. Gina Fuentes.'

'Ze is te vroeg,' zei hij geërgerd.

Nell slaakte haar grote-zusterzucht. 'En jij bent te laat?'

'Een beetje maar. Ik belde om je te vragen of je een broodje wilde laten bezorgen. Wil je dat doen?'

'Natuurlijk,' zei ze, er als altijd op gebrand dat hij goed at. 'Kalkoen met kaas op roggebrood?'

'Met zo'n aardappelpannenkoek.'

'Remy, die dingen worden je dood! Dat is een en al vet.'

Ze was de enige die hem Remy mocht noemen. Ieder ander die dat waagde zou het bezuren. Maar Nell was zijn moeder geweest vanaf het moment dat hun echte moeder tot de conclusie was gekomen dat een fles pillen slikken verre te verkiezen was boven samenleven met hun vader, dus hij gunde haar dit ene dingetje. Hij schakelde zijn kleine-broertjescharme in. 'Alsjeblieft? Aardappelpannenkoeken zijn zo lekker. En wil je mijn te vroege afspraak bezighouden?'

'Ik zal mijn best doen. Ze zei dat ze om vier uur een sollicitatiegesprek heeft bij de universiteit en om kwart voor vier weg moet en dat dat de reden is dat ze te vroeg is.'

'Misschien red ik het op tijd. Hangt ervan af waarvoor ze er is.'

'BMR en meningitis. Ze begint net als eerstejaars.'

Hij trapte het gaspedaal wat dieper in, ervoor zorgend dat hij de maximumsnelheid niet overtrad. Niet met een onlangs afgevuurd geweer onder zijn stoel en een niet-geregistreerd pistool in zijn zak.

'Dat zou geen probleem moeten zijn. En als ik echt laat ben, kun jij het zonder mij voor je rekening nemen.' Zijn zus deed het grootste deel van zijn werk en dat vonden ze allebei prettig.

'Dat heb ik al aangeboden,' zei Nell gespannen. 'Mevrouw Fuentes wil geen assistente. Ze staat erop dat een echte dokter het doet.'

Hij liet het gaspedaal los en ging vijftien kilometer onder de maximumsnelheid rijden. Mevrouw Fuentes had zijn zus beledigd en dat ging echt te ver. 'Dan vrees ik dat ze zal moeten wachten tot ik er ben.'

Donderdag 13 augustus, 15.00 uur

Meredith blies een lok haar van haar voorhoofd. Ze plakte en zweette en voelde zich knap chagrijnig van de hitte – en het was ook nog eens allemaal voor niets. 'Ze willen niet met ons praten, hè?'

Wendi Cullen haalde een pakje vochtige doekjes uit haar tas en bood Meredith er een paar aan voor ze zelf haar nek afveegde. 'Nee.'

Ze stonden op een straathoek die tegen de tijd dat de zon onder was zou wemelen van de prostituees. Vooralsnog werden ze omringd door gewone mensen, die aan alle kanten langs hen stroomden en zich met hun eigen zaken bemoeiden. Maar zij waren met zijn tweeën heel erg alleen. Niemand zocht oogcontact en iedereen liep met een wijde boog om hen heen.

Zo was het het grootste deel van de dag al, al vanaf het moment dat bekend werd dat ze op zoek waren naar iemand die hun informatie zou kunnen geven over een... nou ja, in feite een pornobaas.

Het gaf Meredith een nieuw respect voor wat haar vriendin elke dag opnieuw deed. Merediths cliënten kwamen naar haar kantoor, doorverwezen door de politie, kinderbescherming of tevreden klanten. Wendi liep deze route een paar keer per week en dan meestal 's nachts. De vrouwen die ze zocht moesten rechtstreeks worden uitgenodigd om de hulp te aanvaarden die zij bood.

'Je zei al dat ze niet met me zouden willen praten,' zei Meredith met een zucht.

Wendi kneep even in haar arm. 'Ik weet nog dat ik ook zei dat we het moesten proberen. We hebben hier niets verkeerds gedaan, Mer. Het nieuws zal de ronde doen en misschien knabbelt er de komende dagen iemand aan het aas of horen we iets fluisteren. Je kunt deze dingen niet overhaasten.'

'Dat weet ik. Maar het team heeft een gevoel van urgentie. Wie weet of zich een andere zaak voordoet die hun aandacht zal opeisen.'

'Ik snap het – het ijzer smeden wanneer het heet is – maar als je nu overhaast te werk gaat, houden we alleen bros metaal over.' Wendi fronste haar voorhoofd. 'Dat is toch iets, hè? Bros metaal, door te snel te zijn met... wat het ook is dat metaalmakers doen.'

Meredith grinnikte. 'Ik geloof dat die mensen smeden worden genoemd. Ik heb geen flauw idee wat betreft dat brosse gedoe, maar gezien het feit dat het hier zo'n vijfenzestig graden is en ik sta te smelten, ben ik geneigd te zeggen: "Zeker."'

'Het is nog geen veertig graden. Waar is je gevoel voor avontuur?'

'Dat is gesmolten,' zei Meredith zuur. 'Laten we er een eind aan maken. We hebben allebei alle visitekaartjes uitgedeeld die we bij ons hadden en al het water opgedronken dat jij in die tas van je had meegezeuld.' Ze wierp een hoopvolle blik op Wendi's enorme tas. 'Tenzij je er op magische wijze nog een fles of wat uit weet te halen.' De tas bevatte een geweldige hoeveelheid spullen en dat hadden ze die middag allemaal nodig gehad.

'Helaas.' Wendi grijnsde. 'De tas van Mary Poppins heeft het ook warm en is ook moe. Laten we maar naar mijn auto gaan, dan breng ik je naar die van jou.' Want Wendi had alleen maar gelachen bij het idee dat Meredith haar leuke cabriolet in de wijk zou parkeren. 'Ik bel je zodra ik iets hoor.'

'Oké. Dank je, Wendi,' zei Meredith terwijl ze op weg gingen naar Wendi's oude Dodge. 'Ik weet dat je vandaag andere dingen te doen had.'

'Jawel, maar die kunnen wachten. Dit... Mer, is belangrijk. Je kunt de vrouwen – en mannen – van de straat halen, maar het is als met die grote slang. Je hakt een kop af en er komen twee nieuwe voor in de plaats. Tenzij we die gasten te pakken krijgen die de porno produceren en profiteren van de prostitutie, zijn er altijd nieuwe vrouwen en mannen om hun plaats in te nemen.'

'En kinderen,' voegde Meredith eraan toe en ze slikte moeizaam.

'En kinderen,' echode Wendi.

Ze liepen een eindje in stilte verder. Toen zei Meredith: 'Hydra. Dat is die grote slang.'

'Hm. Soms zou ik willen dat ik had gestudeerd,' zei Wendi luchtig.

Meredith lachte. 'Dat heb je gedaan.'

Wendi's glimlach vervaagde. 'Niet echt. Ik bedoel, ik heb de vakken gedaan die ik nodig had om de papieren te krijgen voor mijn opvangcentrum. Maar ik wilde eigenlijk andere dingen studeren. Ervoor.'

Meredith werd ernstig. Wendi was aangerand en misbruikt toen ze nog maar veertien was. Het misbruik was gefilmd en op internet gezet. Haar leven was daarna onherroepelijk veranderd. 'Wat had je dan willen studeren?'

'Engels. Ik was dol op Engels – de verhalen. Grammatica vond ik minder. Maar de verhalen...' Ze haalde haar schouders op. 'Aan die verhalen denken die ik mijn hele leven heb gelezen is wat me er al die akelige jaren doorheen heeft gesleept. Ik speelde het verhaal als een film af in mijn hoofd en verstopte me erin. Dus dan was ik er gedurende het misbruik niet echt. Toen ik eindelijk uit dat leven kon, leek het frivool om zoiets te gaan studeren. Ik moest de kost verdienen. De rekeningen betalen. En toen begon ik met de opvang en, nou ja, toen was er gewoon geen tijd meer.'

'Ze hebben je je dromen afgenomen,' zei Meredith verdrietig.

'Ja. Ja, dat hebben ze zeker. Dat is iets waar niemand over wil praten. Ja, de slachtoffers worden misbruikt, en ja, er is therapie voor degenen die zich er uiteindelijk aan weten te onttrekken.'

'Of die het geluk hebben dat hun een reddingslijn wordt toegeworpen door mensen zoals jij.'

Wendi glimlachte. 'Dat ook. Maar wat er is afgenomen... dat kan nooit vervangen worden. Verloren jaren. Verloren onschuld. Verloren eigenwaarde. En verloren dromen.'

Meredith moest haar tranen wegslikken. 'We moeten een nieuw huis voor je vinden. We mogen je programma niet verloren laten gaan, Wendi. Ik geef je nog liever mijn eigen huis dan dat ik dat laat gebeuren.'

Wendi klopte op haar arm. 'Dat heb je al eerder aangeboden en ik heb het toen ook al gezegd – dank je, maar je huis is veel te klein. Het zou kunnen dienen als stoplap, maar mijn meisjes moeten vastigheid hebben. Ze moeten zeker weten dat ze een plek hebben waar ze 's avonds hun hoofd kunnen neerleggen en weten dat het er veilig is. Ik kan ze niet meeslepen van het ene naar het andere huis en op de grond laten slapen omdat we niet voldoende bedden hebben.'

Ze kwamen bij Wendi's auto en ze liet hen erin. 'Hoe zit het met Faith?' vroeg Wendi. 'Ik wilde vanochtend niet te uitbundig doen toen ze zei dat ze misschien een idee had, maar ik heb sinds ze dat zei eerlijk gezegd aan niets anders gedacht.'

'Als ze het heeft gezegd, dan is het eerder wél dan niet in kannen en kruiken. Faith zou nooit iemand met opzet teleurstellen en ze is heel ouderwets wat betreft haar beloften.' Meredith aarzelde. 'Ik denk dat ik weet over welk huis ze het heeft en je zult een paar beslissingen moeten nemen.'

Wendi startte de auto en zuchtte gelukzalig toen er koele lucht uit de ventilatieopeningen kwam. 'Wat voor beslissingen?'

'Je weet toch dat Faith hierheen is gekomen omdat ze op de vlucht was voor een stalker in Miami, hè?'

'Ja. Ze hebben die vent die achter haar aan zat te pakken gekregen.' Wendi huiverde. 'En toen vonden ze een heel stel lichamen in dat enge, oude...' Haar ogen werden groot. 'Is dat het huis?'

'Dat denk ik wel.'

'Maar... maar er zijn mensen... er zijn mensen gestorven in dat huis, Meredith. Vrouwen. Slachtoffers.'

'Ik weet het.' Veel vrouwen, allemaal volkomen onschuldig aan wat voor misdaad dan ook. Allemaal dood omdat ze voldeden aan de verlangens van een seriemoordenaar. 'Maar het is een groot huis, Wendi.

En stevig. En het ligt afgelegen op een flink stuk land – minstens acht hectare.'

'Dat is een flinke lap. Groot genoeg voor tuinen en dieren.'

Meredith knikte, blij dat Wendi in ieder geval een paar voordelen zag in het plan. 'Faith had ruim twintig hectare, maar ze heeft een stuk moeten verkopen om de belasting te kunnen betalen. Ze vertelde me een tijdje terug dat ze genoeg geld heeft om de komende tien jaar de belasting en het onderhoud van dat oude huis te betalen. Ze probeerde te bedenken wat ze ermee aan moest.'

'Wil ze dat ik daarheen verhuis? Met mijn slachtoffers van seksueel misbruik? Echt, Mer?'

Meredith hield haar blik gevangen en keek haar strak aan. Ernstig. 'Echt, Wendi. En als je er eens over nadenkt, echt goed over nadenkt, wat is dan een betere manier om die slachtoffers te eren dan de plek waar ze zijn gestorven te gebruiken om een hele nieuwe generatie vrouwen hoop te bieden?'

Wendi's mond viel open en Meredith stak plagerig een vinger uit om hem weer dicht te doen. 'Je laat vliegen binnen,' zei ze met een vriendelijke glimlach.

Wendi knipperde verbijsterd met haar ogen. 'Zou ze het... gewoon weggeven?'

'Of het aan een stichting verhuren,' antwoordde Meredith. 'Ze vertelde me dat ze dat had overwogen. Niet specifiek voor jouw meisjes, maar voor iemand. Ze zei dat ze het vreselijk vond als een huis dat zo veel jaren zo veel te verduren heeft gehad nutteloos leeg zou blijven staan. Dat het verdiende om overlevers te herbergen.'

Wendi haalde diep adem. 'Mijn god, Meredith. Ik weet zelfs niet wat ik moet denken.'

'Nou, ze heeft het nog niet aangeboden. Misschien doet ze dat ook niet. Maar ik denk dat dat het meest voor de hand liggende scenario is. Ik ken Faith nu negen maanden. Ze is een goed mens, Wendi. Als ze het je aanbiedt en je besluit dat af te wijzen, doe het dan voorzichtig. Kwets haar niet.'

'Dat zal ik niet doen. Dat... zal ik niet doen.' Wendi was nog steeds een beetje van haar stuk toen ze wegreed van het trottoir. 'Ik breng je terug naar je auto. Je hebt tijd genoeg om naar huis te gaan en je op te frissen voor Kendra op je stoep staat voor haar gratis therapie.'

Meredith hield haar lippen op elkaar, ze bevestigde niets en ontkende niets. Ook al waren Wendi en Kendra zussen van elkaar, toch bleef elke communicatie tussen Meredith en Kendra vertrouwelijk. Ze nam vertrouwelijkheid heel erg serieus.

Wendi's mondhoeken gingen omhoog. 'Ik zit niet naar informatie te vissen. Ik heb tegen haar gezegd dat ze naar jou moest gaan voor hulp, sukkeltje.' Ze zuchtte en werd weer ernstig. 'Ze is de laatste tijd zo intens. Ze begint bang te worden voor zichzelf en dat maakt mij weer vreselijk bang.'

'Weet je dan wat ze me te vertellen heeft?'

'Ja.' Wendi keek haar schuin aan. 'Vertrouwelijkheid is voor mij ook belangrijk.'

Meredith moest lachen. 'Touché. Ik weet dat dat zo is. Als dat niet zo zou zijn, kon ik geen respect voor je hebben. En over respect gesproken, ik moet speciaal agent Zimmerman bellen en tegen hem zeggen dat ik nog leef en dat hij zijn brombeer kan terugroepen.' Zimmerman had haar een bewaker toegewezen – een lompe man met een kwaad gezicht die agent Colby heette en eruitzag alsof hij spijkers at bij zijn ontbijt.

Wendi en zij waren er met hem in de buurt niet eens in geslaagd om iemand hun visitekaartje te geven. Daarom had ze tegen Zimmerman gezegd dat hij hem terug moest halen. Daarna was agent Colby hen tot ergernis van hemzelf en Zimmerman op een halve straatlengte gevolgd. Voorwaarde was wel dat Meredith elk halfuur beide mannen belde om te zeggen dat ze nog leefde.

'O, ik weet het niet,' zei Wendi. 'Ik vind agent Brombeer best leuk. Daar is hij.' Ze wriemelde met haar vingers in zijn richting en ging langzamer rijden toen hij gebaarde dat ze achter zijn auto moest parkeren. Ze gehoorzaamde en draaide haar raampje zo ver als mogelijk was omlaag – en dat was maar tien centimeter.

'We houden ermee op, agent Colby,' zei Meredith. 'Wendi brengt me nu naar mijn auto.'

Hij boog zich voorover tot zijn gezicht op gelijke hoogte was met de opening van het raampje. Hij was absoluut niet leuk, stelde Meredith vast. Hij had een harde blik die hem er jaren ouder deed uitzien dan hij waarschijnlijk was. 'Wil u het raampje verder omlaagdoen?' vroeg hij geërgerd.

'Sorry,' reageerde Wendi. 'Hij gaat niet verder. Het is een wrak, maar hij rijdt en hij is betaald.'

'Dat is een veiligheidsrisico, mevrouw.'

Wendi haalde haar schouders op. 'Hij loopt en is betaald.'

'Ik rij achter u aan. Hebt u iemand gevonden die iets van onze verdachte afweet?'

'Nee,' gaf Meredith toe. 'Ze wilden ook niet met ons praten toen u er niet bij was.'

'Maar ze namen in ieder geval ons kaartje aan toen u zich op de achtergrond hield, dus dat is mooi,' zei Wendi beslist. 'Doen we dit morgen nog een keer?'

'Dat zoek ik uit,' zei Meredith. 'Dank u voor onze bescherming, agent Colby.'

'Ik geloof niet dat u bescherming nodig had, dr. Fallon. Deze hier is tot de tanden gewapend.'

Wendi glimlachte opgewekt. In haar enorme tas zat pepperspray, een blik traangas en een uitstekend werkende taser. Ze had een stiletto in haar riem die waarschijnlijk verboden was, maar Colby had er niets van gezegd. 'Dank u,' zei ze. 'Dat is een aardig compliment.'

Zijn zucht klonk vermoeid, alsof hij de hele dag met een bende peuters te maken had gehad. 'Het was niet bedoeld als een compliment. Wees voorzichtig, mevrouw. U allebei.'

Wendi wriemelde opnieuw met haar vingers. 'Zoals ik al zei,' zei ze terwijl ze wegreed. 'Best een soort van leuk.'

Meredith lachte. 'Niet mijn type, vrees ik.'

Wendi wierp haar een onderzoekende blik toe. 'Wie in vredesnaam wel?'

Adam Kimble. Zijn gezicht verscheen in haar gedachten zonder dat ze het wilde. Zoals het al zo vaak had gedaan sinds ze hem negen maanden eerder had leren kennen. Hij voelde zich ook tot haar aangetrokken. Dat had hij niet getracht te verbergen.

Maar Adam was... beschadigd. Ze had hem al die maanden geleden proberen te helpen en had een beetje succes gehad, maar die hulp had hun relatie veranderd nog voor deze goed en wel was begonnen. Ze had toen sowieso nooit zijn therapeut kunnen zijn – dat had ze meteen geweten toen ze hem zag. Het was aantrekkingskracht op het eerste gezicht geweest voor hen allebei.

Maar ze kon nu zeker nooit zijn therapeut zijn. Ze wist niet eens zeker of ze wel zijn vriendin kon zijn. Er was inmiddels zo veel gebeurd. 'Op dit moment, niemand.'

'Je liegt. Dat zie ik altijd. Maar je zult het me uiteindelijk toch wel vertellen. Dat doe je altijd.'

Dit keer niet, dacht Meredith verdrietig. Het deed te veel pijn om aan hem te denken – zo dichtbij en toch zo onbereikbaar. Geen schijn van kans dat ze in staat zou zijn om lekker te roddelen, zoals Wendi graag wilde. De man had zo'n goede inborst en die werd op dit moment aan stukken gereten. Zimmerman beschikte over andere mensen die hij had kunnen sturen om die foto's te bekijken. Hij had Adam niet moeten sturen. Maar die taak op zich nemen was aan Adam geweest en hij had die beslissing genomen.

Meredith had gemeend wat ze zei toen ze hem haar hulp had aangeboden. Ze zou hem helpen. En daarna zou ze zichzelf in slaap hebben gehuild, net als ze al eerder had gedaan.

Ze schrok toen Wendi haar hand pakte en er even in kneep. 'Als je het me nooit vertelt,' fluisterde Wendi, 'dan is dat ook goed. Ik blijf gewoon naar je huis komen om films te kijken en chocolademartini's te drinken.'

Meredith zuchtte beverig. 'Afgesproken.'

8

Cincinnati, Ohio, donderdag 13 augustus, 15.20 uur

Kate trof Deacon buiten bij het mortuarium aan, waar hij op haar stond te wachten om samen naar de lijkschouwer te gaan die hen zou bijpraten over de autopsie op Alice Newmans lichaam. Hij was bezig zijn e-mail te bekijken. 'Hoi,' zei hij nauwelijks opkijkend. 'Is Dani goed aangekomen bij Davenports kamer?'

'Dat is ze. Bedankt dat je geholpen hebt dat te regelen.'

Hij haalde zijn schouders op. 'Dat was voornamelijk het werk van Zimmerman en Troy. Adam heeft de plek gevonden – ik heb hem gebruikt toen ik een schuiladres voor Faith moest hebben, dus ik ken de indeling. We zullen hem daar goed kunnen beschermen tot hij weer op de been is.'

'Wat waarschijnlijk eerder zal gebeuren dan verstandig is, maar dat zou voor ons allemaal opgaan. Wat sta je te bekijken dat je er zo in opgaat?'

Hij keek op. 'De lijst van mensen die Alice hebben bezocht terwijl ze in hechtenis zat. Dat is een tamelijk lange lijst. Een heleboel verslaggevers. Een paar advocaten. Ze versleet de ene na de andere advocaat, omdat geen van hen bereid was te proberen immuniteit voor haar te krijgen.'

'We zullen ze allemaal na moeten trekken. Stuur me die lijst, dan kunnen we het werk verdelen als we hier klaar zijn.'

Deacon tikte een paar toetsen op zijn mobieltje in en knikte toen. 'Het is verzonden. Het is een lijst van namen van de intekenlijst, plus kopieën van alle identiteitsbewijzen.'

Kate opende het bestand zodra het was binnengekomen in haar inbox en liet het downloaden beginnen. Het ging maar langzaam, aangezien het wifisignaal van het mortuarium zwak was. 'Heb je enig idee wat de lijkschouwer voor ons heeft?'

'Nee. Tegen de tijd dat ik in de gevangenis was had ze het lichaam al overgebracht naar het mortuarium.'

'Echt waar? Doet ze dat normaal gesproken altijd voor je de plaats delict hebt bekeken?'

'Nee, en ik sterf van nieuwsgierigheid om te weten te komen waarom.'

'Geen woordgrapjes,' kreunde Kate terwijl ze een glimlach onderdrukte. 'Alsjeblieft.'

'Maar je lachte. Geef maar toe. Laten we maar eens gaan kijken wat er allemaal gaande is.'

Ze zetten maskers op en trokken papieren jassen en plastic handschoenen aan. Kate nam een diepe teug van de frisse lucht voor ze achter Deacon aan de hoofdingang van het mortuarium binnenging.

'Carrie –' Deacon kwam struikelend tot stilstand, waardoor Kate hem bijna omverliep.

'Wel verdorie, D,' zei Kate gesmoord terwijl ze kans zag haar evenwicht te bewaren zonder iets aan te raken. Want iets aanraken in een mortuarium was gewoon... akelig. Niet dat ze zoiets ooit hardop zou toegeven, natuurlijk.

Ze keek om Deacon heen en zag waarom hij zo plotseling was blijven staan. Een lange vrouw, van top tot teen in het wit gehuld, stond bij de koelkast van het mortuarium. Ze stond gebogen over het lichaam van een slachtoffer dat op een lade lag die gedeeltelijk uit de koelruimte was getrokken. Vanuit deze hoek was het net alsof het gezicht van de vrouw in de hals van het lichaam was begraven.

'Carrie?' zei Deacon onzeker en de vrouw kwam overeind.

Ze droeg een veiligheidsbril en een masker, maar ze had het masker tot net onder haar neus getrokken. Het wit van het masker stak scherp af tegen haar donkere huid. Ze trok het helemaal naar beneden en gebaarde dat ze dichterbij moesten komen. 'Deacon, blij dat je er eindelijk bent.' Ze hield haar hoofd schuin en nam Kate aandachtig op. 'Ik ben dr. Washington. Jij moet agent Coppola zijn.'

'Dat klopt. Eh, ik wil niet onbeleefd zijn of zo, maar wat was u aan het doen?'

Washingtons wenkbrauwen gingen omhoog. 'Niet om onbeleefd te zijn of zo,' zei ze droog.

Deacon schudde zijn hoofd. 'Nee, Kate heeft gelijk. Het zag er eng uit, Carrie, en ik raak niet zo gemakkelijk van mijn stuk. Ik dacht dat je masker onder het bloed zou zitten toen je overeind kwam.'

Carrie grijnsde abrupt. 'Dát zou pas echt een goeie grap zijn.' Ze werd net zo snel weer ernstig. 'Maar nee. Dat gaat echt niet gebeuren.' Ze wenkte hen dichterbij. 'Dit is Alice.'

'Kolere,' mompelde Deacon.

Kate vertrok haar gezicht. 'Wauw.' Ze had het lichaam niet herkend. 'Ze is niet meer zo knap, hè?' Alice, die heel mooi was toen ze werd gearresteerd, was nu bont en blauw en haar huid had een roze, bijna glanzend rode kleur. Ze had een blauw oog dat zich over haar halve gezicht had verspreid, haar bovenlip was gespleten en ze had een diepe snee in haar wang. 'Wat is er met haar gebeurd?'

'Nou,' antwoordde Carrie, 'verschillende dingen, eerlijk gezegd. Ze had gisteren blijkbaar een kleine onenigheid op de luchtplaats.'

'Ik dacht dat ze apart werd gehouden van de rest van de gevangenen,' zei Kate fronsend.

'Tijdens de maaltijd,' zei Deacon. 'De directeur zei dat ze haar maaltijden alleen gebruikte, maar dat ze tijd mocht doorbrengen op de luchtplaats met een paar van de minder streng bewaakte gevangenen. Die aanval was gisteren vroeg in de avond. De vrouw die haar heeft geslagen beweert dat Alice haar had geduwd en haar bij haar borsten had gepakt en verschillende gevangenen bevestigen dat verhaal. Maar ze stonden om Alice heen, dus de camera's hebben geen goed beeld gekregen van wat zich werkelijk afspeelde. Maar het rapport laat het voorkomen alsof Alice wat blauwe plekken had. Niets wat hierop lijkt. Niet dat ik medelijden met haar heb of zo.'

Kate stemde daarmee in. 'Dat spreekt vanzelf.'

'Alice heeft gisteravond doorgebracht in de ziekenboeg,' zei Carrie. 'Ze was blijkbaar heel erg misselijk en had behalve van haar snijwonden en blauwe plekken, last van diarree.'

Deacon trok een gezicht. 'Geweldig. Maar als er iemand diarree moest krijgen, dan ben ik blij dat zij het was.'

'Alice was een advocate met een hooghartige, ik-ben-beter-dan-jij-houding,' zei Kate. 'Afgaande op die ene keer dat ik haar heb ondervraagd, lijkt me die borstenpakkerij niet erg waarschijnlijk.'

'Wat wel waarschijnlijk is,' merkte Carrie op, 'is dat die aanval zo geregeld was omdat iemand wilde dat ze in de ziekenboeg terecht zou komen. Ze is blootgesteld aan een of ander gif. Ik weet pas precies wanneer en wat als we een hele batterij aan tests hebben gedaan.'

'Wacht.' Deacon keek nadenkend. 'Ik dacht dat ze via haar ontbijt was vergiftigd.'

'Dat is ze ook,' zei Carrie. 'Ze is twee keer vergiftigd, met verschillende vergiften.'

Kate en Deacon keken elkaar met hetzelfde voorgevoel aan. 'Door een en dezelfde persoon?' wilde Kate weten.

'Welke twee vergiften?' vroeg Deacon op hetzelfde moment.

'Of het dezelfde persoon was, is op dit moment onmogelijk te zeggen omdat de manier van toedienen verschillend was. Het eerste gif is toegediend via snijwonden in haar huid.' Carrie trok de lade helemaal uit de koeling en wees op sneetjes op Alice's armen en gezicht, en trok vervolgens het laken vanaf de voeten tot boven de knieën om nog meer snijwonden op haar dijen en achterkant van haar kuiten te laten zien.

'Die snijwonden lijken niet zo diep,' merkte Kate op.

'Dat klopt. Diep genoeg om te bloeden, maar niet zo diep dat ze moesten worden gehecht. Kijk eens naar de huid eromheen.'

Deacon schudde zijn hoofd. 'De huid ziet rood. Waar moet ik op letten?'

'Uitslag onder dat rood. De uitslag is ook rood, dus dat maakt het moeilijker om te zien.' Ze overhandigde Deacon een foto van twintig bij vijfentwintig centimeter. 'Dat is deze snee, hier op haar linkerdij. Ik heb het kleurencontrast aangepast zodat je de uitslag beter kunt zien.'

Kate keek mee over Deacons schouder en kon maar net de uitslag onder het donkerder rood onderscheiden. 'Ik zie het, maar het is vaag.' Ze keek op naar de patholoog. Ze hadden gezegd dat ze goed was en ze hadden gelijk. 'U hebt een scherpe blik.'

Carrie knikte haar waarderend toe. 'Ik zag haar ook zo'n anderhalf uur nadat ze was gestorven. De algehele roodheid van haar huid was toen nog een stuk lichter. Ik ben er tamelijk zeker van dat die uitslag het gevolg is van de eerste vergiftiging. De rode huid kwam van het tweede gif – binnengekregen met haar ontbijt vanmorgen – en dat was waarschijnlijk fataal.'

Kate ging in gedachten de feiten na – rode huid, dood binnen een uur... de dokter die over het slachtoffer gebogen stond te snuiven. 'Cyaankali. Probeerde u de amandelgeur te ruiken?'

Opnieuw een knikje, dit keer vergezeld van een flauwe glimlach. 'Ja, maar óf ik kan het niet ruiken óf haar lichaam heeft het niet geproduceerd. Die amandelgeur is er niet altijd. Maar haar bloedtest wijst uit dat ze cyaankali heeft binnengekregen, dus dat is definitief de doodsoorzaak.'

'Waarom stond je dan te snuffelen?' wilde Deacon weten. 'Je had de testresultaten al binnen.'

Carrie haalde haar schouders op. 'Ik was nieuwsgierig. Ik heb nooit eerder te maken gehad met een slachtoffer van cyaankalivergiftiging. Dat komt echt heel zelden voor. In het hele land minder dan tien gevallen per jaar. Hier gaat de pers op afkomen.'

'Dan word jij dus een beroemde lijkschouwer,' zei Deacon droog. 'Wil je dan nog wel omgaan met gewone mensen zoals wij?'

Haar mondhoeken trilden. 'Zoals jij, agent Novak? Altijd.' Ze werd weer zakelijk en wees op de uitslag rond de snee in Alice's been. 'Dit is niet van cyaankali. Ik doe een serie tests, maar ik kan pas iets met zekerheid zeggen als ik haar heb opengesneden.'

'Maar weet u zeker dat het gif via de snijwonden is toegediend?' vroeg Kate.

Carrie trok vragend haar wenkbrauwen op. 'Wat is je vraag, agent Coppola?'

'Nou... hoe is het precies toegediend? Ik bedoel, Alice was een gemene, kille trut en in staat om iemand met een glimlach op haar gezicht te martelen. Ik zie haar niet rustig blijven zitten terwijl er vergif in haar wonden wordt gesmeerd.'

Carrie glimlachte grimmig tevreden. 'Ik zie het voor me. Een prettig beeld.' Haar blik ging langs de overige laden. 'Ik heb de afgelopen week op te veel lichamen autopsie uitgevoerd en de meeste daarvan zijn te herleiden tot dit... wezen. Ik heb geen enkel gevoel van sympathie voor haar. Ik zal haar lichaam met respect behandelen en ik zal de doodsoorzaak zoeken met dezelfde toewijding waarmee ik elk lichaam dat hier op tafel belandt behandel. Maar ik zou liegen als ik ontkende dat ik zou willen dat ze meer had geleden. Als ze geen cyaankali had binnengekregen zou dat ook het geval zijn geweest, denk ik. Helaas is haar dood te snel geweest.'

'Amen,' mompelde Deacon.

'Dat is preken voor eigen parochie,' zei Kate. 'Maar terug naar het vergif – als het er niet op is gesmeerd, hoe is het dan in de wonden terechtgekomen? Heeft iemand op de luchtplaats het aangebracht? Of via besmette medische instrumenten toen ze eenmaal op de ziekenafdeling lag? Vermengd met een zalf zodat het net medicijn was? Op het verband gespoten?'

'Goede vragen,' zei Carrie. 'Ik denk dat het in de ziekenboeg is gebeurd, want daar zijn haar wonden verbonden. Als het op de luchtplaats was gebeurd, zou het van haar huid zijn gewassen toen ze haar schoonmaakten en als de schade al was aangericht, dan zouden ze dat hebben gezien.' Ze aarzelde. 'Bovendien was ze die nacht ziek en 's morgens nog steeds. Als ik dit had veroorzaakt, dan zou ik er zeker van willen zijn dat ze geen aandacht zou trekken door in haar cel te liggen kreunen en steunen. Dan zou ik haar bij me in de buurt willen houden en toekijken.'

'Er had iemand bij haar kunnen komen kijken,' zei Deacon. 'Iemand anders dan degene die dit heeft gedaan.'

Carrie knikte. 'Precies. Alice was nog steeds beroerd toen ze weer in haar cel kwam. Ik was afgaande op de verslagen eerlijk gezegd nogal verbaasd dat ze vanmorgen überhaupt iets heeft gegeten. Ik zal een analyse doen van haar maaginhoud om te bepalen waar de cyaankali precies in zat. Hoe dan ook, ik heb een lijst van al het personeel dat dienst had op de ziekenafdeling gedurende de tijd dat Alice daar was en de diensten ervoor en erna. Dit vereiste voorbereiding, zeker wanneer de zalf of het verband vol zat met gif.'

'Mee eens.' Deacon slaakte een zucht. 'Wij zullen het personeel van de ziekenboeg ondervragen en eventuele andere gevangenen die daar op dat moment waren. De vrouw die haar op de luchtplaats in elkaar heeft geslagen heeft nauwkeurige instructies gehad over hoe ernstig ze haar moest verwonden. De wonden komen te veel met elkaar overeen wat diepte betreft om toevallige steken te zijn. We moeten weten of ze betrokken was bij de voorbereidingen of alleen maar een instrument was.'

Kate riep de e-mail op die hij haar had gestuurd met de lijst van mensen die bij Alice op bezoek waren geweest. 'Ik vraag me af of Alice bedreigd werd door iemand. Ik zie niet zomaar gebeuren dat ze zoiets voor zichzelf zou houden. Ze zou het in ieder geval haar advocaat hebben verteld.' Ze liet blik langs de lijst gaan. 'Hier. Ze heeft gisteren met de assistent van haar advocaat gesproken, Keisha Findlay.'

'Dan zetten we Findlay boven aan onze lijst,' zei Deacon. 'Ik zou graag willen weten wat Alice heeft gezegd voor we iemand anders gaan ondervragen.'

Kate knikte instemmend. 'Mee eens. Dr. Washington, wanneer verwacht u de resultaten van die batterij aan tests waar u het over had – die waaruit duidelijk moet worden wat voor vergif het eerste was?'

Carrie keek op de klok aan de muur. 'Sommige tests zijn misschien al klaar. Ik heb ze door de gaschromatograaf gestuurd in de volgorde die volgens mij het meest waarschijnlijk is. Laat me even navragen. Ik ben zo te–'

De deuren achter hen gingen open en een assistent duwde een brancard waarop een lichaam onder een laken lag. 'Dr. Washington, het slachtoffer van die overdosis is klaar. Waar wilt u haar hebben?'

Carrie slaakte een zucht. 'Neem me niet kwalijk,' zei ze tegen Kate en Deacon. 'Leg haar in de vriezer, Toby. Deze vergiftiging heeft prioriteit. Iemand van ons zal zich zo spoedig mogelijk met de overdosis bezighouden.' Ze verdween in een kantoortje en kwam een halve minuut later terug toen de assistent het nieuwe lichaam op de lade naast Alice liet glijden. Carrie legde de prints die ze in haar hand hield even weg en tilde voorzichtig het laken op om naar het gezicht van de overleden Afro-Amerikaanse vrouw te kijken. De uitdrukking op het gezicht van de patholoog was vol verdriet en spijt, heel anders dan de uitdrukking vol verachting die ze voor Alice had gehad.

Carrie keek op en zag dat Kate haar stond gade te slaan. Ze liet het laken net zo voorzichtig zakken als ze het had opgetild. 'Ze was postdoctoraal student en had haar hele leven nog voor zich. Ik haat het wanneer kinderen hun leven vergooien voor een verdomde kick, vooral kinderen die zich hebben opgewerkt uit de arme wijken zoals dit meisje heeft gedaan. Er zijn zo weinig zwarte vrouwen in de academische wereld en ze wilde professor worden. Nu hebben we er weer een minder.'

Kate wist niet goed wat ze moest zeggen, dus stelde ze op respectvolle toon een vraag. 'Kent u de historie van alle overledenen?'

Carrie schudde triest haar hoofd terwijl ze de lade dichtschoof. 'Nee. Ik hoorde vanmorgen op het nieuws over deze. Haar lichaam is gevonden bij King's College, aan de rand van de campus.' Ze pakte de prints die ze terzijde had gelegd en bladerde erin. 'Ik had gelijk.' Ze keek op. 'Deacon?'

Deacon was in de richting van de klapdeuren gelopen, maar voegde zich snel weer bij hen. 'Ik was mijn e-mail aan het downloaden. Het gaat zo langzaam hier.'

‘We zitten hier in een dode hoek,’ zei Carrie snedig en zowel Kate als Deacon kreunde. ‘O, kom op,’ zei Carrie glimlachend. ‘Vertel me nou niet dat jullie dat nog nooit hebben gedacht.’

‘Ik kan oprecht zeggen dat dat niet het geval is,’ antwoordde Kate. ‘Waarin had u gelijk?’

Carrie werd ernstig. ‘Het eerste gif waar Alice aan is blootgesteld was ricine.’

Kate en Deacon staarden elkaar aan. ‘Ricine?’ vroeg Deacon. ‘Je maakt een geintje.’

‘Zeker niet. De symptomen wezen op iets uit die familie en we hebben te maken met een toenemend aantal doden door ricine of een variant daarop. Dank je, *Breaking Bad*,’ voegde ze er op sarcastische toon aan toe. ‘Walter White heeft een paar partijen gefabriceerd en plotseling duiken overal op internet recepten voor ricine op. Daarom is het nu een van de tests die ik doe wanneer ik huiduitslag zie in combinatie met maag- en darmklachten voorafgaande aan het overlijden.’

‘Ricine,’ mompelde Deacon. ‘Doet me denken aan KGB-paraplu’s met verborgen injectienaalden.’

‘Maar,’ zei Kate, ‘als mijn geheugen me niet bedriegt, zou het met ricine een tijdje hebben geduurd voor ze was overleden.’

‘Zesendertig uur tot een paar dagen,’ bevestigde Carrie.

‘Waarom dan nog rommelen met cyaankali?’ Kate fronste haar voorhoofd. ‘Misschien waren er twee verschillende daders of… kan het zijn dat ze bang waren dat ze niet voldoende had binnengekregen en het karwei op deze manier hebben afgemaakt?’

‘Dat klinkt alsof jullie twee het druk krijgen om dat uit te zoeken,’ zei Carrie.

‘Ja,’ stemde Kate grimmig in. ‘Dank u, dr. Washington. Het was aangenaam om kennis te maken.’

‘Noem me volgende keer gewoon Carrie, wat dacht je daarvan?’

‘Als jij Kate tegen me zegt.’ Ze schudde de vrouw de hand en Deacon en zij verlieten het mortuarium. Ze trokken in de hal de papieren jassen uit en deden hun maskers af. ‘Wat doen we eerst?’

‘Ik neem het personeel van de ziekenafdeling voor mijn rekening,’ zei Deacon. ‘Neem jij de lijst van bezoekers. Begin met die assistent van de advocaat en daarna, als we meer informatie hebben, gaan we samen de vrouw ondervragen die de vechtpartij is begonnen. We bellen als een van ons iets heeft.’

'Klinkt goed.' Terwijl Kate achter hem aan naar de lift liep, riep ze de lijst op die de assistente had ingevuld aan de balie van de gevangenis. Keisha Findlay werkte voor Heath, Gill en Schwartz, advocaten. Hun kantoor was in het centrum, dus het zou niet veel tijd kosten om daar te komen. Ze scrolde omlaag tot ze een kopie vond van het identiteitsbewijs met een foto van de vrouw.

Ze verstijfde op het moment dat het belletje klonk en de deuren opengleden. 'Wel verdomme.'

Deacon keek haar vragend aan. 'Wat?'

Verdomme. 'We moeten terug.' Ze draaide zich om en rende terug naar het mortuarium. Ze hield lang genoeg halt om haar mobieltje in haar zak te laten glijden en een masker en een paar handschoenen te grijpen alvorens de deuren open te duwen en in de richting van de muur met de laden te lopen.

'Nee,' zei Deacon achter haar. 'Zeg me dat je het niet meent.'

'Ik wou dat ik dat kon,' zei Kate grimmig terwijl ze de handschoenen aantrok. De assistent die het lichaam had afgeleverd stond voor een bureau iets in te tikken op een computer. 'Neem me niet kwalijk. Toby, was het, toch?'

Hij draaide zich met een wenkbrauw vragend opgetrokken om. 'Ja. Wat kan ik voor u doen?'

Ze wees naar de lade naast die van Alice. 'Wil je deze opendoen, alsjeblieft? Helemaal, zodat ik het kaartje aan de teen kan zien?'

Toby gehoorzaamde en hield het kaartje zo dat Kate de naam kon lezen. *Sidney Siler.*

'Nee,' zei Deacon opnieuw, maar een stuk vermoeider dan eerst. 'Echt niet.'

Kate trok het laken van de postdoctoraal studente en hield haar mobieltje naast het gezicht van de vrouw. 'Echt wel. Mag ik je voorstellen, Sidney Siler, alias Keisha Findlay de assistente van de advocaat, alias de laatste persoon die Alice heeft bezocht voor ze naar de luchtplaats ging.'

Deacon liet zijn schouders hangen. 'Kut.'

Donderdag 13 augustus, 16.00 uur

'Agent Davenport, wakker worden.'

De stem klonk zacht en vrouwelijk. Maar het was niet die van Kate. *Waar is Kate?*

'Agent Davenport.' De stem klonk nu scherper. 'U moet nú wakker worden.'

Decker kwam razendsnel bij zijn positieven en schoot overeind. En wenste toen dat hij dat niet had gedaan. Hij knipperde heftig met zijn ogen omdat de kamer ronddraaide, maar het was niet zo erg als eerst. Hij knipperde opnieuw en zag dat hij in een paar ogen keek dat niet bij elkaar hoorde – het ene was blauw, het andere bruin. Nog een keer knipperen stelde hem in staat zijn zicht scherp te stellen op het gezicht van de vrouw, dat werd omlijst door helderwitte lokken. De rest van haar haar was pikzwart. Ze was absoluut familie van Deacon Novak. Ze leken de mannelijke en vrouwelijke kant van dezelfde munt.

'Ik vermoed dat u dr. Novak bent,' zei Decker. Zijn keel was droog en schuurde.

'Ik vermoed dat u gelijk heeft.' Ze gaf hem een beker waar een rietje uitstak. 'Drink wat.'

Hij keek er achterdochtig naar. 'Wat is het?'

Ze keek geamuseerd. 'Gin en tonic, wat dacht u dan? Het is water. Drink nou maar.'

Hij nam een paar diepe teugen door het rietje en voelde zich meteen beter. Minder als iets waar de kat mee was komen aanzetten, in ieder geval. 'Kate vertrouwt u.'

'En terecht.' Novaks ongelijke ogen twinkelden. 'Ik ben een fantastische dokter.'

'Dat geloof ik graag, maar ze vertrouwt erop dat u me niet in mijn slaap vermoordt en dat is nog beter.'

Ze keek geërgerd. 'Het spijt me dat dat u is overkomen, agent Davenport. Ik zal er naar beste kunnen voor zorgen dat u veilig bent.'

'Dat waardeer ik.' Nu hij even had geslapen, voelde hij zich rusteloos. 'Mag ik lopen?'

'Naar de wc en terug. Voorlopig.' Ze liet het hekje aan de zijkant van zijn bed zakken, hing de infuuszak aan een rek op wieltjes en rolde een rollator naar het bed. 'Probeer uw benen maar. Eens zien hoe het aanvoelt.'

Hij zwaaide zijn benen over de rand van het bed, vastberaden om snel en vaak te gaan lopen, zo veel passen als hij maar kon. Want hij moest weer mee gaan doen.

Hij moest de partner van McCord vinden. Voor...

Hij zwaaide heen en weer en klampte zich vast aan de rand van zijn dunne matras. *Lieve hemel.* Had hij Kate werkelijk verteld over Shelby, of had hij dat gedroomd? Hij dacht een paar seconden diep na. Nee, hij had het haar echt verteld. Hij had haar alles verteld. Hij had nog net niet bekend dat hij de klootzak die zijn zusje had misbruikt had vermoord. *Verdomme.*

En om het allemaal nog erger te maken, had hij ook nog gehuild. Hij kon een huivering niet onderdrukken. *Lekkere manier om indruk op haar te maken, sukkel.* Maar Kate had niet geoordeeld. Ze had medeleven getoond, maar geen medelijden. Ze had hem een goed mens genoemd. Ze was blij geweest dat die hufter had geleden. En ze had ook gehuild. *Om Shelby Lynne, maar ook om mij*, dacht hij.

Maar ze had niet gezegd dat hij weer mee kon doen. Dat detail was hem niet ontgaan. Hij zou het zelf voor elkaar moeten boksen. En dat begon met een retourtje toilet.

Hij keek op naar dr. Novak. Ze stond geduldig te wachten en hem gade te slaan. 'Ik neem aan,' zei ze, 'dat u geen lafaard bent en dat u om hulp vraagt als u die nodig heeft.'

Dr. Novak wist op welke knopjes ze moest drukken. 'En ze speelt meteen maar de lafheidskaart,' mompelde hij en ze lachte, wat hem deed grijnzen. 'Jawel, mevrouw. Als ik hulp nodig heb, dan ben ik niet te trots – of te laf – om daarom te vragen.'

'U bent niet zo onuitstaanbaar als mijn broer dacht,' zei ze.

Zijn grijns werd breder. 'Maar dat ben ik wel. Geef me alleen even de kans.' Hij pakte de rollator met twee handen beet, negeerde het ongemak in de hand waar het infuus in zat en hees zichzelf overeind. Hij bleef zo even staan tot zijn benen gehoorzaamden.

Het kostte hem twintig keer zo veel tijd als hij had gedacht, maar hij haalde het van het bed naar het toilet en terug. Hij lag nog maar nauwelijks weer in bed toen de deur openging en agent Troy binnenkwam die de deur achter zich dichtdeed.

Dr. Novak ging voor Decker staan en daar moest hij om glimlachen. 'En u bent?' vroeg ze op een toon die elke verstandige man twee keer zou doen nadenken voor hij haar kwaad maakte.

'Speciaal agent Troy. We hebben elkaar aan de telefoon gesproken.' Hij liet haar zijn penning zien.

'Hij is echt, dokter. Ik heb hem vanmorgen ontmoet. Heb je haar gevonden?' vroeg Decker aan Troy toen dr. Novak aan de kant was gegaan. 'Zuster Satan?'

Troy schudde zijn hoofd. 'Nog niet. Ze is door een van de personeelsingangen achter een andere verpleegster naar binnen en naar buiten geglipt. Ze heeft haar identiteitskaart niet gebruikt, dus er staat nergens geregistreerd dat ze is binnengekomen of is weggegaan. Als je haar niet had gezien, zouden we waarschijnlijk niet hebben geweten dat we haar moesten zoeken. Er hangt geen camera in deze kamer en de camera's in de gang hebben haar gezicht niet geregistreerd. Ze hield haar hoofd gebogen. Ze is ook niet met de lift gegaan – ze is via de trap naar boven gekomen – dus kunnen we alleen bewijzen dat ze hier is geweest als iemand haar heeft gezien. En dat is niet het geval.'

'Of dat wil toegeven,' zei dr. Novak zacht. 'Dit is een goed ziekenhuis, begrijp me niet verkeerd, maar het personeel is ook maar menselijk, net als overal. Sommigen geven je hun laatste cent om je te helpen nog voor je erom kunt vragen, maar anderen...' Ze haalde haar schouders op. 'Vooral als ze zelf niet willen opvallen omdat ze net als Eileen Wilkins gebruiken. Ik denk dat het publiek geschokt zou zijn als ze wisten hoeveel mensen in de medische wereld – artsen en verpleegsters – problemen hebben met drugsgebruik. We maken belachelijke uren, we moeten alert zijn en het spul is overal.'

'En te gemakkelijk te pikken,' zei Troy met een grimmig gezicht. 'Want dat lijkt Wilkins te hebben gedaan. Geen van de andere verpleegsters van haar dienst verdacht haar, maar ik weet niet zeker of ze wel de waarheid vertelden. We hebben een opsporingsbericht voor Wilkins laten uitgaan en we hebben agenten undercover op de school waar haar zoon naartoe gaat. Als ze probeert hem op te halen, dan pakken wij haar op. Ze had blijkbaar ook een vriendje – een knul die een stuk jonger is dan zij en die haar verslaafd heeft gemaakt.'

Dr. Novak schudde haar hoofd. 'Tenzij hij haar heeft vastgepakt en een spuit bij haar heeft gezet terwijl ze zich schoppend en gillend verzette, heeft hij haar niet "verslaafd gemaakt". Ze heeft verkeerde keuzes gemaakt. Laten we het beestje bij zijn naam noemen.'

'Helemaal mee eens,' zei Decker.

Troy leek geïrriteerd. 'Ik probeerde alleen maar een beetje consideratie te tonen.'

'Niet doen,' zei dr. Novak. 'Niet voor mij.' Ze glimlachte om haar woorden te verzachten. 'Ik waardeer uw poging om mijn tere gevoelens te sparen, maar ik heb te veel patiënten gevaar zien lopen omdat een arts of een verpleegster gebruikt. Ik heb niet zo veel tere gevoelens meer over. En deze hier,' ze wees met haar duim naar Decker, 'heeft volgens mijn broer een dikkere huid dan een olifant.'

Decker proestte het uit. 'Was dat maar waar. Ik heb te veel kogels door mijn huid voelen gaan; ik kan u de littekens laten zien. Twaalf stuks, niet dat ik het bijhoud.'

Dr. Novak draaide zich naar hem toe en haar blik was vervuld van afschuw. 'Bent u twáálf keer neergeschoten?'

Decker stond op het punt om haar een snedig antwoord te geven, maar bedacht toen dat haar broer een FBI-agent was en ze waarschijnlijk met de angst leefde dat hij ergens gedurende zijn loopbaan zou worden neergeschoten. 'Maar pas twee keer sinds ik bij de FBI ben gekomen,' zei hij en hij zag haar een beetje ontspannen. 'En een van die keren was het de bedoeling.'

Ze staarde hem aan. 'Hebt u uzelf expres laten neerschieten?'

Hij maakte een grimas. 'Dat leek op dat moment een goed idee. Ik moest door zien te dringen tot de boeken van de mensenhandelaren, maar ik was een goede lijfwacht en ze wilden me niet overplaatsen. Mijn begeleider en ik kwamen tot de conclusie dat als ik gewond raakte terwijl ik mijn baas beschermde, ik een betere kans maakte op een kantoorbaantje. Mijn begeleider had me een schampschot aan mijn been moeten bezorgen, net genoeg voor een paar hechtingen. Maar hij miste. De kogel ging er dwars doorheen en het bloedde nauwelijks.'

'Beseft u nu hoe belachelijk stom dat plan was?' vroeg ze nuffig.

Ja, natuurlijk. Nu. 'Hé, het heeft gewerkt. Daardoor ben ik op de boekhoudafdeling terechtgekomen. De meeste andere kogelwonden heb ik in Afghanistan opgelopen, maar dat was oorlog, dus dat viel te verwachten.'

'De meeste andere?' drong ze aan.

Hij haalde zijn schouders op. 'Ik heb een bewogen tijd doorgemaakt als puber,' zei hij en hij liet het daarbij.

Decker was blij toen Troy tussenbeide kwam en een ander onderwerp aansneed. 'Er staat een zaalhulp op de gang klaar met een rolstoel. We brengen je over naar een schuiladres.'

Deckers ogen werden groot. 'Nu al? Shit, jullie zijn goed.'

'Ja, dat zijn we zeker.' Troy overhandigde hem een effen zwarte rugzak. 'Schone kleren.'

Decker ritste enigszins ongerust de rugzak open. Er waren niet veel zaken waar ze zijn maat hadden en hij had echt geen zin zich in iets te moeten hijsen wat te klein was. Tot zijn verrassing waren de kleren te groot. 'Wauw. Dit gebeurt nooit. Hier verzuip ik in.'

Troy glimlachte. 'Agent Triplett heeft wat kleren afgestaan voor de goede zaak. Verder zou niemand van ons dat hebben kunnen doen. Het zijn een overhemd en boxershort. We wilden geen doelwit op je hoofd schilderen door je in ziekenhuiskleding naar buiten te rijden. Gewoon, voor het geval mevrouw Wilkins of degene die zich van haar medewerking heeft verzekerd beneden op je staat te wachten met een geweer met telescoopvizier.'

'Dat zou knap waardeloos zijn,' gaf Decker toe. Vooral als ze een burger zouden raken. Dr. Novak bijvoorbeeld.

Dr. Novak schudde haar hoofd. 'Zijn jullie allemaal meesters in het understatement?' Ze begon de kleren uit de rugzak te halen en gaf hem een boxershort.

'Ik ben meer van de korte herenslip,' zei Decker. 'Mevrouw, zou u even buiten willen wachten?'

Ze keek hem aan. 'Ik ben dokter. Dat had u toch begrepen?'

Decker keek haar strak aan. 'Ja, mevrouw. En als ik onderzocht moet worden zal ik beter meewerken dan willekeurig welke patiënt u ooit hebt gehad. Maar dit is anders en ik zou echt graag een beetje privacy willen.'

Ze deed onmiddellijk een stap achteruit. 'Vanzelfsprekend. Trek alleen uw infuus er niet uit.'

'Nee, mevrouw.' Toen ze weg was, wendde Decker zich tot Troy, die verbaasd leek over zijn schaamtegevoel. 'Brengen we haar in gevaar wanneer we haar vragen om op mij te passen terwijl ik aan het herstellen ben?'

De rimpels in Troy's voorhoofd verdwenen. 'Nee. Als dat zo was, dan zou Zimmerman het nooit hebben toegestaan. Het schuiladres is het penthouse van een exclusief appartementengebouw in Eden Park. Er is maar één lift die naar die verdieping gaat en er is een sleutelkaart voor nodig om voorbij de verdieping eronder te komen. De deuren van het trappenhuis zijn ook beveiligd. De politie van Cincinnati heeft het appartement in het verleden ook al eens gebruikt. De ramen zijn van kogelwerend glas en de deuren zijn stevig. Er is geen toegang via het dak en de hoek maakt het onwaarschijnlijk dat een eventuele aanvaller komt abseilen. Er is beveiliging voor je, via de politie of de FBI. Ze is bij jou een stuk veiliger dan in die gratis kliniek in de Meadow waar ze vanaf volgende week werkt. Dat is in een slecht deel van de stad.'

'De Meadow?' vroeg Decker. 'Bedoel je dat opvanghuis? Werkt ze daar? Waarom?'

Troy haalde de overige kleren uit de rugzak. 'Ze heeft gisteren ontslag genomen bij het ziekenhuis.'

'Ja, dat herinner ik me. Ze kwam hier om met Kate te praten terwijl ik mijn best deed om wakker te worden. Kate maakte zich zorgen om haar. Ze vroeg of ze al een andere baan had. Waarom heeft ze ontslag genomen?'

'Het was niet vanwege incompetentie of medische fouten of zo, dat is alles wat ik weet.' Troy hield het overhemd omhoog. 'Ik zal je helpen je armen in de mouwen te krijgen.'

Hij ging verder Decker aan te kleden en deed dat met snelle, vaardige bewegingen die verrieden dat hij dit al eerder had gedaan, vooral toen het infuus aan de beurt was. Hij deed een paar handschoenen aan, maakte het infuus los en maakte het vervolgens weer vast met een gemak alsof hij zijn veters strikte.

'Voor wie heb jij gezorgd?' vroeg Decker hem terwijl Troy het overhemd dichtknoopte.

Troy's handen aarzelden een fractie van een seconde voor ze verdergingen met hun taak. 'Voor mijn partner,' zei hij. Aarzelend. Alsof hij afkeuring verwachtte. Die zou hij van Decker niet krijgen.

'Dat spijt me,' zei Decker, want Troy had duidelijk nog steeds verdriet. 'Hoelang geleden?'

'Vijf jaar. Hij was betrokken bij een ongeluk en belandde in een rolstoel. Verlamd. Hij kreeg longontsteking en... ja.' Troy overhandigde hem de boxershort. 'Heb je hier hulp bij nodig?'

'Misschien.' Decker ging staan en zag kans de onderbroek stukje bij beetje omhoog te hijsen tot hij hem uiteindelijk aanhad. Maar daarna moest hij wel rusten. 'Ik moet aansterken.'

'Je bent vanochtend pas bijgekomen,' zei Troy op vriendelijke toon. 'Wacht, dan pak ik de sportbroek even.'

Het was een trainingsbroek met de tekst CRIMSON TIDE op de pijp. 'Jezus christus,' mopperde Decker. 'Zat die knul op Alabama University? Nu moeten we echt de pest aan elkaar hebben.'

Troy pakte lachend de schoenen die onderop lagen. 'Zat jij op Ole Miss?'

'Nee, Southern Miss, maar ik moet uit principe de pest hebben aan 'Bama. Dank je,' voegde hij eraan toe toen Troy op zijn hurken ging zitten om zijn schoenen aan te doen.

'Ze zijn niet zo groot als ik had verwacht, maar je zult toch voorzichtig moeten zijn als je loopt. Je zult het grootste deel van de tijd in de rolstoel zitten, dus het zal – Ogenblikje. Er komt een sms binnen.' Hij kwam overeind terwijl hij op zijn scherm keek en een zucht slaakte. 'Kut.'

Deckers glimlach verdween. 'Wat? Alsjeblieft,' voegde hij eraan toe toen Troy de indruk wekte dat hij niets zou zeggen. 'Alles in orde met Kate?'

'Ja. Ze is met Deacon in het mortuarium. Ze hebben zojuist ontdekt dat de jonge vrouw die gisteravond aan een overdosis is bezweken de laatste persoon was die Alice gisteren heeft bezocht. Kate stuurt ons meer details zodra ze die heeft.' Hij fronste zijn voorhoofd. 'Shit, helemaal vergeten.' Hij haalde een tweede mobiele telefoon uit zijn zak. 'Zimmerman zei dat ik je deze moest geven. Het is een leentoestel tot je er een van de afdeling kunt krijgen. Coppola heeft jou blijkbaar ook ge-sms't.'

Dat gaf Decker een goed gevoel. Ze was ongedeerd en ze communiceerde met hem. Maar toen hij het bericht las draaide zijn maag om. 'Cyaankali? En ricine? Verdomme, iemand wilde er zeker van zijn dat Alice haar mond niet zou opendoen. Ik denk dat ik blij mag zijn dat ik alleen maar een opiaat heb binnengekregen.'

'Dood is dood,' mompelde Troy. 'Maakt niet uit hoe het zover komt.'

Daar was Decker het mee eens. 'Ik wil niet dat dr. Novak bij mij in de auto zit. Breng haar maar apart. Ik wil niet dat iemand probeert mij neer te schieten en per ongeluk haar raakt.'

'Dat dacht ik ook al. Ze zal het niet leuk vinden, maar ze zal het ermee moeten doen.'

Er klopte iemand op de deur. 'Triplett hier. Zijn jullie zover?'

'Ja,' riep Decker terug. 'Kom binnen.'

De deur ging open en Triplett vulde de opening. 'Er zit ook een pet in, agent Troy,' zei hij. 'Zijvak van de rugzak.'

Troy vond de Crimson Tide honkbalpet en grinnikte gemeen. Decker zuchtte.

'Maak het allemaal nog maar erger,' mopperde hij terwijl hij de pet opzette. 'Moest je nou echt naar Alabama, Triplett?'

'Als ik nog thuis wilde komen wel, ja. Mijn vader zat daar ook. Zat in het footballteam.' Hij kneep zijn ogen samen. 'Ole Miss?'

'Nee, maar hij moet uit principe de pest aan je hebben,' zei Troy. 'Kunnen we nu eindelijk gaan, mensen?'

Triplett keek Decker grijnzend aan. 'Sorry.'

'Daar meen je niks van,' zei Decker.

Tripletts grijns werd nog breder. 'Nee, inderdaad. Ben je klaar voor de rolstoel?'

'Zeker weten. Hoe eerder ik hier weg ben, hoe beter.' Hij vergewiste zich ervan dat Kate's tablet in de rugzak zat. 'Zodra ik op het schuiladres ben moet ik aan de slag.'

Dr. Novak duwde Triplett opzij zodat ze de rolstoel naar binnen kon duwen. 'Zodra je op het schuiladres bent ga je rusten.'

Decker zag dat zowel Troy als Triplett overal keek, behalve naar dr. Novak. 'Lafaards,' mompelde hij terwijl hij van zijn bed in de rolstoel schoof.

'We gaan de confrontatie alleen aan als het om iets belangrijks gaat,' corrigeerde Troy. 'Zoals tegen dr. Novak zeggen dat ze in een andere auto moet omdat jij een doelwit op je reet hebt dat vanuit de ruimte te zien is.'

Dr. Novak staarde naar Troy. 'Pardon?'

'Ja, mevrouw. U komt een paar auto's achter hem.'

'Maar –' begon ze.

Troy onderbrak haar. 'Maar als u gewond raakt, dan hebben we niemand meer die voor hem kan zorgen. Het is niet ver. Een kwartier, hooguit.'

Ze perste haar lippen op elkaar. 'Kan ik mijn eigen auto nemen?'

'We hebben liever niet dat u dat doet,' antwoordde Troy. 'Het is voor uw eigen veiligheid. Als u om wat voor reden dan ook weg moet, dan brengen wij u naar uw auto of waar u maar heen moet. Degene die bezig is de losse eindjes weg te werken doet dat buitengewoon grondig. We willen uw leven niet riskeren.'

'Oké. Kom op dan.' Ze gebaarde naar de zaalhulp, die Decker de kamer uit reed. Ze duwde de standaard met het infuus naast hem voort, en met Troy voorop en Triplett die de achterhoede vormde bereikten ze zonder incidenten de liften. Het enige waar ze mee te maken kregen was de boze blik van een verpleegster toen ze te horen kreeg dat ze moest wachten op de volgende lift.

Toen de liftdeuren dicht waren leek Troy een beetje te ontspannen. 'We nemen de snelweg,' zei hij en hij haalde een passe-partout tevoorschijn. En inderdaad hoefden ze onderweg nergens te stoppen tot ze in de kelder waren. Er stond een geblindeerd busje te wachten, met niemand minder dan speciaal agent Zimmerman achter het stuur. Een hellingbaan maakte het voor de zaalhulp mogelijk om Decker met rolstoel en al achterin in te laden. Troy kwam bij hem zitten op een bank aan de zijkant.

'Ik breng u, dr. Novak,' zei Triplett. 'We zien de mannen daar.' Hij deed de deuren dicht en Zimmerman startte de motor.

'Ik had niet verwacht u hier te zien, meneer,' zei Decker.

Zimmerman wierp een blik in de achteruitkijkspiegel. 'We hebben deze operatie beperkt gehouden en er zijn zo min mogelijk mensen van op de hoogte. Bovendien wilde ik graag met eigen ogen zien hoe je eraan toe bent, nu je weer onder de mensen bent.'

'Niet slecht. Ik kan zelfstandig ademen en ik heb vanmiddag echt eten gehad. Aan de andere kant, ik draag de kleuren van een concurrerende universiteit, maar ik mag niet klagen, want ik ben niet dood.'

Zimmerman grinnikte. 'Laten we dat zo proberen te houden, oké?'

'Amen,' zei Troy zacht. Hij pakte het geweer dat aan zijn voeten lag en controleerde of het geladen was. Hij deed hetzelfde met het pistool dat hij uit een koffer onder zijn stoel pakte en aan Decker overhandigde. 'Voor het geval dat.'

'Dank je,' zei Decker alleen maar. 'Ik voelde me al een beetje naakt.'

'In een paar tellen zul je je nog minder naakt voelen,' zei Troy. Hij maakte een grote plastic bak open en haalde er een kogelwerend vest uit dat aan de zijkanten open was. 'Dit gaat over je hoofd zonder dat je infuus in de weg zit. En je kunt dit opzetten in plaats van die pet.' Hij gaf Decker een helm. 'Een onopvallende auto rijdt achter ons aan en er staat een andere te wachten bij het schuiladres om voor dekking te zorgen mocht dat nodig zijn.' Hij maakte het vest vast en Decker verruilde de pet voor de helm. 'Vragen? Zorgen?'

'Nee.' Alleen wanneer hij Kate weer zou zien, maar die vraag hield hij voor zich. 'Alles in orde.'

Donderdag 13 augustus, 16.25 uur

'Slechte zaak, jongens,' zei Carrie toen ze haar kantoor binnenkwam.

Kate en Deacon keken op van hun telefoon. Ze zaten in het kantoor van de patholoog hun volgende stappen te plannen en op de resultaten van de snelle, voorlopige test te wachten die Carrie had uitgevoerd op het lichaam van Sidney Siler, de studente van het King's College.

'Slecht in de zin van dat je iets hebt gevonden?' vroeg Deacon. 'Of slecht omdat je niets hebt gevonden?'

'Luikje nummer één. Ze heeft cyaankali in haar systeem. Ik had het bijna gemist omdat ze ook cocaïne in haar lichaam heeft. En ketamine. Haar huidskleur verhulde de roodheid die me op cyaankali had moeten wijzen een beetje.'

'Dus...' zei Kate. Ze wenste dat ze haar breiwerk niet in de auto had gelaten, want ze was heel erg gespannen en haar gedachten gingen te snel om er chocola van te kunnen maken. Ze pakte een paar vellen uit de printer en begon ze in bekende origamifiguren te vouwen. 'Zelfde moordenaar, verschillende methodes. Waarom?'

'Of twee verschillende moordenaars die samenwerken,' merkte Deacon op. 'Al lijkt het een groot risico dat we de twee slachtoffers met elkaar in verband zouden brengen omdat ze op dezelfde dag zijn omgebracht en tegelijkertijd in het mortuarium zouden belanden. Hoe heeft die studente de cyaankali binnengekregen, Carrie?'

'Dat weet ik pas als ik haar heb opengemaakt en haar maaginhoud heb bekeken. Maar de cocaïne-ketaminemix heeft ze gesnoven. Er zijn restanten achtergebleven in haar neus. Ze gebruikte al een tijdje coke. Het tussenschot van haar neus vertoont sporen van langdurig gebruik.'

Kate zette een papieren bootje weg en begon een helikopter te vouwen. 'Misschien dacht hij dat we zo druk zouden zijn met Alice en Decker – want die had ook dood moeten zijn – dat we geen aandacht zouden besteden aan een studente met een overdosis. Maar waarom heeft hij haar niet gewoon te veel cocaïne en ket gegeven? Waarom zo de aandacht trekken met die cyaankali?'

'Misschien dat hij een snelle dood wenste, maar met een oorzaak waar ik niet naar zou zoeken,' zei Carrie. 'Sterfgevallen door cyaankali zijn in het verleden wel vaker onopgemerkt gebleven. Wie zal zeggen hoeveel erdoorheen zijn geglipt?'

'Wat we wel weten,' merkte Kate op, 'is dat ze met Alice heeft gesproken en zich heeft voorgedaan als de assistente van een advocaat. Ik heb de firma gebeld en daar werkt niemand die Keisha Findlay heet. Ze had een introductiebrief bij zich op briefpapier van de firma en het lettertype lijkt hetzelfde als dat wat ze op hun website gebruiken.'

'Waarom heeft ze die firma uitgekozen?' vroeg Deacon.

'Omdat de rechter die had aangewezen om Alice te vertegenwoordigen,' zei Kate. 'Ze heeft drie verschillende advocatenkantoren versleten voor ze gisteravond in de ziekenboeg belandde. Ze heeft ze allemaal de laan uit gestuurd omdat ze weigerden te proberen volledige immuniteit voor haar te krijgen. Maar de eerste advocaat stond nog steeds te boek als zijnde aangewezen door de rechtbank.'

'We moeten erachter zien te komen wat Alice die advocaten heeft verteld,' zei Deacon.

Kate snoof. 'Veel succes. Ze zullen zich op hun zwijgplicht beroepen.' Ze zette de helikopter weg en begon een hondje te vouwen. 'We weten ook dat deze moordenaar – of hij nou McCords partner is of niet – iemand heeft gestuurd om het vuile werk op te knappen. Eileen naar Decker en nu Sidney naar Alice. Misschien wil hij niet door camera's worden gezien terwijl hij hen ontmoet.'

'Sidney was een cokesnuiver,' zei Deacon nadenkend. 'Carrie, kun je de restanten in haar neus onderzoeken? Ik vraag me af of we haar dealer kunnen vinden.'

'Ik zal mijn uiterste best doen.'

Kate was klaar met de hond en staarde naar het volgende vel. Haar hersenen begonnen eindelijk mee te werken. 'Zowel Eileen Wilkins als Sidney Siler gebruikte cocaïne. De hulpverpleegster die in Deckers kamer was toen ik daar aankwam...' Ze wendde zich tot Carrie. 'Je hebt toch gehoord dat een van onze agenten vanmorgen met opzet een overdosis van een opiaat toegediend heeft gekregen terwijl hij in het ziekenhuis lag, hè?'

Carrie's ogen werden groot. 'Nee. Alles in orde met hem?'

Kate knikte. 'Ja, maar alleen omdat jij zo snel hebt vastgesteld dat Alice door vergiftiging om het leven is gekomen. Ze overleed een paar uur nadat agent Davenport was bijgekomen en begon te praten over een enorm los eind in de zaak waar hij die laatste week aan had gewerkt. De zaak die ervoor heeft gezorgd dat jouw laden zo vol zijn. Ik kwam net in zijn kamer op het moment dat de drug begon te werken. De arts van dienst gaf hem heel snel een tegengif.'

'Naloxon,' mompelde ze. 'Dat heeft het aantal gevallen van een overdosis heroïne die ik te zien krijg drastisch verminderd.'

'Het was een verpleegster die hem die drug heeft toegediend,' zei Kate terwijl ze een nieuw vel begon te vouwen, maar minder dringend dan eerst. Ze had de meeste stoom inmiddels afgeblazen en ze kon weer helder denken. 'Ergens, op een zeker moment, heeft Eileen Wilkins het pad gekruist van degene die Sidney Siler heeft vermoord. Eileen kreeg coke van haar vriendje – volgens de hulpverpleegster die ik heb gesproken een veel jongere knul die Roy heet. Roy hangt rond op King's College, volgt één vak per semester, maar hij scharrelt voornamelijk wat en gaat naar de sportschool. Sidney Siler zat ook op King's College. Het zou kunnen dat ze een gemeenschappelijke dealer hebben.'

'Als je de voorraad van die verpleegster kunt vinden,' zei Carrie, 'dan kan ik het misschien vergelijken met de restanten in Sidney's neusholten.'

'Dat is echt heel goed, Kate,' zei Deacon terwijl hij haar beschouwend opnam. 'Ik zal ook papier moeten gaan vouwen als dat me tot zulke snelle gevolgtrekkingen brengt.'

Kate wist wat de blik wilde zeggen en wist dat hij haar later om uitleg zou vragen. Toen ze met hem in Baltimore werkte, had ze papiervouwen of breien niet nodig gehad. Toen was ze op een andere manier en in haar eigen tijd omgegaan met de stress. Nu leek het alsof ze niet kon ontkomen aan het lawaai in haar hoofd.

'Het stormde daarbinnen,' gaf ze met zachte stem toe en ze tikte tegen haar slaap. 'Windkracht 12. Nu is het nog maar 5. Met windkracht 5 kan ik wel denken. Agent Troy heeft Roy inmiddels misschien al wel opgespoord,' ging ze verder om de aandacht van zichzelf af te leiden, 'omdat hij op zoek was naar Eileen. Troy is erachter gekomen dat Eileen een zoon van vijftien heeft. De zoon zou inmiddels uit school moeten komen – het is bijzonder onderwijs dat hij in de zomer volgt. Troy heeft agenten in burger klaarstaan om degene die hem ophaalt te volgen. Of hem naar huis te volgen als hij alleen gaat. Troy laat Wilkins' huis ook in de gaten houden. Hij zou inmiddels al een huiszoekingsbevel moeten hebben. Ik zal hem laten weten dat hij eventuele drugs die ze vinden apart moet houden zodat die getest kunnen worden.' Ze begon een bericht op te stellen op haar telefoon, maar Deacon hield haar tegen.

'Ik zal Zimmerman en Troy wel sms'en. Blijf jij maar vouwen en denken.'

Kate deed wat hij haar vroeg en er groeide een wat ingewikkelder vorm terwijl ze vouwde. 'De ricine. Zoals jij al opmerkte, Carrie, zijn recepten daarvoor zo van het internet te plukken. Een negentienjarige student aan de universiteit van Georgetown heeft dat spul laatst in zijn studentenflat gemaakt met spullen uit de bouwmarkt – genoeg om een heleboel mensen te doden. Het enige wat je nodig hebt is toegang tot de ingrediënten, een beetje kennis van scheikunde en eenvoudige laboratoriumspullen.'

Deacon liet zijn adem ontsnappen. 'McCord was leraar aan de middelbare school. Misschien zijn partner ook wel. McCord zou in ieder geval toegang hebben gehad tot een laboratorium. Geef mij eens wat van dat papier, Coppola.'

Ze wierp hem een grijns toe. 'Jij hebt die enge ogen die mensen zo bang maken dat ze bekennen. Laat mij nou mijn eigen superkracht.' Ze bracht de laatste vouw aan en bestudeerde het origamifiguur kritisch. 'Niet slecht.'

Carrie boog zich nieuwsgierig voorover. 'Wat is dat? Een arend of een havik?'

'Iets dergelijks,' zei ze ontwijkend en ze keek even naar Deacon, die met zijn ogen rolde.

'Het is een griffioen,' zei Deacon simpel. 'Mythisch wezen. Half arend, half leeuw. Níét echt,' voegde hij er betekenisvol aan toe.

'Toch hartstikke cool,' zei Carrie. De ondertoon ontging haar.

'We laten jou nu maar aan je autopsies.' Kate veegde de kleine papieren figuren in haar hand. 'Waar staat de prullenbak?'

Carrie stak haar hand uit. 'Geef maar hier. Ik heb een petekind van vijf dat deze uit elkaar zal halen om erachter te komen hoe je ze hebt gevouwen. Hij is een ingenieur in de dop.'

Kate en Deacon pakten hun spullen en verlieten het mortuarium. Ze zwegen ongemakkelijk, tot Deacon een sms kreeg terwijl ze op de lift stonden te wachten.

'Van Scarlett,' zei hij. 'Van een kwartier geleden, verdomme. We zitten hier echt in een dode hoek. Marcus en zij zitten op de redactie van de *Ledger* te wachten tot een van ons komt om hun onderzoek naar Woody McCord te bekijken.'

'Shit, helemaal vergeten.' Kate keek op haar eigen telefoon, die voortdurend zoemde omdat er nieuwe sms'jes binnenkwamen. 'Ik heb een heel stel berichten van Troy. Decker is zonder problemen overgebracht naar het schuiladres. Je zus is bij hem. Troy en Zimmerman zijn op dit moment met Decker bezig met de evaluatie. Scarlett heeft blijkbaar eerst contact opgenomen met Zimmerman. Hij heeft haar gevraagd naar het schuiladres te komen, omdat Troy en hij daar nog wel even bezig zijn. Zimmerman wil dat we allemaal bij elkaar komen om te horen wat Marcus O'Bannion te zeggen heeft over McCord.'

'Davenport ook?' vroeg Deacon fronsend.

'Ja,' antwoordde Kate en ze deed geen enkele poging om haar ongeduld te verbergen. 'Misschien dat Decker iets gehoord heeft bij die mensenhandelaren waarvan hij niet weet dat het belangrijk is. Ik vermoed dat hij moet horen wat Marcus te zeggen heeft. Bovendien heeft hij zijn leven gewaagd om ons te laten weten dat McCord een compagnon heeft. In zijn plaats zou je het ook willen weten.'

'Ja, dat zou ik zeker,' gaf Deacon toe. 'Ik zal Scarlett laten weten dat we onderweg zijn.' Hij verstuurde het bericht en slaakte een zucht. 'Wees voorzichtig met Davenport. Het staat me helemaal niet aan hoe die man naar je kijkt.'

Die man kijkt naar mij alsof ik zijn redding ben, dacht ze, maar ze zou die woorden nooit hardop uitspreken. En al evenmin zou ze iets prijsgeven van wat Decker haar die ochtend in vertrouwen had verteld. Die geheimen waren aan hem om te delen, niet aan haar.

'Waarom?' vroeg ze in plaats daarvan. 'Waarom mag je hem niet?'

'Omdat hij naar je kijkt alsof hij veel te lang op een onbewoond eiland heeft gezeten zonder een vrouw in de buurt,' zei Deacon botweg. 'En omdat hij erin is geslaagd om drie jaar lang undercover te blijven. Wie weet wat hij in die drie jaar heeft moeten doen of wat voor man hij is. Ik heb in het verleden gasten gekend die undercover waren geweest. Daar zijn ze goed in omdat ze zich niet hechten. En ze gaan geen verplichtingen aan. Geen waar ze zich aan houden, in ieder geval.'

Aha. Kate begreep nu zijn bezorgdheid wel, ook al geloofde ze niet dat dit allemaal van toepassing was op Decker. Ze wilde in ieder geval niet dat dat zo was. 'Ik ben een grote meid, Deacon. Ik kan wel voor mezelf zorgen.' Ze keek hem glimlachend aan, zodat hij wist dat ze meende wat ze zei. 'Maar dank je dat je bezorgd bent.'

De liftdeuren gingen open en Kate was dankbaar voor de afleiding. En de frissere lucht toen ze boven uitstapten. 'Ik heb echt een hekel aan die lucht in het mortuarium,' zei ze terwijl ze aan haar jasje rook. 'Nu stink ik ook. Daarom neem ik mijn breitas daar nooit mee naar binnen. Mijn werkstukken worden verpest door die stank.'

Deacon zette zijn *wraparound* zonnebril op. 'Er zijn drie douches op het schuiladres,' zei hij. 'Geneer je niet.'

'Ik heb schone kleren in de auto liggen. Misschien hou ik je er wel aan.'

Ze hadden hun auto's naast elkaar geparkeerd, dus liepen ze samen het gebouw uit. Ze krompen tegelijk ineen toen ze werden getroffen door de hitte. Maar het was altijd nog beter dan het mortuarium.

Kate stond op het punt in haar auto te stappen toen Deacon haar tegenhield.

'Kate, wacht even.' Hij aarzelde. 'Die storm in je hoofd... die lijkt heftiger dan voor ik wegging uit D.C. Je hóéfde toen niet te breien. Vanochtend deed je me denken aan een verslaafde die stond te trappelen om een shot. En daarnet, met dat papier, dat was eigenlijk hetzelfde. Gaat het wel met je?'

'Ja. Meestal wel.'

'Wat is er veranderd?'

'Het komt deels door de hormonen. Ik word ouder.' Ze wenste dat ze zijn ogen kon zien, zodat ze kon zien of hij haar smoes slikte. Maar hij was haar steun en toeverlaat geweest en hij had recht op meer dan de halve waarheid. 'Maar het komt voornamelijk door Jack.'

'O.' Zijn gezicht vertrok. 'Dat had ik moeten weten. Het spijt me, Kate.'

'Waarom?' Ze klopte hem liefkozend op de wang. 'Jij hebt je eigen leven, Deacon, en ik ben dolblij voor je. Ik vind mijn weg wel. Ik ben blij dat ik hier ben. De wetenschap dat je me steunt is voldoende.'

'Dat doe ik. Dat weet je.'

'Ja. Dat is de reden dat ik je tekeer laat gaan over Decker. Maar geef hem een beetje de ruimte, in ieder geval tot je hem hebt leren kennen. Als je hem dan nog steeds niet vertrouwt, dan zal ik naar je luisteren, dat beloof ik.'

'Oké.' Hij keek op zijn telefoon. 'Sms van Scar. Stone is ook bij hen. Dat is de broer van Marcus. Hij stond erop hier ook bij betrokken te zijn.' Hij keek met een gespannen uitdrukking op zijn gezicht op. 'Stone mag eigenlijk nergens heen. We zouden hiermee naar hem moeten gaan.'

'Decker mag ook nergens heen,' zei ze zacht. 'Dit is voor hem net zo belangrijk als voor Stone. Bovendien zijn ze al onderweg. Stone heeft nu in ieder geval je zus in de buurt als hij medische zorg nodig heeft.'

'Dat is waar.'

'Hoe zit het met Kimble?' vroeg Kate. 'Moet hij dit ook horen?'

'Ja. Ik stuur hem een berichtje en dan tref ik je daar.'

9

Cincinnati, Ohio, donderdag 13 augustus, 16.45 uur

Dani Novak was erger dan de ergste sergeant die hij ooit had meegemaakt, dacht Decker terwijl hij naar het dienblad met eten op zijn schoot keek. Het was kip – gekookt en smakeloos – en sperziebonen uit blik. De worteltjes waren in ieder geval vers. Hij stak er een in zijn mond en beet erop, harder dan nodig was.

'Kate bracht me kippenvleugeltjes,' mopperde hij. 'En een cheeseburger. En M&M's.'

'Kate is je dokter niet,' zei Dani scherp. 'Ik wel. En niet zeuren.'

'Kan me niet schelen,' snauwde hij. 'Ik heb honger.'

Ze ging op de stoel naast zijn bed zitten met haar eigen dienblad op schoot. 'Eet dan op wat ik je heb gegeven en hou op je te gedragen als een driejarige die zijn middagdutje heeft overgeslagen.'

Agent Triplett maakt op zijn plek naast de deur een gesmoord geluid, alsof hij zijn best deed zijn lachen in te houden. Decker keek hem woedend aan. 'Hou je kop jij.'

Triplett stak zijn handen omhoog, palmen naar voren. 'Hé, man, ik heb geen woord gezegd.'

Decker zuchtte boos. 'Wat jij wil.' Hij wendde zich van hen beiden af en keek door de muur van glas naar de stad en de rivier beneden. Ze hadden zijn ziekenhuisbed in de woonkamer gezet van het meest luxueuze appartement dat hij ooit had gezien, laat staan dat hij ooit in iets dergelijks had verbleven. Het uitzicht was adembenemend. 'Hoe hebben jullie deze plek te pakken gekregen?'

'Via Adam,' zei Dani. 'Adam Kimble,' voegde ze eraan toe toen hij haar met een lege blik aankeek.

'O ja. Kate heeft me over hem verteld. Hij is het teamlid dat nu met de ICAC werkt.' Degene die de foto's bekijkt die van McCords computer afkomstig waren.

Er trok een schaduw over Dani's ongelijke ogen. 'Ja. Ik hoop dat dat wat oplevert.'

Ze was kwaad, besefte Decker. Furieus, om precies te zijn. 'Wat bedoel je precies?'

Ze beet op haar lip en haalde haar schouders op. 'Het is niet zo dat geen mens hiervan afweet. Adam is ongeveer een jaar geleden overgeplaatst van de afdeling Persoonlijke Misdrijven.'

'O.' Persoonlijke Misdrijven was het eufemisme dat het CPD gebruikte voor seksmisdrijven. 'Dat is een zware taak.'

Ze knikte. 'Hij heeft het ongeveer drie maanden volgehouden, maar in die tijd is hij veranderd. Ingrijpend. Hij was altijd een vrolijke, optimistische en geduldige man, maar hij is heel erg somber geworden, angstaanjagend zelfs.'

'Hij is een persoonlijke vriend van je, als ik het goed begrijp?'

'Hij is mijn neef. Nou, ónze neef – van Deacon en mij. We zijn met elkaar opgegroeid.'

'O. Wauw. Ik had geen idee dat de relaties zo... ingewikkeld in elkaar staken.' Decker wierp een blik in de richting van Triplett, die ook geïntrigeerd keek, en toen weer terug naar Dani. 'Je zei dat Adam het er drie maanden heeft volgehouden. Wat is er gebeurd?'

'Dat weet ik niet. Dat heeft hij me niet verteld. Deacon ook niet, trouwens. Het moet iets behoorlijk ergs zijn geweest, want hij heeft uiteindelijk verlof genomen. Toen hij terugkwam, kwam hij weer onder de chef te staan die hij had voor Persoonlijke Misdrijven. Dat is inspecteur Isenberg, die nu de leiding heeft over het samenwerkingsverband tussen het CPD en de FBI. Zij is de chef van Deacon en Scarlett.'

'Waarom hebben ze hem gestuurd om te kijken naar die... nou ja, om naar materiaal te kijken waar de meeste fatsoenlijke mensen stapelgek van zouden worden?' vroeg Decker.

'Goede vraag,' zei ze grimmig. 'Ik heb de eerste keer geholpen de stukken te lijmen. Ik moet er niet aan denken om dat nog een keer te moeten doen.' Ze keek met een diepe zucht naar haar bord. 'Hoe dan ook, dit appartement is van een man wiens kind een paar jaar geleden is ontvoerd. Adam was verantwoordelijk voor de veilige terugkeer van het kind en de man was meer dan dankbaar. Hij heeft na die gebeurtenis dit penthouse bestand laten maken tegen indringers. Hij is een plaatselijke marketinggoeroe die voor vier jaar in Azië gestationeerd is. Hij heeft Adam toestemming gegeven deze plek te gebruiken als schuiladres. Het is buitengewoon goed beveiligd en gemakkelijk te verdedigen.'

'Ik ben heel dankbaar,' zei Decker zacht. 'Het spijt me dat ik snauwde. Ik heb gewoon heel erge honger en hier raak ik niet vol van.'

'Ik ook niet,' bekende Dani, 'maar dit was wat agent Troy in zijn koelkast had liggen. Hij wist dat het eten veilig was. Het moet genoeg voor je zijn tot een van ons de voorraden kan aanvullen.'

'Eet hij dit?' vroeg Decker vol afschuw. Hij wierp een blik in de richting van de gesloten deur van het kantoortje waar Troy en Zimmerman zich hadden teruggetrokken om te werken. 'Vrijwillig?'

'Hij heeft een maagzweer,' wist Triplett te vertellen. 'Hij mag geen gekruid eten.'

'O.' Dani plukte aan haar onderlip. 'Daar verzinnen we wel iets op. Jullie van de FBI met je onregelmatige uren en de stress en jullie eetgewoonten. Het is een wonder dat hier nog iemand een normaal functionerende spijsvertering heeft.'

'En in de medische wereld is dat allemaal anders?' vroeg Decker uitdagend. 'Jullie werken net zo onregelmatig en onder dezelfde druk. En degenen onder jullie die niet aan de drugs zitten hebben andere ondeugden, net als wij.'

'Touché.' Ze hield haar hoofd schuin. 'Wat is jouw ondeugd, Decker?'

Hij dacht er een minuutje over na. 'Geen drugs. Of seks, of zelfs rock-'n'-roll,' voegde hij er hoofdschuddend vol zelfspot aan toe. 'Ik drink zelden.' Want elke keer dat hij een slok alcohol tot zich nam zag hij in gedachten zijn ouders voor zich, zo dronken als een tor. 'Waarschijnlijk het werk zelf. Hallo, ik ben Griffin Davenport en ik ben een workaholic.'

'Hoi, Griffin,' zei Triplett vanaf zijn plek bij de deur. 'Ik ben Jefferson Triplett en ik loop hard.'

'Beweging is gezond,' zei Dani, maar ze zat Triplett met een klinische uitdrukking op te nemen.

'Niet zoals ik het doe,' zei Triplett triest. 'Mijn knieën en mijn rug zijn kapot en toch loop ik nog hard. Ik moet wel, anders kan ik 's nachts niet slapen. En ik doe dit werk nog maar een jaar.'

O, jongen, dacht Decker medelijdend. *Het Bureau vreet je op en kotst je uit.*

'We zijn een zielig stelletje,' zei Dani. 'Ik ben ook een workaholic en dat is voor mij ook niet goed. Ik kan niet drinken en ik gebruik toch al veel te veel medicijnen.' Ze duwde haar bord van zich af. 'Luister, aangezien we allemaal in een sentimentele bui zijn, moet ik jullie iets vertellen zodat je weet wat je in geval van nood te doen staat. Welke voorzorgsmaatregelen je moet nemen. Of zodat jij, Decker, kunt besluiten of je mij nog steeds als je dokter wilt. Ik ben hiv-positief. Mijn waarden zijn goed, het virusgehalte niet waarneembaar. Ik kan optreden als je dokter zonder je in gevaar te brengen. Maar als er iets gebeurt en er vloeit bloed...'

Decker keek haar met zijn ogen knipperend aan. 'Dat is het laatste wat ik verwachtte dat je zou zeggen. Maar voor alle duidelijkheid, ik vind het prima om jou als dokter te hebben. Of Triplett wil blijven of niet is aan hem.'

'Ik ga nergens naartoe,' zei Triplett met vaste stem. 'Ik denk dat we gewoon moeten zorgen dat je niet bloedt, hè, dokter?'

Dani ontspande zichtbaar. 'Dat is altijd een goed plan. Dank je.'

'Dank is nergens voor nodig,' zei Decker. 'Ik ben op de hoogte van de risico's en hoe je het oploopt en hoe niet. Ik heb een vraag en daar hoef je geen antwoord op te geven, maar... is dat de reden dat je ontslag hebt genomen? Een van de verpleegsters op de intensive care zei dat het ziekenhuis je waardeloos heeft behandeld.'

'Het werd een punt,' gaf Dani toe. 'Maar jullie moeten weten dat ik elke voorzorgsmaatregel heb genomen en aan alle regels en voorschriften heb voldaan.'

'Dan waren het eikels,' zei Triplett nuchter.

Decker snoof verrast lachend. 'Hij slaat de spijker op de kop,' zei hij en er verscheen een glimlach op Dani's gezicht.

Decker gunde zich een ogenblik om van het schouwspel te genieten. Ze was heel knap, maar wanneer ze glimlachte begon ze te stralen als een gloeilamp. Maar ze maakte niets bij hem los. Niet zoals een zekere roodharige dat deed.

En als je het over de duivel had. Zijn mobieltje koos dat moment om te gaan zoemen ten teken dat er een bericht binnen was gekomen. Dat kwam van een zekere roodharige die op dit moment naar hem onderweg was. Decker las tevreden haar boodschap. 'Zo te zien krijgen we dadelijk bezoek. Kate, jouw broer, je neef en een paar mensen van de *Ledger* zijn hier binnen –'

Triplett haalde zijn mobiele telefoon uit zijn zak en nam op. Het apparaat leek kinderspeelgoed in zijn enorme hand. 'Stuur maar naar boven. Ik wacht ze op.' Hij verbrak de verbinding. 'Rechercheur Bishop is onderweg naar boven met de jongens van de *Ledger.* Een van hen zit in een rolstoel, dus we moeten de weg vrijmaken.'

Dani was al begonnen met het opruimen van de borden van de lunch, maar daar hield ze mee op en ze staarde Triplett ongelovig aan. 'Nemen ze Stóne mee? Zijn ze gek geworden?'

'Wie is Stone?' wilde Decker weten.

Dani snoof. 'De broer van Marcus. Hij is vorige week neergeschoten. Meerdere keren geraakt.'

Het kwartje viel. 'Stone O'Bannion? De verslaggever? Ging hij een paar jaar geleden niet met het leger mee?'

'Dat klopt,' bevestigde Dani. 'Heb je hem daar ontmoet?'

'Nee, maar ik heb een paar van zijn verhalen gelezen. De meesten van ons hadden de pest aan reporters, maar hij is zelf ook een paar keer uitgezonden geweest. Hij was er een van ons en daarom vertrouwden we hem.' Eén reportage in het bijzonder stond in Deckers geheugen gebrand. 'Hij heeft een prachtig eerbetoon geschreven aan een stel velddokters die hoewel ze het rode kruis voerden werden beschoten.'

'Heb je bij die aanval vrienden verloren?' vroeg Triplett. 'Sorry, ik wilde niet nieuwsgierig zijn, maar je keek net een paar seconden heel erg... intens.'

'Ja, dat heb ik,' zei Decker en hij schoof de herinnering aan de kant. Hij had vandaag al om Shelby Lynne gehuild. Hij wilde niet het risico lopen dat hij emotioneel zou worden over Beth en dat zou kunnen gebeuren als hij zichzelf toestond aan haar te denken. 'Een paar heel goede vrienden.'

Dani stond met gefronste wenkbrauwen te kijken. 'Ik ben blij dat Stone een mooi eerbetoon heeft geschreven. Maar dat verandert niets aan het feit dat hij thuis zou moeten zijn om uit te rusten.'

'Hij mag het bed hebben,' zei Decker. 'Ik meen het. Ik wil niet hier in bed liggen terwijl iedereen er is. Trip, kun je me even een handje helpen met de rolstoel?'

Triplett kwam naar hem toe om hem te helpen en ze negeerden allebei Dani's boze blikken.

'Dit gaat van de tijd af dat je vandaag uit bed mag,' zei ze, maar ze verzette zich verder niet en daar was Decker dankbaar voor.

'Mag ik maar beperkt uit bed?' jammerde hij – expres dit keer. 'Potverdikkie, mama.'

Dani gniffelde en ruimde de restanten van hun maaltijd op. 'Stil, of ik pak je videospelletjes af.'

'Boeien.' Decker nestelde zich in de rolstoel, net op het moment dat de deurbel ging. Triplett deed open nadat hij de beelden van de beveiligingscamera had bekeken. Scarlett Bishop was de eerste die binnenkwam.

'Wauw,' zei ze. 'Ik was vergeten hoe mooi het hier is.'

'Ik vind jouw huis mooier.' Dat kwam van Marcus O'Bannion, die een rolstoel voortduwde. Hij reed hem voorzichtig over de drempel, alsof het een wandelwagentje was met een slapend kind erin.

De man in de rolstoel zuchtte. 'Ik ben niet van suikergoed, Marcus.'

'Nee, maar je kop zit vol keien, Stóne,' antwoordde Marcus. 'Je zou hier helemaal niet moeten zijn.'

'Amen,' mompelde Dani. 'Jullie mannen hebben nog minder hersenen dan een suikerbiet.'

Stone keek glimlachend en volstrekt niet van zijn stuk gebracht naar haar op. 'Ik wist niet dat je hier zou zijn, dokter Dani.'

Decker sloeg de woordenwisseling gade en probeerde erachter te komen hoe Stone Dani Novak kende. Deze mensen hadden een ingewikkeld relatieschema, met al die neven en nichten en vriendjes en verloofdes. Zeer waarschijnlijk via Deacon Novak. Die man was schijnbaar overal.

'Ik zorg voor hém. En zijn hoofd is nog harder dan het jouwe.' Dani schokschouderde in Deckers richting, maar haar lichaam bleef roerloos toen de laatste persoon van het groepje binnenkwam en de deur achter zich dichtdeed.

Die laatste man had Tripletts tweelingbroer kunnen zijn, behalve dat hij blank was en onder de tatoeages zat. En hij leek... gevaarlijk, terwijl Triplett alleen maar enorm was.

Oké, gaf Decker toe, *ze hebben niets gemeen, behalve hun omvang*. En hun kale hoofden, geschoren en glimmend. Decker hoopte dat niemand een licht op het tweetal zou richten, want dan zou de rest van hen verblind worden door de weerkaatsing.

De nieuwe man lachte niet. Zijn ogen gingen het vertrek rond alsof op zijn hoede zijn voor hinderlagen en vijanden zijn tweede natuur was. *Militair*, dacht Decker. *Duidelijk.* Maar op het moment dat de man Dani Novak zag, bleef hij net zo roerloos staan als zij had gedaan.

Hun roerloosheid was anders. Die van Dani was van het type doe-voorzichtig-anders-schrikt-de-angstaanjagende-man. Die van de man... die was van een soort die je naar de dichtstbijzijnde uitgang deed zoeken voor het geval hij zou exploderen. Hij was verschrikkelijk gespannen en op dat moment leek iedereen in het vertrek zijn adem in te houden.

Dani verbrak de stilte. 'Coach Diesel,' zei ze zacht. 'Leuk om je weer te zien.'

De man knikte kort, maar zei niets.

Stone zuchtte zacht. 'Dr. Dani? De witte jas? Wil je die uitdoen?'

Haar ogen werden groot. 'O, natuurlijk. Neem me niet kwalijk.' Ze verdween in de slaapkamer die ze voor zichzelf had opgeëist en kwam zonder de witte jas terug. Ze wierp een sprankelende glimlach in de richting van de getatoeëerde berg. 'Beter?'

De getatoeëerde berg bloosde. Hij bloosde echt. Decker staarde hem gefascineerd aan en keek om zich heen om te zien of de anderen ook stonden te kijken, maar bijna iedereen deed of hij druk was. Marcus duwde de rolstoel van zijn broer tot dicht bij die van Decker en liep vervolgens met Scarlett naar het raam om naar het uitzicht te kijken. Stone zat Decker te bestuderen, wat een beetje merkwaardig was.

Alleen Triplett hield Dani en de berg ook in de gaten, maar zijn blik was er een om te beoordelen of er sprake was van dreiging. Hij moest tevreden zijn gesteld, want hij deed met uitgestoken hand een paar passen naar voren. 'Jeff Triplett.'

'Diesel Kennedy,' bromde de berg. Zijn stem rommelde als een stationair draaiende Harley Davidson. 'Ik werk voor Marcus bij de *Ledger.*'

'Kom verder, Coach,' zei Dani, de grote man nog steeds op zijn gemak stellend. 'Dit is agent Davenport.'

Diesel slikte moeizaam. Hij liet Dani bij de deur achter en ging op een stoel naast Stone's rolstoel zitten. Hij wierp Stone een blik toe alsof hij hem uitdaagde ook maar iets te zeggen.

Stone sloeg zijn ogen ten hemel en wendde zich tot Decker. 'Nou, heb je zin in een rolstoelrace?'

Decker blafte een lach en vertrok toen zijn gezicht. 'Au. Dat doet nog steeds pijn. Nee, ik denk dat dokter Novak heel erg boos zou worden als ik dat probeerde. Als ik me netjes gedraag, krijg ik straks misschien wel pizza.'

Stone zuchtte. 'Ik zou zeggen dat je onder de plak zit, maar pizza klinkt geweldig. Ik eet nog steeds zacht spul.' Zijn blik werd scherp. 'Hoelang heb je undercover bij die mensenhandelaren gezeten?'

'Ik geef geen interview, meneer O'Bannion.' Decker verzachtte zijn weigering met een glimlach. Hij had nog steeds niet volledig verslag gedaan, ook al was hij er sinds ze hier waren aangekomen in geslaagd Zimmerman aardig wat te vertellen. Zo veel dat Zimmerman een lange lijst onderwerpen had die afgewerkt moesten worden en hij had zich nu teruggetrokken in het kantoortje van het appartement om zijn personeel opdrachten te geven. Helaas had niets van wat hij zich tot dusver herinnerde iets te maken met de partner van McCord.

Stone zuchtte opnieuw. 'Dat had ik ook niet verwacht, maar het was het proberen waard.'

'Nou weet ik dat je verslaggever bent,' zei Decker tegen Stone, waarna hij zich omdraaide naar Diesel, 'maar waarom noemde dr. Novak jou Coach?'

Diesel bloosde opnieuw, maar hij bleek echt te kunnen praten nu hij zich niet langer in de directe nabijheid van Dani Novak bevond. 'Ik train pupillen bij voetbal. Een van mijn spelertjes raakte gewond en is door dr. Novak behandeld in de gratis kliniek. Daar werkt ze als vrijwilliger.'

'Ze is daar met ingang van volgende week officieel in dienst,' zei Decker.

Diesel kneep zijn ogen samen. 'Fulltime? Die plek is gevaarlijk.' Hij draaide zich om op zijn stoel en keek boos zwijgend naar Dani, die zich niet bewust was van zijn ergernis.

'Er is nog nooit iets gebeurd waar het personeel van de kliniek bij betrokken was,' maakte Stone hem duidelijk. 'Het komt allemaal wel goed. Een paar agenten werken daar ook als vrijwilliger, dus de beveiliging is dik in orde.'

Diesel draaide zich weer om en keek Stone woedend aan. 'Hoe weet je dat?'

'Ze vertelde me over die baan toen ze gisteravond na het eten langskwam om te zien hoe het met me ging. Ik nam aan dat je je zorgen zou maken, dus heb ik ernaar gevraagd.'

Diesel keek verongelijkt. 'Het zijn haar eigen zaken.'

Stone sloeg zijn ogen opnieuw ten hemel. 'Ja, dat zijn haar eigen zaken, Diesel. Tenzij je het ook jouw zaken wil maken. Zo niet, dan heb je niet het recht om erover te klagen.' Hij draaide zich om naar Decker en liet Diesel sputterend zitten. 'Hoe noemen we je, agent Davenport? Griffin? Griff?'

'Decker is prima.'

Diesel snoof. 'Ik weet niet of Decker wel beter is dan "surfkampioen".'

Deckers wenkbrauwen gingen omhoog. 'Pardon?'

Diesel haalde zijn schouders op. 'Ik was vorige week bij dat huis van die mensenhandelaren. Ik ben degene die agent Novak daarnaartoe heeft gebracht om te helpen je te redden.'

Decker klemde zijn lippen op elkaar. Dat Deacon Novak het bloeden had weten te stelpen nadat hij was neergeschoten was een gevoelig punt. 'Ik vermoed dat ik je zou moeten bedanken. Maar dat verklaart nog niet die surferopmerking.'

'Ik zag jou en agent Coppola met elkaar praten en ik vroeg Marcus wie de surfkampioen was omdat je dat air van strandschooier had, maar hij zei dat je die undercoverfiguur was.'

Decker vroeg zich af hoe een burger op de hoogte kon zijn geweest van het bestaan van een undercoveragent, maar hij bewaarde die vraag voor later. 'Ik ben in mijn leven al voor veel dingen uitgemaakt, maar nog nooit voor surfkampioen.'

'Niet dat je weet,' zei Diesel spottend.

'Dat is waar. Maar ik kan me jou niet herinneren en dat zou ik zeker hebben gedaan, al was het alleen maar vanwege al die tatoeages.'

'Ik ben niet blijven hangen. Te veel politie.' Diesel deed alsof hij huiverde. 'Ik krijg er uitslag van.'

'Ik ook,' zei Stone terwijl hij een blik op Scarlett en zijn broer wierp, die bij het raam stonden met hun armen om elkaars middel geslagen. 'En nou moet ik nog aardig doen tegen die daar ook.'

'Dat heb ik gehoord!' riep Scarlett zonder zich om te draaien.

'Weet ik!' riep Stone terug en hij grijnsde toen Scarlett achter haar rug haar middelvingers naar hem opstak.

Diesel schudde zijn hoofd. 'Hou op haar te pesten, Stone.'

'Hé, ik kan de komende paar weken niet werken en ik mag zeker een paar maanden niet sporten. Haar pesten is het enige verzetje dat ik nog heb. Shit, Decker hier is beter in vorm dan ik en hij is verdomme nog maar net uit een coma ontwaakt.'

Decker hoopte beslist dat hij er beter uitzag dan Stone O'Bannion op dat moment deed. De man was lang en breed, maar hij maakte een breekbare indruk. Zijn huid zag lijkbleek en zijn wangen waren ingevallen. Zijn stoppels gaven hem een ziekelijk en verwilderd uiterlijk. Hij was de week ervoor neergeschoten toen een van de mensenhandelaren naar de redactie van de *Ledger* was gekomen om Marcus te zoeken. Toen hij Marcus niet kon vinden, had de man het vuur geopend en verschillende mensen gedood en Stone levensgevaarlijk verwond. Maar Stone had wel het leven van een paar mensen gered, dus hij mocht er dan wel breekbaar uitzien, hij was een echte held.

En zowel Stone als Kennedy had uiteraard iets te maken gehad met de ontmaskering van Woody McCord en dat op zich maakte hen al tot helden. Ze hadden dat misschien bereikt op een manier die niet helemaal legaal was, maar dat zou Decker hun niet aanrekenen.

Niet na sommige dingen die hij had moeten doen.

Hij verplaatste zijn blik naar de voordeur, waar Triplett op dat moment Kate binnenliet. Hij ging een beetje rechter in zijn stoel zitten en wachtte tot ze hem zag. Hij was kinderlijk blij toen ze hem een glimlach toewierp.

Achter haar liep een man met donker haar, gekleed in een pak. Hij zag er bleek en... geschokt uit. Hij kwam binnen en werd begroet door Dani, die haar armen om hem heen sloeg en hem heen en weer wiegde. Troost, begreep Decker. Dit moest rechercheur Adam Kimble zijn, haar neef.

'Wat is er met Kimble aan de hand?' vroeg Diesel fluisterend. 'Hij ziet eruit alsof zijn hond net is doodgegaan.'

'Hij is net terug van de ICAC,' fluisterde Decker terug. 'Hij heeft de inhoud van McCords harde schijf bekeken.'

Die verklaring werd begroet met doodse stilte – tot Deacon Novak binnenkwam en de deur achter zich dichtdeed.

Stone snoof vol afkeer. 'Geweldig. Zijne Koninklijke Maffe-oogheid is er ook.'

Decker was geschokt en stikte bijna in een lach. 'Wat?'

'Novak,' legde Diesel uit. 'Stone wil ook graag de pest aan hem hebben.'

'Maar dat mag niet,' zei Stone somber. 'Hij gaat met mijn nicht

Faith trouwen. Het lukte zo goed om de politie te ontlopen en nu hebben we er twee om ons druk over te maken. Kerstmis zal nooit meer hetzelfde zijn.'

'Aha,' zei Decker. 'Dat is het verband. Ik vroeg me al af hoe je Dani kende.'

'Eén grote, blije familie,' zei Stone sarcastisch. 'Iedereen is blij behalve Diesel hier en ik. We gaan op onze kloten krijgen van het CPD en de FBI en we zullen het waarschijnlijk niet eens kunnen gebruiken voor een verhaal, dus dat is niet bepaald wat je noemt een win-winsituatie.'

Diesel zuchtte. 'Laat je niet voor de gek houden door hem,' mompelde hij. 'We wisten niet dat er sprake was van een partner. We piekeren ons al de hele dag suf en we kunnen maar niet begrijpen hoe we dat kunnen hebben missen. En als hij al die tijd kinderen iets heeft lopen aandoen... Verdomme.' De grote man sloot ellendig zijn ogen en Deckers voelde een steek in zijn hart van meegevoel.

'Als jullie het hadden geweten, dan zou je hem er toch ook bij hebben gelapt, of niet?' mompelde Decker terug.

Diesels ogen schoten open en hij staarde hem verontwaardigd aan. 'Natuurlijk!'

'Dan hoef je je niet schuldig te voelen,' zei Decker alleen maar.

'Gemakkelijker gezegd dan gedaan,' zei Stone bot en Decker besefte dat de man die sarcastische houding had aangenomen om zijn ongerustheid te maskeren. En zijn schuldgevoel. 'Tijd om het allemaal onder ogen te zien.'

Donderdag 13 augustus, 17.05 uur

Het schuiladres was een heel mooi onderkomen, vond Kate. Ze was blij dat Decker hier kon herstellen in plaats van in het ziekenhuis. De eetkamertafel bood gemakkelijk plaats aan tien personen en dat kwam goed uit, want toen Zimmerman en Troy zich bij hen hadden gevoegd, waren ze precies met zijn tienen.

Dani had zich verontschuldigd en was naar haar slaapkamer gegaan om patiëntendossiers van de gratis kliniek van het opvanghuis door te nemen als voorbereiding op haar overgang van vrijwilliger naar een volledig dienstverband als arts. Triplett stond bij de deur om ervoor te zorgen dat niemand in de buurt kon komen om hen te storen.

Niet dat iemand dat zou lukken. Zimmerman had beneden agenten bij elke ingang geposteerd, die grondig te werk waren gegaan en de identiteit van iedereen hadden vergeleken met de lijst namen die ze hadden gekregen.

Iedereen ging zitten, de twee in de rolstoel namen plaats aan de uiteinden van de tafel. Ze groepeerden zich in ploegen, constateerde Kate met een stille zucht. Zij zat het dichtst bij Decker, met Troy, Zimmerman en Adam Kimble aan haar kant van de tafel. Diesel Kennedy zat bij Stone, met Marcus aan Diesels andere kant. Dat Scarlett naast Marcus was gaan zitten kwam niet als een verrassing. Dat Scarlett Kate een nauwelijks verholen waarschuwende blik toewierp was ook geen verrassing, gezien de terughoudendheid waarmee de rechercheur die ochtend had toegezegd de geheimen van haar nieuwe liefde te zullen delen. Ze hadden een hoop meegemaakt, had Scarlett gezegd. Kate zag het onuitgesproken *kwets hem niet* in de blik van de donkere ogen van de vrouw. Dat Scarlett Bishop kinderen wilde beschermen leed geen enkele twijfel. Maar ze was hier ook om Marcus, Stone en Diesel te beschermen en ze wilde dat Kate dat wist.

Deacon zat naast Scarlett, wat hem aan de andere kant van Decker plaatste, recht tegenover Kate. Hij zag zichzelf als de verbindende factor, dacht Kate. Maar toen wisselden Scarlett en hij een grimmige blik, waardoor Kate zich afvroeg hoeveel haar voormalige partner werkelijk wist.

Lange tijd deed iedereen er het zwijgen toe en zat elkaar ondertussen argwanend op te nemen. Kate besloot een poging te doen om het ijs te breken en hoopte dat haar luchtigheid haar niet duur te staan zou komen.

'Als ik had geweten dat we deze vergadering zouden houden,' zei ze spottend, 'dan had ik T-shirts laten maken. Je weet wel, "Team Politie" en "Team *Ledger*".' Er werd een beetje gemeesmuild, wat haar de moed gaf om door te gaan. 'Of misschien gewoon één shirt – "Team We-pakken-McCords-partner-en-bergen-hem-voor-altijd-op".'

Marcus' lach klonk zacht en diep en... melodieus. De man had een stem die kon troosten en verleiden en dat was precies wat hij deed. 'Dat is aan de lange kant, Kate, maar het is wel een shirt dat ik zou dragen.' Hij keek naar Diesel en toen naar zijn broer en werd weer ernstig. 'Ik wil dat iedereen weet dat wat zij hebben gedaan op mijn verzoek gebeurd is. Ik ben de enige die verantwoordelijk is.'

'Gelul,' snauwde Diesel. 'Wat wij hebben gedaan, deden we uit eigen beweging.'

'En we zouden het zo weer doen,' voegde Stone er op zachte toon aan toe. 'Maar we zouden het wel beter doen, want we hebben blijkbaar iets heel belangrijks over het hoofd gezien.'

Deacon had gelijk, dacht Kate. *Stone had niet moeten komen.* Alleen al het in die rolstoel zitten had hem duidelijk uitgeput. Maar sommige dingen moesten onder ogen worden gezien en ze had het grootste respect voor Stone O'Bannion omdat hij hier was.

'Misschien moeten we bij het begin beginnen,' zei Kate zacht. 'Ik neem aan dat jullie van de *Ledger* degenen waren die de autoriteiten "anoniem" op de hoogte hebben gebracht van McCord. Ik neem ook aan dat als jullie wisten wat er op zijn harde schijf stond, jullie op de een of andere manier erin zijn geslaagd die te hacken en een kijkje hebben genomen.'

Marcus knikte. 'Dat klopt.' Hij aarzelde en sloeg zijn ogen toen op naar het plafond. 'Er lopen heel slechte mensen rond die door de mazen van de wet weten te glippen. Dat zien we elke dag weer. We schrijven erover. Het maakt ons misselijk.'

'Dus jullie zetten de zaken recht waar jullie kunnen,' zei Decker. Zijn toon was op de man af, zonder te veroordelen.

Marcus' mondhoeken gingen omhoog. 'Ja, het was dat of stilletjes gek worden.'

'Niet zo heel stilletjes,' reageerde Stone droog, Zijn gezicht stond strak. 'We hebben mensen gepakt die vreselijke dingen hadden gedaan. Niet verkeerd oversteken of winkeldiefstal of zo. We pakten mensen die kinderen hadden misbruikt en dachten dat ze daarmee weg waren gekomen, of dat nu kwam door gladde advocaten, incompetente politie of maatschappelijk werkers, of gewoon omdat ze in staat waren hun slachtoffer zo veel angst aan te jagen dat die hun mond hielden.'

'Hoe kozen jullie je doelen?' vroeg Troy. 'Hoe kwamen jullie bij McCord?'

'Onze tips kwamen van verschillende bronnen,' zei Marcus ontwijkend. 'En ik ga jullie niet vertellen wie die bronnen zijn, dus vraag er alsjeblieft niet naar.'

‘Daar komen we nog wel op terug,’ zei Zimmerman beslist en onvermurwbaar.

Marcus keek hem met een flauwe glimlach aan. ‘Nee, meneer, dat doen we niet. Als u wil weten hoe we McCord te pakken hebben gekregen, dan moet u ons het verhaal laten vertellen zoals we dat het beste kunnen. Deze bijeenkomst gaat uitsluitend over McCord. Ik zal vertellen hoe we over hem te weten zijn gekomen, maar de andere figuren die we in de loop der jaren aan de kaak hebben gesteld vallen hier helemaal buiten. Ik kan wel zeggen dat geen van de bronnen bij die andere zaken de wet heeft overtreden. Sommigen van hen hebben misschien een of twee keer hun zwijgplicht geschonden. Assistenten van advocaten die goede mensen zijn en verschrikkelijke dingen zagen gebeuren. Hier en daar een maatschappelijk werker. Een docent die het misbruik van een leerling meldde, maar zag dat er niets veranderde aan de situatie. Dingen die hun ontslag zouden kunnen betekenen als bekend werd dat ze die aan ons hadden verteld, maar geen dingen waarvoor ze gearresteerd kunnen worden. Ik hoop dat dat uw zorgen een beetje wegneemt.’

Zimmerman keek naar Deacon. ‘Nou? Kan dat mijn zorgen wegnemen?’

‘Ik denk dat u hem zijn verhaal op zijn eigen manier moet laten vertellen,’ zei Deacon zonder aarzelen.

Zimmerman zuchtte. ‘Prima. Ga verder, alstublieft, meneer O’Bannion.’

Marcus knikte. ‘Oké. Ik ben persoonlijk getipt over McCord. Ik ben als vrijwilliger coach van een van de junior footballteams van de universiteit. De *Ledger* sponsort jeugdsport. Dat maakt deel uit van onze activiteiten voor de gemeenschap. Dat zorgt ook voor contacten in die gemeenschap. En het creëert een omgeving waar kinderen zich vrij voelen om te praten.’

Decker boog zich voorover. ‘Is dat de reden dat je voetbalpupillen traint, Diesel?’

Het gezicht van de grote man werd rood van ongemak. ‘Een van de redenen, ja. De meeste van deze kinderen groeien op in een omgeving zonder mannelijk rolmodel. Net als mij ook is overkomen.’ Hij haalde zijn schouders op. ‘Ik wil dat zij het beter hebben, dat is alles. Niks bijzonders.’

‘Dat is wel bijzonder,’ zei Decker op vriendelijke toon. ‘Want ik was ook een van die kinderen en ik zou veel profijt hebben gehad van iemand die om me gaf. Sorry, Marcus. Het was niet mijn bedoeling je te onderbreken. Ga verder, alsjeblieft.'

Kate was geraakt en wilde op dat moment Deckers hand pakken, maar dat kon niet. Niet terwijl iedereen zat te kijken. *Later*, dacht ze, terwijl ze de brok in haar keel wegslikte en zich afvroeg hoe het in vredesnaam mogelijk was dat een man met een dergelijk gevoel voor medeleven in staat was geweest drie jaar lang te overleven in het hol van het monster.

Marcus wierp Decker een dankbare blik toe, want de uitdrukking op Diesels gezicht was een fractie minder ongelukkig geworden. 'Ik begon verhalen over McCord te horen van een paar van de leden van het team, leerlingen in zijn klas. Ik ken die jongens en ze vertrouwen me. Ik ga dat vertrouwen niet beschamen door hun namen door te geven, maar ik zal ze vragen zich te melden en jullie te vertellen wat ze weten. Geen van hen heeft gezegd dat McCord meer heeft gedaan dan hun te veel aandacht geven. Daar heb ik naar gevraagd. Geen van hen heeft toegegeven te zijn gefotografeerd of op een of andere manier te zijn misbruikt.'

Zimmermans ongenoegen was duidelijk. 'Zullen ze zich melden?'

Marcus haalde zijn schouders op. 'McCord is dood. Hij kan ze niets meer doen. Maar je weet nooit hoe kinderen zullen reageren. Misschien dat ze zich helden voelen omdat ze geholpen hebben hem te pakken te krijgen. In dat geval zullen ze wel meewerken. Maar misschien willen ze niet dat iemand denkt dat ze zijn misbruikt – vooral de jongens niet. Het is een lastige leeftijd. Het zou hen tot doelwit kunnen maken van pestkoppen als ze toegeven dat McCord ze heeft betast. Dat heeft gevolgen voor hun status in de roedel.'

'Als ze ermee instemmen om met ons te praten, dan moeten we zorgen dat Meredith Fallon erbij aanwezig is,' merkte Kate op aan het adres van Zimmerman. 'Ze zouden hier sowieso therapie voor moeten hebben gekregen.'

Zimmerman knikte. 'Mee eens. Dus McCord was hun leraar, Marcus?'

'Ja. Hij gaf eerstejaars natuur- en scheikunde en had de neiging zich dichter over de kinderen te buigen dan ze prettig vonden wanneer hij hun laboratoriumproeven beoordeelde. Verder kwamen ze eigenlijk niet met hem in aanraking. Hij was niet betrokken bij clubs of andere buitenschoolse activiteiten.'

Kate keek Deacon aan. 'Leraar natuur- en scheikunde,' mompelde ze.

Deacons mondhoeken gingen omhoog. 'Ga je gang, o origamikoningin. Het is aan jou om te vertellen.'

Dat deed Kate dus en ze maakte hen deelgenoot van wat ze die ochtend in het mortuarium te weten waren gekomen over de ricine. 'We vroegen ons af of McCords partner misschien een collega was. Dat lijkt nog logischer als hij scheikundeleraar is.'

Marcus fronste nadenkend zijn voorhoofd. 'Het zou kunnen. Maar ik kan me niet herinneren dat de leerlingen andere docenten hebben genoemd. En daar heb ik ook naar gevraagd. Het was alleen McCord waar ze de rillingen van kregen.'

'Het blijft goede informatie, Kate,' zei Troy. Ze had hem vanuit haar auto gebeld toen ze terugkwam uit het mortuarium. Als haar partner had hij er recht op dat ze hem bijpraatte voor ze de anderen op de hoogte stelde en hij had dat gewaardeerd en ermee ingestemd. 'Misschien geeft hij op een andere school les. Ik heb na ons gesprek een lijst opgesteld van natuur- en scheikundedocenten in het district. Daar zijn er niet zo veel van, zeker als je bedenkt dat Alice hem "hij" noemde op die opnamen van Decker.'

Zimmerman keek nadenkend. 'Ik zou toch hopen dat eventuele leerlingen die het slachtoffer van hem zijn geworden zich na de arrestatie van McCord zouden hebben gemeld, vooral nadat ze hadden gezien dat misbruikers worden gestraft.'

Stone schudde zijn hoofd. 'Veel te veel kinderen die slachtoffer zijn houden hun mond. Het is niet dat ze niet willen, maar ze kúnnen niet. Het is alsof... er een muur in ze zit die ze niet kunnen slechten. Ik zou er niet op rekenen dat slachtoffers van de partner zich melden. Te veel schande en te veel te verliezen.'

Kate zag de pijn in Marcus' ogen terwijl zijn broer zo feitelijk, zo afstandelijk sprak. Alsof hij de woorden uit een boek opdreunde. Kate vroeg zich af hoeveel Stone uit eigen ervaring wist, maar dat waren haar zaken niet.

'Hoe hebben jullie McCord nou te pakken gekregen?' vroeg ze Marcus.

'Dat heb ik gedaan,' zei Diesel ronduit. 'Ik kan aardig overweg met computers.'

Stone snoof. 'En Rembrandt knoeide wat met verf. Diesel is een kunstenaar. Zijn medium is hacken.'

'Jezus, Stone,' mopperde Diesel. 'We zitten verder niet met de FBI te praten of zo.'

'Je zou er dagenlang omheen hebben gedraaid en daar heb ik de energie niet voor.' Stone keek Zimmerman recht in de ogen. 'Diesel heeft ingebroken in McCords thuisnetwerk. Heeft hem een paar dagen gekost. Die hufter stikte van de netwerkbeveiliging.'

'Het was verrassend goed beveiligd,' gaf Diesel toe. 'Toen wist ik dat we op het goede spoor zaten. Normaal gesproken kost het me hooguit een paar uur. De meeste mensen veranderen nooit de fabrieksinstellingen van hun router. Aan de andere kant, de meeste mensen hebben ook geen harde schijf vol kinderporno,' voegde hij er bitter aan toe. Hij slikte moeizaam en sloeg zijn ogen neer. 'Echt smerige troep,' fluisterde hij.

'Ik weet het,' zei Adam zacht.

Diesel richtte zijn wanhopige blik op Adam. 'Ik vind het vreselijk dat je dat hebt moeten bekijken, man.'

Adam glimlachte triest. Hol. 'Ik ook.'

'Dus, Diesel, je brak in,' zei Kate op vriendelijke toon. 'En toen?'

'Ik ging er meteen weer uit,' antwoordde Diesel met een huivering. 'Om precies te zijn, ik gaf over en ging er toen pas uit. Ik... ik was niet voorbereid op wat ik aantrof. Normaal gesproken maak ik een kopie van datgene wat ik op iemands harde schijf vind, maar die keer niet. Dat kon ik niet. Dat wilde ik niet. Ik heb de tekstbestanden gekopieerd, meer niet. Geen foto's. Geen videobestanden. Toen ben ik eruit gegaan en heb Stone gebeld. Samen hebben we het Marcus verteld, die het CPD en de ICAC heeft gewaarschuwd. Anoniem. Voor ik het goed en wel besefte deden ze een inval in McCords huis en namen ze zijn computer mee.'

'Ze kregen een huiszoekingsbevel op basis van jullie tip,' zei Adam, maar hij zat met gefronste wenkbrauwen te kijken. 'Ik had een print van McCords bestandenlijst, maar daar stonden geen tekstbestanden tussen. Alleen beeldbestanden.'

Diesel leunde achterover en keek hem ongelovig aan. 'Wat? Dat is onmogelijk.'

'Wij hadden de tekstbestanden die Diesel heeft gekopieerd in ons bezit,' zei Scarlett. 'Die heb ik aan de ICAC gegeven als onderdeel van het bewijsmateriaal in deze zaak. Ik heb ze persoonlijk overhandigd. Ik ben daar binnengewandeld met de harde schijf in mijn hand en ik heb een ontvangstbewijs, dus ik weet dat ze ze hebben.'

'Heb je bij de ICAC gezegd dat ze van McCord waren?' vroeg Adam.
'Natuurlijk.' Maar toen aarzelde Scarlett. 'Ik weet bijna zeker dat ik dat heb gedaan. Dat moet wel.'
'Ze hebben me toegang gegeven tot alles waar McCords naam op stond,' zei Adam. 'Er was niets, behalve de computer die ze negen maanden geleden uit zijn huis hebben meegenomen.'
'Misschien hadden ze het nog niet geregistreerd,' suggereerde Deacon. 'Die gasten lopen altijd achter omdat ze niet genoeg mensen hebben voor al dat werk.' Hij vertrok zijn gezicht. 'Al zetten ze elke man en vrouw van het CPD in voor het werk van de ICAC, dan zou het nog niet genoeg zijn.'
'Zo is het maar net,' mompelde Adam. 'Geef me even een ogenblik.' Hij tikte een tekst in op zijn telefoon. 'Ik heb nu net de rechercheur van de ICAC gevraagd te kijken welk bewijsmateriaal staat te wachten om te worden geregistreerd.'
Scarlett wreef met een gebaar van frustratie in haar ogen. 'Ik heb het daarnaartoe gebracht de dag nadat vorige week alles klapte. Stone lag in het ziekenhuis, net als agent Davenport, en we hadden zo veel mensen verloren... Ik heb het daarheen gebracht en ben ermee naar binnen gewandeld. Ik wilde niet dat het langer in ons bezit was dan strikt noodzakelijk. Mijn hemel, stel dat ik het niet fatsoenlijk heb geregistreerd.'
Maar Diesel zat zijn hoofd al te schudden. 'Dat zou niet mogen uitmaken, Scarlett. Wat je ze vorige week wel of niet hebt gegeven was bewijs dat ze al hadden. Ze hebben het al negen maanden. Het enige op die harde schijf die ik je vorige week heb gegeven was spul dat negen maanden geleden op McCords computer stond.'
Scarlett knikte. Ze probeerde zichzelf zichtbaar tot kalmte te manen. 'Dank je, Diesel. Ik zou het niet kunnen verdragen als ik wist dat ik een monster zelfs maar een extra week heb laten rondwaren.'
'Maar dat is precies wat ik probeer te zeggen, Scarlett,' zei Adam. 'Er stonden geen documenten op de schijf die ze uit McCords huis hebben gehaald.' Hij haalde zijn computertas tevoorschijn vanonder zijn stoel, legde hem op tafel en haalde er een dunne stapel papier uit met rijen en rijen tekst. 'Dit is de print van alle filenamen op McCords computer. Geen punt-docs. Geen video's.'
Deacon kwam half overeind en stak zijn hand uit naar de papieren op tafel. 'Laat eens zien.' Zijn witte wenkbrauwen kwamen bij elkaar

terwijl hij de papieren op tafel legde en Scarlett en hij ze samen pagina voor pagina doornamen. Na de laatste pagina keek hij op. 'Dit klopt niet. Of er klopt íéts niet. Ik heb de inhoud van de schijf gezien. Er waren alléén maar tekstbestanden.'

Zimmerman zoog zijn adem naar binnen. 'Je hebt niet verteld dat jij het ook hebt gezien, Deacon.'

'Ik heb Deacon nooit gezegd hoe ik aan die schijf kwam,' kwam Scarlett tussenbeide voor Deacon iets kon zeggen. 'Hij wist het niet.'

'Natuurlijk wist ik dat wel!' Deacons kaak spande zich uit irritatie. 'Ik ben niet achterlijk, Scar. Diesel kan waanzinnig goed met computers overweg. Ik heb één en één bij elkaar opgeteld en toen kwam ik uit op twee.' Hij wendde zich tot Zimmerman. 'We dachten dat er misschien iets op stond wat ons naar het onderkomen van de mensenhandelaren kon leiden. Dat was niet het geval.'

'Was je van plan me dat te vertellen?' vroeg Zimmerman.

'Nee,' antwoordde Deacon kortaf. 'McCord was dood. De ICAC had zijn files. We hadden de slechteriken te pakken. We dachten dat het achter de rug was. Eerlijk gezegd zag ik daar het nut niet van in.'

Zimmerman was duidelijk niet blij. 'Daar hebben we het later wel over. Laten we er eerst maar eens zien achter te komen hoe Diesel aan een kopie komt van iets wat schijnbaar niet bestaat.' Hij wendde zich tot Diesel. 'Hoeveel tijd is er verlopen tussen de belangrijkste gebeurtenissen op de tijdlijn? Wees zo nauwkeurig als je kunt.'

Diesel streek met zijn hand over zijn geschoren hoofd. 'Ik ben rond een uur of tien die avond door McCords netwerkbeveiliging gebroken. Dit was een tijd terug, nog voor Kerstmis, dus ik ben misschien niet heel exact.'

'Doe je best,' zei Zimmerman.

'Geen druk,' mompelde hij. 'Weet jij het nog, Stone? Ik heb je meteen nadat ik het had gevonden gebeld.'

'Dat was rond kwart voor elf, want *Criminal Minds* was op tv. Ik moest die aflevering opnemen om de afloop te kunnen zien, want ik heb alles uit handen laten vallen en ben naar je toe gekomen op kantoor. Je hebt me toen laten zien wat je had en daarna belden we Marcus.'

'Het was halftwaalf toen ze me belden. En ik zat geen tv te kijken. Ik weet het nog omdat Diesel in paniek begon te raken en dat gebeurt niet zo gemakkelijk. Tenzij ziekenhuizen en artsen om de hoek komen kijken, maar dat is een heel ander verhaal.'

'Hartelijk dank, Marcus,' mopperde Diesel. 'Kun je het de volgende keer misschien in de krant zetten?'

'We waren er zelf ook al achter,' zei Decker droog. Hij schudde zijn hoofd toen Diesel zijn armen snuivend over elkaar sloeg. 'Marcus, wanneer heb je de ICAC gebeld en waar vandaan?'

'Met een wegwerptelefoon terwijl ik in mijn auto zat, pal voor hun kantoor. Gezien wat Diesel had ontdekt, wilde ik niet het risico lopen dat het telefoontje naar mij, mijn kantoor of mijn huis kon worden herleid. Het kostte me ongeveer een kwartier om bij de ICAC te komen, dus kwart voor twaalf. Ze vielen om zes uur de volgende ochtend bij McCord binnen. Ze kwamen net aanrijden op het moment dat hij naar buiten kwam om zijn krant te pakken.' Hij haalde zijn schouders op. 'Ik stond klaar met mijn camera. Dat is de foto die we op de voorpagina van de *Ledger* hebben gezet – McCord die in zijn kamerjas werd gearresteerd.' Hij stak zijn hand op toen Zimmerman op het punt stond een vraag te stellen. 'Ik had een tip gekregen via mijn persoonlijke mobiele nummer. Ik heb geen idee wie het was. Ik weet niet of zij wisten dat ik het was die hun die informatie had gegeven. Ik vroeg me af of het een kwestie was van voor wat, hoort wat. Maar dat weet ik niet zeker en dat is de waarheid.'

'Heb je geprobeerd het nummer na te trekken waardoor je werd gebeld?' vroeg Decker.

'Natuurlijk heb ik dat gedaan. Het was niet traceerbaar, net als dat van mij.'

'Dus er zit een lek bij de ICAC,' constateerde Zimmerman kil.

Marcus haalde zijn schouders op. 'Of misschien is het iemand die het beu is dat kindermisbruikers er met een tik op de vingers van afkomen. McCord is uiteindelijk berecht door de publieke opinie. Die foto die ik van hem in zijn kamerjas heb genomen heeft in het hele land in alle belangrijke kranten gestaan.' Zijn stem klonk nu net zo kil en was scherp als een scheermes. 'Hij is totaal vernederd. Zijn leven zoals hij dat kende was kapot. Net zoals hij de levens kapot had gemaakt van al die kinderen op al zijn foto's.'

Zimmerman hield zijn blik gevangen. 'En beschouwt u dat als gerechtigheid, meneer O'Bannion?'

'Nee,' antwoordde Marcus kalm. 'Maar moord is helaas nog steeds verboden.'

Kate kromp ineen en ze stond op het punt om tussenbeide te komen en het gesprek een meer neutrale wending te geven, want Zimmerman had zijn ogen tot spleetjes geknepen en hij leek zijn mening over Marcus O'Bannion te herzien. Maar Decker was haar voor.

'Goed gesproken,' zei hij en hij vertrok geen spier toen Zimmerman zijn kille blik op hem richtte. 'Als ik in die drie jaar dat ik undercover was iets heb geleerd, dan is het wel dat deze misdadigers gedreven worden door hebzucht, macht en ego. McCord is alle drie kwijtgeraakt, op een spectaculaire manier. Zijn dood in de gevangenis was ook geen gerechtigheid. Die was veel te snel en veel te pijnloos, maar het heeft de kosten van een openbare rechtszaak uitgespaard en – nog belangrijker – het heeft voorkomen dat zijn slachtoffers tegen hem hebben moeten getuigen. Desalniettemin,' ging hij onverdroten verder voor Zimmerman de kans kreeg om te reageren, 'denk ik wel dat we ons moeten concentreren op een lek bij de ICAC, meneer. Er is in die zes uur tussen het anonieme telefoontje van Marcus en de inval bij McCord iets gebeurd, want op de een of andere manier zijn er bestanden verdwenen – en McCord zelf was niet gewaarschuwd. Als dat zo was geweest, zou hij zijn harde schijf hebben gewist en dan zou de politie bij die inval niets hebben gevonden.'

Hij hield zijn toon aangenaam, niet bedreigend en heel beleefd en liet iets van zijn accent doorklinken. Dat deed hem volks en ernstig klinken.

Zimmerman trapte er niet in. 'Denk maar niet dat je me kunt afleiden, agent Davenport.'

'Natuurlijk niet, meneer,' zei Decker op milde toon. 'Ik zou niet durven.'

'Maar je hebt wel gelijk,' gaf Zimmerman toe. 'Aangenomen dat er met de harde schijf van McCord is gerommeld.'

'Zou de ICAC daar geen sporen van hebben gevonden?' vroeg Troy. 'Een of andere aanwijzing dat er bestanden zijn verwijderd?'

'Als ze hebben gezocht,' zei Decker. 'Maar waarom zouden ze? Ze hadden de hoofdprijs binnen met wat ze hadden gevonden. Ze hadden hem gepakt, met zo veel porno dat hij nooit op borgtocht vrij zou komen.'

Er was iets, dacht Kate gefrustreerd. Ze zagen iets over het hoofd. Ze boog haar hoofd en deed haar ogen dicht. Probeerde na te denken. 'Wat stond er in die tekstbestanden?' vroeg ze.

Haar vraag werd beantwoord met stilte en toen ze opkeek zag ze dat iedereen aan de *Ledger*-kant van de tafel elkaar vragend zat aan te kijken. 'Heeft niemand ze geopend?' vroeg ze ongelovig.

Hoofden gingen heen en weer. Behalve dat ene felwitte dat recht tegenover haar zat.

Deacon zuchtte. 'We hebben ze allemaal vluchtig bekeken, omdat we zochten naar aanwijzingen voor de verblijfplaats van de mensenhandelaren. Het waren verhalen.' Hij slikte hevig. 'Dialogen.'

'Scripts?' vroeg Decker aarzelend.

'Misschien.' Deacon maakte een misselijke indruk. 'Ik weet het niet.'

Kate voelde zich net zo misselijk worden bij de gedachte aan McCord en diens partner die achteloos kinderen misbruikten alsof dat hun goed recht was, levend in de veronderstelling dat ze nooit gepakt zouden worden, dat ze ermee weg konden komen. Haar onrust nam toe en het ruisen in haar hoofd veranderde langzaam in een storm.

Niet nu. Voor ze het wist reikten haar handen onder haar stoel, op zoek naar haar breitas. Ze gaf eraan toe en pakte haar breinaalden zo stevig beet dat het een wonder mocht heten dat ze niet braken.

'Maar waarom?' vroeg Scarlett. 'Waarom zou iemand scenario's verwijderen en echte foto's laten staan?'

'Ze hebben ook videobestanden verwijderd,' merkte Diesel op. 'Er wáren video's. Lange. Sommige duurden meer dan een uur. Hoe hebben ze dat gedaan? Hebben ze de boel net als ik weten te hacken? Hebben ze in zijn huis ingebroken? En hoe konden ze het weten? Wij hebben het niet verteld – Stone, Marcus en ik waren de enigen die dat die avond wisten. Heeft iemand bij de ICAC ze getipt?'

Lange tijd zei niemand iets.

'Dat moet wel,' zei Decker somber. 'De handelaren – vooral Alice – gaven Marcus de schuld, en alleen Marcus. Je had negen maanden geleden toen McCord net in de bak was beland dood moeten gaan, Marcus.' Hij masseerde zijn voorhoofd met de hand waar het infuus niet in zat zo hard dat de huid rood zag. 'Ik probeer me te herinneren... Het was een gesprek dat ik toevallig opving toen ik nog lijfwacht was – voor ik me liet overplaatsen naar de boekhoudafdeling.'

Door zich te laten neerschieten, dacht Kate plotseling verblind door woede. Troy had dat stukje informatie met haar gedeeld toen ze terugreed van het mortuarium. Twaalf keer, had Troy verteld. Decker was twaalf keer neergeschoten, waarvan één keer met opzet.

Niet nu. Ze kon later wel weer kwaad worden. Nu zat Decker met horten en stoten te praten terwijl hij een stuk herinnering probeerde op te diepen en ze moest zich concentreren. Ze ontspande haar handen, want die waren verkrampt en haar naalden waren halverwege een steek blijven hangen. Een paar keer diep ademhalen en ze was weer terug in het hier en nu, haar handen bewogen soepel en hielden de ongeruste kant van haar hersenen te veel bezig om te kunnen imploderen. Net als een hamster in een tredmolen moest ze haar brein bezig blijven houden.

Rennen, hamstertje, rennen.

Verdomme, Kate. Luister.

Een onverwacht gebrom dat de tafel deed trillen zorgde voor de afleiding die ze nodig had om haar op hol geslagen gedachten in toom te houden. Ze dwong zichzelf zich te concentreren, want Adam Kimble zat naar zijn telefoon te staren.

'Shit,' bracht hij uit en hij keek op. 'De ICAC is niet achter met het registreren van bewijsmateriaal. De rechercheur heeft een notitie gevonden dat jij een harde schijf hebt afgeleverd, Scarlett, maar de schijf is er niet. Het vak in de opslag waar hij zou moeten liggen is leeg. Het register zegt dat hij is opgehaald.'

'Door wie?' vroeg Zimmerman, op een toon die duidelijk maakte dat hij het antwoord eigenlijk niet wilde horen.

'Door rechercheur Scarlett Bishop,' zei Adam grimmig.

10

Cincinnati, Ohio, donderdag 13 augustus, 17.45 uur

Wel verdomme, dacht Decker vermoeid, want a: er zat niet alleen een lek bij de ICAC, er was sprake van een regelrechte verrader, en b: Scarlett Bishop was wit weggetrokken van woede of van de schok. Hij nam aan dat het een combinatie van beide was, aangevuld met een flinke portie paniek omdat de vrouw dacht dat ze haar carrière voor haar ogen in rook zag opgaan.

'Maar dat heb ik niet gedaan,' zei ze en haar stem was heel zacht geworden.

'Natuurlijk heb je dat niet gedaan,' verklaarde Kate, die de afgelopen minuut op wonderbaarlijke wijze haar kalmte had hervonden. Daarvoor leek ze zo'n beetje uit haar eigen huid te zullen kruipen – hij had de bezorgdheid van haar voelen afstralen. Nu tikten haar breinaalden ritmisch tegen elkaar. 'Ze hebben jou uitgekozen omdat jij degene was die hem heeft gebracht en als hij zou verdwijnen en je daar een punt van maakte, zou jij met de billen bloot moeten en vertellen hoe je om te beginnen aan die harde schijf was gekomen.'

Daar had niemand iets tegen in te brengen en Decker merkte dat hij zich ontspande, net als Scarlett en Marcus, die Scarletts hand had gepakt en er stevig in kneep. 'Wat nu?' vroeg Marcus.

Kate glimlachte de krantenman bemoedigend toe. De man was duidelijk geschokt door de poging om Scarlett in diskrediet te brengen. 'Niets anders dan we vijf minuten geleden aan het doen waren,' zei ze. 'We moeten die verrekte compagnon van McCord vinden en hem voor eeuwig achter de tralies zetten. De wetenschap dat er ergens een corrupte politieman rondloopt geeft ons alleen maar een nieuw spoor om te volgen.'

'Ze hebben hun hand overspeeld, Scarlett,' zei Decker, die vol bewondering was voor de manier waarop Kate ervoor had gezorgd dat ze zich niet lieten afleiden. 'Ze hadden niet verwacht dat jij vrijwillig zou toegeven dat je samenwerkte met hackers. Nu hebben ze ons een manier gegeven om ze in verband te brengen met McCords verrekte compagnon.'

Kate wierp hem een knipoog toe alvorens haar blik weer op haar breiwerk te richten, maar Decker liet zich niet voor de gek houden. Ze was zich volledig bewust van hetgeen er aan tafel gebeurde.

'Dit is ook wat er gebeurt als je alles met je chefs bespreekt,' voegde Zimmerman er aan het adres van Scarlett en Deacon aan toe. 'Geef deze mensen niets waarmee ze je kunnen chanteren. Ik neem aan dat je je inspecteur op de hoogte hebt gebracht, rechercheur Bishop?'

'Voor ik hierheen kwam,' bevestigde Scarlett. 'De hiërarchie. Bovendien was dat het juiste om te doen.'

'Mee eens,' knikte Zimmerman instemmend. Hij wendde zich tot Decker. 'Je was iets aan het zeggen over een gesprek dat je hebt opgevangen.'

Decker knikte. De afleiding had hem in de gelegenheid gesteld zijn gedachten te ordenen – een echte uitdaging naarmate hij langer wakker was. Hij wilde niet toegeven dat Dani Novak gelijk had, maar ze had vréselijk gelijk. Hij moest rusten. 'Het was begin november, vlak na Halloween. Alice en haar vader waren in gesprek met haar vaders vriend.' Hij vertrok zijn gezicht, de herinnering bracht een nare smaak in zijn mond. 'Ze waren kwaad op McCord omdat hij zijn handen niet thuis had kunnen houden en op Marcus omdat hij zo'n... bloedzuiger van een persmuskiet was.' Hij zweeg even en wierp een blik in de richting van Marcus. 'Sorry.'

'Ik heb wel ergere dingen te horen gekregen,' verzekerde Marcus hem.

'Ze discussieerden over wat ze met jou aan moesten, Marcus. Alice was heel praktisch. Je moest uit de weg. Ze hadden al afgerekend met McCord. Alleen noemden ze niet zijn naam of die van jou. Ze noemden hem gewoon "Idioot". Jij was "Muskiet". De vader van Alice zei...' Decker wreef opnieuw over zijn voorhoofd, ondertussen heftig met zijn ogen knipperend. Niemand verroerde zich, om hem in de gelegenheid te stellen na te denken. Dat waardeerde hij. 'Hij wilde je ook dood hebben. Het was de vriend die erop stond dat ze zouden wachten. Je lag op dat moment in het ziekenhuis. Ze zeiden dat je de verkeerde slang aan zijn staart had getrokken en dat die je in je reet had gebeten.'

Scarlett trok haar wenkbrauwen op. 'Nou, zo kun je er ook tegenaan kijken. Marcus redde een jonge vrouw het leven en liep daarbij tegen een kogel van een moordenaar aan.'

'Ik ken het verhaal inmiddels.' Decker wierp de *Ledger*-kant van de tafel een ironische glimlach toe. 'Ik heb erover in jullie krant gelezen, maar ik wist op dat moment niet over wie ze het hadden.' Hij wist dat Marcus en Stone hun jongere broer verloren hadden door de hand van dezelfde moordenaar en dat de kogel die Marcus had opgevangen hem ook bijna had gedood. 'Hoe dan ook, het feit dat je op dat moment in het ziekenhuis lag heeft je het leven gered, Marcus. Ze namen aan dat je uitgeschakeld was en niet in staat zou zijn om verder te graven bij die leraar. Ze wilden je in de gaten houden tijdens je herstel om te zien of je verder zou gaan met het onderzoek. Alice zei dat ze zich geen zorgen hoefden te maken, dat zij ervoor zou zorgen en dat als je wel zou besluiten de draad weer op te pakken, ze een vriend had die in een positie verkeerde om haar dat te laten weten. Haar vader vroeg of die vriend discreet en betrouwbaar was en Alice zei...' Hij fronste zijn voorhoofd terwijl hij zich de juiste woorden probeerde te herinneren, want dit was belangrijk. 'Iets in de trant van "Hoe denk je dat we wisten dat zijn computer gewist moest worden? Hij heeft ons gered." Haar vader vroeg wat die vriend daarvoor in ruil verlangde. Alice zei niets, maar allebei de mannen kreunden en haar vader zei: "Dat wil ik niet weten. Geen woord meer." Ik nam aan dat dat wilde zeggen dat ze de man seksuele diensten had verleend voor zijn informatie.'

Zimmerman vertrok zijn gezicht. 'Mijn god, hij moet wanhopig zijn geweest. Ze was best knap, denk ik, maar als je het hebt over een zwarte weduwe... Ik sta ervan te kijken dat ze hem na afloop in leven heeft gelaten.'

Marcus huiverde. 'Ik wil er niet eens over nadenken.'

'Ik denk dat we wel zullen moeten,' zei Kate zonder op te kijken van haar breiwerk. 'We weten echt heel weinig over Alice, behalve dat ze een ongelooflijke bitch was.'

'Dat zie je goed,' mompelde Scarlett. 'En dat ze een sportschoolfanaat was. Zo hield ze Marcus in de gaten.'

Decker trok zijn wenkbrauwen op. Dat had hij niet geweten.

Kate wierp een blik in zijn richting en knikte hem toe. 'Alice stalkte hem. Ze deed alsof ze een jongere broer had die bevriend was geweest met de jongste van de O'Bannion-broers.'

'Degene die is vermoord?' vroeg Decker op gedempte toon en ze knikte voor ze zich tot de groep richtte.

'We weten ook dat ze lid werd van de sportschool toen Marcus daarheen ging nadat hij was hersteld van de kogelwond. Ze gebruikte een vals identiteitsbewijs en gaf een adres op dat niet bestaat. We weten niet waar ze werkelijk woonde.'

'In het huis van haar vader,' zei Decker, maar toen schudde hij zijn hoofd om zijn geheugen weer op gang te krijgen. 'Nee, dat klopt niet. Ze woonde daar op het laatst wel, maar niet in het begin.' Hij masseerde zijn slapen. 'Ik heb haar een paar keer naar huis gebracht.'

Kate's naalden hielden op te tikken. 'Echt waar?'

Hij wees naar haar breiwerk. 'Ga daarmee door, alsjeblieft. Het geluid helpt me nadenken. Ik denk dat dat tot me is doorgedrongen toen ik de afgelopen dagen in het ziekenhuis probeerde wakker te worden.'

Ze keek verrast, maar gehoorzaamde. 'Waar heb je haar naartoe gereden? Als ze haar eigen plek had, dan kunnen we daar misschien iets vinden wat verwijst naar mannen die ze diensten verleende.'

Hij schudde zijn hoofd. 'Ze heeft me nooit vertrouwd. Ik moest haar steeds op andere plekken afzetten, maar als je me een plattegrond geeft, dan kan ik de plekken die ik me herinner aangeven. Het was ergens in de buurt van Hyde Park, want daar ging ze heen als het echt heel koud was. Ik nam aan dat ze niet zo ver wilde lopen als het echt koud was.'

'Dat is misschien niet nodig,' zei Novak bedachtzaam. 'Wacht even.' Hij nam zijn laptop uit de tas en zette hem aan. 'Luister hier eens naar – het is een deel van dezelfde opname die we vanochtend hebben gehoord, vlak voor ze het over McCord en diens compagnon hadden. Het zijn nog steeds Alice en haar vader.'

'Demetrius doet wel net alsof hij een grote sterke vent is met een voorkeur voor martelen en mensen in elkaar slaan, maar als het op pijn aankomt is hij gewoon een jammerend kind. Hij doet net of het kleinste sneetje een amputatie is.' Het was Alice's vader die aan het woord was en Decker verzette zich tegen een golf van misselijkheid die hij voelde opkomen omdat hij wist wat er zou volgen. 'Zodra Decker ervoor heeft gezorgd dat hij niet doodbloedt, krijg ik wel uit hem wat ik wil weten.'

'Leuk.' Dat was Alice.

Ze hadden gekregen wat ze wilden hebben, dacht Decker. Maar hij was er niet in geslaagd te voorkomen dat de man doodbloedde. Hij steunde met zijn elleboog op de leuning van de rolstoel en liet zijn gewicht erop rusten terwijl hij zijn vuist tegen zijn lippen drukte en aan al het bloed dacht dat na dit gesprek was gevloeid. En de lichaamsdelen die Decker had opgeruimd.

Op de geluidsopname viel even een stilte. 'Wist je over dat volgsysteem?' vroeg de vader van Alice.

'Jawel,' antwoordde Alice. 'Al een paar maanden. Je hield op met te vragen waar ik heen ging als ik een afspraakje had. Sean ook.'

'Dat is de reden dat ik niets wist van jou en D.J.,' zei hij.

Novak zette de opname even stil. 'Sean was hun informaticaman. Hij is tegelijk om het leven gekomen met de man die jou heeft neergeschoten, Decker. Kate heeft ze uitgeschakeld.'

'Dat weet ik.' Decker keek niet naar Kate. Hij concentreerde zich alleen maar op het binnenhouden van Troy's smaakloze kip. 'Dat heeft ze me verteld.'

'D.J. is de zoon van Demetrius,' ging Novak verder, 'de man die hun "handelswaar" aankocht.' Hij richtte zijn merkwaardige ogen op Decker. Zijn gezichtsuitdrukking was nietszeggend. 'We hebben het lichaam van Demetrius achterin op het terrein gevonden. Ik vermoed dat het je niet is gelukt te voorkomen dat hij doodbloedde.'

'Nee,' antwoordde Decker zacht. 'Ik heb het geprobeerd. Ik wilde dat hij kon getuigen.'

'Dat was een akelige dood,' zei Novak en hij klonk bezorgd. 'Demetrius heeft zwaar geleden.'

Ja, dat had hij zeker. 'Komt er nog een vraag, agent Novak?' vroeg Decker. Hij hoorde zelf dat hij onduidelijk begon te praten. Hij begon aan het einde van zijn krachten te raken.

'Deacon,' zei Zimmerman bestraffend. 'Waar wil je naartoe?'

Novak fronste zijn voorhoofd. 'Ik weet dat een agent die undercover is soms dingen moet doen die hij niet wil doen. En ik weet dat agent Davenport mensen heeft gered wanneer hij daartoe in staat was, maar hij heeft ook toegekeken terwijl veel mensen werden vermoord. Ik vraag me gewoon af... Zou hij Marcus ook hebben laten sterven als ze hadden besloten hem uit te schakelen?'

Decker keek Novak recht in de ogen en antwoordde hem naar waarheid. 'Ik wist in november niet over wie ze het hadden, maar afgelopen week wel. Ik zou het hebben voorkomen als dat menselijkerwijs mogelijk zou zijn. Maar als je wil weten of ik mijn dekmantel in gevaar zou hebben gebracht, dan is het antwoord nee. Er stonden te veel levens op het spel. Ben je nu tevreden, agent Novak?'

'Nee, niet echt,' zei Novak, maar zijn vijandigheid werd een stuk minder. 'Ik vermoed dat er niet veel goede keuzes waren. Mijn excuses dat ik die vraag heb gesteld, maar ik moest het weten.'

'Nou, dan weet je het nu,' snauwde Kate. 'Speel de rest van dat gesprek af, dan kan hij uit die stoel en naar bed, waar hij thuishoort. Dat geldt ook voor Stone.' Ze keek naar de andere kant van de tafel en slaakte een zucht. Stone was in zijn rolstoel in slaap gevallen en zat zachtjes te snurken. 'Speel dat fragment af, dan kunnen we bedenken wat we hieraan moeten doen en dan kunnen Marcus en Diesel Stone naar huis brengen.'

Decker moest bijna glimlachen. Dat ze zich zorgen om hem maakte was lief, maar onnodig. 'Het gaat goed met me, Kate.'

'Gelul,' mompelde ze. 'Speel dat verdomde fragment af, Deacon.'

Novak keek berouwvol. 'Ik heb gezegd dat het me speet, Kate.' Ze maakte zonder iets te zeggen een gebaar in de richting van zijn laptop. Novak drukte op PLAY en opnieuw klonk de stem van Alice's vader.

'Zit het je... niet dwars? Dat ik jullie in de gaten hield?'

'Jawel.' Alice klonk geërgerd. 'Maar we wisten dat je je zorgen maakte om je team, dus we lieten gewoon onze telefoons thuis als we niet wilden dat je wist waar we waren.'

'Hoe wisten jullie het zeker?'

'Sean heeft je telefoon gehackt. Dat kostte hem ongeveer anderhalve minuut.'

Novak zette de opname uit. 'We hebben hun mobieltjes – dat van Alice en dat van haar vader. Als haar vader de telefoon van Alice online heeft gevolgd, kunnen we misschien via zijn mobiele telefoon toegang krijgen tot die informatie. Als Sean hem in een minuut heeft kunnen hacken, dan lukt ons dat misschien ook wel.'

'Hebben jullie niet geprobeerd hun telefoons te kraken?' vroeg Scarlett met een sceptische uitdrukking op haar gezicht.

Novak knikte. 'Ja, uiteraard. Maar we zochten naar bewijzen van deals en informatie over hun contacten – hun leveranciers en klanten. Niet naar de aanwezigheid van volgsoftware.'

Decker dacht dat het simpeler zou zijn om bij benadering een plaats te bepalen door een plattegrond te gebruiken en stond op het punt dat te zeggen, toen agent Troy een ouderwetse stadsplattegrond voor hem op tafel legde.

Decker negeerde de boze blikken van Novak en knikte Troy waarderend toe. 'Dank j–'

'Wacht.' Diesel stak zijn arm voor Marcus langs naar de print van McCords bestandenlijst. 'Laat me dit eens zien.'

Hij raakte Stone bij die beweging en Stone werd sputterend en gedesoriënteerd wakker. 'Verdomme, Diesel?' Hij schudde heftig met zijn hoofd en vertrok zijn gezicht. 'Wat ben je aan het doen?'

'Ergens naar kijken,' mompelde Diesel terwijl hij zijn blik over de geprinte pagina's liet gaan. Toen keek hij op naar Adam. 'Waar is de computer van McCord aangetroffen?'

Adam pakte een nieuwe stapel papieren uit zijn tas en begon erdoorheen te bladeren. 'Dit is het politieverslag. "Eén laptop, aangetroffen in de slaapkamerkast van de verdachte, weggeborgen in een met lood beklede brandwerende kluis." Hoezo?'

Diesel wees naar de lijst met bestanden van de harde schijf. 'Kijk eens naar de datums.'

'Ze zijn van binnen een jaar voor McCords arrestatie,' zag Scarlett.

Diesel schudde zijn hoofd. 'Nee. Deze kolom laat zien op welke datum de files zijn geopend. Dit zijn de datums waarop de bestanden zijn gemaakt. Elk bestand dateert van voor 2010.'

'Het gaat niet om nieuwe slachtoffers,' zei Adam fronsend. 'De foto's die ik vandaag heb gezien...' Hij aarzelde. 'Er waren niet veel aanwijzingen wat betreft de periode. Je weet wel, kleding en zo.' Hij bladerde door nog een paar pagina's en zuchtte. 'De laptop was niet eens uitgerust voor wifi. De kaart was eruit verwijderd.'

Diesel leunde achterover in zijn stoel. 'Dan was dit zeer waarschijnlijk McCords persoonlijke collectie. En niemand kan de bestanden van die laptop hebben verwijderd tenzij ze zich fysiek toegang hebben verschaft tot zijn huis en de laptop in handen hebben gehad. Ik zou geen toegang tot die laptop hebben kunnen krijgen, wat dat aangaat. Had hij nog een andere computer?'

'Ja. Er is niets op aangetroffen, dus is hij niet overgedragen aan de ICAC. Hij staat nog in de bewijsopslag van het CPD. Volgens het verslag was er niets wat erop wees dat ermee was geknoeid.'

Diesel snoof spottend. 'Alsjeblieft zeg. Ik laat nooit sporen na.'

Marcus kromp ineen. 'Eh, Diesel? FBI? Je hoeft niet zo trots te doen.'

Diesel haalde zijn schouders op. 'Ik heb niet bepaald veel geheimen over. Bovendien is het waar. En het is waarschijnlijk net zo waar als het om dezelfde harde schijf gaat die ik heb gezien en iemand anders heeft hem gekraakt en alle bewijzen van huidige misdaden gewist.'

'Ben je in staat om dat te zien?' vroeg Kate. 'Ik bedoel, kun je zien of het dezelfde harde schijf is die je hebt gezien toen je die avond de computer hackte?'

'Ja, dat kan ik zien. Er stonden nog andere dingen op – gewone dingen zoals belastingaangiften en McCords lesplan. Jullie IT-mensen zouden in staat moeten zijn om bewijzen te vinden dat er iets is geweest, zelfs als ze niet kunnen zien wat het was. Alleen omdat er bestanden zijn gewist, wil dat nog niet zeggen dat ze volledig verdwenen zijn, al lijkt het erop dat degene die dit heeft gedaan misschien bedreven genoeg was om ermee weg te komen.'

Decker keek op van de plattegrond waar hij mee bezig was. 'Als het de halfbroer van Alice was, Sean, dan was hij bedreven genoeg. Hij was gewoon een computergenie. En Alice heeft tegen haar vader gezegd dat Sean de partner van McCord na diens arrestatie heeft geholpen bij het opzetten van proxyservers en servers in het buitenland. Sean kan zijn binnengedrongen en alles wat als bewijs kon dienen hebben gewist.'

Diesel liet zijn schouders hangen. 'Dan kan het zijn dat alles weg is.'

Decker voelde zijn frustratie. 'Mogelijk, maar hun servers zullen nu inmiddels toch wel naar het buitenland zijn verhuisd, dus zou er geen elektronisch spoor meer zijn om te volgen. Ik vraag me af of Alice en de anderen dachten dat ze alles hadden geregeld door de bewijzen van McCords computer met wifi te wissen.'

Kate hapte even naar adem. 'O. Je bedoelt dat ze misschien niet wisten van het bestaan van de laptop in de kluis en dat ze geschokt waren toen hij werd gearresteerd of dat ze het wél wisten en hem hebben gebruikt om McCord erbij te lappen? Een soort zondebok of iets dergelijks.'

Decker knikte. 'Precies. Maar ik wed dat het eerste het geval was. Ik geloof niet dat ze het wisten.'

'Ik heb me af zitten vragen waarom ze dergelijk bewijsmateriaal hebben achtergelaten,' gaf Zimmerman toe. 'Het slaat nergens op, vooral omdat McCord de zwakke schakel leek. Toen ze hem vermoordden stond hij op het punt om als kroongetuige te dienen en ze er allemaal bij te lappen.'

Scarlett zat te knikken. 'En als McCords handlangers voor de inval niets afwisten van de laptop in de kast, dan verklaart dat ook waarom ze zo bang waren voor Marcus. Ze namen aan dat iemand zou zien dat de bestanden op McCords laptop allemaal van oudere datum waren en –'

'En dat die verdomde laptop niet gehackt kon worden,' onderbrak Diesel, 'dus hoe kon Marcus überhaupt iets hebben gezien wat de moeite waard was om te melden... anoniem?'

'En dat degene die me een uitnodiging heeft gestuurd om de arrestatie van McCord gade te slaan me dat zou vertellen, waarna ik dieper zou gaan graven.' Marcus leek iets te ontspannen. 'Degene die me die tip heeft gegeven was waarschijnlijk niet dezelfde die Alice tipte. Dat geeft me eerlijk gezegd een iets beter gevoel.'

'Oké,' zei Kate, die nog steeds zat te breien. 'We hebben twee lekken bij de ICAC en/of het CPD. Het ene is ons gunstig gezind – of Marcus, in ieder geval – en het andere zit bij de boevenploeg met McCords partner. We kunnen nagaan wie er dienst had op de avond dat Marcus zijn anonieme tip doorgaf of wie er opgeroepen werden om de inval voor te bereiden. Die zouden tijd hebben gehad om Alice in te lichten. We weten dat Alice een of andere seksuele relatie had met dat lek van de boevenploeg. Er kan ook nog sprake zijn geweest van een financiële beloning. We moeten onderzoek doen naar Alice's persoonlijke leven – en dat maakt het noodzakelijk dat we haar appartement vinden – om hopelijk een verband te vinden met de corrupte politieman.' Ze nam de breinaalden in één hand en zocht met de andere in haar tas. 'Ik moet een pen hebben om dit te noteren.'

'Novak maakt aantekeningen op zijn computer,' merkte Zimmerman op. 'Hij mailt ze wel naar je.'

'Dus blijf breien,' zei Novak met duidelijke genegenheid.

Ze grijnsde even, maar de grijns verdween meteen toen haar handen hun taak hervatten. 'Alice, corrupte agent...' mompelde ze. 'O ja. De moordenaar van Alice en de ricine. We moeten onderzoek doen naar McCords kennissenkring om erachter te komen wie de kennis heeft om ricine te maken in een thuislaboratorium of misschien zelfs in een lab op een school. We kunnen beginnen met Troy's lijst van scheikundedocenten.'

'Al hoeft de partner niet van hier te zijn,' zei Troy. 'Hij kan overal vandaan komen.'

'Hij zit dichtbij genoeg om Sidney Siler en Eileen Wilkins te rekruteren,' antwoordde Kate zonder een steek te laten vallen. 'Te rekruteren, aan ze te verkopen en ze vervolgens af te persen – in ieder geval bij zuster Wilkins.'

'En dan Sidney te vermoorden,' voegde Novak eraan toe.

Kate bleef doodstil zitten en keek na een tijdje op met een trieste uitdrukking op haar gezicht. 'Ze had vriendinnen, Sidney. Ze was populair op King's College. Iemand – al was het er maar één – moet hebben geweten dat ze gebruikte. We moeten die persoon vinden. We moeten haar dealer opsporen.'

'We hebben ook nog het vriendje van Eileen Wilkins,' zei Novak. 'Als hij dezelfde dealer heeft, dan is dat nog een invalshoek.'

'Wat voor vriendje?' vroeg Decker. Hij was geïrriteerd dat Novak over informatie beschikte waar hij niet van op de hoogte was. Hij ergerde zich er ook aan dat hem dat irriteerde, maar dat maakte de reactie er niet minder om.

'Die verpleegster die je probeerde te vermoorden?' zei Kate. 'Haar toyboy hangt rond bij King's College en snuift coke, net als Sidney Siler. Hij gebruikt heel waarschijnlijk ook steroïden. Die knaap moet heel stoer en groot zijn en... je weet wel, grrr.' Ze maakte een grommend geluid en Decker moest glimlachen. 'Toyboy – hij heet Roy – gaat altijd naar de sportschool bij de school. Hij volgt een paar colleges, maar is vaker met gewichten aan het stoeien en bezig stoerder en groter te worden, terwijl Eileen hem onderhoudt.'

Kate boog zich voorover om naar Zimmerman een paar stoelen verderop te kunnen kijken. 'Nu de slachtoffers op McCords computer niet van recente datum zijn en waarschijnlijk niets met de partner van McCord te maken hebben, trekken we ze dan toch nog steeds na?' vroeg ze voorzichtig.

Zimmerman haalde diep adem en liet die weer ontsnappen. 'Mijn god, ik was al bang voor die vraag. We kunnen ze niet negeren, maar op dit ogenblik wordt het heel moeilijk om te zeggen waar ze vandaan kwamen. We kunnen onze krachten beter besteden aan het zoeken naar de huidige slachtoffers.'

'De documenten die op McCords computer stonden voor ze werden gewist waren waarschijnlijk scenario's,' zei Novak. 'Voor films. Meredith Fallon zou met de jonge vrouwen in het opvanghuis gaan praten om te vragen of een van hen misschien filmmakers kent hier in de stad.'

'Ze is daar de hele ochtend geweest,' bevestigde Zimmerman. 'Ze heeft me elk halfuur ge-sms't om me te laten weten dat alles in orde was.' Hij trok zijn wenkbrauwen op en schudde zijn hoofd. 'Want ze had de agent die ik had gestuurd om haar te beschermen weggestuurd.'

'Wat!' riep Adam uit.

'Ze zei dat niemand met haar wilde praten als "Agent Lang, Donker en Angstaanjagend" achter haar aan liep.' Hij schudde opnieuw zijn hoofd. 'Agent Colby.'

Novak keek kwaad. 'Die is angstaanjagend. Ik kan niet geloven dat hij hier nog steeds werkt.'

Zimmerman zuchtte. 'Daar hebben we het over gehad, Deacon. Hij heeft de verplichte therapie gevolgd. Faith heeft hem vergeven.'

Novak keek woedend. 'Ja, nou, ze is een stuk aardiger dan ik.' Hij keek even naar Decker. 'Colby ging mijn verloofde te lijf toen zijn partner werd gedood en hij pakte Faith bij haar keel. Zijn partner en hij werden verondersteld haar te beschermen. Ik geloof niet dat hij stabiel is, maar de psychiater van de afdeling is het niet met me eens.' Hij rolde met zijn schouders in een poging zijn woede van zich af te zetten. 'Maar nu gaat het om Meredith. We mogen haar zichzelf niet zo in gevaar laten brengen.'

'Dat is de reden dat ze me elk halfuur een berichtje stuurde,' zei Zimmerman kalm. 'Ze heeft een vriendin bij zich. Wendi Cullen.'

Adam snoof. 'Wendi is 1 meter 52 op hakken en een stevige bries blaast haar omver. Ze vormt niet echt bescherming.'

'Laat Wendi je maar niet horen,' waarschuwde Scarlett. 'Ze neemt je zo te pakken.'

'Hoe vermakelijk dat ook zou zijn,' zei Zimmerman, 'het is nergens voor nodig. Agent Colby heeft voldoende afstand gehouden zodat de vrouwen met wie ze wilden praten niet zouden worden afgeschrikt. Marcus, Diesel en Stone, dank jullie voor je komst. Jullie hebben geholpen een paar belangrijke punten op te helderen. Maar jullie moeten Stone naar huis brengen zodat hij goed kan uitrusten. We nemen contact met jullie op zodra we met nieuwe vragen zitten.'

'De hemel zij dank,' riep Stone uit. 'Ik stond op het punt om om genade te smeken en te vragen of ik weg mocht.'

'Ik ga er ook vandoor,' zei Scarlett.

Decker fronste zijn wenkbrauwen. 'Waarom?'

'Ik heb mezelf teruggetrokken,' antwoordde Scarlett. 'Te veel tegenstrijdige belangen. Maar als een van jullie iets nodig heeft moet je bellen, oké? Het was leuk je weer te zien, Decker.' Haar mondhoeken gingen omhoog. 'We zijn allemaal heel blij dat je niet dood bent.'

'Ik ook,' zei Decker. Hij keek toe terwijl Diesel de rolstoel met Stone erin naar de deur reed. Hopelijk zou iedereen snel vertrekken, dan kon hij ook naar bed. Hij was nog maar nauwelijks in staat zichzelf overeind te houden. Marcus en Scarlett liepen achter hen aan naar buiten en Zimmerman wreef zich vermoeid in de ogen.

'Oké,' zei hij. 'Opdrachten. Deacon, zoek het appartement van Alice. Neem contact op met onze IT-afdeling om de mobiele telefoon te kraken die van Alice's vader was om info van dat volgsysteem te krijgen. En terwijl zij daarmee bezig zijn, moet jij aan de hand van de plattegrond met Deckers aantekeningen proberen de positie te bepalen.'

Novak knikte. 'Als ik het gebied heb beperkt, zal ik agenten de wijk in sturen met een foto van Alice terwijl ik de beelden van de CCTV bekijk en ze door het gezichtsherkenningsprogramma haal. Met een beetje mazzel heeft ergens een camera haar gezicht opgepikt. En als we echt veel geluk hebben kunnen we de gegevens van het volgsysteem gebruiken, want zelfs met het gezichtsherkenningsprogramma gaat het heel lang duren om al die banden te bekijken.'

'Dan kun je maar beter beginnen,' zei Zimmerman met een grimmig gezicht. 'Troy, zelfde opdracht als vanmorgen. Graaf in de achtergrond van Alice. Ga langs bij de sportschool. Ik wil een profiel van die vrouw. Kate, jij neemt die Siler voor je rekening – zoek haar dealer en wie ze gisteravond ook maar heeft gezien.'

Kate knikte. 'Hoe zit het met Eileen, haar vriendje en zijn dealer?'

'De verpleegster wordt nog steeds vermist. Haar zoon zal moeten worden opgevangen door de kinderbescherming. Adam, neem haar huis voor je rekening en ondervraag dat kind van haar. Betrek Meredith erbij wanneer je dat doet. Zoek uit wie hun dealer is.'

'Begrepen,' zei Adam met een opgeluchte uitdrukking op zijn gezicht.

'Hoe zit het met de gevangenis?' vroeg Novak. 'We moeten een babbeltje maken met het personeel van de ziekenafdeling en met de vrouw die Alice gisteravond op de luchtplaats heeft aangevallen.'

'Dat neem ik voor mijn rekening,' antwoordde Zimmerman. 'Ik moet de directeur daar laten weten dat ik er ben. Als hij niet de opdracht heeft gegeven voor die dekmantel, dan heeft hij het laten gebeuren. Ik geef de corrupte agent aan je inspecteur, want het is in feite een zaak voor het CPD.'

'Daar zal ze blij mee zijn,' zei Novak grimmig.

'Ik kan –' begon Decker, maar hij werd onmiddellijk afgeschoten.

'Slapen,' zei Zimmerman.

'Slapen!' zei Kate tegelijkertijd. 'En daarna kun je de bijzonderheden van de boeken die je je kunt herinneren noteren.'

'Oké, oké,' mopperde Decker, gepikeerd, maar tegelijkertijd opgelucht.

'De volgende vergadering is in mijn kantoor,' zei Zimmerman. 'Morgenochtend, negen uur.'

'Ik zal er ook zijn,' zei Decker en Zimmerman wierp hem een blik vol ongeduld toe.

'Eerst maar eens afwachten wat dokter Novak zegt.'

De vrouw zelf kwam op dat moment uit de slaapkamer met een geërgerde uitdrukking op haar gezicht. 'Ik sta op het punt om jullie precies te vertellen hoe ik over jullie denk omdat jullie hem zo lang in die stoel laten zitten.'

'Ik heb al vaker meegemaakt dat ze precies vertelde hoe ze over me dacht, en dat is niet leuk, dus ik ben weg.' Novak pakte zijn spullen bij elkaar. 'Wees voorzichtig jullie allemaal.'

Adam, Troy en Zimmerman namen afscheid en toen bleven alleen hijzelf, Kate, Dani en Triplett achter. Kate stopte haar breiwerk in haar tas terwijl Triplett Decker weer in het ziekenhuisbed hielp.

Zodra hij lag, kreunde Decker zachtjes. 'Mijn hemel, ik ben moe. Ik heb alleen maar in een stoel gezeten.'

'Morgen zul je alweer sterker zijn,' beloofde Dani. 'Ga nu slapen. Kate, je bent geweldig en zo, maar je moet opdonderen.'

Kate lachte. 'Geef me een minuutje om met agent Davenport te praten en dan ben ik weg.'

Hij had zijn ogen dicht toen ze naast zijn bed kwam staan, maar ze ging zachtjes met haar vingers over zijn gezicht en hij zuchtte omdat dat zo heerlijk was. Hij had hiernaar verlangd terwijl hij naast haar zat en haar niet kon aanraken. 'Wees voorzichtig, Kate. Beloof me dat.'

'Ik zal voorzichtig zijn. Ik denk dat deze flat comfortabeler is dan mijn hotelkamer. Als Dani het goedvindt kom ik vannacht hier slapen. Dan is er nog een extra pistool om over je te waken.'

'Maak me wakker als je hier bent.'

'Zal ik doen. Ga nu slapen, Decker. Als je wakker wordt, is alles er nog steeds.'

Hij wist dat ze gelijk had. En met die deprimerende gedachte viel hij in slaap.

Donderdag 13 augustus, 18.15 uur

Hij liet zich in zijn stoel achter het bureau zakken en masseerde zijn nek. 'Ik ben veel te jong om me zo oud te voelen.'

Nell imiteerde zijn beweging en ging in de comfortabelste van de stoelen aan de andere kant van het bureau zitten. 'Morgen zal het beter zijn,' zei ze zacht.

Hij liet zijn nek met rust en keek haar glimlachend aan. 'Vandaag was het niet zo heel erg,' zei hij. 'Ik zit maar wat te zeuren.'

Ze wees naar de half opgegeten sandwich op zijn bureau. 'Je hebt je lunch niet eens opgegeten. Eet hem nu op.'

Hij vertrok zijn gezicht. 'Ik dacht het niet. Voedselvergiftiging staat niet op mijn lijstje van favoriete dingen. Bovendien bakt Mallory biefstuk voor het avondeten.'

Ze trok haar wenkbrauwen op en keek hem over de brede vlakte van het bureau dat ooit van hun vader was geweest onderzoekend aan. 'Wat wel?'

Hij fronste zijn voorhoofd. 'Wat wel wat?'

'Wat staat op je lijst van favoriete dingen?' Ze haalde haar schouders op. 'Ik bedoel, hier zijn valt daar niet onder. Je hebt hier een hekel aan.'

Zijn frons werd dieper. 'Waar heb ik een hekel aan?'

Ze maakte een weids gebaar. 'Aan dit alles. Het kantoor, de patiënten, de verantwoordelijkheid. Wees eens eerlijk. Je hebt er een hekel aan.'

'Nee, dat is niet waar. Niet precies.' Maar er waren zó veel dingen die hij leuker vond om te doen. In zijn kelder bezig zijn, bijvoorbeeld. Zijn speciale mengsels ontwikkelen gaf hem altijd een goed gevoel. En ze maakten hem rijk. Hij verdiende veel en veel meer aan de verkoop van stimulerende middelen aan middelbare scholieren en studenten met veel te veel geld dan hij verdiende met het inenten en de medische onderzoeken van diezelfde kids.

Ze waren ook meer op hem gesteld als de Professor. Dat was geen grote verrassing. Wie zou niet de voorkeur geven aan de coole gast die hun eersteklas spul verkocht boven de vent die zei dat ze zich verre moesten houden van drugs en altijd veilig moesten vrijen. Over sáái gesproken.

Maar de medische praktijk was een noodzakelijkheid. Het gaf hem respectabiliteit en een legale bron van inkomsten, zodat de belastingdienst hem met rust liet. Het gaf hem ook inzicht in wie van zijn patiënten de beste klanten zouden zijn voor de koopwaar van de Professor.

Dus hij had er niet echt een hékel aan.

Nell schudde haar hoofd. 'Maak dat de kat wijs. Luister, Remy, deze praktijk is niet jouw droom, dat was die van pa. Hij heeft hem opgebouwd, onderhouden. Uitgebreid.' Ze glimlachte verdrietig. 'Jij hebt hem helemaal niet doen groeien. We zijn nog net zo groot als op de dag dat pa stierf. Sorry, ik wil je niet beledigen.'

'Ik ben niet beledigd. Jij vormt het hart en de ziel van deze plek en dat vind ik prima.' Hij stelde geen trots in het familiebedrijf. Het was gewoon een middel om zijn doel te bereiken. En het stelde Nell in de gelegenheid om te worden wat haar vader haar altijd had ontzegd. Zij had degene moeten zijn die medicijnen ging studeren, maar die lieve papa was een ouderwetse vent geweest. Alleen zijn zoon hoefde te gaan studeren. Zijn twee dochters moesten trouwen zodat ze voor kleinkinderen konden zorgen.

Het feit dat geen van tweeën dat had gedaan was al wraak genoeg. Nell had die behoefte nooit gevoeld en had in plaats daarvan ervoor gekozen om alleen te leven en zich door haar opleiding te worstelen. Doktersassistente worden had haar veel meer tijd gekost dan het hem had gekost om dokter te worden. Maar ze had het gedaan en zij ontving het merendeel van de patiënten. Hij was hier om papieren te tekenen, toezicht te houden en de vereiste paar uur per week erin te steken zodat hij salaris kon ontvangen.

Dat Nell degene was die de praktijk van hun vader in leven had gehouden leek toepasselijk. En daardoor, in combinatie met het feit dat de universiteitsstudie die zijn vader had betaald nu werd gebruikt om heel erg illegale drugs van zeer hoge kwaliteit te maken, hadden Nell en hij bereikt dat ze een dikke middelvinger naar hun vader konden opsteken. Hun vader moest zich wel als een kip aan het spit omdraaien in zijn graf.

Hun jongere zus Gemma was de enige geweest die kinderen wilde, maar ze kon die niet krijgen. Ze had geprobeerd via de legale weg te adopteren, maar was nooit door de psychologische test gekomen. Dat was zowel verrassend als zonde, want ze kon in de dagelijkse praktijk zo goed voor normaal doorgaan. Hij had oprecht verwacht dat ze het testpanel voor de gek zou weten te houden, maar dat was niet gelukt, dus was hij te hulp geschoten en had een privéadoptie geregeld.

Hij had daarmee de eeuwige dankbaarheid van zijn zus verdiend, maar nog belangrijker, ook die van haar echtgenoot. Het was een schuld die zijn zwager al duizendmaal had terugbetaald. Het was zakelijk gezien heel verstandig om een dienst te bewijzen aan mensen die in staat waren tot een wederdienst.

Het was zijn eerste deal met een crackmoeder geweest. Haar peuter voor een weekvoorraad crack. Hij had op die manier Macy gekregen – en de verrassende bonus van Macy's grote zus, Mallory, die op dat moment twaalf was. En zo verrekte knap. Een natuurtalent voor de camera.

'Nou?' vroeg Nell. 'Wat is je droom? Waarom moet je op dit moment glimlachen?'

'Ik had me niet gerealiseerd dat ik dat deed,' zei hij, maar hij was niet verbaasd. Hij had altijd gedacht dat het mengen van chemicaliën voor de lol en voor de winst hetgeen was wat hem het gelukkigst maakte – tot de eerste keer dat hij de camera op de mooie, kleine Mallory richtte.

Sunshine Suzie was geboren en ze had hem meer winst opgeleverd dan zijn allerbeste speciale mengsel. Hij had haar een paar jaar geleden gepensioneerd, maar Sunshine Suzie was een cadeautje dat telkens terugkwam. Haar video's werden nog steeds duizenden keren per jaar gedownload. Hij had de afgelopen jaren honderden video's gemaakt, maar niet één had zo veel geld opgeleverd als zelfs de minst succesvolle van Suzie. Allemaal dankzij Mallory.

En ze is van mij. Nog steeds van mij. Vanwege Macy. Mallory gedroeg zich omdat ze wist dat hij Macy tot zijn volgende ster zou maken als ze dat niet deed. Hij was uiteraard absoluut van plan om dat toch te doen zodra Macy oud genoeg was. Nog maar een paar jaar.

Nell maakte een ontevreden geluid en hij besefte dat ze hem fronsend zat aan te kijken.

'Wat?' vroeg hij, oprecht verbaasd.

'Ik haat het wanneer je dat doet. Wanneer je helemaal ondersteboven raakt in je hoofd. Als je me niet wilt vertellen wat je zo blij maakt, doe dat dan niet. Maar zeg het gewoon in plaats van naar de zevende hemel te vertrekken.'

'Het spijt me,' zei hij en dat was ook zo. Nell was er voor hem geweest toen ze opgroeiden. Hij was haar veel verschuldigd. 'Ik zat te denken hoe kwaad pa zou zijn als hij ons nu kon zien.'

Haar mondhoeken trilden. 'Echt?'

Nee, niet echt, maar hij was niet van plan zijn grote zus te vertellen dat de man die ze adoreerde zat te glimlachen omdat hij dacht aan het vervaardigen van kinderporno. Dat zou ze niet goedkeuren. Hij wilde haar niet kwetsen, maar hij had haar goedkeuring ook niet nodig.

'Ja, echt,' zei hij, wetend dat ze hem er nooit van zou verdenken om ook maar het kleinste leugentje te vertellen. Hij was een veel te goede leugenaar. Hij wist precies de leugen te combineren met een vleugje waarheid zodat iedereen het geloofde. 'Hij zou helemaal door het lint gaan als hij wist dat jij de zaak hier runt terwijl ik op pad ben om liefdadigheidswerk te doen.' Dat deed hij inderdaad van tijd tot tijd. Het opende deuren en bracht hem met mensen in contact die hij anders nooit zou hebben leren kennen. Via het liefdadigheidswerk had hij de moeder van Mallory en Macy ontmoet, de stomme trut.

Liefdadigheid had geholpen een heel rijk man van hem te maken.

'Ja, dat zou hij zeker,' zei Nell vertederd. Ze was dol geweest op die ouwe zak, ook al had hij haar leven tot een hel op aarde gemaakt. Dat was het verschil tussen Nell en hem. *Ik hou van niemand.*

Zelfs niet van Nell. Hij gaf wel om haar, maar hij zou hier zonder om te kijken weglopen als hem dat beter uitkwam. Tot dusver was het hem nog niet uitgekomen.

Hij ging rechtop zitten en rekte zijn nek tot hij het voelde knappen. 'Tenzij er nog iets is wat je wil dat ik doe, hou ik er voor vandaag mee op.' Want Mallory had biefstuk voor het avondeten en aardbeientaart als toetje.

En hij moest nog afrekenen met Rawlings, de gevangenbewaarder.

En daarna had hij een gesprek met een nieuwe klant en zou hij hem op de hoogte brengen van de plannen die hij had voor zijn jongste groep nieuwelingen. Zijn klant was heel, heel erg geïnteresseerd. En heel, heel erg rijk. Er zou in de toekomst geen winst volgen van downloads, want zijn klant zou de acteurs tegelijk met de film kopen voor privégebruik, maar het geld dat dit opleverde was meer dan genoeg om het goed te maken.

'Nee, je bent klaar.' Nell klopte op de stapel mappen die ze had meegenomen. 'Ik heb nog wel een paar uur administratie voor de boeg.'

'We zouden een receptioniste in dienst kunnen nemen.'

Ze zuchtte. 'Dat hebben we gedaan. Ze heet Gemma. Ze komt opdagen als het haar uitkomt. Vandaag kwam het haar niet uit, want ze moest winkelen voor Macy. Terug-naar-school-kleren, weet je wel. Ook al krijgt Macy thuis onderwijs.'

Hun zus was absoluut onbetrouwbaar en maakte er een zooitje van als ze wel kwam opdagen. 'Je weet dat je haar kunt ontslaan. Dat heb ik al eerder tegen je gezegd.'

Nell vertrok haar gezicht in een grimas vol pijn. 'Dat heb ik geprobeerd. Ze begon te huilen.'

Hij fronste zijn wenkbrauwen uit ergernis voor beide zussen. 'Ze huilt omdat je haar de kans geeft. Geef haar de zak, Nell. Neem een competente assistent in dienst.'

'Wat dacht je van Mallory? Ze is nu toch achttien?'

Nee. Nee, nee, nee. Mallory naar de supermarkt laten gaan was één ding, zeker omdat hij al haar bewegingen kon volgen. Hij wist waar ze naartoe was geweest, hoelang ze weg was geweest en welke route ze had genomen – en dat ze onderweg niet was gestopt. Maar haar in een kantoor neerzetten met een computer? Vergeet het maar.

Hij hield zijn gezicht uitdrukkingsloos. 'Ze doet vrijwilligerswerk voor Roxy en mij.'

Er verscheen een licht bezorgde uitdrukking op Nells gezicht. 'Hoe gaat het met Roxy?'

'Ze is een doorgedraaide alcoholiste, Nell,' zei hij scherp. 'Net als de laatste keer dat je ernaar vroeg.' En dat was precies zoals hij het graag wilde. Zijn vrouw was de doorslaggevende factor – niemand vond het vreemd dat Mallory bij hem woonde zolang Roxy ook bij hem was. Niemand wist dat Roxy negentig procent van de tijd haar roes lag uit te slapen. Zelfs Nell wist niet hoe erg het werkelijk was, want voor haar lever er de brui aan had gegeven, was Roxy een functionerende alcoholiste geweest. Nu Mallory achttien was, was Roxy minder belangrijk geworden. En dat was keurig getimed, want Roxy was stervende.

Nell keek gekwetst. 'Ik maak me zorgen om Roxy, Remy. Ze is mijn schoonzus. Ze heeft hulp nodig.'

Natuurlijk had Roxy hulp nodig. Maar die zou ze niet krijgen, niet zolang hij nog leefde. Hij vond het prima zoals de zaken nu waren, dank u. 'Je probeert de aandacht af te leiden van het feit dat je een prima administratrice in dienst zou kunnen nemen als je de huidige zou ontslaan.'

Nell zuchtte. 'Oké. Ik zal het proberen.'

En ze zou falen. Dus zou hij zich niet schuldig voelen over het feit dat ze hier tot laat bezig zou zijn met werk waar ze al een hele tijd geleden iemand voor had moeten aannemen. Hij ging staan, veegde de rommel op zijn bureau bij elkaar en gooide het in de prullenbak. 'Wat zijn dat trouwens?' vroeg hij toen ze de stapel mappen op het schoongeveegde deel aan zijn kant van het bureau legde. Ze zou in zijn stoel gaan zitten zodra hij weg was, maar zolang hij in het kantoor was zou ze dat niet wagen. Ze respecteerde hem uit gewoonte en hij liet het zo. Dat hield hun relatie netjes en overzichtelijk.

'Dossiers van patiënten die afgelopen jaar zijn afgestudeerd of die...' Ze zuchtte. 'Die zijn overleden.' Ze klopte op de bovenste map.

Sidney Siler. 'O, juist,' zei hij zacht en hij vertrok zijn gezicht in gemaakt medeleven. 'Arm kind.'

Nells blik verhardde zich. 'Ze gebruikte al heel lang, Remy. Ze heeft verkeerde keuzes gemaakt.'

'Ik kan het toch erg vinden dat ze is overleden,' zei hij somber, terwijl hij inwendig met zijn ogen rolde. Nell kon hard zijn voor cokeverslaafden, maar ze liet zich ringeloren door haar eigen kleine zus.

'Ja, tuurlijk. Nou, ik zie je morgen, Remy. Prettige avond.'

Hij drukte een kus op de naar hem opgeheven wang. 'Jij ook.'

Buiten zijn kantoor bleef hij even staan om Mallory te bellen om haar te zeggen dat hij op weg was naar huis zodat ze het eten kon opzetten. Daarna liep hij naar zijn auto en deed de kap omlaag, alles vergetend over Nell, de praktijk en zelfs Sidney Siler op het moment dat hij de wind op zijn gezicht voelde.

11

Cincinnati, Ohio, donderdag 13 augustus, 18.50 uur

Kate klopte voor de derde keer op de deur van Sidney Silers appartement en luisterde naar iets wat wees op enige activiteit binnen, maar ze hoorde niets. Sidney had haar kleine flatje gedeeld met Chelsea Emory, ook een studente aan het King's College. Als Chelsea al binnen was, dan maakte ze geen enkel geluid. En ze kwam niet aan de deur.

Ze keek de geüniformeerde agent aan die van de inspecteur van Deacon en Scarlett de opdracht had gekregen om de boel te bewaken. 'Is er iemand naar binnen gegaan of naar buiten gekomen?' vroeg ze.

'Niet sinds ik hier om kwart over vier ben gekomen. Een paar andere bewoners zijn wel gepasseerd. Ik heb een beschrijving genoteerd van iedereen, plus welk appartement ze zijn binnengegaan of hebben verlaten en de tijd.'

'Heeft een van hen je aangesproken?'

'Nee, mevrouw. Ze meden me als de pest.'

'Oké, bedankt.' Dat Chelsea niet naar haar flat was teruggekeerd was zorgelijk. Sidney was – waarschijnlijk – vermoord omdat ze iets wist waarvan de moordenaar niet wilde dat het bekend zou worden. Als ze Chelsea in vertrouwen had genomen, dan kon de flatgenote ook in gevaar verkeren. En als Chelsea geloofde dat Sidney was gestorven aan een overdosis, zou ze kwetsbaar zijn. Niet in staat om zelfs maar de meest basale voorzorgsmaatregelen te nemen. Hopelijk was Chelsea niet ook dood.

Maar het kon een stuk eenvoudiger zijn dan dat en Kate hoopte dat dit het geval was. Misschien was Chelsea niet thuis omdat ze troost had gezocht bij andere vriendinnen of bij familie. Sidney en Chelsea waren volgens het politierapport al bevriend geweest voor ze flatgenoten werden. Chelsea had Sidney's lichaam die ochtend vroeg geïdentificeerd en had de mensen die als eersten ter plaatse waren de adresgegevens van Sidney's ouders gegeven. Die woonden in Houston en waren nu onderweg om het lichaam van hun dochter te komen opeisen. Ze werden ergens die avond verwacht en waren volgens Carrie Washington nog niet in het mortuarium geweest. Dat was goed, want zij wisten net zomin als Chelsea dat hun dochter was vermoord.

Verdomme. Het zou de ouders verteld moeten worden en Kate zou degene zijn die die taak te beurt viel.

Aangezien niemand de deur opendeed ging Kate naar het volgende appartement. Het was een studentenflat, dus de buren van de vrouwen zouden medestudenten zijn. Ze moest weten met wie Sidney omging en meer in het bijzonder of er mensen waren die van haar drugsgebruik wisten en wie haar dealer was. Als er niemand thuis was, zou ze langsgaan bij de eettentjes in de omgeving van de campus, want het was etenstijd.

Ze stond op het punt om bij de buren aan te kloppen toen ze het geluid van stemmen hoorde dat uit de richting van de lift kwam. Een jong klinkende vrouw en een oudere man. Een derde persoon – zeer waarschijnlijk een vrouw – liep te snikken.

'Weet je het zeker, Ruth?' vroeg de vrouw. 'Je hoeft dit niet vandaag te doen. Je kunt vanavond uitrusten en het morgenochtend doen. Ik kan een hotelkamer voor je boeken en–'

'Jawel, het moet wel,' drong de snikkende vrouw aan. 'Ik moet het vanavond doen. Vanávond.'

'We willen dit achter de rug hebben,' zei de man met schorre stem. 'Ik kan niet slapen voor dit achter de rug is. Tot...' Zijn stem brak. 'Tot ik haar met mijn eigen ogen zie.'

Het drietal kwam de hoek om, een jonge vrouw had haar arm om een snikkende, oudere vrouw geslagen die in de vijftig leek. De rode ogen van de man bewezen dat hij ook had gehuild. De drie kwamen plotseling tot stilstand toen ze Kate bij de deur van de buren zagen staan.

'Ze zijn niet thuis,' maakte de jonge vrouw haar duidelijk.

'Ben jij Chelsea Emory?' vroeg Kate en de jonge vrouw keek haar achterdochtig aan.

'Ja. Wie ben jij? En waarom staat er een agent voor mijn deur?'

Kate toonde haar penning. 'Ik ben speciaal agent Coppola van de FBI. Ik zou graag even met je willen praten.'

'Dit is geen goed moment,' zei Chelsea vol ongeduld, maar er flikkerde angst in haar ogen.

'Dat weet ik,' zei Kate op vriendelijke toon. 'Het is nooit een goed moment hiervoor. Mag ik even binnenkomen?'

'Dit is niet mijn flat. Die is daar. En waarom staat er verdomme een agent voor mijn deur?'

Kate negeerde de herhaalde vraag over de agent en wendde zich tot het oudere stel. 'Bent u Alan en Ruth Siler?'

Meneer Siler knikte kort. 'Waar gaat dit over?'

Kate zag dat de man doorhad dat er iets niet in de haak was. Dat er iets nog erger was. 'Ik wil dit liever niet op de gang bespreken.' Ze liep naar Chelsea's deur en wachtte. 'Alsjeblieft.'

Chelsea keek onzeker naar meneer Siler. 'Vooruit dan maar,' zei hij. 'We kunnen dit ook maar beter achter de rug hebben.'

Kate wachtte tot iedereen het kleine appartement was binnengegaan en trok de deur dicht. Het was krap – het appartement was nog kleiner dan Kate's studentenflat was geweest. Chelsea begon dingen te verplaatsen, een nerveuze poging om op te ruimen, en Kate hield haar tegen.

'Niet doen, alsjeblieft. Je mag nog nergens aan komen.' Ze schoof twee bureaustoelen naar een lelijke oranje futon. 'Meneer en mevrouw Siler? Het zit misschien gemakkelijker als u een stoel gebruikt.'

Ze gingen vijandig zwijgend zitten. Kate ging op een barkruk zitten en Chelsea liet zich op de futon zakken.

Kate haalde diep adem. 'In de eerste plaats wil ik u mijn deelneming betuigen.'

Mevrouw Siler keek haar woedend aan. 'Kom nou maar ter zake, agent Hoe-je-ook-mag-heten.'

'Ruth,' mompelde meneer Siler, die nog steeds haar hand in de zijne hield zacht. 'We zijn hierheen gekomen om te zien wat er nog rest van het leven van onze dochter voor we haar lichaam moeten identificeren in het mortuarium, agent Coppola. Hou het kort, alstublieft.'

'Uitstekend. Uw dochter, Sidney, is niet gestorven aan een overdosis. Ze is vermoord.'

Er klonk het geluid van drie mensen die even naar adem snakten. Drie paar ogen staarden haar geschokt aan.

Chelsea was de eerste die sprak. 'Néé. De ambulancebroeder zei dat het vervuilde coke was.'

Carrie had de resten die ze in Sidney's neus had gevonden getest en had ook kunnen vaststellen dat de cyaankali was toegediend in een capsule die Sidney had stukgebeten – er zaten nog steeds sporen van zowel de cyaankali als de gelatine waarvan de capsule was vervaardigd tussen haar kiezen.

'Ja, ze had cocaïne gebruikt. Die was vermengd met ketamine in een dosis die sterk genoeg was om haar tijdelijk te verlammen. Maar voor de ketamine ging werken, heeft ze vergif gekregen.'

Meneer Siler schudde zijn hoofd alsof hij probeerde een vreemde taal te begrijpen. 'De cocaïne was... ís vergif. Zo veel kinderen die hun leven wegsnuiven. We dachten dat ze eraan was ontsnapt.'

Kate wendde zich tot meneer Siler, maar vanuit haar ooghoeken hield ze Chelsea's reactie in de gaten. 'Uw dochter schijnt al een tijdje cocaïne te gebruiken. Maar gisteravond heeft ze ook cyaankali gekregen.'

Mevrouw Siler begon te hyperventileren. 'Wa– wat? Hoe? Waarom?'

Chelsea's mond viel open van wat opnieuw oprechte geschoktheid leek. Als dat niet het geval was, dan was het meisje een verrekt goede toneelspeelster.

'Wilt u zeggen dat onze dochter is vermóórd?' wilde meneer Siler weten.

'Ja, meneer,' antwoordde Kate kalm. Ze had het al eerder gezegd, maar het was toen niet doorgedrongen. Het leek nu wel door te dringen. 'We geloven dat de cocaïne de ware doodsoorzaak, cyaankalivergiftiging, had moeten verhullen. We weten nog niet goed waarom. Of wie het heeft gedaan.'

'O mijn hemel.' Mevrouw Siler begon opnieuw te huilen, wiegde naar voren en naar achteren terwijl ze haar hand stevig voor haar mond hield in een poging haar gejammer te dempen.

'We zijn op zoek naar haar dealer,' zei Kate ronduit. 'Chelsea, kun je me helpen?'

'Nee,' fluisterde Chelsea. 'Ik weet niet van wie ze kocht. Ik... doe dat niet. Ik heb haar gesmeekt ermee op te houden, maar ik weet niet wie haar dealer was.'

Nu zat het meisje te liegen. Een eenvoudige test zou uitwijzen of ze de laatste tijd coke had gesnoven.

'Juist,' zei Kate alleen maar en Chelsea knipperde met haar ogen, maar had er verder niets aan toe te voegen. Kate besloot het drugsgebruik voorlopig te laten rusten. Chelsea zou misschien bereid zijn meer te zeggen zonder de aanwezigheid van Sidney's ouders. 'Sidney is gisteren in de gevangenis op bezoek geweest bij een gevangene.'

De ouders keken gekweld. Maar Chelsea fronste haar voorhoofd.

'Dat verdomde proefschrift van haar,' fulmineerde meneer Siler. 'Psychopaten en ontaarde figuren interviewen. Ik wed dat een van hen haar te pakken heeft genomen.'

Mevrouw Siler wrong haar handen. 'Ik heb nog tegen haar gezegd dat het tot niets goeds kon leiden. Maar ze wilde niet luisteren. En nu is ze dood. Mijn kleine meid is dood,' besloot ze met een trieste jammerkreet.

Kate zei niets en wachtte tot Chelsea iets zou zeggen. Uiteindelijk knikte Chelsea, maar bedachtzaam, alsof ze niet goed wist wat ze wilde zeggen maar niet probeerde iets te verbergen. 'Dat heeft ze inderdaad een paar keer gedaan. Voor haar onderzoek. Ze was aan het promoveren als klinisch psycholoog en werkte aan haar proefschrift.'

'Wist je dat ze gisteren zou gaan?'

'Nee, maar ik wist dat er iets gaande was, want ze was zo... opgewonden. Ik dacht dat ze een lijntje coke had genomen, maar ze zei dat het allemaal puur natuur was. Dat alle psychiatrische vaktijdschriften haar werk zouden publiceren.' Haar ogen vulden zich met tranen. 'Ze wilde altijd worden gepubliceerd. Dat zal nu nooit gebeuren.'

'Hield ze aantekeningen bij?'

'Ja. Ja, natuurlijk.' Chelsea ging naar een van de twee bureaus in het vertrek.

Kate liep achter haar aan en trok een paar handschoenen aan. 'Alleen wijzen, Chelsea. Niets aanraken.'

'Die daar.' Chelsea wees een gewoon notitieboekje aan, van het soort dat in vrijwel elke supermarkt in het land te koop was. 'Dat is haar huidige aantekeningenboekje. Alle oudere boekjes liggen in de la.'

Kate bladerde naar de laatste notitie. 'Deze zijn allemaal van een paar maanden geleden.'

Chelsea keek over Kate's schouder om de pagina te kunnen bekijken. 'Ja. Dat was haar laatste interview, in de Chillicothe-gevangenis. Ze ging samen met haar mentor. Ze werken samen aan een artikel.'

'Waarom is dit belangrijk, agent Coppola?' vroeg meneer Siler gekweld.

De dood van Alice was al op het nieuws. De Silers hadden die ochtend misschien op tv's op het vliegveld de reportages al gezien. Als dat niet zo was, dan zouden ze snel genoeg één en één bij elkaar optellen. 'De gevangene bij wie ze op bezoek ging is vanmorgen om het leven gebracht,' vertelde Kate. 'Ze was vergiftigd.'

Mevrouw Siler was opgehouden met snikken. Nu wiegde ze alleen nog maar en meneer Siler nam haar in zijn armen. 'Lieve hemel,' fluisterde hij. 'Mijn god. Wat heb je gedaan, Sidney? Wat heb je gedaan?'

Chelsea sloot haar ogen. 'Hebben jullie haar pen gevonden tussen haar spullen?'

Kate werd stil. *Dat is een vreemde vraag.* 'Dat weet ik niet. Hoezo?'

'Ze had zo'n speciale pen waarmee je kon opnemen. Een spionnenpen,' zei Chelsea en haar mond kreeg een bittere trek. 'Ze vond zichzelf geweldig omdat ze hem een paar keer de gevangenis had binnengesmokkeld. Ze nam elk woord op wanneer ze zo'n interview ging doen. Haar mentor dacht dat ze een perfect geheugen had. Sid zei dat het haar troefkaart was.'

'Een ogenblik, alsjeblieft.' Kate deed de deur van het appartement open en gebaarde de agent dat hij binnen moest komen. 'Ik ben maar heel even weg. Wil je ervoor zorgen dat niemand het vertrek verlaat?'

Meneer Siler snakte naar adem van woede. 'Zijn wij verdachten?' bulderde hij.

'Nee, meneer,' zei Kate vriendelijk en keek toen Chelsea recht in de ogen. 'Mevrouw Siler en u niet.'

Chelsea verbleekte en meneer Siler sprong overeind, zijn echtgenote met zich meesleurend terwijl hij nog steeds onhandig op haar schouder klopte. 'Beschuldigt u Chelsea ervan dat ze Sidney heeft vermoord? Dat is belachelijk. Ronduit belachelijk. Ze waren als zussen.'

Kate hield haar blik op Chelsea's bleke gezicht gericht. 'We gaan het appartement doorzoeken, Chelsea. We zullen jouw voorraad ook wel vinden. Ik moet even een telefoontje plegen en daarna ga ik je weer vragen naar Sidney's dealer. Je moet ondertussen maar even goed nadenken over je antwoord. Zal ik je een hint geven? "Ik weet het niet" is niet het antwoord dat ik wil horen.' Ze keek de agent aan. 'Geen telefoontjes, niemand mag ergens aan komen. Zij blijft hier in de kamer. Ze moeten hier alle drie blijven. Al was het maar voor hun eigen veiligheid. Oké?'

De agent knikte. 'Ja, mevrouw.'

Kate belde Zimmerman, Deacon en Troy in een gezamenlijk gesprek. 'Weten we waar de spullen van Sydney Siler op dit moment uithangen?' vroeg ze. 'Met name haar rugzak.'

'Die liggen in het mortuarium en anders bij de forensische dienst,' antwoordde Deacon. 'Geef me een ogenblik, dan bel ik Tanaka van de technische recherche.'

'Waar gaat dit over, Kate?' wilde Zimmerman weten toen Deacon hen in de wacht zette.

'Mogelijk het motief voor de moord op Sidney,' zei Kate. 'Laten we even op Deacon wachten, dan kan ik het jullie allemaal tegelijk vertellen.'

Deacon was binnen een minuut terug. 'Vince Tanaka zegt dat haar rugzak niet bij de technische recherche ligt. Hij moet nog steeds in het mortuarium zijn.'

'Oké. We moeten iemand die we kunnen vertrouwen daarheen sturen om hem te doorzoeken. Ik moet dit verhoor afronden.' Ze praatte hen kort bij. 'Dus we zoeken naar een spionnenpen,' besloot ze haar verhaal.

'Sidney heeft haar gesprek met Alice opgenomen,' zei Zimmerman tevreden. 'Ik zal er zelf heen gaan en toezicht houden op de zoektocht.'

'Dat kun je wel aan Tanaka toevertrouwen,' zei Deacon vol overtuiging. 'En aan Carrie Washington ook. Maar voor ieders bescherming is het beter om het doorzoeken vast te leggen op video.'

'En daarna de beelden meteen te uploaden naar de server met bewijsmateriaal,' voegde Kate eraan toe. 'En kopieën naar ons.'

'Komt voor elkaar,' beloofde Zimmerman. 'Ik ga nu weg bij de gevangenis.'

'Bedankt,' zei Kate. 'Ik ga nog eens proberen de naam van de dealer los te krijgen. Wens me maar succes.'

Donderdag 13 augustus, 19.05 uur

Hij draaide zijn oprit op en snoof tevreden de geur van gegrilde biefstuk op. Mallory had zich ontwikkeld tot een heel adequate kok en huishoudster. Ze timede hun maaltijden precies goed, zeker wanneer hij eraan dacht om haar op weg naar huis te bellen.

Maar zijn tevredenheid zakte als een baksteen toen de achterdeur opengin en JJ naar buiten kwam en op de achterveranda bleef staan met een frons op haar voorhoofd. Ze sloeg haar armen over elkaar terwijl ze wachtte tot hij de kap van de auto had dichtgedaan.

Hij nam de tijd, omdat hij wist dat ze met de seconde ongeduldiger werd. *Net goed. Ze hoort hier helemaal niet te zijn.* Hij had haar niet uitgenodigd en het feit dat ze zomaar was langsgekomen maakte hem kwaad. Maar hij dwong zijn uitdrukking tot een van nietszeggend onbegrip terwijl hij zich omdraaide en naar haar opkeek.

'JJ? Wat is er loos?

'Die meid,' zei JJ ijzig. 'Ze laat me niet in de keuken.'

Hij steunde met zijn voet op de onderste trede en bestudeerde JJ's gezicht. 'Ik verwachtte je niet vanavond.'

JJ's mond werd een streep. 'Ik heb spullen meegenomen om voor je te koken. Ik dacht dat na vandaag... nou, dat je misschien toe was aan iets speciaals.'

Na vandaag. Ze had hem een dienst bewezen door hem te vertellen dat Davenport het had overleefd zodat hij met Eileen Wilkins kon afrekenen en nu verwachtte ze van hem dat hij de volgende stap in hun relatie zou zetten. Zoiets had ze nog nooit eerder gedaan.

Aan de andere kant, ze had hem ook nog nooit eerder informatie gegeven die direct leidde tot de dood van een menselijk wezen. En als Eileens lichaam eenmaal was gevonden, zou ze nog meer willen, omdat ze dan echt iets had om hem mee te dreigen. *Ik dacht het niet.*

Hij liet een ijzige toon doorklinken in zijn stem. 'Ik was toe aan iets speciaals. De biefstuk die Mallory voor me aan het bereiden is.'

JJ's ogen begonnen plotseling te glinsteren, nog iets wat nieuw was. Ze was geen huilebalk. Nooit geweest, in ieder geval. Dus ofwel was er iets veranderd, of ze probeerde hem te manipuleren. Haar lippen verwrongen tot iets wat het midden hield tussen pruilend en spottend.

'Als je een échte vrouw had, dan zou je Mállory niet meer nodig hebben.'

JJ werd gek van de aanwezigheid van Mallory, want JJ had van meet af aan zijn echtgenote nummer één willen zijn. Ze wilde Mallory weg hebben. Ze zou er nooit rond voor uitkomen en dat zeggen, maar ze gaf de laatste tijd duidelijke hints in die richting.

Dat betekende dat JJ haar uiterste houdbaarheidsdatum als minnares dicht begon te naderen. Maar niet vandaag. Niet zo snel na Eileens duidelijke executie. Hij zou haar nog even aan het lijntje houden en haar de indruk geven dat ze op het punt stond te krijgen wat ze hebben wilde. Dan zou hij er een eind aan maken.

Hij keek haar met een gemaakt verwarde uitdrukking aan. 'Ik ben getrouwd, JJ. Daar heb ik nooit een geheim van gemaakt.'

Ze rolde met haar ogen. 'Roxy is één grote grap. Je zou zó' – ze knipte met haar vingers – 'van haar kunnen scheiden en geen rechter zou daar twee keer over nadenken. Je zou waarschijnlijk niet eens alimentatie hoeven te betalen.'

Hij zou nooit van Roxy zijn gescheiden, ook niet als ze niet stervende was geweest. Roxy was ongelooflijk nuttig geweest als zijn echtgenote. Ze deed wat haar werd gezegd en stelde geen vragen.

Hij liet zijn voorgewende verwarring transformeren tot stille woede. 'Ze is mijn vróúw, JJ. Ik ga niet van haar scheiden. Niet nu ze me het hardste nodig heeft. Ze is stervende.'

JJ deinsde achteruit en knipperde toen met haar ogen, zodat de tranen over haar wangen rolden. 'Je zei dat je van me hield.'

Nee, dat had hij niet. Hij had zelfs niet gezegd dat hij haar wilde. Hij had gezegd dat hij haar nodig had en dat was waar. En ze moest nog een paar dagen bij hem blijven voor ze kon verdwijnen. Tot Eileen en die arme Roy oud nieuws waren geworden.

'En ik meende elk woord dat ik heb gezegd,' hield hij haar sussend voor. 'Maar wat voor man zou ik zijn als ik Roxy op straat zet zonder een plek om naartoe te gaan? Wie zou er dan voor haar zorgen?' Hij zag onzekerheid in haar ogen flikkeren. Mooi. Hij had een zenuw geraakt. Maar dat was nou ook weer niet zo moeilijk geweest. Gebruikmaken van het begrip 'zorg' om een verpleegster te overtuigen was tamelijk basaal. 'Mallory is hier om voor haar te zorgen. Er is geen enkele reden om jaloers te zijn op het meisje.'

Er verscheen nog meer onzekerheid op JJ's gezicht. 'Maar waarom?

Waarom hou je Roxy hier? Ze kan hulp krijgen in een verslavingskliniek. Daar weten ze hoe ze met zulke gevallen moeten omgaan.'

Omdat Roxy daarvoor veel te ver heen was. 'Omdat ze de laatste keer dat ik dat probeerde een zenuwinzinking kreeg.' Dat was een flagrante leugen. Hij had het nooit geprobeerd. 'Ze zal nooit meer beter worden. Het enige wat ik kan doen is ervoor zorgen dat ze comfortabel is tot ze... er niet meer is.'

JJ hield haar armen steviger over elkaar geslagen en wendde haar blik af. 'Hoe kan ik daar nou kwaad om worden?' vroeg ze op zachte, maar bittere toon.

'Het is mijn leven, schat,' verzuchtte hij. 'Dat heb ik je van meet af aan duidelijk gemaakt.'

'Ja, dat is zo.' Ze probeerde zo te zien nog meer tranen weg te slikken. 'Hoe zit het met het avondeten? Ik wilde voor je koken.'

'Ik kan even kijken of Mallory een extra biefstuk op de grill kan gooien.'

Haar gezicht verstrakte. 'Dan spuugt ze vast in mijn eten,' mompelde ze bijna onhoorbaar.

Hij deed net of hij het niet hoorde. Hij boog zich met zijn hand achter zijn oor naar haar toe. 'Wat zei je?' vroeg hij terwijl hij zijn lachen onderdrukte. Dat zou Mallory zomaar kunnen doen, want het meisje mocht JJ op haar beurt ook niet.

'Niks.' JJ bleef bijna een minuut lang doodstil staan. Toen draaide ze zich naar hem toe met een gekwetste blik in haar ogen. 'Als Mallory vanavond kookt, kom je dan morgen naar mij toe? Dan kan ik de maaltijd klaarmaken die ik voor je in gedachten had.'

Dat was een terecht verzoek, en de beste manier om op dit moment met haar om te gaan was haar haar zin te geven. 'Natuurlijk. Ik neem wijn mee.' Hij ging de trap op en duwde haar zachtjes aan de kant, de neiging onderdrukkend om haar bij de keel te grijpen en te knijpen tot ze niet langer een afleiding vormde. Of een bedreiging.

Mallory stond bij de gootsteen aardbeien schoon te maken. Ze keek achterom toen hij binnenkwam. 'Ik kan nog een biefstuk op de grill leggen,' zei ze toonloos. 'En ik zal niet in haar eten spugen.'

Hij deed grinnikend de achterdeur dicht, waarmee hij JJ effectief buitensloot. Door het raam zag hij dat de rug van de verpleegster kaarsrecht werd en hij wist dat hij haar opnieuw kwaad had gemaakt. Maar ze zou zich gedragen. Voorlopig.

Hij liep naar de gootsteen en sloeg zijn armen om Mallory's middel. Ze verstijfde, een duidelijk teken dat ze zijn aanraking verafschuwde. Dat maakte haar uiteraard nog verleidelijker. 'Je mag best in haar eten spugen als je daar zin in hebt,' zei hij zacht. 'Ze zal je niet lastigvallen, dat beloof ik je.'

Mallory hield haar handen stil. Ze had zulke mooie handen. Lang en elegant. Het zag er zo mooi uit wanneer ze hem aanraakte. Hij vond het heerlijk haar te dwingen hem aan te raken. Vond het heerlijk dat zij het haatte. Vond het heerlijk dat ze geen enkele keuze had – en dat ze zich daar bewust van was.

'Laat maar,' mompelde ze. 'Ze heeft al genoeg de pest aan me. Ik denk dat ik pas.'

Er klonk iets in haar stem wat hem het voorhoofd deed fronsen. Hij zou er zo wel achter komen wat dat was. Eerst moest hij weten hoe JJ erin was geslaagd binnen te komen. Hij boog zich voorover en zijn lippen liefkoosden haar nek, die dankzij haar paardenstaart onbedekt was. 'Waarom heb je haar binnengelaten?'

Ze ging verder met het schoonmaken van de aardbeien. 'Dat heb ik niet gedaan,' antwoordde ze kortaf. 'Ze had een sleutel.'

Hij verstijfde. 'Wat?'

'Ze. Had. Een. Sleutel,' zei Mallory nog nadrukkelijker.

Hij kwam abrupt overeind. 'Waar heeft ze verdomme een sleutel vandaan?'

'Dat weet ik niet. Dat heb ik niet gevraagd. Ze zou het trouwens toch niet hebben gezegd.'

Er was nog veel meer aan de hand. Hij zag het aan de gespannen trek om Mallory's kaak. 'Wat vertel je me niet?' Hij legde zijn hand om haar keel en kneep, net genoeg om haar te laten merken dat het menens was. 'Wat is er gebeurd?'

Mallory's handen bleven opnieuw roerloos liggen en haar ogen keken zonder iets te zien naar de muur boven de gootsteen. 'Ik was boven bezig Roxy's lakens te verschonen,' zei ze met een stem waarin geen spoortje emotie doorklonk. 'Ik kwam beneden en toen zag ik dat JJ probeerde in de kelder te komen.'

Hij liet haar keel los en haalde diep adem terwijl hij tot tien telde om de golf van woede die hij voelde opkomen te beteugelen. 'Waarom heb je niets gezegd?'

'Je was al op weg naar huis. Bovendien had ik het een beetje druk.'

'Met wat?' drong hij aan.

Ze wees naar een rauwe biefstuk op het aanrecht. 'Met dat tegen mijn gezicht drukken.'

Hij draaide zich om om de andere kant van haar gezicht te kunnen zien. 'Takkewijf,' siste hij. Het was al opgezet en begon bont en blauw te worden. 'Heeft zij dat gedaan?'

'Ja,' zei Mallory toonloos. 'Toen ik zei dat ze weg moest gaan en dat ik anders jou zou bellen. Als je me nu even wilt excuseren, ik moet die biefstuk van je van de grill halen, anders verbrandt hij.' Ze duwde met haar schouder tegen zijn borst en hij deed zwijgend een stap achteruit om plaats te maken. Ze pakte de biefstuk die ze voor haar gezicht had gebruikt en legde die op een bord voor ze de keukendeur achter zich dichtdeed.

Door het raam zag hij dat ze zonder een woord te zeggen en zonder haar een blik waardig te keuren langs JJ liep. Toen drong tot hem door dat Mallory de gebruikte biefstuk voor JJ's avondeten ging klaarmaken. Dat was grappig – tenzij ze hem ooit hetzelfde had geflikt. Maar dat zou ze niet durven. Mallory kende haar plek. JJ duidelijk niet.

Dus JJ heeft een huissleutel. Hij vroeg zich af hoe ze daaraan was gekomen. Vroeg zich af wie er verder nog een had. Het deed er niet echt toe, want hij zou persoonlijk de sloten veranderen en de codes voor het alarm opnieuw instellen. JJ zou sowieso niet meer in staat zijn om ooit nog binnen te komen, want ze kwam hier niet levend weg.

Hij was zojuist van mening veranderd wat betreft haar nog een paar dagen in leven te houden. Ze had geprobeerd in zijn kelder te komen. Ze wist dat dat de plek was waar hij zijn voorraad bewaarde. Ze wist dat hij drugs dealde en dat had ze prima gevonden, want hij voorzag haar van drugs in ruil voor informatie. Met name informatie over gevallen van een overdosis die binnenkwamen bij de spoedeisende hulp. Sommige daarvan moesten het juist níét overleven. Voor het geval ze zich zouden laten overhalen om hun dealer te verraden.

Dus ze wist dat hij dealde. Ze wist niet dat hij de Professor was. *Of wel?* Hij was er absoluut zeker van dat ze niets wist van de porno, want in dat geval had ze hem allang aangegeven.

JJ was verslaafd, maar ze had haar normen en waarden en kinderporno was in haar ogen niet aanvaardbaar. Maar stel dat ze wist dat hij de Professor was. Dat zou een probleem zijn. Maar hij zou zich geen ellende op de hals halen. Het was heel goed mogelijk dat ze alleen maar meer van de drugs wilde die hij in ruil voor haar diensten leverde. Het was ook goed mogelijk dat ze vond dat hij haar een extra shot verschuldigd was voor de informatie die ze hem vandaag had gegeven. Maar het was ook heel goed mogelijk dat ze vond dat ze daar recht op had aangezien ze zichzelf had gepromoveerd van minnares tot mogelijke nieuwe echtgenote – niet dat dat ooit zou gebeuren.

Hij zou de waarheid wel uit haar krijgen, goedschiks of kwaadschiks. Hij deed de achterdeur open en zag haar met haar rug naar hem toe en haar armen over elkaar geslagen op dezelfde plek staan waar hij haar had achtergelaten. 'JJ,' zei hij op verontschuldigende toon, 'kom binnen en neem een borrel. Laat Mallory je vanavond bedienen. Dat heb je verdiend.'

Ze draaide zich om en keek hem met samengeknepen ogen aan. 'Ze heeft geprobeerd me te slaan.'

Hij fronste zijn wenkbrauwen en deed opnieuw of hij in verwarring verkeerde. 'Dat klinkt anders helemaal niet als Mallory. Weet je het zeker?'

JJ rechtte met een woedende uitdrukking op haar gezicht haar rug. 'Ja, dat weet ik zeker. Ik klopte op de deur terwijl ik mijn handen vol had met de boodschappen en ze was onbeschoft. Ze bood helemaal niet aan om me met die tassen te helpen of zo. Ze zei dat ik niet binnen mocht komen. Ze probeerde me naar buiten te duwen, dus toen ben ik langs haar heen gedrongen en toen sloeg ze me.' Ze liet haar adem ontsnappen. 'Ik sloeg terug. Ik blijf hier niet zolang zij er is.'

Ze stond te liegen. Hij zag het aan haar ogen. *Trut.* 'Ik zal haar naar haar kamer sturen,' beloofde hij. 'Dan zijn we met z'n tweetjes. Ik trek een fles van de wijn open die je zo lekker vindt.'

Ze wekte de indruk dat ze stond te overwegen of ze binnen zou komen of niet. Hij hoopte niet dat ze naar haar auto zou gaan, want dan zou hij haar naar binnen moeten sleuren en hij wilde niet helemaal bezweet raken. Het zou een stuk eenvoudiger zijn om haar te verslepen in een huis met airconditioning.

'Alsjeblieft?' voegde hij er op vriendelijke toon aan toe. Toen ze uiteindelijk knikte en binnenkwam, wees hij naar de woonkamer. 'Ga zitten en maak het je gemakkelijk. Je hebt een zware dag achter de rug.'

Ze bleef even staan en haar mondhoeken wezen omlaag. 'Zul je haar straffen omdat ze onbeschoft tegen me is geweest?'

Hij wilde zijn ogen ten hemel slaan, maar beheerste zich. 'Absoluut,' beloofde hij. Hij keek toe terwijl ze zich stijf in een stoel liet zakken. 'Ik ben zo terug. Ik haal even een fles wijn uit de kelder voor bij het eten.'

Hij maakte een show van het van het slot draaien van de kelderdeur. Hij liet de deur met opzet openstaan met de sleutel in het slot om te zien wat ze zou gaan doen. Hij ging de trap af, liep zijn laboratorium voorbij en stapte de wijnkelder in. Hij koos snel een fles wijn en wachtte onder aan de trap en luisterde naar het gerammel van sleutels.

Hij hoorde het – heel vaag. JJ was goed. Heel vingervlug. Jammer dat hij haar moest vermoorden. Ze was waarschijnlijk bezig een afdruk van de sleutel te maken. Daar zou hij snel genoeg achter komen.

Ze zou nog zeker een minuut werk hebben, dus hij ging zijn lab binnen, deed de deur achter zich op slot en pakte een enkele dosis GHB uit zijn voorraadkast. Hij deed alles weer op slot en ging terug naar de trap. Hij maakte een geluid toen hij de trap begon te beklimmen, zodat zij de tijd had om terug te keren naar haar stoel.

Donderdag 13 augustus, 19.25 uur

Kate moest zich inhouden om zich niet naar het mortuarium te haasten zodat ze toezicht kon houden op het zoeken naar de spionnenpen in de rugzak van het slachtoffer. Dat was dwaas, natuurlijk. Vince Tanaka, de man van de TR, was heel goed in staat om een rugzak te doorzoeken en gaandeweg alles te noteren.

Bovendien zou Zimmerman er ook zijn en Kate vertrouwde hem. Echt waar. Voornamelijk. Ze wantrouwde hem niet. Maar in werkelijkheid vertrouwde ze alleen zichzelf. En Deacon Novak.

En Decker, natuurlijk. De absolute zekerheid van die gedachte deed haar even aarzelen. Ze had haar hand al op de deurknop van Sidney Silers appartement, waar de wanhopige ouders en doodsbange flatgenote wachtten tot ze terug zou komen. *Natuurlijk?* Er zou helemaal geen sprake moeten zijn van 'natuurlijk'. Nog niet. Maar het was wel zo.

Ze dacht er even over na, beschouwde de vraag in gedachten even vanuit elke invalshoek en kwam steeds op hetzelfde uit. *Ja, ik vertrouw*

Decker ook. Waarom dat zo was wist ze niet helemaal zeker. Er was... iets. Híj had iets.

Misschien waren het zijn ogen. Of de manier waarop hij zijn ziel had blootgelegd toen hij over zijn zusje vertelde.

Of misschien kwam het gewoon door hem.

O. Ze moest even diep ademhalen en zich heel bewust overeind houden, omdat haar knieën plotseling ernstig begonnen te knikken. Ze had zich één keer eerder zo gevoeld en hoewel haar dat toen geen angst had aangejaagd, deed het dat dit keer beslist wel. Ze had Johnnie de eerste keer dat ze in zijn ogen keek meteen vertrouwd. De eerste keer dat hij naar haar had geglimlacht. Ze had hem haar leven toevertrouwd. Haar hart.

Maar Johnnie was er niet meer en hij zou nooit meer terugkomen. *En nu is Decker er.* Dat ze hem al zo snel vertrouwde zou een probleem kunnen zijn.

Het kan ook een geschenk zijn. De fluistering in haar gedachten was diep en zoet en deed haar hart pijn. Johnnie had niet gewild dat ze alleen zou zijn. Hij had niet gewild dat ze bang zou zijn. Hij had niet gewild dat ze zou ophouden met leven alleen omdat hij niet meer leefde.

Hij zou ook niet hebben gewild dat Jack deed wat hij had gedaan, maar dat waren gedane zaken. En een nachtmerrie die maar niet weg wilde gaan.

Een geschenk, Kate. Dit keer deed de fluistering in haar hoofd haar glimlachen. *Oké, ik zal erover nadenken.*

Later. Nadat ze deze zaak hadden afgesloten zou ze tijd genoeg hebben om na te denken over het vertrouwen – en de aantrekkingskracht. En die zaak wachtte aan de andere kant van de deur. Ze schoof de sentimentaliteit terzijde en gordde haar psychologische wapenrusting om, die haar in het leger de bijnaam van Kate-inator had opgeleverd. Of de IJskast of IJskoningin. Of de Trut. Het kwam allemaal op hetzelfde neer.

Ze deed de deur open en knikte de agent even toe. 'Dank je.'

'Ik sta buiten als u me nodig heeft,' zei hij en hij trok de deur achter zich dicht.

Chelsea stond nog bleek en trillend op dezelfde plek waar Kate haar had achtergelaten. 'Blijf alstublieft staan waar u bent, mevrouw Emory.' Ze keek in de verwrongen gezichten van Sidney's ouders. 'Sommige dingen die ik Chelsea moet vragen zullen voor u moeilijk zijn om te moeten horen. Ik kan iemand laten komen die u naar het mortuarium brengt. Of u kunt wachten tot ik klaar ben, dan breng ik u zelf.'

Meneer Siler knikte nadrukkelijk. 'We wachten. We moeten het weten.'

'Uitstekend.' Kate trok twee stoelen naar de plek waar Chelsea stond. 'Ga zitten.'

De jonge vrouw gehoorzaamde zichtbaar bevend.

'Oké,' zei Kate toen ze ook was gaan zitten. 'We hadden het over Sidney's dealer. Laat me even wat dingen voor je op een rijtje zetten. Sidney ging naar de gevangenis om iemand te interviewen die verdacht werd van mensenhandel. Ze deed zich voor als assistente van een strafpleiter en gebruikte daarvoor een valse naam en een vals identiteitsbewijs.' Ze hoorde de ouders naar adem snakken en wierp even een blik in hun richting. Beiden waren geschokt en de uitdrukking op hun gezicht een dubbelportret van wanhopig ongeloof. Maar ze spraken geen woord. Chelsea, aan de andere kant, zag er ziek uit, maar er was geen spoortje scepsis in haar blik. 'Je bent niet verrast, Chelsea.'

'Nee. Sid ging heel doelbewust te werk. "Publiceer of verdwijn".' Ze maakte aanhalingstekens in de lucht. 'Ze wilde haar naam afgedrukt zien. Ze was bereid regels te overtreden om te bereiken wat ze wilde. Ik ken Sid al vanaf dat we eerstejaars waren. Ze verblikte of verbloosde niet als ze een valse identiteitskaart moest gebruiken als ze alcohol wilde drinken voor ze eenentwintig was. Het spijt me,' zei ze aan het adres van Sidney's ouders. 'Ik weet dat dit niet is wat jullie wilden horen.'

De zucht van mevrouw Siler was een van de diepste die Kate ooit had gehoord. 'Was dat maar het ergste van haar problemen geweest. Maar ik weet dat drank het minste was. We zagen een verandering in Sidney na haar eerste semester weg van huis. Ik probeerde mezelf wijs te maken dat het allemaal bij het volwassen worden hoorde, maar op een bepaald niveau wist ik dat ze gebruikte. Ik wilde het alleen niet toegeven.'

Meneer Siler keek zijn vrouw getroffen en geschokt aan. 'Ruth?'

Mevrouw Siler kneep in de hand van haar man, plotseling was zij de sterkste. 'Alstublieft, agent Coppola. Ga verder. We willen dat degene die onze dochter heeft vermoord wordt gestraft. Dat ze drugs gebruikte wil niet zeggen dat ze vermoord moest worden.'

'Daar ben ik het mee eens,' zei Kate zacht en ze wendde zich weer tot Chelsea. 'Dus Sidney ging de gevangenis uit en een paar uur later is ze dood. Vergiftigd. En nog geen twaalf uur daarna is de mensenhandelaar die ze heeft gesproken ook dood. Vergiftigd met hetzelfde spul. Vertel eens, Chelsea, waar was jij gisteravond?'

Chelsea's ogen schoten open. 'Ik? Ik zat in de bibliotheek met mijn studiegroep. Er waren minstens vier mensen bij me en ik ben ervan overtuigd dat ik ergens door een camera ben opgevangen.'

Kate gaf het meisje haar aantekeningenboekje en een pen. 'Schrijf hun namen op. Ik ga met ze praten om je alibi te bevestigen.' Ze wachtte tot Chelsea klaar was en ging toen verder. 'Jij was vanmorgen ter plaatse toen de eerstehulpverleners arriveerden.'

Chelsea knikte onzeker. 'Ja. Ik kwam na middernacht terug van de bibliotheek en Sid was er niet, maar dat was niet ongebruikelijk. Soms kwam ze pas om drie, vier uur 's ochtends thuis. Vooral wanneer ze aan het feesten was geweest. Maar ik werd om zes uur wakker en ze was er nog steeds niet. Ik belde naar haar mobieltje, maar ik kreeg geen antwoord.'

'Ging hij over?' vroeg Kate op vriendelijke toon. 'Of werd je meteen doorgeschakeld naar de voicemail?'

'Meteen de voicemail,' fluisterde Chelsea en ze schraapte haar keel. 'Ik stuurde een sms, maar geen reactie, dus ik maakte me zorgen. Ik ging naar het laantje en –'

'Welk laantje?' onderbrak Kate haar.

'Het liefdeslaantje. Dat is de plek waar je naartoe gaat als je wil neuken of high wil worden.'

'En vindt de universiteit dat goed?' vroeg mevrouw Siler vol afschuw.

'Nee, niet officieel, in ieder geval,' reageerde Chelsea. 'Maar ze patrouilleren daar niet, zeker niet in de zomervakantie, en de camera's daar zijn altijd defect. Toen die twee meisjes vorig jaar vanaf de campus waren ontvoerd, hebben ze alle camera's gerepareerd, maar studenten hebben ze weer onklaar gemaakt. De school heeft het na een paar reparaties opgegeven en alles werd weer zoals het altijd was geweest.'

'Hoe ben je naar het laantje gegaan?' vroeg Kate haar.

'Ik heb een auto. Toen ik daar aankwam, zag ik Sids scooter. En toen zag ik Sid.' Haar stem brak en de tranen stroomden over haar wangen. 'Ik rende naar haar toe, probeerde haar bij te brengen, maar ze was koud. Zo koud.' Ze sloeg haar armen om zich heen en begon te wiegen. 'Ik probeerde een hartslag te voelen, maar die was er niet. Ik... ik belde het alarmnummer. Ik wist niet wat ik anders moest doen. Ik had daar gisteravond naartoe moeten gaan. Ik had haar moeten gaan zoeken toen ze om middernacht nog niet terug was. Verdomme,' vloekte ze met hese stem. 'Waarom ben ik niet gaan kijken?'

'Omdat ze daarvoor altijd naar huis was gekomen,' antwoordde Kate vriendelijk. 'En ze was om middernacht waarschijnlijk al dood, dus er was niets geweest wat je had kunnen doen. Maar dat kun je nu wel. Je kunt me vertellen wie haar drugs verkocht.'

Chelsea's vochtige ogen werden groot. 'Geloof je dat haar dealer haar heeft vermoord? Dat slaat nergens op. Hij zou een klant niet ombrengen. Dan zou hij zijn inkomsten om zeep helpen. Hij is geen stomme vent.'

'Dus je kent hem?' mompelde Kate.

Chelsea knikte kort. 'Je gaat mijn spul toch vinden. Het is niet veel. Ik gebruikte niet zoals Sid dat deed. Dat kon ik me niet veroorloven, maar het was vooral omdat ik het niet nodig had. Ik gebruikte het als ik examens had. Wanneer ik wakker en alert moest blijven. Maar ik had al een tijdje niet meer gebruikt, want met Sid is het ook zo begonnen en dat liep helemaal uit de hand. Ik smeekte haar steeds om naar een kliniek te gaan, maar ze bleef weigeren. Ze zei dat ze zou ophouden zodra ze was afgestudeerd. Zodra ze gepublicéérd zou worden.' Ze spoog het woord uit. 'Die verrekte mentor van haar, zat altijd maar te pushen dat ze moest publiceren, publiceren, publiceren. "Publiceer of verdwijn." Wat een gelul. Sid is sowieso verdwenen.'

'Hoe heet haar mentor?' vroeg Kate.

'Dr. Sanderson. Ze is meedogenloos.'

'Ze heeft ons gebeld,' zei meneer Siler dof. 'Ze klonk alsof ze er helemaal kapot van was.'

'Sidney zei dat ze op haar gesteld was,' voegde mevrouw Siler eraan toe. 'Was dat ook gelogen?'

'Dat zal ik nagaan zodra we hier klaar zijn,' zei Kate tegen haar, zo vriendelijk als ze kon. Ze wendde zich weer tot Chelsea en liet haar stem strenger klinken. 'Dan nu de lastige vragen. Wie was haar dealer?'

Chelsea deed haar ogen dicht. 'Ik wil het wel vertellen. Mijn god, ik wil het u zeker vertellen. Maar als de anderen daarachter komen, dan word ik... Ik weet niet wat er met me zal gebeuren, maar het zal akelig zijn.'

'Je bent bang dat je zult worden buitengesloten?' vroeg Kate met opgetrokken wenkbrauwen.

'Nee, ik ben bang dat ik in elkaar word geslagen. Of nog erger. Als ik het vertel, dan duikt hij onder. En als hij onderduikt, dan stopt de aanvoer en dan duiken die gasten met het goedkope spul weer op. Iedereen zal woest zijn.'

Kate twijfelde er geen moment aan dat Chelsea dat geloofde. 'Nou, ik kan je vertellen dat als je je mond blijft houden het "of nog erger" zeker zal gebeuren. Degene die Sidney heeft vermoord is bezig losse eindjes weg te werken. Jij bent haar flatgenote. Je bent nu gezien in het gezelschap van een FBI-agent. Hoelang denk je dat het zal duren voor hij dat te horen krijgt? Jij zult de volgende op zijn lijst zijn.'

Chelsea verbleekte. 'Maar ik weet helemaal niets!'

'Je wist waar ze heen ging,' zei Kate kalm. 'Je wist waar je haar kon vinden.'

'Omdat haar spullen niet hier waren! Ik nam aan dat ze weg was gegaan om te scoren. Ik zweer het!'

'En ík zou je misschien zelfs geloven. Maar dat zal Sidney's moordenaar niet doen.'

'Maar... maar...' stamelde Chelsea met doodsangst in haar ogen. 'Dat is niet eerlijk!'

'En het is ook niet eerlijk dat je vriendin nu in een lade in het mortuarium ligt!' snauwde Kate. 'Je bent mijn tijd aan het verspillen, Chelsea.' Ze stond op en pakte haar handboeien. 'Overeind.'

'Ga je me arrestéren?' De stem van Chelsea bereikte een toonhoogte die Kate pijn deed aan haar oren.

'Goed gezien. Je gaat hoe dan ook in hechtenis. Als je het me vertelt, dan is dat voor je veiligheid. Als je het niet vertelt, dan zit je bij de andere gevangenen. Dat is niet leuk, kan ik je verzekeren.'

'Mijn flatgenote had iets met psychopaten die in de dodencel zaten,' snauwde Chelsea terwijl ze weer ging zitten. 'Ik weet wat dat wil zeggen. Je kunt wat mij betreft doodvallen, agent Coppola. Ik heb niets verkeerds gedaan.'

'Behalve dan drugs kopen, hoe onregelmatig ook. En het onregelmatige gebruik is iets wat we maar van je moeten geloven. Als ik de boel hier doorzoek, komen we er misschien achter dat je daarover hebt gelogen.'

Chelsea schrok en Kate wist dat ze een voltreffer had geplaatst. 'Dus ga maar staan, mevrouw Emory.' Ze greep Chelsea bij haar kraag, trok haar overeind en deed de handboei om één pols. 'Laatste kans.'

'Val dood,' gromde Chelsea. 'Het is de Professor. Hij noemt zichzelf de Professor. Ik weet niet hoe hij echt heet of hoe hij eruitziet. Hij draagt een vermomming.'

Kate duwde haar terug op de stoel. Maar ze maakte de handboei niet los. 'Dat is een goed begin. Hoe ziet zijn vermomming eruit?'

'Hij maakt zichzelf ouder. Ik geloof niet dat de meeste mensen dat zien, maar de meeste mensen kijken ook niet naar zijn gezicht. De meesten willen alleen maar zijn spul. Het is het beste wat er te krijgen is.'

'Dat zullen we ongetwijfeld in het laboratorium kunnen vaststellen zodra we je voorraad hebben gevonden.'

'Ik wil een deal,' zei Chelsea en ze stak haar kin koppig naar voren.

'Ik kan voor je met de openbaar aanklager praten. Ik kan zelf geen deal met je sluiten.'

'Nee, natuurlijk kun je dat niet,' mopperde Chelsea.

'Dat kan ik echt niet. Het is de kwestie van recht en gezag. Ik ben het gezag, niet het recht. Oké, als niemand wist dat hij zich vermomde, hoe komt het dan dat jij dat wel zag?'

'Ik ben een toneelfreak. Ik doe dingen achter de schermen. Een van de keren dat ik van hem kocht, was het warm en een van zijn applicaties was verschoven. Ik geloof niet dat het Sid was opgevallen. Ik koop echt niet vaak bij hem, want dat kan ik me niet veroorloven.'

'Hoe kan het dat Sidney dat wel kon?' vroeg meneer Siler. 'We waren nauwelijks in staat om haar geld te sturen.'

Chelsea deed met een diepe zucht haar ogen dicht. 'Sid leeft... lééfde graag groots. Kleding, sieraden, schoenen, vakanties. Ze deed wat ze dacht dat ze moest doen om zich dat te kunnen veroorloven. Ze... rekruteerde voor de Professor. Bracht nieuwe klanten aan. Soms kocht ze voor hen. Dan hield ze een beetje voor zichzelf.'

'Was ze ook dealer?' fluisterde mevrouw Siler. Haar pijn was duidelijk te zien.

'Soms. En soms ruilde ze... dingen om zich te kunnen veroorloven wat ze wilde hebben.'

Kate keek vanuit haar ooghoeken even naar de ouders en keek vervolgens Chelsea weer recht in de ogen. Ze wilde de pijn van de Silers niet nog groter maken door de vraag hardop te stellen. De jongere vrouw knikte in antwoord op haar onuitgesproken vraag.

'Met de Professor?' zei Kate zacht.

'Nee. Hij ging met niemand mee. Niet dat ik weet, tenminste. In ieder geval niemand van de universiteit. Ik neem aan dat hij het wel met iemand doet. Dat doen de meeste mensen.'

Niet iedereen, dacht Kate, zich plotseling realiserend dat het al meer dan drie lange jaren geleden was dat ze iets met iemand had gedaan. Inwendig vloekend bracht ze zichzelf weer bij de les. 'Dus hoe oud denk je dat hij werkelijk is?'

'Achter in de dertig, begin veertig misschien. Zeker niet ouder dan vijftig. Hij beweegt jong.'

Dat begrijp ik, dacht Kate terwijl ze zich nauwelijks kon herinneren hoe het was om jong te bewegen. 'Kun je me vertellen hoe hij er onder die attributen uitzag?'

'Hij is blond. Donkerblond. Hij draagt een grijze pruik, maar zijn haar is licht. Hij heeft een scherpe kaak. Vierkant. Het was het kaakstuk dat weggleed, waardoor zijn haarlijn zichtbaar werd. Een paar millimeter maar, maar voldoende om het te zien als je oplette. Ik wilde niet dat hij wist dat ik zat te kijken. Wanneer hij boos wordt, stopt hij een tijdje met verkopen.'

'Is dat wat je bedoelde met dat hij onderduikt?'

'Ja. Soms blijft hij een paar weken of nog langer weg. Een keer verdween hij drie maanden en de snorkelaars liepen toen jammerend als zombies over de campus. Het spul van de andere dealers was bij lange na niet zo goed.'

'Weet je nog wanneer dat was?'

'Niet als je me arresteert,' zei Chelsea stoer, maar dat was een act. Kate kon het zien. Het meisje was zo bang dat ze zat te schudden.

'Weet je wat?' kwam Kate haar tegemoet. 'Als jij me belooft te vertellen wat ik wil weten, dan zal ik als we hier weggaan iedereen duidelijk maken dat je je mond hebt gehouden. Dat je me helemaal niets hebt verteld. Ik zal ervoor zorgen dat je medestudenten dat te horen krijgen. De geruchtenmachine zal de rest doen. Afgesproken?'

Chelsea aarzelde maar een paar seconden. 'Ja.'

'Maar als je me belazert, dan zul je daar ongelooflijke spijt van krijgen,' voegde Kate er ernstig aan toe.

'Dat doe ik niet,' zei Chelsea. 'Zijn we bijna klaar?'

'Ja.' Kate zette in gedachten de feiten op een rijtje en dacht aan nog één ding dat ze moest weten. 'Ga je naar de sportschool?'

'Ja. Die op de campus. Die is goedkoper voor studenten.'

'En die sportschool net buiten de campus?'

'Daar gaan alle bodybuilders naartoe.' Chelsea's wenkbrauwen gingen omhoog. 'Ja, daar dealde hij ook, als dat is wat je wilde weten. Ik had een paar jaar geleden een vriend die daar werkte. Hij zei dat de Professor de beste en zuiverste steroïden in de omtrek verkocht.'

'Heb je ooit iemand gekend die Roy heette?'

Chelsea schudde haar hoofd. 'Ik heb het niet op spierproleten.'

'Op wie heb je het wel?'

Chelsea slikte moeizaam en Kate kreeg voor het eerst de indruk dat ze de ware vrouw achter de façade zag. Er blonk een verscheurende, vlammende pijn in Chelsea's ogen, waardoor Kate het antwoord al wist voor ze het zei. 'Sid.'

'O,' zei Kate zacht. 'Waren jullie geliefden?'

'Ja.' Er blonken nieuwe tranen in haar ogen en ze liet ze stromen. 'Ik wilde niet dat haar ouders er op deze manier achter kwamen,' zei ze, alsof de Silers zich niet in de kamer bevonden. 'Ze zou het ze vertellen. Maar ze bleef het maar uitstellen tot het juiste moment. Maar dat moment kwam nooit.'

Kate zuchtte en voelde de uitputting die op haar drukte. 'Dus de mentor...'

Chelsea liet haar kin op haar borst zakken en haar schouders schokten van de snikken. 'Ik haat dat mens. En ik haatte Sid omdat ze haar principes opzijzette. Omdat ze zichzelf verkocht. Maar toch hield ik van haar. Tamelijk stom, hè?'

'Nee,' zei Kate zacht. 'Tamelijk menselijk.' Ze zuchtte. 'Ik zal de agent je naar het bureau laten brengen om je in beschermende hechtenis te laten nemen. Ik zal ervoor zorgen dat je buren me tegen de agent horen zeggen dat hij je in de cel moet smijten bij de hoeren en je moet laten verrekken. Oké? Ik doe je de handboeien om, maar niet te strak. Alleen voor de show.'

Chelsea knikte nog steeds snikkend. 'Oké. Oké.' Ze keek naar de geschokte gezichten van Sidney's ouders. 'Het spijt me. Ik had haar in de gaten moeten houden. Ik had haar moeten tegenhouden. Ik had haar naar de afkickkliniek moeten slepen. Het spijt me zo.'

De Silers knikten en zeiden niets terwijl Kate voorzichtig Chelsea's handen voor haar lichaam boeide en een paar tissues in een samengebalde vuist propte. Ze liet de agent binnenkomen en instrueerde hem, zoals ze Chelsea had beloofd, en belde vervolgens om versterking te vragen die het appartement moest bewaken tot de technische recherche zou arriveren.

Ze liep achter Chelsea en de agent aan naar de gang en zag dat de overige deuren voorzichtig opengingen. Ze klemde haar kaken op elkaar alsof ze vreselijk kwaad was. 'Misschien dat een nachtje in de cel je van gedachten doet veranderen. Zorg ervoor dat ze niet alleen zit. Ik wil dat ze de hele behandeling meemaakt. Zet haar maar bij de hoeren, misschien dat ze dan morgen meer zin heeft om te praten. Zo niet, dan kan ik het nog wel leuker maken.'

De agent knikte haar toe ten teken dat hij het helemaal begreep. 'Ik zal ervoor zorgen.'

Kate volhardde in haar houding tot Chelsea en de agent om de hoek waren verdwenen, ging toen het appartement weer binnen en deed de deur achter zich dicht. Ze leunde er even tegenaan en sloot een paar seconden haar ogen. Toen ze ze weer opendeed, zaten de Silers met een bezorgde blik op hun gezicht naar haar te staren.

'Gaat het wel met ú, agent Coppola?' vroeg meneer Siler zacht.

Kate wilde zich beschaamd voelen omdat ze de familie van het slachtoffer haar vermoeidheid had getoond, maar ze was te moe om er iets om te geven. *Ik moet slapen. Ik moet Decker zien.*

De gedachte dat deze Professor al de hemel mocht weten hoelang in de stad opereerde en drugs verkocht aan studenten zonder ooit te worden gepakt en dat hij contacten had in het ziekenhuis, de gevangenis en het politiekorps van Cincinnati zelf was ontnuchterend. En beangstigend. Want diezelfde slimme geslepenheid had vandaag bijna een einde gemaakt aan Deckers leven. Dus nee, het ging niet goed met Kate.

Maar ze knikte toch. 'Ja, meneer, dank u voor uw bezorgdheid. Ik zou dat gesprek normaal gesproken hebben gevoerd in een verhoorkamer op het bureau, maar Chelsea leek klaar om te gaan praten. Ik wilde haar niet de tijd geven om er lang over na te denken.'

'Ik ben blij dat we het hebben gehoord,' zei meneer Siler. Hij leek oneindig veel uitgeputter dan Kate zich ooit zou kunnen voelen. 'Dat je kind drugs gebruikt is iets wat geen enkele ouder wenst te horen, maar Sidney was onze dochter en we hielden van haar. We zouden

Chelsea hebben verwelkomd in onze familie. Dat zullen we nog steeds doen.'

'Ze is altijd al als een dochter voor ons geweest,' zei mevrouw Siler zwak. 'Nu nog meer. Ze is het enige wat we nog overhebben van Sidney.' Toen stortte ze in en huilde in de armen van haar echtgenoot.

'Wilt u Sydney vanavond nog zien?' vroeg Kate. 'Of kunnen we tot morgen wachten?'

'Vanavond,' bracht meneer Siler uit. 'Dan kunnen we daarna in vrede rouwen.'

'Uitstekend. Zodra er een andere agent is om het appartement te bewaken, zal ik u naar uw dochter brengen en daarna zoek ik een plek waar u kunt verblijven.'

12

Cincinnati, Ohio, donderdag 13 augustus, 19.30 uur

Hij deed de kelderdeur op slot terwijl hij een fles wijn in zijn hand hield en haalde zijn sleutels uit het slot. Hij kwam de woonkamer binnen en hield de fles zo dat JJ het etiket kon zien. 'Een van mijn mooiste wijnen.'

Ze zat waar ze had gezeten toen hij wegging, in exact dezelfde positie en met dezelfde uitdrukking op haar gezicht. Als hij niet had gehoord dat ze met zijn sleutels bezig was geweest, zou hij nooit iets hebben vermoed. 'Die vind ik lekker,' zei ze met een goedkeurend knikje. 'Die zal uitstekend samengaan met de biefstuk.'

Hij zuchtte luid terwijl hij achter de bar stapte en zich vooroverboog om een kurkentrekker te zoeken. En om de GHB in haar glas te doen. Hij schonk de glazen vol met de volle, rode wijn. 'Ik zat te denken,' zei hij.

'Waarover?' drong ze aan toen hij niet verderging.

Hij walste de wijn om er zeker van te zijn dat het poeder in haar glas was opgelost. 'Je zou geen last moeten hebben van Mallory's brutaliteit. Het spijt me, JJ.'

Ze keek glimlachend naar hem op toen hij het glas gaf en naast haar ging zitten. 'Zolang haar maar geleerd wordt dat ze zich heeft te gedragen, zal ik het wel overleven.'

Nee, dat zul je echt niet. Hij tikte zachtjes hun glazen tegen elkaar. 'Dank je voor je waarschuwing vandaag. Ik ben blij dat je me over Davenport hebt verteld. Ik denk dat ik een andere manier moet zien te vinden.'

Ze nipte van haar wijn. 'Dat zal moeilijk worden. Ik heb gehoord dat hij het ziekenhuis heeft verlaten.'

Hij hield even scherp zijn adem in. 'Waarom heb je me dat niet verteld?'

Ze keek hem fronsend aan. 'Dat was ik van plan. Dat is de andere reden dat ik hierheen ben gekomen. Maar toen begon Mallory agressief te doen.' JJ stak haar lippen licht pruilend naar voren, geen aangename aanblik bij een vrouw van haar leeftijd. 'Hij is rond een uur of vier uit het ziekenhuis gegaan. Ik hoorde het van de hoofdzuster die de dienst overnam toen ik onderweg was hierheen met ons avondeten. Dat we vanavond niet zullen eten.'

Wat kan mij dat avondeten verrekken. 'Wist de hoofdzuster waar hij naartoe is?'

'Nee, maar ze heeft me wel verteld met wie hij is vertrokken.'

Hij wachtte even en maakte toen een geluid vol ongeduld. 'JJ?'

'Zul je Mallory ontslaan?'

O, jij gaat zo heel erg lijden, dacht hij woedend, maar hij hield zijn uitdrukking vol ongeduld. 'Ik heb gezegd dat ik haar zou straffen. Als ik haar ontsla, wie ruimt de rommel van Roxy dan op? Wie gaat de lakens dan verschonen als ze ligt te kotsen of zich heeft ondergepist? Jij?'

'Gadver, nee,' zei JJ met een grimas. 'Ik krijg genoeg kots en urine in mijn werk, dank u vriendelijk. Zul je dan in ieder geval een vervangster zoeken?'

Geen schijn van kans, dacht hij en hij wenste dat hij JJ op dit moment kon ombrengen. Maar hij had nog te veel vragen en hij verwachtte niet dat ze erg meegaand zou zijn zonder een lichte aansporing. En een aansporing nam tijd in beslag. Hij had te veel te doen vanavond om haar nu te pakken te nemen. Hij zou haar nu verdoven en voor later bewaren.

'Dat zal ik doen,' beloofde hij. 'Met wie is Davenport weggegaan?'

'Dani Novak,' antwoordde ze. Ze vertrok haar gezicht en klokte een grote slok wijn naar binnen, alsof de naam van de vrouw een akelige smaak opriep. 'Ze heeft ontslag genomen, weet je. Ze had sowieso nooit in een ziekenhuis moeten mogen werken.' Ze vertrok haar mond vol afschuw. 'Iedereen op de spoedeisende hulp blootstellen aan hiv.'

Zijn ogen werden groot van oprechte verbazing. Hij kende Dani Novak, maar hij had niet verwacht dat zij de zorg voor Davenport op zich zou nemen. Dat had hij kunnen weten, vermoedde hij. Dani's broer zat ook bij de FBI. Het was logisch dat ze bezorgd waren om Davenport na zijn ontsnapping van die ochtend. 'Egoïstisch,' stemde hij in. 'Ben je opnieuw getest?'

'Jazeker.' JJ huiverde. 'Als ze me hiv had bezorgd, zou ik haar eigenhandig hebben vermoord.'

'Ik ken dr. Novak. Ze heeft een van mijn patiënten vorig jaar behandeld toen die afgelopen winter bij het schaatsen zijn arm had gebroken. Maar ik had geen idee dat ze hiv-positief was.'

Dat wist hij wel, natuurlijk. Iedereen in de medische wereld wist dat. Maar daar ging het nu niet om. Hij kon dr. Novak gebruiken om Davenport te pakken te krijgen. De zaken stonden er weer iets beter voor.

'Dat is ze al sinds ze klaar was als arts in opleiding,' zei JJ met een sneer. 'De hemel mag weten hoe ze het heeft opgelopen.'

'Nou, dat is op dit moment niet mijn grootste zorg,' zei hij naar waarheid. 'Ik ben meer geïnteresseerd in het opsporen van Griffin Davenport. Heb je enig idee waar ze hem naartoe hebben gebracht?'

'Geen flauw idee.' Ze nam opnieuw een grote slok, en hield verwonderd haar hoofd schuin. Toen fronste ze haar voorhoofd. Haar ogen werden groot van schrik toen tot haar doordrong wat er aan de hand was. 'Jij klootzak,' bracht ze brabbelend uit.

Hij pakte snel haar glas zodat ze geen rode wijn op de bekleding kon morsen. 'Klopt. Dat ben ik.' Hij goot beide glazen leeg in de gootsteen en hees haar overeind. Ze was niet zo vreselijk groot, maar ze was stevig en haar vervoeren was moeilijker dan hij had gedacht dat het zou zijn. Hij leidde haar wankelende lichaam naar de logeerkamer op de begane grond, liet haar op bed zakken en trok haar schoenen uit. Die zou hij meenemen. Op blote voeten was het moeilijker om te vluchten.

Hij bond haar handen op haar rug, bond toen haar voeten bij elkaar en maakte haar handen en voeten aan elkaar vast. Hij propte een zakdoek in haar mond om haar stil te houden. Hij trok de dekens over haar heen en legde haar zo dat het voor iedereen die toevallig de kamer in keek net leek of ze lag te slapen.

'Ik kom terug,' beloofde hij voor het geval ze nog steeds bij bewustzijn was. 'We hebben dingen te bespreken.'

Hij deed de deur van de buitenkant op slot. Hij wilde niet dat JJ bij haar positieven zou komen en zo veel lawaai zou maken dat het de aandacht van Mallory trok. Dit was allemaal heel betreurenswaardig. JJ was een geweldige hulp geweest zolang het duurde. Het begon ernaar uit te zien dat hij het opengevallen plekje voor lief moest nemen en zijn netwerk opnieuw zou moeten opbouwen. Hij begon verdomme links en rechts handlangers kwijt te raken.

'Ze vallen als vliegen,' mompelde hij terwijl hij terugliep naar de keuken, waar Mallory de mixer had aangezet. Ze was slagroom aan het maken voor zijn aardbeientaart, maar er lag een frons op haar gezicht terwijl ze in de kom staarde. 'Wat is er mis?' vroeg hij.

'Hij wordt niet dik. Hij blijft gewoon... plat.'

Hij boog zich over haar schouder om te kijken. Toen rook hij eraan en trok een gezicht. 'Hij is zuur.'

'Ik heb hem nog maar net gekocht.' Ze keek naar hem op met angst in haar ogen, alsof ze bang was dat hij haar zou slaan. Een gerechtvaardigde angst, want hij had haar eerder ook geslagen voor foutjes in de keuken. 'Ik zweer het.'

Hij keek op het pak. 'Hij is zuur. Maar je hebt gelijk, het is een nieuw pak. Hij zou niet bedorven mogen zijn.' Hij zag haar schouders ontspannen en opluchting de plaats innemen van angst. 'Heb je nog een ander pak?'

'Nee. Het spijt me.'

'Nou, dan eten we vanavond geen aardbeientaart,' zei hij mopperend. 'Het is niet hetzelfde zonder slagroom.'

'Ik kan wel even naar de winkel gaan en nieuwe halen,' bood ze aan.

Hij zuchtte opnieuw, humeurig. 'Nee, laat maar. Ik heb dingen te doen vanavond en ik heb niet de tijd om te wachten. Ga morgen maar halen. Is de biefstuk wel klaar?'

'Jazeker. Ik heb hem in de warmhouder gezet. De tafel is gedekt. Waar is juffrouw JJ?'

'Die moest even een dutje gaan doen,' zei hij. 'Ze heeft te veel wijn gedronken en is een beetje aangeschoten. Laat haar maar liggen, dan kan ze het uitslapen.'

'Moet ik haar avondeten bewaren zodat ze later kan eten?'

'Neu. Eet het zelf maar op.'

'Wat moet ik doen met het eten dat ze heeft meegenomen?'

Hij keek in de tassen van de supermarkt die op het aanrecht stonden. Daarin zaten een geroosterde kip en bakjes van de delicatessenafdeling met aardappelsalade en dergelijke. *Ik dacht dat je een maaltijd wilde kóken*, dacht hij. Hij wilde het deksel van een van de bakjes met aardappelsalade peuteren, maar zag dat het zegel was verbroken. Iemand had het bakje al opengemaakt.

Iemand had alle bakjes al opengemaakt.

Hij keek scherp naar Mallory. 'Heb je hieraan gezeten?'

Ze schudde vermoeid haar hoofd. 'Ik heb de tassen op het aanrecht gezet nadat ik haar had betrapt toen ze de kelder probeerde binnen te gaan en ze weigerde te vertrekken. Ze begon tegen me te gillen toen ik de bakjes in de koelkast wilde zetten. Ze wilde niet dat ik met mijn vingers aan haar spullen zat. Dat was het moment dat ik tegen haar zei dat ik jou zou bellen als ze niet weg zou gaan.' Ze drukte voorzichtig haar vingers tegen haar opgezwollen gezicht. 'Toen sloeg ze me.'

'Juist.' Hij vreesde dat hij het begreep. Hij deed een van de bakjes open en snoof, maar hij rook niets. Maar dat wilde niets zeggen. 'Ik moet dit onderzoeken. Eet er niet van.'

Hij wilde niet dat Mallory doodging. Niet tot hij met haar klaar was in ieder geval. Haar kleine zusje moest nog een beetje verder opgroeien voor ze een geschikte opvolgster was.

Mallory's ogen werden groot. 'Wat moet ik ermee doen? Kan ik het veilig door de afvalvermaler doen?'

'Laat mij maar.' Hij nam het eten dat JJ had meegebracht en stak op hetzelfde moment als Mallory zijn hand uit naar het pak slagroom. Het pak viel om en de zure room droop langs de kastdeurtjes op de grond. Hij keek Mallory woedend aan, die een stap achteruit deed en oprecht bang keek.

'Het spijt me,' fluisterde ze. 'Ik wilde alleen maar helpen.'

'Nou, láát dat,' snauwde hij. 'Ruim deze rotzooi op. Ik ben beneden.'

Ze knikte. 'En je avondeten?'

'Ik heb op dit moment geen trek meer. Ik eet onderweg wel ergens.'

Donderdag 13 augustus, 19.50 uur

Mallory keek toe terwijl hij wegliep en klampte zich vast aan de rand van het aanrecht toen haar knieën het dreigden te begeven. *Mijn god, dat was op het nippertje.* Ze haalde adem door haar neus in een poging haar hartslag tot bedaren te brengen. *Het is me gelukt. Hij geloofde me.*

Het blauwe oog dat ze de volgende dag zeker zou hebben was het waard. Meer dan waard. Ze had de hele middag haar hersenen gepijnigd om een manier te vinden om de volgende dag het huis uit te kunnen. Ze moest een excuus hebben om terug te gaan naar de supermarkt zodat ze de dame van de politie kon bellen om de naam van de agente die haar had geholpen te achterhalen.

Ze liet zich op haar knieën zakken en begon met keukenpapier de rommel op te ruimen. Keukenpapier kon door de vermaler en dan zou alle bewijs van haar leugen via de afvoer worden weggespoeld.

Het zou niet lang duren voor hij besefte dat de zure room alleen maar het resultaat was van het citroensap dat ze erbij had gedaan. Ze had niet zo ver vooruit gedacht dat hij de slagroom samen met JJ's eten zou willen testen, dus het pak omgooien was puur een reflex geweest. *Schiet op. Ruim die rommel op voor hij erachter komt.*

Ze was op de weg terug van de winkel op het idee gekomen om de slagroom opzettelijk te bederven, maar ze had het uit angst al verworpen voor ze de oprit in draaide. Als hij haar betrapte, zou hij haar vermoorden. Dan zou hij Macy...

Nee. Niet aan denken. Ze zou uitsluitend positief denken. Ze zou contact opnemen met die agente en dit keer zou iemand haar geloven. *Laat alsjeblieft iemand me dit keer geloven.*

Ze had de hele middag aan haar mogelijkheden gedacht terwijl ze bezig was met haar huishoudelijke taken en de verzorging van Roxy, die écht in het ziekenhuis zou moeten liggen. Roxy's nut als schijnechtgenote was voorbij. Ze zou nooit meer naar een feestje gaan. Nooit meer voor hem liegen. Ze zou binnenkort dood in haar bed worden aangetroffen of ze zou gewoon verdwijnen. *En dan ben ik de enige die weet wie haar werkelijk heeft omgebracht.*

Hij zou iemand anders vinden om mee naar feesten te gaan. Om te glimlachen tegen de ouders van zijn tienerslachtoffers zodat ze geloofden dat dit een gewoon huis was met een normaal, kinderloos stel dat alleen maar arme, misdeelde kinderen wilde helpen. Hij zou iemand anders vinden om voor hem te liegen wanneer de noodzaak daartoe zich voordeed. *Misschien mij zelfs.* De gedachte was genoeg om te willen overgeven. Ze was er in de loop der jaren aan gewend geraakt om te fungeren als zijn seksuele uitlaatklep, maar voor hem liegen... andere kinderen zijn hel binnenlokken... *Dat kan ik niet.*

Daar moet je nu niet aan denken. Ze dwong zichzelf in plaats daarvan aan JJ te denken, die flinke martelingen te wachten stonden. Want JJ had echt ingebroken en had echt geprobeerd de kelder binnen te komen. Mallory had haar gezien toen ze de trap af kwam met een mand vol vuil beddengoed van Roxy. JJ probeerde de deur naar de kelder open te maken met een sleutel die tot haar ergernis niet paste. Toen had de vrouw een setje spullen gepakt om het slot te forceren.

Mallory had zich muisstil gehouden en was langzaam achteruitgelopen op de overloop om niet gezien te worden. JJ had geweten wat zich in de kelder bevond. Mallory had de vrouw nooit gemogen en die gevoelens waren absoluut wederzijds. Ze wist wel dat JJ verslaafd was, maar ze had niet gedacht dat ze wanhopig genoeg – of stom genoeg – zou zijn om het risico te nemen om bij zijn voorraad te komen.

Uiteindelijk had JJ het opgegeven en was de keuken binnengegaan, Mallory was de trap af geslopen en had om de hoek gegluurd. Ze had tot haar verbijstering gezien dat JJ een wit poeder in de bakjes eten deed en dat er zorgvuldig doorheen roerde.

Vergif? Of misschien drugs. JJ was per slot van rekening verpleegster. Ze zou net zo gemakkelijk toegang hebben tot drugs als hij. Misschien nog wel gemakkelijker omdat ze in een ziekenhuis werkte.

Hij zal erachter komen en mij de schuld geven, was Mallory's eerste doodsbange gedachte. Toen drong tot haar door dat ze hier gebruik van kon maken. Het voor haar laten werken. Als zij de slagroom verpestte, zou hij misschien geloven dat JJ alles had gedaan. Maar alleen als zij een manier verzon om JJ er de schuld van te geven.

Toen had JJ zich omgedraaid en gezien dat ze haar stond te bespioneren. JJ had haar zo hard geslagen dat ze als een blok neerging en de mand met vuil beddengoed liet vallen. Het had vreselijk veel pijn gedaan, maar dat was de opening geweest waar ze naar op zoek was geweest. Terwijl ze op de grond zat, te midden van Roxy's met braaksel en urine doordrenkte lakens, bedacht Mallory hoe ze hier gebruik van kon maken om haar eigen activiteiten te verdoezelen.

En het had gewerkt. Ze keek omhoog. *Als U me kunt horen, dank U.*

Ze pakte een fles bleekmiddel, liet zich op haar knieën zakken en begon de keukenvloer te schrobben om elk plekje waar de room was terechtgekomen schoon te maken. Ze wilde er zeker van zijn dat er geen spoor van haar misleiding overbleef.

Ze zou morgen opnieuw naar de winkel gaan om nieuwe slagroom te kopen. Dan zou ze de politie bellen. Ze zou de naam van de agente te horen krijgen en haar alles vertellen. Met inbegrip van de naam van de man die hij wilde vermoorden.

Griffin Davenport. Ze had hem die naam tegen JJ horen noemen.

De politie kon Davenport beschermen en de dame die voor hem zorgde – Dani Novak. Het feit dat ze die namen kende zou genoeg zijn om ervoor te zorgen dat ze haar geloofden. Ze keek opnieuw omhoog. *Laat ze me dit keer alstublieft geloven. En laat hem Macy alstublieft niets aandoen. Laat Macy alstublieft ongedeerd blijven.*

En laat Macy alstublieft van me houden? Een beetje maar. Maar zelfs als Macy haar voor de rest van haar leven een monster zou vinden, dan kon Mallory dat accepteren, zolang haar zusje maar in veiligheid was.

Donderdag 13 augustus, 20.00 uur

Meredith had net water opgezet toen de bel ging. Kendra stond op de stoep en wekte de indruk dat ze ervandoor wilde gaan. 'Kom je binnen of ga je weer?' vroeg Meredith.

Kendra trok een gezicht. 'Ik haat het om over mijn gevoelens te praten.'

Meredith deed de deur verder open. 'Kom dan binnen voor een kopje thee. Ik heb net water opgezet.'

Kendra hield twee zakken omhoog, een van Skyline en een van Kroger. 'Ik heb avondeten en een toetje meegebracht. IJs.'

Meredith nam de zakken aan, deed die van Skyline open en snoof waarderend. 'Spaghetti met chili, uien en bonen? Mijn favoriet.' Ze gluurde in de andere zak. 'Ooo. Graeter's. Aah. IJs van zwarte frambozen met stukjes chocola. Heb je soms met Faith gepraat?'

'Jazeker. En ze zei dat jullie één keer in de week naar Skyline gaan.'

'En we houden een voorraad van precies dit ijs in de vriezer op kantoor voor de dagen dat we te veel slachtoffers hebben moeten aanhoren met zulke vreselijke verhalen dat we er moordzuchtig van worden. En dan gaan we de week daarna tekeer op de loopband,' voegde ze er spijtig aan toe. 'Kom erin.'

Kendra liep achter haar aan naar binnen en nam met een flauwe glimlach de kamer in zich op. 'Je huis is altijd zo gezellig. En rustig.'

'Op dit moment wel. Morgen rond deze tijd zit ik tot aan mijn nek in de negenjarigen. Bailey neemt Hope mee omdat Ryan een avondje mannengedoe heeft. Ze gaan pokeren en honkbal kijken, dus komen de meiden hierheen voor pizza en een marathonsessie van *Princess Diaries.*'

'Hoe kan één negenjarige je er tot je nek toe in laten zitten?'

'Omdat Hope heeft gevraagd of ze een vriendinnetje mocht uitnodigen. Eén vriendin werden er twee. En toen zes. En toen werd het een slaapfeestje. Dus ik heb een flinke voorraad glitternagellak en junkfood ingeslagen.'

Kendra snoof. 'Je kunt gewoon geen nee zeggen. Dat is je probleem.'

Meredith zuchtte, maar dat was voornamelijk voor de show. Ze vond het heerlijk om mensen over de vloer te hebben. Want stilte werd soms overgewaardeerd. De waterketel begon te fluiten en onderstreepte daarmee de gedachte. Ze gebruikte een waterketel om water te koken in plaats van de magnetron – ze was dol op het vrolijke gefluit. 'Ga zitten. Ik breng je thee. We kunnen eten zodra we gepraat hebben.'

Toen ze terugkwam met het dienblad zag ze dat Kendra bij haar boekenplanken stond en voorovergebogen de flesjes nagellak bestudeerde die ze die dag had gekocht en zorgvuldig op de plank had uitgestald op het niveau van een negenjarige, want kiezen was de helft van de lol.

Meredith zette het blad op de salontafel en schonk zichzelf in alvorens zich in een hoekje van de bank te nestelen. 'Als je zin hebt, kunnen we ook elkaars nagels doen in plaats van te praten.'

Kendra kwam overeind tot haar volle, indrukwekkende lengte en draaide zich om met een grijns op haar gezicht die haar ogen niet wist te bereiken. 'De Cherry Pop is echt mooi. Jammer genoeg zijn mijn nagels verruïneerd.'

'Omdat je nagelbijt,' zei Meredith. 'Waarom?'

'Zenuwen. Gewoonte.' Kendra haalde haar schouders op en ging stijf in de andere hoek van de bank zitten. Ze glimlachte even toen ze zag dat Meredith een zakje muntthee naast haar kop had gelegd. 'Je herinnert je altijd wat ik lekker vind.'

'Alleen omdat je me hebt verteld waarom je dat drinkt.'

Kendra liet het zakje in het kopje zakken en goot er met trillende handen heet water overheen. 'Omdat je het onmogelijk te lang kunt laten trekken. Ik vergeet het altijd. Ik mag ook geen popcorn in de magnetron maken omdat ik afgeleid raak en dan verbrandt het.'

Meredith nam een slokje van haar thee. 'Ik ook. Ik lijk altijd te overschatten wat ik allemaal kan doen in de twee minuten dat ik sta te wachten tot de korrels ophouden met ploffen.'

Kendra wierp haar een dankbare blik toe. 'Je laat me maar wat raaskallen.'

Merediths mondhoeken krulden. 'Maar ik stel het eten uit tot je ter zake bent gekomen. Ik zal je op gang helpen. Je zei dat je gewelddadige fantasieën hebt met betrekking tot daders van seksueel misbruik.'

Kendra knikte. 'Ja. Maar ik weet niet goed waar ik moet beginnen.'

'Wat dacht je van hoelang je die fantasieën al hebt?'

'Al jaren. Ik heb er alleen nooit gevolg aan gegeven, tot nu.'

Meredith trok bezorgd haar wenkbrauwen op. 'Wat heb je nu gedaan?' vroeg ze behoedzaam.

Kendra staarde in haar kopje. 'Ik heb zaterdag een mogelijke mishandeling voorkomen.'

Meredith fronste haar voorhoofd. 'Maar dat is toch goed?'

'Ja, maar het beoogde slachtoffer spookt al dagen door mijn hoofd. Ik had pauze, om precies te zijn, en ik was naar de Kroger op Glenway gegaan om een salade te halen. Ik zag dat meisje, achttien misschien, met een heel angstige uitdrukking op haar gezicht boodschappen doen. Ze deed haar best om volwassen en blasé te doen, maar dat lukte haar niet. Een man liep de hele winkel door achter haar aan en toen ook naar de parkeerplaats. Hij was achter in de twintig, het type van een voormalige footballspeler. Hij sloot haar min of meer op tussen zijn lichaam en de achterkant van haar auto – hij was met een maatje aan het praten via FaceTime en hield zijn mobieltje zo dat die andere vent het meisje kon zien.'

'Dus je bent tussenbeide gekomen? Heb je hem weggestuurd?'

'Ja, maar toen ik haar de kans gaf om me te vertellen wat er was gebeurd, ontkende ze dat er iets aan de hand was. Toen stapte ze in haar auto en ging er als een speer vandoor. Ik wilde haar volgen, maar tegen de tijd dat ik bij mijn politieauto was, was ze al lang en breed verdwenen. Ik heb snel een foto genomen van haar kentekenplaat, dus die heb ik nagetrokken. De platen bleken gestolen en hoorden niet bij de auto waarin ze reed.'

Merediths frons werd dieper. 'Oké, dat is kwalijk. Dat klinkt eerlijk gezegd allemaal heel kwalijk. Maar hoe kan ík helpen, Kenny? Tot dusver is alles wat je hebt verteld een politiezaak, niet iets voor een therapeut.'

'Daar kom ik zo op. Die vent noemde haar Sunshine Suzie. Ik heb het na mijn dienst opgezocht.' Kendra sloot haar ogen en schudde haar hoofd. 'De resultaten die dat opleverde...' Ze slikte moeizaam. 'Ze was tot een jaar of drie geleden een pornosensatie op internet. Meredith... ze is járenlang voor de camera misbruikt.' Haar stem brak. 'Ik heb die informatie doorgegeven aan de ICAC. Ze zeiden dat ze erachteraan zouden gaan, maar dat ze overbelast zijn en zij niet langer minderjarig is. Ze hebben lijsten vol kinderen op wie ze zich eerst moeten concentreren. Verdomde kutbezuinigingen.'

'Frustrerend, maar waar,' mompelde Meredith terwijl haar hersenen al op volle toeren werkten. De ICAC, de politieafdeling die zich bezighield met kindermisbruik op internet, zag zich geconfronteerd met een niet-aflatende uitdaging en het probleem was enorm. Er was simpelweg niet genoeg geld. Maar nu was er een speciaal samenwerkingsverband dat een plaatselijke pornovervaardiger probeerde te vinden. En dit meisje deed boodschappen bij een plaatselijke supermarkt.

Dit kon van belang zijn. Dit meisje kon belangrijk zijn om redenen die boven haarzelf uitstegen. Maar voorlopig concentreerde Meredith zich op Kendra, die zachtjes en zonder enig vertoon van theater zat te huilen.

Kendra ging snel met haar vingers langs haar ogen. 'Ik bedoel, ik ken heel veel meiden die zijn misbruikt, die gedwongen werden de prostitutie in te gaan. Verdomme, Wendi en ik hebben een huis vol.'

Meredith gaf de doos met tissues aan. 'Maar?'

'Ik kan het gezicht van dít meisje niet uit mijn hoofd krijgen. Ik kan van geen van hen het gezicht vergeten, maar dit meisje... Er was iets aan haar. Iets aan het zien dat ze zo achtervolgd werd. In een supermarkt. Midden op de dag. In het openbáár. Het maakte me misselijk.' Ze droogde haar ogen. 'Wendi heeft uiteraard gezegd dat ze welkom is bij ons, wanneer we haar vinden.'

'Als je haar vindt.'

Kendra deed haar ogen dicht en knikte ongelukkig. 'Die kans is inderdaad niet heel groot. Maar dat is allemaal niet de reden dat ik met je wilde praten. Weet je, toen ik besefte dat ze allang van het parkeerterrein was verdwenen, ging ik bij de uitgang staan wachten tot die zak van een ex-footballspeler langskwam en toen heb ik zijn nummerplaten ook gefotografeerd. Zodat ik zou weten wie hij is voor het geval hij haar nog eens lastigvalt.' Toen ze haar ogen opendeed lag er een gekwelde blik in. 'Ik weet nu hoe hij heet en waar hij woont. En... ik ben zo ontzettend kwaad, Mer,' fluisterde ze.

'En terecht,' zei Meredith zacht.

Kendra schudde haar hoofd. 'Nee, niet op deze manier. Ik bleef maar denken aan wat die hufter van een vriendje van Wendi's moeder met Wendi heeft gedaan toen ze nog klein was. Ik herinner me nog steeds de nachtmerries die ze had toen we pleegkinderen waren. We deelden een kamer, weet je?'

'Nee, dat wist ik niet. En ik wist ook niet dat ze aan nachtmerries leed, maar dat verbaast me niets.'

'Ze praat er niet over. Maar ík weet het nog. Soms heb ik nog nachtmerries over haar nachtmerries. Ze maakte altijd zo'n... zo'n geluid wanneer ze lag te slapen... als een dier dat met zijn poot vastzit in een val.' Kendra huiverde. 'Ze huilde altijd omdat ze wist dat mensen nog steeds haar foto's bekeken, dat ze ze nooit terug zou krijgen.'

'Eenmaal op internet, altijd op internet,' zei Meredith verdrietig.

Kendra vertrok haar mond in hulpeloze woede. 'Ja. Maar in mijn gedachten waren de mannen die haar bekeken van die enge, slijmerige mannen met uitpuilende ogen die nog steeds bij hun moeder in de kelder wonen.'

'Gemakkelijk te vinden in een menigte.'

'Als ze al ooit uit hun moeders kelder zouden komen.' Kendra zuchtte. 'Het is stom. Ik bedoel, ik ben een politieagent. Ik wéét dat de slechteriken er soms knap uitzien, maar deze volwassen man die dat meisje lastigviel alsof hij haar bezát... Gewoon in de supermarkt. Hij schaamde zich niet en hij had geen uitpuilende ogen. Hij was best knap en gezond en fit en...'

'Normaal?'

'Ja.' Een beverig knikje werd gevolgd door een gegeneerde glimlach. 'Dus... waar het om gaat. Ik ben sinds zaterdag zes keer langs zijn huis gereden. Ik...' Een diepe ademteug. 'Ik fantaseer over... nou, over dingen waar ik niet over zou moeten fantaseren.'

O jee. Dit was ernstiger dan ze had gedacht. 'Wat wil je met die man doen?'

Kendra ademde langzaam uit. 'Wat ik vertel blijft binnenskamers?'

'Altijd. Tenzij je gevolg geeft aan je fantasieën, maar dat laten we niet gebeuren.'

'Oké.' Ze rechtte haar rug. 'Ik wil hem doen lijden en ik wil hem laten boeten. Ik wil dat hij bang is, zo bang dat hij om genade smeekt, en die wil ik hem niet schenken. Ik wil op zijn voordeur af stappen en zijn vrouw vertellen waar hij mee bezig is. Ik wil hem oppakken omdat hij kinderporno heeft bekeken. Ik wil dat Marcus O'Bannion hem op de voorpagina zet zodat iedereen weet wat voor een perverse figuur hij is. En als hij de bak in draait, dan wil ik dat hij elke dag van elk jaar wordt misbruikt. En ik wil dat het pijn doet.'

Meredith wachtte en nam een slokje van haar thee. Er moest meer zijn. Geen van de dingen die Kendra zojuist had opgenoemd was ernstig genoeg om haar om hulp te doen vragen. Maar Kendra zei niets. Ze zat daar alleen maar zwijgend haar theezakje in haar kopje te soppen, het op te tillen en te kijken hoe het uitlekte.

'Heb je een specifiek plan, Kenny? Want anders zijn je fantasieën niet overdreven gewelddadig. Ik moet zeggen dat ze waarschijnlijk een stuk vriendelijker zijn dan de mijne.'

Er ging een volle minuut voorbij. Toen nog een. Ten slotte sprak Kendra. 'Ik wil hem vermoorden,' fluisterde ze. 'Ik wil hem opwachten bij zijn huis en als hij naar buiten komt wil ik een pistool tegen zijn hoofd zetten. Ik wil hem dwingen in mijn auto te stappen en dan wil ik hem naar een rustig plekje brengen. Waar niemand hem kan horen gillen.' Ze haalde diep adem. 'Ik weet een plek.'

'Waar?'

Kendra wierp haar een snelle zijdelingse blik toe. 'Het huis van Faith. Die grote kast op het platteland. Kilometers in de omtrek geen mens te zien. Een andere moordenaar is daar jaren mee weggekomen. Waarom ik niet ook?'

Oké. Dit begint ergens op te lijken. 'Hoe zou je het doen?'

Kendra knipperde met haar ogen. 'Wat?'

'Hoe zou je hem vermoorden?'

Kendra's mond ging open, en weer dicht. 'Dat weet ik niet. Ik zou hem kunnen doodschieten, maar dat is een beetje een anticlimax.'

Meredith nipte van haar thee. 'Inderdaad.'

'Ik zou hem denk ik in stukjes kunnen snijden,' zei Kendra nadenkend. 'De belangrijke dingen er het eerst af snijden.'

'Dat zou kunnen. Hij zou wel gaan gillen.'

'Mooi,' zei Kendra kil.

'Misschien smeekt hij wel om genade.'

Haar gezicht verstrakte. 'Dat zou ik hopen.'

Zou, dacht Meredith. Niet *dat hoop ik*. Kendra had dit allemaal niet echt uitgewerkt. Ze wilde het alleen kunnen doen. 'Er is nog wel het probleem van de slachtoffers.'

Kendra keek haar fronsend aan. 'Wat bedoel je?'

'Nou, jij beleeft alle lol. Maar hoe zit het met hen?'

Kendra aarzelde. 'Dat weet ik niet. Ik vermoed dat ze zouden kunnen helpen, als ze dat zouden willen.'

'Zou je van hen ook moordenaars willen maken?' vroeg Meredith zacht.

Kendra knipperde met haar ogen. 'Verdomme, Meredith.' Ze haalde het theezakje uit het water en legde het naast haar mok, waarna ze boos een flinke slok nam. Ze siste van ongenoegen. 'Dit is heet.'

'Het is thee. Als je het naar binnen klokt, dan verbrand je je keel. Alles wat we doen heeft gevolgen, ook al is het soms per ongeluk. Ook als we het opzettelijk en met de beste bedoelingen doen.'

Kendra kneep haar ogen samen. 'Verdomme, mens, je bent akelig goed.'

Meredith grinnikte. 'Dat weet ik.'

'Bedacht je dat nu maar net? Zo, spontaan?'

'Ik kan echt heel goed improviseren,' zei Meredith zelfingenomen en vervolgens werd ze weer ernstig. 'Luister, het gaat hierom, Kenny. Het is één ding om iemand te willen doden die het verdient. Maar het is heel iets anders om het ook werkelijk te doen. Dat is een grens die de meesten van ons nooit over gaan. De meesten van ons praten er alleen maar over. We verzinnen misschien zelfs een vaag plan. Maar dat werkelijk uitvoeren... dat is iets anders. Het echt doen vereist een karaktertrek die de meesten van ons niet hebben. We zouden misschien doden om onszelf te beschermen of om iemand anders te beschermen. We zouden misschien zelfs doden om iemand ervan te weerhouden een ander kwaad te doen. Maar om in koelen bloede te moorden... Dat is niet iets wat de meesten van ons kunnen. Of zouden mogen doen, zelfs als we het kunnen.'

'Alleen omdat we het kunnen, wil nog niet zeggen dat het dan ook moet,' zei Kendra zacht.

'Precies. Je zúlt ze willen ombrengen. Dat is de menselijke aard. Je kunt misschien fantaseren over een of ander plan. Maar Kendra, je wíst dat het slecht voor je was om langs het huis van die man te rijden. Dat is de reden dat je hier bent, schat. Wat meer is, je weet wat je te doen staat. Dat was een van de eerste dingen die je zei.'

'Hem aanhouden wegens kinderporno en zijn medegevangenen hem in elkaar laten beuken?'

'Bingo wat betreft arresteren. En een iets minder enthousiast ja voor het penale beuken.'

Kendra's lippen trilden even. 'Penaal? Echt waar? Ben je twaalf of zo?'

Meredith grijnsde opnieuw. 'Nah. Maar ik werk met kinderen. "Penaal" is een van die woorden die veel smeriger klinken dan het in werkelijkheid is. En je moest erom lachen. Bijna.'

Kendra's bijna-lach werd een frons. 'Oké, ik hap. Waarom minder enthousiast? Wil je niet dat ze lijden?'

'Verdomme, jazeker. Maar om ze te laten lijden, moet iemand anders voor dat lijden zorgen. Iemand anders zal met de consequenties van die actie moeten leven. En geweld is cumulatief. Het maakt ons ongevoelig. Elke keer dat we het doen of zien, neemt het iets van ons af. Zelfs van die angstaanjagende zware jongens in de gevangenis.'

'Het duwt ons verder van het licht.'

'Ja. Laten we het weer over de positieve kant hebben. Hoe kun je ervoor zorgen dat die arrestatie wegens kinderporno plaatsvindt?'

'Ik heb het doorgegeven aan de ICAC.'

'Dat is een goed begin.'

Kendra keek bedenkelijk. 'Maar er heeft niemand teruggebeld en het is al dagen geleden.'

'Dat is... zorgwekkend. Maar ze hebben het zo druk, misschien lopen ze gewoon achter.' *Ze zouden niet zo ver achter mogen lopen.* Dit was een tip heet van de naald. *De ICAC – had daarop moeten springen als een bok op de haverkist.* 'Maar we hebben geluk. Weet je nog dat sms'je dat Scarlett vanochtend tijdens het ontbijt kreeg? Ze moest naar een vergadering in het kantoor van de FBI. Ik werd voor diezelfde vergadering uitgenodigd. We zoeken naar de spil in een kinderpornonetwerk, pal hier in Cincinnati. Ik vermoed dat ze wel geïnteresseerd zullen zijn in dat meisje, al was het maar om te horen wat ze weet over de seksbusiness hier in de stad.'

Kendra knikte heftig. 'Mooi. En die klootzak die haar bij de Kroger stalkte?'

'In hem ook, vooral omdat het niet waarschijnlijk is dat dat meisje de enige is die hij heeft bekeken. Hij zal ongetwijfeld nog meer kinderporno op zijn computer hebben of er op een andere manier toegang toe hebben. Het team houdt morgenochtend weer een vergadering. Ik zal het dan ter sprake brengen.'

'Maar het meisje?' vroeg Kendra bezorgd. 'Ze ging terug naar iemand of iets illegaals. De kentekenplaten op haar auto waren gestolen.'

'Heb je behalve van het kenteken ook nog een foto gemaakt van het meisje?'

'Nee, maar...' Kendra slikte. 'Ik vond een foto van haar op Google. Ik... heb hem bijgesneden zodat alleen haar gezicht nog over was. Dat heb ik op de computer op het bureau gedaan en ik heb een notitie gemaakt waarom ik dat heb gedaan, want die site openen alleen is genoeg voor een heleboel alarmbellen.' Haar ogen begonnen opnieuw te glanzen. 'Het was een vreselijke foto, Mer. En toen ik naar haar keek, zag ik Wendi toen ze zo oud was. En ik wist niet zeker of ik kwaad was vanwege dat meisje of vanwege mijn zus.'

'Doet dat ertoe? Je hebt iets gezien wat verkeerd was en je hebt geprobeerd het recht te zetten. Dat is je werk doen, Kenny. Dat is waar wetshandhaving om draait – het beschermen van de weerlozen.'

'Ik wil hem echt vermoorden, Meredith,' bekende ze met zachte stem.

'Ik weet het, schat. Ik ook.' Meredith kwam overeind van de bank, ging rechtop staan en stak haar handen omhoog naar het plafond. 'Vanavond gaan we de basisademhalingstechnieken leren. Ga staan. Ik ga je een paar manieren leren om ermee om te gaan.' Ze keek Kendra aan. 'Want als je niet leert om ermee om te gaan, dan stort je in en ga je eraan onderdoor en dan kunnen Wendi en ik de stukken bij elkaar rapen. Dan is je carrière voorbij, omdat je helemaal kapot en uitgeput bent. Maar ik wil niet dat er een einde komt aan je carrière. Ik wil dat je nog heel, heel lang politieagent blijft.'

'Waarom?' vroeg Kendra met schorre stem.

'Omdat je betrokken bent. Omdat je hem zóú doden als je moest, maar je kwam hierheen zodat je dat niet hoefde. Ik ben trots op je, sprinkhaan.'

Kendra proestte, maar het was deels een snik. 'Je bent een ouwehoer.' Maar ze ging staan en reikte naar het plafond. 'Maar leer het me toch maar. Dan kunnen we daarna aan de spaghetti.'

'Mmm.' Chilisaus op spaghetti met kaas, uien en bonen. 'En ijs toe.'

Kendra's glimlach kwam langzaam tevoorschijn en bereikte uiteindelijk haar ogen. 'Verdorie, ja.'

Donderdag 13 augustus, 20.45 uur

Wel verdomme. Hij reed gefrustreerd als de pest weg bij het park achter de CVS. Het had hem meer tijd gekost om de sloten te vervangen en het eten van JJ aan allerlei tests te onderwerpen dan hij had verwacht. Dus hoewel zijn sloten nu weer betrouwbaar waren en hij had vastgesteld dat JJ digitalis in zijn eten had gegooid, had hij de kans gemist om Rawlings te treffen waar het werkelijk pijn deed.

De zoon van Rawlings was er niet. Geen van de jongeren waren er. Het was gaan regenen, met donder en bliksem bovendien. Die verrekte tieners van tegenwoordig waren watjes. Als ze een beetje nat dreigden te worden renden ze gauw naar huis naar pappie en mammie, die ze toch al te veel geld gaven en de vrije teugel lieten. Huftertjes.

Nu zou hij de volgende dag moeten terugkomen. Hij was er helemaal klaar voor geweest om Rawlings senior te leren dat het een vergissing was om de Professor te bedreigen. Maar nu zou hij de beloofde drugs moeten leveren en zich erbij neerleggen dat hij het spelletje van de bewaker moest meespelen. Hij zou moeten zeggen dat hij Rawlings' naam ergens had genoteerd voor het geval hij vermoord zou worden. Hij zou Rawlings ook kunnen dreigen met de gezamenlijke woede van zijn klanten, die dan niet langer over zijn buitengewone producten zouden kunnen beschikken.

Maar hij wilde gewoon niet hetzelfde doen als de man. Hij wilde hem te slim af zijn. Hem door het stof doen kruipen. Hem leren wie de baas was en wie de loopjongen die gewoon deed wat hem werd opgedragen.

Hij wilde hem breken. Hem totaal vernietigd zien. *Zodat hij het zolang hij leeft nooit meer waagt om me te bedreigen.*

Morgen. Dat zou hij morgen moeten doen, want het was bijna tijd voor zijn telefonische afspraak met zijn cliënt. Hij reed bij de CVS weg en draaide het parkeerterrein van Walmart op. Daar stonden nog steeds zo veel auto's dat hij niet de aandacht zou trekken of nieuwsgierige blikken wanneer hij daar zat te telefoneren.

Precies op het hele uur pleegde hij het telefoontje.

'Hallo?' klonk de voorzichtige begroeting in Engels met een zwaar accent. 'Met wie spreek ik?'

'Buzz.' Want Woody McCord was uiteraard zijn partner geweest. 'Ik wilde even weten of je de kans hebt gehad om de foto's die ik heb gestuurd te bekijken.'

Foto's die hij had gemaakt van de kinderen die hij de zaterdag ervoor bij zich thuis had uitgenodigd. Ze waren allemaal zo blij en opgewonden geweest. *Geef een kind dat honger heeft een hamburger en een ijsje en het is het zonnetje in huis.*

'Dat heb ik. Ze kunnen ermee door.'

Hij fronste, omdat hij de tactiek doorzag. Zijn klant ging proberen een lagere prijs te bedingen. 'Ik weet zeker dat ik wel een andere koper kan vinden als ze er alleen maar mee door kunnen. Ik zou je niet teleur willen stellen. Misschien dat we een andere keer zaken kunnen doen. Nog een prettige dag verder.' Hij keek op zijn horloge. Het was daar toch nog steeds dag? 'Tot ziens.'

'Wacht.' Het was een ontevreden grom. 'Ze zijn vuil.'

'Ze zullen zich wassen, dat garandeer ik.'

'Zijn ze puur?'

'Nu nog wel. Maar dat zullen ze uiteraard niet meer zijn als je ze krijgt.'

'Mooi. Ze moeten weten wat hun te wachten staat. Getraind. Gewillig.'

'Mee eens. Ik heb je mijn contract gestuurd. Dat heb ik nog niet getekend terugontvangen.'

'Waarom een contract? Dat is toch niet af te dwingen. Het is belachelijk.'

'Het is eerlijk gezegd voor jouw bescherming. Ik wil zeker weten dat je tevreden bent over alles wat ik je stuur. Het is niet zo dat ik het terug kan brengen naar waar ik het vandaan heb. Zodra ik de betaling heb ontvangen en mijn levering heb gedaan, wordt er niet meer geruild. Vink gewoon de punten aan waarmee je aangeeft dat je het eens bent met mijn voorgestelde levering. Meer heb ik niet nodig. Ik wil niet dat er misverstanden tussen ons kunnen ontstaan.'

'Oké. Maar het is niet zo dat ik met mijn echte naam onderteken.'

'Dat doet er niet toe. Stuur me eerst mijn geld. Ik ben degene die kwetsbaar is hier. Jij weet waar je me kunt vinden. Ik weet alleen maar waar ik de goederen af moet leveren.'

'Waar je de goederen moet afleveren.'

Neerbuigende klootzak. Hij dwong zichzelf te glimlachen zodat zijn stem vast bleef klinken. 'Sorry. Ik heb door die les heen geslapen.'

'Typisch Amerikaans. Ik spreek vijf talen vloeiend.'

Natuurlijk doe je dat, etterbak. 'Luister. Wil je die levering of niet?'

'Jazeker. Ga verder met je voorbereidingen. Dan doe ik aan mijn kant hetzelfde, zodat mijn nieuwe gasten het hier naar hun zin zullen hebben.'

'Mooi. Ik weet zeker dat ze blij zullen zijn wanneer ze aankomen.'

Hij verbrak de verbinding en zuchtte. Het aantal nullen op zijn bankrekening dwong hem om aardig te zijn tegen die verdomde klanten, maar dat wilde nog niet zeggen dat hij het leuk moest vinden.

Nu moest hij naar zijn afspraak met Rawlings. Hij controleerde of hij het gereedschap dat hij nodig had onder zijn stoel had liggen. 'Product. Check.' Het was aanvankelijk kwaliteitsspul geweest, maar hij had het opzettelijk versneden met allerlei dingen die een mens niet in zijn lichaam zou moeten stoppen. *Je had me niet moeten bedreigen, klootzak. Daar zul je voor boeten.* Wanneer Rawlings het probeerde te verkopen, zou hij erachter komen dat hij een paar heel angstaanjagende gevangenen tegen zich in het harnas joeg. *En ik hou schone handen.* 'Negenmillimeter in mijn holster, check. Geweer onder de stoel, check. En mijn verdovingspistool, check.' Hij stopte het verdovingspistool in de console tussen de voorstoelen zodat hij er snel bij kon en ging toen op pad voor de afrekening.

Hij was er niet blij mee dat Rawlings de cyaankalicapsule had gebruikt bij Alice, aangezien Sidney en zij nu op dezelfde dag in het mortuarium waren beland. De cyaankali had alleen in uiterste nood gebruikt mogen worden, wanneer de ricine niet zou werken en Alice op het punt stond om uit de school te klappen. En Rawlings had het eerst moeten bespreken. Hopelijk zou Sidney's huidskleur de bijverschijnselen verbergen voor de lijkschouwer, anders legde die misschien ongewenste verbanden.

Vanavond zou Rawlings de indruk krijgen dat hij de Professor bij zijn ballen had, maar morgen zou hij er spijt van krijgen dat hij had geprobeerd hun overeenkomst te gebruiken om hem te chanteren. Hij zou gebroken zijn. Hij zou als was in zijn handen zijn. Hij zou perfect zijn.

Donderdag 13 augustus, 21.25 uur

Meredith liep met Kendra mee naar de deur en omhelsde haar even. 'Bel me als je me nodig hebt,' beval ze. 'En dank je voor het eten en het toetje.' Kendra en zij hadden die halve liter van het perfecte ijs helemaal soldaat gemaakt. 'Wendi en ik hebben vanmiddag uren door de stad gelopen. Ik denk dat ik maar twintig uur op de loopband hoef in plaats van vierentwintig.'

Kendra omhelsde haar. 'Dank je. Bel me als je team iets te weten komt over dat meisje.'

Ze waren het erover eens geworden dat 'het meisje' een veel betere naam was dan 'Sunshine Suzie'. Haar pornonaam gebruiken strooide nog eens extra zout in de wond. Ze was al slachtoffer genoeg.

'Reken maar, maar vergeet niet me die foto te sturen.' Meredith liet haar stem wat luchtiger klinken. 'Weet je zeker dat je morgen niet naar dat slaapfeestje wil komen? Je mag dan wel je vingernagels hebben afgekloven, maar de meisjes kunnen altijd nog je teennagels lakken. Het wordt leuk.'

'Dolle pret, maar ik laat het toch maar aan me voorbijgaan,' reageerde Kendra droog. Ineens op haar hoede bleef ze op de stoep stilstaan. 'Mer, je zit misschien met een probleem.'

'Wat?' Meredith stak haar hoofd om Kendra's schouder, omdat ze niet lang genoeg was om eroverheen te kijken. Het was gaan regenen toen ze spaghetti en ijs zaten te eten, maar ze zag het probleem nog voor Kendra wees.

'Die oude jeep aan de overkant. Die stond er al toen ik aankwam. Hij reed weg, maar ik kreeg het gevoel dat de chauffeur je huis in de gaten hield. Nu is hij terug.'

Meredith zuchtte. 'Het is inderdaad een probleem, maar niet zoals jij denkt.'

'Ken je de bestuurder?'

En hoe. 'Ja. Het is in orde. Het is de neef van Dani, Adam.'

Het portier ging open en Adam stapte uit. Hij bleef naast de auto staan. Te wachten. Zonder paraplu. *Hij raakt doorweekt. En je bent een idioot om je daar druk om te maken.*

Kendra aarzelde. 'Weet je het zeker? Ik heb verhalen over hem gehoord. Hij is met ziekteverlof gegaan vanwege psychische problemen, maar toen hij terugkwam was hij niet... Nou ja, hij is nog steeds niet in orde.'

Nee, Adam was zeer beslist niet in orde, maar dat ging Kendra niets aan. 'Hij zal me niets aandoen. Dat kan ik je verzekeren.' Niet fysiek. Maar haar hart... dat was een ander verhaal.

Die trein was negen maanden eerder al vertrokken.

'Heeft Dani jullie aan elkaar voorgesteld?'

'Nee. Adam en ik hebben elkaar in het ziekenhuis ontmoet. Hij werkte afgelopen herfst aan een geval van poging tot moord – een van de meisjes die bij de universiteit waren ontvoerd. Ik werd erbij gehaald omdat het meisje minderjarig was en onder toezicht stond.'

Maar haar vriendin leek niet van plan om weg te gaan. Ze bleef naar Adam staren, die zijn armen over elkaar sloeg en onwrikbaar bleef staan in de stromende regen. Meredith zuchtte opnieuw. 'Luister, dit kan ik je wel vertellen. Je weet hoe je je voelde nadat je die ene foto van dat meisje had gezien, hè?'

'Ja.'

'Stel je eens voor dat je naar honderden van die foto's moest kijken. Elke dag weer. Weken achter elkaar.'

Kendra huiverde. 'Ik snap het.'

'Mooi. Ga nu naar huis en start die loopband, zoals we hebben besproken. Als je met mij samen wil hardlopen, ik ga elke ochtend om vijf uur op pad. Behalve zaterdag, vanwege, je weet wel, het slaapfeestje.'

Kendra huiverde opnieuw, dit keer bij wijze van grap. 'Ik ga er zo ontzettend vandoor.'

'Lafaard!' riep Meredith haar na terwijl ze de trap af rende naar haar auto. Adam bleef staan waar hij stond nat te worden. *Mij in de gaten te houden.*

Meredith wilde de deur dichtdoen. Wilde nee tegen hem zeggen. Maar ze wist dat ze dat niet zou doen. Hij droeg meer schuldgevoel met zich mee dan zo'n beetje iedereen die ze ooit had ontmoet. Maar hem troost bieden eiste een hoge tol.

Te hoog. Zo hoog dat ze niet zeker wist of het wel het juiste was om te doen.

Maar hij bleef in de regen naar haar staan kijken. Dus gebaarde ze dat hij moest komen. Hij bewoog langzaam, weloverwogen. Zette de ene voet voor de andere alsof hij door stroop liep. Of naar zijn galgenmaal.

Want we zijn zo vreselijk onweerstaanbaar, hè Mer? dacht ze bitter.

Je staat weer in jezelf te praten. En je gebruikt maar liefst koninklijk meervoud. Hou daarmee op.

Ze wilde tegen zichzelf zeggen dat ze haar kop moest houden, maar ze was plotseling te moe om dat te doen. Ze leunde tegen de deurpost en wachtte tot hij druipnat van de regen voor haar stond.

Nog steeds de mooiste man die ze in haar hele leven had gezien.

Maar niet zo in orde. Hij keek op haar neer met donkere, geloken ogen. Op zijn hoede. Aarzelend. Alsof hij bang was dat ze hem weer op straat zou gooien.

Alsof ze dat zou kunnen. 'Kom binnen,' zei ze zacht en ze zag zijn schouders ontspannen van onuitgesproken opluchting. 'Blijf even.' Ze liep weg bij de deur zonder op zijn antwoord te wachten. Ze was niet verbaasd toen hij de deur dichtdeed en vervolgens op slot draaide – beide sloten. Ze ging aan de slag in de keuken en begon de vuile borden in de vaatwasser te zetten. 'Als ik had geweten dat je vanavond zou komen, dan had ik Kendra gevraagd extra eten mee te nemen.'

Ze keek over haar schouder. Hij was in de keuken, maar net. Druipnat. Hij had zijn jasje uitgetrokken en zijn doorweekte overhemd plakte aan zijn borst, waardoor elke beweging van zijn spieren zichtbaar was. Zijn schouderholster versterkte het effect alleen maar.

Meredith deed haar ogen dicht en er liep een rilling over haar rug. Adam Kimble was alles wat ze altijd had gewenst. Zo dichtbij, en toch zo onbereikbaar. Want hij was beslist níét in orde.

'Ik ga even naar het washok om een paar handdoeken voor je te halen,' zei ze uiteindelijk toen hij er het zwijgen toe bleef doen. 'Misschien heb ik nog wat kleren in de logeerkamer die je zullen passen van de laatste keer dat Daniel op bezoek was. Geef me even een paar minuten om dit hier op te ruimen en dan zal ik even kijken.'

Hij bewoog zo snel en zo stil dat hij er het ene moment nog niet was en het volgende moment achter haar stond met maar een paar centimeter tussen hen in. Zijn lichaam straalde hitte uit als een oven.

'Wie,' zei hij met diepe, schorre stem, 'is Daniel, verdomme?'

Meredith dwong zichzelf zich om te draaien in de beperkte ruimte die hij had overgelaten en hem aan te kijken. Om niet terug te deinzen. Om haar stem niet te laten beven. Hij zou geen respect hebben voor een zwakke vrouw, niet als partner en niet als therapeut. Of als minnares. Hoewel geen van die dingen ooit stond te gebeuren. *Niet weer, in ieder geval.*

'Daniel Vartanian, de man van mijn nicht Alex. Ze hebben hier met Kerstmis gelogeerd.'

Hij knikte kort en iets van de starheid verdween. 'Dank je.'

Ze trok een wenkbrauw op. 'Waarvoor? Dat ik niet tegen je lieg? Dat heb ik al tegen je gezegd, Adam, ik ga niet tegen je liegen. Ik ga niet alleen maar tegen je zeggen wat je wil horen.'

Leugenaar, leugenaar. Want ze had niet tegen hem gezegd hoe ze zich werkelijk voelde. Hoe erg hij haar had gekwetst. Negen maanden eerder was hij naar haar toe gekomen omdat hij iemand nodig had met wie hij kon praten omdat de beelden in zijn hoofd zijn emoties zo in de vernieling hielpen dat hij nauwelijks nog zelfstandig overeind kon blijven. Maar op het moment dat ze elkaar ontmoetten, was er een vonk overgesprongen en ze had die vonk tegen beter weten in iets laten ontvlammen. En dat gevoel bleek juist, want ze was die nacht in slaap gevallen met hem in haar bed. Hij had zijn armen om haar heen geslagen alsof hij haar nooit meer wilde laten gaan, maar de volgende ochtend was ze alleen wakker geworden.

Niet eens een briefje. *Want zo stom ben ik nou.*

Hij deed zijn ogen dicht. 'Het spijt me, Meredith.'

'Wat spijt je?' vroeg ze.

'Dat ik niet de man ben die ik voor je zou moeten zijn. En dat ik je te hard nodig heb om bij je weg te blijven.'

Ze slikte moeizaam. Ze voelde een steek in haar hart vanwege de pijn in zijn stem. En vanwege haar eigen behoefte om zijn pijn weg te nemen. 'Wat is er vandaag gebeurd, Adam?'

Hij boog zich voorover en liet zijn kin op zijn borst zakken tot hun voorhoofden elkaar raakten. Dat simpele contact maakte haar dankbaar voor het aanrecht achter haar, want haar knieën leken wel van rubber. Ze hield haar vuisten gebald langs haar lichaam om te voorkomen dat ze hem ergens anders zou aanraken.

'Ik zag je weer,' zei hij zacht. 'Maar ik zou niet hiernaartoe komen. Ik had mezelf beloofd dat ik dat niet zou doen.'

'Toch ben je nu hier.'

'Ja.' Hij slikte hoorbaar. 'Ik zal niet doen wat ik vorige keer deed, dat beloof ik.'

Haar ogen brandden. 'Wat precies, Adam? Naar me toe komen voor steun? Want je bent er al. Bedoel je misschien met me naar bed gaan? Of misschien vertrekken zonder een briefje achter te laten of te bellen of zelfs maar een sms te sturen? Negen maanden lang, verdomme?'

Hij verstijfde, ging toen rechtop staan en duwde haar kin omhoog zodat ze zijn gezicht kon zien. Zijn ogen gingen open en hij klemde zijn kaken zo hard op elkaar dat een spiertje in zijn wang begon te trillen.

Ze balde haar vuisten nog steviger, vastbesloten hem niet aan te raken.

'Ik heb je gekwetst,' zei hij dof.

'Zou je denken?' snauwde ze.

'Het... spijt me. Ik ga.' Hij draaide zich om en ze staarde naar zijn rug. Een volle seconde lang.

'Wacht,' zei ze scherp en hij bleef stokstijf staan, maar keek niet om. 'Je bent er nu. Wacht...' *Klotegedoe. Klote-Adam. Klote-ik.* 'Wacht gewoon. Ik haal droge spullen voor je. Daarna kun je me vertellen wat er vandaag is gebeurd zodat je niet vanbinnen ontploft. Het team heeft je scherp nodig.'

Hij draaide zijn hoofd, waardoor zijn profiel zichtbaar werd. 'Het team,' zei hij bitter.

'Wat is er verder nog? Je wil mij niet. Want als dat wel het geval was geweest, dan zou je zijn teruggekomen. Tenzij je van me verwachtte dat ik je achterna zou komen en je zou smeken? Dat doe ik niet.' Ze liet haar stem vriendelijker klinken, want hij keek of hij zich voorbereidde op een afranseling. 'Maar ik zal wel luisteren. Als dat je kan helpen, dan zal ik luisteren.'

Zijn mond vertrok. 'Voor het team?'

'Ja, maar ook voor jou. En voor mezelf. Ik wil niet zo'n bittere, boze persoon zijn, Adam. Je hebt nooit beloften gedaan, dus ik heb geen enkel recht om bitter en boos te zijn. Daarom deed ik vanmorgen dat aanbod. Ik zal luisteren. Als dat is wat je wil, wacht hier dan even terwijl ik een paar handdoeken en droge kleren voor je haal. Als je dat niet wil, ga dan weg. Doe alleen wel de deur achter je dicht.'

Ze liet hem daar staan en ging met een slakkengang de trap af naar de kelder om hem voldoende tijd te geven om een beslissing te nemen.

Ze had handdoeken in de linnenkast boven liggen, maar ze had Daniels kleren in de logeerkamer gelaten die ze aan bezoekende stellen gaf. Die was ver genoeg weg om geen... nachtelijke geluiden te horen.

Haar nicht Alex had de neiging veel nachtgeluiden te maken met haar echtgenoot. En zo hoorde het ook. Maar het was nog steeds moeilijk om ernaar te luisteren na zo veel jaren alleen.

Met handdoeken en droge kleren in de hand ging ze net zo langzaam de trap op als ze hem was afgedaald, er helemaal op voorbereid om in de keuken alleen maar een plas water aan te treffen. Ze haalde diep adem, deed de deur open en... ze kwam tot rust.

Hij was er nog. En maakte een pijnlijk onzekere indruk.

Hier nog één, maat. 'Je kunt je beneden in de badkamer omkleden en je natte spullen in de droger doen terwijl we praten. Dan kun je weer met droge kleren weggaan.'

Hij nam zonder iets te zeggen de bundel uit haar handen. Maar hij bleef haar doordringend aankijken, met te veel vragen in zijn ogen. Te veel vragen en te veel pijn.

Ze zette de waterketel weer op het fornuis en wenste dat Kendra meer ijs had meegenomen. Ze had het gevoel dat ze de moed die ze daaruit kon putten nog voor de avond eenmaal voorbij was nodig zou hebben.

13

Cincinnati, Ohio, donderdag 13 augustus, 22.15 uur

'Doe jezelf nou niets aan,' waarschuwde Triplett.

Decker wierp de grote man zijn beste snerende blik toe, ook al deed elk botje in zijn lichaam pijn. Hij had voor de eerste keer dat hij op was veel te veel gelopen en dat wist hij. Maar hij moest beter worden. Sterker. Hij moest in staat zijn om met Kate mee te lopen terwijl ze onderzoek deed in de zaak die *híj* was begonnen – en van plan was af te maken.

Hij had een halfuur lang rondjes gelopen door het interieur van het schuiladres en dat was een minuut of achtentwintig eerder al pijn gaan doen. 'Je bent bang voor Dani,' spotte hij.

'Jazeker,' zei Trip zonder gêne. 'Jij niet dan?'

'Jawel,' gaf hij toe en de andere man grinnikte. 'Help me naar de keukentafel, als je wil.'

Dat deed Trip en Decker liet zich met een vertrokken gezicht op een stoel zakken.

'Er is een heel kleine kans dat ik het een beetje heb overdreven.'

'Nee,' zei Trip met een stalen gezicht. 'Dat meen je niet.'

Decker grijnsde ondanks zijn vermoeidheid. 'Val dood, Trip,' zei hij op dezelfde toon. Hij boog zich opzij in een poging om bij de deur van de koelkast te komen en viel bijna van zijn stoel.

Trip meesmuilde. 'Wil je iets hebben, boerenjongen?'

'Jou vertellen dat ik op een boerderij ben opgegroeid was niet zo slim, hè?' Maar Trip had gevraagd waar hij vandaan kwam en de boerderij van Griffin en Mama D wás thuis. Ook al bestond die niet meer.

'Nou en of.' Maar Trip deed de koelkast voor hem open. 'Wat wil je hebben?'

Maakt niet uit, als het maar smaak heeft, wilde hij zeggen, maar hij wilde niet dat agent Troy dat te horen zou krijgen, want hij was echt heel vriendelijk geweest. Troy's eten was een stapje smakelijker dan karton, maar hij had gedeeld wat hij had. Dus Decker was niet van plan hem af te zeiken. 'Wat zit er in dat blauwe pak?'

Trip wiebelde met zijn wenkbrauwen. 'Vlees van de grill en koolsla. Jalapeño-maïsbrood. Garnalen en grutten.'

'O, hemel.' Decker begon bijna te kwijlen. 'Waar komt dat vandaan?'

'Ik ben eropuit gegaan toen jij lag te slapen. Je had trouwens veel langer moeten slapen. Dani zal kwaad op je zijn.'

'Niet als jij haar niets vertelt. Dus hou je kop, knul, en geef me wat van dat vlees.'

Trip keek hem grijnzend aan. 'Weet je zeker dat je extra heet kunt hebben?'

'Nee, maar ik ga het toch proberen. Ik verrek van de honger.'

'Dat vermoedde ik al. Net als een beer na zijn winterslaap. Je hebt ook hetzelfde humeur.' Maar hij schepte het eten op en Decker viel er meteen op aan. Zijn mond stond in brand, maar hij was gelukkig.

Trip bleef even roerloos staan en tikte toen op zijn oortje. 'Stuur haar maar door.' Hij tikte opnieuw. 'Kate is terug. Ik ga haar even binnenlaten.'

Decker hees zich overeind en schuifelde naar de deuropening van de keuken. Vandaar kon hij de voordeur zien. Hij wilde haar zien op het moment dat ze binnenkwam. Omdat... Nou, gewoon daarom. Hij wilde het. Maar wel op eigen benen staand.

Trip liet haar binnen en ze keek vermoeid glimlachend naar hem op. 'Ik dacht dat je inmiddels wel naar huis zou zijn om te slapen, agent Trip.'

'Ik draai een dubbele dienst. Agent Davenport wilde lopen en ik ben de enige die groot genoeg is om hem weer op te rapen als hij valt.'

Ze grinnikte. 'Laat hem je maar niet horen.'

'Te laat,' zei Decker droog. Toen ze hem aankeek kwam hij helemaal tot rust. Ze was terug en ongedeerd. Fysiek. Haar ogen werden overschaduwd door vermoeidheid en nog iets anders. *Triestheid.*

'Dat weet ik,' zei Trip net zo droog. 'Ik hoorde je schuifelen als een oude man in een bejaardentehuis. Als je wat meer zou slapen, hoefde je misschien niet te schuifelen.'

'Je bent écht een etterbak.' Decker leunde tegen de muur en voelde zich een beetje licht in het hoofd. 'Of je probeert alleen maar te slijmen bij Dani.'

'Helemaal schuldig – op beide punten. Maar dat verandert niets aan de feiten.' Trip schudde zijn hoofd en Decker bedacht dat die knul wel eens oprecht bezorgd kon zijn. Maar Kate stond hem glimlachend aan te kijken en hij vergat onmiddellijk alles over Trip en zijn moederkloekgedoe.

'Je hebt geen infuus meer,' merkte ze op terwijl ze hem van top tot teen bekeek. Dat had meer weg van een medisch onderzoek dan van iets wat ook maar in de buurt van sensueel kwam.

Hij haalde zijn schouders op. 'Ik krijg weer vast voedsel, dus de dokter heeft hem eruit gehaald.' Hij wilde geen medisch onderzoek. Niet van Kate. Want hij had geslapen. En van haar gedroomd, en was wakker geworden met een tent in zijn onderbroek die het laken gênant omhoogduwde. Maar hoewel de activiteiten van zijn piemel nog steeds een opluchting betekenden omdat de belangrijke dingen nog steeds functioneerden, wilde hij niet dat iedereen dat wist. En tot het moment dat hij in een gewoon bed lag en niet langer in een ziekenhuisbed midden in de woonkamer, zóú iedereen het ook weten.

Maar nu ze hier was, merkte hij dat hij in dezelfde staat van opwinding raakte. *Shit.* Hij stopte zijn frustratie weg, want ze was teruggekomen, zoals ze had beloofd. Twee enorme koffers met zich meezeulend.

Trip bekeek de bagage met een nieuwsgierige blik. 'Ben je van plan een maand te blijven, agent Coppola?'

Ze grinnikte. 'Ik dacht een nacht of twee. Het is hier comfortabeler dan mijn hotel, dus heb ik mijn spullen gepakt en uitgecheckt. Toen ben ik naar de supermarkt gegaan en heb een paar dingen gehaald zodat ik een echte maaltijd kan bereiden. Die heb ik niet meer gehad sinds ik uit D.C. ben vertrokken.'

Trip verzamelde de tassen van de supermarkt die ze aan de handvatten van de koffers had vastgemaakt. 'Ik zal deze even naar de keuken brengen en daarna breng ik de koffers naar de lege kamer. Ga even rustig zitten. Je ziet er een beetje verfomfaaid uit, als ik zo vrij mag zijn.'

Kate liep achter Trip aan naar de keuken, maar bleef staan toen Decker tegen de deurpost leunde. Ze bood hem haar arm. 'Laten we gaan zitten,' zei ze. 'Triplett heeft gelijk. Ik ben kapot.'

Hij wierp een blik op haar arm. 'Als ik val, sleur ik je mee.'

'Nee, dat gebeurt niet. Ik heb dit vaker gedaan.'

Met Johnnie, dacht hij. *Haar echtgenoot*. Die man was voor de kanker toesloeg net zo groot geweest als Decker, dus Decker geloofde haar op haar woord en steunde op haar. Ze leidde hem naar de keukentafel en liet hem op een stoel zakken; ze ging op de stoel tegenover hem zitten en sloot haar ogen.

'Dank je wel, agent Triplett,' zei ze, want hij had de boodschappen opgeruimd.

'Graag gedaan. Ik zet je koffers in de kamer en dan ga ik ervandoor. Agent Daily heeft vannacht de wacht. Ik ben morgenochtend terug.' Hij ging de keuken uit en liet hen alleen.

'Wat is er vanavond gebeurd?' vroeg Decker zacht.

Ze deed haar ogen open en staarde naar zijn half leeggegeten bord. 'Dat ziet er fantastisch uit. Ik ben uitgehongerd.'

Hij duwde het bord naar het midden van de tafel. 'Vorken liggen in die la daar. Ik zou er wel een voor je willen pakken, maar ik denk dat ik dan gewoon omval en dan zou ik je zorgvaardigheden op de proef moeten stellen.'

Ze stond lang genoeg op om een vork en een van de blikjes frisdrank te pakken die Trip in de koelkast had gezet. 'Ik zou zo laat geen cafeïne moeten gebruiken, maar ik moet nog een rapport opstellen voor ik naar bed ga en ik ben zo moe dat ik dacht dat ik achter het stuur in slaap zou vallen. Ik zag maar net kans om wakker te blijven en me ervan te vergewissen dat ik niet werd gevolgd.' Ze verslond het vlees in stilte en leunde vervolgens achterover. 'We hebben een motief voor de moord op Sidney Siler.'

'Wat wist ze dat de moordenaar niet wilde dat ze zou vertellen?'

'Ze is bij Alice geweest, oké? Het was niet voor het eerst dat ze verdachten van moord interviewde, want ze werkte aan haar proefschrift over abnormale figuren en psychopaten. Maar het was wél de eerste keer dat ze een valse identiteit gebruikte om een interview te krijgen, maar niet de eerste keer dat ze een paar regels overtrad. Ze had bij al die gesprekken een pen bij zich waarmee je kan opnemen. Haar flatgenote heeft ons daarop gewezen en hij is aangetroffen tussen de spullen van Sidney. Iemand van de TR van het CPD heeft hem gevonden. Zimmerman en de lijkschouwer waren erbij als getuige. Ze hebben de doorzoeking gefilmd en die geüpload naar de database voor bewijsmateriaal. Iedereen heeft een kopie van die beelden.'

'Jouw idee?' Natuurlijk was het dat. Zijn Kate was grondig.

'Van Deacon en mij. We wilden ons ervan verzekeren dat er niet weer bewijsmateriaal zou verdwijnen. Hoe dan ook, we hebben het opgenomen interview in zijn geheel. Alice verkocht een hoop flauwekul. Maar ze heeft één ding gezegd dat het allemaal de moeite waard maakt – dat er niets zwart op wit stond over haar transacties. Het zat allemaal in haar hoofd. Een paar uur later werd ze op de luchtplaats in elkaar geslagen en tegen de ochtend was ze dood.'

'Dus er is nergens iets terug te vinden wat McCords partner beschuldigt. Hij kon haar rustig vermoorden en dat betekende dan het einde van belastende bewijzen.'

'Precies. We zijn er ook achter gekomen wie de dealer van Sidney was. Een of andere knaap die de Professor wordt genoemd.'

Decker keek peinzend. 'Ik heb die naam eerder gehoord. Mijn bazen mochten hem niet. Ze kochten spul van hem om langs de I-75 te verkopen, maar ze mochten hem niet. Hij dealde ook spul uit zijn eigen voorraad en dat was concurrentie waar ze niet op zaten te wachten. Maar soms verdween hij van de aardbodem en dan was Alice's vader weer blij, want dan gingen de winsten omhoog.'

'Hoe weet je dat hij soms verdween?'

Zijn frons werd dieper terwijl hij het zich probeerde te herinneren, maar er hing nog een beetje mist in zijn brein. 'Het kan zijn dat ik het op de opnamen heb gehoord, maar ik geloof dat het rechtstreeks van de vader van Alice kwam. Hij liep te schelden op de Professor omdat de man zijn prijzen had verhoogd. Hij zei dat ook als de Professor niet rechtstreeks dealde, hij nog verdiende aan de plaatselijke drugshandelaren. Zijn product was van hoge kwaliteit en heel geliefd. Dus de Professor is de schakel tussen Eileen Wilkins, Sidney Siler en Alice?'

'Daar ziet het wel naar uit.'

Decker bestudeerde haar gezicht. Haar mondhoeken hingen omlaag en haar ogen stonden nog steeds triest. 'Wat is er verder nog gebeurd?'

'Ik heb de ouders van Sidney ontmoet. Ze waren erbij toen ik haar flatgenote Chelsea ondervroeg. Die overigens ook haar geliefde was.'

'Iedereen verdrietig, dus,' zei hij zacht.

'Precies. Hoe dan ook, ik heb de flatgenote in beschermende hechtenis genomen en iedereen doen geloven dat ze me helemaal niets had verteld omdat ze bang was voor wat er zou gebeuren als mensen erachter kwamen dat ze de Professor had verraden. Die heeft nogal een fanclub.'

'Dat wist ik. Zoals ik al zei, hij maakte topkwaliteit drugs. Gebruikers kochten rechtstreeks van hem wanneer hij verkocht.'

'O, en hij droeg een vermomming. De flatgenote zag die loskomen van zijn gezicht toen ze spul van hem kocht.'

Hij wenkbrauwen gingen omhoog. 'Dat wist ik niet.'

'De flatgenote zei dat de meeste mensen het niet wisten. Die waren te druk met kopen om het te zien.'

'Dus... even terug naar de ouders,' zei hij zacht. 'Ik vermoed dat het een klap voor ze was.'

'Een heel erge klap. Nadat ik de flatgenote naar het bureau had laten brengen, heb ik de ouders naar het mortuarium gebracht.'

'Dat was aardig van je.'

Ze haalde haar schouders op. 'Ze hielden van haar. Het was echt heel moeilijk voor ze, vooral toen ze erachter kwamen dat hun dochter verslaafd was, haar lichaam verkocht om aan zakgeld te komen en voor de Professor dealde.'

Decker vertrok zijn gezicht. 'Verdomme.'

'Zeg dat wel. Ik heb geprobeerd ze te helpen een hotel te vinden, maar het was al laat en ze hadden niet veel contant geld bij zich. Ik was toch al van plan hierheen te komen, dus toen heb ik mijn spullen gepakt en hen in mijn kamer laten trekken. Daar is tot en met dinsdag voor betaald. Het zou zonde zijn om er geen gebruik van te maken.'

Hij voelde een kneepje in zijn hart. 'Je bent een aardige vrouw, Kate. Maar ik zal het niet verder vertellen.'

Haar lippen vormden een glimlach. 'Dank je.' Ze rolde met haar hoofd en Decker kon aan de andere kant van de kleine tafel haar nek horen kraken. 'Ik wilde Sidney's mentor gaan opzoeken, maar ik heb besloten dat dat maar tot morgen moet wachten. Ik zal niet in staat zijn fatsoenlijk op te letten voor ik een beetje heb geslapen.'

'Kom eens hier,' zei hij en hij klopte op de stoel naast zich.

Ze keek hem wantrouwig aan. 'Waarom?'

'Kom nou maar gewoon. Alsjeblieft.'

Ze bleef achterdochtig, maar deed toch wat hij had gevraagd. 'Waarom?'

'Je zou je nek niet op die manier moeten kraken. Hier. Laat mij maar.' Hij draaide zijn stoel zodat hij zijn handen op haar schouders kon leggen. Hij begon te masseren en gebruikte zijn duimen om de knopen in haar nekspieren los te krijgen. Ze kreunde en dat geluid ging rechtstreeks naar zijn kruis.

'Dat is zalig. Waar heb je dat geleerd?'

'In het leger. Ik had een vriendin die hospik was. Ze had goede handen.'

Haar schouders verstijfden. 'Wat betekende ze voor jou?'

Dat ze het had geraden, kwam niet als een grote verrassing. Ze had het vermogen om tussen de regels door te lezen, wat haar in haar werk het voordeel gaf. 'We hebben een tijdje verkering gehad. Ongeveer een jaar.'

Ze haalde diep adem en liet die weer ontsnappen. 'Hield je van haar?'

'Dat had kunnen gebeuren als we meer tijd hadden gehad,' antwoordde hij eerlijk. 'Ik hield wel een beetje van haar.'

'Wat is er van haar geworden?'

Hij slikte moeizaam, maar bleef masseren. Het was op de een of andere manier gemakkelijker om over Beth te praten terwijl zijn handen op Kate's warme huid lagen. 'Ze is gesneuveld. Haar Humvee werd geraakt door een bermbom.'

'Wat erg.'

'Dat was het ook. Ze was een leuke vrouw. Ze verdiende het niet om dood te gaan en al helemaal niet op die manier.' Zijn stem werd bij die laatste woorden een beetje onvast.

Kate keek over haar schouder. Haar bruine ogen stonden ernstig en meelevend. 'Op wat voor manier?'

Hij wendde zijn blik niet af. Dat wilde hij niet. Maar hij wilde haar vraag ook niet beantwoorden. Niet volledig. Het was nog steeds te pijnlijk om aan terug te denken. Zijn flashbacks waren al erg genoeg, dank u beleefd. 'Ze was... het dichtst bij de bermbom. Er was niet veel van haar over.'

Ze kneep haar ogen licht samen, maar bedachtzaam, alsof ze onder zijn huid probeerde te kijken. 'Hoe weet je dat?' vroeg ze, op zo'n vriendelijke toon dat hij zich afvroeg of ze het antwoord al kende.

'Ik zat bij de schoonmaakploeg.'

Haar ogen gleden dicht en ze boog haar hoofd vol respect. 'Het spijt me zo.'

Ze hád het geweten. 'Hoe wist je het?' vroeg hij.

Ze keek hem opnieuw aan. 'Na vanochtend heeft Zimmerman extra mensen ingezet om naar je tapes te luisteren. Ze hebben ze de hele dag zitten uitwerken en zich daarbij geconcentreerd op alle gesprekken waarbij Alice betrokken was. Zimmerman stuurde de verslagen waarmee ze klaar waren door naar het team zodat we ze konden lezen. Ik kwam bij de supermarkt vast te zitten in de langste rij dus toen heb ik een paar gesprekken nagelezen. Er was er bij die van de handelaren één waar jij ter sprake kwam. De vader van Alice was kwaad omdat een van zijn mensen jou had opgedragen een getuige op te ruimen. In principe een onschuldige voorbijganger. Je zei dat je het had gedaan en haar lichaam al had gedumpt.'

Het gesprek kwam hem plotseling weer voor de geest. 'Dat had ik niet gedaan, tussen twee haakjes.'

'Dat weet ik. Ik heb die vrouw later zelf ondervraagd. Je deed je voor als een FBI-agent en zei tegen haar dat ze zich een paar dagen schuil moest houden.'

Hij snoof vreugdeloos lachend. 'Ja. Ik was een FBI-agent die zich voordeed als een huurmoordenaar van mensenhandelaren die zich voordeed als FBI-agent.'

Ze glimlachte kort. 'Dat is nogal een identiteitscrisis.'

'Je hebt geen idee.'

Ze werd weer ernstig. 'Nee, dat klopt. Ik kan me niet voorstellen hoe het is om zo lang undercover te zijn, afgesneden van alles en iedereen die je kent. Alle leugens kloppend houden. Ik vermoed dat het helpt om een paar waarheden te gebruiken.'

Hij knikte. 'Het was belangrijk voor me dat ze dachten dat ik niet opzag tegen de smerige karweitjes. Ze gebruikten...' Nu was het zijn beurt om zijn ogen te sluiten terwijl zijn maag zo'n beetje omdraaide. 'Ze gebruikten een houtversnipperaar om zich van de lichamen te ontdoen. Maar dat weet je. Jullie moeten hem hebben gevonden.'

'Ja,' zei ze triest. 'Die was moeilijk te missen. De stank alleen al was ongelooflijk.'

Hij deed op tijd zijn ogen open om die van haar te zien rollen. 'Ik weet het. Ze vermengden gewoon alle slachtoffers en lieten ze verteren. En ondanks alles wat ik in de woestijn heb gezien, werd ik er echt niet goed van. Maar dat kon ik ze niet laten merken. Dus toen heb ik verteld dat ik bij de schoonmaakploeg zat.'

'Je klonk absoluut overtuigend.' Ze was duidelijk onder de indruk en hij moest zijn uiterste best doen om niet zelfvoldaan te kijken. Hij wás absoluut overtuigend geweest.

'Ik zou niet lang hebben overleefd als ik dat niet was geweest. Alice was een gemene haai. Ze was grootgebracht door een troep zielloze gieren en zocht overal naar tekenen van bedrog. Dus ja, het hielp om er waarheid doorheen te mengen wanneer dat maar kon. Dat maakte het leven een beetje gemakkelijker.'

'En het stelde je in staat iets van Griffin Davenport te behouden. Jou, bedoel ik. Al denk ik dat de herinnering aan je pleegvader wel hielp. Gaf je houvast zodat je niet verloren raakte in het hele toneelstuk.'

Ze begreep het. Ze begreep hém. 'Het maakte het iets gemakkelijker om een absolute klootzak te zijn. Dat was nog het ergste. Drie jaar lang gingen er links en rechts mensen om me heen dood en ik kon er niets aan doen. Ik heb gedaan wat ik kon, maar dat was maar een zielig beetje.'

Haar wenkbrauwen gingen omhoog. 'Vond je het leuk om een vreselijke klootzak te zijn?'

Hij deinsde achteruit. 'Nee. Verdomme, nee.'

'Dat bedoel ik. Je hebt dingen gedaan die je niet wilde doen. Je was de schoonmaker van die soldaten in de woestijn. Jij raapte de stukken bij elkaar en hielp die zo goed mogelijk te sorteren. Je hebt ze in kisten gelegd zodat hun familie iets zou hebben om te begraven. Dat was iets goeds, iets menselijks. En dat een van die soldaten iemand was om wie je gaf... dat was bóvenmenselijk. En dat geldt ook voor drie jaar een absolute klootzak zijn zonder de ware Griffin Davenport kwijt te raken.'

Zijn wangen voelden warm aan. 'We moeten allemaal vroeg of laat dingen doen die we niet willen doen.' Op een gegeven moment terwijl ze sprak waren zijn handen stil komen te liggen, maar hij hield zijn duimen op haar huid. 'Jij ook.' Hij haalde diep adem en bekende. 'Ik heb je opgezocht. Jou en Jack en Johnnie.'

Een mondhoek ging omhoog. 'Ik dacht wel dat je dat zou doen. Als ik in jouw plaats was geweest, zou ik de verleiding niet hebben kunnen weerstaan om hetzelfde te doen.' Haar mondhoek ging omlaag en haar mond kreeg weer die trieste trek. 'Ik moest schoonmaken toen Jack... deed wat hij deed.'

Hij was geschokt, verbijsterd. 'Waarom? Waarom heb je niet iemand in dienst genomen om dat te doen? Ik had destijds geen keuze. Ik maakte deel uit van de schoonmaakploeg. Maar jij had een bedrijf in dienst kunnen nemen.'

Ze leek voor zijn ogen leeg te lopen. 'Omdat dat het minste was wat ik kon doen.'

Hij deed zijn mond open, en weer dicht, terwijl hij haar nauwlettend gadesloeg. Er was daar iets. Iets belangrijks. *Schuldgevoel*, besefte hij. *Het spijt me, Jack. Het spijt me zo.*

'Waarom?' herhaalde hij zijn vraag en hij liet zijn stem zachtaardig klinken. 'Waarom was dat het minste wat je kon doen?'

Hij zag haar keel bewegen terwijl ze probeerde te slikken. 'Omdat het mijn schuld was,' fluisterde ze.

Donderdag 13 augustus, 22.20 uur

Meredith zat aan haar keukentafel van haar thee te nippen terwijl ze de doos kleurpotloden beschouwde. 'Paars,' besloot ze en ze begon de veer te kleuren die toebehoorde aan wat een prachtige pauw zou zijn als ze klaar was.

'Je zit te kleuren.'

Meredith hoefde niet op te kijken om te weten dat Adam Kimble in de deuropening van haar keuken stond. Hij had er zo lang over gedaan om te douchen en zich te verkleden dat ze op het punt had gestaan zijn neef Deacon te bellen om te komen kijken of alles in orde was. Maar toen hoorde ze dat de douche werd uitgezet en had het exacte moment geweten waarop hij de deuropening had gevuld. Hij had daar zeker vijf minuten gestaan en alleen maar gekeken terwijl zij zat te kleuren.

'Ja, ik zit te kleuren. Dat is heel ontspannend. Je zou het ook eens moeten proberen.'

'Ik maak geen... Ik ben geen...' Hij snoof. 'Kleurboeken zijn voor kinderen.'

'Dat zie je verkeerd.' Ze keek naar hem op nadat ze zich eerst had vermand. Verdorie, wat was hij knap. Donker haar, donkere ogen. Al die stoppels. Daardoor zag hij eruit als een piraat. 'Kleuren is al jaren een van mijn manieren om therapie te geven. Het werkt beter bij kinderen, omdat ze geen moeite hebben met het idee, maar volwassenen beginnen het over te nemen. Kleurboeken zijn de nieuwe bestsellers.'

'Je maakt een geintje.'

'Ik maak geen geintjes over kleuren, Adam. Het is belangrijk. Ik heb hier een paar patronen die je misschien wel aanstaan.' Ze spreidde de pagina's uit die ze had geprint toen hij onder de douche stond. 'Glas in lood. Een dinosaurus. Een kabbelend beekje. En deze hier bestaat alleen maar uit... vormen. Probeer het eens. Ik zal het tegen niemand zeggen.'

'Nee,' zei hij zacht. 'Dat zou je niet doen, hè? Bedankt daarvoor.'

'Tot je dienst. Maar als je me werkelijk wilt bedanken, hou dan op zo boven me te hangen en kom kleuren.'

Hij trok een stoel aan de andere kant onder de tafel uit, zo ver mogelijk bij haar vandaan. Hij aarzelde, plantte toen zijn achterste op de stoel en staarde naar de pagina's die ze zijn kant op had geschoven. 'Ik voel me belachelijk,' mompelde hij, maar hij pakte de tekening van het glas-in-loodraam en koos een rood potlood.

'Gewoon kleuren, Adam,' zei ze zacht. 'Meer hoef je niet te doen.'

'Oké.'

Tien minuten later zat hij nog steeds met het rode potlood te kleuren. Elk gekleurd vakje was rood. Hij bleef zorgvuldig binnen de lijntjes, maar elk stukje van het glas in lood was rood. *Je hoeft geen psych te zijn om dat uit te vogelen*, dacht ze triest terwijl ze dacht aan de nacht negen lange maanden geleden dat hij zo open tegenover haar was geweest.

Rood was zijn nachtmerrie. *Zo veel bloed.* Hij had het steeds weer gezegd terwijl hij in haar armen instortte. Hij herhaalde het telkens weer in zijn slaap wanneer hij lag te dromen. Nachtmerries. Ze hoefde zich niet af te vragen of hij die nog steeds had. Dat was af te zien aan zijn gezicht. En aan de volledig rode pagina.

Voorzichtig stak ze haar arm uit over de tafel met de bedoeling het rode potlood uit zijn hand te trekken en te vervangen door een blauw. Zijn greep verstevigde en hij weigerde het potlood los te laten.

Toen keek hij naar haar op met ogen die glansden van de tranen die hij weigerde te laten stromen. Want mannen huilen niet.

Gelul. Ze wilde het uitschreeuwen, maar dat deed ze niet. Ze nam een tissue en depte zijn ogen met alle zachtheid die ze kon opbrengen terwijl ze het beven van haar handen op pure wilskracht wist te onderdrukken. Ze zou niet instorten. Niet waar hij bij was. Ze zou wachten tot hij weg was en dan zou ze een nachtelijk bezoekje aan de supermarkt brengen om meer ijs en ibuprofen te halen, want ze wist nu al dat ze de volgende dag een knallende hoofdpijn zou hebben omdat ze zichzelf in slaap had gehuild.

Ze probeerde opnieuw het rode potlood te vervangen door een blauw, maar hij klampte zich vast aan het rode en weigerde het te laten aan. 'Ik ben nog niet klaar,' zei hij. Zijn stem klonk hees en schor.

Blauw zou het niet worden, besefte ze. Vanavond niet. 'Laat me deze dan even voor je slijpen,' zei ze zacht. Hij had het rode kleurpotlood zo intensief gebruikt dat de punt helemaal afgesleten was.

Hij knikte verdoofd, wachtte tot ze dat had gedaan, pakte toen het rode kleurpotlood weer en ging verder met zijn glas-in-loodraam volledig rood te kleuren. Meredith stond op om water op te zetten, wachtte bij het fornuis tot de ketel begon te fluiten en liet toen het gefluit een paar seconden langer klinken dan nodig was omdat het zo verrekte stil was in haar keuken. Dat maakte haar nog nerveuzer dan ze al was geweest. Uiteindelijk schonk ze voor hen beiden een kop thee in en zette dat van hem bij zijn elleboog. Zijn blik liet de ordelijke massa rood niet los, maar hij liet zijn potlood rusten.

'Adam?' vroeg ze zacht.

Hij keek met roodomrande ogen op. 'Wat?'

'Je gaat morgen toch niet terug naar de ICAC, of wel?' *Zeg alsjeblieft dat je niet gaat.*

Het geluid van zijn slikken leek door de stille keuken te echoën. 'Nee. Dat was geen goed spoor. Alle foto's waren minstens tien jaar oud.'

'Maar je hebt ze toch bekeken?'

Hij legde het potlood weg en legde zijn handen om de mok, alsof hij het koud had. 'Dat wist ik toen nog niet. Ik wist het pas toen we 's middags onze bespreking hadden. Diesel kwam erachter.'

'Diesel? Die man die voor Marcus werkt?'

'Ja. Grote, dreigende bruut, onder de tatoeages. Hij was degene die de bestanden op de computer van McCord vond, maar hij was toen niet in staat om naar de foto's te kijken. Hij... Ik denk dat hij zich te sterk identificeerde met de slachtoffers.'

'O.' Ze leunde met haar heup tegen de rand van de tafel. 'Zo veel gekwetste mensen die dingen recht proberen te zetten,' mompelde ze.

'Ja.' Hij nam een grote slok thee en vertrok zijn gezicht toen hij zijn mond verbrandde, maar hij gaf geen krimp. 'Hoe dan ook, hij besefte dat de bestanden die hij had gevonden andere waren dan die de politie in beslag had genomen. Twee verschillende computers. De foto's die ik vandaag heb bekeken waren niet van recente slachtoffers. Ze waren waarschijnlijk ook niet gemaakt door McCord of door die vent die we nu zoeken.'

'Dus je hebt ze voor niets bekeken?'

Hij knikte grimmig. 'Zo'n beetje wel, ja.'

'Wist je bron bij de ICAC niet dat ze oud waren?'

'Hij had ze ook nog niet bekeken. Ik vermoed dat hij niet naar de datums op de bestanden heeft gekeken.'

Naar de datum van een bestand kijken is verdomme tamelijk standaard, dacht Meredith geërgerd. Ze hadden Adam voor niets door een hel laten gaan. 'Dat is klote.'

Verrassend genoeg glimlachte hij. 'Het geeft niet. Het gaat goed.'

'Nee, dat gaat het niet,' fluisterde ze.

'Laat me dan doen alsof,' fluisterde hij terug. 'Ik moet dat geloven.'

Ze keek naar het rode papier. 'Oké, voorlopig. Maar je zult er toch iets aan moeten doen.'

Hij haalde diep adem en zijn schouders gingen hangen. 'Maar niet vanavond.'

'Oké. Voor nu.' Ze sloeg haar armen over elkaar. 'Wie is je contact bij de ICAC?'

'Wyatt Hanson, maar ga nou niet tegen hem tekeer. Wyatt is geen slechte vent, alleen maar overwerkt en overdonderd.' Eén kant van zijn mond kwam even omhoog. 'Misschien zou hij ook moeten kleuren.'

'Misschien wel. Dat zouden jullie misschien allemaal moeten doen. Er zit veel te veel spanning in jullie politiemensen.' Ze zou het opnemen met Zimmerman. 'Als ik niet tekeer mag gaan tegen Wyatt Hanson, wat kan ik dan doen om je te helpen bij deze zaak?'

Opnieuw een halve glimlach, maar dit keer een broze. 'Je hoeft het allemaal niet zo voorzichtig te formuleren. Ik ga je niet om hulp vragen, anders dan voor deze zaak. En misschien om de puntenslijper zodat ik dat potlood weer in orde kan krijgen.'

Ze ging met haar theekop terug naar haar stoel en gooide hem de puntenslijper toe. 'Leef je uit.'

Hij concentreerde zich op het potlood en sleep het met de aandacht voor de details die hij bij alles leek te hebben. 'Ik zal morgenochtend je hulp nodig hebben. Mijn opdracht vanavond was om een mogelijke verdachte en haar zoon te vinden. We hadden een politieagent bij de school staan – het gaat om een zomerschool voor bijzonder onderwijs – maar die jongen is slim en hij heeft kans gezien onze man te ontlopen. De verdachte, een verpleegster op de intensive care in County, is vanavond niet thuisgekomen, maar die knul uiteindelijk wel toen het begon te regenen. Ik heb hem in de noodopvang van jeugdzorg geplaatst, maar we moeten hem morgenochtend ondervragen. Zimmerman heeft gevraagd of je daarbij wilt zijn.'

'Wat is zijn beperking?'

'Emotioneel. Hij was... breekbaar. Op het randje van een zware instorting.'

'Oké. Waarom wil hij niet meewerken?'

'Zijn moeder is de verpleegster die vandaag geprobeerd heeft agent Davenport om te brengen. Dat heb je toch gehoord, hè?'

'Ja. Zimmerman heeft het me vanmiddag verteld toen ik belde om te zeggen dat hij agent Colby moest ontslaan.'

Adam fronste zijn voorhoofd. 'Daar heb ik over gehoord. Dat was niet slim, Meredith. De getuigen sterven bij bosjes. Deze mysterieuze partner heeft bijna een FBI-agent vermoord in het ziekenhuis.'

'Ik doe voorzichtig. Maar dank je voor je bezorgdheid.'

Hij keek haar kwaad aan. 'Ik háát die nuffige toon van je. Dat is gewoon een damesachtige manier om te zeggen dat ik kan doodvallen.'

Haar mond vertrok. *Betrapt.* 'Dus, die jongen. Mam is mogelijk een moordenares – probeert hij haar te beschermen?'

'Misschien. Moeder is verslaafd – cocaïne en uit het ziekenhuis gestolen opiaten. Haar vriendje, dat niet veel ouder is dan haar zoon, is ook verslaafd. Steroïden en coke. Vriendje heeft de moeder verslaafd gemaakt aan coke en heeft vervolgens van haar geprofiteerd om in zijn eigen behoeftes te voorzien. Dat jong heeft hun restjes gepikt.'

Meredith zuchtte. 'Dat is de reden dat ik de ouders tot bloedens toe zou willen slaan.'

'Hier nog een. Dus die jongen is zijn bron kwijt en is aan een shot toe. Ik probeer hem een plekje in de afkickkliniek te bezorgen.' Hij nam nog een slok van zijn thee en keek nadenkend naar de mok. 'Dit is nog niet zo slecht als het niet zo heet is dat mijn smaakpapillen ervan verbranden.'

Ze rolde met haar ogen. 'Het is thee. Hoeveel mensen moet ik dat uitleggen? Kendra zei hetzelfde.'

'Was dat Kendra? Ik dacht dat dat de zus van Wendi Cullen was.'

'Pleegzussen.'

'O. Oké.' Hij ging verder met kleuren. 'Waarom was Kendra hier?'

Zelfde reden als jij, dacht ze verdrietig. 'We hebben samen gegeten.'

'En daarna hebben jullie yoga gedaan?' Hij haalde zijn schouders op toen ze hem aanstaarde. 'Ik kon zo door het raam van je woonkamer kijken. Je moet andere gordijnen hebben. Iedere engerd kan zo naar je gluren.'

Ze huiverde. 'Ik zal de jaloezieën laten zakken.'

'Dank je,' zei hij en hij keek naar zijn tekening van het glas-in-loodraam. 'Ik ben klaar.'

Ze wierp hem een droge glimlach toe in een poging te verbergen hoe verdrietig ze zich voelde bij het zien van al dat rood. 'Moet ik hem op de koelkast hangen?'

Hij schoof de tekening over de tafel naar haar toe. 'Natuurlijk.'

Haar wenkbrauwen gingen omhoog, maar ze deed wat hij van haar vroeg en zorgde ervoor dat de pagina keurig recht hing, met de magneet precies in het midden. 'Kijk aan.'

Hij keek naar het rode potlood in zijn hand, dat nu ongeveer half zo kort was als toen hij begon. 'Ik zal een nieuw rood kleurpotlood voor je kopen. Ik heb deze bijna opgebruikt.'

'Als je dat wil, maar het hoeft niet.'

Hij keek naar de stapel papieren aan haar kant van de tafel. 'Wat zijn dat?'

'*My Little Pony*, Elsa uit *Frozen* en paarden. Mijn nichtje komt morgen met een hele meute negenjarige vriendinnetjes.'

Hij glimlachte zo lief dat ze alleen maar kon staren. 'Nou, veel plezier met de meiden.' Hij ging staan en schoof zijn stoel onder de tafel. 'Ik zal je niet weer lastigvallen, maar bedankt dat ik hier vanavond mocht zijn. Ik zie je morgenochtend bij Zimmerman.' Hij draaide zich in de richting van de deur, maar keek toen achterom, naar waar zij nog steeds verbijsterd zat te staren. 'Doe de deur achter me op slot. En koop gordijnen.'

Meredith liep achter hem aan naar de deur, nog steeds niet in staat om helder te denken. Zijn glimlach, zijn echte glimlach, had kortsluiting veroorzaakt in haar hersenen. 'Welterusten,' wist ze uit te brengen. 'Wees voorzichtig.'

In de deuropening aarzelde hij even en streek toen heel even over haar wang. Zijn aanraking was vederlicht. 'Welterusten. Sluit goed af.'

Ze deed de deur dicht en op slot, ging bij haar grote raam staan en keek hem na terwijl hij de straat overstak en in zijn auto stapte. Daar bleef hij minstens een minuut stil zitten, misschien wel langer, voor hij de motor startte en wegreed. Pas op dat moment realiseerde ze zich dat hij zijn kleren in haar droger had achtergelaten.

Niets aan de hand. Hij zou uiteindelijk een keer terugkomen, al was het maar om in een vertrek te zitten kleuren waar hij niet alleen was. Tot die tijd zou ze zijn kleren bewaren.

Donderdag 13 augustus, 22.50 uur

Decker staarde Kate in de stilte van de keuken op het schuiladres aan. Haar bekentenis hing tussen hen in. *Omdat het mijn schuld was.*

Gelul, dacht Decker vol overtuiging. Kate's zwager had zich in haar appartement door het hoofd geschoten. Hoe dat in vredesnaam haar fout kon zijn geweest ontging hem volledig, maar hij probeerde niet haar op andere gedachten te brengen, want ze geloofde duidelijk wat ze zojuist had gezegd. 'Hoe dat zo?' vroeg hij zacht.

'Ik... We dwongen hem om iets te doen wat hij niet wilde doen. Johnnie en ik.'

Hij deed opnieuw zijn mond open en die bleef zo openhangen terwijl er beelden van triootjes op het grote scherm van zijn gedachten verschenen.

Haar ogen werden groot. 'Néé,' zei ze snel toen ze duidelijk correct zijn gedachten las. 'Nee, niet zo. Niets... seksueels.' Ze vertrok haar gezicht. 'Mijn hemel. De gedachte alleen al.' Ze schudde heftig haar hoofd. 'Ik ben beslist niet preuts, Decker, maar eh... ik hou het bij twee. Twéé.'

Hij liet opgelucht zijn adem ontsnappen. 'Fijn om te weten.'

Haar mondhoeken trilden, wat hem opnieuw verraste. 'O mijn god. De uitdrukking op je gezicht...' Haar schouders schokten van haar geluidloze lach. 'Dat was bijna de gêne van daarnet waard.'

'Ik ben een boerenjongen, Kate,' zei hij zuur. 'Ik hou het graag simpel. Twee mensen. Het kan me niet schelen hoe de geslachten verdeeld zijn, maar ik ben niet... Ik kan het me niet met meer dan twee voorstellen. Ik bedoel, ik weet dat andere mensen kinky dingen doen, want dat heb ik gezien. Op verlof, weet je.'

'O, dat weet ik.' Haar ogen twinkelden.

'Je hebt veel te veel plezier ten koste van mij,' mopperde hij, maar hij meende het niet. Ze glimlachte weer en dat moest hij zien. Dat had hij nodig zoals hij voedsel nodig had. En lucht. Hij haalde gemakkelijker adem. Vrijer.

'Het spijt me,' zei ze.

'Nee, dat is niet waar, maar het geeft niet.' Hij stak een hand uit naar haar gezicht en streelde aarzelend haar wang, blij toen ze toegaf aan zijn aanraking. Ze had zijn vraag over waarom ze dacht dat de zelfmoord van haar zwager haar schuld was nog niet beantwoord, maar hij zou het er voorlopig maar bij laten, want ze glimlachte weer. 'Dus... niet preuts?'

Haar wangen werden rood, maar ze wendde haar blik niet af en dat deed zijn respect voor haar nog een paar tandjes stijgen. 'Nee.'

'Fijn om te weten,' zei hij opnieuw terwijl hij doorging haar wang te strelen en te genieten van hoe haar huid aanvoelde.

Ze sloot met een zucht haar ogen, alsof ook zij die aanraking nodig had. 'Wat gebeurt er allemaal, Decker?'

'Ik weet het niet. Maar ik vind het fijn. Het is lang geleden dat ik... nou ja, niet preuts heb gedaan.'

Ze deed haar ogen niet open. 'Hoelang?' vroeg ze met tegenzin.

'Nou, zolang ik undercover was kon het sowieso niet, dat is een ding dat zeker is. Shit. Ik zou mijn waakzaamheid geen seconde hebben willen laten verslappen met die adders in de buurt.'

Toen deed ze haar ogen wel open en keek hem priemend aan. 'Hoelang, Decker?'

Hij kwam in de verleiding om het met een grapje af te doen, het weg te lachen, maar de ernstige blik in haar grote bruine ogen stond dat niet toe. 'Vier jaar,' antwoordde hij met zachte stem. 'De nacht voor Beth in die Humvee stapte. Daarna... kon ik het niet. Niet met zomaar iemand.'

Er veranderde iets in haar blik. 'Dat is geen schande,' mompelde ze.

Zijn keel werd dichtgesnoerd en zijn huid voelde veel te warm. 'En voor jou?'

'Bijna net zo lang. Johnnie is er nu bijna drie jaar niet meer, maar hij was maanden daarvoor al te ziek. De medicijnen schakelden hem uit. Het was zwaar om... te moeten zien.'

'Je hebt voor hem gezorgd.' Het was geen vraag. Dat zij haar stervende echtgenoot had verzorgd stond voor hem buiten kijf.

'Tot zijn laatste ademtocht.'

'Waar was dat?'

'Chicago. Dat was mijn standplaats voor Baltimore.'

'En in Baltimore heb je Deacon leren kennen.'

Ze knikte terwijl ze haar wang in zijn hand nestelde. 'Hij was mijn vriend toen ik daar wanhopig behoefte aan had. Dat is de reden dat ik naar Cincinnati ben gekomen. Omdat ik opnieuw wanhopig een vriend nodig heb.'

'Vanwege Jack.'

Ze knikte weer. 'Ik weet dat ik je vraag eerder niet heb beantwoord. Maar dat kan ik niet. Niet nu.'

'Dan kan dat wel wachten,' zei hij zachtjes.

'Dank je. Ik ben vanavond hierheen gekomen omdat ik hierop hoopte.'

'Vlees van de grill?' vroeg hij luchtig en hij werd beloond met een glimlach, al was het een verdrietige.

'Ja. Vlees. En dit.' Ze bewoog opnieuw haar wang even in zijn hand. 'Ik heb het verdriet van Sidney's ouders gezien. Ik zag het verdriet van Chelsea. En... ik had ergens behoefte aan.'

'Menselijk contact. Niet doen,' zei hij scherp toen ze aanstalten maakte om zich van hem los te maken. 'Ik heb hier ook behoefte aan. Ik ben al heel lang alleen, Kate. En toen werd ik op een avond met een geweer in mijn rug gepord en een of andere griet beval me op de grond te gaan liggen met mijn handen in het zicht.'

Haar mondhoeken gingen omhoog. 'Wat een smerige trut moet die griet zijn geweest om je zoiets aan te doen.'

'Het was zo geil als wat,' bekende hij. 'Vooral toen ik opkeek en jou zag. En toen liep alles helemaal fout en het was donker en... en toen hoorde ik je tegen me praten. Voelde dat je me aanraakte. Je streelde mijn haar. Waarom?'

Haar slikken was in de stilte van de keuken duidelijk te horen. 'Omdat ik daar behoefte aan had. Ik moest iets voor je doen. Je was alleen en dat gold ook voor mij.'

'Jij was niet alleen. Je had vrienden.'

'Ja. Maar de tijd schrijdt voort en mensen veranderen. Deacon was mijn beste vriend, maar nu heeft hij andere vrienden. Zijn familie is hier. Hij heeft een leven. Ik ben niet jaloers, echt niet. Ik ben hartstikke blij voor hem. Maar ik voel me misschien niet helemaal op mijn plek.'

'Dat kan ik begrijpen. Ik voelde hetzelfde toen ik terugkwam uit Afghanistan. Niemand wachtte hier op me. Daar zat ook niemand op me te wachten. Iedereen was dood. Dat was heel vervreemdend.'

'We hebben banden nodig.' Ze keek hem bezorgd aan. 'Is dat alles wat dit is?'

'Nee, ik denk het niet. Richard Symmes was een vriend, een band, zo je wil. Maar hoewel ik om hem rouw en hem vreselijk zal missen, voelde ik me beslist niet zó over hem.'

'Hoe, zo?' Het klonk bijna als gespin en dat deed hem naar adem snakken. Deed hem verlangen. Hij wilde alles en hij wilde het nu. Hij hield zich in, want hij wist niet zeker of hij wel zou kunnen stoppen als hij eenmaal begon. Hij ademde zachtjes uit. 'Ik geloof dat dit wel eens een slecht idee zou kunnen zijn.'

Ze maakte zich met een ruk van hem los en wendde haar blik af. 'Het spijt me.'

'En ik ben een lompe boer. Ik bedoelde niet wat jij denkt dat ik bedoelde.' Hij draaide zijn stoel zo dat ze elkaar aankeken, deed zijn dijen uit elkaar en trok haar stoel ertussen. Hij stak langzaam zijn hand uit en raakte haar gezicht aan. Hij gunde haar de tijd om nee te zeggen. Maar er kwam geen protest, dus vlocht hij zijn vingers in het volle, rode haar, dat ze in een aantrekkelijke knot achter op haar hoofd had gebonden. Hij masseerde haar hoofdhuid en ze rook naar boter terwijl ze opnieuw zachtjes zat te kreunen.

'Wat bedoelde je dan?' Het was een ademloze, hese fluistering die hem nog harder maakte dan hij voor mogelijk had gehouden.

'Ik bedoelde dat het vier jaar geleden is dat ik een vrouw heb aangeraakt en als ik nu begin, dan zal het zijn alsof er een dam doorbreekt. Dat zal niet leuk zijn.'

'Mmm, ik begrijp het. Uit elkaar spattend beton en kolkend water. De vallei wordt een meer. Stadsbewoners in gevaar. Massa's mensen die proberen te ontsnappen en elkaar vertrappen als een kudde op hol geslagen gnoes. Ik snap het.'

Kudde op hol geslagen gnoes? Hij moest lachen. 'Ik meen het, Kate. Ik zal niet in staat zijn om te stoppen.'

Ze haalde heel diep adem en boog zich toen naar hem toe. 'Misschien zou ik dat ook niet willen,' fluisterde ze. 'Bovendien, je bent net uit je coma. Hoe sterk kun je nu helemaal zijn?'

Het was een uitdaging, fluweelzacht gebracht, en er liep een rilling over zijn rug. 'Ik heb geen idee.'

'Dan moesten we daar misschien maar eens achter zien te komen.' Ze boog zich nog verder naar hem toe, tot haar lippen over de zijne streken. Haar ogen waren zo dichtbij dat hij de gouden spikkeltjes kon zien die van verder weg onzichtbaar waren. 'En als ik wil dat je ophoudt, dan zal ik je tegenhouden. En dat is een feit.'

Zijn hart ging tekeer als een pneumatische hamer. 'Ik wil je geen pijn doen. Ik heb heel veel behoefte opgekropt.' Hij hoorde zijn lijzige accent doorklinken en het kon hem niets schelen.

Haar gegrinnik vibreerde tegen zijn lippen. 'Hou je mond en kus me, Decker.' Toen greep ze hem bij zijn overhemd en kuste hem als eerste.

Hij snakte verrast naar adem. Het was niet zoet en het was niet aarzelend. Het was heet en hard en hongerig.

God, ze was hongerig. *Net als ik.*

Zijn vingers verstevigden hun greep in haar haar en hij trok haar naar zich toe. En toen brak die verrekte dam. Hij kuste haar gulzig, ernaar verlangend haar te voelen op zijn lippen, in zijn handen. Hij trok en ze liet zich tegen hem aan zakken met haar handen op zijn schouders. Ze raakte hem aan. Niet zomaar een streling door zijn haar of het vasthouden van zijn hand, maar ze raakte hem écht aan.

Het was niet voldoende. Hij had geweten dat het niet genoeg zou zijn. Hij maakte zijn mond los en hapte hijgend naar adem. Maar dat gold ook voor haar, dus hij schaamde zich niet. Hij haalde één hand uit haar haar om de hand te pakken die zijn shirt beethield en legde die plat tegen zijn huid bij de halsopening. Hij werd beloond met een elektrisch schokje. 'Alsjeblieft,' fluisterde hij zonder dat het hem iets kon schelen dat hij smeekte. 'Het is zo lang geleden.'

Het was te lang geleden dat hij simpelweg was aangeraakt. Hoewel er niets simpels was aan wat ze met hem deed. Terwijl ze hem bleef aankijken maakte ze de bovenste drie knoopjes van zijn overhemd los en liet haar handen onder de stof glijden. Ze spreidde haar vingers en hij kreunde zachtjes. Hij had niet beseft hoezeer hij hier behoefte aan had gehad.

Ze liet haar handpalmen zachtjes over zijn huid glijden en langzaam over zijn borstspieren in de richting van zijn schouders. 'Ik wil niet in de buurt komen van je verband.' Ze schoof naar de rand van haar stoel en ging met één hand onder zijn overhemd en legde die in zijn nek. Toen trok ze hem naar zich toe voor een nieuwe zoen, zachter dit keer.

Zoeter. Langzamer. Voller. Als volle, pure chocola, bedoeld om van te genieten. Hij neuriede van genot en ze zoog zijn onderlip in haar mond om er even aan te trekken voor ze hem losliet.

'Hoe staat het met de dam?' vroeg ze met haar mond tegen zijn lippen en hij glimlachte.

'De vallei staat onder water, maar de bevolking evacueert de stad op een ordelijke manier.'

Ze giechelde en ze klonk, op dat moment, zo vreselijk jong en zorgeloos. Daar was hij trots op, want hij dacht niet dat ze erg vaak zorgeloos was. 'Dus ze zijn in veiligheid?' vroeg ze.

'Voorlopig. Maar ik beloof niets. Hun toestand kan als bij toverslag veranderen.'

'Ik dacht wel dat ze geen gevaar liepen. Je dam is niet gebroken. Die moest alleen een beetje stoom afblazen.'

Hij ging zachtjes met zijn lippen over de hare en genoot van hoe ze aanvoelden. 'Je haalt je beeldspraken een beetje door elkaar.'

'Sluit me dan maar op.'

'Ik hou je liever vast.' Hij liet zijn handen over haar lichaam glijden en moest op zijn tong bijten om haar borsten niet aan te raken. Hij stelde zich tevreden met de ronding van haar heupen. Hij trok haar dichter tegen zich aan. 'Kom hier.' Hij klopte op zijn dij.

Ze schudde fronsend het hoofd. 'Dan doe ik je pijn.'

Hij papegaaide haar woorden: 'Als ik wil dat je ophoudt, dan zal ik je tegenhouden. En dat is een feit.'

'Dat is niet eerlijk, mijn eigen woorden tegen me gebruiken,' mopperde ze. Haar ogen lichtten op en alle triestheid was verdwenen. Ze ging schrijlings boven zijn dijen staan en liet zich op zijn schoot zakken. Ze liet haar armen op zijn schouders rusten en haar handen losjes samengevouwen in zijn nek. 'Als Dani me betrapt, smijt ze me eruit.'

Ze hield zichzelf stijf, voeten stevig op de vloer zodat ze haar eigen gewicht droeg. Hij trok haar omlaag zodat ze met haar hele gewicht op hem rustte. *Ha. Beter.* Hij legde zijn armen om haar dijen en legde zijn handen op de ronde billen die hij die ochtend nog had bewonderd. Hij grijnsde toen ze hem fronsend aankeek, maar ze deed geen enkele poging om weg te schuiven.

'Het wordt weer net zoals toen we tieners waren,' zei hij luchtig. 'In het donker vrijen op de veranda en met een half oor luisteren of je ouders er niet aan komen zodat je vader me met een jachtgeweer kan wegjagen.'

Het licht in haar ogen doofde plotseling en hij zag dat ze met haar tong over haar voortanden ging. Hij bleef stil zitten en bestudeerde haar gezicht. Hij had zitten plagen, maar ze reageerde verontrust. Bijna gekweld. 'Wat is er met die tand?' vroeg hij terloops.

Ze verstijfde en haar tong schoot weer in haar mond en hij wilde zijn eigen tong erachteraan sturen, maar hij hield zich in. Hij spoorde haar aan door even aan haar dijen te schudden. 'Kate?' Hij schoof voorzichtig haar bovenlip omhoog en bekeek de tand nauwkeurig. Hij was tweekleurig, maar dat was alleen te zien als je heel goed keek. Hij was ooit gebroken geweest en ze had hem laten repareren.

Hij werd kwaad toen het plotseling tot hem doordrong. 'Wie heeft je geslagen?' vroeg hij, heel zacht.

Ze klom van zijn schoot en hij wilde haar er weer op trekken, maar hij liet haar gaan. Ze waste haar handen en begon in de kastjes te zoeken naar beslagkommen, maatbekers en de ingrediënten om te bakken die ze had meegenomen uit de supermarkt.

Hij zat daar en sloeg haar gade. Haar handen lagen geen ogenblik stil en hij herinnerde zich het breien van die middag. Ze hield haar handen bezig wanneer ze gespannen was. 'Ik wilde geen oude wond openhalen,' zei hij zacht.

'Dat heb je niet gedaan, hij is nooit geheeld.'

'Waarom ben je dan aan het bakken?'

'Omdat ik dat fijn vind. Het neemt de stress weg en ik heb een tamelijke stressvolle dag achter de rug.'

'Hoeveel heb je vandaag gebreid?'

Ze keek hem schuin aan. 'Met inbegrip van de uren dat jij lag te slapen? Een centimeter of tien.'

'Wat wordt het?'

Ze glimlachte terwijl ze de bloem afwoog. 'Dit, of het breiwerk?'

'Allebei.'

'Ik ben een deken aan het breien voor een veteraan in het ziekenhuis. Voor welke soldaat hem ook maar nodig heeft. Dit,' zei ze terwijl ze suiker toevoegde, 'worden de beste brownies die je ooit in je mond hebt gestopt.'

Hij was geraakt, maar niet verrast. Natuurlijk zou ze aan de veteranen denken. De brownies waren een verrassing, maar een heel aangename, vooral omdat hij net nog aan pure chocola had zitten denken. 'Dat weet ik nog niet zo net. Mama D was een heel goede kok en ze heeft me geleerd wat ze wist. Ze maakte fantastische perziktaart en als je een brave meid bent, dan zal ik die een keer voor je bakken.'

Ze wierp hem een ondeugende blik toe die hem noodzaakte te gaan verzitten. 'En als ik een stoute meid ben?'

'Dan geef ik je het geheime recept van Mama D.'

'Mmm. Daar moet ik eens even goed over nadenken.'

Hij keek een paar minuten zonder iets te zeggen toe. Ze behandelde de ingrediënten als een professional en werkte uit het hoofd. Hij wachtte tot ze het beslag in de vorm had gedaan. 'Wie heeft je geslagen, Kate?'

Ze slaakte een zucht en draaide zich om om het bakblik in de oven te schuiven. Ze kwam overeind en begon de boel schoon te maken. Ze zweeg zo lang dat hij dacht dat ze geen antwoord zou geven, maar uiteindelijk zuchtte ze en zei: 'Mijn vader. Ik was nou eenmaal niet wat je noemt een meegaand meisje.'

'Als je gaat zeggen dat je het had verdiend, dan moet je je er wel op voorbereiden dat ik tegen je tekeerga.'

'Dat is niet nodig. Ik heb geen enkel pak slaag verdiend dat hij me heeft gegeven. En mijn broers ook niet, maar destijds dachten we van wel. Hij raakte ons meestal op de plaatsen waar je de blauwe plekken niet kon zien. Op een zekere dag was hij te kwaad om te mikken en ik te traag om weg te duiken.'

'Dus brak hij je tand.'

'Ja.'

Hij haalde diep adem en liet die weer ontsnappen. 'Heeft iemand de politie gewaarschuwd?'

Ze glimlachte bitter. 'Hij zat bij de politie. Zit er nog steeds. Hij is nu hoofdinspecteur. Bij een politiekorps in een kleine stad in Iowa. Heel kleine stad. Dichtstbijzijnde grote stad is Des Moines op een paar uur rijden.'

Hij zag letterlijk rood van woede, maar hij dwong zichzelf te kalmeren. 'Wat was er die zekere dag gebeurd?'

'Hij was geschorst vanwege overmatig gebruik van geweld toen hij een broodmagere tiener in bedwang wilde houden. De jongen was homo en een vriend van me. Ik was zo onverstandig om tegen mijn vader te zeggen dat ik het helemaal eens was met zijn schorsing, dat hij zich als een bullebak en misdadiger had gedragen.'

'Dus om je duidelijk te maken dat hij geen bullebak of misdadiger was, sloeg hij je... als een bullebak en misdadiger.'

Haar mondhoeken krulden. 'Daar komt het op neer.'

'Waar was je moeder toen dit allemaal gebeurde?'

'Ze stond naast hem.' Ze had alle kommen en schalen in de vaatwasser gezet en was nu bezig het aanrecht te boenen met meer kracht dan nodig was. 'Toen ik overeind krabbelde, sloeg zij me weer neer. Ze zei dat ik mijn verontschuldigingen moest aanbieden of anders een andere plek moest zoeken om te wonen zodra ik achttien was.'

Deckers kaken deden pijn, zo hard had hij ze op elkaar geklemd. 'En wanneer zou je achttien worden?'

'Nog acht maanden. Ik nam aan dat mijn leven tot dat moment echt klote zou zijn, maar ik weigerde me te verontschuldigen – daar was ik veel te koppig voor.'

'Nee,' zei hij lijzig. 'Zeg dat het niet waar is.'

Ze grijnsde gespannen. 'Ben bang van wel.'

'Wat deed je toen je achttien werd?'

'Uiteindelijk bleek dat ik niet zo lang hoefde te wachten. Ik ging de volgende dag naar school met een dikke lip en een gebroken voortand. Mijn moeder had geprobeerd me thuis te houden, maar ik was uit het raam geglipt. Ik had een proefwerk Engels dat ik niet wilde missen. Bovendien redeneerde ik dat ik mijn vader meer pijn kon doen wanneer ik mijn kapotte gezicht in het openbaar vertoonde dan wanneer ik hem onder zijn eigen dak zou trotseren.'

'En lukte dat, hem meer pijn doen?'

'Niet zoals ik had gehoopt. Mijn docent Engels zag me en belde jeugdzorg. Ze luisterden naar wat ik te zeggen had en zeiden dat ze onderzoek zouden doen. Ik dacht dat ik naar een pleeggezin zou worden gestuurd, maar niemand wilde mijn vader tegen zich in het harnas jagen. Maar het was allemaal niets vergeleken bij wat jij hebt doorgemaakt. Je moeder was een junkie die haar eigen kind verkocht.'

'Misbruik is misbruik,' zei hij scherp. Hij veegde met de rug van zijn trillende hand over zijn mond. 'Het spijt me. Ik zou niet op die toon moeten praten. Wat is er toen gebeurd?'

'Mijn laatste les die dag was scheikunde. Mijn laboratoriumpartner – die een van mijn beste vrienden was – besefte wat er was gebeurd en bracht me naar zijn moeder, die lerares expressie was op onze school. Ze nam me mee naar huis en ik ben nooit meer teruggegaan naar het huis van mijn ouders. Ze stuurde haar man om mijn kleren op te halen. Hij was de worstelcoach en niemand haalde het in zijn hoofd om hem dwars te zitten. Zelfs mijn vader niet.' Ze haalde haar schouders op. 'Worstelen is populair in Iowa en we hadden een kampioensteam.'

'Dat was aardig van ze. Ik ben blij dat je iemand had die aan jouw kant stond.'

Ze knikte, maar ze keek hem niet aan. Ze stond naar het aanrecht te staren alsof daar de geheimen des levens in besloten lagen. 'Mijn vriend heette Jack Morrow.'

'O,' zei hij ademloos.

'Ja. Zijn moeder werd zo'n beetje mijn moeder. Toen kwam Thanksgiving en haar oudere zoon kwam van de universiteit naar huis voor het lange weekend.'

Woede maakte plaats voor jaloezie en die was niet zo gemakkelijk terzijde te schuiven. 'Johnnie.'

'Ja. De eerste keer dat ik hem zag was ik veel te jong, maar dat veranderde niets aan het feit dat ik als een blok voor hem viel. Dat gold ook voor hem. Kerstmis was een echte uitdaging, maar Johnnie was niet van plan me aan te raken voor ik achttien was.' Haar lippen vormden een echte glimlach. 'Ik maakte het wel moeilijk voor hem. Ik was een kreng.'

De gedachte aan Kate op haar zeventiende bezorgde hem medelijden met Johnnie en hij had respect voor de zelfbeheersing van de man. Maar voornamelijk medelijden, vooral omdat John Morrow niet samen met haar ouder had mogen worden. *Ik kan in dit geval grootmoedig zijn. Misschien.* 'Nogmaals: zeg dat het niet waar is.'

Haar glimlach werd breder. 'Zelfs ik ben niet in staat om zo'n leugen te verkondigen. Ik werd ongeveer een maand na mijn eindexamen achttien.'

'Kwamen je ouders naar de diploma-uitreiking?'

'Nee, en mijn broers ook niet, maar dat gaf niet. De Morrows waren er, inclusief Johnnie. Ik had geen geld en daarom ging ik in het leger om mijn studie te kunnen betalen. Johnnie was zo kwaad dat ik dienst had genomen zonder het tegen hem te zeggen.'

Decker trok zijn wenkbrauwen op. 'Ik zou ook kwaad zijn geworden.'

'De Morrows waren van plan om mijn studie te betalen, maar dat kon ik niet toestaan. Ze konden de eindjes toch al maar net aan elkaar knopen en dat werd er niet beter op toen ze mij in huis namen. Ze behielden hun baan wel, maar ze werden uitgekotst. Ze zeiden dat ze daar niet om gaven, maar ik weet dat dat wel zo was. Ze waren diep geworteld in de samenleving, maar het was een onberekenbaar plaatsje. En niemand wilde mijn vader tegen de haren in strijken.'

'Dus toen ging je in dienst.'

'Ja. Ik ben twee keer uitgezonden naar de Golf. Ik zat bij de militaire politie.'

'Waarom?'

'Ik wilde politieagent worden. Ik wilde meer zijn dan mijn vader. Daarom heb ik voor de MP gekozen.'

'En heeft Johnnie je vergeven dat je dienst had genomen?'

'Uiteindelijk wel. Maar ook al was hij kwaad, hij schreef me wel. Elke maand, zonder mankeren. Ik was eerst gewoon een kind dat hoteldebotel was, maar ik ben door zijn brieven van hem gaan houden. Hij was een goed mens.'

'Ik weet het. Ik heb zijn necrologie gelezen en alle eerbetoon. "Pluk de dag...".'

'"... en maak je leven tot iets buitengewoons,"' maakte ze het citaat met zachte stem af. 'Die leerlingen waren dol op hem. En omgekeerd.'

Decker dacht aan het tijdsverloop. 'Jullie hebben lang verkering gehad.'

'Dat klopt. Toen ik thuiskwam ging ik aan de oostkust studeren en hij gaf les in Iowa, dus gingen we nog een paar jaar door met dat langeafstandsgedoe. Hij wilde me de tijd geven om te beslissen of hij inderdaad de ware was. Alsof ik dat nodig had. Hij was het altijd geweest. Maar het zorgde wel voor een flinke schop onder mijn kont, waardoor ik mijn studie een jaar eerder afrondde en werd toegelaten op de academie van de FBI. Toen hebben we ons verloofd. We wilden pas trouwen als ik was afgestudeerd aan Quantico en ik een paar jaar had gewerkt, omdat we spaarden voor een huis. Mijn eerste standplaats was

Chicago, dus toen heeft hij ontslag genomen in Iowa en kreeg een baan in South Side, wat ik echt niet zag zitten. Ik was bang dat hij tegen een verdwaalde kogel aan zou lopen, maar...'

'Maar in plaats daarvan kreeg hij kanker.'

'Ja. Onze plannen veranderden toen drastisch, omdat hij zo snel ziek werd. Ik vervroegde de bruiloft zodat ik verlof kon nemen om voor hem te zorgen. Zorgverlof geldt alleen voor echtgenoten, niet voor verloofden. En toen...' Ze sloot haar ogen.

'En toen stierf hij,' vulde Decker voor haar aan. 'Het spijt me zo.' En dat was waar.

Ze glimlachte verdrietig. 'Dank je. Ik ging daarna weer werken. Ik werd overgeplaatst naar Baltimore. Heb me daar rot gewerkt, en nu ben ik hier.'

Ze had het niet gehad over de zelfmoord van Jack of waarom ze dacht dat dat haar schuld was. Hij zou nu niet aandringen. 'Het spijt me vanwege al die redenen dat je hier bent, maar ik ben heel blij dat je er bent.'

Ze drapeerde het vaatdoekje over de kraan en ging weer schrijlings bij hem op schoot zitten. 'Dank je. Ik ben ook blij om hier te zijn. En ik ben ook blij dat ik uit die boom ben gesprongen en met de loop van een geweer in je rug hebt gepord.'

Hij sloeg zijn armen om haar middel. 'De beste introductie die er maar bestaat.'

'Daar moet ik het wel mee eens zijn, agent Davenport.' Ze legde haar voorhoofd tegen het zijne. 'Je zit nu al een tijdje op. Je zou in bed moeten liggen.'

Hij knarste met zijn tanden toen zijn piemel omhoogkwam bij het noemen van het woord 'bed'.

Haar ogen werden groot van verbazing. 'O-ké,' zei ze zonder met haar ogen te knipperen. 'Jij ook een goede dag gewenst.'

Hij moest lachen. 'Ik wil wachten tot de brownies klaar zijn.'

'Als je me je naar bed laat brengen en je instoppen, dan breng ik er een stel zo gauw ze uit de oven komen.' Ze liet zich van zijn schoot glijden en hielp hem overeind. Ze ondersteunde hem toen hij een beetje heen en weer zwaaide. 'Doe het morgen wat rustiger aan, oké? Ik wil je gezond en wel hebben.'

'Ik wil hier weg,' mopperde hij terwijl het zweet op zijn voorhoofd parelde. Hij was veel vermoeider dan hij in de gaten had gehad.

'Dat weet ik. Maar die lul van een Professor heeft vandaag geprobeerd je te vermoorden. Ik wil dat je sterk genoeg bent om hem met gelijke munt terug te betalen als je zijn pad weer kruist.'

Verdomme. Hij beet op zijn lip toen zijn lichaam weer reageerde. Bloeddorstig, fantastische schutter, een goed hart en ze kon nog bakken ook. Hij kon beslist voor deze vrouw vallen. 'Ja, mevrouw.'

Donderdag 13 augustus, 23.15 uur

Verdomme. Hij was drie kwartier te vroeg op de plek waar ze hadden afgesproken, maar Rawlings was er al, de hufter. Hij werd er altijd een beetje gek van als hij zich niet eerst kon concentreren. *Klootzak.* Hij kon op deze manier niet in positie komen, maar hij had een plan B. Hij had altijd een plan B.

Dat plan vereiste dat de gevangenbewaarder hem pas zag wanneer hij daar klaar voor was. Hij haalde zijn verdovingsgeweer vanonder zijn stoel en vergewiste zich ervan dat het ding operationeel was en dat de binnenverlichting niet zou aangaan zodra hij het portier opende. Hij liet zich uit zijn auto glijden en sloop, de hele tijd de regen vervloekend, op zijn buik over de natte bodem tot hij onbelemmerd uitzicht had. Het bereik van het geweer was maar dertig meter, dus hij was gedwongen dichterbij te komen dan hem lief was. Hij moest Rawlings ook uit zijn auto zien te krijgen. En als hij misschoot, zou de man echt kwaad worden. Dus trok hij zijn pistool uit zijn holster en legde het naast zich op de grond. Voor het geval dat.

Hij haalde zijn mobiele telefoon uit zijn zak en zette hem aan, waarbij hij het scherm bedekte met zijn hand om zijn positie niet te verraden. Ik ben er, tikte hij in. Wil je handen zien. Stap uit de auto. Wil geen verrassingen terwijl ik je loon aflever. Hij drukte op VERZENDEN en wachtte.

Het kostte Rawlings minder dan een halve minuut om te reageren. Stap niet uit. Ben niet gek.

Ik ook niet. Moet ik je betaling bij je baas in de bak afleveren?

Fuck you.

Nee, dank je, je bent niet mijn type. Wil je het spul of niet?

Fuck you, was opnieuw de reactie van Rawlings, maar hij stapte toch uit zijn auto.

Hij hurkte in het slijmerige gras, maakte zich klaar voor het schot en haalde kalm de trekker over. Vervolgens hield hij zijn adem in tot... *Yes.*

Rawlings sloeg in zijn nek, alsof hij een mug te pakken probeerde te krijgen, en trok toen met een kwade blik het pijltje uit zijn huid. De gevangenbewaarder begon met een woedende blik in zijn ogen zijn kant uit te rennen. Maar daar had hij op gerekend, dus hij was klaar voor zijn tweede schot. Het pijltje raakte Rawlings in diens schouder. De man bleef rennen, maar toen struikelde hij, wankelde en viel op zijn knieën. Hij kroop nog een meter door, maar viel uiteindelijk met zijn gezicht in de modder.

Het verdovingsmiddel zou niet lang werken, dus pakte hij alle twee de wapens en ging op een holletje naar de auto van Rawlings. Hij liet het pakketje op de bestuurdersstoel vallen, rende naar zijn eigen auto en reed weg tot hij op veilige afstand was. Hij parkeerde op een donkere parkeerplaats langs de weg.

Hij stuurde nog een laatste sms'je: Rekening voldaan. Sorry voor het dutje. Kon er niet op vertrouwen dat je je woord zou houden. Hij drukte op VERZENDEN, reed de parkeerplaats af en voegde in in het verkeer.

Hij had niet eens overwogen om Rawlings naar zijn auto te slepen. De man was bodybuilder, met harde spieren die loodzwaar moesten zijn. Nee, beslist niet zijn type. Maar zijn zoon? Dat was een heel andere zaak. Niet dat hij daar voor zijn eigen genoegen belangstelling voor had, uiteraard, maar de zoon van Rawlings was echt een knap ventje. Hij zou het goed doen voor de camera. Als het nodig mocht zijn, dan was dat een uitstekende manier om Rawlings in het gareel te houden.

Klootzak. Mijn naam op zijn lijst met bewezen diensten zetten? Dreigen me aan te geven?

Na vanavond zou Rawlings wel een beetje minder aanmatigend zijn. En zo niet... dan zou een film maken met zijn zoon de volgende stap zijn. Dat was een machtig wapen.

Mij aangeven, hè? Dan wordt je zoon een ster. Voor altijd. Want eenmaal op internet, krijg je het er niet meer af. Nooit meer. *Vraag maar aan Mallory. Zij kan het je wel vertellen.*

14

Cincinnati, Ohio, vrijdag 14 augustus, 00.55 uur

Hij reed de oprijlaan op en zette zijn auto achter het huis op de gebruikelijke plek naast de auto die hij voor Mallory op de kop had getikt. Een auto die hij van twee zendertjes had voorzien. Gewoon, voor het geval ze plotseling moed zou vatten en ervandoor wilde gaan. Dat had ze nog nooit geprobeerd, maar hij zou op zijn hoede blijven. Hij was altijd voorzichtig met zijn mooiste speelgoed.

Hij stapte uit, nog steeds klam van het tijgeren door de modder. De regen was opgehouden, maar de lucht was zwaar van de luchtvochtigheid. Het voelde aan als ademhalen onder water.

Hij had zijn hand al op de deurklink toen tot hem doordrong dat hij de auto van JJ nergens zag. Hij was even verlamd van paniek. *Ze is weg. Hoe kan ze in vredesnaam weg zijn?*

Mallory. Woede welde in hem op en nam de plaats in van de paniek. Ze had JJ helpen ontsnappen. *Ho even. Wacht eens.*

In ruil voor wat? Niet uit de goedheid van haar hart – Mallory had net zo de pest aan JJ als JJ aan haar. Dus Mallory die JJ hielp ontsnappen sloeg nergens op.

Hij dwong zichzelf tot kalmte en besefte dat hij JJ's auto ook niet gezien had toen hij eerder thuis was gekomen. Hij was zo verrast geweest om haar te zien dat hij daar niet eens over had nagedacht.

Nu dacht hij er wel over na. *De trut.* Ze had haar auto verstopt. Waar, was eenvoudig vast te stellen. Al meteen de eerste keer dat ze hadden geneukt had hij een zender onder de carrosserie verborgen. Dat was een truc die hij van Alice had geleerd, want zij had precies hetzelfde gedaan toen ze hem haar bed in had gesleept. Hij had het zendertje gevonden en haar erop aangesproken, maar Alice had geen enkele wroeging getoond. Ze wilde graag voortdurend weten waar haar klanten – en minnaars – uithingen.

Dat geldt ook voor mij. Hij zou JJ's auto opsporen en die inclusief het lichaam van de eigenaresse ergens ver weg dumpen. Hij wilde niet dat iemand haar zo kort na de dood van Eileen Wilkins zou missen. Twee verpleegsters vermoord op dezelfde dag zou een hoop vragen oproepen waarvan hij niet wilde dat ze gesteld werden en die hij niet kon beantwoorden.

Hij liep kalm en beheerst het huis binnen en ging de trap op naar de kamer van Mallory. Ze lag in bed en sliep al. Hij liep de kamer door en schudde haar even.

'Mallory. Wakker worden.'

Ze rolde zich slaperig om en haar ogen werden groot toen ze zijn kleren zag. 'Je zit onder de modder.'

Hij negeerde haar opmerking. 'Hoe is het met JJ?'

'Die maakt een hoop lawaai. Ze is een tijdje geleden wakker geworden; ik ben naar mijn kamer gegaan om haar niet meer te horen.'

Hij keek nadenkend. Hij had JJ gekneveld achtergelaten. Ze zou helemaal niets moeten kunnen uitbrengen, laat staan luid. 'Ben je daar naar binnen geweest?' Maar dat was niet mogelijk – hij had de deur op slot gedaan en hij was de enige met een sleutel.

'Nee. Je had gezegd dat dat niet mocht. Moet ik eten voor haar klaarmaken? Ze heeft nog geen hap gegeten.'

'Is er nog eten over van wat zij had meegebracht? Behalve wat je aan mij hebt gegeven?' Want als dat zo was, dan zou hij JJ dwingen dat op te eten. *Mij een beetje vergiftigen met digitalis. Slet.*

'Nee. Dat was alles.'

'In dat geval, nee, ze hoeft niet te eten.'

Hij kreeg een zwijgend knikje ten antwoord. 'Roxy moet haar avondmedicatie hebben. Moet ik haar die geven?'

'Ja. Ik weet niet wanneer ik terug ben.' Hij liet zich naast haar in bed glijden en trok haar tegen zich aan zodat hij met zijn neus in haar nek kon wrijven. Hij glimlachte toen ze verstijfde. Het was nodig om haar te laten zien wie de baas was. Het was ook leuk. Ze lag daar zo stijf als een ijssculptuur en haalde gelijkmatig adem. Hij draaide haar kin zodat hij haar gezicht kon zien en keek boos. Ze had geen enkele uitdrukking op haar gezicht. Behalve de stijve schouders liet ze geen enkele reactie blijken.

Hij duwde haar, plotseling geërgerd, van zich af. Er was geen lol aan wanneer ze niet lieten merken dat ze bang waren. Misschien bereikte Mallory haar uiterste houdbaarheidsdatum wel eerder dan hij had gedacht.

Hij ging met nog steeds een kwaad gezicht naar beneden naar de logeerkamer, na een kleine omweg om zijn set scalpels te pakken. Zijn goede humeur kwam weer terug toen JJ hem met een woedende blik lag op te wachten. Ze had kans gezien de prop uit haar mond te werken en zich om te draaien zodat ze met haar gezicht naar de deur lag, maar ze was nog steeds stevig aan handen en voeten gebonden.

'Wat heeft dit verdomme te betekenen, Brandon? Wat is dit voor zieke kick van je?'

'Geen zieke kick.' Hij keek haar goedmoedig glimlachend aan. 'Ik ga je vermoorden.'

Ze werd onmiddellijk doodsbleek. 'Wat? Waarom?'

'Omdat je hebt geprobeerd me te vergiftigen.'

Ze schudde heftig met haar hoofd. 'Nee. Niet waar. Dat zou ik nooit doen. Het was die meid. Die meid heeft het gedaan.'

'Nee, dat heeft ze niet, want Mallory weet wat er met haar zal gebeuren als mij iets overkomt.' Mallory had keer op keer te verstaan gekregen dat als ze probeerde te ontsnappen of iemand iets durfde te vertellen, haar kleine zus daarvoor zou boeten. En dat als er iets met hem zou gebeuren, zijn partner het zou overnemen – en dat zijn partner niet zou wachten tot de kleine Macy oud genoeg was.

Mallory had één keer geprobeerd weg te komen. Eén keer maar. Hij had haar laten zien hoe gemakkelijk hij zijn dreigement waar kon maken. Hij had tot zijn genoegen gezien dat ze slim genoeg was om van haar fouten te leren. Hij had er ook heel goed voor gezorgd dat hij haar niet liet weten dat zijn partner in de gevangenis was gestorven. In Mallory's gedachten was het dreigement nog heel reëel. Hij was niet bang dat ze hem zou vergiftigen.

JJ lag te trillen. 'Maar ze heeft het echt gedaan. Ik zweer het je.'

'Je kunt zweren tot je een ons weegt. Ik heb bewakingsvideo's van alles wat er in mijn huis gebeurt.'

Ze werd nog bleker, zo erg, dat hij bang was dat ze flauw zou vallen. 'Je liegt.'

'Waarom zou ik?' Hij loog ook niet. Hij had overal camera's hangen, maar hij had de beelden nog niet bekeken. Dat hoefde ook niet, want JJ wás duidelijk aan het liegen. 'Wist je dat je hier een rimpel krijgt als je liegt?' Hij wees naar zijn voorhoofd. 'Dat verraadt je meteen.'

Ze hief haar kin en wierp hem dodelijke blikken toe. 'Ik heb mensen verteld dat ik hierheen ging. Die komen me hier zoeken als ik me niet meld.'

Hij keek haar onbewogen aan. Ze lag nog steeds te liegen. Hij negeerde haar en opende het volgprogramma op zijn telefoon. Haar auto stond nog geen anderhalve kilometer verderop bij een motel geparkeerd.

'Heb je me gehoord?' krijste ze. 'Mensen weten dat ik hier ben.'

'Welke mensen?' vroeg hij kalm.

'Dat ga ik je niet vertellen. Dan maak je ze dood.'

'Natuurlijk maak ik ze dood. Vertel op, wie? Ik wil namen horen.'

'Nee. Ik zeg niks.'

Dat deed hem glimlachen. *Een uitdaging.* 'Jawel, dat doe je wel. Al doet het er niet echt toe. Als ze komen om je te redden, sta ik ze op te wachten.'

'Ze komen met de politie.'

'O, dat geloof ik ook niet, want dat zou betekenen dat ze uit moeten leggen waarom je in gevaar verkeert. Tenzij ze de politie wijsmaken dat het om een liefdesaffaire gaat die fout is gelopen en in dat geval zal ik briefjes schrijven en die met jouw naam ondertekenen, zodat je de indruk wekt dat je een totaal geflipte, drugsverslaafde afgewezen minnares bent. De politie zal mij eerder geloven dan een gestoorde vrouw.'

'Ik haat je.'

'Dat gevoel is geheel wederzijds, liefje. Ik hou er niet van om bedrogen te worden en ik hou er niet van om vergiftigd te worden. Daar word ik pissig van.'

'Ik heb zelf niet gereden. Mijn vriend heeft me gebracht.' Ze knikte even ingenomen met zichzelf. 'Daarom weet hij waar hij me moet zoeken.'

'Je beseft toch wel dat ik buiten ook overal camera's heb hangen, hè?' zei hij vanwege de kleine kans die er was dat ze inderdaad iemand had verteld waar ze was. 'Als hij je had afgezet, zou ik een foto van hem hebben en van zijn kenteken. Dus kan ik hem vinden. En dan vermoord ik hem.'

Ze deed haar mond open en deed hem toen weer dicht. 'Hij heeft me hier niet rechtstreeks naartoe gebracht.' Ze maakte haar lippen nat met haar tong. Haar wanhoop was bijna tastbaar. Haar pupillen waren groot geworden en ze had een wilde blik in haar ogen. Ze had last van ontwenningsverschijnselen. Daar zou hij gebruik van kunnen maken.

'Hij heeft me aan het begin van de weg afgezet. Ik ben verder komen lopen.'

Dat kwam in de buurt van de waarheid. Ze had gelopen. Maar vanaf het parkeerterrein van het motel waar ze haar auto had gezet. Per slot van rekening had ze geen partner.

'Luister, JJ. We hebben het leuk gehad in bed. Je bent nuttig voor me geweest en in ruil daarvoor heb je gratis eersteklas spul gekregen. Maar je bent inhalig geworden en je hebt geprobeerd me te bedriegen en ik heb je daarbij betrapt. Je moet geweten hebben dat daar risico's aan waren verbonden. Je bent mijn huis binnengedrongen en je hebt geprobeerd me te vergiftigen en te bestelen. Je hebt ongetwijfeld nagedacht over de gevolgen.'

Haar ogen vulden zich met tranen. *Krokodillentranen.* 'Dat heb ik niet gedaan. Het was die meid. Ik zweer het.'

'Ik heb je uren alleen gelaten. Ik had gehoopt dat je die tijd zou gebruiken om iets beters te verzinnen.' Hij stalde zijn scalpels uit op het nachtkastje en genoot van de paniek die in haar ogen verscheen.

'Wat doe je?' fluisterde ze doodsbang.

'Ik ga je ten voorbeeld stellen, schat. Voor het geval mijn volgende maîtresse het in haar hoofd krijgt om digitalis in mijn eten te doen.' Hij koos zijn eerste stuk gereedschap met zorg. 'Laten we eens zien hoe hard je kunt gillen.'

Vrijdag 14 augustus, 02.05 uur

Schiet op, schiet op, schiet op. *Kate vloog met twee treden tegelijk de trappen naar het appartement op. Haar hart bonsde in haar borst en de tranen brandden al in haar ogen.* Schiet op, anders ben je te laat.

Ze morrelde met haar sleutels, maar het slot gehoorzaamde en ze duwde de deur open. Jack zat daar in de leunstoel te wachten met een spottende grijns op zijn gezicht.

'Stop,' smeekte Kate. 'Doe het niet.'

Hij zette de loop van het pistool onder zijn kin. 'Nú zeg je dat ik het niet moet doen. Neem eens een beslissing, Kate. Doden of niet doden? Je kunt niet allebei hebben.'

Ze deed een stap in de richting van de stoel, waar hij haar sprei op had gelegd. De sprei die haar oma voor haar had gemaakt. 'Niet doen, Jack. Niet doen.' Ze kwam dichtbij genoeg om haar hand naar hem uit te strekken en zijn pistool te pakken, maar hij lachte alleen maar en haalde de trekker over en ze begon te gillen. En te gillen en te gillen.

'Kate. Káte.' Grote handen lagen op haar schouders en hielden haar stevig vast. *Nee. Nee. Ze verzette zich, maar ze zat gevangen.* 'Káte!'

Ze snakte naar adem en deed haar ogen open. En zag iets blauws. Iets bekend blauws. Als de hemel.

Decker. Ze huiverde, probeerde wanhopig lucht naar binnen te krijgen. Ze was gewikkeld in een deken. Als een dwangbuis. Hij had zijn armen boven de deken om haar heen geslagen. 'Laat me los. Alsjeblieft.'

'Kijk me aan, Kate.' Hij schudde haar zachtjes heen en weer, niet hard genoeg om pijn te doen. 'Je moet ademhalen.'

Ze probeerde te gehoorzamen, maar de lucht ging alleen maar in en uit haar longen en ze voelde zich licht in het hoofd.

'Wat is er aan de hand?' Een vrouwenstem. Dani.

'Nachtmerrie,' zei Decker kortaf. 'Haal een zak of zoiets waar ze in kan ademen. Sst.' Het troostende geluid klonk vlak bij haar oor. 'Het is goed, Kate. Alles is goed.'

Nee, niet waar. Het komt nooit meer goed. Maar ze knikte. 'Ja, het is goed.'

Haar lichaam bewoog. Wiegde. Decker wiegde haar en maakte troostende geluidjes bij haar oor. 'Je bent op een schuiladres. In Cincinnati. Een véílig adres,' beklemtoonde hij.

Ze knikte, te uitgeput om zich nog te verzetten. Ze deed haar ogen dicht en liet haar hoofd tegen zijn borst rusten. 'Hoe laat is het?'

'Even na tweeën,' zei hij zacht, waarna hij zijn hoofd omdraaide. 'Leg maar op het nachtkastje. Voorlopig gaat het wel weer.'

Er klonk het geritsel van papier en toen opnieuw Dani's stem. 'De bewaker wil binnenkomen om te controleren hoe het met jullie allebei gaat.'

Nee! Kate wilde niet dat iemand haar zo zag, zo verwilderd en eruitziend als een waanzinnige. Het was al erg genoeg dat Decker haar zo had gezien. *Potverdomme.*

'Nee,' zei Decker vastberaden. 'Zeg maar dat het om een nachtmerrie ging. Zeg maar dat ík degene was die lag te gillen, als dat nodig is. Laat hem alleen niet hier binnen.'

Een hand streek vluchtig over haar haar. 'Gaat het, Kate?' vroeg Dani met zachte stem.

Kate deed haar ogen niet open. Ze wilde het medelijden in Dani's blik niet zien. 'Het komt wel goed, dank je.'

De deur ging dicht en Decker fluisterde: 'Ik ben nu de enige. Ik zal je nu loslaten.'

Toen zijn greep verslapte, drukte Kate haar gezicht steviger tegen zijn borst. 'Nee, nog niet.'

Hij verstevigde zijn greep. 'Oké. Dan blijven we hier gewoon even zo zitten.'

Hij ging verzitten. Hij kreunde zachtjes toen hij bewoog en haar met zich meenam. Hij leunde tegen het hoofdeinde en hees haar op zodat ze bij hem op schoot zat, in de deken gewikkeld als een burrito. Er knaagde iets in haar herinnering. *Hij is gewond. Hij is degene die in bed zou moeten liggen, niet ik.*

'Laat me nu maar los. Ik ben veel te zwaar.'

'Pff,' snoof hij. 'Je moet me niet beledigen, agent Coppola.'

Zijn accent was vanavond sterk. Hij was niet op zijn hoede. 'Heb ik je wakker gemaakt?'

'Neu. Dat waardeloze ziekenhuisding dat door moet gaan voor een bed heeft me gewekt. Dat ding is zo hard als steen en ik kan het weten, want ik heb op de rotsen geslapen.'

Haar lippen vormden een glimlach tegen wil en dank. 'Rotsen en zand en zand en zand.'

Hij huiverde overdreven. 'Ik haatte dat verrekte zand.'

'Ik ook.' Ze zuchtte zacht toen hij zijn wang op haar hoofd liet rusten en haar alleen maar vasthield. 'Het spijt me als ik je heb laten schrikken.'

'Nou, ik kreeg bijna een hartaanval toen je begon te gillen. Ik was blij dat ik dat looprek had, anders was ik vast op m'n reet gevallen omdat ik zo snel naar je toe wilde. Je hebt een paar geweldig longen, jongedame.'

'Ik zou het niet weten,' zei ze nuffig. 'Ik heb mezelf niet gehoord, want ik lag te slapen.'

Hij snoof grinnikend. 'Laten we het erop houden dat mijn haar in de krul zou zijn geschoten als het niet zo kort was.' Zijn hand, sterk en zwaar, streelde haar haar. 'Het is prachtig, trouwens. Jouw haar. Als een zonsondergang.'

Haar hartslag nam een soepel ritme aan. 'Dat van jou ook. Het lijkt wel gouddraad.' Hij maakte een verstikt geluid dat haar aan het lachen maakte. 'Een soort combinatie van Thor en Captain America.'

Hij kreunde. 'Ik word niet goed.'

Ze lachte zachtjes. 'O ja. Alsof jij niet weet dat vrouwen beginnen te zwijmelen als ze je gezicht zien.'

'Het is maar een gezicht, Kate,' zei hij mopperend. 'En nog tamelijk geblutst ook.'

'Ik vind het leuk. Het is een mooi gezicht.'

'Hmm. Wat je zegt ben je zelf,' mompelde hij en ze moest opnieuw lachen.

Ze probeerde te bewegen en hij verstevigde zijn greep. 'Blijf nog even zitten,' zei hij zacht.

'Ik zal je pijn doen.'

'Zo niet. Ik maakte me meer zorgen toen je nog lag te slapen. Je was een soort van... aan het maaien.'

Ze maakte zich geschrokken ver genoeg los om naar zijn fraaie gezicht te kijken. 'Heb ik je verwond?'

Hij keek haar recht in de ogen. 'Ik heb wel erger meegemaakt.'

'Niet van mij!'

Hij legde zijn hand om haar achterhoofd en duwde haar zachtjes weer tegen zijn borst. 'Geen zorgen. Laat me je nog even vasthouden.'

Er klonk iets in zijn stem waardoor ze gehoorzaamde. Hij had hier ook behoefte aan. 'Mag ik dan alsjeblieft wel mijn handen vrij hebben?' Hij maakte de deken los zodat ze haar armen buiten de burrito kon steken. Ze leunde ontspannen tegen hem aan en haalde diep adem. Hij rook lekker. Naar zeep en... chocola. 'Heb je aan de brownies gezeten?' vroeg ze beschuldigend.

'Jazeker,' zei hij zonder enig berouw. 'Ze waren verrúkkelijk.'

'Waren? Heb je niets overgelaten voor Trip en de anderen?'

'Misschien. Een of twee. Kleintjes.'

'Ik kan niet geloven dat je ze allemaal in je eentje soldaat hebt gemaakt.'

'Niet helemaal in mijn eentje. Ik heb er een paar aan onze nachtwaker gegeven. Er moest iemand bij de douche staan voor het geval ik onderuit zou gaan. Hij stemde ermee in om jou en de dokter niet wakker te maken als ik de brownies met hem zou delen. Dus ik heb ze niet allemaal opgegeten. Alleen maar de meeste.'

'Moet ik nog een lading maken?'

'Dat is misschien nog niet zo'n slecht idee,' antwoordde hij behoedzaam. 'Chocola helpt me denken.'

Ze maakte zich opnieuw van hem los, dit keer om glimlachend naar hem op te kijken. 'Helpt je denken, hè?'

'Inderdaad, ja. Ik zat aan de keukentafel alles op te schrijven wat in de boeken was bijgeschreven voor Alice werd gearresteerd. Dat was rond de tijd dat haar vader helemaal doordraaide en alles in het honderd liep. Ik heb het grootste deel van de boeken niet te zien gekregen. Whipple, de hoofdboekhouder, hield ze tamelijk goed opgeborgen. Maar een van de laatste dagen was ik op het hoofdkantoor om Sean, de IT-man, met een paar dingen te helpen en hij had een kopie.' Hij zweeg even en fronste zijn voorhoofd. 'Wacht even. Nu ik erover nadenk, hij had helemaal geen kopie mogen hebben. Ik denk dat ik dat toen ook besefte. De leiding zorgde ervoor dat er niets digitaal werd bewaard, in ieder geval niets wat online bereikbaar was. Iedereen hield zijn eigen verslagen bij, zodat als een van hen werd gepakt, de rest niets te vrezen had. Maar Sean beschikte over alles.'

'Maar nu is hij dood.' Want zij had op de vluchtauto geschoten, waardoor die was verongelukt. Twee van de drie inzittenden waren daarbij omgekomen en degene die het overleefd had was nutteloos.

'Dat was niet jouw fout,' zei Decker beslist. 'Ik weet wel dat jullie gezocht hebben, maar ik moet het toch vragen. Had hij iets bij zich? Dossiers of geheugensticks of iets dergelijks?'

'Helemaal niets en de technische recherche is met de stofkam door die auto gegaan. Er was niets in de auto of bij de inzittenden te vinden. Ook niet ín ze, trouwens. We hebben ze doorgelicht en zo, om er zeker van te zijn dat ze niets hadden ingeslikt. Kan Sean de ordners ergens hebben verstopt?'

'Misschien. Het ligt meer voor de hand dat hij ze op een server heeft gezet waar alleen hij van afwist. Zo achterbaks was hij wel. Iedereen dacht dat hij zo'n suffe nerd was die geen flauw idee had van wat er gaande was, terwijl hij in werkelijkheid van plan was de boel over te nemen. En dat was hem nog bijna gelukt ook.' Hij zweeg weer en ze bestudeerde zijn gezicht tot hij haar aankeek. 'Wat?'

'Ik vroeg me af waar je net was. Je begon helemaal glazig te kijken.'

'Ik zat in gedachten naar een beeldscherm te kijken. Ik gluurde af en toe over Seans schouder mee. Bij Joel Whipple ook. Ze schakelden altijd heel snel over naar iets onschuldigs, maar soms kon ik even goed kijken.'

'Volgens Zimmerman heb je een fotografisch geheugen.'

'Niet helemaal, maar ik kan me computerschermen en dingen op papier herinneren. Met gezichten is het een stuk minder.'

'Laten we naar Las Vegas gaan,' zei Kate luchtig.

'Natuurlijk. Ze heb je binnen twee seconden door. Er staat met grote letters "FBI" op je voorhoofd.'

'Goh, dank je.'

'Ben je ooit undercover geweest?'

'Nee,' gaf ze nors toe. 'Ander onderwerp graag.'

Hij grinnikte en slaakte toen een zucht. 'We moeten Seans dossiers vinden. Zelfs als er geen direct verband is met die kinderpornomaker, dan nog komen we te weten wie hun andere klanten en leveranciers waren.'

'Kunnen we dat dan niet ook in de boeken vinden?'

'Misschien, maar ik heb er alleen zo nu en dan een glimp van opgevangen. Hier en daar een pagina. Bovendien waren de namen in de boeken allemaal in code.'

'Ik ben goed in codes kraken.' Coderen was alleen maar wiskunde.

'Ik ook, maar ik geloof niet dat ik genoeg heb om mee te werken. Je mag het proberen als je daar zin in hebt, maar ik denk dat we beter af zijn met Seans dossiers.'

'Waar moeten we beginnen?'

'Ik zou zeggen bij Alice, want ze waren halfbroer en -zus, maar zij is dood. Sean was eigenlijk een eenzaat. Ik geloof dat hij wel om Alice gaf, maar hij ging niet echt met mensen om. Niet voor zover iemand wist, in ieder geval. Het leek alsof hij in het kantoor woonde.'

'En dat hebben we ook grondig doorzocht,' zei Kate. Ze hadden in alle hoeken en gaten gekeken.

'Dan zal ik er nog eens goed over nadenken.' Hij ging verder met haar haar te strelen. 'Ik vind het leuk als je het los hebt. Je haar, bedoel ik. Ik wist niet dat het zo lang was. Het komt tot halverwege je rug.'

'Ik doe het meestal in een vlecht, zodat het niet in de klit raakt terwijl ik slaap, maar ik denk dat ik in slaap ben gevallen voor ik daaraan toekwam.' Ze nestelde zich tegen hem aan, tevredener dan ze zich in lange tijd had gevoeld. Het was zo lang geleden dat iemand over haar haar had gestreken. 'Dat voelt lekker aan.'

'Mooi.' Zijn hand viel na een paar strelingen stil. 'Kate, waar droomde je over?'

Ze sloot haar ogen, haar tevredenheid verdween als sneeuw voor de zon. 'Jack.'

'Dat vermoedde ik al. Kwam dat doordat ik vanavond naar hem heb gevraagd?'

Hij klonk alsof hij zich schuldig voelde en dat kon ze niet hebben. 'Nee. Ik heb de droom de meeste nachten sinds hij... je weet wel.'

'Zichzelf ombracht.'

'Ja. Maar het was de laatste tijd wat minder geworden, tot ik hier kwam. Ik schoot die mannen in de vluchtauto neer en toen stak de nachtmerrie weer de kop op. Misschien dat die schoten de aanleiding hebben gevormd.'

Hij drukte een kus op haar slaap. 'Heb je er met iemand over gepraat?'

'Nee,' antwoordde ze, scherper dan haar bedoeling was geweest. 'Ben jij bij een psychiater geweest toen je Beth had verloren?'

'Nee,' zei hij, maar op vriendelijke toon, en ze voelde zich knap waardeloos.

'Het spijt me. Ik wil er gewoon niet over praten. Nooit. Met niemand.'

Hij haalde diep adem, waardoor zijn borst omhoogging, en haar hoofd deinde mee. 'Begrepen.'

'Decker, ik... Het is... Ik kan het niet.'

'Kate, ik zei dat ik het begreep,' zei hij vriendelijk.

'Ik geloof niet dat je het begrijpt. Het heeft niets met jou te maken.'

'Dat zeggen ze allemaal,' zei hij zuur.

'Maar het is zo. Als ik het een psychiater vertel, dan zou ik...' *Ik zou mijn baan kunnen kwijtraken. Ik zou in de gevangenis gegooid kunnen worden. En Decker zou niet naar me kijken zoals hij vandaag naar me heeft gekeken.* 'Het zou gewoon niet zo leuk zijn, dat is alles.'

'Kate, ik zei dat ik het begreep. Je hoeft het niet uit te leggen.'

Maar dat moest ze wel. Dat zou ze ook. Ooit. Als ze verdergingen. Ze was het aan hem verplicht om hem te laten beslissen of hij wel of niet kon leven met wat ze had gedaan. Jack had dat in ieder geval niet gekund. Maar ze zou het weer doen. Zonder erover na te denken.

Decker maakte een grommend geluid. 'Verdorie, mens, je denkt te luid. Slik door of spuug het uit, maar zit het niet helemaal dood te kauwen.'

Ze staarde naar hem op. 'Dat is smerig.'

Hij glimlachte zelfgenoegzaam. 'Maar je denkt niet meer aan wat je lag te denken.'

'Ik krijg koppijn van je, Decker.'

'Dan zal ik die wegmasseren.' Hij trok haar dichter tegen zich aan en masseerde met één hand haar achterhoofd. Ze begon zachtjes te kreunen. 'Hou op met dat gekreun, anders denkt de dokter nog dat we liggen te rotzooien en dan komt ze weer kijken.'

Ze lachte zachtjes. 'Jawel, meneer.'

'Dat is beter,' zei hij vrolijk. 'Stil nu. Probeer wat te slapen.'

Ze wreef met haar wang tegen zijn borst. 'Jij ook.'

'Niet in dat martelwerktuig. Ik slaap wel op de bank.'

'Of... je zou hier kunnen blijven,' bood ze voorzichtig aan.

Hij liet zich onmiddellijk omlaagglijden tot zijn hoofd op het kussen lag. 'Ik dacht dat je het nooit zou vragen.' Hij deed haar dekenburrito goed zodat ze kuis naast hem lag en sloot zijn ogen. 'Ga slapen. Niet hardop denken.'

'Jawel, meneer.' Ze liet haar hand onder zijn overhemd glijden, opnieuw een overhemd met knoopjes. Alleen had hij het niet dichtgeknoopt. Het hing open en ze kon elke ribbel en golving van de spieren voelen, waaronder een sixpack waar een vrouw alleen maar van kon dromen. Ze vermeed het verband dat zijn genezende wonden bedekte en liefkoosde zijn gladde borst, aaide hem en voelde instemmend gerommel haar handpalm kietelen. 'Decker? Het licht brandt nog.'

Met zijn ogen dicht voelde hij naar de schakelaar op de voet van de lamp op het nachtkastje. Een seconde later was de kamer gehuld in diepe duisternis. Het enige licht kwam van de rode gloed van de digitale wekker. Ze kwam voorzichtig overeind tot ze op haar elleboog steunde zodat ze hem kon bekijken. Het licht van de klok weerkaatste op het goud van zijn haar, dat een aardbeiachtige glans kreeg. Zijn gezicht was in schaduwen gehuld, maar ze kon toch nog zijn sterke kaaklijn zien, de scherpe jukbeenderen en de neus die net niet helemaal recht was – en bedekt was met een verrassende verzameling sproeten. Hij zag er ruig en tegelijk jongensachtig uit.

Haar blik ging naar zijn mond. Sterk en zacht. Zijn lippen hadden zacht aangevoeld. Ze kon er nog steeds niet bij dat ze hem zomaar had gezoend. Ze wist niet goed wat er over haar was gekomen.

Maar ze was blij dat ze het initiatief had genomen. Ze had het willen weten. Nu wist ze het.

Hij had haar met één enkele zoen van haar stuk gebracht. Net als Johnnie had gedaan. Kregen mensen werkelijk een tweede kans? Echt waar? Het leek te mooi om waar te zijn. *De tijd zal het leren, denk ik.* Voorlopig was ze van plan om te genieten van het vooruitzicht. Want Decker deed haar naar dingen verlangen waar ze al zo heel lang niet naar had verlangd. Dingen waarvan ze, nadat ze afscheid had genomen van Johnnie, had gedacht dat ze die nooit meer zou willen. Maar nu wilde ze wel.

Ze wilde zijn grote handen op haar huid voelen. Haar hele huid. En die enorme... *Heilige Maria.* Hij was zo verrekte hard geweest toen ze bij hem op schoot zat dat ze op moest staan om te voorkomen dat ze tegen hem aan zou gaan rijden om goed gebruik te maken van die stalen staaf.

Haar blik ging omlaag en haar adem stokte. Hij had de korte broek die hij had gedragen verwisseld voor een ruimvallende trainingsbroek. *Dank U, Heer.*

Want hij was opnieuw hard en de trainingsbroek kon dat niet verhullen. Dát was wat ze eerder in de keuken had gevoeld. *Dat is voor mij. Vanwege mij.* Haar gezicht werd warm en ze vertrok haar gezicht vanwege het kloppen van haar lip. Ze had erop zitten bijten terwijl ze keek.

Ze strekte haar vingers even voor ze haar hand weer tot een vuist balde. Hoe zou hij aanvoelen in haar hand? In haar mond? Haar lichaam? Ze huiverde bij de gedachte. Hij zou op sommige momenten zachtaardig zijn, maar hij zou ook ruw kunnen zijn. Hij zou hoe dan ook geweldig zijn. Dat wist ze gewoon.

Ze snakte even naar adem toen het onderwerp van haar fascinatie plotseling omhoogkwam en die beweging vergezeld deed gaan van een harde, sidderende zucht vlak bij haar oor.

Haar gezicht, dat toch al rood was, stond nu gewoon in brand. *Betrapt.* Ze liet haar blik langzaam langs zijn lichaam naar boven glijden en keek in blauwe ogen die... smeulden. Zonder een woord te zeggen schoof hij zijn vingers in haar haar en trok haar naar zich toe voor een zoen die zo heet was dat ze bang was dat ze zou ontploffen. Ze greep de achterkant van zijn hoofd en volgde zijn beweging toen hij haar haar gebruikte om haar hoofd zo te leggen dat haar lippen perfect op die van hem pasten. Hij likte aan haar lippen en ze deed ze zonder erover na te denken van elkaar. Hij likte in haar mond, proefde haar. Eiste haar op. En maakte haar zachtjes aan het jammeren.

Zo veel behoefte, allemaal opgekropt. *Die van mij. Die van hem. Ik kan dat krijgen. Ik zou al die energie uitsluitend op mij kunnen richten.* En dat wilde ze ook. Ze wilde het zo graag dat toen hij haar haar losliet om haar hand beet te pakken, ze daar niet over nadacht. Ze liet hem begaan. Liet hem zijn vingers in die van haar vlechten. Liet hem haar hand langs zijn lichaam omlaagleiden, naar die stalen bobbel die uit de zachte stof van zijn trainingsbroek leek te barsten.

Hij liet haar hand los op nauwelijks een centimeter van zijn erectie. Zijn heupen kwamen omhoog, maar hij liet de beslissing aan haar.

Zwaar ademend hief ze haar hoofd ver genoeg om zijn gezicht te kunnen zien. Zijn ogen waren stijf dichtgeknepen en zijn kaken stonden strak. Zijn lippen bewogen, maar er kwam geen geluid uit. *Alsjeblieft. Raak me aan.*

Hij had niet hoeven smeken. Ze bracht haar hand verder omlaag, sloot die om hem heen met alleen de dunne laag stof tussen haar hand en zijn kloppende erectie. Ze kneep onderzoekend en hij kromde zijn rug terwijl hij kreunde van genot.

'Mijn hemel, Kate.'

'Sst.' Ze kuste hem opnieuw om hem het zwijgen op te leggen. Het enige wat ze niet konden gebruiken was dat de bewaker zou komen kijken wat er aan de hand was. Of erger nog, Dani. *Dit staat waarschijnlijk niet op haar lijstje van herstelmethodes.* Maar daar zat Kate niet mee. Kon ze niet mee zitten. Want Decker draaide met zijn heupen en bewoog in haar hand terwijl hij diep in zijn keel gromde.

Hij was... *God.* Ze huiverde toen hij opnieuw begon te kreunen. Hij was beter dan ze had gedacht. Ze streelde hem stevig en wenste dat ze zijn huid kon voelen. Wenste dat ze dapperder was geweest. *Ik had in zijn broek moeten voelen.* Wat had ze dit gemist. Het gevoel van hete, fluweelzachte huid die over staal gleed.

'Ik ga... Mijn god, het is zo lang geleden. Ik ga niet.... Verdomme.' Hij vertrok zijn gezicht en knarste met zijn tanden. Probeerde te voorkomen dat hij te snel klaarkwam.

Verdomme, echode ze en ze liet hem lang genoeg los om de trainingsbroek over zijn heupen te trekken. Hij gromde omdat ze hem had losgelaten, maar de grom werd dieper toen ze zijn naakte huid aanraakte.

'Kate.' Hij kromde opnieuw zijn rug, plantte zijn ellebogen en hakken in de matras en stootte in een stevig, regelmatig ritme in haar vuist. Dat liet haar niets te raden over hoe het zou zijn als hij op dit moment in haar was. En hemel, wat wilde ze graag dat hij in haar was, want dat zou zo ontzettend lekker zijn.

Volgende keer, beloofde ze zichzelf, ook al gilde haar lichaam: *Nu!* Deze keer was voor hem, maar ze wilde hem meer geven dan alleen maar ontlading. Ze wilde dat hij zich dit moment nog een hele tijd zou herinneren. Wilde dat hij zich haar zou herinneren.

Ze liet zijn piemel los en legde haar hand plat op zijn maag. Ze voelde zijn spieren samentrekken. Zijn ogen vlogen open en zijn blik van woest verlangen werd zichtbaar. 'Nee,' hijgde hij. 'Niet ophouden.'

'Sst.' Ze drukte haar vlakke hand op zijn maag en boog zich voorover om hem te kussen en hem te bedaren. 'Rustig. Het is geen wedstrijd.' Ze kuste hem opnieuw, likte zich een weg in zijn mond, en hij slaakte een diepe kreun die ze tegen haar hand voelde trillen. 'Laat me voor je zorgen.'

Zijn slikken klonk luid in de stilte van de kamer. 'Je wordt mijn dood.'

Ze glimlachte tegen zijn lippen. 'Maar wat een manier om eruit te stappen.'

Hij lachte. Het geluid maakte haar dankbaar voor het feit dat ze nog in de deken gewikkeld was, want als ze vrij was geweest, had ze hem op dit moment besprongen. Hij haalde diep adem, waardoor zijn borst uitzette, en schopte zijn trainingsbroek uit zodat hij naakt was, op het opengeknoopte overhemd na.

Ze gunde zichzelf een ogenblik om te kijken, maar toen besefte ze dat het nooit genoeg zou zijn, want alleen al naar hem kijken maakte haar ademloos. Hij was werkelijk prachtig, van zijn brede, gladde borst tot zijn lange, lange benen die bij de knieën gebogen waren en uitnodigend gespreid. Hij had littekens op zijn borst, sommige nieuw, maar de meeste oud. Sommige waren recht, andere gerafeld. Zijn benen droegen ook de sporen van de oorlog, diagonaal over zijn dijbeen liep nog een streep. En dat waren nog maar de littekens die ze kon zien.

Hij had er nog meer, dat wist ze. Op zijn rug. In zijn hart. Maar hij was nog steeds prachtig. Vanbinnen en vanbuiten.

Hij slaakte een sidderende zucht. 'Geen wedstrijd,' herhaalde hij.

'Nee,' fluisterde ze. 'Laat mij maar.' Ze bleef hem aankijken en ging met haar hand over zijn borst, liet haar vingers omlaaggaan, ervoor zorgend dat ze zijn bandages vermeed. Met één vinger volgde ze het smalle spoor van haar dat over zijn buik liep, naar zijn kruis en over zijn volle lengte. Ze glimlachte toen hij een huivering niet kon onderdrukken.

'Laat me je verwennen,' zei ze en hij knikte. Hij had zijn ogen in opperste concentratie gesloten, zijn handen omklemden het laken en zijn mond ging open terwijl hij zijn adem onder controle probeerde te krijgen. Ze sloot haar hand opnieuw om hem heen en begon die op en neer te bewegen, eerst zacht en langzaam, toen snel en hard. Zo nu en dan streelde ze met haar duim het topje, dat al nat was van het vocht dat hij niet kon binnenhouden.

Hij huiverde heftig en kreunde nog een keer, zachtjes dit keer. 'Kate, alsjeblieft.'

Ze kuste hem opnieuw en hij liet het laken los om haar nek beet te pakken en haar tegen zich aan te trekken. Hij beantwoordde haar zoen met een botsing van tongen en tanden terwijl zijn heupen opnieuw stotende bewegingen begonnen te maken. Hij was dichtbij, maar ze was nog niet klaar. Ze moest het zo lang laten duren als ze maar kon, moest hem alle genot geven dat hij vier lange jaren had moeten missen.

Nou, nee, gaf ze toe. Niet álle genot. Dát zou betekenen dat ze haar benen over zijn heupen zou gooien, hem zou bestijgen en die enorme, verrukkelijke erectie diep in zich zou nemen om hem te berijden tot ze allebei uit elkaar spatten. En als ze de kans kreeg, zou ze hem zó weer bespringen. Maar vanavond niet. Ze wilde hem voor niets ter wereld pijn doen en ze had geen condooms. Dus er werd niet bereden. Niet uit elkaar gespat. Ze begon bijna te kreunen van verdriet, maar voor vanavond zou aanraken moeten volstaan. Naar de uitdrukking op zijn gezicht te oordelen was dat voor hem geen probleem.

Raak me aan. Hij had het bijna gesmeekt. Niemand had dat in zo'n lange tijd gedaan. Te lang. Haar had ook niemand aangeraakt en god, wat had ze dat gemist. Haar lichaam verkrampte, klopte, verlangde.

Meer. Ze had behoefte aan zo veel meer. Ze draaide met haar heupen, probeerde dichtbij genoeg te komen om tegen hem aan te wrijven, maar die verrekte deken zat in de weg. Met een vloek liet ze zijn piemel los om zijn hand los te maken van haar nek en die over haar borst uit te spreiden en hem hard tegen haar tepel aan te drukken. De deken bevond zich nog steeds tussen hen in, maar de druk voelde zo lekker. Zo ontzettend lekker. Ze hoorde zichzelf zachtjes jammeren toen de aanraking een schok tussen haar dijen veroorzaakte en–

Ze voelde het exacte moment waarop Decker zijn zelfbeheersing verloor. Hij gromde achter in zijn keel, draaide zijn hand zodat hij die van haar onder controle had en leidde hem naar zijn erectie. Hij vouwde haar vingers eromheen, greep haar bij haar nek en trok haar omlaag voor een zoen die grensde aan woest. Hij liet alle hartstocht die hij had opgekropt gaan.

Het was ruw, maar Kate hield wel van ruw en op dit moment had ze behoefte aan ruw. Ze beantwoordde zijn zoen, kneep haar vuist samen toen hij zijn heupen omhoogstootte om de ontlading die hij zocht tegen te houden. Hij liet haar nek los, greep de deken en trok die omlaag. Vervolgens plukte hij bijna wanhopig aan haar T-shirt tot hij bij de naakte huid van haar maag kwam. Hij spreidde even zijn hand voor hij hem omhoog liet glijden, haar borst omvatte en met zijn duim haar tepel beroerde.

O god. Meer. Meer. Meer. De smeekbede bonkte in haar hoofd, gelijk opgaand met het bonzen van haar hart. Haar hand ging harder, sneller. Hij maakte zich los uit hun zoen en gooide zijn hoofd achterover op het kussen.

Kijk. Ze maakte haar blik los van de hand om zijn piemel en liet die over de gespannen buikspieren gaan, naar zijn gezicht, scherp en dierlijk, terwijl zijn bevrijding door zijn lichaam denderde.

Kijk. Onthoud. Een diepe grom welde op uit zijn keel toen hij lang en hard klaarkwam.

Prachtig. Hij was zo verdomd mooi.

Hij zakte hijgend met zijn ogen nog steeds gesloten ineen. 'Mijn god,' wist hij uit te brengen. 'O mijn god, Kate.' Hij sidderde, huiverde en zijn lichaam schokte na. 'Dank je.'

Ze kuste hem, zachtjes dit keer, eerst op zijn lippen, toen op zijn slaap in een poging hem tot bedaren te brengen. 'Sst,' zei ze kalmerend. 'Laat mij voor je zorgen.'

Hij stootte een verstikte lach uit. 'Is dat niet wat je net hebt gedaan?'

'Mmm. Ja. En dat was... opmerkelijk. Je bent een prachtige man, Griffin Davenport.'

Hij vertrok opnieuw zijn gezicht, gegeneerd dit keer. 'Jij bent niet klaargekomen.'

'Dit keer niet.' Bijna. Ze was bijna klaargekomen door alleen maar naar hem te kijken. Ze wilde het nu wel dolgraag, maar ze had zijn genezende lichaam voor vanavond al zwaar genoeg op de proef gesteld. 'Dus nu sta je bij me in het krijt.'

Zijn tanden glommen in de duisternis toen hij haar een roofdierachtige grijns toewierp. 'Ik hou wel van zo'n soort schuld.'

'Zoiets vermoedde ik al.' Ze worstelde zich uit de deken en klauterde van het bed, maar hij greep haar, in aanmerking genomen dat hij net was klaargekomen voor drie, met verrassende kracht om haar middel. Hij dwong haar op de smalle strook matras tussen hem en de rand van het bed te gaan zitten.

'Niet weggaan,' fluisterde hij. 'Blijf, alsjeblieft.'

'Ik kom terug. Ik moet even iets halen om... je weet wel.' Ze gebaarde met haar hand in de richting van zijn borst, die glom van zijn sperma.

Hij keek haar meesmuilend aan. 'Ik dacht dat je niet preuts was.'

Ze stak haar kin omhoog. 'Dat ben ik ook niet. Ik heb je toch lekker afgetrokken, of niet soms?'

Hij grinnikte opnieuw, langzaam en sexy. 'Daar moet ik beslist bevestigend op antwoorden.'

Ze knikte even. 'Oké dan. Blijf liggen. Ik ben zo terug.'

Haar slaapkamer had een eigen badkamer, dus ze liep in ieder geval niet het risico dat ze Dani of de bewaker tegen het lijf zou lopen. Want ze zou absoluut niet in staat zijn geweest om die brede grijns van haar gezicht te vegen.

Maar ze had het mis. De grijns verdween toen ze een washandje onder de warme waterstraal hield. De laatste keer dat ze dit had gedaan was bij Johnnie, maar een paar maanden voor zijn dood. Hij was te zwak geweest om met haar te vrijen, dus had ze zo goed als ze kon met hem gevreeën.

Ze keek in de spiegel en wilde zuchten. Ze zag er... moe uit. *Want ik ben ook moe.* Maar er was meer in de spiegel te zien dan een vermoeide vrouw, en dat beetje extra deed haar voorover buigen. Ze bestudeerde haar spiegelbeeld en zag in haar ogen iets gloeien.

Het was al drie lange jaren geleden dat ze vuur had voelen gloeien. Tot vanavond. Tot de man die nu op haar lag te wachten in het bed dat ze in ieder geval deze nacht zouden delen. Ze wrong het washandje uit boven de wastafel en hoopte dat dit langer zou duren dan één nacht. Ze had haar eigen vuur gemist.

Deckers ogen waren gesloten, maar toen ze zijn buik begon te wassen schoten ze open. Hij had niet liggen slapen. Hij was eerlijk gezegd heel erg wakker en zijn ogen stonden scherp. 'Mijn schuld begint rente te vergaren,' zei hij zacht en er liep een rilling over haar rug.

'In een angstaanjagend tempo.' Ze maakte haar karwei af en gooide het washandje in een mand. 'Je zou me moeten aanklagen wegens woekeren,' zei ze luchtig, maar het klonk geforceerd. Want hij was er weer klaar voor. Heel erg klaar. Ze slikte moeizaam. Ze wilde het, wilde hém, maar niet vanavond.

Ze draaide zich om om zijn trainingsbroek te zoeken, maar hij greep haar bij haar T-shirt en hield haar tegen. 'Wat wil jij, Kate?' vroeg hij met een zware stem die haar van binnenuit deed smelten.

Ze probeerde te glimlachen. 'Niet iets wat we vanavond kunnen doen. We gaan je hechtingen er niet aan wagen.'

Hij verstevigde zijn greep toen ze zich probeerde los te maken. Hij pakte meer van haar shirt vast en trok haar naar zich toe. Hij draaide zich op zijn zij en steunde op een elleboog zodat zijn gezicht zich op gelijke hoogte bevond met wat een heel echte, absoluut zichtbare natte plek in haar korte broek was geworden. Hij keek haar aan en toen, terwijl hun blikken elkaar gevangen hielden, haalde hij diep adem, waarmee duidelijk werd dat hij haar opwinding kon ruiken.

O, god. Ze kreeg slappe knieën.

'Wat wil jij, Kate?' fluisterde hij.

Haar wangen werden warm. Mmm, alles aan haar werd warm. Haar ogen schoten naar zijn erectie. 'Jou,' zei ze eerlijk. 'Ik wil jou. In me. Maar ik wil je geen pijn doen. Ik kan wachten.'

'Ik niet.' Hij trok hard aan haar shirt en ving haar op toen ze over hem heen viel. Hij tilde haar met gemak op en draaide haar zo dat ze schrijlings op zijn borst zat, waarna hij de zoom van haar shirt pakte. 'Als je dit niet wilt, moet je het nu zeggen.'

Zijn blauwe ogen waren heet en doordringend, zijn lippen waren nog steeds gezwollen van hun zoenen. En Kate verlangde nog steeds. Ze trok zijn handen van haar shirt weg en legde ze op haar dijen. Daarna deed ze zelf haar shirt uit.

Hij staarde met hongerige ogen naar haar op terwijl zijn vingers haar dijen kneedden. Hij ademde weer zwaar en zijn borst ging op en neer. Zijn vingers knepen nog één keer alvorens omhoog te kruipen en zich om haar borsten te sluiten.

Ze deed haar ogen dicht en genoot terwijl hij liefkoosde en plaagde, haar tepels tussen duim en wijsvinger liet rollen. Ze snakte naar adem toen hij zachtjes kneep. 'Vind je dat lekker?' fluisterde hij en ze knikte, niet in staat een woord uit te brengen omdat haar keel werd dichtgesnoerd.

Het was zo heerlijk dat ze wel kon huilen.

Het was zo lang geleden dat iemand haar had aangeraakt. Alsof ze mooi was en van levensbelang en noodzakelijk. De warmte van zijn handen verliet haar borsten en gleed naar haar rug. Hij drukte haar naar voren. Ze liet zich vallen, greep de rand van het kussen en snakte opnieuw naar adem toen het puntje van zijn tong een harde tepel aanraakte en die zijn mond binnenzoog.

Hij liet haar lang genoeg los om het haar uit de weg te strijken zodat hij haar gezicht kon zien. 'Doe je ogen open, Kate. Kijk naar me.'

Ze deed haar ogen open terwijl hij langzaam zijn lippen over haar tepel sloot. Ze zag onscherp, tot ze met haar ogen knipperde. Hij ging met zijn duimen over haar wangen en veegde die droog. 'Wat is dat? Waarom die tranen?'

'Het is... het is zo lang geleden. Het is overweldigend. Maar niet ophouden, hoor.'

Hij glimlachte vol begrip. 'Hou je ogen dan open.' Hij zoog haar opnieuw naar binnen, hard, en ging met zo veel kracht met zijn tong over haar tepel dat ze sidderde. Daarna deed hij hetzelfde bij haar andere borst. Zijn handen gingen weer naar haar dijen en bewogen naar boven en naar beneden, elke keer een stukje hoger, streken onder de zoom van haar korte broek, raakten het elastiek van haar slip, maar kwamen nooit op de plek waar ze hem werkelijk wilde.

Tegen de tijd dat hij zijn hoofd op het kussen liet vallen zat ze te beven, zo sterk verlangde ze naar hem. Haar wangen waren nat, maar haar slip was natter.

Hij bleef haar de hele tijd aankijken en toen hij opnieuw glimlachte, leek hij een jagende wolf met blauwe ogen. Op een bepaald moment was ze haar heupen gaan bewegen in een poging iets van de druk tussen haar benen weg te nemen, maar ze kon de juiste hoek niet vinden. Hij greep haar achterste en hield haar stil, waardoor ze uit frustratie begon te jammeren.

'Nu wil ik je proeven,' zei hij en ze huiverde hevig, terwijl haar lichaam onwillekeurig schokte. 'Maak je geen zorgen. Ik zal je niet in deze toestand laten. Oké?' Ze knikte onzeker. 'Mooi,' mompelde hij geruststellend. 'Leun nu achterover. Ik laat je echt niet vallen.'

Ze leunde achterover en merkte dat hij zijn knieën had opgetrokken, zodat zijn lichaam een stoel was geworden.

'Omhoog,' beval hij zachtjes en ze gehoorzaamde. Ze snakte even naar adem toen hij haar korte broek en haar slip tot op haar knieën trok. Hij boog een van haar benen, toen het andere, en trok beide broekjes uit zodat ze helemaal naakt was... en zo verdomde geil. Ze stak een hand naar achteren in de wetenschap dat hij weer helemaal stijf was, maar hij pakte, nog steeds zachtaardig, haar pols. 'Blijf van me af. Anders sta ik niet voor mezelf in.' Hij trok een wenkbrauw op. 'En als er hechtingen losraken, mag jij dat aan Dani uitleggen.'

Ze bloosde en hij grinnikte. Toen werd hij weer ernstig en liet zijn blik langzaam en grondig over haar lichaam gaan. Zijn adamsappel ging op en neer terwijl hij probeerde te slikken. 'Je bent perfect.'

Ze wilde het ontkennen, maar hield zich in. Hij was in haar ogen ook perfect, littekens of niet. Hem hetzelfde ontzeggen zou het moment tenietdoen. Voor hen allebei. 'Dank je.'

Zijn handen baanden zich brandend een weg langs de binnenkant van haar dijen en bleven liggen op een paar millimeter van wat hun doel moest zijn. Ze siste een waarschuwing en hij grinnikte opnieuw, boosaardig dit keer.

Hij omklemde haar billen, tilde haar op en trok haar naar de bovenkant van zijn borst, waar hij haar dijen over zijn schouders legde en haar naar voren boog zodat ze schrijlings op zijn gezicht zat. En toen ontlokte hij haar een gesmoorde kreet omdat hij haar éíndelijk aanraakte.

Hemel. Hij raakte haar aan. Likte haar. Proefde haar. Maakte haar helemaal gek. Ze greep zijn haar beet en trok hem dichter naar zich toe.

Hij maakte zich los. Zijn ogen brandden en zijn lippen glommen. 'Ik wil je zo ontzettend graag neuken,' fluisterde hij hees. 'Volgende keer, Kate. Oké? We zorgen voor condooms en... De volgende keer. Oké?'

Ze knikte ademloos. 'Ja.' Haar stem brak en het kon haar niets schelen. 'Prima. Alleen... niet ophouden. Alsjeblíéft.'

'Jawel, mevrouw.'

Ze boog haar hoofd achterover en liet haar ogen dichtvallen en... vóélde. Ze voelde zich mooi en begeerlijk en seksueel. *Eindelijk.* Na zo'n lange tijd vóélde ze weer.

Hij leek te beseffen waar ze behoefte aan had en gaf haar dat ook. En hij gaf en gaf en gaf nog wat meer. Hij zoog en likte, deed haar met zijn vingers uit elkaar zodat hij nog dichterbij kon komen. Hij stak haar met zijn tong en deed zijn handen omhoog en liefkoosde haar borsten en ze was er zo dichtbij. Zo dichtbij.

En toen coördineerde hij zijn aanval, beet haar zachtjes terwijl hij in haar tepels kneep en ze tuimelde over de rand en belandde in een vrije val. Ze vloog, gewichtloos, omgeven door licht, het genot bijna te groot om te kunnen inhouden. En toen wás het te groot. Het was te veel. Ze stortte in de zee, waar een enorme golf haar ondertrok en al het licht verduisterde.

En toen lag ze in zijn armen te beven. Te huilen. Ze klampte zich aan hem vast alsof hij een reddingsboei was.

'Sst.' Hij wiegde haar, troostte haar, streelde haar haar. 'Het is goed. Het is goed.'

Ze haalde huiverend adem en veegde over haar natte gezicht. 'Mijn god. O mijn god. Wat was dat?'

'Doorgebroken dam,' zei hij droog. 'Doodsbange bevolking. Een op hol geslagen kudde gnoes zelfs.' Hij drukte een kus op haar hoofd. 'Ook wel bekend als een orgasme dat veel te lang op zich had laten wachten.'

'Jezus,' fluisterde ze. 'Het eerste deel was ongelooflijk. Maar daarna...'

'Het was te veel,' zei hij zacht. 'Ik denk dat we ervoor moeten zorgen dat het niet te lang duurt voor je weer een orgasme krijgt. We zouden niet willen dat je alles weer zo opkropt.'

Haar mondhoeken gingen omhoog. 'Wat ben je toch onbaatzuchtig.'

'Niet dan?' Hij geeuwde zo hard dat zijn kaakgewricht kraakte en liet zich toen uit bed glijden. 'Ik ben zo terug. Ik moet me even gaan wassen. Je was niet de enige die daarnet klaarkwam,' voegde hij er met een zelfverzekerde glimlach aan toe. 'Als je een bons hoort, moet je komen om me overeind te helpen. Zo niet, blijf dan gewoon hier.'

Ze hoorde de douche stromen en overwoog even zich bij hem te voegen, maar besloot dat niet te doen toen haar lichaam weigerde in beweging te komen. Ze was bijna in slaap gevallen, boven op de deken en spiernaakt, toen hij terugkwam, haar voorzichtig optilde en onder de deken legde.

'Slaap je bij me?' vroeg ze slaperig.

'Absoluut,' antwoordde hij zacht. Hij stapte naast haar in bed en kroop tegen haar aan.

15

Cincinnati, Ohio, vrijdag 14 augustus, 06.15 uur

Mallory liep stommelend de trap af naar de keuken om koffie te zetten voor ze aan haar ochtendritueel met Roxy begon. Ze had de afgelopen nacht niet best geslapen.

Ze kon het geluid van JJ's gillen niet uit haar hoofd krijgen. Hij had haar bijna drie uur lang gemarteld. Mallory vermoedde dat hij dat voor een deel had gedaan om Mallory duidelijk te maken dat hij het kon en zou doen ook. Hij was intiem geweest met JJ. Ze had hem informatie verstrekt over zijn drugsklanten die op de spoedeisende hulp waren terechtgekomen nadat ze een overdosis hadden genomen. JJ had ervoor gezorgd dat die klanten het niet zouden overleven zodat ze niet zouden kunnen vertellen wie hun de drugs had verkocht.

JJ was nuttig geweest.

Mallory had geen flauw idee hoeveel mensen JJ voor hem had vermoord. Maar op het laatst was hij dat allemaal vergeten, als je tenminste afging op hoe die vrouw had gegild.

En gegild en gegild. Uiteindelijk was ze buiten bewustzijn geraakt of hij had gekregen wat hij hebben wilde en een eind aan haar gemaakt, want het gegil was rond een uur of drie verstomd.

Het was een waarschuwing geweest. *Als je me kwaad maakt, kan dit ook met jou gebeuren.* Mallory schepte met trillende handen koffie in het filter en zette het apparaat aan. Kon hij op de hoogte zijn van wat ze van plan was? Hoe zou hij dat kunnen weten?

Zou het haar tegenhouden als hij het wist?

Ze liet haar hoofd hangen en haar schouders bogen naar voren toen ze diep ademhaalde. Mallory was door een hel gegaan, maar de vreselijke pijn die hij JJ urenlang had laten ondergaan? Ze wist niet of ze dat zou kunnen verdragen.

Ze stuurde een stil gebed naar boven. *Geef me moed.*

Al had bidden JJ de avond ervoor ook niet geholpen. Net zomin als smeken.

Mallory rechtte vastberaden haar rug en draaide zich om om een koffiemok uit de kast te pakken. Dat was het moment dat ze ze zag staan, op een rijtje bij de achterdeur.

Drie koffers. Harde, plastic koffers. Zwart. Een grote, een kleine en een ertussenin. Ze had ze nooit eerder gezien, maar ze wist instinctief wat het betekende. Ze beet op haar tanden terwijl ze probeerde de geluiden te vergeten die hadden geklonken toen JJ eenmaal stil was.

Een elektrische zaag. Met een hoge, jankende toon. Ze had zichzelf proberen wijs te maken dat het geen zaag was. Dat het een stofzuiger was of een tapijtreiniger of iets anders, maar ze had geweten wat het werkelijk was.

'Nee.' Het was een jammerkreet en hij was uit haar mond gekomen. Want ze wist dat ze stond te kijken naar wat er over was van JJ. Het was weer een waarschuwing.

Met knikkende knieën wankelde ze naar de vuilnisbak en bereikte die net op tijd voor ze moest overgeven. *Als je me kwaad maakt, kan dit ook met jou gebeuren.* 'God, o god.'

Ze klampte zich vast aan de rand van de vuilnisbak, hees zich overeind en liep naar de gootsteen, waar ze haar mond spoelde en haar gezicht natmaakte. Toen zag ze het briefje dat op het raam geplakt zat dat uitkeek op de achtertuin. Gemaakt op een printer. Hij schreef zelden briefjes met de hand. Voor het geval dat, zei hij altijd met een lach die helemaal niet vrolijk was. *Kwaadaardig.* Het was een kwaadaardig lachje.

En nu wilde hij dat Mallory ook kwaadaardig handelde. *Opnieuw.* Haar handen beefden zo erg dat ze tot twee keer toe een poging moest doen om het briefje te pakken. Toen het haar eindelijk was gelukt, legde ze het briefje op tafel en liet zich op een stoel zakken om het te lezen. Ze probeerde niet naar de koffers te kijken.

Goedemorgen, Mallory!;-) Ik hoop dat je goed geslapen hebt, schat. Je moet vanochtend een boodschap voor me doen, dus doe die zo snel mogelijk. Neem de drie koffers bij de deur, leg ze in de kofferbak van je auto (die bekleed is met plastic, voor het geval dat) en breng ze naar het parkeerterrein van het motel bij de snelweg. Dat ene met die ordinaire gorilla op het dak. Je weet vast wel welke ik bedoel. Zoek een blauwe Honda Civic en gebruik de sleutel die aan het handvat van de kleine koffer is vastgemaakt om de kofferbak ervan open te doen. Breng de inhoud van jouw kofferbak over naar die van de Honda en doe daarna het deksel stevig dicht. Laat de sleutel in het contactslot van de Honda achter. Laat alle deuren van het slot en het raampje aan de kant van de bestuurder open. Ga daarna weer naar huis.

Later, als je naar de supermarkt gaat voor slagroom, moet je ook de volgende dingen halen: hotdogs, hamburgers, broodjes, grote uien – zodat je die uienringen kunt maken waar je zo goed in bent – diepvriesfriet, ijs en alle sauzen. Je weet wat je moet doen. O, en koop ook een doos popcorn voor in de magnetron – mijn gasten en ik gaan morgen film kijken.

xxx

Mallory moest slikken toen haar blik op de onderkant van de pagina viel. De printer had het zwart-witbeeld afgedrukt van een kind, opzettelijk onscherp gemaakt zodat niemand het gezicht kon herkennen. Niemand, behalve de zus die nog steeds van haar hield. Met dichtgesnoerde keel ging Mallory met een trillende vinger over de foto van Macy. Haar kleine zusje was negen. Al gauw oud genoeg.

Veel te gauw. En zijn gasten... Dat moesten de kinderen zijn die de vorige zaterdag hier waren geweest. Hij liet ze al films zien. Dat zou hij eigenlijk pas over een paar weken moeten doen. Deze groep ging sneller door zijn trainingsprogramma dan bij vorige het geval was geweest.

Al die anderen. Ik mag dat niet laten gebeuren. Niet weer. Maar...

Ze sloeg haar handen voor haar oren zodat ze JJ's gillen niet meer zou horen, maar tevergeefs. Ze zaten in haar hoofd. Voor altijd. *Ik kan het niet. Ik kan het niet. Ik kan het niet.*

Ze zou sterven. Ze zou net zo eindigen als JJ. Ingepakt in koffers en achtergelaten om in de zon te rotten.

Maar alleen als je wordt betrapt. Dus laat je niet betrappen.

Ze keek opnieuw naar de lijst met spullen die ze bij de supermarkt moest kopen. Ze staarde naar de onscherpe foto en ze wist dat ze die kinderen niet de volgende Sunshine Suzies kon laten worden. Ze wist dat ze Macy moest beschermen. Ook als dat betekende dat ze zou eindigen in een set goedkope harde koffers.

Dus laat je niet betrappen.

Vrijdag 14 augustus, 07.05 uur

Kate liep op een holletje over het veld, dat nog nat was van de regen van de nacht ervoor. Die zou waarschijnlijk een heleboel bruikbaar bewijsmateriaal hebben weggespoeld. Ze voegde zich bij de twee mannen die al ter plaatse waren en samen gehurkt naast een lichaam zaten dat tegen een auto leunde. Hun hoofden waren vlak bij elkaar, twee neven, de een donker, de ander helderwit. Allebei heel erg knap.

Maar de enige aan wie ze kon denken was de gouden man die ze in haar geleende bed had achtergelaten. Decker was even wakker geworden toen haar telefoon overging en haar naar de plaats delict riep, maar ze had hem een kus gegeven, hem toegedekt en gezegd dat hij weer moest gaan slapen. Dat hij had gehoorzaamd was bewijs dat hij zich de avond ervoor sterk had uitgeput.

Maar mensen, wat was ze blij dat hij dat had gedaan. De aanblik van hem op zijn hoogtepunt van genot was een beeld dat haar voor altijd zou bijblijven, zelfs als ze nooit meer een gestolen moment zouden meemaken. Maar ze hoopte beslist dat dat wel het geval zou zijn. De gedachte alleen al aan al die energie – en dat prachtige lijf – deed haar huiveren. En zin krijgen. Mijn hemel, wat kreeg ze zin.

Maar zaken gingen voor het meisje – of jongen, in dit geval – vooral omdat de man die verantwoordelijk was voor dit tafereel Decker bijna had vermoord en het zeer waarschijnlijk niet zou opgeven. Ze bleef naast de twee mannen staan, die het lichaam van een blanke vrouw van voor in de veertig aan een visueel onderzoek onderwierpen. 'Eileen Wilkins?' vroeg ze.

Deacon keek vanuit zijn gehurkte positie naast het lichaam op, knikte kort en kneep ongemakkelijk zijn ogen samen. Hij had zijn zonnebril niet op en de zon begon net boven de horizon uit te komen. Kate ging ook op haar hurken zitten zodat ze op gelijke hoogte waren en werd beloond met een korte, waarderende glimlach.

'In eigen persoon,' zei Adam Kimble grimmig. Hij wees met zijn duim over zijn schouder naar de auto. 'En haar speeltje Roy.'

'O, shit,' mompelde ze. 'Roy ook?'

'Roy eerst,' zei Deacon.

Kate kwam overeind om door het geopende portierraam in de auto te kunnen kijken. De stoel was helemaal achterover gezet, zodat het leek of het slachtoffer sliep. Hij was een reus van een man, nog breder en gespierder dan Decker. Hij moest zeker ergens tussen de honderd en honderdtien kilo wegen.

Steroïden, klopt, dacht ze. Zijn gezicht was nog steeds vertrokken in een grimas, maar zijn brede schouders waren ontspannen. 'Hij is al een tijdje dood.'

'Volgens mij minstens achttien uur,' zei Deacon. 'De rigor mortis wordt al minder. Zijn vingers zijn nog steeds stijf, maar de arm- en beenspieren zijn alweer soepel.'

De grote spieren verstijfden als eerste, maar ontspanden ook weer als eerste nadat rigor mortis volledig was ingetreden. Ze ging opnieuw op haar hurken zitten om Eileen te bekijken. De vrouw had een kogelwond in een arm en nog een in haar keel. Ze droeg een kogelwerend vest en een kevlarhelm. 'Ze is nog zo stijf als een plank,' merkte Kate op.

Adam knikte. 'Dus twaalf tot vijftien uur, misschien?'

Kate maakte het rekensommetje in haar hoofd. 'Die aanslag op Decker was rond het middaguur. Roy moet toen al dood zijn geweest.'

'Was dat dan wat Eileen gedwongen heeft Davenport te drogeren?' vroeg Deacon met een frons op zijn voorhoofd.

'Ik weet het niet.' Kate beet nadenkend op haar onderlip. 'Volgens de hulpverpleegster die ik heb gesproken was Eileen echt niet meer zo dol op Roy. Ik kreeg de indruk dat het een zegen zou zijn als ze van hem af was en dat ze haar carrière niet op het spel zou zetten om dat te voorkomen. Dus vraag ik me af waarom ze hier überhaupt was. Als ze om hem gaf, dan kan ik begrijpen dat ze hier kwam om te zien wat er aan de hand was als ze te horen had gekregen dat hij hier was. Maar ze gaf niet om hem.'

'Ze verwachtte zeker problemen.' Deacon wees naar de helm en het vest. 'Maar toch kwam ze.'

'Misschien was er iets anders wat ze graag genoeg wilde om haar leven voor op het spel te zetten?' veronderstelde Kate.

'Ik betwijfel of we dat zullen vinden, wat het ook mag zijn,' zei Adam. 'Ze is hierheen gelokt met de belofte van iets, maar ik betwijfel of hij het hier heeft achtergelaten.'

‘Verdomme,’ mopperde Kate. ‘Ik heb hier nog niet genoeg koffie voor gedronken. Hoe hebben jullie dit gevonden?’

‘In de auto van Roy zat een opsporingssysteem voor het geval hij werd gestolen,’ zei Adam. ‘Ik heb gisteren een opsporingsverzoek voor Eileens auto gedaan, maar ik heb niet aan die van Roy gedacht, tot ik vanochtend met een paar van zijn vrienden in de sportschool sprak.’

Kate’s wenkbrauwen gingen omhoog. ‘Hoe laat was jij vanochtend bij Roy’s sportschool?’

‘Om een uur of vijf.’

Deacon bekeek zijn neef met een bezorgde blik. ‘Heb je eigenlijk wel geslapen?’

‘Ja,’ zei Adam kortaf. ‘Hou op,’ voegde hij eraan toe toen Deacon de indruk wekte dat hij wilde aandringen. ‘Ik stort niet weer voor je ogen in, oké? Ik kan het aan.’

Deacon fronste zijn voorhoofd alsof hij meer wilde zeggen, maar hij knikte toch. ‘Oké. Wat hebben Roy’s maatjes je verteld?’

‘Dat zijn auto zijn dierbaarste bezit was. En dat hij meer dan genoeg seks had. Eileen was alleen maar zijn boterham. Zijn maten maakten zich zorgen om hem. Ze waren bang dat ze hem iets had aangedaan. De man die vanochtend de balie bemande heeft gebeld met de man die gisteravond dienst had om te vragen of Roy zijn neus had laten zien, maar dat was niet zo. Blijkbaar was zijn auto zijn god en de sportschool zijn kerk.’

‘Dat zíj hém iets had aangedaan?’ Kate schudde haar hoofd. ‘Hij is twee keer zo groot als zij.’

‘Maar “hij moest ook wel eens slapen”, zeiden zijn vrienden.’ Adam haalde zijn schouders op. ‘En dat ze hem voorzag van opiaten.’

‘Dat is wat ze gebruikte om Decker te drogeren,’ wist Kate. ‘Heb je daar iets van bij haar thuis gevonden?’

‘O, zeker. Een heleboel naalden ook.’ Adam keek kwaad. ‘Ook in de kamer van haar kind. Hij pikte van haar voorraad en van die van Roy. Eileen had een stuk of tien ampullen, sommige bijna vol, andere met maar een paar druppels erin.’ Hij haalde zijn mobieltje tevoorschijn en bladerde door zijn foto’s. ‘Hier.’ Hij liet Kate en Deacon een foto zien van een ampul met op het etiket DILAUDID. ‘Ik heb alles doorgegeven aan het lab. Ze controleren of dat hetzelfde spul is dat gisteren in Davenports infuus is gestopt. Dit spul is sterk. Vier keer sterker dan morfine. Davenport heeft geluk gehad dat je op het juiste moment binnenkwam.'

Kate haalde diep adem. Ze wilde niet aan het alternatief denken. *Shit.*

'Hij is ongedeerd,' zei Deacon zacht, haar troostend zoals hij altijd deed als dat nodig was. 'Toch?'

Haar mondhoeken gingen omhoog voor ze er erg in had en Deacon keek haar vol ongeloof aan. 'Je maakt toch zeker een geintje, Kate. Echt?'

Adam snoof. 'Alsof jij niet meteen tot over je oren verliefd was op Faith toen je haar zag.'

Kate kneep haar lippen op elkaar om haar lachen in te houden. 'O, jee, Adam. Hij staat te blozen.'

'O, dat is nog niets,' zei Adam. 'Ik heb verhalen die ik –'

'Laten we ons bij Eileen en Roy houden, oké?' onderbrak Deacon hem nors.

De drie werden weer ernstig. 'Oké.' Kate knikte. 'Dus Roy is hier als eerste. Hierheen gelokt door die figuur de Professor, nemen we aan. Heb je het memo daarover gelezen? Zimmerman heeft dat laten uitgaan nadat we in het mortuarium waren.'

Beide mannen knikten. 'De Professor verkocht coke aan Sidney Siler,' wist Deacon. 'En blijkbaar ook steroïden aan Roy. Die spionnenpen van Sidney vinden was goed werk, tussen twee haakjes. We weten nu in ieder geval waarom ze is gedood.'

'Ook al betekent dat dat we niets van Alice hebben waar we mee verder kunnen,' zei Adam somber. 'Ik haat het als de slechteriken niet alles netjes zwart op wit zetten.'

Hij klonk zo verongelijkt dat Kate bijna moest glimlachen. 'Decker had over de Professor gehoord,' zei ze. 'Soms leverde hij rechtstreeks aan gebruikers en soms aan andere dealers, zoals Alice en haar vader. Alice en haar vader mochten hem niet, omdat hij hun winst aantastte wanneer hij rechtstreeks dealde.'

'Waarom pikten ze dat?' vroeg Kimble. 'Ze hebben een heleboel mensen omgebracht voor veel minder.'

'Decker zei dat dat kwam omdat het spul van de Professor zo goed was dat er specifiek om gevraagd werd. Als ze hem zouden vermoorden, dan zouden ze een belangrijke bron kwijtraken. Ik neem ook aan dat ze dat van hem pikten omdat ze hem niet konden vinden om te vermoorden,' voegde ze er droog aan toe. 'Vanwege die vermomming.'

'Wat betekent dat hij voor ons nog moeilijker te vinden wordt,' verzuchtte Deacon. 'Vooral hij nu weet dat we de puzzelstukjes in elkaar aan het passen zijn.'

'Volgens Sidney's flatgenote duikt hij van tijd tot tijd onder. Soms gaan er maanden voorbij zonder dat hij iets verkoopt.'

'Dat kan betekenen dat hij zijn drugsgeld verstandig investeert,' merkte Adam op, 'of hij heeft nog een andere bron van inkomsten.'

Kate dacht daar even over na. 'Dat is heel goed mogelijk. Dat past in onze leraar-of-scheikundige-theorie. Hij moet ergens het pad hebben gekruist met McCord, want ze zijn partners geworden. We moeten uitzoeken wanneer dat is geweest.' Ze stond op en bestudeerde de dode Roy. 'Hij is enorm.'

'Een gorilla,' beaamde Adam terwijl hij kreunend overeind kwam. 'Dat moet een olifantendosis zijn geweest om hem onderuit te krijgen.'

'Precies wat ik dacht.' Kate pakte haar zaklamp. 'Carrie Washington zal het kunnen bevestigen, maar ik vermoed dat hij hier op deze stoel is overleden. Ik zou hem niet graag hierheen slepen als hij al dood was.' Ze boog zich door het open raampje naar binnen en scheen haar licht op Roy's neusgaten, waar ze de schittering van een paar kristallen zag die in zijn neus waren achtergebleven. 'Hij heeft hier vlak voor hij doodging iets gesnoven. Net als Sidney. Ik vraag me af of die Professor hem cyaankali of ricine heeft gegeven, net als bij Sidney en Alice. Of...' Ze scheen het licht op zijn naakte armen. 'Ja hoor. Daar heb je het al.' Ze trok zich terug uit het raam en gaf haar zaklamp aan Deacon. 'Kijk eens naar zijn arm, vlak boven de vouw van zijn elleboog. Zie je dat pikje?'

Deacon wierp haar over zijn schouder een spottende blik toe. 'Ik dacht dat ik naar zijn arm moest kijken.'

Kate sloeg haar ogen ten hemel. 'Waarom miste ik je ook alweer?'

Deacon grijnsde even. 'Omdat ik geweldig ben,' zei hij zelfingenomen en hij gaf de zaklamp aan Adam. 'Dat geldt ook voor jou, Kate. Hij heeft een injectie gekregen toen hij stierf. Het bloed is vastgekoekt rond het wondje van de naald.'

Kate glimlachte vanwege het compliment. Ze had hem echt gemist. 'Carrie zal zijn bloed moeten testen, maar ik denk... Het zouden zijn steroïden kunnen zijn, maar waarom zou je hem daarmee injecteren? Een overdosis steroïden zou hem niet zomaar doden. Dus er is vermoedelijk iets anders bij ingespoten. Iets sterkers. Dilaudid, misschien – hetzelfde waarmee ze Decker hebben proberen te vermoorden. En we weten dat Eileen dilaudid achteroverdrukte. Stel dat de Professor dat ook wist. Stel dat hij dat heeft gebruikt om haar hierheen te lokken.'

'Ampullen van dezelfde drugs die zij stal?' vroeg Adam. 'Mogelijk.'

'De serienummers zouden overeen moeten komen met de gegevens van het ziekenhuis,' zei Kate. Ze wist het nu zeker. 'Dat zou voldoende zijn om haar hierheen te krijgen – en het zou verklaren waarom ze verwachtte dat er op haar zou worden geschoten.'

Deacon was weer op zijn hurken gaan zitten en klopte lichtjes op de zakken van Eileens kogelwerende vest. 'Hebbes. In deze zak zitten ampullen. Twee stuks, zo te voelen.' Hij deed de flap van de zak omhoog en trok het klittenband los.

'Voorzichtig,' waarschuwde Adam. 'Carrie doet je wat als je het lichaam verstoort.'

'Weet ik, weet ik,' mompelde Deacon. Hij haalde met de vaardigheid van een professionele zakkenroller een ampul uit de zak. 'Jawel. Dilaudid. Eileen is gekomen om de ampullen terug te krijgen, zodat ze niet in verband kon worden gebracht met de dood van Roy, niet om hem te helpen of zo. Kil.'

'Zo te zien was het geen heel innig stel.' Kate liep langzaam en behoedzaam om Roy's auto om de plaats delict niet te verstoren. 'Dus wat is er nou precies gebeurd? Roy spreekt af met de Professor en koopt cocaïne om te snuiven. Hoe komt die Professor-figuur aan dilaudid? Had Roy het bij zich? Had hij dergelijke ampullen in zijn kamer?'

Adam schudde zijn hoofd. 'Alleen coke en steroïden, maar hij kan ze van Eileen hebben gepikt. Ze had ze niet achter slot en grendel.'

'En zo heeft haar zoon het spul te pakken gekregen,' zei Kate vol walging. 'Mijn god, het is niet eerlijk dat sommige mensen kinderen mogen hebben. Dus of Roy had ze bij zich of de Professor had toegang tot haar huis en heeft ze gestolen. Het ligt eerder voor de hand dat Roy ze bij zich had, aangezien alles erop wijst dat hij vrijwillig is gekomen.'

'Hij is een grote kerel,' zei Adam twijfelend. 'Hij zou er niet zomaar mee hebben ingestemd dat hij werd geïnjecteerd en ik zie niets wat erop wijst dat hij in bedwang is gehouden.'

'Sidney had een combinatie van coke en ketamine genomen,' zei Deacon. 'De ket zou haar willoos hebben gemaakt terwijl de cyaankali zijn werk deed. Roy heeft iets gesnoven, net als Sidney had gedaan. We zullen Carrie laten controleren op coke, ket en andere belangrijke drugs. Verdomme, ik zou hem ook hebben geïmmobiliseerd voor ik hem nog maar aanraakte. Volgende vraag: waarom hier geen cyaankali? Of waarom geen dilaudid bij Sidney?'

'We hadden de cyaankali bij Sidney bijna over het hoofd gezien,' zei Kate. 'Als we de foto van het bezoekersregister in de gevangenis niet hadden gehad, zouden we haar niet eens hebben herkend.'

'Jíj zou haar niet hebben herkend,' corrigeerde Deacon. 'Ik zou het helemaal hebben gemist. Ik had dat register al bekeken voor ik bij jou in het mortuarium kwam en ik herkende Sidney niet als de vrouw die als laatste Alice had bezocht.'

Kate deed de lof schouderophalend af. 'Mijn punt is dat we de cyaankali zouden hebben gemist en dat geldt misschien ook voor Carrie. Het bijeffect van die rode huid werd gemaskeerd door Sidney's natuurlijke huidskleur. Misschien koos hij voor cyaankali omdat we dat niet zouden opmerken. Of omdat hij toevallig nog een beetje overhad nadat hij Alice had omgebracht. Hij gebruikte bij Sidney geen dilaudid omdat ze geen injectiesporen had. Dat zou niet echt hebben geleken. Hij wilde het doen voorkomen alsof ze een overdosis coke had genomen.'

'Hij wist dat Eileen en Roy gevonden zouden worden,' merkte Adam op. 'Waarom heeft hij niet geprobeerd ze te verbergen?'

'Eileen is voor straf vermoord,' zei Kate. 'Dat betekent dat hij weet dat ze heeft gefaald. Wanneer hebben de media bericht over die aanval?'

'De beveiliging van het ziekenhuis heeft het tot het einde van de dienst buiten de pers gehouden,' zei Deacon. 'Eileen was toen vermoedelijk al dood. Dat wil zeggen dat de Professor nog een andere bron van informatie heeft binnen het ziekenhuis.'

Kate fronste haar wenkbrauwen. 'De ellende is dat de geruchtenmachine binnen een ziekenhuis tamelijk berucht is. Het zal niet lang hebben geduurd voor het nieuws de ronde deed, vooral omdat Decker toch al de hele tijd onderwerp van gesprek was. We hebben geen idee wie die Professor-figuur verteld heeft dat Decker niet was gestorven. Geweldig. Er loopt nog een waanzinnige medisch medewerker rond.'

'Ik ben blij dat Dani daar weg is,' zei Adam. 'Ik mocht ze daar al niet omdat ze haar als vuil behandelden, maar nu ben ik blij omdat het gevaarlijk voor haar had kunnen worden.'

Deacon keek boos. 'Ze gaat in de kliniek van de Meadows werken. Dat is niet bepaald veilig.'

Kate knipte met haar vingers. 'Roy en Eileen, mannen.' Ze liep opnieuw voorzichtig om Roy's auto heen. 'Dus Roy komt uit vrije wil met de ampullen bij zich opdagen voor zijn afspraak met de Professor. Waarom? Wilde hij ze verkopen? Ruilen?'

'Mogelijk,' zei Adam opnieuw. 'Hij is op zijn stoel gestorven, wil dat zeggen dat de Professor bij hem in de auto heeft gezeten?'

Kate gluurde door het gesloten portierraam naar binnen. 'Misschien. Als dat zo is en als hij iets heeft achtergelaten, dan zullende forensisch rechercheurs dat vinden.' Ze draaide zich langzaam 360 graden rond. 'Waarom hier? Ik bedoel, ik weet wel waarom niet op zijn gebruikelijke plek, want dat is nu een plaats delict. Maar waarom hier? Hoe kende hij deze plek? Het hoort bij het staatspark.'

Adam en Deacon keken elkaar aan en Adam haalde zijn schouders op. 'Mogelijk.'

'Wat?' vroeg Kate.

'Staatsparken in Kentucky en dit deel van Ohio?' zei Adam. 'Vooral in de hoeken waar niemand komt? Geweldig voor wiet. Het klimaat is perfect.'

'We zullen een paar drugshonden laten komen,' zei Deacon. 'Het zou aardig zijn als we een monster van zijn wiet te pakken konden krijgen om te vergelijken als we een plantage vinden.'

'We hebben een monster.' Kate klonk tevreden. 'Chelsea – de flatgenote van Sidney – heeft wiet van hem gekocht. Ik heb het gisteravond gevonden toen ik het appartement doorzocht nadat ik met Sidney's ouders naar het mortuarium was geweest.' En voordat ze boodschappen was gaan doen voor Decker. En voor al het andere dat daarna was gebeurd.

Concentreer je, Kate. Ze bepaalde haar gedachten met een ruk bij het heden. 'Maar we gaan hem hier nu niet te pakken krijgen. Ik zou hier ook niet terugkomen als ik een boef was, zelfs niet voor de beste wietplantage ter wereld. Niet met agenten in alle hoeken en gaten.'

'Misschien niet,' gaf Deacon toe. 'Maar we zijn wel een profiel aan het samenstellen. En als we in staat zijn om te bepalen hoe oud zijn planten zijn, dan weten we ook hoelang hij al verbouwt. Weer een detail.'

Ze keek hem glimlachend aan. 'Daar ben je goed in.' Ze liep plotseling ongeduldig terug naar Eileens lichaam. 'Hij is een verdomd goede schutter,' was haar commentaar terwijl ze naar Eileens verminkte keel keek. 'Ze is hierheen gereden, is uitgestapt, zag dat Roy dood was en is toen hiernaartoe gekomen om de ampullen te pakken.'

Adam hurkte bij het lichaam. 'Ze stond met haar gezicht naar de auto toen ze met het eerste schot werd geraakt. Die kogel ging er dwars doorheen, want hij zat in de deur.' Hij wees naar het lege gat. 'De lak is eraf. Hij heeft de kogel eruit gepeuterd.'

'Dus Eileen wordt geraakt terwijl ze met haar gezicht naar de auto staat,' ging Kate verder. 'Ze draait zich met een ruk om, misschien wil ze vluchten, maar voor ze de kans krijgt, raakt de tweede kogel haar in de keel.'

'En die ging er ook dwars doorheen,' merkte Adam op. 'De uittredewond zit in haar nek. Maar ze stond op dat moment rechtop, want er zitten geen andere kogelgaten in de auto.' Hij deed een paar passen achteruit tot hij achter Roy's auto stond en tekende met zijn vinger een kogelbaan in de lucht. 'De kogel moet op de grond zijn terechtgekomen. Als we mazzel hebben, heeft hij hem niet gevonden.'

'Waar kwam dat schot vandaan?' vroeg Deacon zich af terwijl hij om zich heen keek. 'Waar stond hij?'

Kate wees naar de boomgrens. 'Ik zou daar zijn gaan staan, tussen die bomen daar. Eileen was voorbereid op moeilijkheden en daarmee maakte ze het moeilijker voor hem. Zoals ik al zei, hij is een goede schutter om haar zo in de keel te kunnen raken, vooral als ze op het punt stond om naar haar auto te rennen. Hij heeft het precies goed getimed.'

Deacon zette zijn *wraparound* zonnebril op, omdat de zon nu echt helemaal op was. 'Dus we weten dat hij goed kan schieten, dat we daar ergens naar een geweerpatroon moeten zoeken,' hij wees naar een plek achter Roy's auto, 'en dat hij waarschijnlijk ten minste één andere mol in het ziekenhuis heeft. Hebben we al met de zoon gepraat?'

'Nog niet,' antwoordde Adam. 'De agenten die ik bij hun huis had neergezet hebben hem gisteravond opgepakt toen hij naar binnen probeerde te glippen. Hij was nat en rilde en had ontwenningsverschijnselen, dus toen heb ik een ambulance laten komen. Ze hebben hem naar het kinderziekenhuis gebracht en ik heb een bewaker voor zijn deur gezet. Ik probeer een plek voor hem te regelen in de afkickkliniek voor jongeren en Meredith zal er later vanochtend bij zijn als ik hem ga verhoren. Hopelijk hebben ze hem in het ziekenhuis stabiel weten te krijgen – in ieder geval stabiel genoeg om een paar vragen te kunnen beantwoorden.'

'Fijn dat Meredith erbij zal zijn,' zei Kate. Ze voelde medeleven voor een jongen wiens moeder hem zo vreselijk in de steek had gelaten. 'Hij zal therapie moeten krijgen als hij erachter komt dat zijn moeder dood is. We moeten naar het kantoor van Zimmerman. Het is bijna tijd voor de ochtendvergadering.'

'Ik blijf hier tot de lijkschouwer en de TR er zijn,' zei Adam. 'Ik zie jullie daar.'

'Ik zal voor fatsoenlijke koffie zorgen,' bood Deacon aan. 'Kun jij vanochtend cafeïne aan, Kate?'

'Jazeker. Ik heb vannacht een beetje kunnen slapen, dus een kopje koffie zal me niet meteen over de rand jagen. Maar geen espresso, oké? Van dat spul slaat mijn hart op hol.'

Deacon liep met haar mee naar haar auto. 'Dus je hebt wel geslapen vannacht?' vroeg hij veel te terloops.

Ze keek hem fronsend aan. 'Wat?'

Hij haalde zijn schouders op. 'Niks. Je ziet er gewoon een beetje beter uitgerust uit. Dat is goed.' Hij zette zijn zonnebril af en keek haar strak in de ogen. 'Voorlopig is dat goed. Wees alleen voorzichtig, oké?'

Kate's wangen werden rood. 'Hoe weet je altijd dingen van me?'

Hij wierp haar een snelle grijns toe. 'Ik zei het toch – ik ben geweldig. En ik zag er net zo uit nadat ik Faith had ontmoet.' Zijn grijns vervaagde. 'Adam mocht haar niet en Scarlett vertrouwde haar niet helemaal. Maar ik wist het. Toen ik haar zag, wist ik dat ze voor mij bestemd was.'

Ze wilde zeggen: *Ik ook. Zo voelde ik me ook toen ik Decker voor het eerst zag.* Maar dat deed ze niet, want Deacon keek haar aan met een onderzoekende en bezorgde blik die erin slaagde haar... onzeker te maken. 'Ik ben blij voor jullie twee,' zei ze en ze meende het. 'Echt heel erg blij.'

'Dat weet ik. Maar ik weet ook dat jouw hart niet zo van staal is als je iedereen wil doen geloven. Je bent op dit moment in een kwetsbare positie. Als Davenport je kan kalmeren, dan is dat prima. Denk er wel aan dat die gasten die undercover gaan... Ze zijn heel goed in zich losmaken. Je denkt misschien dat je op koers ligt voor "nog lang en gelukkig", wanneer hij plotseling zonder er een tweede keer over na te denken afgaat door de zijdeur. Ik zal de stukken bij elkaar rapen als dat nodig mocht zijn, maar liever niet.'

Met die woorden zette hij zijn zonnebril weer op, stapte in zijn SUV en reed weg. Kate reed in haar eigen auto langzamer achter hem aan, terwijl ze zich afvroeg of hij gelijk kon hebben. Haar gevoel zei van niet en dat Decker zich leek te willen settelen. Maar misschien was dat omdat ze dat zelf zo verdomd graag wilde.

Ze miste het hebben van wortels. Ze miste het om iemand te hebben om bij thuis te komen.

En ze was belachelijk bezig. Ze kende de man zegge en schrijve één dag, want de tijd dat hij in coma lag telde gewoon niet mee. *Ik moet het een beetje langzamer aanpakken. Ik zal wel zien wat ervan komt.*

Ik ben zo'n verdomde leugenaar. Want zelfs terwijl ze zichzelf dit allemaal voornam, telde ze de minuten af tot ze hem weer zou zien. *Shit.*

Vrijdag 14 augustus, 08.45 uur

Decker was behoorlijk trots op zichzelf. Hij had helemaal zelfstandig gedoucht, het ontbijt dat de dokter voor hem had klaargezet tot de laatste kruimel opgegeten en toen nog tijd overgehad om een paar van de gecodeerde inschrijvingen in de boeken die hij zich had weten te herinneren uit te werken.

En hij was er dankzij de agenten Troy en Triplett in geslaagd bij de vergaderkamer van Zimmerman te komen. De twee mannen waren hem die ochtend te hulp geschoten door Dani net zo lang aan het hoofd te zeuren om hem bij de vergadering te laten zijn tot ze haar handen in de lucht stak ten teken van overgave. Ze hadden er ook voor gezorgd dat hij heelhuids het FBI- kantoor bereikte.

Toen hij hen bedankte hadden ze praktisch gereageerd. Hij beschikte over informatie die zij moesten hebben om de laatste van de mensenhandelaren te kunnen oppakken – eentje die kinderen verhandelde.

Het oppakken van McCords mysterieuze compagnon stond hoog op hun prioriteitenlijst.

'Wel verdomme.' Zimmerman kwam de vergaderzaal binnen en bleef verbaasd staan. 'Wat doe jij hier, Griff?'

'Werken,' reageerde Decker kalm. 'De dokter zei dat het goed was.'

'Nee, dat heeft ze niet gezegd,' zei Dani zuur vanaf de andere kant van de tafel. 'De dokter is platgewalst. De dokter zei dat je nog één dag in bed moest blijven. Dus leg de dokter geen woorden in de mond, agent Davenport. Begrepen?'

'Ja,' zei Decker nors. 'Begrepen. Oké, de dokter was zo vriendelijk me toestemming te geven het schuiladres te verlaten zolang ik in de rolstoel blijf zitten en het niet overdrijf. Zo beter?'

Dani keek hem kwaad aan. 'Wat jíj wil. Ik weet niet waarom je me eigenlijk nodig hebt. Je bent duidelijk hersteld,' zei ze sarcastisch. 'Het is een medisch wonder.'

'Ik geloof niet dat dokter Novak erg blij met je is vandaag, Griffin,' zei Zimmerman op vriendelijke toon.

'Maar u zult dat wel zijn,' zei Decker. Hij stak het notitieblok omhoog waarin hij de code van de handelaren had opgeschreven, maar Zimmerman negeerde dat en ging op de stoel naast de rolstoel zitten.

'Je zou hier echt niet moeten zijn, jongen.'

Decker klemde zijn kaken op elkaar. Hij was Zimmermans jongen niet. Hij begreep dat de man probeerde te helpen, maar zijn houding was bevoogdend en daar kon Decker heel slecht tegen.

'Ik moet echt weer aan het werk, meneer. Met alle respect, maar u kent mijn lichaam niet.' Dat kende alleen Kate, maar Decker schoof die gedachte naar de achtergrond zodat het niet te zien zou zijn. Hoopte hij. Hij kreeg elke keer dat hij dacht aan die paar minuten van brandend genot een erectie. Hij wist zeker dat vier jaar van abstinentie een rol had gespeeld bij de intensiteit van zijn orgasme, maar dat het Kate's hand was die hem aanraakte...

Concentreer je, Davenport. Kom op, zeg, je bent verdomme geen tiener.

'En dat is precies de reden dat we er een dókter bij hebben gehaald om je in de gaten te houden,' zei Zimmerman, nog steeds op een bevoogdende toon.

Dani zuchtte. 'Ik kan hem hier net zo goed in de gaten houden als in het appartement. En als we niet hier waren, zou hij daar rondjes lopen zoals hij het grootste deel van de nacht heeft gedaan. Hij had het er zelfs over om de loopband te gaan gebruiken.'

'Ik dacht dat lopen goed voor hem was,' zei Zimmerman alsof Decker niet naast hem zat.

'Dat is het ook, alleen niet als hij overdrijft. Dat kan hij hier niet doen, dus het is geen slecht idee om hem een tijdje rustig te laten zitten. Hij kan lopen als hij terug is.'

'Zijn verwondingen?' vroeg Zimmerman.

'Die genezen mooi. Hem een paar extra dagen in coma houden heeft hem goedgedaan.' Haar lippen krulden, maar niet op een vriendelijke manier. 'Dat was misschien wel de enige manier om ervoor te zorgen dat hij een beetje meegaand was.'

Decker keek haar woedend aan. 'Ik zit híér, hoor. Voor. Je. Neus.'

'Ja, dat weet ik,' zei Dani. 'Misschien krijg je nu een idee van hoe het is om te worden genegeerd.'

Decker vertrok zijn gezicht. 'Het spijt me. Zodra deze vergadering is afgelopen zal ik de beste patiënt zijn die je ooit hebt meegemaakt.'

'Dat zei je gisteren ook, dus je moet me maar niet kwalijk nemen dat ik je vandaag niet geloof.' Dani wendde zich tot Zimmerman. 'Waar het op neerkomt is dit: hij zou waarschijnlijk na het weekend uit het ziekenhuis ontslagen zijn. Dat hij nu uit bed is en aan het werk zal hem waarschijnlijk geen kwaad doen. Hoe dan ook, ik hoef hem geen vierentwintig uur per dag in de gaten te houden. Dus als u het goedvindt, zou ik graag een leeg kantoor gebruiken terwijl jullie vergaderen.' Ze klopte op de tas die ze aan haar schouder had hangen. 'Ik heb vanmorgen een paar dossiers per e-mail toegestuurd gekregen. Een patiënt die ik vorige week heb onderzocht vertoont complicaties en het ziet er ernstig uit. Misschien dat ik een paar uur naar de kliniek zal moeten, maar ik zal regelen dat agent Davenport wordt verzorgd. De nicht van Meredith Fallon is verpleegster. Ze heet Bailey Beardsley en ze werkt met Wendi Cullen. Ik ken Bailey al een paar jaar. Ze is een goed mens. U zult zich geen zorgen hoeven te maken. Ze heeft ook een antecedentenonderzoek gehad dat nog geldig is en haar vingerafdrukken zitten in het systeem, omdat ze therapeut is in de verslavingskliniek.'

'Ze klinkt als een uitstekende vervangster,' zei Zimmerman. 'Ik zal mijn assistent u naar een kantoor laten brengen.' Hij keek naar het notitieblok waar Decker ongeduldig op zat te tikken. 'Wat is dat allemaal?'

'Ik heb opgeschreven wat ik me herinnerde uit de boeken van de mensenhandelaren. Alle klanten en leveranciers worden vermeld in code. Ik dacht gisteravond dat ik niet genoeg gegevens had om die codes te kunnen kraken, maar een paar uur slaap maakt blijkbaar veel verschil.' Eerlijk gezegd dacht hij dat zijn orgasme meer had gedaan om hem op te peppen dan de slaap, maar hij was niet van plan dat hardop te zeggen. 'Als ik toegang kan krijgen tot een decodeerprogramma, dan ben ik misschien in staat om met een paar echte namen te komen.'

Zimmerman leek ingenomen. 'Ik zal na de vergadering iets voor je regelen. Ik kreeg gisteren vanaf het schuiladres toegang tot de server, dus dat zou geen probleem moeten zijn.'

Op dat moment ging de deur naar de gang open en Zimmermans mensen kwamen een voor een binnen. Decker bekeek hun gezichten tot hij het gezicht zag waar hij op zat te wachten. Maar Kate was net zomin blij om hem te zien als Zimmerman aanvankelijk was geweest.

'Wat doe jij hier?' wilde ze weten, waarna ze zich omdraaide naar Dani. 'Hij zou nog zeker een dag rust moeten houden.'

Dani stak als een verkeersregelaar haar handen op. 'Ga maar tegen hem en zijn twee trawanten tekeer.' Ze wees naar Trip en Troy, die onschuldig met hun ogen knipperden. 'Ik ga in een kantoor zitten om te werken.'

'Hij leek in onze ogen prima in orde,' zei Troy toen Dani het vertrek had verlaten. 'Rustig maar, Kate. Hij is een volwassen vent. Hij is wel eens eerder gewond geraakt. Hoe vaak precies, Decker?'

'Precies twaalf keer,' antwoordde Decker. 'Ik ken mijn grenzen. Bovendien is Eileen dood, toch? Dus die komt niet meer achter me aan.'

Kate liet zich op een stoel vallen en wreef over haar gezicht. 'Ja, maar het is niet waarschijnlijk dat die lul van een Professor het opgeeft. Je bent nog lang niet buiten schot.'

'Reden te meer om mijn aandeel te leveren,' zei hij kalm.

Ze keek naar zijn aantekeningen. 'Je bent de code aan het kraken.' Ze klonk onder de indruk.

Hij had in ieder geval iets goed gedaan. 'Ik werk eraan.'

Ze keek hem met een verontschuldigende blik aan. 'Sorry dat ik zo snauwde. Ik was verrast toen ik je hier zag. Ik vind nog steeds dat je zou moeten rusten, maar in jouw plaats zou ik ook staan te trappelen.'

Dat bracht hem op zijn beurt bijna aan het snauwen – de gedachte aan Kate in zijn situatie. Hij moest zichzelf eraan herinneren dat de vrouw veel beter kon schieten dan hij. Sommige mannen zouden daarop afknappen, maar Decker was opgelucht. Ze kon voor zichzelf zorgen.

Zimmerman tikte op de tafel. 'Laten we beginnen, mensen. We hebben nog meer te doen vandaag.'

Iedereen was gaan zitten en er was niemand die Decker niet kende, al had hij verwacht dat er een vrouw aanwezig zou zijn die hij nog niet had ontmoet. De kinderpsycholoog Meredith Fallon.

Zimmerman kwam op dat moment tot dezelfde conclusie. 'Waar is Meredith?'

Adam Kimble fronste zijn voorhoofd. 'Ze kwam vlak achter ons aan.'

De deur van de vergaderzaal ging open en een tweede roodharige haastte zich naar binnen terwijl ze in haar mobieltje sprak. *Dit moet Meredith Fallon zijn.* Ze liep sierlijk het vertrek door op tien centimeter hoge hakken, waardoor ze net zo lang was als Kate, maar daar hield de overeenkomst op. Het haar van Meredith was een donkerder rood, bijna kastanjebruin, en ze had een perzikhuid.

Decker vond Kate veel knapper; haar trekken waren scherper. Haar haar had alle kleuren van een zonsondergang. Ze was slanker. Atletischer. Ze was precies het soort vrouw van wie hij hield. *Heb ik even mazzel.*

'Ik vraag het nummer hier wel,' zei Meredith op dringende toon in haar mobieltje. 'Ik wil dat je naar de telefoon in de vergaderzaal belt zodat ik je op de luidspreker kan zetten. Ik zal je zo een sms sturen met het nummer. Wacht heel even.' Ze verbrak de verbinding.

Zimmerman scheurde een velletje uit Deckers notitieblok en gaf dat aan haar. 'Wie was dat?'

'Politieagente Kendra Cullen.' Meredith stuurde een sms met het telefoonnummer terwijl ze antwoord gaf. 'Ze is van het CPD en is op dit moment aan het surveilleren. Ze heeft een aanwijzing en ik wil dat jullie die allemaal tegelijk te horen krijgen.'

Decker en Troy keken naar Kate, die haar schouders ophaalde. 'Ik heb geen idee waar ze het over heeft,' zei Kate terwijl de telefoon op de tafel overging.

Zimmerman zette hem op de luidspreker. 'Agent Cullen? Met speciaal agent Zimmerman. Ik begrijp dat u een aanwijzing voor ons hebt.'

'Ik geloof van wel.' De vrouw had een zware, hese stem. 'Kan ik mijn verhaal beginnen, of hebt u een agenda die u eerst moet afwerken?'

'Begin je verhaal,' zei Meredith. Ze keek naar Zimmerman. 'Dat is toch in orde, hè?'

'Het woord is aan u,' zei Zimmerman.

'Dank u. Kendra, dit is een vergadering van de speciale eenheid waar ik het met je over had. Aanwezig zijn de agenten Zimmerman, Novak, Coppola, Troy, Triplett en...' Meredith trok haar wenkbrauwen op. 'Jij bent Davenport, hè?'

'Jawel, mevrouw,' zei hij beleefd en haar mondhoeken krulden.

'En agent Davenport,' zei Meredith. 'Verder is rechercheur Kimble van het CPD er.'

'Is Scarlett er niet?' vroeg Kendra.

'Nee, ze is persoonlijk betrokken bij deze zaak, dus ze heeft zich teruggetrokken. Mensen, luister, afgelopen zaterdag heeft agent Cullen een mishandeling voorkomen op de parkeerplaats van de Kroger op Glenway. Het slachtoffer is van belang voor deze groep. Ga je gang, Kendra.'

'Ik had zaterdag pauze en was bij de Kroger binnengegaan voor mijn lunch. Ik zag een man van een jaar of dertig die een jonge vrouw volgde en lastigviel. De vrouw was ongeveer achttien. Ik liep achter ze aan naar de parkeerplaats, waar de man het meisje had klemgezet tegen de kofferbak van haar auto, een roestige Chevy Impala. De achterbumper zat in de menie. Ik vroeg het meisje of ze hulp nodig had, maar ze zei van niet, dat het om een misverstand ging. Ik heb foto's gemaakt van haar kenteken en dat van de man, voor het geval ze later een klacht zou indienen. Hij noemde haar Sunshine Suzie.'

Adam ademde geschrokken scherp in. 'Wát? Sorry, ik ben Adam Kimble. Hoe zei je dat ze heette?'

'Hij noemde haar Sunshine Suzie,' herhaalde Kendra. 'Ken je haar?'

Adam ademde uit en het adertje in zijn slaap maakte overuren. 'Ik heb over haar gehoord. Ze is beroemd in de wereld van kinderporno. Ze was een van de sterren in het kindercircuit,' voegde hij er bitter aan toe. 'Ze heeft een jaar of drie voor de camera gestaan, van haar twaalfde tot haar vijftiende.'

De sfeer in het vertrek stond bol van de spanning. 'Twaalf,' fluisterde Kate. 'Mijn god. Wat is er gebeurd toen ze vijftien werd, Adam?'

Adam haalde zijn schouders op. 'Ze verdween. Geen films meer. Dat stond in ieder geval in het rapport dat ik heb gelezen toen ik bij Zedenzaken zat. Bij de ICAC had niemand door dat ze van hier was.'

'Ze is nu in ieder geval wel van hier,' zei Kendra. 'Die zaterdag heb ik geprobeerd haar te volgen, maar ze was het parkeerterrein al af voor ik bij mijn auto was. Ze was snel. Ik heb allebei de kentekens nagetrokken – dat van haar en dat van die man. Het hare was gestolen en hoorde niet bij de auto waarin ze reed. Dat van hem stond op naam van Corey Addison. Hij komt hier ook vandaan, woont in de buurt van East Galbraith en werkt in de stad. Ik heb zijn thuisadres al naar dokter Fallon gestuurd.'

'Dus dit heeft zich allemaal afgelopen zaterdag afgespeeld?' vroeg Troy. 'Wat is er vanochtend gebeurd dat je besloot te bellen?'

'Ze belde mij,' zei Kendra dringend. 'Maar ze wist niet hoe ik heet. Ze belde gistermiddag naar de centrale met een openbare telefoon in de Kroger in Price Hill. Ze zei tegen de telefoniste dat ze bezig was met een schoolproject en mij wilde spreken – de vrouwelijke Afro-Amerikaanse agent die zaterdag dienst had in de buurt van Glenway. De telefoniste wist dat er iets niet in de haak was, dus probeerde ze meer informatie te krijgen, maar ze zei dat het meisje doodsbang was en verder niets wilde zeggen. De telefoniste heeft me aan de hand van mijn dienstrooster weten op te sporen en heeft een boodschap voor me achtergelaten. Ik vond het vanochtend in mijn postvak. Ik heb meteen gebeld om te vragen hoe ik dat meisje kon bereiken, maar het meisje had gezegd dat ze geen telefoon had. Ze zou zo gauw ze kon weer vanuit de telefooncel bellen. De telefoniste heeft de jonge vrouw haar naam gegeven om er zeker van te zijn dat ze weer contact zouden krijgen en het meisje niet bij iemand anders terecht zou komen.

Meredith bestudeerde de groep. 'Wat doen we nu?'

'We wachten tot ze belt,' antwoordde Zimmerman. 'En we zetten een agent in burger op de parkeerplaats om naar haar uit te kijken.' Hij vertrok zijn gezicht. 'Ik neem aan dat we wel een foto van haar kunnen vinden, maar verdomme, ik heb geen zin om zo'n site te bezoeken. Ik denk dat niemand van ons daar zin in heeft.'

'Ik doe het wel,' zei Adam zacht.

Meredith schudde haar hoofd. 'Dat is niet nodig. Kendra heeft een foto en heeft die zo bijgesneden dat alleen haar gezicht nog zichtbaar is.'

Adams schouders zakten, zijn opluchting was overduidelijk. 'Dank je, Kendra.'

'Tot je dienst,' zei Kendra nors. 'Het was niet aangenaam. Ik heb het op een van de computers op het bureau gedaan,' voegde ze er aarzelend aan toe. 'Ik heb mijn baas verteld waarom ik die site bezocht. Ik wilde geen reprimande krijgen of worden onderzocht door Interne Zaken.'

Zimmerman keek nadenkend. 'Wie is je baas?'

'Hoofdinspecteur Berry.'

'Heb je hem verteld dat het meisje je gisteren heeft proberen te bereiken?'

'Nee, meneer, nog niet. Ik wilde dat doen, maar toen had Meredith het over de speciale eenheid die achter makers van kinderporno aan zit. Daarom heb ik haar eerst gebeld.'

'Vertel het nog niet aan je baas,' droeg Zimmerman haar op. 'We hebben misschien een lek en ik wil deze informatie voor onszelf houden. Ik zal het tegen de inspecteur van rechercheur Kimble zeggen, dan ben je in ieder geval gedekt.'

'Oké,' zei Kendra behoedzaam. 'Wat moet ik nu doen?'

'Doe gewoon je normale werk,' zei Zimmerman. 'Als je iets voor ons moet doen, dan krijg je die opdracht rechtstreeks van inspecteur Isenberg.'

'Oké,' zei ze opnieuw en er klonk twijfel in haar stem. 'Ik wil mijn baan niet kwijtraken, agent Zimmerman.'

'Dat zal niet gebeuren. Hopelijk hoeven we niet heel erg lang zo geheimzinnig te doen. Dit was goed werk, agent. Dank je.'

'Tot uw dienst, meneer. Hebt u me verder nog nodig?'

'Nee. Je kunt gaan. Ik zal dr. Fallon vragen nog een paar telefoonnummers naar je door te sturen – mijn directe nummer en dat van Isenberg, Kimble, Novak, Troy en Coppola. Als je ergens mee wordt geconfronteerd, bel dan zo snel je kunt een van ons.'

'Jawel, meneer. Dank u.'

'Nog één ding. Als die vrouw kans ziet om van een ander nummer dan dat van de cel in de Kroger te bellen, kan de telefoniste je dan bereiken?'

'Ja, meneer. Ik heb haar mijn mobiele nummer gegeven.'

'Mooi. Dan wens ik je een prettige dag, agent. Wees voorzichtig.'

'Dat ben ik altijd.' De verbinding werd verbroken en Meredith leunde met een zucht achterover.

'Ik wilde jullie vanmorgen over die jonge vrouw vertellen, maar toen ik hoorde dat ze had gebeld en naar Kenny had gevraagd... Het leek me belangrijk genoeg om in te breken in de vergadering.'

Zimmerman glimlachte haar vaderlijk toe. 'Je hebt goed gehandeld. Geef me een paar minuten om de surveillance bij de Kroger te regelen.'

'U moet er wel voor zorgen dat het een vrouw is, agent Zimmerman,' waarschuwde Meredith. 'Dit meisje zal op de vlucht slaan als ze een man ziet.'

'Dat had ik ook al bedacht,' zei Zimmerman. Hij keek naar Kate. 'Weet ik alles al wat je gaat vertellen?'

Kate knikte. 'Jazeker.'

'Begin jij dan maar. Ik kom zo snel mogelijk terug.'

16

Cincinnati, Ohio, vrijdag 14 augustus, 08.55 uur

'Zo moet het maar,' mompelde hij in zichzelf terwijl hij naar de keurige stapel op zijn keukentafel keek. *Dvd's, check.* Hij had voornamelijk films gekozen voor twaalf jaar en ouder, maar er zaten ook een paar titels tussen die onder toezicht van een volwassene moesten worden bekeken en één die alleen geschikt was voor volwassenen. Hij had ze in de stapel zitten en zou zijn gasten laten kiezen. Als ze films uit de laatste twee categorieën zouden kiezen, dan zou dat betekenen dat ze als ze de ruimte kregen bereid waren een paar regeltjes te overtreden.

Bijna elk kind dat hij voorbereidde koos een film uit die twee categorieën. Ze waren nieuwsgierig. Seksualiteit was een natuurlijk, menselijk fenomeen en het was logisch dat ze daar nieuwsgierig naar waren.

Ervan uitgaande dat deze vier net zo nieuwsgierig waren, had hij een van de films voor zestien jaar en ouder al vervangen door een pornofilm. Die zou hij in de stapel stoppen terwijl ze het film kijken even onderbraken om buiten bij het zwembad te gaan lunchen. Het zou de volgende dag bloedheet worden en hij zou ervoor zorgen dat hij ze lang genoeg in de zon liet om flink verhit te raken. Dan zou hij voorstellen even een duik te nemen.

Zwemkleding, check. Hij zei nooit tegen de kinderen dat ze die zelf mee moesten nemen, maar plande altijd spelletjes in het zwembad. De zwemkleding was een beetje pikant. Net genoeg zodat de meisjes er sexy uitzagen en de jongens dat opmerkten. *Alsof een puberjongen met een beetje zelfrespect daar hulp bij nodig heeft.*

Als ze na het zwembad nog niet opgewonden genoeg waren, dan zouden ze dat wel zijn na een klein hapje – waarin hij de partydrugs had gestopt die dé reden waren dat kinderen bleven terugkomen. En ook de reden dat ze alles zouden doen wat hij hun vroeg, tot ze er te diep in zaten en eruit wilden. Dat was het moment dat ze verdwenen en weer opdoken als het eigendom van een verzamelaar die graag zijn eigen kleine pornoster wilde hebben. Of háár eigen ster, want een verrassend groot deel van zijn clientèle bestond uit vrouwen.

En in het geval dat hij geen kopers had, werden degenen die eruit wilden dood op straat aangetroffen als weer een triest resultaat van een overdosis. In beide gevallen leefden ze eeuwig voort op dvd en streaming video.

Hij tikte tegen de rand van een denkbeeldige hoed. Heel veel dank aan de broer van Alice, Sean, die hem had geholpen de e-commerce en streaming video op te zetten op servers die over de hele wereld verspreid waren. *Waar niemand me kan vinden.*

Het was echt perfect geregeld.

Maar met de groep die de volgende dag zou komen lag het allemaal iets listiger. Hij had nog nooit met zo veel kinderen tegelijk gewerkt. Altijd maar een of twee. Maar zijn klant had om een viertal gevraagd, dus dat was wat hij zou leveren. Hij zou die kinderen scherp in de gaten houden om te zien of een van hen zich zo slecht op zijn gemak voelde dat de ouders zouden worden ingelicht.

Of, om precies te zijn, de ouder, enkelvoud. Geen van de kinderen kwam uit een gewoon gezin, wat dat tegenwoordig ook mocht inhouden. Die ene ouder of zus of grootmoeder was precies de reden dat ze van hem waren. Ze hadden hem toegelaten bij hun kinderen in ruil voor drugs. Ze wisten uiteraard niet waarom hij toegang wilde tot die kinderen. Hij wist ze er in het algemeen van te overtuigen dat hij de kinderen alleen maar wilde helpen. Deuren voor hen openen die hun een beter leven zouden bezorgen.

Hij appelleerde aan de hebberigheid van de ouders, aan hun verslaving of zelfs aan hun zielige overtuiging dat ze een akelige periode op hun werk moesten overbruggen, of met hun gewelddadige vriendje, of wat de nieuwste wanorde in hun leven ook mocht zijn. Hij maakte hun wijs dat hij zou bijspringen en een sterk rolmodel zou vormen voor hun kinderen terwijl zij hun leven weer op de rails kregen.

Hij zou doen wat er gedaan moest worden, zeggen wat ze wilden horen, zodat hij hun opgroeiende kinderen met hun frisse smoeltjes te pakken kon krijgen. Want frisse smoeltjes leverden altijd meer geld op. De meeste van zijn klanten wilden geen opgebruikte tieners die oud waren voor hun leeftijd op film zien. Ze wilden fris, vrolijk en levendig. Ze wilden geloven dat de kinderen het ook wilden. Ze wilden de fantasie.

En dat is dus wat ik ze geef.

Helaas had hij dit keer een viertal bij elkaar moeten scharrelen dat minder gepolijst was dan anders. De scholen hadden vakantie en mensen waren weg, dus de voetbalmoeders uit de buitenwijken met hun stiekeme verslavingen waren er nu niet in hun gebruikelijke aantallen. Een paar weken later en hij zou ze voor het uitkiezen hebben gehad. Maar dit karwei had een tijdslimiet en een vervroegde deadline voor de levering.

Hij had dit viertal moeten kiezen uit een lagere klasse van verslaafden en gebruikers. Het was lastiger wanneer ze waren opgegroeid in caravans of sociale woningbouwprojecten. Maar mogelijk. Dankzij de Professor wist hij precies welke verslaafden zonder erbij na te denken hun kinderen zouden verkopen voor een extra shot. Hij had degenen gekozen die nog enigszins functioneerden, degenen die beschikten over iets wat op een ziel leek, over een beetje optimisme over de toekomst van de kinderen voor wie ze verantwoordelijk waren. Deze kinderen hadden nog een sprankje hoop. Maar hij had nog wel werk te doen om ze een beetje op te knappen.

Dus... *Lotion, check. Shampoo, check. Styliste... dacht het niet.* Hij keek in de richting van het plafond. Roxy's slaapkamer bevond zich pal boven zijn hoofd. Roxy was daar ooit zo goed in geweest. Maar nu niet meer.

Hij moest een nieuwe styliste zien te vinden die zou komen en gaan zonder vragen te stellen. Misschien kon Mallory worden opgeleid. Dat was iets om over na te denken. Maar dat zou tijd kosten en hij moest dit groepje opgedoft zien te krijgen. Niet noodzakelijk vandaag, maar wel binnen twee weken. Hij had twee weken om een wonder te bewerkstelligen, want zijn cliënt zou maar kort in het land verblijven en wilde zijn nieuwe aankopen hebben wanneer hij vertrok. En hij wilde dat ze enthousiast waren.

Geen druk. Het betekende alleen maar dat hij snel moest werken. De tijdlijn naar voren halen.

En als een van die kinderen de indruk wekte dat hij zijn mond voorbij zou praten over de dingen die het had gezien en het 'vreemde gevoel' dat het had na het eten van zijn 'aangepaste snacks'? Nou, soms gebeurden er heel akelige ongelukken.

Niet hier. Niet in mijn huis of op mijn terrein. Maar ze kwamen ergens anders wel voor. Auto-ongelukken waren het effectiefst, vooral wanneer hun ouder of zus of oma onder invloed achter het stuur zat. Het was belachelijk eenvoudig om zoiets te laten gebeuren met de voetbalmoeders die ál hun activiteiten onder invloed deden. Meestal onder invloed van cocaïne, maar meth was schokkend populair. Te veel activiteiten, te weinig tijd. O, en echtgenoten die wilden dat ze er net zo uitzagen als op hun trouwdag. Drukbezette voetbalmama's voorzagen de Professor van zijn dagelijkse boterham.

De verzorgers van zijn jongste viertal waren echter geen voetbalmoeders. Ze waren gewoon huis-tuin-en-keukenverslaafden en ze zouden een stuk eenvoudiger uit de weg te ruimen zijn. Het mocht een wonder heten dat ze al zo lang leefden. Het enige wat hij hoefde te doen was de ouder, zus of grootmoeder een dosis met een hoge concentratie geven en ze zouden het zonder zijn tussenkomst in hun neus stoppen of in hun aderen spuiten. Hij zou ervoor zorgen dat het kind dezelfde drugs nam, al moest hij het vasthouden om dat voor elkaar te krijgen. Vervolgens zou hij ouder en kind in een hoopje achterlaten zodat iemand anders ze kon vinden.

De media zouden het misschien oppikken en zouden verdrietig het hoofd schudden *Weer een overdosis. Wat zonde. Binnenstadsproblemen. Wat zonde. En hoe zit het nou met de Kardashians?*

En het leven zou verdergaan alsof het kind en zijn ouder of zus of grootmoeder nooit hadden bestaan. Dan zou hij een nieuw doelwit kiezen. En hij zou gewoon doorgaan films te maken en bestellingen uit te voeren voor speciale cliënten terwijl hij wachtte tot Mallory's zusje oud genoeg was om de draad op te pakken waar Mallory die had laten liggen. Als het zover was, zou hij weer wonderfilms gaan maken.

Hij maakte al jaren video-opnamen van haar, bij verjaardagsfeestjes, op vakantie. Macy had dezelfde sprankeling die Mallory had gehad en de camera was dol op haar gezichtje. Ze was echt en mooi, precies zoals Mallory was geweest toen ze zo oud was. Zodra ze eenmaal was opgegroeid zou ze er net zo uitzien als Mallory.

Net als Sunshine Suzie. Niemand had ooit video's verkocht zoals Suzie. Binnenkort zou hij weer net zo verkopen als vroeger. Hij zou Macy 'Suzie' noemen en niemand zou eraan twijfelen. Blij en opgelucht dat Suzie terug was zouden ze downloaden en downloaden en downloaden.

En het geld stroomt binnen. Maar dat zou nog minstens drie jaar duren. Macy was nog maar negen jaar. *Bijna tien*, besefte hij opgevrolijkt. Ze was over een paar weken jarig.

'Mallory!' riep hij en hij glimlachte toen ze de keuken binnenwankelde, nog bleek van haar ochtendverrassing – de drie koffers die JJ's laatste rustplaats waren geworden. Hij moest Mallory er soms aan helpen herinneren wie de baas was. Hij kon niet toestaan dat ze spelletjes met hem speelde zoals ze de avond ervoor had gedaan. Hij kon niet toestaan dat ze in haar hoofd ontsnapte en haar lichaam kouder dan een dode vis achterliet.

Daarom had ze zo veel succes als Sunshine Suzie. Hij was in staat geweest om haar ervan te laten genieten. Mallory had gewoon gestraald. En haar fans hadden dat plezier gezien, dat léven, en ze hadden gekeken en gekeken en gekeken. Het was jammer dat Mallory te oud was geworden.

Hij bestudeerde haar gezicht aandachtig. Ze begon wallen te krijgen onder haar neergeslagen ogen. Hij zou haar botoxinjecties moeten geven, onmiddellijk. Ze werd echt snel oud. Hij hoopte dat Macy er langer jong zou uitzien dan haar zus.

'Ja?' vroeg Mallory uiteindelijk. Hij had naar haar staan kijken en gewacht tot ze haar ogen naar hem zou opslaan.

'Ben je al naar de supermarkt geweest?'

Ze slikte moeizaam. 'Nee, nog niet.'

'Voel je je wel lekker, schat?' vroeg hij met een spottende grijns.

Haar ogen flikkerden even, maar dat was voorlopig voldoende reactie. 'Niets aan de hand. Ik ga naar de winkel zodra ik Roxy haar lunch heb gebracht.'

'Denk je dat ze morgen uit bed kan komen om mijn gasten te ontvangen?'

Mallory keek hem geschokt met een blik vol ongeloof aan, die ze snel wist te verbergen. 'Nee,' zei ze voorzichtig. 'Ze is echt ziek. Misschien moet je bij haar gaan kijken.'

Hij vertrok zijn gezicht. De kamer van Roxy rook altijd als een verpleeghuis. 'Misschien moeten we onze gasten maar vertellen dat mijn echtgenote op bezoek is bij haar moeder.'

Mallory knikte en haar gezicht werd weer uitdrukkingsloos. 'Als je vindt dat dat beter is.'

Verdomme, ze begon goed te worden in zich in het volle zicht voor hem te verstoppen. Niet acceptabel. 'Heb je mijn lijstje gevonden?'

'Ja.'

'En de foto onderaan?'

'Die was vaag. Moeilijk te zien wie het was.'

Hij keek haar glimlachend aan. Ze stond te liegen. 'Nou ja, dat komt misschien doordat de kleine Macy zo snel groter wordt.' Mallory verbleekte en zijn glimlach werd breder. *Yes.* 'Eerlijk gezegd is ze binnenkort jarig, dus ik wil dat je nog een paar dingen op je lijstje zet.'

Mallory's gezicht verstrakte. 'Oké. Wat dan?'

'Ingrediënten voor een taart. Misschien een paar leuke flesjes badschuim, al hebben ze die niet bij de supermarkt. Die zal ik via internet moeten bestellen. Of beter nog, de Kroger in East Gate is tegenover een van die warenhuizen. Als je daarnaartoe gaat, dan kun je het badschuim later kopen. En je moet beslist een verjaardagskaart kopen. Ik wil er een waarop "Voor mijn liefste nichtje" staat.'

Het was eerlijk gezegd een lot uit de loterij dat Mallory's moeder twee dochters had. Hij wilde Mallory meteen hebben, maar Macy betekende dat hij macht over haar had. Macy was het enige ter wereld waar Mallory liefde voor voelde. Een dreigement aan het adres van Macy haalde haar onmiddellijk weer bij de les. En als Macy's geliefde oom en peetvader zou niemand er vraagtekens bij zetten als hij de voogdij van het kind op zich nam, mocht zijn zus en zwager iets overkomen.

Hij had ervoor gezorgd dat Mallory daar goed van doordrongen was. Vaak.

Mallory had haar ogen samengeknepen en haar neusgaten stonden wijd open terwijl ze sneller begon te ademen. Steeds harder. 'Prima,' zei ze gespannen. 'Ik zal een kaart kopen.'

'O, en neem nog wat extra bleekmiddel mee voor de gastenbadkamer,' zei hij en hij smaakte het genoegen haar de lippen op elkaar te zien klemmen in haar worsteling om haar misselijkheid te onderdrukken. 'Ik heb er misschien een beetje een rommeltje van gemaakt en ik zou niet willen dat mijn gasten dat morgen onder ogen krijgen.'

Een knik. Ze was lichtgroen geworden.

'En als je in het warenhuis bent? Koop dan nog een set harde koffers. Zwarte. Daarop zie je niéts van zelfs de ergste vlekken.' Hij boog zich naar haar voorover en gaf een kus op haar wang. Hij genoot van het gevoel van koud marmer tegen zijn lippen. Ze was nu doodsbang. *Mooi.* Ze zou precies doen wat hij haar opdroeg. 'Kom snel terug. Dan gaan we lekker eten en kijken we een film. Samen.'

Mallory liep de kamer uit en rende naar boven alsof haar kleding in brand stond. *Perfect.*

Vrijdag 14 augustus, 09.10 uur

'Wauw,' mompelde Decker. Hij was nog steeds verbijsterd door het verhaal van Kendra. Sunshine Suzie die plotseling opdook – en nog wel bij de Kroger op Glenway. Een blik rond de tafel leerde hem dat hij niet de enige was die er zo over dacht.

'Dit is onverwacht,' zei Kate. 'En nogal een toeval.'

Novak knikte. 'Dat dacht ik ook. Waarom komt ze nu ineens naar buiten?'

Decker ging in gedachten alles nog eens na en bekeek dit in het licht van alles wat zich die week had afgespeeld. 'Misschien door de aandacht van de media voor de arrestatie van de mensensmokkelaars. Als de Professor bezig is losse eindjes weg te werken voor de partner van McCord – of als hij McCords compagnon ís – dan moet hij zenuwachtig beginnen te worden. Misschien meldt ze zich nu omdat ze het gevoel heeft dat iemand er iets aan gaat doen. Zoiets als wanneer een slachtoffer haar verkrachter aangeeft, andere eerdere slachtoffers zich ook melden.'

'Dat kan heel goed het geval zijn,' peinsde Meredith. 'Het kan ook zijn dat ze nu achttien is en het gevoel heeft dat ze van hem bevrijd is.'

'Misschien,' zei Kate. Ze beet nadenkend op haar lip. 'Maar ik kan me niet voorstellen dat hij haar gewoon laat gaan. Als deze man de Professor is, dan is hij een planner. Nauwgezet. Zijn spul is het beste in de stad.'

Meredith keek fronsend. 'Is dit het moment waarop je ons gaat vertellen wat je allemaal weet?'

'Zimmerman heeft gisteravond het meeste van wat ik weet rondgestuurd in een memo aan het team,' antwoordde Kate. 'Jij zou het ook moeten hebben ontvangen. Maar voorlopig zal ik even de korte versie vertellen.' Ze bracht de psychologe op de hoogte van de ontdekking van de Professor en ook van de spionnenpen in Sidney's rugzak, die hun zijn motief om Alice te doden duidelijk had gemaakt. 'Ik geloof gewoon niet dat hij deze jonge vrouw haar vrijheid zou teruggeven. Of ze is ontsnapt en verbergt zich ergens of hij weet waar ze is en heeft ervoor gezorgd dat ze haar mond houdt, waarschijnlijk met een dreigement. Anders zou hij haar hebben gedood.'

'Maar elk scenario verklaart haar behoefte aan geheimhouding,' stemde Troy in. 'Als ik er geld op zou moeten zetten, dan zou ik zeggen dat hij haar bedreigt en dat ze gelooft dat hij haar in de gaten houdt, of dat nou zo is of niet. Anders zou ze geen openbare telefoon hebben gebruikt.'

'Je hebt gelijk,' knikte Meredith instemmend. 'Ik hoop dat ze weer belt. Anders weet ik niet goed hoe we haar kunnen helpen. Als we een opsporingsbericht laten uitgaan, wordt ze bang en gaat ze ervandoor.'

'We doen geen officieel opsporingsverzoek,' zei Zimmerman, die terugkwam en weer aan tafel ging zitten. 'Ik wil niet dat die informatie gelekt wordt. Ik twijfel er geen seconde aan dat ze bij het eerste teken dat we haar zoeken op de vlucht slaat. Dus Kate heeft verteld wat ze gisteravond te weten is gekomen, hè? Deacon? Jij zou op zoek gaan naar Alice's appartement.'

'Dat heb ik nog niet gevonden. Ik heb bewakingsbeelden opgevraagd van de stad en van de winkeliers in het gebied dat Davenport gisteren heeft aangegeven. Ik wilde vandaag de beelden bekijken.'

Zimmerman schudde zijn hoofd. 'Ik heb je nodig bij de gevangenis. Ik was nog niet zo ver met het verhoren van het personeel voor ik weg moest om getuige te zijn van het doorzoeken van Silers tas. Probeer uit te zoeken wie de cyaankali in het eten van Alice en de ricine in haar verband heeft gestopt. Ik geef de beelden van haar wijk wel aan een secretaresse.'

'Geef ze maar aan mij,' zei Decker. 'Ik heb Alice verschillende keren weggebracht. Misschien zie ik iets wat mijn geheugen prikkelt. Ik kan het gebied op zijn minst beperken voor we mensen gaan vragen of ze haar herkennen.'

'Kunnen we geen verzoek om informatie laten uitgaan via de media?' vroeg Deacon. 'Misschien dat het wat oplevert als we de foto van Alice aan tv en kranten geven. Ik weet zeker dat Marcus ons wel wil helpen en bereid is de bijzonderheden die we niet bekend willen maken achter te houden.'

'Daar moet ik over nadenken,' zei Zimmerman. 'Ik wil onze interesse niet breed uitmeten, in ieder geval niet voor we erachter zijn wie in de gevangenis heeft geholpen haar te vermoorden. Laten we eerst op eigen kracht haar appartement proberen te vinden.'

'En als we dat vinden, dan vinden we misschien ook een aanwijzing over waar die IT-man zijn bestanden heeft opgeslagen,' voegde Kate eraan toe.

Decker knikte. 'De halfbroer van Alice, Sean, was hun IT-man. Hij had allerlei financiële informatie op zijn computer staan. Dat weet ik omdat ik het scherm heb gezien.' Hij fronste zijn wenkbrauwen toen er een nieuwe gedachte bij hem opkwam. 'Sean wist ook hoe hij toegang moest krijgen tot de buitenlandse rekeningen en kende de valse identiteit van zijn vader. Ik hoorde ze toevallig ruziën, een paar minuten voor jullie het landgoed bestormden,' zei hij tegen Zimmerman. 'Sean kende de valse naam van zijn vader en waar hij zich wilde verbergen voor de politie. Hij had al het geld van zijn vaders buitenlandse rekening gehaald en op zijn eigen rekening gezet. Hij was op de hoogte van allerlei dingen die hij eigenlijk niet had mogen weten. Als hij dat ergens heeft vastgelegd, dan weten we hoe de mensenhandel functioneerde. Hij was misschien ook op de hoogte van de zaken van Alice – inclusief de identiteit van de kinderpornoproducent.'

'Oké, Griff,' zei Zimmerman met een zucht die duidelijk maakte dat hij met tegenzin instemde. 'Ik weet dat je rust zou moeten houden, maar ik heb je nodig. Die beveiligingsbeelden zijn voor jou.'

Deckers hart maakte een sprongetje. Hij deed weer mee aan het spel, al was het vanaf de reservebank. Volgende stap: invallen. 'Dank u.'

'Overdrijf niet, anders zal Dani ons laten boeten.'

Novak slaagde er niet in een grijns te onderdrukken. 'Bent u bang voor mijn zus, meneer?'

Zimmerman wierp hem een priemende blik toe. 'Jij niet dan?'

Novak vertrok zijn gezicht. 'Daar hebt u een punt.'

'Dat dacht ik al.' Zimmerman wendde zich tot Troy. 'Ben je al verder met Alice's profiel?'

'De sportschool waar ze Marcus O'Bannion stalkte kende haar niet als Alice,' zei Troy. 'Ze stond daar bekend als Allison Bassett. De instructeurs daar waren tamelijk waardeloos. Of dat stereotype van de domme spierproleet klopt, of die gasten waren heel goed in doen alsof ze leeghoofden waren. Ik sta ervan te kijken dat ze hun éígen namen nog wisten, laat staan dat ze iets konden vertellen over Alice.'

'Was dat de sportschool in de buurt van King's College?' vroeg Kate.

Troy schudde zijn hoofd. 'Nee, die in de buurt van het oude appartement van Marcus O'Bannion in Hyde Park. Hoezo? Dacht je soms dat de Professor steroïden heeft verhandeld in Alice's sportschool?'

Er verscheen een rimpel in Kate's voorhoofd. 'Misschien.' Ze maakte een vaag gebaar met haar hand. 'Laat me er even over nadenken.'

Novak stak zijn hand in zijn computertas en haalde een stapel printpapier tevoorschijn. 'Vouwen.'

Ze keek haar voormalige partner glimlachend aan. 'Heb je speciaal voor mij papier meegebracht?'

'Alles wat je kan helpen,' zei Novak.

Kate knikte hem ernstig toe. 'Dank je.' Ze begon een vel papier te vouwen, dat al snel de vorm kreeg van een hond.

Het was het equivalent van haar breien en bakken, besefte Decker. Ze moest bezig blijven met haar handen om zich te kunnen concentreren. *Daarom noemde Novak haar gisteren de origamikoningin.*

'Ik vraag me iets af over de sportschool,' zei ze, 'met name over de klanten van de Professor. Iedereen weet blijkbaar van hem af. Hij hield bijvoorbeeld zitting in het liefdeslaantje bij King's College en iedereen ging naar hem toe. Maar we weten niet hoe hij steroïden leverde aan de spierproleten. We weten ook niet hoe hij ze selecteerde. Hij moest voorzichtig zijn. Hij verkoopt al minstens een paar jaar zonder dat hij is gepakt. Hij kan in de hele stad wel aan sportscholen hebben geleverd.'

'Misschien is dat inderdaad een betere tactiek,' zei Troy. 'Erachter komen hoe hij zijn klanten kiest – zoekt hij een bepaald type? Komen ze bij hem terecht via mond-tot-mondreclame? En hij verdwijnt van tijd tot tijd. Misschien zit er een bepaald patroon in zijn afwezigheid. Ik denk dat dat een betere besteding van mijn tijd is dan te proberen een profiel van Alice op te bouwen.'

'Mee eens,' stemde Zimmerman in. 'Ga daarmee verder. Adam, jij hebt de lichamen van de verpleegster en haar vriendje gevonden. Dat was goed werk. Heb je de zoon al ondervraagd?'

'Nog niet. Meredith en ik waren van plan om naar hem toe te gaan zodra we hier klaar zijn. Hij is gisteravond in het ziekenhuis opgenomen met ontwenningsverschijnselen.'

'Verslaafd aan de drugs van zijn moeder,' zei Meredith vol walging.

'Arme knul,' zei Decker zacht. *Dat had mij ook kunnen overkomen.*

'Ik weet wel wat ík wil gaan doen,' zei Kate en ze stak agressief haar kin naar voren. Ze was bezig haar derde dier te vouwen, dit keer een zeehond of een walrus. 'Ik wil Corey Addison oppakken wegens het bezit van kinderporno. Met Kendra's proces-verbaal en de manier waarop hij dat arme kind lastigviel zouden we een huiszoekingsbevel moeten kunnen krijgen voor zijn woning en kantoor, of niet soms, chef?'

'Zeker,' beaamde Zimmerman beslist. 'Ik laat het opstellen en ondertekenen. Als we hier klaar zijn ga je hem arresteren, Kate. Zorg dat er veel getuigen zijn als je hem oppakt. En maak zo veel stampij als je maar kunt.'

'O, reken maar,' zei Kate grimmig. 'Smerige lul.' Ze vertrok haar gezicht. 'Neem me niet kwalijk, meneer.'

'Je hoeft je niet te verontschuldigen,' zei Zimmerman. 'Ik had het niet beter kunnen formuleren.'

Kate wierp hem even een glimlach toe en boog zich toen voorover om een nieuw figuur te gaan vouwen. 'Ik zou agent Cullen graag meenemen voor die arrestatie. Ze kan hem identificeren en,' een kort schouderophalen, 'ze heeft het veldwerk gedaan. Ze zou bij de afronding moeten zijn.'

'Ik zal het opnemen met Isenberg en zien of we dat kunnen regelen met haar chef,' beloofde Zimmerman. 'Maar alleen als ze zich klaarhoudt om snel naar die Kroger te gaan als die jonge vrouw contact opneemt. Eerlijk gezegd zou ik graag willen dat jij je ook beschikbaar houdt, Meredith. Die jonge vrouw zal agent Cullen vertrouwen omdat ze haar zaterdag heeft proberen te helpen, maar...' Hij wachtte even. 'Ze zal na dit alles zo veel therapie nodig hebben dat ik het nauwelijks kan bevatten.'

Meredith knikte en haar mond kreeg een trieste trek. 'Ik denk dat de enige die dat zou kunnen bevatten Kendra Cullens zus Wendi is, want zij heeft dat ook doorgemaakt. Zodra we ons ervan vergewist hebben dat de jongedame veilig is voor haar misbruikers – of wie haar ook zo'n angst heeft aangejaagd – is ze van harte welkom in Wendi's programma. Dat wil zeggen, als ze dat wil. Ze is achttien, dus ze kan ervoor kiezen om niet in Mariposa House te wonen als ze daar niets voor voelt, maar ik hoop dat ze dat wel wil.'

'Ik ook.' Zimmerman keek de tafel rond. 'Heeft er verder iemand nog iets? Nee? Dan weten we allemaal wat ons te doen staat. Op pad. Wees voorzichtig. Griffin, ga terug naar het schuiladres en rust uit. Bekijk de video's maar ga ook slapen. Ik wil je zo snel mogelijk klaar hebben voor het veldwerk. Iedereen om vijf uur hier terug. En hou elkaar op de hoogte.'

Vrijdag 14 augustus, 09.10 uur

Mallory had nog maar net haar kamer bereikt en de deur achter zich dichtgetrokken toen haar benen het begaven. Ze kroop naar haar bed en begroef haar gezicht in de matras. Ze wist dat hij waarschijnlijk zat te kijken. Hij vond het heerlijk om haar te bespieden. Hij was er dol op om haar te voeren tot ze weer een stukje van haar verstand verloor en dan keek hij toe terwijl ze instortte. En dan lachte hij.

Zieke, verknipte, perverse klootzak, dacht ze. Want denken was het enige wat ze kon doen. Haar gedachten vormden de enige plek die hij niet kon zien. Dus ontsnapte ze in haar hoofd en maakte zich daar klein. Trillend als een blad aan de buitenkant, huilend aan de binnenkant.

Hij weet het. Maar hoe was dat mogelijk? Ze had geen woord gezegd. Nee, het kwam door de manier waarop ze hem de avond ervoor had afgewezen, zich had teruggetrokken in haar hoofd toen hij haar begon aan te raken. Alles wat hij die ochtend had gedaan – de lijst, de foto van Macy, de set koffers die zwaar waren en soppige geluiden maakten? Dat hoorde bij zijn psychologische spelletjes. Hij probeerde haar gek te maken, gewoon omdat hij dat kon.

Ze haalde voorzichtig adem, hield die enkele seconden in en ademde weer uit. Toen deed ze dat nog eens, en nog eens, tot haar longen weer normaal functioneerden. Ze stelde zich een mooi grasveld voor met een beekje dat zachtjes gorgelde terwijl het water over de rotsen en takken stroomde. Ze zag een hert voor zich dat kalm stond te grazen. Een veld vol bloemen die zachtjes wuifden in de wind.

Tot ze ook vanbinnen kalm was geworden. Tot ze weer kon denken.

Hij ging ze de volgende dag films laten zien. Hij had zijn normale tempo opgeschroefd. Ze had gedacht dat ze weken en weken de tijd had. Maar niet als hij nu al aan de films toe was. Ze wist dat hij spelletjes in het zwembad op het programma had staan. Ze had de zwemkleding zelf gewassen en opgevouwen.

Ze moest contact opnemen met die telefoniste op het politiebureau. Lilith heette ze. Ze zei dat ze de agente zou zoeken die Mallory afgelopen zaterdag van die man had gered.

Maar hij had haar plannen gedwarsboomd. Er was geen openbare telefoon in de Kroger tegenover het warenhuis in Eastgate. Dat was iets wat ze zeker wist. *Wat moet ik nu?*

Ze wist het eerlijk niet. *Bedenk dan iets.* Misschien dat ze de telefoon van iemand kon lenen. *Ja, dat ging de vorige keer ook zo goed, hè?*

Hou je kop. Aan sarcasme hebben we niets. Maar het was wel waar. Dat was vijf jaar geleden, maar ze herinnerde het zich als de dag van gisteren. Die dag had hij haar gebroken. Hij had haar laten merken dat ze geen kant op kon.

De vrouw wier telefoon ze had geleend had meegeluisterd terwijl ze de politie belde en hem aangaf. De uitdrukking op het gezicht was vol medeleven en afschuw geweest. *Ze geloofde me. Heel even geloofde iemand me.* Iemand had geloofd dat ze bij een monster woonde dat haar dwong... dingen te doen. Seksuele dingen die ze niet wilde doen.

De politie was echt naar zijn oude huis gekomen. Het huis dat hij later verkocht omdat ze zijn adres kenden. Ze waren naar het oude huis gekomen en hadden hem ondervraagd.

En hij was zo vreselijk kwaad geworden. Niet tegen de politie. O, nee. Tegenover de politie had hij zijn aardige gezicht getoond. Zijn bezorgde gezicht. Zijn meelevende, ben-ik-geen-aardige-vent-gezicht. En toen had hij hun haar medische dossiers laten zien – allemaal in elkaar gezet door hem. Hij liet hun foto's zien waarop ze een waanzinnige en verslaafde indruk maakte – filmfoto's van de video die hij van haar had gemaakt waarop ze precies zo'n karakter uitbeeldde: een krankzinnige, geflipte verslaafde. Allemaal make-up. Allemaal vermommingen. Allemaal leugens.

Maar zo verdomd geloofwaardig. Hij maakte zo'n oprechte indruk. Hij sprak zo verstandig. Hij hielp zo veel mensen. Iedereen die hem kende liep met hem weg. Ze nam het de politie niet eens kwalijk dat ze weer weggingen en zich verontschuldigden omdat ze hem hadden lastiggevallen.

Ze was er die dag op voorbereid geweest dat ze zou sterven. Het enige wat hem ervan weerhield om haar een pak slaag te geven was het feit dat hij al een video met haar had verkocht die hij nog moest opnemen. Hij wilde geen verwondingen of blauwe plekken die op de film te zien zouden zijn. In plaats daarvan had hij haar volgestopt met drugs en vervolgens had hij gedaan wat hij al vanaf de eerste dag had gedreigd te zullen doen.

Hij was achter Macy aan gegaan. Hij had een van zijn verslaafden naar het huis van zijn zus en zwager gestuurd, waar hij hun een pistool onder hun neus moest houden. De verslaafde had zelfs een schot gelost op Macy's moeder voor Macy's vader de verslaafde had doodgeschoten.

Bijna, had hij later in Mallory's oor gefluisterd. Macy was bijna wees geworden en wie zou dan de voogdij krijgen? Hij. Dus Mallory kon maar beter nooit meer iets tegen iemand zeggen. En dat had ze ook niet. Ze was gehoorzaam geweest.

Tot vandaag. Want hij zou met die kinderen gaan doen wat hij met haar had gedaan. Hij stond op het punt hun hun jeugd af te nemen. Hun ziel te nemen. Tot ze gebruikt en leeg en gekwetst waren en het leven haatten. En dan zou hij ze verkopen. Of misschien vermoorden. *Dat mag ik niet laten gebeuren.*

Oké. Nu wist ze wat haar te doen stond. Ze zou een manier bedenken om die agente te bellen. Ze zou haar alles vertellen.

Nu moest ze er alleen nog achter zien te komen hóé.

Vrijdag 14 augustus, 09.10 uur

Hij liep met een kop koffie in zijn hand naar zijn thuiskantoor, waar hij voor een enorm computerscherm ging zitten waarop de beelden te zien waren van de camera's bij al zijn bezittingen. Hij kon de veiligheid in en om zijn huis in de gaten houden, zijn kantoor in de stad, het huis waar McCord en hij hun studio hadden en de huizen van zijn zussen. Geen van beiden wist dat hij meekeek en hij maakte niet erg vaak inbreuk op hun privacy, maar hij bewaakte Macy, want... nou, er was een gegronde reden dat zijn jongere zus, Gemma, niet in staat was geweest om via de legale weg een kind te adopteren. Ze was knettergek.

Hij wilde niet dat Macy iets overkwam. Gemma was niet gewelddadig, maar ze was ongelooflijk egocentrisch en liet Macy soms 'een paar minuten' alleen terwijl zij haar haar of haar nagels liet doen.

Hij kon niet gebruiken dat Macy iemand over de verwaarlozing door haar moeder zou vertellen. In de eerste plaats omdat de overheid het kind zou weghalen en hij zat te wachten tot ze een beetje groter was. In de tweede plaats zouden ze onderzoek doen naar haar ouders en dan zouden de media komen, omdat zijn zwager in de loop der jaren aardig carrière had gemaakt bij het CPD. Hij wilde dat zijn zwager bleef zitten waar hij zat. Hij was op de plek waar hij zat heel erg waardevol. *De ene dienst is de andere waard.*

Maar de grootste zorg als ze Macy weghaalden zou hun onderzoek naar de adoptie zijn en hun ontdekking dat die niet helemaal koosjer was verlopen. *En dat zou ze rechtstreeks naar mij leiden.*

Dus beschermde hij Macy zo goed als hij kon door haar in de gaten te houden. Dat was geen akelig karwei. Ze was een mooi kind. Misschien nog wel mooier dan Mallory.

Die op dat moment met trillende benen haar kamer binnenliep en in elkaar zakte zodra ze haar bed had bereikt. Dat bed was een overdadig, kantachtig geval waar elk klein meisje dol op zou zijn. Zoals Mallory was geweest. In het begin.

Maar de laatste tijd... Het gedrag van het meisje begon hem zorgen te baren. Hij kwam tot de conclusie dat hij haar te veel vrijheid had gegeven. Maar hij had haar vandaag wel weer even wakker geschud. Hij nipte glimlachend van zijn koffie terwijl hij haar verslagen op de vloer ineen zag zakken.

Hij was zo blij dat Macy's moeder twee dochters had gehad. Macy was Mallory's achilleshiel.

Mallory legde haar wang op haar bed en ze had een wanhopige uitdrukking op haar gezicht. Hij wachtte op de tranen. Ze huilde niet altijd, maar als ze dat deed, dan was haar vertoon van emotie een waar spektakel.

Maar de tranen kwamen niet. In plaats daarvan werd ze stil. Veel te stil.

Ze ligt te denken. Alweer. Verdomme. Het werd tijd om de teugels bij dat meisje aan te trekken. Hij pakte zijn telefoon en koos het nummer van zijn jongste zus. Hij werd doorgeschakeld naar haar voicemail.

Alsof ze het zo druk heeft dat ze niet kan opnemen, dacht hij, inwendig snuivend. Gemma was een beroepslanterfanter. Hij drukte op een paar toetsen om de beelden van de camera's in haar huis op te roepen. Hij ging van vertrek naar vertrek, tot hij haar in de gastenbadkamer vond, waar ze naar haar spiegelbeeld zat te kijken. Ze trok de huid op haar gezicht strak zodat haar rimpels verdwenen.

Zijn kleine zusje had rimpels. *We worden oud.*

Dat was een schokkende gedachte. Hij voelde zich niet oud. Als de Professor zag hij er wel oud uit en zijn klanten behandelden hem met het daarbij behorende respect. Maar dat was voornamelijk omdat hij ze eersteklas shit verkocht, niet omdat ze respect voor ouderen hadden. Maar als zichzelf? Als Brandon? Hij was niet oud. Nog niet.

Toch kon hij zich er maar net van weerhouden om aan zijn eigen gezicht te voelen of hij rimpels had. Hij wist dat dat niet het geval was, want hij verzorgde zichzelf goed. Deed oefeningen. At gezond. Floste.

Verdomme, hij was in de bloei van zijn leven. Heerser over de toekomst. Heerser over alles wat hij overzag.

En op dit moment overzag hij een split screen, met aan de ene kant Mallory, die veel te stil op de vloer naast haar bed zat. *Ze zit plannen te smeden.* Op het andere deel van het beeld bleef zijn zus even stil zitten, hield haar hoofd schuin alsof ze naar iets luisterde, liet zich langzaam op een knie zakken en haalde een pak maandverband uit het kastje onder de wastafel.

Als Gemma zich niet met zo'n zwijgende doelbewustheid had bewogen, dan had hij op dat moment de camera uitgezet, want zijn zuster zien terwijl ze in de weer was met maandverband was zelfs hem te gortig. Maar Gemma voerde iets in haar schild, dus bleef hij kijken. Ze zocht in de plastic zak met verband en haalde er uiteindelijk een veel kleiner zakje uit met het logo van een ontwerper. Opnieuw hield ze haar hoofd schuin om te luisteren, toen glimlachte ze en haalde er een spiegeltje en een derde, nog kleiner zakje uit – vol met wit poeder.

Kut. Gemma gebruikte. Alsof dat haar minder gek zou maken. *Echt niet.* Hij belde weer naar haar mobiele telefoon en zag tot zijn genoegen dat ze opschrok en het spiegeltje kletterend in de wasbak liet vallen. Het brak niet, maar ze stopte alles terug in het zakje van de ontwerper en dat op zijn beurt in de zak met maandverband voor ze de telefoon opnam.

'Brandon!' riep ze vol valse opgewektheid. In de spiegel keek ze woedend en zei geluidloos: *Klootzak*. 'Wat kan ik voor je doen?'

'Het gaat om Mallory,' zei hij met zijn meest serieuze stem. 'Ik maak me zorgen om haar.'

Zijn zus trok een gezicht in de spiegel, maar toen ze sprak was ze een en al oprechte bezorgdheid. 'O, nee. Wat is er gebeurd?'

'Er is nog niets gebeurd, maar ik ben bang dat dat wel zal gebeuren. Ik ben bang dat ze... nou, dat ze ergens bij betrokken is geraakt en er tot over haar oren in zit.'

Gemma zuchtte. 'Brandon, ik snap niet waarom je je druk maakt om haar. Ze hoort in de jeugdgevangenis of in een tehuis voor meisjes. Ze hoort achter slot en grendel.'

Een terechte mening, gebaseerd op wat hij haar de afgelopen zes jaar over Mallory had verteld. Voornamelijk leugens, uiteraard, maar met een spoortje waarheid, zodat Mallory's gedrag voor de mensen die hij over haar vertelde logisch leek. 'We hebben het hier al vaker over gehad, Gemma. Ze is mijn dochter. Net zoals Macy jouw dochter is. Hoe gaat het overigens met Macy?'

'O, prima. Ze zit tv te kijken. Een opvoedkundig programma, uiteraard.'

De helft daarvan was waar, dat wel. Hij had Macy voor de tv zien zitten toen hij op zoek was naar Gemma. Maar ze zat naar herhalingen van *Family Feud* te kijken en dat kon echt niemand opvoedkundig noemen. 'Mooi. Fijn om te horen. Maar zoals ik al zei, ik maak me zorgen om Mallory. Ik denk... Ik ben bang dat ze drugs gebruikt.'

Gemma snakte naar adem. 'Nee.' Ze keek verlangend naar het pak maandverband. 'Waarom denk je dat?'

'Zoals ze zich de laatste tijd gedraagt. Ze is chagrijnig, opvliegend. Af en toe heel kwaad. Gewoon in het algemeen prikkelbaar.'

'Nou... dat kan gewoon, je weet wel, maandelijks gedoe zijn. PMS.'

Precies wat hij had gehoopt dat ze zou zeggen. 'Dat dacht ik ook. Ik vroeg me af of je eens met haar zou willen praten. Misschien dat je erachter kunt komen hoe ze eraan toe is.'

Ze trok opnieuw een gezicht in de spiegel. 'Dat wil ik best doen,' zei ze poeslief, 'maar misschien is Nell een betere keuze. Ze is per slot van rekening verpleegster en zo.'

'Dat is zo, maar ze is zo'n stuk ouder dan Mallory. Jij bent veel meer van haar leeftijd.'

Nu was het zijn beurt om een gezicht te trekken, want zijn zus keek zelfvoldaan. *Zo verrekte voorspelbaar.* Aan haar ijdelheid appelleren was altijd al de sleutel geweest. 'Klopt. Ik ben inderdaad meer van haar leeftijd. Wil je dat ik naar jullie kom?'

'Nee, dat hoeft niet. Dat is zo ver bij je uit de buurt. Maar ze is vanmiddag in het warenhuis en de Kroger in East Gate om spullen te kopen voor Macy's verjaardag.'

Gemma vertrok haar gezicht in de spiegel en zei geluidloos: *Kut.* Ze was het vergeten. Dat zag hij. Ze was de verjaardag van haar eigen dochter vergeten. 'Maar dat is pas over een paar weken.'

'Volgende week,' zei hij. Hij hield zijn toon net zo luchtig als zij deed. 'De tijd vliegt, nietwaar?'

'Dat is zeker zo,' stemde ze in. 'Oké, ik ga naar de winkel en zal eens met Mallory praten. Ik moet toch nog een paar dingen voor Macy hebben, dus dan sla ik twee vliegen in één klap. Ik vertel je later wel wat ik te weten ben gekomen, oké?'

'Oké,' herhaalde hij opgewekt. Hij verbrak de verbinding en stak zijn tong uit. 'Ik word niet goed,' zei hij binnensmonds. Maar Gemma had in ieder geval wel haar drugs opgeborgen. Haar handen trilden niet, dus ze zat er nog niet erg aan vast. Nog niet.

Hij vroeg zich af waar ze haar dope vandaan had. Het kon nooit zo goed zijn als het spul dat hij verkocht, maar dat ging hij haar niet aan haar neus hangen. Hij schakelde de camera in haar huis uit en staarde naar Mallory. Ze had haar kaken op elkaar geklemd en hij had de indruk dat ze dat zelf niet in de gaten had.

Ja, ze was beslist iets van plan. Het was dat hij die middag afspraken had, anders zou hij haar zelf in de gaten hebben gehouden. Misschien kon hij zich beter ziek melden en Nell de afspraken laten afzeggen die ze zelf niet kon afhandelen. Geen van de patiënten die hij die middag op de agenda had staan was een potentiële cliënt, dus het was ook niet zo dat hij handel zou mislopen.

In beeld vermande Mallory zichzelf en kwam overeind met een grimmig vastberaden uitdrukking op haar gezicht.

Verdomme. Hij pakte de telefoon en belde zijn oudere zus. Hij hoestte hard zodat zijn stem tijdelijk hees klonk. 'Nell?' vroeg hij, en nu hij toch bezig was deed hij alsof zijn neus verstopt zat.

'O jee,' verzuchtte Nell. 'Ben je ziek? Verdorie, Remy. Je moet beter voor jezelf zorgen.'

'Het spijt me,' zei hij verloren. 'Ik voel me beroerd. En nu laat ik jou nog zitten ook.'

Ze zuchtte opnieuw. 'Ik bedenk wel iets. Rust nou maar uit. Je moet maandag weer beter zijn.'

'Wat is er maandag?' vroeg hij en hij haalde snuivend zijn neus op.

'Dan beginnen we met sollicitatiegesprekken voor een receptioniste. Ik heb nagedacht over wat je zei en ik heb vandaag een advertentie in de krant laten plaatsen.'

'Goed idee. Prima.' Hij had verschillende kandidaten op het oog, voornamelijk verpleegsters die wel wat extra geld konden gebruiken. Liever een duivelin die hij kende achter de balie dan een engeltje dat hij niet kende. 'Is het misschien een idee om een verpleegster te nemen, dan heb je meteen een invalster.'

'Daar heb ik ook aan gedacht. Als we een verpleegster aannemen, dan kunnen we ook meer patiënten nemen. Dat vangt de kosten van haar salaris op en een deel van onze vaste lasten.'

'Wat jij denkt dat het beste is,' zei hij en hij hoestte nog eens.

'Ga naar bed, Remy. We hebben het er dit weekend wel over als je je wat beter voelt.'

'Oké.' Hij hing op en schraapte zijn keel. Nu dat geregeld was, kon hij het volgende onderdeel op zijn lijst aanpakken – hoe de gevangenbewaarder Rawlings aan te pakken via zijn zoon. Hij wilde de jongen niets aandoen en hij wilde hem zeker niet doden. Maar hij wilde de vader van de knaap wel een boodschap sturen: *Je moet me niet naaien. Waag het niet me te bedreigen met je zielige lijstje. Mijn arm is langer dan de jouwe en ik pak de dingen waar je het meest van houdt.*

Vrijdag 14 augustus, 09.45 uur

De groep stond op van tafel en de daaropvolgende onderlinge gesprekken deden het volume onmiddellijk toenemen, maar Decker negeerde iedereen en hield zijn blik op Kate gericht, die was blijven zitten. *Naast mij.*

Maar ze kijkt niet naar me. Haar blik was gericht op de diertjes van papier die ze had gevouwen. Haar mondhoeken wezen bezorgd omlaag.

Decker boog zich met zijn elleboog op de leuning van de rolstoel steunend naar haar toe. Hij snoof de geur van haar haar op, dat opnieuw in een strakke wrong zat. Maar hij had het los gezien, het gestreeld, had het over zijn naakte huid voelen glijden. Hij ging verzitten in zijn rolstoel en legde zijn notitieblok op zijn schoot. 'Ik vind die origami leuk,' zei hij zachtjes in haar oor.

Ze haalde diep adem. 'Dank je.'

'Maar?'

Haar schouderophalen was op een vreemde manier kinderlijk en vertederend. En kwetsbaar. 'Ik vind het vreselijk dat ik daar zo afhankelijk van ben geworden.' Ze sloeg haar ogen neer en speelde met de papieren figuurtjes. 'Het maakt dat ik gek lijk.'

'Nee,' zei hij zacht. 'Het maakt je intens.' *En heet.* 'Ik heb gekken gezien. Jij bent niet gek, geloof me maar.'

Ze keek met samengetrokken wenkbrauwen naar hem op. 'Dat doe ik. En dat zit me ook dwars.'

Hij boog zich verder naar haar toe, tot hun hoofden elkaar bijna raakten. 'Wat, dat je me al zo snel vertrouwt?' mompelde hij en ze knikte. 'Bij mij is het net zo, alleen zit ik er niet mee. Iemand zo snel vertrouwen hoeft niet slecht te zijn. Ik zal je niet kwetsen, Kate.'

'Dat weet ik. Niet met opzet, in ieder geval.'

Hij stond op het punt haar gerust te stellen toen er een donkere plunjezak op de tafel voor hen plofte, waardoor ze allebei schrokken. Novak stond op hem neer te kijken met de inmiddels bekende frons.

'De bewakingsvideo's,' zei Novak terwijl zijn tweekleurige ogen een bezorgde blik op Kate wierpen voor hij Decker weer recht aankeek.

'Dank je,' zei Decker formeel. 'Zijn dit kopieën of moeten we ze teruggeven?'

'Ze zijn helemaal van jou.' Een witte wenkbrauw ging omhoog. 'Leef je maar uit. Ik moet naar de gevangenis.'

Kate keek op naar Novak met een glimlach om haar lippen, al reikte die glimlach niet tot haar ogen. 'Ik hou mezelf op dit moment zo heel erg in,' zei ze luchtig.

'Dat hoef je voor mij niet te doen,' reageerde Novak. 'Kom maar op met wat je hebt.'

Ze schudde haar hoofd. 'Ik heb geen idee waar ik moet beginnen.'

'Misschien hier.' Novak schoof een visitekaartje onder een van haar origamidieren. 'Probeer het gewoon,' zei hij zacht en vervolgens liep hij weg, terwijl zij het gevouwen papier aan de kant schoof.

Ze staarde naar het kaartje en slaakte een vermoeide zucht. 'Verdomme, Novak,' fluisterde ze.

'Wat is het?' wilde Decker weten.

'Een deskundige op het gebied van PTSS.'

Decker keek met nieuw respect naar Novak aan de andere kant van de vergaderzaal. De man gaf om Kate, zo veel was duidelijk. Novak was op weg naar buiten, maar hij bleef staan en knikte Decker even toe. Zijn witte hoofd boog bijna vragend terwijl hij dat deed. Toen was hij weg.

Decker draaide zich weer om naar Kate, die peinzend naar het kaartje zat te kijken. 'Je zei dat de droom weer was begonnen nadat je vorige week die schoten had afgevuurd,' zei hij. 'Novak kan wel eens gelijk hebben. Het kan zijn dat het PTSS je ADHD verergert.'

Kate's ogen werden groot. 'Wacht even. Ben je het ééns met Deacon Novak?'

Deckers mondhoeken trilden. 'Alleen deze ene keer. Maar dat mag je niet tegen hem zeggen.'

Ze stak het visitekaartje in haar zak. 'Je geheim is veilig bij me.' Ze wierp hem een betekenisvolle blik toe. 'Al je geheimen zijn veilig bij me.'

'Dat weet ik. Andersom ook.' Al had hij nog niet eens het bovenste laagje van haar geheimen blootgelegd.

Een korte knik. 'Ik moet ervandoor. Ik moet het werkadres van meneer Corey Addison nog opduikelen. Kendra zei dat hij in het centrum werkt. Ik hoop op een heel drukke plek. Ik wil dat zo veel mensen als maar mogelijk is getuige zijn van zijn vernedering.' Ze kwam overeind en verzamelde haar papieren dieren. 'Waar staat de prullenbak?'

'Wacht!' Meredith Fallon haastte zich naar hen toe. 'Niet weggooien. Mag ik ze hebben?'

Kate knipperde met haar ogen. 'Waarom wil iedereen mijn papiervouwsels hebben?'

'Omdat ze cool zijn,' zei Decker.

'Dat zijn ze zeker,' stemde Meredith in. 'Heb je het patroon?'

'Nee, ik, eh... ik vouw ze gewoon.'

'Aha.' Meredith glimlachte. 'Een kunstzinnig type. Ik doe spel- en kunsttherapie met kinderen. Zoiets als dit is perfect voor ze. Ik vouw ze gewoon uit elkaar en dan kom ik er vanzelf wel achter. Zou je er nog een paar voor me willen maken?'

Kate keek verstrooid op. 'Natuurlijk,' zei ze voorzichtig.

Meredith pakte de papieren diertjes aan, maar aarzelde toen. 'Ik moet bekennen dat ik deze inderdaad wil, maar dat is niet de reden dat ik hier kwam. Het gaat om Kendra Cullen. Dank je dat je haar bij zijn arrestatie hebt betrokken. Deze zaak... Het betekent iets voor haar.'

Kate hield haar hoofd schuin op vrijwel dezelfde manier als Novak daarnet had gedaan. 'Vanwege haar zus. Haar zus is slachtoffer van hetzelfde soort misbruik.'

'Ja. Maar.' Meredith beet op haar onderlip. 'Hou een oogje op haar, oké?'

Kate fronste haar voorhoofd en Decker kon de radertjes in haar hoofd bijna horen kraken. 'O,' zei ze zacht terwijl de uitdrukking op haar gezicht van verwarring veranderde in begrip en medeleven. 'Zij had de adressen en ze is naar jou gekomen. Ze is kwaad, hè?'

Meredith keek naar het plafond. 'Hou een oogje op haar, oké?' herhaalde ze.

'Moet ik haar niet vragen met mij mee te gaan?' vroeg Kate, maar Meredith schudde haar hoofd.

'Nee. Het zal goed voor haar zijn om te gaan. Dit wordt een van haar eerste grote arrestaties. Het is belangrijk voor haar.'

'Begrepen. Ik hou een oogje op haar en als ze te kwaad begint te worden, zorg ik wel dat ze afkoelt. Wat dacht je daarvan?'

'Perfect. Bedankt voor je begrip. En voor de origami. Corinne – dat is mijn stagiaire – zal ermee in de wolken zijn. Ze is altijd op zoek naar nieuwe projecten om met de kinderen te doen. Ik ga haar ook voorstellen om handwerken te gaan doen. Onze jongste kinderen hebben nog niet de handvaardigheid om te kunnen breien, maar de oudere kinderen zullen die uitdaging graag aangaan. Of misschien is haken nog beter,' voegde ze er in zichzelf aan toe. 'Ze zullen zwaardgevechten houden met de breinaalden en elkaar misschien de ogen uitsteken.'

'Ze maken korte en stompere naalden voor kinderen om dat bloedvergieten te voorkomen,' zei Kate. Ze haalde het visitekaartje van de PTSS-deskundige tevoorschijn. 'Heb jij dit aan Deacon gegeven?'

Meredith vertrok haar gezicht een beetje. 'Betrapt. Ja. Ik wilde helpen. Wees niet boos op hem.'

'O, ik ben niet boos,' verzekerde Kate haar. 'Ik was alleen maar nieuwsgierig. Ik had aangenomen dat Deacon het kaartje van Faith had gekregen, maar het ruikt naar jouw parfum.'

'Ik vergeet steeds dat ik met rechercheurs te maken heb,' zei Meredith luchtig, maar haar gezicht stond ernstig. 'Dr. Lane is goed. Ze heeft veel ervaring en ze is heel discreet. Ze zal trouwens waarschijnlijk tegen je zeggen dat breien en papier vouwen heel goede manieren zijn om ermee om te gaan. Daar is niets mis mee.'

'Behalve dat iedereen in de gaten heeft dat ik op het punt sta door te draaien.'

Decker pakte haar hand en kneep hard, maar liet hem weer los voor iemand anders dan Meredith het zou zien. 'Je moet doen wat je doet, Kate. Want het werkt. Je boekt resultaat. Het kan niemand hier ene moer schelen of je breit of vouwt of wat dan ook doet.'

'Luister naar hem,' zei Meredith zacht. 'Dr. Lane heeft misschien nog een paar suggesties die wat minder opvallen. Geef haar een kans. Het ergste wat er kan gebeuren is dat je een paar uur verspilt.'

Kate bestudeerde het kaartje langdurig. 'Ik zal erover nadenken. Dank je. Nu ga ik uitzoeken waar Corey Addison werkt.'

Meredith aarzelde opnieuw even en boog zich toen voorover. 'Hij zit in de reclame,' fluisterde ze. 'Smith, Addison en Nagel op de hoek van Main en Sixth Street. Als je mazzel hebt tref je hem net terwijl hij bezig is met een presentatie. Hij gaat altijd uitgebreid lunchen, dus zorg dat je er voor de middag bent.'

Kate's wenkbrauwen gingen omhoog. 'Wauw. Kendra heeft haar huiswerk echt goed gedaan.'

Meredith haalde haar schouders op. 'Ik krijg van allerlei kanten dingen te horen. Ik hou mijn bronnen heel erg geheim.'

'Over bronnen gesproken,' zei Decker bedachtzaam, 'ik durf te wedden dat Marcus O'Bannion wel iemand met een camera zou sturen om Addisons arrestatie te filmen als we hem een anonieme tip zouden geven.'

Meredith drukte een paar toetsen op haar telefoon in. 'Al klaar.'

'Meredith,' riep Adam vanuit de deuropening. 'We moeten gaan.

De maatschappelijk werkster is bij de zoon van Eileen Wilkins in het ziekenhuis. Ik zie je bij de balie in de hal bij de ingang van de jeugdafdeling.'

'Ik word geroepen.' Meredith liet de origamifiguurtjes in haar tas vallen. 'Ze zullen worden platgedrukt, maar Corinne vogelt het wel uit. Ik moet ervandoor. Doei.' Ze stond op het punt zich om te draaien, maar aarzelde. 'Het was leuk kennis met je te maken, agent Davenport. En Kate, ik ga elke ochtend om vijf uur hardlopen. Ik zal je mijn adres sturen. Het is een goede manier om wat van je spanning kwijt te raken.'

'Meredith!' riep Adam ongeduldig. 'Ik ga nú.'

Meredith sloeg haar ogen ten hemel, draaide zich toen met een ruk om en bewoog zich met iets wat het midden hield tussen rennen en lopen in de richting van de deur op hakken die zo hoog waren dat Deckers voeten al pijn gingen doen als hij er nog maar naar keek. 'Ik kom al!' riep ze terug. 'Jezus.'

'Ik denk zomaar dat ze altijd te laat is,' glimlachte Kate. 'Gewoon een gevoel.'

Decker lachte. 'Ik denk dat je gelijk hebt.' Hij kneep nog eens even in haar hand en was blij toen ze terugkneep. 'Stuur me een sms als je die smerige lul hebt opgepakt, oké? Ik moet weten dat alles in orde is met je.'

'Doe ik. Veel plezier met je zoektocht naar Alice.'

17

Cincinnati, Ohio, vrijdag 14 augustus, 11.30 uur

'Chic,' mompelde Kate toen ze het gebouw binnengingen waar het reclamebureau gevestigd was waarvan meneer Corey Addison vicepresident was. 'Ik denk niet dat je hier elke vrijdag in informele kleding mag rondlopen.'

Kendra Cullen snoof zachtjes. 'Dit ís informele kleding, agent Coppola,' zei ze en ze klonk een beetje nerveus nu ze hier waren en op het punt stonden daadwerkelijk de hufter te arresteren die dacht dat het grappig was om een jonge vrouw lastig te vallen die al slachtoffer was.

'Kop op, agent,' zei Kate zachtjes. 'Je hebt het geweldig opgenomen voor dat meisje. Nu doe je er nog een schepje bovenop en sta je op het punt een van de redenen weg te nemen waarom die ellendelingen kinderporno maken.'

'Hij is maar één man,' reageerde Kendra. 'Er lopen er nog zo veel rond.'

'Dat weet ik. En we kunnen ze niet allemaal tegenhouden. Maar deze wel, en dat geeft anderen misschien iets om over na te denken.' Kate keek achterom naar de plek buiten het gebouw waar Marcus stond met een videocamera in de aanslag en Scarlett naast zich. 'Zo te zien hebben we de steun van de grote baas van de *Ledger* zelf.'

Kendra glimlachte en ontspande zich een beetje. 'Marcus heeft de arrestatie van McCord ook verslagen. Die rotzakken ontmaskeren en aan de kaak stellen is belangrijk voor hem. Volgens Scarlett is dat een van de redenen waarom ze voor hem viel. Nou ja, en hij is ook niet verkeerd om naar te kijken.'

Een jonge man, gekleed in een witte overal met FBI op de achterkant gedrukt, kwam door de hal op hen toe gelopen. 'Agent Coppola? Ik ben agent Quincy Taylor.'

'Aangenaam kennis te maken, Quincy. Ik ben Kate en dit is Kendra Cullen. Zij heeft het veldwerk gedaan.'

Quincy knikte Kendra waarderend toe. 'Dat heb ik gehoord. Goed werk.'

'Quincy is hier om Addisons kantoor te doorzoeken,' verduidelijkte Kate aan Kendra, 'en om zijn computer in beslag te nemen. Dat valt onder het huiszoekingsbevel, maar ik reken niet op medewerking.'

Quincy wiebelde met zijn wenkbrauwen. 'Dat maakt het alleen maar interessanter. Nou, zijn we er klaar voor?'

Kendra rechtte haar rug. 'Jazeker,' zei ze beslist. 'Laten we het maar doen.'

Kate grinnikte. 'Reken maar.' Kendra en zij begonnen te lopen en Quincy Taylor vormde de achterhoede. 'En het begint... nu.'

Een beveiliger kwam naar hen toe met een allesbehalve blije uitdrukking op zijn gezicht. 'Kan ik u helpen?'

'Ja.' Kate toonde hem haar penning. 'Speciaal agent Coppola van de FBI, met speciaal agent Taylor en agent Cullen van het CPD. Ik heb een arrestatiebevel voor een van de gebruikers van dit gebouw. Wilt u alstublieft aan de kant gaan?'

Er trok een akelige uitdrukking over het gezicht van de man, maar hij deed een stap achteruit om hun doorgang te verlenen. Vervolgens liep hij achter hen aan en volgde hen de lift in. Kendra stond op het punt om de knop voor Addisons verdieping in te drukken, maar Kate schudde bijna onmerkbaar haar hoofd en Kendra liet haar hand zakken.

'Nou?' zei de beveiliger strijdlustig. 'Als jullie zo'n haast hebben, druk dan op de knop.'

Kate drukte op een knop, maar het was die waardoor de deuren open bleven staan. Ze keek de lobby in en ving de blik op van een van de twee rechercheurs die inspecteur Isenberg had gestuurd. De inspecteur had ook agenten bij de uitgangen geplaatst. Dat was voornamelijk voor het effect, want niemand verwachtte dat Addison uit het raam zou springen of de brandtrap zou nemen, maar zodra de arrestatie had plaatsgevonden zou het op camera overkomen als groot machtsvertoon.

Rechercheur Muller bleef buiten bij de geopende liftdeuren staan. 'Kan ik u helpen, agent Coppola?'

Het was verbazingwekkend hoe heel anders woorden klonken wanneer ze op respectvolle toon werden uitgesproken.

'Ja. Wilt u deze meneer naar de lobby begeleiden en ervoor zorgen dat hij geen gebruik maakt van de radio of de mobiele telefoon in zijn hand?' Ze keek de beveiliger glimlachend aan. 'Voor het geval u van plan bent om iemand boven te waarschuwen, is het beter dat u hier blijft.'

De mond van de beveiliger viel open. 'Je hebt het recht niet om hier zo binnen te komen vallen en doen alsof de boel van jou is.'

'Dit bevel hier zegt van wel. Rechercheur Muller heeft een kopie. Ik weet zeker dat hij u dat met alle plezier zal laten lezen.' Kate keek hem opnieuw glimlachend aan. 'En geloof me, meneer, u zult niets te maken willen hebben met de man die we oppakken.'

De beveiliger verzette zich niet toen de rechercheur hem zachtjes bij de arm pakte en hem de lift uit dirigeerde, maar hij keek Kate wel woedend aan. 'Ik neem dit op met je superieur.'

'Doe dat,' zei Kate glimlachend. 'Coppola. Twee p's, één l. Iedereen schrijft het altijd verkeerd.' Ze liet de knop die de deuren openhield los en ze gleden dicht.

Kendra drukte op de knop voor de vierde verdieping. 'Denk je echt dat hij ze zou hebben gewaarschuwd?'

'Ik denk het wel,' zei Quincy. 'Hij was met het mobieltje in zijn zak aan het sms'en.'

'Hè?' Kendra haalde haar schouders op. 'Dat had ik niet verwacht van een man van zijn leeftijd. Ik dacht dat alleen tieners dat deden als ze in de klas een bericht willen sturen.'

'Hij is ex-militair,' wist Kate. 'Dit is zijn terrein, de huurders zijn zijn mensen die hij moet beschermen. Hij wilde zich voordoen als de grote man terwijl wij Addison arresteren. Hij zou zich laten gelden, alleen maar om iedereen duidelijk te maken dat hij zijn werk deed. Ik heb wel duizend man als hij ontmoet toen ik in het leger zat. Meestal terwijl ik ze inboekte na een arrestatie.'

'Zat je bij de MP?' vroeg Kendra en ze grijnsde. 'Meredith zei al dat je een keiharde was met een breiwerkje. Ik vermoed dat ze dat keiharde wel goed heeft gezien.'

Kate lachte. 'Dat over dat breiwerkje heeft ze ook goed gezien. Ik heb het in mijn auto laten liggen.' Het belletje klonk ten teken dat ze op de vierde verdieping waren en ze stapten uit de lift. 'Smith, Addison en Nagel. De pappie van Corey is een vennoot.'

'Ik ben geschokt,' zei Quincy droog en Kendra's lippen krulden.

Kate nam zich voor om Quincy later te bedanken. Kendra was nerveus, maar Quincy Taylor had haar op haar gemak gesteld.

Het gonsde in het kantoor van de gesprekken en activiteiten – tot ongeveer vijf seconden nadat ze waren binnengestapt. Kate ging met haar penning geheven voorop en haar stem klonk luid in de stilte. *Uitstekend. Hoe harder, hoe beter.* 'FBI,' zei ze tegen de receptioniste, die haar met ogen als schoteltjes zat aan te staren. 'We zijn hier voor Corey Addison. Waar is hij?'

De receptioniste wees naar een gesloten deur. 'Maar hij is met een cliënt. U kunt niet –'

O, kijk en huiver, schat. 'Uw toewijding siert u,' onderbrak Kate haar en ze ging haar kleine team voor door de deur naar een vergaderzaal met een mahoniehouten tafel die een fortuin moest hebben gekost. Corey Addison stond voor in het vertrek naast een standaard naar een presentatiebord te wijzen. Hij zweeg halverwege een zin. 'Wat heeft dit te betekenen? Hoe zijn jullie hier binnengekomen? Dit is een privékantoor.'

Addison zag er precies zo uit als op de foto in de database van het bureau rijvaardigheidsbewijzen, tot en met het kuiltje in zijn kin. Hij was op de middelbare school en de universiteit lid geweest van het footballteam en wekte de indruk dat hij zijn conditie bijhield. Ze zouden hun handen vol aan hem hebben als hij besloot zich te verzetten.

Kate wierp een blik in de richting van Kendra, die knikte. 'Ja,' zei ze zacht. 'Dat is 'm.'

De plekken rond de tafel werden in beslag genomen door zes mannen van middelbare leeftijd in pakken en een jonge vrouw die degelijk gekleed ging in een lange broek en een linnen jasje. *Cliënten*, dacht Kate en ze glimlachte inwendig. Die zouden wat gaan meemaken. *Dank U, Heer.* 'Meneer Addison? Corey Addison?' Zonder op een antwoord te wachten liep ze naar hem toe en deed hem de handboeien om voor hij een woord kon uitbrengen. Want hij stond met op elkaar geklemde kaken en een woedende blik in zijn ogen naar Kendra te staren.

'Wat betekent dit?' vroeg hij, elk woord benadrukkend.

Kate pakte hem bij zijn arm. 'Corey Addison, u staat onder arrest wegens intimidatie.'

'Wat, verdomme?' barstte hij uit.

Die uitroep werd herhaald door een oudere man die in de deuropening stond. Hij zag er precies zo uit als Addison, alleen twintig jaar ouder. Dit moest zijn vader zijn. 'Wat heeft dit verdomme te betekenen? Ik heb de beveiliging gebeld. We zullen deze mensen eruit laten zetten.'

Kate stak hem een kopie van het arrestatiebevel toe. 'U zult zien dat alles in orde is, meneer,' zei ze terwijl de oudere man het papier uit haar hand griste.

'Intimidatie? Wie heeft hij geïntimideerd?' wilde Addison senior weten. Hij liet zijn blik over het arrestatiebevel gaan en keek zijn zoon woedend aan. 'Wat heb je uitgespookt?'

'Niks. Ze bemoeide zich met een privégesprek.' Hij maakte een beweging met zijn hoofd in Kendra's richting. 'Ik heb niemand geïntimideerd.'

'Hij heeft afgelopen zaterdag een jong meisje lastiggevallen bij de Kroger,' zei Kate, die Kendra in de gaten hield. Ze leek zich te beheersen.

'Dat?' Cory haalde adem en liet die in een gegeneerde lach weer ontsnappen. 'Ik probeerde gewoon een afspraakje te maken met dat meisje. Ik stond op het punt om weg te wandelen. Dat stelde niets voor.' Hij wierp een blik op de pakken aan tafel, die hem zowel vol afschuw als gefascineerd zaten gade te slaan. 'Ik zweer dat dit allemaal een misverstand is.'

'Ik dacht het niet,' zei Kate. 'We nemen uw computer en alle dossiers in beslag. Op ditzelfde moment is een team bezig uw woning te doorzoeken.'

'Doorzoeken naar wat?' sputterde de vader.

'Kinderporno,' antwoordde Kate luid en duidelijk.

De pakken aan tafel reageerden geschokt. De vader liet zich tegen de deurpost zakken terwijl alle kleur wegtrok uit zijn gezicht. Corey Addison bleef bewegingloos staan en hij gaf Kate maar een fractie van een seconde bedenktijd voor hij zijn volle gewicht op haar stortte. Ze volgde zijn beweging en gebruikte zijn momentum om hem tegen de grond te werken en hem om te draaien zodat hij met een kreun op zijn buik terechtkwam. Hij bokte en probeerde haar van zich af te gooien, dus trok ze haar wapen en hield het tegen zijn hoofd.

'We zullen er de beschuldiging van verzet tegen de arrestatie aan toevoegen,' zei ze kalm. Ze haalde even diep adem, haar hart ging tekeer. De laatste keer dat ze een wapen in haar hand had gehouden had ze twee mannen gedood. Corey Addison leek tot haar opluchting te kalmeren, al lag hij te snuiven als een stier die klaar is voor de aanval. Het verraste haar niet toen ze vanuit haar ooghoeken zag dat Quincy en Kendra ook hun wapen hadden getrokken. 'Agent Cullen, hou hem onder schot terwijl ik zijn benen boei. Agent Taylor, ga alsjeblieft naar het kantoor van meneer Addison en neem alles in beslag wat niet zit vastgespijkerd.' Ze wierp een blik in de richting van de deuropening, waar de vader nog steeds tegen de deurpost geleund stond en naar zijn zoon staarde alsof hij een vreemde voor hem was. 'En wil een van u aan tafel een ambulance laten komen? Ik vermoed dat de oudere meneer Addison wel eens medische hulp nodig zou kunnen hebben.' Ze haalde plastic boeien tevoorschijn en bond snel Corey's benen bij elkaar voor ze overeind kwam en haar wapen wegborg.

'Wat doen we met hem?' vroeg Kendra.

Kate's hartslag was weer bijna normaal en haar hand trilde niet toen ze ermee over haar hoofd streek. *Mooi.* Haar wrong zat nog steeds op zijn plek. Niets zo erg als een paar ontsnapte slierten die een agent er onprofessioneel deden uitzien.

'Hij kan daar voorlopig blijven liggen. Ik ga het team bellen dat in zijn huis bezig is om te laten weten dat we hem hebben.' Ze belde met haar mobieltje en ging toen op haar hurken bij de stoel zitten waar Corey's vader bevend was gaan zitten. Ze drukte zachtjes haar vingertoppen tegen de pols en voelde zijn hartslag. 'Hebt u hartproblemen, meneer?' vroeg ze.

Hij knikte. 'Ja. Onder controle, maar...' Zijn mond vertrok terwijl hij naar zijn zoon staarde die geboeid op zijn buik lag. 'Behalve op momenten vol stress, zoals nu.'

De receptioniste haastte zich naar binnen met een flesje medicijnen en een glas water. 'Ik heb het alarmnummer gebeld,' zei ze tegen Kate. 'Er is een ambulance onderweg.' Ze schudde een pil uit het flesje en gaf die aan de oudere Addison. 'Licht kalmeringsmiddel,' zei ze zacht tegen Kate.

De vader stopte het pilletje onder zijn tong en binnen een minuut was zijn harstslag weer rustig.

Kate kwam overeind en wendde zich tot de pakken. 'Het spijt me, maar we moeten u verzoeken nog even te blijven. We moeten uw namen en adressen hebben voor het proces-verbaal.'

De vrouw aan tafel stak haar telefoon omhoog. 'Ik heb alles gefilmd.

Ik ben gaan opnemen toen jullie binnenkwamen. Voor persoonlijk gebruik, uiteraard. Ik ga dit niet aan de media verkopen, maar ik zal u met alle plezier een kopie geven als u daar prijs op stelt.'

Kate keek haar met de ogen knipperend aan. 'Wat voor gebruik? Waar hebt u überhaupt een opname voor nodig?'

'Om mezelf te beschermen.' Ze wierp een blik vol walging in de richting van een van haar collega's. 'Ik zéí toch dat hij zijn handen niet thuis kon houden en je wilde me niet geloven. Ik heb je gevraagd hem van onze verkooplijst te schrappen en dat wilde je niet. Ik heb je gevraagd me over te plaatsen naar een ander project en toen wekte je de suggestie dat dat slecht zou zijn voor mijn carrière.'

Haar collega pulkte ongemakkelijk aan zijn strakke boord. 'Het spijt me. Ik...' Hij keek de tafel rond, maar geen van de anderen keek hem aan. 'Ik had niet aan je mogen twijfelen.'

'Dank je,' zei ze waardig. 'Agent... Ik heb uw naam eerder niet gehoord.'

'Coppola.' Kate gaf de vrouw haar visitekaartje. 'Ik wil die kopie graag hebben, maar het zou zorgvuldiger zijn als een van onze technici die maakte. Wilt u met me meekomen naar het bureau?'

'Als ik de middag vrij kan krijgen.' Ze wierp een blik in de richting van haar collega, die stijfjes knikte.

'Prima. We werken volledig mee met de autoriteiten. Neem alle tijd.'

'Dank je.' Ze overhandigde Kate haar visitekaartje. 'Ik ben Felicia Petrie. Als u nog meer bewijs tegen hem nodig heeft, dan beschik ik over de namen van nog twee andere vrouwen die hij heeft lastiggevallen. Ik ben eenentwintig. Dit is mijn eerste baan sinds ik ben afgestudeerd. En ik ben gewoon bejáárd vergeleken met die andere meiden.'

Corey had zich niet verroerd en hij lag met zijn gezicht afgewend van de groep mensen. Maar hij haalde adem, dus Kate maakte zich niet al te veel zorgen. 'Gaat het goed met meneer Addison, agent Cullen?' vroeg ze, puur voor de vorm.

Kendra liet geen enkele emotie blijken. *Goed zo, meid.* 'Jawel, agent Coppola. Hij.... Nou, hij ligt te huilen.'

Er kwam een schorre grom van Corey. 'Val dood, trut.'

De vader sloot zijn ogen. 'Mijn god. Dit is een nachtmerrie.'

'Dat kun je wel zeggen, ja,' mompelde Felicia. 'Die man is al mijn nachtmerrie sinds ik twee maanden geleden aan mijn baan begon. Ik had wel ontslag willen nemen, maar dan had ik mijn verhuisvergoeding volledig moeten terugbetalen.'

De kraagpulkende collega vertrok zijn gezicht bij die woorden, maar hij zweeg.

'Hoe weet u van die andere vrouwen die hij heeft lastiggevallen?' vroeg Kate aan Felicia.

'Een online forum,' antwoordde Felicia. 'Een plek waar vrouwen hufters kunnen rapporteren die niet begrijpen dat nee ook echt nee betekent. Soms wordt het een plek waar ex-vriendjes worden zwartgemaakt, maar in mijn geval werkte het. Ik tikte "Corey Addison" in en ik kreeg een heleboel reacties.'

Nog meer slachtoffers, dacht Kate grimmig. 'Het zou fijn zijn als u me de link naar die site zou willen mailen.'

Lawaai in de gang kondigde de aankomst van het ambulanceteam aan en Kate ging aan de kant om hen hun werk te laten doen. Ze ging vlak naast Kendra staan en zei zacht: 'Rustig, agent Cullen. Stop onmiddellijk je wapen weg.' Kendra gehoorzaamde. Haar handen trilden zo licht dat Kate het alleen maar zag omdat ze erop lette. Kate knikte Kendra goedkeurend toe en zei toen: 'Agent Cullen, wil je alsjeblieft agent Taylor gaan helpen? Je hebt het hier goed gedaan. Ik zal je straks weer nodig hebben als we hem hier weghalen.'

Kendra keek haar toen aan, keek haar toen pas echt aan en een ogenblik lang was er in haar ogen zo'n wervelwind aan emoties te zien dat Kate even naar adem snakte. Voldoening en wanhoop, triomf en hulpeloze woede. Maar vooral opluchting. 'Jawel, mevrouw,' zei ze hardop, maar die ogen zeiden: *Dank je.*

Vrijdag 14 augustus, 13.00 uur

Decker keek op van zijn monitor toen zijn mobieltje overging en hij gerustgesteld werd. Een berichtje van Kate. Heb hem. Alles oké.

Uitstekend. Ze had Corey Addison in hechtenis. Decker was benieuwd naar de bijzonderheden, maar dat met haar alles in orde was, was voorlopig voldoende. Hij keerde terug naar zijn beeldscherm en bestudeerde de buurt die Alice haar thuis had genoemd. Zijn speciale aandacht ging uit naar een rijtje kleine winkels die centraal lagen ten opzichte van de plekken waar hij haar had afgezet wanneer hij haar chauffeur was.

Iemand schraapte naast hem zijn keel en Decker keek over de rand van het scherm van zijn laptop. 'Wat kan ik voor je doen, Hope?'

Hope Beardsley was de dochter van Bailey Beardsley, de verpleegster die Dani had laten komen om hem in de gaten te houden toen zij naar de kliniek werd geroepen. Het meisje was negen, zoals ze hem zeer beleefd had medegedeeld voor ze zijn toestemming vroeg om bij hem aan de keukentafel te mogen zitten zodat ze kon 'werken'. Haar moeder had haar een lichte reprimande gegeven, maar Decker was gesteld op kinderen, dus had hij tegen Hope gezegd dat ze kon blijven. Het bleek dat haar werk bestond uit een boek dat ze voor school moest lezen, ook al was het schooljaar nog niet begonnen. 'Speciaal leesprogramma,' had ze uitgelegd. 'Ik zit in het programma voor hoogbegaafden.'

Daarna was ze zo stil als een muis geweest, tot het moment dat ze haar keel schraapte.

'Ik vroeg me af of je honger had,' zei ze. 'Ik was van plan iets voor mezelf klaar te maken.'

Decker moest lachen, want ze zei de woorden alsof ze voordroeg uit een script. Een blik op de klok op zijn scherm leerde hem dat het precies één uur was, het tijdstip waarop hij van Dani moest eten. 'Wat ga je klaarmaken?'

Hope fronste even haar wenkbrauwen. 'Iets gezonds,' zei ze en ze klonk een beetje teleurgesteld.

Decker grinnikte. 'Potdikkie. Als je van dokter Dani moest zeggen dat ik moet eten, dan had ze er toch voor kunnen zorgen dat het iets lekkers was.'

Hope's ogen werden groot. 'Hoe wist je...' Ze perste haar lippen op elkaar toen hij in lachen uitbarstte.

'Je hebt het echt niet verraden, schat. Dr. Dani is heel grondig. Ze zou nooit zijn weggegaan zonder zich ervan te overtuigen dat je moeder en jij precies wisten hoe mijn schema eruitziet. Weet je wat? Als we fruit eten, dan vind ik dat we ook chocola mogen eten. Voor het evenwicht, snap je?'

'Heb je chocola?' vroeg ze op samenzweerderige toon, alsof ze het over illegale verdovende middelen hadden.

'Ik heb een voorraadje. Agent Coppola heeft het gisteravond voor me meegenomen. Een grote zak M&M's.'

'O, die vind ik lekker,' fluisterde ze. 'Mijn papa koopt ze altijd als we uitgaan. Dat mag ik eigenlijk niet vertellen, want mama wil niet dat ik veel snoep eet.'

'Etenstijd,' kondigde Bailey aan terwijl ze de keuken binnenkwam. 'Hope is toch niet te lastig, hoop ik, agent Davenport?'

'Hemel, nee. Ze is de perfecte kantoorcollega. We hadden het net over gezond eten.' Hij wierp Hope een knipoog toe en het meisje grijnsde terug.

'Snoepgoed, bedoel je,' zei Bailey begrijpend. Ze lachte toen ze de blik van wanhoop op het gezicht van haar dochter zag. 'Schat, ik merk het altijd als papa en jij stiekem hebben gesnoept. Ik proef het als hij me kust.'

Wanhoop veranderde in lichte walging. 'Mam. Dat hoef ik niet te weten.'

'Nou, wat voor gezond eten hadden jullie in gedachten voor de lunch?' vroeg Bailey. 'Dr. Dani zei dat agent Davenport niet gekruid mag eten.'

Decker snoof. 'Natuurlijk heeft ze dat gezegd, maar dat is alleen maar om het me betaald te zetten. Er zijn nog wat garnalen met gort over van gisteravond. En Kate heeft gegrilde kip van de delicatessen-afdeling in de supermarkt meegenomen. Die is best lekker, maar er is niet veel meer over. Ik kreeg vannacht honger.' Hij had gegrilde kip en brownies staan eten toen Kate begon te gillen. Hij had vergeten het eten op te bergen, dus hij nam aan dat Dani dat had gedaan en zo wist dat hij zich niet aan zijn dieet hield. 'Ik denk dat het een suggéstie is van de dokter dat het beter is als ik niet gekruid eet. Ik geloof nooit dat ze echt verwacht dat ik flauw spul eet. Dus, Hope, wat wordt het? Kip of garnalen met gort?'

'Allebei?' vroeg Hope, nou ja, hoopvol. Beiden keken haar moeder aan met onschuldige hondenogen. 'Alsjeblieft, mama?'

'Ik zou me zeer verplicht voelen, mevrouw,' voegde Decker er zo vleiend mogelijk aan toe.

Bailey glimlachte onwillekeurig. 'Aha, een keurige jongen uit het zuiden. Ik hoor het in je stem.'

'Nou, dat van het zuiden klopt wel. Ik ben opgegroeid in Mississippi. Maar hoe keurig ik ben, weet ik niet.' Hij knipoogde opnieuw naar Hope, die dit keer giechelde. Dat klonk als muziek. Zijn zusje giechelde ook altijd zo, maar niet zo vaak. Er was bij hen thuis niet veel geweest om over te giechelen, dus elke keer dat hij het hoorde, had hij het gekoesterd. Dat deed hij nog steeds.

Hope liet zich van haar stoel glijden en kwam de papieren bekijken die hij op de tafel had uitgespreid. 'Ik wilde een paar dingen vragen, maar het was werktijd. Maar nu is het lunchtijd, mag ik nu wat vragen?'

Bailey stond op het punt om het haar te verbieden, maar Decker schudde zijn hoofd. 'Natuurlijk mag je wat vragen. Ik zit niet naar iets te kijken wat geheim of vertrouwelijk is. Strikt voor alle leeftijden, mam,' voegde hij eraan toe omdat hij vermoedde dat Bailey wist naar wie ze op zoek waren.

'Heel even dan, Hope,' zei Bailey. 'Daarna moet je hem weer met rust laten.'

Hope knikte en tikte op de kaart aan zijn linkerkant. 'Wat is dat?'

'Ik probeer uit te zoeken waar een bepaald iemand woonde. In mijn vorige werk moest ik haar naar huis brengen, maar ze liet zich altijd ergens dicht bij haar appartement afzetten, maar nooit bij het echte adres. Daarom heb ik alle plekken gemarkeerd waarvan ik me herinner dat ik haar heb afgezet en ze vormen een soort cirkel, zie je wel?'

'Een strooidiagram,' verklaarde Hope en Decker lachte verrast.

'Leren ze je zulke dingen op de lagere school?'

'Ja,' zei Hope. 'Wiskundeprogramma.'

'Privéschool,' verklaarde Bailey. 'Mijn man geeft daar les.'

'Hij was aalmoezenier in het leger,' zei Hope, 'maar dat doet hij nu niet meer. Hij is met pensioen. Maar hij geeft les op mijn school, en dan gaat hij naar de gevangenis.'

Bailey kuchte. 'Hij geeft les aan gevangenen,' legde ze uit. 'Nog één vraag, Hope.'

Hope fronste haar voorhoofd. 'Oké, mama. Ik moet er een bedenken.' Ze kneep haar lippen op elkaar en staarde naar het beeldscherm. 'Waarom zit je een spelletje te doen terwijl je eigenlijk zou moeten werken?'

'Hope!' Bailey knipperde met haar ogen en haar mond ging open en dicht, maar er kwam niets meer uit.

'Het geeft niet. Het is een goede vraag. En een terechte.' Decker wees naar het scherm. 'Het is geen spelletje, Hope. Dat is het beeld op Google Maps van deze straat hier.' Hij tikte op de plattegrond die hij had gemerkt. 'Deze straat ligt in het midden van het strooidiagram.'

'O.' Hope leunde tegen de tafel en tuurde naar het scherm van de laptop. 'Dus het is net alsof je haar afzette en zij boodschappen ging doen.'

'Dat is precies wat ik dacht,' zei hij. Hij was onder de indruk van haar logica. 'Ik probeer me te herinneren of de vrouw die ik naar huis bracht ooit tassen van deze winkels bij zich had.'

Hope keek naar hem op. 'Was ze je vriendin?'

'Hope!' Bailey schudde haar hoofd. 'Ga zitten. Nu.'

Decker had al vol afschuw gehuiverd. 'Het geeft niet, mam. Ook dit is geen slechte vraag, Nee, Hope, ze was beslist níét mijn vriendin. Ze was een misdadigster. En ik werkte undercover om informatie te verzamelen.'

Hope's ogen werden op een bijna komische manier groot. 'Echt waar? Dat wil ik ook worden. Bij de politie, net als mijn oom Daniel en oom Luke. Maar ik wil ook undercover.'

Bailey snoof. 'Ik dacht dat je dokter wilde worden, net als Dani.'

Hope haalde haar schouders op. 'Dat lijkt me ook wel leuk.'

Decker beet op zijn lip en onderdrukte een lach. 'Als je moeder het goedvindt, wil ik nog even met je praten, Hope. Mijn hoofd heeft even pauze nodig. Mag ze blijven?' vroeg hij Bailey.

Hope keek met dankbare bewondering naar hem op en Bailey zuchtte diep. 'Als je haar echt wil. Ze kan nogal voorlijk zijn.'

Hope fronste haar wenkbrauwen. 'Dat woord ken ik niet.'

'Het betekent dat je wijs bent voor je leeftijd,' zei Decker vertrouwelijk. 'Dat zeggen ouders en leraren meestal wanneer een kind slim is op een intelligente manier, maar ook een beetje een wijskont – ik bedoel wijsnéús.'

Hope gniffelde. 'Mijn ooms zeggen ook "wijskont", dat geeft niets.'

'Nee, dat geeft wel,' zei Decker. 'In ieder geval wanneer ik het zeg, want je kent me nog niet goed.'

Hope haalde haar schouders op en boog zich voorover om opnieuw naar het scherm te kijken. 'Ik geloof dat we daar wel eens zijn geweest.'

Bailey kwam achter hen staan om over Deckers schouder mee te kijken. 'Ik geloof van niet, schat. Ik herken die straat niet. Maar de straatnaam herken ik wel. Dat is Hyde Park.'

'Het is Oakley, om precies te zijn,' merkte Decker op. 'Vlakbij, maar minder duur dan Hyde Park.'

'Hoelang ben je undercover geweest?' vroeg Bailey verrast.

'Drie jaar, hoezo?'

'Omdat ik de indruk had dat je nieuw in de stad was, maar je kent de buurten beter dan ik en ik woon hier al vijf jaar.'

'Ik voel me wel nieuw. Wanneer je undercover bent, hoor je niet echt ergens bij. Je doet wel alsof, maar je leeft aan de rand.'

'Je staat overal buiten en kijkt naar binnen,' mompelde Bailey. 'Dat klinkt nogal eenzaam.'

'Dat was het ook,' gaf hij toe. Hij vermoedde dat hij wist waar Hope's moeder naartoe wilde met het gesprek. 'Je kunt geen echte vrienden maken, want je zit midden tussen de schurken. En als je vrienden hebt in de echte wereld, dan kun je ze niet eens gedag zeggen omdat je dan misschien uit je rol valt.'

Hope keek onzeker. 'Misschien is dokter toch wel beter dan undercover bij de politie.'

'Veel beter,' zei Bailey nadrukkelijk. 'Hoe dan ook, we wonen niet in de buurt van die straat op het computerscherm en die winkels zijn veel te duur voor ons. Ik weet zeker dat we daar nooit zijn geweest, Hope.'

'O, niet jij en ik, mama. Papa en ik. We gingen naar een van de winkels voor je vo–' Ze kneep opnieuw haar lippen op elkaar met een sombere uitdrukking op haar gezicht omdat ze bijna 'volgende verjaardag' had gezegd.

'Vogels?' vroeg Decker in een poging haar een uitweg te geven.

'Ik heb geen vogels,' zei Bailey terwijl ze Hope door het haar streek. 'Als papa en jij weer op zoek gaan naar een verjaardagscadeau, zeg dan tegen hem dat ik er wel graag een wil. Hij moet wel geel zijn, oké? Ik hou van geel.'

'Oké, mama.' Hope wierp Decker een dankbare blik toe en tuurde toen weer naar het scherm. 'We zijn langs al die winkels gelopen en toen hebben we een ijsje gekocht. Want het was verdomd heet.'

Bailey deed haar mond open om haar dochter bestraffend toe te spreken, zuchtte toen en schudde haar hoofd. 'Ik heb de kip in de oven gezet om op te warmen. Als de timer afgaat, haal ik hem eruit. Niet aankomen, Hope. Anders brand je je vingers. En val agent Davenport niet lastig.'

Ze ging de keuken uit en Hope trok een boos gezicht. 'Ze denkt dat ik nog een baby ben.'

'Ze houdt heel veel van je,' corrigeerde Decker zachtjes. 'Dat maakt jou een geluksvogel. Mijn mama hield niet op die manier van mij en mijn zusje. Je zou blij moeten zijn, schat.'

Hope's gezichtsuitdrukking veranderde opnieuw, dit keer in lief meelevend. 'Dat spijt me, agent Davenport.'

'Je mag wel Decker zeggen als je wil.'

'Nee. Ik mag volwassenen niet bij hun voornaam noemen. Is meneer Decker ook goed?'

'Dat werkt wel. Vertel me eens over dat ijsje.' Want dat deed een belletje bij hem rinkelen.

Hij luisterde terwijl zij babbelde over ijs en de smaken die haar vader en zij hadden geproefd en de hoorntjes die ze uiteindelijk hadden gekocht en opgegeten terwijl ze naar de... teakwinkel? 'Wacht,' zei hij, want ze had het woord gefluisterd. 'Zijn je vader en jij naar een teakwinkel gegaan? Wat is dat?'

'Nee,' fluisterde ze luider. 'Een antiekwinkel. Niet zo hard. Mama mag het niet horen.'

'O,' fluisterde hij terug. 'Dus dat was de winkel voor het verjaardagscadeau?'

Ze knikte. 'Papa heeft voor mama een paar glazen lampen gekocht voor aan de muur. Antieke lampen. Mama is dol op oude spullen, maar alleen in haar naaikamer. Ze zegt dat de rest van het huis is om in te wonen. Dat papa zich niet druk zou moeten maken over waar hij zijn voeten neerzet of dat hij iets om zal gooien en kapot maken. Papa is nogal groot. Net als jij. Niet dik,' zei ze snel. 'Jullie zijn geen van tweeën dik. En ik weet zeker dat je niet onhandig bent. Ik weet zeker dat je niets kapot maakt.'

Deckers buik schudde van het ingehouden lachen. 'Dank je wel. Ik ben best een beetje onhandig, maar bedankt dat je hebt gezegd dat ik niet dik ben, want dat betekent dat ik gegrilde kip en M&M's en brownies kan eten zonder me zorgen te maken. In ieder geval voorlopig.'

Hope trok een wenkbrauw op. 'Ik zag een bakblik in de keuken met kruimels van brownies erin. Zijn er nog over?'

'Helaas. Het spijt me, meid. Maar ik zal Kate vragen of ze er nog meer wil bakken. Vertel me eens over de antiekwinkel.' Want hoewel hij tamelijk zeker wist dat Alice een paar keer naar de ijssalon was geweest, was die plek waarschijnlijk zo populair dat men zich haar niet zou herinneren. Bovendien kon hij op dit moment niet zeggen op welke dag precies hij haar daarheen had gebracht, dus om een specifieke bewakingsvideo vragen was onmogelijk. Maar een antiekwinkel...

Er spookte beslist een herinnering door zijn hoofd.

'Ze verkopen er oud spul,' zei Hope schouderophalend. 'Een heleboel tafeltjes en spul uit Europa. Papa heeft de lampen daar gekocht omdat ze passen bij eentje die mama al heeft, van haar mama. Haar mama is doodgegaan voor ik werd geboren, dus ik heb haar nooit gezien,' besloot ze triest.

'Dat spijt me,' zei hij. 'Ik heb mijn grootouders ook nooit gekend, maar ik had pleegouders en een van hen had een mama die nog in leven was. Een tijdje, in ieder geval. Ze stierf toen ik op de middelbare school zat.'

'Mocht je "oma" tegen haar zeggen?'

Decker glimlachte vanwege die lieve vraag. 'Jazeker. En ze was geweldig.'

'Mooi. Wat is er met je pleegmoeder en -vader gebeurd?'

'Die zijn gestorven toen ik in dienst was. Ze waren al wat ouder, maar het was toch veel te vroeg om ze te verliezen. Zij waren ook geweldig.'

'Mijn deelneming met je verlies,' zei Hope ernstig en hij vroeg zich af waar ze die woorden had gehoord. Van haar vader de ex-aalmoezenier misschien? Of haar twee politieooms? Maar hij vroeg er niet naar en een seconde later klopte ze op zijn hand en wendde zich weer naar het scherm. 'Is de mevrouw die je zoekt naar een van die winkels geweest?'

'De ijssalon en misschien ook naar de antiekwinkel. Ik vraag me af of ze ook reparaties uitvoeren.'

'Dat doen ze. Ik heb een bord aan de muur gezien. Ze repareren glaswerk en restaureren schilderijen en maken antieke meubels schoon. Want als je dat niet goed doet, worden ze misschien waardeloos. Ik kijk altijd naar *Antiques Roadshow*,' voegde ze eraan toe. 'Fanatiek.'

'Fanatiek, hè? Nou, ik ook.' Hij sloot even zijn ogen. Hope maakte geen enkel geluid, zelfs niet om adem te halen. Hij concentreerde zich op zijn herinnering aan Alice en de rit wanneer hij haar thuisbracht. Aan haar bitsheid en slechte manieren. Aan hoe ze hem behandelde als een stomme boerenpummel. En aan die ene keer dat hij pal voor die antiekwinkel was gestopt en zij was uitgestapt met een klok in haar handen. *Als ze klokken repareren, vinden we misschien een aanwijzing.*

Hij googelde de winkel, belde en begon te duimen. Hope zat ook te duimen. 'Hallo,' zei hij toen de winkeleigenaresse opnam. 'U spreekt met speciaal agent Davenport van de FBI en ik probeer iemand op te sporen die misschien in uw winkel is geweest.'

Aan de andere kant van de lijn viel even een verraste stilte. 'O, natuurlijk,' zei de vrouw. 'Ik ben graag bereid om mee te werken, maar ik wil eerst het nummer van uw penning. Ik wil graag even uw identiteit controleren voor ik uw vragen beantwoord.'

Decker was een beetje geïrriteerd door de vertraging, maar toch onder de indruk van de voorzichtigheid van de eigenaresse. 'Natuurlijk.' Hij gaf haar het nummer van zijn penning. 'De persoon die ik zoek heet Alice Newman. Ze moet ongeveer 1 meter 70 zijn geweest, mager, blond. Ze bracht een klok om te laten repareren.'

'Als u een datum voor me hebt, dan zou dat een stuk gemakkelijker zoeken,' zei ze beleefd.

'Ik heb geen exacte datum, het spijt me.' Het was koud geweest, dat wist hij nog wel. 'Misschien eind februari of begin maart dit jaar.'

'Dat helpt aanzienlijk. Laat me uw nummer even verifiëren bij de plaatselijke autoriteiten en daarna ga ik op zoek. Kan ik u terugbellen op het nummer dat hier op mijn nummerweergave staat?'

'Ja, graag. En wanneer u de FBI in Cincinnati belt, vraag dan naar speciaal agent Zimmerman. Hij is mijn chef.'

'Prima. Ik doe het meteen en hopelijk kan ik u de informatie geven die u zoekt.'

Decker verbrak de verbinding en slaakte een zucht. 'Ze controleert wie ik ben.'

'Dat is slim van haar,' zei Hope. 'Mijn ooms zeggen dat je nooit iemand die belt moet vertrouwen, tenzij het iemand is die je ként.'

'Je ooms lijken me ook heel slim.'

'O, dat zijn ze zeker. Ze werken voor de GBI. Ik denk dat dat net zoiets is als de FBI. Het scheelt maar één letter.' Ze begon haar boeken op te ruimen en liet het aan hem om het uit te zoeken.

'O. Georgia Bureau of Investigation,' zei hij.

Ze knikte. 'Klopt. We hebben in Atlanta gewoond. Mama en ik. En toen heeft ze mijn vader ontmoet. En toen zijn ze getrouwd en toen zijn we hierheen verhuisd. We hebben een tijd bij tante Meredith gewoond. Nu hebben we ons eigen huis en ik heb mijn eigen kamer.'

'Juist. Het GBI is staatspolitie. De FBI is federale politie. We werken wel eens samen met de staatsjongens. Misschien kom ik je ooms een keer tegen.'

'Misschien. Ze komen altijd hier voor de feestdagen. Als je geen familie hebt omdat ze allemaal dood zijn, dan kun je Thanksgiving en Kerstmis wel bij ons vieren. Mijn mama kan heel goed koken.' Het aanbod werd in alle oprechtheid gedaan en Decker voelde zijn ogen prikken.

'Dank je.' Zijn stem klonk heser dan zijn bedoeling was geweest.

Het kind keek op en keek hem aan en in haar ogen zag hij begrip en medeleven. 'De timer gaat zo, dus je moet je plek opruimen. Anders is er geen ruimte voor je bord.'

'Zal ik doen. Dank je, Hope. Je hebt me geweldig geholpen bij mijn zoektocht.' Eerlijk gezegd zou hij er op eigen houtje ook wel zijn gekomen, maar het luisteren naar haar gebabbel had hem geholpen zijn geheugen te prikkelen. En haar aanbod voor een gezamenlijke maaltijd tijdens een eenzame feestdag... dat was goud. Glanzend, schitterend en zonder een krasje.

Haar glimlach werd nog breder. 'Tot je dienst, meneer Decker. Ik vind het fijn om mensen te helpen.'

Vrijdag 14 augustus, 13.15 uur

Hij had bijna een uur in zijn auto zitten wachten, geparkeerd achter de bomen in de buurt van zijn oprit. Mallory was laat geweest met naar de winkel gaan, dus hij had een beetje zitten duimendraaien terwijl hij wachtte tot ze eindelijk verscheen. Hij begon chagrijnig te worden. Het was verrekte heet in de auto, zelfs met de airco voortdurend aan. Eindelijk hoorde hij het geluid van de auto, seconden voor ze de oprit af kwam en op weg ging naar de winkel.

Hij drukte een toets op zijn telefoon in en belde Gemma. 'Hoi, met mij. Mallory zou zo'n beetje op weg moeten zijn naar de winkel. Ik wilde je er even aan herinneren dat je met haar zou praten.'

'Dat was ik niet vergeten. Waar ga je naartoe? Het klinkt alsof je in de auto zit.'

'Ik moet een paar... persoonlijke dingen halen voor Roxy,' loog hij.

'Dus je bent op weg naar de slijter,' zei Gemma effen. 'Mijn god, Brandon. Die vrouw is alcoholiste. Schop haar toch op straat.'

Roxy mag dan een alcoholiste zijn, maar jij bent een hypocriete cokesnuiver, Gemma. 'Nee, ik ben op weg naar de winkel voor medische hulpmiddelen. Roxy kan niet meer uit bed komen. Ik heb een paar ondersteken nodig.' Eerlijk gezegd waren ze dat punt allang voorbij. Hij zou een katheter moeten inbrengen.

'Mijn god, Brandon,' jammerde Gemma. 'Ik hoop niet dat je van mij verwacht dat ik met ondersteken ga lopen sjouwen.'

'Heb ik je ooit gevraagd iets voor Roxy te doen?'

'Nee,' klonk ze kribbig. 'Trouwens, ik dacht dat je ziek was?'

Hij knipperde verrast met zijn ogen. Zijn zussen hadden het over hem gehad. 'Ik heb een antihistaminicum genomen zodat ik weer adem krijg, maar ik kan nog steeds geen patiënten ontvangen.' Zijn telefoon piepte in zijn oor. 'Ik krijg nog een gesprek binnen. Ik moet ophangen.' Hij verbrak de verbinding met Gemma en nam het volgende gesprek aan zonder te kijken wie er belde. 'Hallo?'

'Goedemorgen, Professor,' zei Rawlings op kille toon.

'Goedemorgen, meneer Rawlings,' antwoordde hij opgewekt. Hij vond dat de bewaker niet erg vrolijk klonk. Hij nam aan dat een modderbad niet een van de favoriete activiteiten van Rawlings was. 'Hoe gaat het ermee?'

'Qua gewicht lichter dan ik zou moeten zijn. Ik mis zo te zien het spul dat je gisteravond zou leveren.'

Wat probeerde Rawlings te flikken? 'Ik heb het op de bestuurdersstoel gelegd,' zei hij op net zo'n kille toon als die van de gevangenbewaarder.

'Dan heeft iemand het achterovergedrukt toen je mij met m'n gezicht in de modder liet liggen. Dus je zult het moeten compenseren. Met rente. Verdubbel de levering.'

Ja, dag. Geen sprake van. 'Ik ben niet verantwoordelijk voor het spul als ik het eenmaal heb geleverd, Rawlings.'

'Dan zal dit je misschien helpen daar nog eens goed over na te denken. Ik heb zojuist een lang gesprek gehad met speciaal agent Deacon Novak. Hij heeft me meer dan een uur op het rooster gelegd en ik kan je verzekeren dat hij een griezelige klootzak is.'

Hij vermoedde dat Rawlings dacht dat hij hier zenuwachtig van zou worden. 'Hij is inderdaad een griezelige klootzak,' stemde hij in.

'Ik heb je er niet bij gelapt. Nog niet. Ik kan je erbij lappen zonder dat dat op enige manier tot mij te herleiden is. Ik heb een schone lei.

En jij bent een drugsdealer die in verband staat met een heleboel dode mensen.'

'Ik ben een tussenpersoon die zorgt dat anderen hun plannen kunnen uitvoeren,' hield hij onbewogen vol.

'Hm. Dus daarom zaagde agent Novak me maar door over de Professor. Had ik ooit van hem gehoord? Wist ik wie hij was?'

Kut. Er liep een rilling van paniek over zijn rug en dat maakte hem vreselijk kwaad. Hij haalde diep adem om te kalmeren. Het was de bedoeling dat stilletjes te doen, maar Rawlings had het blijkbaar toch gehoord want hij grinnikte, vuile hufter die hij was.

'Het was heel moeilijk om te doen of ik van niets wist,' spotte hij. 'De volgende keer wordt het misschien nog wel moeilijker. Dus wees verstandig, Professor. Wees verstandig.'

Hij knarsetandde vanwege de neerbuigende toon van de bewaarder, maar hij hapte niet. *Want ik ben heel slim. Veel slimmer dan jij.* Hij was er altijd op voorbereid geweest om de Professor overboord te zetten zodra de politie te dichtbij zou komen en hij had een perfecte troefkaart achter de hand – zijn zwager zou ervoor zorgen dat het alibi waarmee hij op de proppen kwam waterdicht zou zijn.

Maar het beste wapen in zijn arsenaal was hijzelf. *Ik heb niemand wiens dood me kapot zal maken. Maar jij wel.*

Hij liet zijn stem beverig klinken. 'Ik... ik moet hier over nadenken.'

'Doe dat,' zei Rawlings tevreden op lijzige toon. 'En vergeet mijn lijstje niet. Dat is er nog steeds. Als mij iets overkomt, wordt mijn lijst met bewezen diensten openbaar gemaakt.' De bewaarder beëindigde het gesprek, blijkbaar in de overtuiging dat hij de bovenhand had in hun spelletje.

Hij draaide de eerste parkeerplaats op die hij tegenkwam en keek toe terwijl Mallory's auto om de bocht verdween. Toen keerde hij en reed naar huis.

Rawlings had nog veel te leren over de regels van het spel. En de straf die op overtredingen stond.

18

Cincinnati, Ohio, vrijdag 14 augustus, 13.45 uur

Deckers telefoon begon te zoemen toen er een gesprek binnenkwam van agent Triplett, net op het moment dat hij het laatste beetje van de garnalen met grutten van zijn bord schraapte. Hope en hij hadden al korte metten gemaakt met wat er nog over was geweest van de kip. Hij veegde zijn vingers af aan een servet en nam het gesprek aan.

'Decker hier. Wat kan ik voor je doen, Trip?'

'Ik heb vandaag beneden dienst. Er is een bezoeker op weg naar boven. Die Diesel Kennedy van gisteren. Maar hij is dit keer alleen.'

'Bedankt. Hé, ga je vandaag weer ergens lunchen?'

Trip grinnikte. 'Dat zou kunnen. Wat wil je hebben?'

'Meer van dat gegrilde vlees van gisteren en verder alles wat ze op het menu hebben. Ik betaal je terug. Erewoord.' Decker keek naar Hope. 'En misschien wat nagerechten. Wat ze maar hebben. Van alles één.'

Hope keek hem grijnzend aan en Decker knipoogde terug.

'Jezus, man,' reageerde Trip. 'Je hebt beslist je eetlust terug.'

'Nou ja, ik heb wel een week in coma gelegen, dus ik heb een excuus. Bovendien heb ik vandaag hulp. Mijn kleine assistent Hope. Ze is dol op snoep, maar dat is ons geheim.'

'Ik zeg niks,' beloofde Trip. 'Ik ga eropuit zodra ik pauze heb.'

'Bedankt. Ik moet ervandoor. De deurbel gaat.' Hij verbrak de verbinding en stond op. Hij rekte zijn rug en Hope's ogen werden groot.

'Je bent veel langer dan mijn vader. Dat wist ik niet omdat je zat.'

'Misschien kun je me eens aan hem voorstellen. Hij lijkt me aardig.'

Dani had hem toen ze terugkwamen van de ochtendvergadering gepromoveerd van een looprek naar een wandelstok en hij gebruikte die nu om naar de deur te hobbelen. Tot zijn plezier week Hope geen seconde van zijn zijde. Ze hield haar handen uitgestrekt alsof ze hem overeind wilde houden wanneer hij dreigde te vallen.

Nou, grotendeels tot zijn plezier. Hij moest toegeven dat de aanblik zijn ogen opnieuw deed prikken. Een beetje. 'Als ik val, schat, dan plet ik je zoals een boom een insect zou verpletteren.'

Ze keek met haar ogen knipperend naar hem op. 'Dan moet je maar niet vallen.'

Hij lachte nog toen de bewaker de voordeur opende. Maar het lachen verging hem snel toen hij Diesel Kennedy's gezicht zag. De man was zo wit als een doek, waardoor de tatoeage in zijn hals scherp afstak.

Deckers aandacht werd even afgeleid door Hope die een enorme stap deed en voor hem ging staan. Ze keek met haar korte armpjes over elkaar geslagen en haar kin vooruit op naar de berg vol tatoeages.

Decker legde een hand op haar hoofd. 'Het is in orde, schat. Hij heeft tatoeages, maar hij is een aardige man. Je hoeft je om hem niet druk te maken.'

Diesel keek omlaag. Hij zag nu pas Deckers lijfwacht van drie turven hoog. 'Jullie nemen ze bij de FBI wel jong in dienst, hè?'

'Ik ben niet van de FBI,' deelde Hope hem hooghartig mee. 'Wie bent u, alstublieft?'

'Hope!' Bailey kwam met haar armen vol dozen verband de slaapkamer uit waar Dani had geslapen. Ze keek gealarmeerd en met grote ogen naar Diesel. Decker stak even zijn hand op ten teken dat het in orde was. Bailey kwam dichterbij, maar behoedzaam.

Hope gaf geen krimp. 'Ik zei "alstublieft", mama.'

'Ja, mevrouw, dat zei ze.' Diesel liet zich op een knie zakken zodat hij Hope kon aankijken. 'Ik ben Diesel Kennedy. Ik ben een vriend van agent Davenport. Ik heb iets meegebracht voor de zaak waar hij aan werkt. Mag ik binnenkomen?' Hij sprak op respectvolle en ernstige toon, alsof hij tot een gelijke sprak in plaats van tot een negenjarige meisje.

'Werkt u ook bij de FBI?' vroeg Hope.

'Nee. Ik werk voor een krant, de *Ledger*.'

Hope's gezicht klaarde op. 'Kent u Miss Scarlett? Ik bedoel rechercheur Bishop.'

Diesel glimlachte. 'Ik noem haar ook wel eens Miss Scarlett. Ja. Ik vind haar aardig. Ik denk dat ze mij ook aardig vindt.'

'Bent u Marcus?'

Diesel kuchte. 'Nee. Ze vindt me niet áárdig aardig. Ze vindt me gewoon aardig, weet je wel?'

'Dus ze is een vriendin?'

Diesel schraapte zijn keel. 'Ja. Dat klopt. Dus jij kent Miss Scarlett?'

'Ze is een vriendin van mama en van mijn tante Meredith. Dit is mijn mama. Ze is verpleegster.'

'Ik ben Bailey Beardsley,' zei Bailey zacht. 'Leuk u te ontmoeten, meneer Kennedy. Hope, het is tijd dat je met me meegaat en deze twee meneren de kans geeft te praten.'

'Oké, mama.' Hope draaide zich om en keek Decker aan. 'Weet je zeker dat alles in orde is?'

'Dat weet ik zeker,' zei Decker ernstig. 'Dank je wel.' Hij keek toe terwijl Hope samen met haar moeder naar de slaapkamer liep en draaide zich toen om naar Diesel die zich nog niet had verroerd. Hij zat nog steeds op een knie en keek moeder en dochter peinzend na. 'Ik zou je wel overeind willen helpen,' zei Decker droog, 'maar ik kan niet garanderen dat dat goed afloopt.'

Diesel krabbelde overeind. 'Waarom heb je een verpleegster? Waar is je dokter?' Hij gooide de woorden eruit alsof het om een beschuldiging ging.

'Dani is naar de kliniek geroepen voor een spoedgeval.'

Diesels schouders trokken naar achteren en zijn bleke gezicht werd vuurrood van plotselinge woede. 'Alléén? Heb je haar daar alléén naartoe laten gaan?'

Decker deed aarzelend een stap achteruit. 'Een van de agenten heeft haar gebracht, maar ja, ik geloof dat ze daar inderdaad alleen werkt. Ik heb tegen haar gezegd dat ze er niet zonder begeleiding heen moest gaan, maar ze zei dat ze in het opvangcentrum veilig was. Ze zei dat ze later terug zou komen, dat Bailey een vriendin van haar is. Bailey's achtergrond is in orde bevonden. Haar dochter is leuk. Dat is alles wat ik weet, man. Dus kalmeer een beetje.'

'Sorry.' Diesel beheerste zich. 'Ik heb iets voor je meegebracht.' Hij wendde zijn blik af. 'Ik heb een soort van... niet de hele waarheid verteld tijdens de vergadering gisteren.'

Decker keek hem vragend aan. 'Moet ik erbij gaan zitten?'

'Nee, maar ik wel. Waar?'

'Ik heb alles in de keuken staan.' Decker liep naar zijn laptop, ging zitten en wachtte tot Diesel hetzelfde zou doen.

Nadat hij bijna een volle minuut naar de stoel had staan staren, diepte Diesel een geheugenstick op uit zijn broekzak, gooide die op de tafel tussen hen in en plofte zo hard neer dat de stoel ervan kraakte.

'Wat is dit?' vroeg Decker zonder de stick op te pakken, want Diesel zat ernaar te kijken alsof het een gifslang was die op het punt stond om toe te slaan.

'De inhoud van McCords harde schijf. De echte, die verbonden was met internet op de avond dat ik hem hackte.'

Decker staarde hem aan. 'Wel verdomme, Diesel. Waarom heb je dat gisteren niet gezegd?'

'Omdat ik niet zeker wist of ik hem wel had. Ik wilde je baas niet iets geven wat hij later tegen me kon gebruiken als de situatie zou veranderen. Niet zonder dat ik ervan overtuigd was dat ik inderdaad iets hád.'

'Oké,' zei Decker bedachtzaam. 'Maar nu weet je het zeker?'

'Ja.' Diesel zat met een grimmig gezicht te knikken. 'Ik heb het gecontroleerd.'

O. Dat zou een verklaring kunnen zijn voor het witter dan witte gezicht. 'Waarom was je er niet zeker van of je het had of niet?'

Diesel liet zijn kin zakken, boog zich voorover en steunde met zijn ellebogen op zijn knieën. 'Toen ik eindelijk door alle lagen beveiliging op McCords computer was gedrongen, besefte ik dat ik maar beperkt de tijd had. Zijn netwerkbeveiliging was voortdurend bezig zichzelf te resetten. Dus toen heb ik alles gedownload wat ik maar kon voor ik eruit geschopt of ontdekt zou worden.'

'Dus op zeker moment had je de hele inhoud van zijn harde schijf, niet alleen de tekstbestanden.'

'Maar een paar minuten. Ik opende de eerste foto...' Hij slikte duidelijk hoorbaar en zijn woorden waren een stuk moeilijker te verstaan. 'Ik werd misselijk. Ik... ik heb... hier ervaring mee.'

Deckers hart brak in tweeën. 'Als slachtoffer?' vroeg hij, heel vriendelijk. Diesel knikte hem zwijgend toe. 'Mijn zusje ook,' zei Decker.

Opnieuw een hoorbaar slikken en Diesel hief zijn hoofd. 'Ik vind het zo erg, man.'

Decker knikte. 'Ik ook,' fluisterde hij, want zijn stem weigerde dienst. 'Haar misbruiker heeft haar vermoord. Hij was... heftig.'

Diesels ogen werden vochtig en hij liet zijn kin weer zakken. 'Fuck. Fuck dit allemaal. Fuck.'

'Ja.' Decker pakte de geheugenstick en klemde die in zijn vuist. 'Nadat je misselijk was geworden, heb je toen alles gewist wat je had gedownload behalve de tekstbestanden?' Opnieuw een zwijgend knikken. 'Waar had je je back-up?'

'Externe harde schijf.' De woorden klonken gesmoord. 'Ingesteld op automatisch updaten. Ik wist niet zeker wanneer dat was gebeurd. Of het wel was gebeurd. Op dat moment dacht ik niet na. Ik wilde alleen maar van die foto's af.'

'Dat begrijp ik,' zei Decker kalm. 'Mij zul je daar niet over horen.'

Er trok een huivering door Diesel. 'En toen moesten we het broertje van Marcus begraven en dat was... dat was moeilijk. Die jongen was als een broer voor me, snap je? Daarna functioneerden we allemaal op de automatische piloot. Dit was allemaal negen maanden geleden en Marcus was neergeschoten en ging bijna dood en we runden de *Ledger* zonder hem en we deden geen...' Een sidderende zucht. 'Buitenschoolse activiteiten. En toen werd het Nieuwjaar.'

'Wat gebeurde er met Nieuwjaar?'

'Ik ga de dag erna altijd naar mijn bankkluis.'

'En?' spoorde Decker zachtjes aan.

Diesels schouders kwamen omhoog toen hij diep en voorzichtig ademhaalde, maar hij keek nog steeds niet op. 'De dag na Nieuwjaar berg ik mijn externe harde schijf op in mijn kluis en laat hem daar liggen. Dan ga ik naar huis en begin met een nieuwe harde schijf. Gooi alles van mijn laptop wat ik niet meer nodig heb. Nieuw jaar, nieuw begin. Schone back-up van de harde schijf.'

Een ogenblik zag Decker de kluis voor zich, vol met harde schijven en andere spullen die Diesel Kennedy achter zich liet wanneer hij aan een nieuw jaar begon. Maar hij liet het erbij omdat Diesel zich moest concentreren op de missie die voor hen lag en niet op de spoken in de achteruitkijkspiegel. 'Is dat waar je vandaag bent geweest?' vroeg hij. 'Naar je bankkluis?'

'Gisteravond. Ik... ik kon niet slapen, dus toen ben ik gisteravond gegaan. Ik moest een tijd rijden om er te komen en toen weer terug. Toen ik eenmaal thuis was, moest ik mezelf dwingen om te bekijken wat erop stond.'

Decker opende zijn hand en staarde naar de stick. 'Dus hier staan de echte slachtoffers op?'

Opnieuw knikte het gebogen hoofd. 'De meesten zijn buitenlanders. Uit Zuidoost-Azië. Zuid-Amerikanen. Indianen – uit India, bedoel ik.'

'Dit zijn de kinderen die McCord van Alice en haar vader heeft gekocht?'

'Ja, dat denk ik wel.' Diesel zat nu te beven en Decker wist niet goed hoe hij hem kon helpen, dus deed hij wat zijn gevoel hem ingaf. Hij klampte zijn hand over Diesels nek en hield hem vast toen die brede schouders begonnen te schokken en hij verstevigde zijn grip toen een snik opborrelde uit Diesels borst.

Diesel verzette zich niet terwijl hij huilde, zei geen woord. Hij stortte gewoon in. Dus hield Decker zijn hand waar die lag terwijl hij hoopte dat hij hem een klein beetje kon steunen zodat hij niet volledig zou doordraaien. Maar het was moeilijk. Het was moeilijk om een grote man – *een man als ik* – onderuit te zien gaan. Opengelegd te zien worden. Er was niets zachts aan Diesel Kennedy en zeker zijn snikken niet. Ze klonken als het geluid van een dier dat zo'n pijn heeft dat het zelfs niet meer kon janken.

Decker veegde zijn eigen natte gezicht af met zijn schouder terwijl Diesels raspende snikken zijn borst doorboorden als botte messen. Hij herinnerde zich de pijn van te moeten toezien hoe zijn zusje stierf, maar hij was niet degene geweest die was aangevallen. Hij kon zich niet indenken daar al die tijd mee te moeten leven.

Hij hoorde een geluid achter zich en toen hij zich omdraaide, zag hij Bailey in de deuropening van de keuken staan met een hulpeloze uitdrukking op haar gezicht en tranen op haar wangen. Decker schudde even zijn hoofd en ze verdween en gaf Diesel de privacy die hij nodig had om zijn verdriet te uiten. Om kwaad te zijn. Gewoon om te zijn.

Toen Diesels snikken eindelijk bedaarden, stond Decker op, gooide water in zijn gezicht en maakte toen een theedoek nat en hield die naast Diesels gezicht zodat hij hem kon pakken zonder zich om te draaien. Daarna maakte hij een ijspak en drukte dat tegen Diesels gezicht om hem iets te geven waar hij zich achter kon verbergen terwijl ze hun gesprek afmaakten.

'Waarom ik?' vroeg Decker met zachte stem. 'Waarom vertrouw je mij dit toe?'

Diesel schudde zijn hoofd. 'Ik weet het niet. Ik denk dat ik gewoon het gevoel had dat het kon.' Hij ademde sidderend uit en drukte het ijspak met beide handen tegen zijn gezicht. 'Ik was teleurgesteld dat Dani er niet was, maar nu... Shit, nu ben ik er blij om. Het is al erg genoeg dat jij er was.'

Decker voelde zich niet beledigd. 'Ik zal het niet tegen haar zeggen.'

'Hoe zit het met die verpleegster?'

'Wist je dat ze hier is geweest?'

Diesel liet het ijspak ver genoeg zakken om hem met een sarcastische blik aan te kijken. 'Ik heb ook in de woestijn gezeten. Rangers. Ik heb het heus wel in de gaten wanneer iemand me besluipt.'

Rangers? 'Dat geloof ik graag. Maar Dani vertrouwt haar. Ik denk dat wij er ook op kunnen vertrouwen dat ze discreet is.'

'Oké.' Het ijspak werd weer tegen Diesels ogen gedrukt. 'Wat is er met die klootzak gebeurd die je zus heeft vermoord?'

Deckers gezicht verstrakte. 'Hij is dood.'

Een korte knik, gevolgd door een instemmend gegrom. 'Mooi. Ik hoop dat je hem hebt laten lijden.'

'Hij heeft geleden,' zei Decker zacht. 'Heel erg.'

Diesel snoof vreugdeloos lachend. 'Geweldig hoe jullie FBI-jongens een vraag beantwoorden zonder jezelf te belasten.'

'Wou je zeggen dat jullie krantenmannen niet hetzelfde doen? Maar jawel. Hij heeft geleden. En het mooiste is dat hij dat nooit meer een ander meisje zal aandoen. Of jongen. Dat geldt ook voor McCord. En voor zijn partner, want we zullen hem te pakken krijgen. We zullen ze niet allemaal kunnen pakken, maar deze hier wel, Diesel.'

'Dank je.' Hij boog zijn hoofd achterover, maar hield het ijs op zijn gezicht. 'Wat ga je tegen je baas zeggen over die geheugenstick?'

Decker keek naar het kleine stukje plastic en metaal in zijn hand. 'Wat jij me hebt verteld. Dat je back-upsysteem een kopie heeft gemaakt die je pas hebt gevonden toen je terugging en ernaar zocht. Hij hoeft niet te weten waar de harde schijf zich bevond of dat je er nog meer hebt.'

'Weet je zeker dat je van de FBI bent?'

'Vrij zeker, ja. Bedankt hiervoor. Erachter komen wie McCords slachtoffers waren zal ons hopelijk helpen zijn compagnon te vinden.'

'Als er kinderen zijn die nog leven.'

'Daar kunnen we alleen op hopen, maar als dat niet het geval is, vinden we misschien patronen die ons naar de partner kunnen leiden.'

Dat hoopte Decker beslist. De slachtoffers van de mensenhandel van Alice en haar vader die een week eerder waren gered door Scarlett en Deacon waren allemaal verkocht als arbeidskracht. Geen van hen was gefotografeerd of verkocht voor de seksbusiness.

Diesel kwam op wankele benen overeind. 'Shit, nu heb ik koppijn. Maar dat ijs heeft wel geholpen.'

'Daar in die grote pot zit ibuprofen. Kate is gisteravond een beetje doorgedraaid in de drogisterij.' *En daarna is ze een beetje doorgedraaid bij mij.* Ze zou snel weer terug zijn. *Misschien doet ze het dan wel weer. Misschien zelfs meer.* En misschien kon hij beter ophouden met aan Kate te denken, want zijn trainingsbroek verborg niets. Weer niet.

Diesel glimlachte. 'Je beseft toch wel dat Deacon Kate als zijn zus beschouwt?'

'Blij dat te horen.' Decker pakte twee flesjes water uit de koelkast en gooide er een naar Diesel, voornamelijk om zichzelf heimelijk te schikken voor hij de deur van de koelkast weer dichtdeed. 'Want ik beschouw haar níét als míjn zus.'

Diesels lach klonk een beetje kwaadaardig. 'Dit wordt leuk.'

Decker grijnsde, maar toen ging zijn mobiele telefoon over en hij werd ogenblikkelijk ernstig. Het was de antiekwinkel. 'Duim voor me,' mompelde hij, waarna hij opnam. 'Met agent Davenport. Hebt u me nagetrokken?'

'Jazeker,' zei de eigenaresse. 'Uw chef heeft gezegd dat ik u mijn volle medewerking moet geven. Dus hier is wat ik heb gevonden: eind februari heeft een vrouw een klok gebracht die moest worden gerepareerd, maar haar naam was niet Alice. Onze bewakingsvideo's gaan maar drie maanden terug en daarna wordt over de beelden opgenomen, dus ik weet niet of ze overeenkomt met de beschrijving van de vrouw die u zoekt.'

'Ze kan een alias hebben gebruikt. Hebt u even een ogenblik?' Hij zette de microfoon van de telefoon uit en knipte ritmisch met zijn vingers terwijl hij probeerde zich de schuilnamen te herinneren die Alice had gebruikt. 'Troy zei gisteren dat ze een valse naam had gebruikt bij de sportschool.'

'Zit je te mompelen over Alice?' vroeg Diesel.

'Ja. Ik moet de naam hebben die ze gebruikte.'

'Allison Bassett,' zei hij zonder aarzelen. 'Dat is de naam die ze Marcus gaf toen ze bij hem op bezoek kwam in het ziekenhuis. Toen hij eruit was, stalkte ze hem. Ik denk dat ze zich ervan wilde overtuigen dat hij de zaak-McCord niet zou heropenen. We weten nu waarom.'

'Ja,' zei Decker grimmig. Hij zette de microfoon weer aan. 'Was het Allison Basset?'

'Ja,' zei de vrouw opgelucht. 'Ik zou u die naam sowieso hebben gegeven, maar het voelt zo veel beter nu u zelf met de juiste naam komt. Ze heeft een adres achtergelaten zodat we de klok konden afleveren als de reparatie gedaan was. Wilt u het adres?'

Deckers glimlach spleet zijn gezicht bijna in tweeën. 'Jazeker, mevrouw. Heel erg graag.'

Vrijdag 14 augustus, 13.55 uur

Mallory parkeerde de auto voor het warenhuis Home Store, maar zette de motor niet uit. Ze was misselijk. *Verdomme. Doe het gewoon. Het kan maar gedaan zijn.* En dan?

En dan moet je de gevolgen aanvaarden, wat die ook mogen zijn. Zolang Macy maar niets overkwam.

Ik zal met die agente praten. Ik zal haar alles vertellen. Maar eerst moet ze naar Gemma's huis gaan en Macy in beschermende hechtenis nemen. De politie kon dat doen. Dat had ze een keer op televisie gezien. In een documentaire, niet een van die verzonnen politieseries. De man in de documentaire had bescherming gekregen voor zijn vrouw en zoon in ruil voor belangrijk bewijsmateriaal dat hij de politie verstrekte.

Voorkomen dat vier kinderen internetporno moesten maken leek een goede ruil.

Ze stapte uit haar auto en zwaaide even op haar benen toen de hitte haar in het gezicht sloeg. In de documentaire werden de man en zijn gezin opgenomen in een getuigenbeschermingsprogramma en kregen ze een nieuwe identiteit en een nieuw huis. Als zij de kans kreeg om te verhuizen, dan zou ze heel ver weg van deze stad gaan met zijn koude, grijze winters en ondraaglijk vochtige zomers. Maine misschien. Of Seattle. Of misschien ergens midden in de rimboe waar niemand haar zou herkennen als Sunshine Suzie.

Hou op met uitstellen, Mallory. Ga die winkel binnen en vraag de manager of je zijn telefoon mag gebruiken. Gebruik die telefoon om die aardige mevrouw op het politiebureau te bellen. Doe het nou.

Ze sloot de auto af en dwong haar voeten om in beweging te komen. *De ene voet voor de andere.* Ze begon te lopen en keek achterom om de parkeerplaats te overzien. Ze had al een tijdje het gevoel dat ze werd gevolgd, maar er had niemand achter haar gereden tot ze bij de snelweg was.

Je doet paranoïde. Maar beter te voorzichtig dan onvoorzichtig. Of dood. Zoals JJ.

Ze ging langzamer lopen toen ze langs het parkeerterrein van het motel liep waar ze die ochtend JJ's overblijfselen had achtergelaten. JJ's auto stond er niet meer. *Precies zoals hij wel had geweten. Daarom moest ik de sleutels erin laten zitten.* Hij had misschien iemand gestuurd om de auto – en JJ – op te ruimen of anders had iemand hem gestolen. Hoe dan ook, Mallory's vingerafdrukken zaten overal.

Hij had haar in de val laten lopen. Hij had haar medeplichtig gemaakt aan moord. *Nou en?* Hij had haar al medeplichtig gemaakt aan kindermisbruik. Waarom niet ook nog moord?

Plotseling leek het idee om de politie alles te vertellen niet meer zo geweldig. *Als de politie die koffers vindt, ga ik naar de gevangenis.* Ze bleef even staan en wilde bijna teruglopen naar haar auto.

Maar als ze niets zei, zouden vier jonge mensen Sunshine Suzies worden.

Ze liep verder in de richting van de winkel. Daar was een telefooncel. Ze had nooit eerder de voorkant van deze Home Store bekeken, alleen maar de supermarkt. Ze versnelde haar pas en was drie meter van de telefoon toen ze een stem achter zich hoorde.

'Mallory! Schat!'

Afgrijzen vermengde zich met hoop. Afgrijzen omdat het Gemma was en er was nog nooit iets goeds voortgekomen uit het gezelschap van die vrouw. Hoop omdat Gemma degene was die Macy bij zich zou hebben.

Mallory draaide zich om en de teleurstelling trof haar harder dan de hitte had gedaan. Want Macy was nergens te bekennen. Gemma was alleen en ze had een veel te brede glimlach op haar gezicht.

'Mal, hoe gaat het me je, meid? Het is eeuwen geleden dat ik je heb gezien. Wat een toeval.'

Nee, helemaal geen toeval. Dat was onmogelijk. Gemma stond haar met een kritische blik van top tot teen op te nemen.

Mallory vroeg zich af wat hij zijn zus dit keer had wijsgemaakt. 'Het gaat prima met me, Gemma,' antwoordde ze beleefd, want als ze onbeleefd was, zou hij haar dat later laten berouwen. 'Hoe is het met jou?'

'Kon niet beter!' zong Gemma.

Het afgrijzen van Mallory nam steeds grotere vormen aan. Gemma's glimlach was veel te vrolijk, haar ogen te sprankelend. *O god.* De vrouw die voor Macy moest zorgen was high. 'Waar is Macy?'

Gemma's kneep haar veel te schitterende ogen samen. 'Ze is bij haar papa.' Het was een waarschuwing dat Mallory uit de buurt moest blijven. Maar toen kwam Gemma naast Mallory lopen en sloeg een arm om haar heen. 'Ik kwam hierheen om nog een paar dingetjes op te pikken voor Macy's verjaardag. Jij hebt zo'n goede smaak. Zou je me willen helpen?'

Dat was zo'n opzichtige leugen dat Mallory daar bijna ter plekke instortte. *Ze weet het. Ze weet dat ik de telefoon wilde gebruiken. Dat ik alles wilde vertellen.*

Nee, dat was belachelijk. Hoe kon ze dat nou weten? Maar het deed er uiteindelijk niet toe. Wat er wel toe deed was dat Gemma aan haar vastgeplakt zat en niet de indruk wekte van plan te zijn om weer weg te gaan. Er zou vandaag niet worden gebeld.

Maar die kinderen kwamen de volgende dag al. Alle vier.

Hij zal morgen nog van ze afblijven. Morgen is film en zwembad. Maar wat als hij dat wel deed?

Ik moet gewoon een andere reden verzinnen om morgen weer naar de winkel te gaan.

Vrijdag 14 augustus, 15.15 uur

'Kate? Heb je gebeld?'

Kate deed een stil dankgebed toen Adam Kimble het vertrek binnenkwam. Ze was nog nooit zo blij geweest om een excuus te hebben niet langer naar een beeldscherm te hoeven kijken. Tegelijkertijd had ze het nog nooit zo vervelend gevonden om een collega om raad te vragen. 'Ja.' Ze pakte haar fles water en schakelde de monitor met een druk op de knop uit. 'We hebben Corey Addison opgepakt.'

'Dat heb ik gehoord. Ik heb ook van Quincy Taylor gehoord dat je een echte ninja bent.'

Kate's mondhoeken krulden. 'Dank je. Ik ben tamelijk trots op mijn ninjavaardigheden. Ik weet niet waar Addison dacht dat hij naartoe ging. Ik had hem in de boeien en er was een heleboel politie en FBI die het gebouw hadden omsingeld.' Ze glimlachte. 'Het waren geweldige beelden toen we hem naar buiten sleurden. Dat moest wel, want ik had zijn voeten ook geboeid.'

'Ik weet het.' Adams glimlach was net zo duivels als die van haar. 'Ik heb het op elke nieuwszender gezien die er maar is in de stad en op CNN. Ik geloof dat het zelfs de BBC heeft gehaald.'

'Hoera!' Toen slaakte Kate een zucht. *Mijn god, wat heb ik hier een hekel aan.* 'Adam... we hebben zijn kantoor en zijn woning doorzocht. En we hebben... dingen gevonden.'

Adams glimlach stierf weg. 'Zoiets vermoedde ik al.'

'Ik wil niet dat je alles moet bekijken, niet in je eentje. Dat is niet goed.'

'Het geeft niet.' Hij hield een tas omhoog met daarop het logo van een plaatselijke boekhandel. 'Ik heb nu methodes om ermee om te gaan.' Hij gooide de tas op tafel en Kate merkte dat ze weer moest glimlachen.

'Kleurboeken en *Origami voor Dummies*? Geweldig.'

'Het is een begin. Ik zal ook moeten leren omgaan met mijn woede.' Hij vertrok zijn gezicht. 'Ik ben op zoek naar een therapeut.'

'Ik dacht dat Meredith en jij...?'

Hij schudde zijn hoofd. 'O, nee. Nee. We zijn vrienden. Ik kan niet van haar verwachten dat ze me behandelt. Dat is niet eerlijk tegenover haar. Dus moet ik iemand... anders hebben.'

'Dat begrijp ik.' Het kaartje van de PTSS-deskundige brandde een gat in haar zak. 'Ik ga proberen iemand te vinden die me kan helpen met mijn...' Ze stak haar handen overdreven bevend uit. 'Ik raak zo gespannen dat ik niet meer kan denken. En breien en origami zal niet altijd kunnen.'

Adam nam plaats voor het donkere beeldscherm. 'Je hebt me niet gevraagd hierheen te komen om over gevoelens te praten, al kun je me altijd bellen als je iemand nodig hebt die je van het dak moet praten.'

'Alleen als jij hetzelfde doet.' Toen hij knikte, ging ze op de stoel naast hem zitten. 'Oké. Dan worden we therapiemaatjes. Ik had nooit gedacht dat ik dat hardop zou zeggen, maar kijk eens aan.' Ze haalde diep adem, gaf toen toe en pakte het breiwerk waar ze mee bezig was geweest toen hij binnenkwam. 'Er stond niets op de computer van Addison op kantoor. Hij was in ieder geval wel zo slim om niet op zijn werk langs pornosites te surfen. Maar zijn thuiscomputer stond vol en hij had een héleboel dvd's. Sommige waren professioneel vervaardigd – en ik gebruik die term in de ruimste zin van het woord. Andere had hij zelf opgenomen en dat wordt een heel ander onderzoek. Maar relevant voor ons onderzoek zijn een paar ouderwetse cd's. Ze waren gemerkt met "SS" en het jaar en de omvang. De eerste is van zes jaar geleden en het ging drie jaar door.'

'De periode dat Sunshine Suzie gedwongen werd films te maken,' zei Adam gespannen.

'Ja. Er zijn verschillende delen voor elk jaar, vooral het eerste. Corey Addison was een echte fan. Ik heb even naar de eerste cd van elk van die drie jaar gekeken, gewoon om een idee te krijgen en of er iets was veranderd.'

'Zoals de set en de attributen. Goed bedacht.'

Kate's hoofd ging zenuwachtig op en neer terwijl ze zat te breien. Toen ze het einde van een pen bereikte, drong tot haar door dat ze al een hele tijd zat te knikken. Ze keek gegeneerd op en zag begrip in Adams ogen.

'Het is klote,' zei hij zacht. 'En niet iedereen gaat er op dezelfde manier mee om. Ik... ben een soort van ontploft. Ik heb mezelf afgesloten voor mijn familie en vrienden. Hoe je er ook mee omgaat, het zal je gewone manier worden.'

'Dat klinkt alsof het uit een boekje komt of van een sensei.'

'De tweede. Ik had een mentor toen ik bij Persoonlijke Misdrijven zat. Dat was de man naar wie ik gisteren ben gegaan om de bestanden die we op McCords computer hebben gevonden door te nemen. Waar het op neerkomt is, geneer je niet. En, denk ik... wees niet bang om om hulp te vragen.'

'Dat is het probleem,' zei ze ellendig. 'Ik vraag jou me te helpen omdat jij in staat zult zijn om dit sneller te analyseren dan wie van ons dan ook.'

'Dus er waren verschillen tussen jaar een en jaar drie?'

'Ja. De set is veranderd. En toen ben ik naar de website gegaan die

Corey Addison bij zijn favorieten had staan om de opnamen te vergelijken met de Suzie-video's online. Ze waren voornamelijk hetzelfde, maar de video's van jaar één niet. Er stonden extra opnamen op Addisons cd's – opnamen die online niet beschikbaar waren. Ik kon ze in ieder geval niet vinden. Maar ik ken nog niet alle plekken waar ik moet zoeken.'

'Die kent niemand van ons. Die veranderen dagelijks. Maar de perverselingen krijgen dat op de een of andere manier wel te horen.' Hij haalde een paar keer diep adem. 'Ik hoef de online video's niet te zien. Die heb ik vanmiddag al bij de ICAC bekeken om mijn geheugen op te frissen. Ik ging ervan uit dat we moesten weten wat ze had doorgemaakt. Meredith moet het in ieder geval weten, zodat ze haar kan begeleiden als we haar vinden. Ik wilde niet dat Mer dit hoefde te zien.'

Kate kneep even in zijn schouder. 'Je bent een goeie vent, Kimble.'

Hij vertrok zijn gezicht. 'Ik geloof van niet.'

Ze pakte hem bij zijn kin en dwong hem haar aan te kijken. 'Je bent een goeie vent,' herhaalde ze nadrukkelijk. 'We gaan er allemaal op onze eigen manier mee om, maar een van de dingen die voor iedereen hetzelfde is, is dat we onszelf niet neerhalen. En we staan ook niet toe dat vrienden zichzelf neerhalen. Dus hou ermee op. Begrepen?'

Hij glimlachte onbeholpen omdat ze nog steeds zijn kin vast had. 'Ja, o machtige ninjakoningin.'

'Dat klinkt in ieder geval beter dan origamikoningin,' zei ze hooghartig en ze liet hem los. 'De video die ik klaar heb staan is een van Corey Addisons eerste Suzie-opnamen. Ze is jong, Adam. Echt heel jong.'

Hij knikte. Toen schakelde ze de monitor in. En zijn gezicht verstrakte. En hij balde zijn vuisten. 'Jezus christus,' fluisterde hij. 'Waarom? Ik bedoel, hoe kan iemand zo...'

'Kwaadaardig zijn?' vulde Kate verdrietig aan. 'Ik weet het niet. Maar mijn god, wat wil ik de man die haar dit heeft aangedaan graag vinden.'

'Ik ook.' Hij fronste zijn voorhoofd en concentreerde zich op het beeldscherm. 'Je hebt gelijk. De video's zijn op twee verschillende plekken gemaakt. Om te beginnen is het licht anders. Zie je hoe het hier door het raam naar binnen komt? Maar er is niet echt een bundel zonlicht.'

'Raam op het noorden,' zei Kate. 'Ik wilde graag spoorzoeker worden toen ik bij het leger kwam, maar in die tijd was dat niet echt mogelijk voor een meisje.'

'Dat is gelul. Je bent een betere schutter dan zo'n beetje elke man die ik ken.'

'Dank je, maar zo was het nu eenmaal. Desondanks kan ik overal de weg vinden, of het nou op een bewolkte of een zonnige dag is. Dag of nacht.' Ze was niet aan het opscheppen. Het was gewoon een verklaring van haar vaardigheden.

'Dan kun je misschien mijn moeder eens les geven,' zei Adam luchtig. 'Ze verdwaalt al als ze naar de winkel op de hoek gaat.'

'Dan is ze misschien beter af met een gps.' Kate ging mee in de luchtige toon, want dat leek hen allebei een beetje te kalmeren.

Adam lachte. 'Misschien.' Hij zuchtte. 'Hoe dan ook, het licht is anders, dus het is op zijn minst een andere kamer in hetzelfde huis.' Hij zette de beelden stil en hield zijn hoofd schuin. 'Nee, ander huis. In die jongere video's zijn de plafonds hoger.'

Ze boog zich naar voren om het scherm beter te kunnen bekijken. 'Nu je het zegt, zie ik het ook, ja.'

'Het kan nog steeds om hetzelfde huis gaan, maar het landschap is anders. Kijk maar door het raam. Maar ik weet niet of het iets uitmaakt. Als het een andere plek is en hij daar niet meer filmt, dan zal het ons waarschijnlijk niet verder helpen als we het vinden. Vooral omdat het al jaren geleden is.'

'Maar waaróm zijn die oudere video's niet meer beschikbaar?' drong Kate aan. 'Hij wilde zo te zien alle hits die hij maar kon krijgen om zo veel mogelijk te verdienen.'

'Dat is waar.' Adam leunde achterover in zijn stoel en dacht na. 'Het zou ergens op slaan als die eerste plek op de een of andere manier gecompromitteerd was.'

'Dat mensen hem bijvoorbeeld konden identificeren aan de hand van het huis?'

'Precies. Dat zouden dan mensen moeten zijn die het tegen hem konden gebruiken. Hem misschien chanteren.' Zijn donkere wenkbrauwen gingen omhoog. 'Of hem arresteren.'

Kate begon langzaam te glimlachen. 'Dat de politie misschien zijn huis heeft gezien. Als dat zo is, dan hebben ze niet beseft wat hij daar uitspookte, want ze hebben hem niet gearresteerd. Of...' Haar glimlach vervaagde. 'Of ze zijn er wel achter gekomen en wilden gewoon meedelen in die handel.'

'Allemaal veronderstellingen, maar wel plekken om te beginnen.'

'Als we erachter kunnen komen waar deze plek is, Adam, dan kunnen we dat checken met processen-verbaal. Het kan niet van lang geleden zijn. Hij filmde daar zes jaar geleden. Vijf jaar geleden zat hij al ergens anders.'

'Niemand heeft kunnen ontdekken waar die plek is,' zei Adam. 'De ICAC wist toen ze net begon niet dat ze uit de buurt kwam. Er was geen enkele aanwijzing dat de video's in het Midden-Westen werden gemaakt. In de Verenigde Staten, ja, maar dat is alles.'

'Wat voor aanwijzingen? Elektrische aansluitingen en verbruik?'

'Ja, dat en spullen op het aanrecht in de keuken of in de badkamer. Behangpatronen. Stijl schoenen. Van die dingen. Tegenwoordig is de techniek zo veel beter dat ze er misschien achter kunnen komen waar hij zowel in het begin als later, na zijn verhuizing, heeft gefilmd.' Hij keek haar met een intense blik aan. 'Dit is de eerste keer dat ik bij deze zaken een beetje hoop heb, Kate.'

'Mooi. Dan voel ik me niet zo schuldig dat ik je erbij heb geroepen.'

'Daar had je je sowieso geen zorgen om hoeven maken. Dit is werk. Mijn werk.'

Ze aarzelde. 'Je werk is in feite de Eenheid Gewelddadige Misdrijven, hè? Je gaat toch zeker niet terug naar Persoonlijke Misdrijven, of wel?'

'Ja op het eerste en nee op het tweede. Dus dit is voorlopig mijn werk.'

'Dat klinkt beter. Dus, wat nu?'

'Ik neem de cd's mee en laat er de nieuwste en beste software op los. Ik durf te wedden dat de FBI over betere technieken beschikt dan de ICAC.'

'Je hebt waarschijnlijk gelijk. Troy zal je daarmee kunnen helpen.' Ze fronste haar voorhoofd. 'Ik vraag me trouwens af waar hij uithangt. Ik heb al in geen uren iets van hem gehoord, maar ik heb hier ook geen signaal.' Ze was in het equivalent van een kluis, de plek waar ze naartoe gingen als ze iets heel vertrouwelijks te bespreken of te bekijken hadden. 'Hij zou achter de Professor aan gaan.' Ze belde Troy's nummer met de vaste telefoon in het vertrek. 'Hoi,' zei ze toen hij opnam. 'Waar ben je?'

'Op weg naar het appartement van Alice. Decker heeft geweldig gescoord.'

Kate's mond viel open. 'Wat? Waarom heeft niemand me dat verteld?'

'Dat heeft hij wel gedaan,' zei Troy. 'Hij heeft een groeps-sms gestuurd naar jou, mij en Zimmerman.'

'Verdomme. Ik vind het echt vreselijk als ik zo afgesloten ben.'

'Zit je in de kluis?'

'Ja. Maar ik kom naar je toe bij het huis van Alice.' Ze keek even naar Adam. 'Is dat oké wat jou betreft? Als ik je hiermee laat zitten?'

'Natuurlijk,' antwoordde Adam. 'Maar laat me even met Troy praten.'

Kate gaf hem de telefoon en pakte haar spullen bij elkaar terwijl Troy en hij technische zaken bespraken. Zodra ze vijf meter buiten de kluis was begon haar telefoon te zoemen en te piepen. Een sms van Troy in een reactie op de groeps-sms van Decker. Idem van Zimmerman.

Een groeps-sms van Deacon om te zeggen dat hij nog wel even in de gevangenis bezig was en dat een van de bewakers zich vreemd gedroeg.

Een sms van Meredith om haar te bedanken dat ze Kendra onder haar hoede had genomen.

Eén van Felicia Petrie met haar bedankje en een videobijlage waarop te zien was hoe Kate werd aangevallen door Corey Addison en haar daaropvolgende 'ninja-actie'.

En acht sms'jes van Decker. Eén was de groeps-sms, waarin stond dat hij Alice's appartement had gevonden, en het adres in Oakley. Kate kende de stad nog niet, maar ze vond het op Google Maps. De zeven andere sms'jes waren allemaal privé en alleen aan haar gestuurd.

Heb de kip opgemaakt. Sorry. Misschien kunnen we later ergens wat halen. Ik zal een helm opzetten. Word stapelgek van hierbinnen zitten.

Ja, dat had je gedroomd, dacht ze. Ze gingen helemaal niet ergens kip eten of wat dan ook. Ze zou op weg terug wel meer te eten halen. Ze was toch al van plan ergens ingrediënten voor brownies te kopen. Hij zou veilig op het schuiladres blijven. Want hij moest zich verschúílen. *Mannen.*

Ze las hoofdschuddend verder. Het volgende bericht was een uur eerder verzonden.

Heb Alice's appartement gevonden Vervolgens, vijf minuten later: Heb je op tv gezien toen je die lul uit zijn gebouw haalde. Benen geboeid. Goeie zet.

Vijftien minuten daarna: Hé, Kate, ben je er nog?

En toen, nog eens tien minuten later: Hallooo? Je maakt me bang. Bel me. Moet weten dat alles in orde is.

En een paar minuten daarna: O. De kluis. Z zei dat alles in orde was met je. Volgende keer moet je pauze nemen, oké? Om je telefoon in verbinding te stellen met het universum. Dat deed haar glimlachen.

De glimlach werd van haar gezicht geveegd toen ze de laatste sms las, die een kwartier eerder was verstuurd: Zie je bij Alice. Adres in groeps-sms. Doe weer mee! Shit, ja!

'Shit, néé,' mompelde Kate terwijl ze de hitte en de luchtvochtigheid negerend in hoog tempo naar haar auto liep. 'Die verdomde vent heeft een kinderjuf nodig.'

'Dat hebben ze allemáál, schat,' zei een oudere dame die uit de auto naast die van Kate stapte.

Kate gunde zich een seconde om haar glimlachend aan te kijken. 'Ik hoopte dat ze met de jaren wat verstandiger zouden worden.'

De dame lachte. 'We kunnen alleen maar hopen.'

'Prettige dag nog,' zei Kate. Ze sprong in haar huurauto en startte de motor. 'Decker, je hebt iets uit te leggen, jongen.'

Vrijdag 14 augustus, 15.20 uur

Hij bekeek de overdracht vanaf een flinke afstand door zijn verrekijker. Zijn stroman was zelf nog maar een kind, niets bijzonders. Maar de jongen – die Charlie heette – dacht dat hij dat wel was omdat de Professor hem persoonlijk had uitgekozen om zijn nieuwste opkikkertje uit te proberen. In werkelijkheid had hij Charlie uitgekozen omdat hij de eerste was die op het basketbalveld achter de CVS was verschenen.

Charlie zou zich over een paar minuten waarschijnlijk niet zo heel lekker voelen, maar zo rolde het balletje nu eenmaal. *Ik laat geen getuigen achter. Nooit.*

De zoon van Rawlings was na zijn dienst bij de McDonald's aan de overkant van de straat komen opdagen, zoals hij altijd deed. Alle jonge gasten werden gedurende het schooljaar als een stelletje postduiven naar die plek getrokken en streken daar luttele minuten na de laatste bel neer. Het was de plek waar je gezien moest worden. De jongens speelden basketbal, probeerden indruk te maken, en de meisjes zaten in kleine groepjes toe te kijken en bewonderend te koeren. Jaar in, jaar uit. De mode mocht dan wel veranderen, maar de jeugd als zodanig bleef tamelijk voorspelbaar.

In de zomer kwamen er veel minder kinderen opdagen om te spelen en als ze kwamen bleven ze niet lang. *Want, weet je wel, zonnesteek*, dacht hij minachtend. Elke zomer kregen Nell en hij minstens één geval van zonnesteek binnen van dit basketbalveld. Hij was er vrijwel zeker van dat hij Charlie ergens in het verleden daarvoor had behandeld. Hij had die jongen beslist behandeld voor andere dingen – verkoudheid, griep. Hij kende Charlie al sinds hij een snotneus in de vijfde klas was.

Hij kende Charlie's moeder nog langer, zowel als huisarts als als de Professor. Ze hadden samen op de universiteit gezeten en zij was een van de zeer onregelmatige klanten van de Professor geweest. Dat was in de tijd dat ze alleen maar genoeg gebruikte om haar examens te kunnen halen. Om haar door haar advocatenexamen te helpen. Daarna om een bijzonder uitdagend proces tot een goed einde te brengen.

Maar toen kwamen er kinderen en haar echtgenoot en zij bleven carrière maken en er leken nooit voldoende uren in een dag om eten te koken en de kinderen naar softbal te brengen en weer op te halen en de scherpe advocaat te zijn en, o ja, fit en slank blijven voor haar echtgenoot, die graag opschepte dat ze nog steeds in haar cheerleadersuniform van de middelbare school paste. Dat was absolute waanzin, maar Charlie's moeder viel er helemaal voor.

En ze begon steeds meer van de Professors pillen te gebruiken, want alles zijn voor iedereen was hard werken. Nu was ze een van zijn beste klanten en misschien ook wel een beetje onvoorzichtig. Want Charlie had de pillen van zijn moeder bij hem willen ruilen voor iets wat een beetje spannender was, niet wetend dat hij te maken had met de dealer van zijn moeder. En dat zou hij die knul ook nooit vertellen, want de relatie klant-dealer was een vertrouwenskwestie. Hij behandelde zijn klanten strikt individueel. Geen geklets over andermans zaken. Bovendien interesseerde het hem niet, hij was alleen geïnteresseerd in het geld dat het binnenbracht.

Tim Rawlings junior en Charlie waren vrienden. Dat wist hij omdat hij hen eerder samen had zien basketballen. De twee hadden al zo getranspireerd dat hun shirts doorweekt waren en Tim junior had dat van hem uitgetrokken en er zijn gezicht mee drooggedept. Beide jongens zagen er aardig uit, maar Tim junior was een beetje slanker, zijn spieren waren wat meer afgetekend. Bracht waarschijnlijk wat meer tijd door in de sportruimte thuis. Hij zou er goed uitzien op film.

Als hij in leven bleef, uiteraard. Dát zou van Rawlings senior afhangen.

Charlie nam een slok water, haalde toen het kleine medicijnflesje tevoorschijn dat hij bij zich had en schudde er een paar pillen uit. Hij bekeek ze nauwlettend voor hij ze in zijn mond stopte. Hij had de juiste genomen. Eén gewone amfetaminepil en een blauwe capsule. *Want jij bent groter*, had hij de jongen uitgelegd toen hij hem de pillen gaf. De gele capsule was voor Tim junior, omdat hij minder woog.

In werkelijkheid was Charlie's blauwe capsule gevuld met suiker terwijl die van junior iets veel dodelijkers bevatte. Iets wat Rawlings tot nadenken zou stemmen. Iets wat Rawlings senior als de sodemieter zou doen afzien van zijn dreigementen en eisen. Iets wat de bewaarder zou vervullen van vrees voor de toorn Gods. *Beter nog, vrees voor míjn toorn.*

Hij keek toe terwijl Charlie zijn pillen aan junior aanbood en ernstig het idee van de oppepper uitlegde – een manier om de effecten van de amfetamine op een veilige manier te versterken. *Veilig* trok hen elke keer over de streep.

Makke schapen, dacht hij vol verachting. Maar wel lucratieve schapen, dus hij mocht niet klagen.

Hij keek toe terwijl Tim junior een ogenblik de pillen bestudeerde en daarna onderzoekend naar Charlie keek. Charlie had zijn pil al ingenomen en er was niets met hem aan de hand, dus dat zou ook gelden voor Tim junior. Hij stak beide pillen in zijn mond en slikte die met de inhoud van een flesje water door.

Hij leunde achterover in de bestuurdersstoel en liet zijn ingehouden adem ontsnappen. Dat toneelstukje had op zo veel verschillende manieren kunnen uitpakken. Maar het had gewerkt.

Nu hoefde hij alleen nog maar te wachten tot het omhulsel van de coating in juniors maag zou oplossen. De pijn zou binnen enkele uren beginnen. Als Tim junior niet zou worden behandeld, dan zou hij binnen drie dagen dood zijn. *Gelukkig hoef ik Rawlings senior het gevaar van ricine niet uit te leggen.* De bewaarder had zelf met het spul gewerkt toen hij in de gevangenis afrekende met Alice.

Hij wachtte geduldig tot de jongens het te warm vonden worden om nog verder te spelen. Junior ging weg op zijn fiets en Charlie slenterde zoals ze hadden afgesproken naar de plek waar hij stond geparkeerd. Charlie was zijn stroman. Zijn werk bestond erin zijn vrienden zover te krijgen dat ze de nieuwe pil van de Professor gebruikten.

In ruil voor speciale lekkernijen, alleen voor hem. *Schaap.*

Hij stopte de verrekijker onder zijn stoel toen Charlie dichterbij kwam en draaide zich naar hem toe toen de jongen aan de passagierskant instapte. 'Charlie, kerel. Wat vind je ervan?'

Charlie haalde zijn schouders op. 'Kweenie. Maakt niet zo veel verschil.'

De knul was in ieder geval eerlijk. 'Hier. Probeer deze dan maar.' Hij gaf Charlie een pil vol pure amfetamine, die het hart van de jongen gegarandeerd aan flarden zou blazen. Achteraf gezien had hij dat ook bij Sidney Siler moeten doen, maar hij had niet in de buurt willen blijven rondhangen om er zeker van te zijn dat ze dood was. Cyaankali werkte sneller en gezien haar huidskleur zou kleurverandering van haar huid onopgemerkt blijven. Bovendien had hij nog wat overgehad nadat hij het aan Rawlings had gegeven als een laatste toevlucht om met Alice af te kunnen rekenen.

Daarbij was cyaankali gewoon te cool. Maar te veel van iets goeds werkte averechts. Charlie was zo wit als een pak melk. Als zijn huid rood werd van de cyaankali, zou iedereen het doorhebben.

'Cool. Bedankt.' Charlie werd binnen een paar minuten ongedurig. Nog een paar minuten later haalde hij moeilijk adem. 'Wauw. Professor. Dit voelt... maf.'

'Geef het even de tijd. Het wordt zo wel minder. En... heeft je maat nog gevraagd waar die pillen vandaan kwamen?'

'Neu. Ik pik ze altijd uit het medicijnkastje van mijn moeder. Dat weet hij.' Charlie veegde zijn voorhoofd af. 'Verdomme. Professor. Dit voelt echt raar.'

Een kwartier later was het karwei volbracht. Hij reed Charlie's lichaam terug naar het basketbalveld, dat nu helemaal verlaten was, en duwde hem uit de auto op de grond achter de auto van de jongen.

Hij zou nog een paar uur wachten en dan Rawlings senior bellen om hem te vertellen wat hij moest doen om zijn zoon te redden. Hij glimlachte toen hij het voor zich zag.

Maar hij kon de champagne nog niet opentrekken, want hij had nog één los eindje om weg te werken. Het werd tijd om eens werk te maken van het verwijderen van agent Davenport uit het systeem. En dat betekende hem van deze aardbodem verwijderen.

Daarna zou hij de Professor van zijn gezicht halen en de vermomming vernietigen.

En dán trek ik de bubbels open, want dan ben ik veilig.

19

Cincinnati, Ohio, vrijdag 14 augustus, 16.35 uur

Decker wist zonder te kijken dat Zimmerman het appartement van Alice was binnengekomen. Hij kon de boze blik van de man bijna voelen.

'Probeer je jezelf weer het ziekenhuis in te krijgen?' vroeg Zimmerman ongeduldig.

Decker draaide zich om op zijn klapstoel om achterom te kijken. Zimmerman stond in de deuropening van Alice's slaapkamer met zijn armen stevig over elkaar geslagen kwaad te kijken.

'Nee, meneer. Maar ik heb het dr. Novak gevraagd en ze zei geen nee.'

'Heeft ze ja gezegd?' wilde Zimmerman weten.

'Niet met zo veel woorden. Eerlijk gezegd zei ze helemaal niets. Ze heeft nooit antwoord gegeven op mijn sms. Ik neem aan dat ze behoorlijk kwaad op me is, dus ik zal een mooie bos bloemen voor haar kopen en mijn verontschuldigingen aanbieden.'

Zimmerman sloeg zijn ogen ten hemel. 'Wie heeft je hierheen gebracht?'

'Trip. Maar hij volgde alleen maar een bevel van mij op, dus straf hem alstublieft niet. Luister, we beschikken hier over goede beveiliging en ik voel me sterk.'

'Tot je adrenaline is uitgewerkt,' zei Zimmerman hoofdschuddend, maar hij liep naar het grote vierkante gat in de muur en kwam naast Deckers stoel staan. 'Nou, je bent er nu toch. We zullen het later wel hebben over het feit dat je nog niet voldoende hersteld bevonden bent om te werken. Wat heb je gevonden?'

Decker wees op de groeiende stapel dvd's op de vloer. 'Video. Stapels en stapels video's.'

Zimmerman fronste zijn wenkbrauwen. 'Bewaarde Alice hier ook kinderporno?'

'Nee, meneer. Geen kinderporno. Dit lijken allemaal seksvideo's van volwassenen. Voornamelijk Alice en... nou, een heleboel kerels. Niet allemaal tegelijk,' voegde hij eraan toe toen Zimmerman nogal geschokt keek. 'Maar ze leek opmerkelijk... actief.'

'Mijn god. Hoeveel heb je er gevonden?'

'Tot dusver een stuk of vijfentwintig.' Decker wees naar het gat in de muur en vervolgens naar een set boekenplanken die ongeveer een meter verderop stond. 'Ze gebruikte het boekenkastje om het gat te verbergen.'

'Hoe heb je het gevonden?'

'Sporen op het tapijt en de verf op de muur was gekrast. Ze moet het met enige regelmaat opzij hebben geschoven.'

'Goed werk, maar doe dat alsjeblieft niet nog een keer. Wacht tot dokter Novak je volledige toestemming heeft gegeven.'

Decker knikte gehoorzaam. 'Ja, meneer.'

Zimmerman sloeg opnieuw zijn ogen ten hemel. 'Je bent een slechte leugenaar, jongen. Eén belangrijke vraag. Heb je tegen Kate gezegd dat je hier bent? Want ik wil niet in de buurt zijn als ze erachter komt.'

De voordeur ging open, waardoor een stel lichten aan het plafond begonnen te knipperen – een stil alarm dat Alice had geïnstalleerd. De waarschuwing ging dit keer vergezeld van een bekende stem die wilde weten waar agent Davenport was. 'Ik heb haar gevraagd hier naar me toe te komen, ja. Ik kan me voorstellen dat ze niet al te blij is.'

Zimmerman schudde zijn hoofd. 'Volgens mij heb je gelijk.'

Een paar seconden later kwam Kate binnen met een donkere, onheilspellende uitdrukking op haar gezicht. O, wat was ze verrukkelijk. Decker kreeg onmiddellijk een stijve. 'Agent Coppola,' zei hij op aangename toon. 'Blij dat je in de gelegenheid bent om hier te komen.'

Kate bleef naast Zimmerman staan. Ze keek niet naar Decker. 'Vertel me alstublieft niet dat u hier toestemming voor hebt gegeven, meneer.'

'Dat heb ik zeker niet,' antwoordde Zimmerman. 'Agent Davenport heeft blijkbaar de hulp ingeroepen van Triplett en Troy. Ik geloof niet dat ze wisten dat de dokter hem nog geen toestemming had gegeven.'

'Het zou ook niet uitgemaakt hebben als ze dat wel hadden geweten,' mopperde ze terwijl ze Decker volledig negeerde. 'Agent Davenport praat met zijn charmes een slang nog uit zijn huid.'

Zimmerman gromde instemmend. 'Dan is het denk ik maar goed dat hij zijn charmes inzet voor de goede zaak en niet voor de slechte.'

'Zijn charmes zullen hem niet helpen als hij weer naar het ziekenhuis moet.'

'Dat probeerde ik hem ook al duidelijk te maken,' zei Zimmerman knikkend.

'Ik zit hier, hoor,' zei Decker vriendelijk.

'O, daar ben ik me heel erg van bewust.' Kate haalde diep adem en liet die weer ontsnappen.

Decker stak zijn hand op in de hoop een tirade te kunnen afweren. 'Ik weet dat je van streek bent –'

'Ja, dat klopt,' onderbrak ze hem. 'Ik ben van stréék omdat jij zo weinig geeft om je eigen herstel. De artsen hebben je leven al een keer gered. Hoe vaak denk je dat ze daartoe in staat zullen zijn? Verdomme, ik heb twee mannen gedood om je leven te redden. Twee slechte kerels, oké, maar ik heb twéé mánnen gedóód. En dan flik je me dít? Hoeveel moet ik er nog doden om je te redden? Vertel me dat gewoon, dan kan ik me erop voorbereiden. Nog twee? Nog tien?'

Decker vertrok zijn gezicht. 'Dat was een goeie, Kate. Een voltreffer.'

Zimmerman deed een stapje achteruit, de lafaard. 'Ik ga even kijken hoe agent Taylor vordert.'

'Ik raak waar ik op mik,' zei ze toen hun chef weg was. 'Ik wilde je aandacht trekken.'

Decker kneep even in de brug van zijn neus. Technisch gesproken had ze die twee mannen niet gedood om zijn leven te redden. Ze hadden hem al neergeschoten en dreigden te ontsnappen. Ze schoot op hun auto om ze tegen te houden. Maar hij besloot daar niet op te blijven hameren, want hoe je het wendde of keerde, uiteindelijk had ze wel twee mannen gedood. Hij zou geen greintje schuldgevoel hebben gehad, maar hij was Kate ook niet.

Kate was de vrouw die naar muziek van Disney luisterde als ze zich verdrietig voelde, maar alleen in het diepste geheim, omdat ze mensen wilde doen geloven dat ze een vrouw van staal was. Zij was de vrouw die de ouders van Sidney Siler haar eigen hotelkamer had gegeven omdat ze zich die zelf niet konden veroorloven en die voor haar echtgenoot had gezorgd tot hij zijn laatste adem uitblies.

Zij was de vrouw die een week lang aan zijn bed had gezeten omdat hij verder niemand had. Het was haar stem geweest waar hij naar had geluisterd toen hij daar in het donker had gelegen, gedesoriënteerd en... ja, bang. Haar aanraking die hem weer zekerheid had gegeven nadat hij het zo lang zonder had moeten doen.

Ja, ze had hem gered, alleen niet zoals zij dacht, en hij was niet van plan haar te beledigen door haar schuldgevoel of haar gift te bagatelliseren. Maar hij zou haar ook niet toestaan hem te behandelen als een verdwaald jong hondje dat ze in huis had genomen en waarmee ze wilde kroelen.

'Ik ga me niet verontschuldigen omdat ik mijn werk doe. Ik draag een kogelwerend vest. We hebben overal mensen zitten. Mijn verpleegster is met me meegekomen. Zij is die lieve dame die in de woonkamer zit. Ze heet Bailey. Ze zei dat het goed voor me zou zijn om te lopen. Om frisse lucht te krijgen. Om iets van die spanning kwijt te raken waardoor mijn bloeddruk steeds hoger werd. Haar man had hun dochter al opgehaald bij het schuiladres, dus toen heb ik haar gevraagd om mee te gaan omdat ik wist dat jij geruster zou zijn als je wist dat er medische hulp aanwezig was.'

Kate's ogen spogen vuur. 'Dat ík me geruster zou voelen? Wat dacht je van het feit dat je gisteren nog maar uit het ziekenhuis bent gekomen, Decker? Uit een coma?'

'Kunstmatig coma,' zei hij koppig en hij hoorde de verdedigende toon in zijn stem. 'En vandaag loop ik. Vandaag wérk ik. Ik heb vandaag uitgevogeld waar het appartement van Alice was.'

'En je vond het niet meer dan billijk dat je hier ook zou zijn om het te doorzoeken,' zei Kate rustig en hij kon met geen mogelijkheid zeggen of ze het met die verklaring eens was of niet. Hij kon zichzelf niet toestaan zich daar iets van aan te trekken.

'Luister. Ik vind het prima als je kwaad op me bent. Dat verandert niets aan de werkelijkheid. Jij zegt dat je twee mannen hebt gedood om mijn leven te redden. Ik zeg dat je twee mannen hebt gedood, mijn leven hebt gered, en dat ik nu iets zou moeten dóén met het leven dat je hebt gered. Dat gebeurt niet zolang ik opgesloten zit in een gepimpte keuken op een schuiladres en naar een beeldscherm zit te staren. En of je het nou wil toegeven of niet, jij zou precies hetzelfde doen als ík twee mensen had gedood voor jóú.'

'Ben je nu klaar?' vroeg Kate en haar uitdrukking was nog geen spat veranderd.

Decker zuchtte. 'Ik denk het wel.'

'Laat me dan eens zien wat je hebt gevonden. Alsjeblieft.'

'Oké,' zei hij vermoeid. 'Dit gat hier lijkt de enige geheime bergplaats in het hele huis te zijn, maar de TR brengt apparatuur om de muren door te lichten om er zeker van te zijn dat Alice niet op allerlei plekken spul heeft verstopt. De bergplaats zat vol dvd's die ze met die camera daar heeft gemaakt.' Hij wees naar de muur tegenover het bed. 'Die was gecamoufleerd met schilderijen die ze eromheen had gehangen. De camera was op het bed gericht. Van de paar dvd's die we tot nu toe hebben bekeken, lijkt het dat ze zichzelf heeft gefilmd terwijl ze met verschillende partners seks bedreef. Wel steeds met één tegelijk. Tot dusver. Quincy Taylor is ze aan het inventariseren, maakt foto's van de beelden zodat we ze door een gezichtsherkenningsprogramma kunnen halen. Ik ben net klaar met de laatste dvd's eruit te halen. Die daar.' Hij wees naar de stapel.

'Waarom zou ze dat hebben opgenomen?'

'Misschien kreeg ze daar een kick van. Ze zette de datum, initialen en een beoordeling op elke hoes.'

'Beoordeling als alle leeftijden, boven de zestien of alleen voor volwassenen?'

'Nee.' Decker voelde zijn wangen rood worden. 'Als een zesje, een zeven, een negenenhalf. Een... prestatiebeoordeling.' Hij schraapte zijn keel. 'Een van de eerste die we hebben bekeken was met de zoon van een van de mensenhandelaren, degene die jij in de gevangenis hebt ondervraagd. We hopen dat haar andere partners ook iets met die bende te maken hebben. Dan vinden we haar zakelijke contacten.'

'Klinkt eigenlijk wel logisch,' zei Kate bedachtzaam. 'Alice moest haar identiteit geheimhouden voor buitenstaanders, dus bracht ze haar vrije tijd door met insiders.'

'Het is ook mogelijk dat ze die dvd's gebruikte om druk uit te kunnen oefenen. Misschien waren sommige van die mannen getrouwd. Of, zoals ik eerder ook al zei, het kan ook gewoon voor de kick zijn geweest. Of een manier om zich machtig te voelen. Haar vader hield haar tamelijk kort.'

'Dat kan ik wel begrijpen,' zei ze en ze wreef onbewust met haar tong over haar gebroken tand. 'Heb je daar in de muur ordners gevonden of iets anders over haar zakelijke beslommeringen? Contracten of facturen?'

Decker moest de woede die hij voelde voor de man die haar tand had gebroken van zich af zetten zodat hij zich op haar vragen kon concentreren. 'Nog niet, maar ik heb misschien nog een ander spoor naar klanten en leveranciers. Ik heb een geheugenstick gekregen met de inhoud van McCords échte computer – de computer die aangesloten was op het internet.'

Haar ogen werden spleetjes, maar glinsterden tegelijkertijd. 'Diesel heeft geleverd. Hij had een back-up.'

'Ik heb hem gekregen van een bron die bang is dat de FBI hem het leven zuur zal maken en zijn vrienden in de bak zal doen belanden,' zei hij ontwijkend, maar alleen voor de vorm. 'Ik heb hem anonimiteit beloofd.'

Kate glimlachte voor het eerst sinds ze als een wervelwind was komen binnenstormen. 'Diesel heeft geleverd,' zei ze opnieuw.

'Ik geef nooit mijn bronnen prijs,' zei Decker, maar hij knikte. 'Hij heeft de bestanden bekeken voor hij ze aan me gaf om er zeker van te zijn dat dit was waar we naar zochten. Hij was er slecht aan toe.'

Kate's glimlach verdween. 'Arme kerel.'

'Je hebt geen idee.' Decker pakte haar hand en was opgelucht toen ze die niet wegtrok. Hij hield haar vast, had haar nodig. 'Hij had zich niet gerealiseerd dat er een back-up bestond. Hij ging kijken of dat het geval was en heeft het bewijs toen meteen naar mij gebracht. Ik heb zelf een paar van die fotobestanden bekeken toen hij weg was en we zaten te wachten op het huiszoekingsbevel voor dit appartement.' Hij sloot zijn ogen en schudde zijn hoofd. 'Het is precies wat je zou verwachten. Gewoon walgelijk.'

Kate kneep even in zijn hand. 'Ik heb vandaag een paar van de Sunshine Suzie-video's bekeken,' fluisterde ze. 'Ze was nog maar twaalf. Dus ik snap wat je bedoelt.'

'Ik moest naar buiten, Kate.' Zijn stem klonk hemzelf vlak in de oren. 'Nadat ik die foto's van McCord had bekeken... Ik moest iets dóén.'

Ze ging op haar hurken naast hem zitten. 'Ik snap het, Decker. Echt. Maar tot je weer kunt rennen en springen en kogels ontwijken, ben je een gevaar voor jezelf. Ik wil niet weer toekijken terwijl je bloedend op de grond ligt of weer een week aan je bed zitten omdat je in coma ligt.' Haar stem brak enigszins en hij was een beetje uit het lood geslagen toen hij tranen in haar ogen zag. 'Dwing me daar alsjeblieft niet toe.'

Hij ademde zwaar uit. 'Oké. Ik zal... mijn herstel in acht nemen, want het doet je pijn als ik dat niet doe.'

Ze drukte haar voorhoofd tegen hun samengevouwen handen. 'Dank je.'

'Maar als er voldoende beveiliging is, zal ik mijn werk blijven doen. Ik laat me niet vertroetelen. Dat zou jij ook niet willen als de situatie omgekeerd was. Dat heb je zelf gezegd.'

Ze keek op, haar ogen vochtig maar helder en hij vermoedde dat haar donkere pantalon een traan of twee die ze had laten vallen had opgezogen. 'Dat heb ik inderdaad gezegd. En ik zal je helpen bij het doornemen van de bestanden van McCords computer. Ik denk niet dat we er iemand anders bij moeten betrekken zolang we niet zeker weten dat er niet ergens een lek is.'

'Mee eens. Alles weer goed nu?'

'Mag ik je wel vertroetelen, een beetje maar?'

'Als bakken daaronder valt, dan is het antwoord ja. Als... andere dingen daaronder vallen, ja. Maar als het betekent dat je me in bubbeltjesplastic wil wikkelen, dan zou het antwoord nee zijn.'

'Ik ben dol op dat bubbeltjesspul,' zei ze smachtend. 'Klinkt als schieten, maar niemand raakt gewond.'

Hij glimlachte verrukt. 'Ik vind je echt heel leuk, Kate.'

'Mooi. Dat is wederzijds.' Ze liet zijn hand los, draaide zich om en liet zich op haar knieën naast het gat in de muur vallen. 'Ik denk niet dat Alice haar borg terugkrijgt.'

Decker grinnikte. 'Dat zou ik ook zeggen.'

Kate pakte haar zaklamp en scheen ermee in de donkere ruimte. 'Het is in ieder geval schoon. Geen muizen of slangen. Dus die hoeven niet bang te zijn dat ze uit hun huid worden gepraat.'

'Ha, ha,' zei hij vreugdeloos. 'Iedereen is een komiek.'

Ze deed haar zaklamp uit en kwam overeind. 'Hier zit verder niets in. Als het een echt geheime bergplaats was geweest, dan zouden er andere spullen in hebben gezeten, zoals een vals paspoort of kasboeken. Munitie en wapens misschien. Ik vermoed dat de belangrijke papieren ergens in een kluis of een bankkluis liggen. Ze was een goede schutter, dus ze zou ergens een geweer verstopt moeten hebben. Maar dat is hier niet te vinden. Deze bergplaats was voor haar dvd's en gemakkelijk toegankelijk. Alice hield ervan om ze te bekijken.'

'Ik wil haar niet zien,' zei Decker vermoeid. 'Ik heb vandaag al te veel dingen gezien die mijn hersenen niet kunnen vergeten.'

'Dat geldt voor mij ook. Maar we zullen moeten helpen. Er zijn er te veel voor één persoon om te verwerken.'

'Dat weet ik. Maar daarom kan ik het nog wel niet willen. Wanneer wil je beginnen?'

'Nou, ik denk dat we ons er eerst van moeten overtuigen dat we elk hoekje en gaatje hebben doorzocht. Je zei dat de TR met röntgenapparatuur komt om de muren door te lichten. Wanneer is dat?'

'Op zijn vroegst morgen, denk ik. Ze gaan zich eerst richten op wat open en bloot is. Laden en kasten en zo.'

'Dan kunnen wij terwijl ze daarmee bezig zijn met die video's aan de slag. Maar ik denk dat we eerst wat moeten eten en misschien even een dutje doen. Ik loop op mijn laatste benen.'

'Een dutje klinkt goed.' Zijn mobiele telefoon begon te zoemen, net als die van Kate. 'Diesel,' zei hij toen hij zag wie er belde.

'De mijne komt van Deacon,' zei ze en haar mondhoeken gingen in een bezorgde frons omlaag. Ze deed een paar stappen bij hem vandaan zodat ze niet door elkaar heen zouden praten.

'Diesel, wat is er loos?' zei Decker toen hij opnam. 'Alles in orde?'

'Nee.' De man klonk volledig over zijn toeren. 'Het is niet in orde. Het is verdomme helemaal niet in orde.'

O, shit. 'Rustig,' zei hij met vaste stem. 'Wat is er gebeurd?'

'Het is Dani. Ze is gewond. Ze is neergestoken. Ik breng haar naar de spoedeisende hulp. Zeg jij het tegen Kate?'

Kate stond een meter verderop en alle kleur was uit haar gezicht getrokken.

'Ik geloof dat Deacon het haar op dit moment vertelt,' zei Decker zacht.

'Ja, ik heb hem als eerste gebeld.'

'Naar welk ziekenhuis breng je haar?' vroeg Decker, die voor Diesel zijn best deed om kalm te blijven. En voor Kate. Hij pakte haar hand beet en ze klampte zich aan hem vast alsof hij haar laatste redding was. 'County?'

'Al was het het laatste ziekenhuis op aarde,' snauwde Diesel. 'Bovendien ben ik dichter bij Christ.'

Decker was voornamelijk opgelucht. County had Dani gedwongen ontslag te nemen en dat was ook de plek waar hij bijna was vermoord.

Hij vertrouwde hun Dani's veiligheid niet toe. Maar hoewel het Christ Hospital maar vijf minuten bij de kliniek vandaan was, was het in de spits minstens een kwartier van Alice's appartement. 'We komen zo snel mogelijk,' zei Decker, Kate uitdagend er iets van te zeggen dat hij ging. Hij was opgelucht toen ze knikte.

Ze beëindigde haar gesprek met Deacon. 'Vraag Diesel waar de aanval heeft plaatsgevonden.'

'Ik heb haar gehoord,' zei Diesel scherp. 'In die verrekte kliniek. Ik had gelijk om ongerust te zijn.'

'We zullen een paar agenten sturen om de plaats delict af te schermen,' zei Decker tegen hem. 'Concentreer jij je maar op haar heelhuids in het ziekenhuis te krijgen. Hoor je me, Diesel?'

'Ja.' Diesels toon was grimmig vastberaden. 'Ik heb je gehoord. Ik moet gaan.'

Het gesprek eindigde en Decker kwam overeind, vouwde zijn klapstoel dicht en stak hem onder zijn arm. 'Kom op. Christ Hospital. Jij rijdt.'

Vrijdag 14 augustus, 17.20 uur

'Ik had haar tegen moeten houden,' zei Decker, zo zacht dat Kate hem bijna niet kon horen.

Ze was net gestopt bij de deuren van de spoedeisende hulp om Decker te laten uitstappen toen hij had gesproken – de eerste woorden sinds ze bij Alice's appartement waren weggegaan. 'En hoe had je dat precies willen doen, Decker? Dani is net zo slecht in het opvolgen van bevelen als haar broer. Of als jij. Of ik.' Ze keek hem glimlachend aan in de hoop dat ze zijn stemming wat kon verbeteren. 'We zijn als een stel kikkers in een kruiwagen.'

Hij beantwoordde haar glimlach niet. 'Ik heb niet naar haar geluisterd toen ze zei dat ze niet snapte waarom ik überhaupt om een dokter had gevraagd. Ik dacht dat ze alleen maar liep te mopperen.'

'Dat was misschien ook zo. Ze was gedwongen om een positie op te geven waar ze zo vreselijk hard voor had gewerkt en ze was gewoon kwaad. Ze zal het beste maken van haar nieuwe baan in de gratis kliniek omdat dat iets is wat we allemaal doen. We overleven en doen ons best om de zaken beter te maken. Maar ik geloof niet dat ze geweigerd zou hebben naar een noodgeval in de kliniek te komen als jij een gehoorzaam patiëntje was geweest. Jij wel?'

Hij schudde zijn hoofd. 'Nee, niet echt.'

'En eerlijk? Je had waarschijnlijk niet echt een dokter meer nodig vanaf het moment dat je was bijgekomen en zelfstandig ademde. Dat heeft Dani zelf tegen me gezegd toen ze ermee instemde om voor je te zorgen. Ze had eerst met je behandelend arts gesproken en hij zei dat je een eind hersteld was terwijl je in coma lag. En dat was de bedoeling van dat coma, denk ik. Je had gewoon rust nodig, de júíste oefening en tijd om weer op krachten te komen.'

'En een zorgverlener die er niet opuit was me te vermoorden,' voegde hij er met een grimas aan toe.

'Dat vooral,' stemde ze knikkend in. 'Als we meer tijd hadden gehad, zouden we waarschijnlijk een verpleegster hebben aangenomen. Maar Dani was beschikbaar en ze zei dat het haar het gevoel gaf dat ze... nuttig was.'

Hij vertrok zijn gezicht. 'Nu voel ik me nog ellendiger.'

'Dat is nergens voor nodig. Het was niet jouw verantwoordelijkheid om ervoor te zorgen dat ze zich nuttig voelde. Het is jouw verantwoordelijkheid om zo snel mogelijk te herstellen zodat je kunt doen wat je in feite de hele dag al hebt gedaan – je werk. Dani het gevoel geven dat ze nuttig was, was alleen maar een bonus.'

Hij keek haar achterdochtig aan. 'Wie ben jij en wat heb je met de echte Kate gedaan?'

Ze haalde haar schouders op. 'De echte Kate dacht wat jij zei. Over dat je iets moest dóén met je leven, aangezien het per slot van rekening inderdaad was gered. En je had gelijk. Daarover en over dat ik precies hetzelfde zou doen als jij als de situatie omgekeerd was. Dat wil niet zeggen dat ik het ermee eens ben dat je je zo inspant als je doet. Maar ik snap wel waarom je dat doet. Dat is omdat je nu eenmaal zo in elkaar steekt. En dat moet je niet veranderen, niet voor Dani en niet voor mij, hoe graag ik je ook in bubbeltjesplastic wil wikkelen en je gezond en wel wil houden.'

De achterdocht in zijn ogen veranderde in een dankbaarheid die zo puur was en zo... kwétsbaar, dat haar ogen begonnen te prikken. 'Dus,' besloot ze voor hij iets kon zeggen wat het prikken zou doen overgaan in een onstuitbare waterval, 'je had haar niet kunnen tegenhouden, omdat Dani ook is wie ze is. Zet nu je pokerface maar op en ga naar binnen. We moeten sterk zijn omwille van Deacon, want hij stortte bijna in aan de telefoon.'

Deckers adamsappel ging op en neer terwijl hij probeerde te slikken. 'Diesel ook.'

'Hij geeft om haar. Diesel, bedoel ik.'

'Hij volgde haar gisteren overal met zijn ogen wanneer hij dacht dat niemand het zag.'

Hij zat uit te stellen, besefte Kate. Maar waarom? Was hij bang dat de anderen hem er de schuld van zouden geven dat hij een koppige dokter er niet van had weerhouden te reageren op een oproep? *Ja*, dacht ze. Dat was het precies. Nieuwe vrienden. Eindelijk een kring waar hij bij hoorde na zo lang alleen te zijn geweest. Kate zou dat in zijn plaats ook niet graag riskeren.

'Ze zullen je de schuld niet geven,' zei ze zacht en toen glimlachte hij, weemoedig.

'Hoe wist je dat?'

'Omdat ik me net zo zou voelen. Diesel belde jou, Decker. Hij bracht jou die bestanden. Het is duidelijk dat hij je vertrouwt. Dus ga naar binnen en wees een vriend.' Ze legde haar hand om zijn nek en trok hem naar zich toe voor een kus die vluchtig had moeten zijn. Maar hij maakte er meer van, maakte het zacht. Toen legde hij zijn voorhoofd tegen dat van haar.

'Dank je,' fluisterde hij en toen was het haar beurt om te slikken.

'Loop alleen snel. Als dit een manier was om ons allemaal hierheen te lokken, dan had hij het niet beter kunnen bedenken.'

'Daar heb ik ook aan gedacht.'

Ze greep hem bij zijn overhemd en trok dat ver genoeg van zijn lichaam om te kunnen zien of hij een kogelwerend vest droeg. 'Ik wilde gewoon zeker weten dat je goed gekleed was. Ga maar naar binnen. Ik kom achter je aan zodra ik de auto heb weggezet.'

Hij deed wat ze had gevraagd. Leunend op zijn wandelstok overbrugde hij de afstand tussen de auto en de dubbele deuren van de spoedeisende hulp op een halfslachtig holletje, waardoor ze spijt had dat ze eerder zo akelig tegen hem had gedaan. Hij voelde zich echt een stuk beter en hij kende zijn lichaam.

Maar verdorie, zij wilde ook een kans om het te leren kennen en als hij zich weer het ziekenhuis in werkte zou dat een stevige spaak in het wiel steken. Ze had namelijk plannen.

Ze vond een plekje aan het einde van het parkeerterrein en terwijl ze erlangs reed herkende ze een paar auto's. De SUV van Deacon, uiteraard. De Subaru van Marcus O'Bannion. Hij was natuurlijk met Scarlett gekomen, die hier ook voor Deacon wilde zijn. En de geblutste Jeep van Adam. Die had ze die ochtend gezien toen hij Deacon en haar naar de plaats delict van Eileen Wilkins' moord had laten komen. Natuurlijk was Adam hier meteen naartoe gekomen. Deacon, Dani en hij waren samen opgegroeid. Neven en nicht. *Familie.*

Een deel van Kate's hart hoopte dat ze ook haar familie zouden zijn als zij ooit hier op de spoedeisende hulp zou belanden. Dat ze niet net als Decker helemaal niemand zou hebben. *Decker heeft nu in ieder geval ook iemand.*

Ze ging een beetje harder lopen toen ze de deur naderde. Als dit een val was, dan was ze niet van plan zichzelf tot een gemakkelijk doelwit te maken. Want McCords partner moest inmiddels weten dat ze naar hem op zoek waren. Hij had vier mensen gedood – voor zover ze wisten. Hij zou vroeg of laat op de radar van de politie opduiken.

De wachtkamer zat al voor de helft vol. Het dichtst bij de deur zat Meredith naast Adam, haar normaal gesproken zo rustige uitdrukking was nu vol ongerustheid.

O, god. Dit was ernstig.

Deacon zat voorovergebogen met zijn ellebogen op zijn knieën en zijn witte hoofd omlaag. Faith had haar hand op zijn rug en wreef in geruststellende wijde cirkels.

Diesel Kennedy stond bij het raam naar niets te staren. Decker had zichzelf naast de man vol tatoeages geposteerd en stond tegen de muur geleund. Hij zei niets. Hij was er alleen maar.

Kate rechtte haar rug en liep naar Deacon. Ze ging voor hem op haar hurken zitten zodat ze zijn omlaaggekeerde gezicht kon zien. 'Wat is er gebeurd? Heb je iets gehoord?'

Een ontkennend schudden van het witte hoofd. 'Nee, nog niet.'

'Ze is in haar buik gestoken,' zei Faith zacht. 'En ze is op haar hoofd geslagen. Zo hard dat ze een paar minuten buiten westen was.'

Niet goed. Kate gaf een kneepje in Deacons knie. 'Was ze bij bewustzijn toen Diesel haar binnenbracht?'

'Hij zei van wel. Maar de dokters hebben haar meteen de operatiekamer in gereden. Ik heb haar niet gezien.'

'Was Diesel bij haar toen ze werd aangevallen?'

'Ja.' Hij slikte moeizaam. 'Ik was bang dat ze griep of een of andere rare ziekte zou krijgen toen ze op de spoedeisende hulp werkte.' Hij keek op en de blik in zijn vochtige tweekleurige ogen was wanhopig. 'Ze mag niet ziek worden. Ze denkt dat ze Superwoman is, maar zelfs een koutje kan haar dood worden.'

Kate nam Deacons handen in de hare. 'Ze is sterk, hè?'

Deacon knikte grimmig. 'Veel te sterk.'

'Nou, ze is dan ook jouw zus,' zei Kate luchtig. 'Als er een manier bestaat voor haar om beter te worden, dan zal ze zorgen dat dat gebeurt. En wij zullen haar helpen. Begrepen?'

'Ja.' Eén kant van zijn mond kwam verdrietig omhoog. 'Maar juist jij weet dat het soms niet zo werkt.'

Kate's keel werd dichtgesnoerd. 'Ik weet het. Maar dat Dani wordt neergestoken is niet hetzelfde als Johnnie die sterft aan een hersentumor. Dat weet je ook. Je moet jezelf vermannen. Je moet sterk zijn voor haar wanneer ze bijkomt, dus zorg ervoor dat je tegen die tijd sterk bent. *Capisce?*'

Faith drukte een kus op zijn schouder. 'Ik had het niet beter kunnen verwoorden.'

'Dank je. Oké.' Ze liet haar stem scherper klinken. 'Speciaal agent Novak, je moet nu even je politiepet opzetten. Ik heb contact opgenomen met je inspecteur en ze heeft het toezicht op de plaats delict op zich genomen. Gewoon voor het geval dat dit meer was dan een overval die fout liep. Ken je iemand die je zus iets zou willen aandoen?'

Deacon sloot zijn ogen. 'Ze kreeg wel haatmails, allemaal verstuurd naar County. Van mensen die niet wilden dat ze "haar aids" verder verspreidde. Een paar dreigden met een aanklacht. Geen enkel mailtje ging naar haar privéadres.'

'Eerlijk gezegd...' Faith beet op haar lip. 'Dat gebeurde wel. Ze wilde niet dat je ongerust zou worden.'

Deacons hoofd kwam met een ruk omhoog en hij staarde zijn verloofde aan. De uitdrukking op zijn gezicht ging in een oogwenk van verdoofd naar woedend. 'Wel verdomme, Faith!'

Faith drukte haar vingers op zijn lippen om te voorkomen dat wat heel boze woorden zouden zijn konden ontsnappen. 'Ik heb het pas gisterochtend gehoord toen we ons ontbijt hadden bij Bailey thuis. Ik heb tegen haar gezegd dat ze kon kiezen – ze moest ons voor beveiliging laten zorgen of weer bij ons intrekken. Ik heb hoe dan ook tegen haar gezegd dat ze het jou uiterlijk vanavond moest vertellen, anders zou ik dat doen. Ik nam aan dat ik haar wel een paar dagen kon gunnen om het zelf te doen, aangezien ze op het schuiladres was. Voor Decker zorgen betekende eigenlijk twee vliegen in één klap. Ze verdiende wat extra's en had gratis lijfwachten. Ik had moeten weten dat ze weg zou gaan als ze een oproep kreeg.'

Deacon trok Faiths hand van zijn mond en drukte er een kus op. 'Het spijt me. Ik had op je moeten vertrouwen voor ik kwaad werd.'

'Ja, dat had je zeker,' zei Faith, 'maar ik zal het door de vingers zien omdat je van streek bent.'

'Ik zou niks door de vingers hebben gezien,' kwam Kate tussenbeide en Deacon lachte snuivend.

'Jawel, dat zou je wel. Dat heb je bij die lomperik daar al veel te veel gedaan.' Hij maakte een beweging met zijn hoofd in de richting van Decker.

Kate trok haar wenkbrauwen op. 'De pot en de ketel en zo. Dus hou je kop. Ik zal de dreigmails of -brieven bij County ophalen. Ik weet zeker dat de lafaards die hebben bewaard om zich in te dekken.' Ze klopte op Deacons knie. 'Ik ga nu even met Diesel praten. Ik wil niet dat je achter me aan komt. Je bent er te veel bij betrokken.'

Hij keek naar haar op. 'Mijn god, ik was vergeten hoe bazig je bent.'

Ze knipoogde naar hem en glimlachte naar Faith. 'Ik maak hem alleen wat malser voor je, Faith.'

'Dat wordt zeer gewaardeerd.' Faith stond op toen Kate vanuit haar hurkzit omhoogkwam en nam haar in een stevige omhelzing. 'Hij gaat het sowieso proberen,' fluisterde ze in Kate's oor. 'Laat hem alsjeblieft niet Dani's zaak onderzoeken. Daar gaat hij aan onderdoor. Vooral als...' Haar stem brak. 'Je weet wel.'

Als Dani sterft. Misschien niet door bloedverlies of aan de steekwond, maar later, aan een infectie. Het zou niet uitmaken. Ze zou er nog steeds niet meer zijn.

Kate gaf Faith een klopje op haar rug en voelde dat de andere vrouw diep ademhaalde om te voorkomen dat ze zou gaan huilen. 'Ik weet het,' fluisterde ze terug. 'Hij was mijn partner. Ik weet dat hij een verdomd harde kop heeft.'

Faith deed een stap achteruit terwijl ze haar tranen droogde. 'Ik ben echt blij dat je er bent.'

'Ik ook.' Kate keek naar Faith en toen naar Meredith. 'Al denk ik wel dat de hele boel in de fik vliegt als we nog een roodharige binnenhalen,' merkte ze droog op.

Meredith hief haar kin. 'Dat van mij is kastanjebruin.'

'Róód, dus?' Kate legde zonder naar hem te kijken haar hand op Deacons schouder en duwde hem terug in zijn stoel toen hij aanstalten maakte om op te staan. 'Hemel, was je altijd zo voorspelbaar? Ik zei dat je hier moest blijven, Novak. Dat meende ik. Je vertrouwt me toch, hè?'

Deacon keek verongelijkt. 'Jawel, maar op dit moment mag ik je niet zo heel erg.'

'Daar kan ik wel mee leven. Blijf. Hier.' Ze sloeg haar ogen ten hemel. 'Koppige kerels. Ze hebben allemaal een kinderjuf nodig.'

'Mee eens,' zei Faith.

'Ik heb daar niets tegen in te brengen,' voegde Meredith eraan toe.

'Hé,' zei Adam op verdedigende toon. 'Ik heb niks gedaan.'

Gewoon vrienden, gelul, dacht Kate. Adam was gedoemd en ze vroeg zich af waarom hij zich daar zo tegen verzette.

'Nog niet,' zei Meredith. 'Kate, als je me nodig hebt, dan ben ik beschikbaar.'

'Omdat Diesel zich maar nauwelijks staande weet te houden?' mompelde Kate. Dat was waar. De man was zo gespannen en zo stil dat hij de indruk wekte dat hij op het punt stond te breken. 'Dat zie ik. Ik roep je wel als ik je nodig heb.' Ze keek het vertrek rond. 'Waar zijn Scarlett en Marcus? Ik zag de auto van Marcus op de parkeerplaats.'

'Niemand van ons heeft nog geluncht en het wordt waarschijnlijk een lange zit, dus zijn zij koffie en iets te eten gaan halen,' antwoordde Adam. 'Ergens buiten het ziekenhuis. Gewoon voor het geval dat die klootzak die heeft geprobeerd Decker te vermoorden hier ook handlangers heeft.'

'Klinkt logisch,' zei Kate, 'al is het belachelijk dat we dat zelfs maar in overweging nemen. Adam? Jij hebt de Deacon-wacht tot Scarlett terug is, oké? Laat hem niet het ziekenhuis uit gaan, al moet je hem vastbinden op zijn stoel.'

Adam salueerde even kort, maar het gebaar had iets triests. 'Tot uw orders.'

Deacon wierp haar een woedende blik toe en Kate haalde haar

schouders op. 'Je was van plan te ontsnappen,' zei ze. 'Probeer het maar niet te ontkennen.'

'Je tante en je oom zullen je nodig hebben,' zei Faith zacht. 'En je broertje nog het meest van allemaal. Greg heeft op dit moment geen behoefte aan een grote, boze politieman. Hij heeft behoefte aan zijn broer. Dus laat Kate haar werk doen. Alsjeblieft.'

Hij deed zijn ogen dicht en zijn schouders gingen hangen van verslagenheid en wanhoop. 'Oké. Ik blijf.'

Kate kneep even in zijn arm. 'Dank je.' Ze liep naar Diesel. 'Ik moet je een paar vragen stellen,' zei ze met zachte stem. 'Wil je even meekomen? We zoeken een rustig plekje. Decker kan met ons meekomen als je je daar prettiger bij voelt.'

Diesel keek haar aan met een staalharde, kille blik in zijn donkere ogen. 'Je hoeft niet voorzichtig met me te zijn, agent Coppola. Ik verstijf niet bij politiemensen. Bij dokters wel. Politie, die mag ik gewoon niet.'

Kate keek hem glimlachend aan. 'Ik soms ook niet. Maar ik beloof je dat ik alles zal doen wat in mijn macht ligt om dit recht te zetten.'

Dat deed hem aarzelen en iets van zijn zelfbeheersing verliezen. 'Voor Deacon.'

'En voor jou. Maar vooral voor Dani.' Ze legde haar hand op zijn getatoeëerde onderarm en kneep even. 'Kom mee. Laten we op zoek gaan naar koffie en dan kun je me een verhaal vertellen.'

20

Cincinnati, Ohio, vrijdag 14 augustus, 17.50 uur

Decker liep achter Kate aan een lege familiekamer binnen. Hij zorgde ervoor dat hij voortdurend één pas achter Diesel Kennedy liep, want de man wekte de indruk dat hij er elk ogenblik vandoor zou kunnen gaan. Hij deed de deur dicht en ging naast Diesel zitten. Hij stootte bij wijze van steunbetuiging even met zijn schouder tegen die van Diesel. De man was doodsbleek geweest toen hij voor de deur stond op het schuiladres, maar nu zag hij bijna grijs. Het zweet parelde op zijn voorhoofd en hij zat te trillen.

Hij droeg een T-shirt met LEDGER op de achterkant en de naam van een kinderhonkbalteam op de voorkant. Decker herinnerde zich dat Diesel in zijn vrije tijd sportcoach voor kinderen was, omdat kinderen soms nu eenmaal de aandacht nodig hadden van een volwassene die echt om hen gaf. Maar het was een ander T-shirt dan hij een paar uur eerder had gedragen en Decker vroeg zich af of hij zich had verkleed omdat hij onder Dani's bloed had gezeten.

Dani's hiv-geïnfecteerde bloed. Decker kon in gedachten Dani's stem nog horen toen ze hem ietwat onzeker op de hoogte bracht van de risico's. Vervolgens Trips stem, vriendelijk en welluidend: *Ik denk dat we gewoon moeten zorgen dat je niet bloedt, hè, dokter?*

Decker kon alleen maar bidden dat het goed zou komen met haar, voor de geestelijke gezondheid van iedereen in het team. Maar op dit moment lag zijn zorg bij de geestelijke gezondheid van Diesel. En die zag er niet goed uit.

'Geef me even,' zei Decker zacht, en zwaar leunend op zijn wandelstok ging hij de kamer uit. Zijn energie begon op te raken. Hij moest iets eten. Dat zou hij doen zodra ze Diesel weer op de been hadden. Hij schoot een verpleegster aan en vroeg haar om een stapeltje spuugzakken. Die zouden voldoen.

Toen hij terugkwam in de kamer zat Diesel te hijgen. Kate had haar breiwerk tevoorschijn gehaald, evenals het stapeltje papier dat Deacon haar tijdens de ochtendvergadering had gegeven. Ze was kalm en beheerst en Decker merkte dat hij verdomd trots op haar was.

'Hier.' Hij gaf Diesel een van de zakken. 'Adem.'

Diesel gehoorzaamde met een dankbaar knikje. Decker liet zich op een stoel zakken terwijl Kate volop zat te breien. 'Kun jij me leren hoe dat moet?' vroeg Decker haar.

'Natuurlijk. Ik heb extra pennen en wol in mijn bagage. Voor je het weet kun je breien.' Ze hield haar pennen lang genoeg stil om de stapel papier voor Diesels neus te duwen. 'Het kan me niet schelen of je waardeloze vliegtuigjes maakt, maar jij moet op dit moment heel wat meer vouwen dan ik.'

Diesel hijgde niet meer, hij legde de zak weg en leunde met gesloten ogen achterover. 'Ik haat ziekenhuizen.'

'Dat was ons al opgevallen,' zei Kate droog. 'Je zult een reserveshirt nodig hebben als je zo blijft zweten.'

'Dit wás mijn reserveshirt,' zei Diesel zwaarmoedig. 'De verpleegster van de afdeling heeft het shirt dat ik aanhad afgepakt. Ze zei dat het een biologisch gevaar vormde. Verdomme.'

'Wist je van Dani's toestand?' vroeg Decker.

Diesel schudde zijn hoofd. 'We hebben nooit echt met elkaar gesproken.' Hij keek met een woedende blik naar Decker. 'Hoe wist jíj het? Je kent haar nog maar veel korter dan ik.'

'Ze heeft het me verteld toen ze gisteravond op het schuiladres kwam. Ze heeft het Trip ook verteld. Ze vond dat we het moesten weten zodat we onszelf konden beschermen als er iets gebeurde. Ze stelde ons zelfs in de gelegenheid om haar weer te ontslaan. Dat was belachelijk, natuurlijk.'

Diesel knikte beverig. 'Ik heb haar naar binnen gedragen en ze bloedde hevig.' Hij keek omlaag naar zijn enorme handen. 'Over me heen. Over de vloer. Ze probeerde te praten terwijl we hierheen reden. Ik zei steeds maar dat ze haar adem moest sparen om in leven te blijven. Ze probeerde me over het bloed te vertellen. De trauma-artsen herkenden haar natuurlijk meteen. Je weet wel, het haar.'

'Dat is tamelijk ongebruikelijk,' stemde Decker in. 'Zwart met witte lokken aan de voorkant. Net Rogue van *X-Men*.'

Diesel gromde. 'Knapper,' fluisterde hij, waarna hij zichzelf weer bij de les dwong. 'Ze zeiden dat ik moest blijven staan. Ik begreep niet waarom. Ze trokken twee paar handschoenen over elkaar aan en legden haar op een brancard. Brachten haar naar een kamertje. Onderzochten mij op open wonden. Ze vroegen of we... intiem waren geweest.' Hij wendde met een vuurrood hoofd zijn blik af. 'Mijn god.'

'Ze probeerden je te beschermen,' zei Decker kalm. 'Maar zo zal het niet zijn overgekomen.'

'Zeker niet. Ze stopten mijn kleren in van die rode zakken voor biochemisch afval. Gaven me ziekenhuiskleding.' Hij omklemde zijn dijen zo hard dat zijn knokkels wit zagen. 'Wat een manier om erachter te komen.'

'Ze wist ermee om te gaan,' zei Kate. Haar breipennen tikten in het ritme dat Decker zo geruststellend had gevonden toen hij worstelde om bij bewustzijn te komen. Hij vond het nog steeds geruststellend. 'Maar het maakt haar operatie en herstel wel ingewikkelder. Ze zal hulp nodig hebben. Net als Deacon.'

Diesel knikte. Hij was een beetje gekalmeerd. 'Hulp erna kan ik wel leveren. Het zijn de ziekenhuizen die me gek maken.'

'Mij ook,' zei Kate. Ze zei het op een manier die Decker deed beseffen wat het haar had gekost om een week lang aan zijn bed te zitten. 'Vertel eens wat er is gebeurd, Diesel.'

Diesel deed opnieuw zijn ogen dicht en zijn handen omklemden nog steeds zijn dijen. 'Ik was op het schuiladres om Decker iets te geven en toen hoorde ik dat Dani in haar eentje naar de kliniek was gegaan. Stom mens.'

'Ik zeg niks,' reageerde Kate mild. 'Maar aan de andere kant, Decker ging weg van het schuiladres om naar het appartement te gaan van een vrouw van wie bekend was dat ze een moordenaar was.' Ze haalde haar schouders op. 'Wat doe je ertegen?'

'Ik zou zeggen: vastbinden voor hun eigen bestwil, maar dat zal wel niet legaal zijn,' zei Diesel bitter.

'Alleen als ze er niet mee instemmen,' antwoordde Kate droog en Diesels ogen schoten open.

Hij staarde haar een ogenblik verbijsterd aan en stootte toen een korte lach uit. 'Ik heb medelijden met je, Decker. Ze zal zorgen dat je bij de les blijft.'

'Dat hoop ik,' zei Decker lijzig, maar hij werd onmiddellijk weer ernstig. 'Je moet ons vertellen wat er is gebeurd,' zei hij, want Diesel draaide eromheen. 'We moeten degene die dit heeft gedaan pakken.'

'Waarom zijn jullie hier eigenlijk bij betrokken?' wilde Diesel weten. 'Ik dacht dat het CPD me zou ondervragen.'

'Dat kan nog steeds,' zei Kate. 'Maar toen ik inspecteur Isenberg belde om te vragen of ze een paar agenten naar de kliniek wilde sturen, heeft ze gevraagd of wij jouw verklaring wilden opnemen. Als het alleen maar om een beroving gaat, dragen we de zaak over aan het CPD.'

Diesel bleef doodstil zitten. 'Jullie denken niet dat het om een beroving gaat, of wel?'

Kate haalde haar schouders op terwijl haar pennen ritmisch bleven tikken. 'Ik weet het niet. Dat weten we pas als we meer informatie krijgen. Hoe eerder je begint te praten, des te eerder weten we het.'

Diesel haalde diep adem en ging rechtop zitten. En toen begon hij het papier dat Kate hem had gegeven tot vliegtuigjes te vouwen. Maar echt gave vliegtuigjes. *Hè*, dacht Decker. *Wie had dat gedacht?*

'Ik ging weg bij het schuiladres en ik was niet... helemaal mezelf. Maar niet buiten zinnen,' voegde Diesel er snel aan toe en hulpeloos keek hij naar Decker.

'Hij had de bestanden bekeken waar we het over hadden,' zei Decker tegen Kate. 'Hij was van zijn stuk. Net als ik toen ik ze later bekeek.'

Kate knikte. 'Net als ik toen ik vanmiddag soortgelijke beelden zag op de computer van een pedofiel. Niemand zal het je kwalijk nemen. Diesel. Niet hier.'

Decker zag dat Diesel zachtjes was gaan wiegen – kleine bewegingen, maar gelijk met het getik van Kate's pennen. 'Waar ben je naartoe gegaan toen je bij het schuiladres wegging?' vroeg hij.

'Naar het opvangcentrum. Ik moest haar even zien, gewoon om te weten dat alles in orde was.' Hij keek op van het vliegtuigje dat hij aan het maken was en keek Kate fronsend aan. 'Ik ben geen stalker.'

'Natuurlijk niet,' zei ze beslist. 'Je maakte je zorgen. Ik ook trouwens, toen ik hoorde dat ze er alleen opuit was gegaan. Ben je de kliniek binnengegaan?'

'Nee. Ik... Dat kon ik niet. Te veel dokters.' Hij slikte moeizaam. 'En de geur. Ik haat die geur.'

'Dan ben je niet de enige,' zei Kate en ze keek op. Diesels handen waren werkeloos blijven liggen en hij staarde als verdoofd in de verte. Ze hield even op met breien en klopte hard op de tafel, waardoor hij opschrok. 'Waag het niet,' beval ze. 'Waar je net ook naartoe ging, doe het níét. Dat is een slechte plek.'

Diesel keek haar woedend aan. 'Hoe kan jij dat nou weten?' vroeg hij met bijtend sarcasme. 'Je weet er geen flikker van.'

O, o, dacht Decker. *Verkeerde vraag en écht de verkeerde toon.*

Kate's uitdrukking werd ijskoud. Meedogenloos. Dit was de vrouw die een geweer in zijn rug had gedrukt. 'Omdat ik soms zelf ook naar mijn slechte plek ga en daar vast blijf zitten. En de tape speelt zich dan telkens opnieuw af in mijn hoofd. Ik weet niet hoe jouw beelden eruitzien. Maar die van mij zijn... verontrustend. En ze veranderen naargelang mijn stemming of de situatie of wat het ook is dat ze oproept. De laatste tijd zie ik steeds de hersenen van mijn zwager door mijn woonkamer vliegen omdat hij zich met mijn eigen pistool voor zijn kop schoot.'

O, god. Decker had niet geweten dat het haar eigen wapen was geweest. Hij wilde haar troosten omdat er zo veel pijn in haar ogen stond te lezen. Pijn en schuldgevoel. Maar ook woede, die ze op dit moment losliet op Diesel.

Ze boog zich voorover en pinde Diesel vast met een woedende blik. 'Dus waag het niet me te vertellen wat ik niet weet. Jouw beelden zijn waarschijnlijk resten uit het leger. Ja, ik weet dat je in het leger hebt gezeten,' snauwde ze toen Diesels ogen groot werden, 'en ja, ik weet dat je een Ranger was. En ja, ik weet dat je behoorlijk in de war bent. Ik let goed op, meneer Kennedy, en ik weet hoe ik research moet doen. Meteen toen ik wist dat jij een sleutelrol vervulde in dat hele McCord-gedoe heb ik je nagetrokken. Misschien zie je nog steeds explosies en mensen die aan stukken worden gereten, of misschien iemand die je niet hebt kunnen redden. Maar vertel me níét dat ik geen idee heb. Doe zelfs die suggestie niet. Dat recht heb je niet.'

Ze haalde inmiddels zwaar adem en haar ogen spuwden vuur. Ze ging langzaam verder met breien. 'En dat is de reden dat ik brei,' zei ze kalm. 'Want als ik mijn mond opendoe, komen er woorden uit. Soms woorden waarvoor ik mijn verontschuldigingen moet aanbieden.'

Diesel zal haar vol respect op te nemen en zijn houding werd een stuk rustiger. 'Bied je je verontschuldigingen aan?'

Ze maakte een minachtend geluid. 'Kut, nee. Jij wel?'

'Ja,' zei Diesel. 'Ik wel. Ik bied mijn oprechte excuses aan, agent

Coppola, want je hebt gelijk. Ik weet net zomin wat jij hebt meegemaakt als jij weet wat ik heb doorstaan. Maar het was verkeerd van me om aan te nemen dat jij een gemakkelijker leven hebt gehad, alleen omdat jij alles op een rijtje hebt.'

Kate's mond viel open. 'Wel verdomme. Zie je dit breiwerk, Diesel? Dat is een dwangneurose. Een looprekje. Dit is niet het gedrag van een vrouw die alles op een rijtje heeft.' Ze wendde haar blik af. 'En voor alle duidelijkheid, ik heb het nooit op een rijtje gehad. Ik kan het alleen heel erg goed faken.'

Deckers wenkbrauwen schoten omhoog en Diesel slaagde er niet in een grijns te onderdrukken. Kate keek even niet-begrijpend, maar besefte toen wat ze had gezegd en keek hen beiden met rollende ogen aan. 'O mijn god. Ik bedoelde niet dát faken. Zijn jullie nog maar twaalf of zo?'

'Je klinkt net als Marcus,' zei Diesel. 'Hij vraagt Stone en mij altijd of we twaalf zijn.'

Kate keek hem aan. 'En wat zeg je dan?'

'Nog niet!' Zijn grijns vervaagde en hij zag er daardoor verdrietig uit. 'We zijn allebei opgehouden met opgroeien toen we zes waren.'

Decker en Kate wisselden even een blik en er opende zich een communicatiekanaal tussen hen.

Zegt hij wat ik denk dat hij zegt? vroeg ze met een licht samenknijpen van haar ogen.

Ja, maakte hij haar duidelijk. Diesel had toegegeven dat hij ervaring had met de daden die hij zichzelf gedwongen had te bekijken toen hij de inhoud van McCords harde schijf doornam. Hij was beslist slachtoffer van misbruik, iets wat hem ertoe had gebracht te gaan hacken om mensen als McCord aan de kaak te stellen. Daarbij had hij het risico genomen dat de FBI hem in de toekomst zou straffen omdat hij had toegegeven dat hij een hele voorraad harde schijven bezat die hij in de loop der jaren had gestolen. Gestolen van perverse figuren die kinderen misbruikten, dat was waar, maar toch gestolen. Je hoefde geen gediplomeerd therapeut te zijn om te raden wat de man was overkomen. *Pak hem niet te hard aan.*

Maak je geen zorgen. Zal ik doen.

Kate's pennen begonnen weer te tikken. 'Dus, Diesel, je ging naar het opvangcentrum, maar je bent niet naar binnen gegaan. Wist Dani dat je er was?'

'Nee. Ik geloof niet dat iemand dat wist. Ik kan me heel goed verborgen houden als dat nodig is. Ook al ben ik groot.'

'Dat geloof ik,' zei Kate. 'Ik neem aan dat jij Dani kon zien, ook al zag ze jou niet?'

'Natuurlijk. Dat was tenslotte de reden dat ik erheen ging.'

Ze knikte. 'Oké. Hing er iemand bij haar rond? Viel iemand haar lastig?'

'Nee. Maar ze was wel van streek. Ze was opgeroepen vanwege een patiënte die vorige week problemen had en een terugval kreeg toen Dani nog op het schuiladres was. De vrouw heeft blijkbaar tegen de verpleegster van dienst gezegd dat ze alleen met Dani wilde praten en dat ze later terug zou komen. Maar ze is niet meer komen opdagen. Dani was bang dat ze te ziek was geworden om terug te komen. De verpleegster zei dat ze die vrouw zou bellen, maar na een uur had ze nog niet gebeld. Ik kende die zieke vrouw ook en ik maakte me zorgen. Ze zag er vorige week niet best uit, en de week ervoor ook niet.'

Kate keek met opgetrokken wenkbrauwen naar hem op. 'Waar hield je je precies verborgen?'

'Aan de achterkant van het gebouw. Ik kon haar door een van de ramen zien – dat kijkt uit op een steeg.'

'Waarom zou iemand een raam maken dat uitkijkt op een steeg?' vroeg Decker.

Diesel haalde zijn schouders op. 'Het is een oud gebouw. Er stond waarschijnlijk niets naast toen het werd gebouwd. Maar het is een goede plek om je te verbergen. Je kunt door dat raam de hele wachtruimte overzien. Ik kon niet in de behandelkamers kijken, maar ze ontving voornamelijk oude mensen en kinderen, dus ik maakte me niet al te veel zorgen.'

Kate knikte. 'Ik begrijp nu dat je alles kon zien, maar hoe kan het dat je dat allemaal hebt gehoord?'

Diesel keek gegeneerd. 'Ik heb een set. Een soort... spionnensetje. Daar zit een afluisterapparaat bij. We hadden er allemaal zo een, iedereen van ons van het team van Marcus bij de *Ledger*. Je weet maar nooit wanneer het belangrijk is om te horen wat er in een gebouw gebeurt.'

Kate slaakte een zucht. 'Als je telefoons hebt afgetapt, dan wil ik dat niet weten. Hoe heette die verpleegster? Degene die de patiënte thuis zou bellen?'

'Belinda. Ik heb haar achternaam niet gehoord. De mensen noemden haar gewoon zuster Belinda.'

Kate legde haar breiwerk weg en pakte een notitieboekje uit haar tas. 'Kun je haar beschrijven?'

'Ze was veel kleiner dan Dani, 1 meter 55 misschien? Donker haar. Ze had een heel vermoeid gezicht, ook al leek ze niet echt moe. Ik denk dat ze nieuw was. Ze wist niet waar spullen thuishoorden. Ze is misschien vrijwilligster. Ze bleef Dani maar bedanken dat ze was gekomen en zei dat ze nog niet wist hoe het allemaal moest.'

Kate keek op van haar aantekeningen. 'Hoe kende jij de patiënte?'

'Haar kleinzoon zit op voetbal in mijn pupillenteam. Ik had zijn nummer thuis in mijn telefoon, dus toen heb ik gebeld. Oma nam op en zei dat er niets aan de hand was. Dat er sprake moest zijn van een misverstand en dat ze zich een stuk beter voelde en die dag helemaal niet naar de kliniek was gekomen. Dat baarde me nog meer zorgen.'

'Mij ook,' mompelde Kate.

Diesel greep nerveus naar zijn hoofd, alsof hij nog steeds haar had. Hij vertrok zijn gezicht toen hij zich realiseerde dat dat niet het geval was. 'Fuck,' mompelde hij en hij begon een nieuw vliegtuigje te vouwen. 'Dit werkt verslavend, wist je dat?'

'Ja, dat weet ik,' antwoordde Kate wrang. 'Ga door. Alsjeblieft.'

'Ik had een einde gemaakt aan mijn gesprek met oma en stond op het punt om naar binnen te gaan om het Dani te vertellen, maar toen zei ze dat ze geen zin had om op de vrouw te wachten en dat ze een huisbezoek zou gaan afleggen. Ik rende naar de zijkant van het gebouw waar ze haar auto had staan om haar tegen te houden, maar... hij had haar al te pakken.' Zijn handen balden tot vuisten en verfrommelden het papier dat hij had zitten vouwen. '1 meter 80. Zwarte kleding. Handschoenen. Bivakmuts.' Hij ging met zijn handen over zijn gezicht. 'Ik heb geen idee waar hij vandaan kwam. Hij was er gewoon ineens en greep haar vast.'

'Dani is neergestoken,' zei Kate op zakelijke toon. 'Heb je het mes gezien?'

Diesel knikte terwijl zijn lichaam opnieuw begon te schudden. 'In zijn hand. Hij hield het tegen haar keel. Hij had zijn andere hand in haar haar. Hij trok zo hard dat ze op haar tenen moest gaan staan. Hij probeerde haar in zijn auto te krijgen. Een of andere oude personenauto. Chevy Impala. Een roestbak.'

Kate keek abrupt op. 'Met een bumper onder de menie?'

Decker zocht wanhopig in zijn geheugen naar het verband en knikte toen hij dat had gevonden. *De auto van het meisje.* Degene die agent Kendra Cullen de zaterdag ervoor op het parkeerterrein van de Kroger had gezien.

Shit. Het was waar hij al bang voor was geweest. Dit was geen beroving. Dit was een mislukte ontvoering – en een poging tot moord. En de enige reden dat iemand Dani zou willen ontvoeren... Hij sloot zijn ogen. *Ben ik. Ze willen mij pakken. Laat ze verdomme allemaal doodvallen.*

Diesel had zijn adem ingehouden. 'Weet je wie dit op zijn geweten heeft?'

Decker deed zijn ogen open en zag dat Kate zat te wachten tot hij haar zou aankijken. Opnieuw kwam die woordloze verbinding tussen hen tot stand.

Niet jouw schuld, hield ze hem voor.

Jawel. Decker slikte moeizaam. *Dat is het wel.*

Je had niet kunnen voorkomen dat ze naar de kliniek ging. Onthoud dat goed. Kate wendde zich tot Diesel. 'Ik ken de auto,' zei ze kalm en ze hield haar hoofd schuin. 'Doet de bijnaam "de Professor" een belletje bij je rinkelen?'

Diesels borst zwol op en bleef zo enkele seconden voor hij zijn adem weer langzaam liet ontsnappen. 'Ik ken de naam. Ik heb nooit persoonlijk iets met hem te maken gehad. Maar wat moet een dealer met Dani? Ze gebruikt niet. Probeerde hij drugs te stelen uit de kliniek?'

'We geloven dat de eigenaar van die auto in verband staat met die computerbestanden die je hebt gevonden,' zei Kate.

Diesel schudde zijn hoofd. 'Maar waarom zouden ze Dani iets willen aandoen? Ze is hier niet bij betrokken. Ze is verdomme dokter. Geen politie. Ze weet van niets. Ze zou nooit iemand iets aandoen.'

'Ze wist waar ik was,' zei Decker nuchter.

Diesels mond viel open. 'Dus die noodoproep voor de oma was inderdaad een valstrik?'

'Waarschijnlijk wel,' zei Kate. 'Oké, dus hij had een mes op haar keel gezet. Hij dwong haar naar de auto. Draaide de motor van de auto?'

Diesels fronste nadenkend zijn wenkbrauwen. 'Nee. Ik hoorde hem starten nadat ik hem had weggejaagd.'

'Oké.' Kate's stem klonk kalm en het getik van haar breipennen deed opnieuw zijn geruststellende werk. 'Hoe heb je hem weten weg te jagen?'

'Ik zag het mes eerst niet. Hij had zijn rug naar me toe. Ik zag alleen maar dat hij haar naar de auto dwong. Dus toen schreeuwde ik haar naam.' Diesel ging opnieuw met zijn handen over zijn gezicht. 'Ik liet hem schrikken, want hij draaide zich met een ruk met grote ogen om.'

'Wat voor kleur hadden zijn ogen?'

'Blauw,' zei hij meteen. 'Hij had blauwe ogen.'

'Zoals Decker?'

Decker draaide zich om naar Diesel en sperde zijn ogen open. Diesel keek even en schudde toen zijn hoofd. 'Grijzer. Maar ik heb ze maar heel even gezien. Want Dani bloedde al. Hij had haar gesneden. Toen hij zich naar mij omdraaide, had hij haar hier gesneden.' Hij wees naar zijn sleutelbeen.

'Dat had erger kunnen aflopen,' zei Kate kortaf. 'Hij had haar de keel kunnen doorsnijden. Dan had geen van ons nog iets kunnen doen.'

Vreemd genoeg leek dat Diesel een beetje te kalmeren, want hij knikte. 'Klopt. Dat klopt. Hij keek me aan en zei: "Fuck!", en toen probeerde hij daadwerkelijk haar keel door te snijden. Maar ik had ook een mes,' zei hij grimmig. 'Ik heb altijd een mes bij me. Ik oefen ermee. En ik ben verrekte goed.'

Daar twijfelde Decker geen moment aan. 'Waar heb je hem geraakt?' vroeg hij.

'In de arm met het mes. Hij liet haar los. Zijn arm werd slap.'

Kate's wenkbrauwen gingen vragend omhoog. 'Was je niet bang dat je Dani zou raken?'

Diesel maakte een verongelijkt geluid. 'Ik raak waar ik op mik.'

'Fijn om te weten,' reageerde Kate alleen maar. 'Wat gebeurde er toen?'

'Hij trok mijn mes uit zijn arm...' Diesel kneep zijn ogen dicht. 'Hij stak haar daar opnieuw mee. In haar buik. Toen pakte hij zijn mes, liet het mijne in Dani zitten en ging ervandoor. Tegen die tijd zat ik op mijn knieën naast Dani en zat hij in zijn auto. De motor startte en hij was weg.'

'Hoe klonk de motor?' vroeg Decker. 'Afgeragd of soepel?'

'Soepel,' antwoordde Diesel automatisch. 'Die auto zag eruit als een echte roestbak, maar onder de motorkap zat een heel serieus ding. Een V8 misschien.'

'Mooi,' zei Kate en er klonk waardering in haar stem. 'Heeft Dani nog iets tegen je gezegd?'

'Nee. Ze kon niet praten. Ze snakte alleen maar naar adem. Dus toen heb ik haar opgetild en ben met haar naar de kliniek gerend. De verpleegster was er en ze werd doodsbleek toen ze zag dat Dani bloedde. Ze zei dat ze geen arts was en dat ze haar niet dicht kon naaien, maar dat ze het alarmnummer zou bellen. Ik dacht dat ik sneller daar zou kunnen zijn dan dat de ambulance kon komen, dus toen heb ik haar in mijn auto gezet en haar hierheen gebracht, naar de spoedeisende hulp. Ik... ik heb mijn mes in haar laten zitten. Ik durfde het er niet uit te trekken. Ze zeiden dat het maar goed was dat ik het er niet uit heb getrokken, want dan was ze waarschijnlijk doodgebloed voor ik hier was.'

'Heb je tegen de verpleegster in de kliniek gezegd wat je had gehoord?' vroeg Decker.

'Nee. Ik was te... Het enige waar ik aan kon denken was hulp halen voor Dani. Die verpleegster – als ze dat al was – probeerde niet eens haar te helpen,' voegde hij er bitter aan toe.

'Zou je de stem van de man herkennen als je hem opnieuw "Fuck" hoorde zeggen?' vroeg Kate en Diesel ontblootte zijn tanden.

'Verdomme, zeker. Als je hem vindt, dan weet ik het.' Hij ging staan en zijn stoel schraapte over de vloer. 'Ben ik nu klaar? Kan ik terug naar de wachtkamer?'

Kate hield op met breien en richtte haar blik op hem. 'Zo meteen. Hoe komt het dat je van de Professor afweet? Ik moet namen hebben. Mensen moeten me alles vertellen wat ze van hem weten.'

Diesel aarzelde en Kate's ogen spogen vuur. 'In hemelsnaam, Kennedy! Dit is niet het moment om mensen in bescherming te nemen. Wiens geheimen zijn het waard om die klootzak te laten ontsnappen?'

Diesel haalde diep adem. 'Die van Stone,' zei hij verbeten. 'Die van Stone O'Bannion.'

Vrijdag 14 augustus, 17.50 uur

Hij sloot zichzelf op in zijn kantoor. Zijn hele lichaam beefde. Zijn arm leek wel in brand te staan. Maar dat was beter dan ijskoud, wat de arm aanvankelijk was geweest toen hij het mes van die lul eruit trok. Verdomme. Waar was die getatoeëerde klootzak ineens vandaan gekomen?

Hij had gevreesd dat Dani Novak nooit die kliniek uit zou komen, maar dat had ze uiteindelijk toch gedaan. Hij had meer dan een uur staan wachten in de brandende hitte en was al bijna geroosterd omdat hij in het zwart gekleed was. Hij had getwijfeld of hij de bivakmuts wel op moest zetten, omdat hij bang was dat hij zou bezwijken van de hitte, maar nu was hij blij dat hij dat toch had gedaan. Hij had overwogen het zonder te doen omdat als iemand hem dokter Novak naar de auto had zien sleuren ze de Professor zouden beschrijven en hij was toch al van plan die met pensioen te sturen. Maar het was nog volop daglicht geweest en het was beter dat de mensen zouden denken dat de brave dokter was overvallen. Dat was geloofwaardig. Slechte buurt, mooie dokter die misschien waardevolle drugs bij zich had? Niemand zou staan te kijken van een overval.

Hij liet zich neerploffen in zijn bureaustoel en bekeek zijn arm. Hij had het bloeden gelukkig weten te stelpen en geen druppel achtergelaten, behalve het bloed dat op het mes zat en dat had hij in de buik van de dokter laten zitten. Als hij nog een seconde de tijd had gehad – en over het gebruik van zijn goede arm beschikte, verdomme – dan zou hij haar de strot hebben afgesneden.

Maar die getatoeëerde nachtmerrie had hem als een dolle stier aangevallen en hij had het enige gedaan wat hij kon doen – het mes in de buik van de dokter planten en er als een speer vandoor gaan.

Mijn god, ik hoop dat die trut kapotgaat. Ze had hem niet verteld wat hij wilde weten toen hij haar het mes op de keel zette. Ze had Davenports verblijfplaats niet prijsgegeven toen hij haar in de richting van zijn auto duwde. Hij had moeten beseffen dat ze taaier was dan ze eruitzag. Hij wist wat ze de afgelopen maanden had doorgemaakt. *Verdomme.*

Hij had haar bloed over zich heen gekregen bij die eerste, onwillekeurige snee over haar sleutelbeen toen die klootzak achter hem was opgedoken en haar naam had gebruld. *Dat joeg me de stuipen op het lijf.* En hij was niet zo gauw bang.

Maar hiv? Ja, daar was ook hij bang voor. Want die lul had een mes in zijn arm gegooid, hem opengelegd als een blik tonijn. Hij onderwierp zijn overhemd aan een nauwkeurig onderzoek. Er zaten spetters van Dani Novaks bloed op één kant, tegenover de arm die pijn deed als de hel. Maar het leek zich in ieder geval niet met dat van hemzelf te hebben vermengd.

Hij zou voor alle zekerheid een preventieve cocktail moeten nemen. En zou dat niet leuk worden? Zijn systeem kon met geen enkele drug goed overweg. Dus... nee. Dat zou helemaal niet leuk worden.

En dan was daar nog de dokter zelf. Als ze het overleefde, zou ze vertellen dat hij naar Davenport had gevraagd. Zij was ook al een los eindje. En hij wist nog stééds niet waar Davenport uithing.

'Verdómme.' Hij wierp een blik in de richting van de deur om er zeker van te zijn dat hij hem op slot had gedaan. Nells werk voor die dag zat er al op, maar soms kwam ze na het eten terug om administratie te doen. Hij hoopte dat ze een luie avond had. Of een afspraakje of zo. Hij wilde haar dit allemaal niet hoeven uitleggen. Ze zou de politie voor hem bellen en dat kon hij echt niet hebben.

Hij zocht alle spullen bij elkaar die hij nodig had om zichzelf te hechten. Dat was iets wat hij in geen jaren meer had hoeven doen, niet sinds zijn vroegste periode als dealer. De Professor had zo'n beetje de status van popidool bereikt en normaal gesproken legde niemand hem een strobreed in de weg.

Hij klemde zijn tanden op elkaar, maakte de wond schoon en hechtte die. Tot zijn opluchting was het een gladde snee zonder rafelranden. Een gladde wond was zo veel gemakkelijker dicht te naaien. Hij klemde zijn kaken nog harder op elkaar, tot de pijn daar hem afleidde van de pijn in zijn arm. Dat was een verrekte scherp mes geweest en deze wond was godvergeten diep. En hij was er nooit in geslaagd tweehandig te worden, dus de naald bleef maar uit zijn vingers glippen.

Uiteindelijk was hij klaar en hij leunde achterover om uit te hijgen. Hij was doorweekt van het zweet en hij rook beslist afschuwelijk. Hij maakte zijn zakken leeg, deed zijn kleren uit en stopte ze in een vuilniszak. Die zou hij later wel verbranden. Hij bleef even staan en hield zijn gezicht in de luchtstroom uit de airco om zijn lichaam af te koelen. Daarna ging hij naar de wastafel en maakte zich zo goed en zo kwaad als het ging schoon. Hij zou later wel onder de douche gaan, in de privacy van zijn eigen badkamer. Misschien zou hij het er zelfs op wagen een van de pijnstillers te nemen waarmee hij zo'n fortuin verdiende. En die hij nu op een andere manier moest zien te gaan verkopen.

Hij vond het vreselijk om zich te moeten ontdoen van de Professor. Hij was een... vriend geworden. Een heel bruikbare vriend.

Hij slikte een handjevol ibuprofen. Hij zou het voorlopig met spullen moeten doen waarvoor geen recept nodig was. Hij trok de reservekleding aan die hij in een la van zijn bureau bewaarde. Hij voelde zich nog steeds waardeloos, maar in ieder geval een klein beetje meer mens.

Ik moet iets eten, anders maakt die ibuprofen mijn maag kapot. Maar het enige wat hij in de laden kon vinden waren energierepen en lolly's die ze kinderen gaven na hun injecties, zelfs aan middelbare scholieren en studenten. Dat waren grotere baby's dan echte baby's. Lolly's om de au niet te voelen.

Hij verslond een reep, stopte een lolly in zijn mond en glimlachte. Hij wist nu precies hoe hij zijn eigen au beter kon maken. Hij nam een pakje verbandgaas uit zijn la, ging naar een spoofingsite en gebruikte het nummer van die arme Charlie om het alarmnummer te bellen.

'Met de alarmcentrale. Wat is de aard van uw noodgeval?'

Hij bedekte de microfoon van de telefoon met het gaasverband en liet zijn stem anders klinken, hoger – als die van een tiener. 'Mijn vriend heeft iets geslikt. Hij moet hulp hebben.' Hij gaf het adres van Rawlings en verbrak de verbinding voor de centralist verder nog iets kon vragen.

Toen belde hij Rawlings en leunde achterover om te genieten.

'Wat moet je?' blafte Rawlings in de telefoon. 'Ik heb het nogal druk.'

Hij glimlachte toen hij het gekreun en het geluid van kokhalzen hoorde. Tim junior had een snelle spijsvertering. 'Het spijt me dat ik je op zo'n ongelegen moment lastigval. Voelt je zoon zich niet lekker?'

Het bleef lang stil. 'Wat heb je met hem gedaan?' siste Rawlings.

'Nou, technisch gesproken heb ik hem niks aangedaan. Dat heeft je zoon zelf gedaan.'

Zwaar, woedend gehijg deed een aanslag op zijn gehoor. 'Wat heb je verdomme met mijn zoon gedaan?'

'Je kunt hem waarschijnlijk maar beter naar het ziekenhuis brengen. Ik zou daar niet mee wachten. Laat ze zijn maag maar leegpompen, misschien moeten ze hem actieve kool toedienen. Lever- en nierfuncties controleren.'

'Heb je hem vergíftigd?' fluisterde Rawlings. 'Met wat?'

'Hetzelfde spul dat jij bij Alice hebt gebruikt.'

'O mijn god,' kreunde hij. 'Waaróm? Hij is nog maar een kind.'

'Omdat ik het kan. Omdat jij me hebt bedreigd.'

'Ik vertel ze alles,' zei Rawlings met schorre stem.

'Nee, dat dacht ik niet. Want dan zullen ze willen weten waarom iemand jouw zoon heeft vergiftigd met ricine. Je zei dat agent Novak je al lastigviel met moeilijke vragen. Dit ziet er niet goed voor je uit.'

'Ik zal zeggen dat je me hebt betaald. Dat je me hebt bedreigd. Dat je me hebt gedwongen.'

'Ik denk ook niet dat je dat zult doen. Want je hebt toch nog twee kinderen? Die kan ik ook te pakken nemen, Rawlings. Wanneer ik maar wil. Waar ik maar wil. Dus... laten we vrienden blijven, geen vijanden. Als jij nou je lijstje verscheurt, dan is alles tussen ons uit de weg geruimd.'

Rawlings slikte hoorbaar en ademde huiverend uit. Vervolgens klonk er een behoedzaam gestelde vraag. 'Hoe weet je of ik die lijst heb verscheurd?'

Sommige mensen leren het nooit. 'Dat kan ik niet weten. Hopelijk zul je niet sterven. En als iemand komt snuffelen naar de Professor, dan weet ik dat ik achter jou aan moet. Of je gezin.'

'Je bent een monster.'

Hij lachte. 'Alsof je dat niet al wist. Ik zou nu maar voor m'n zoon gaan zorgen als ik jou was, Rawlings. Elke minuut dat die troep langer in zijn maag blijft is weer een minuut dat zijn lichaam geen eiwitten krijgt. Daar houden inwendige organen niet van. Luister, ik had het nog erger kunnen maken. Ik had het hem kunnen laten inhaleren. In dat geval zou de dood onafwendbaar zijn geweest. In ieder geval heb je nu de kans om hem te redden als je het echt heel snel uit zijn maag pompt.'

'Als hij bijkomt zal de politie willen weten van wie hij het heeft gekregen,' zei Rawlings wanhopig. 'Ik wil niet dat hij gevaar loopt omdat hij jou erbij kan lappen.'

'Dat kan hij niet. Hij heeft die pillen van een maat van hem. En die maat doet zijn mond niet open.'

Er volgde een moment van geschokte stilte. 'Heb je zijn vriend vermoord? Mijn god. Je bent echt een monster.'

'Mijn god,' zei hij bij wijze van antwoord spottend. 'Jezus, Rawlings, ik had je toch echt hoger aangeslagen.' Het geluid van sirenes op de achtergrond deed hem grijnzen. 'Ik geloof dat je zo gezelschap krijgt.'

Een snakken naar adem. 'Wat heb je gedaan?'

'Het leven van je zoon gered. Ik moet ervandoor.' Hij verbrak de verbinding en knikte even. 'Veel beter dan welke pijnstiller ook.'

Hij pakte de zak met vuile kleren en het bebloede gaasverband dat hij had gebruikt om de wond schoon te maken. Nu eerst een fatsoenlijke maaltijd en een fatsoenlijke douchebeurt. Daarna zou hij wel bedenken wat hij met Davenport aan moest.

En met Dani Novak, als ze het overleefde.

Vrijdag 14 augustus, 17.50 uur

Decker liet zijn adem ontsnappen terwijl hij naar Diesel staarde. 'Kent Stone O'Bannion de Professor?'

Kate knipperde één keer met haar ogen, maar haar verrassing werd onmiddellijk weer verborgen. 'Dezelfde Stone O'Bannion die gisteren bij ons aan tafel zat? De broer van Marcus?'

Diesel knikte stijf. 'Hij zal jullie niet alles willen vertellen. Hij schaamt zich.'

'Weet zijn broer het?' vroeg Decker zacht.

'Nee. Dat wilde Stone niet.' Er trilde een spiertje in zijn kaak. 'En nu komt Marcus erachter omdat ik mijn grote bek niet kon houden.'

'Omwille van Dani,' hield Decker hem voor. 'Gebruikt Stone nog steeds?'

'Nee.' Diesel schudde heftig het hoofd. 'Absoluut niet. Het gebeurde toen hij terugkwam uit de Golf. Hij is nu al jaren clean.'

'Heel veel jongens namen hun toevlucht tot chemische hulpmiddelen toen ze terugkwamen,' zei Decker kalm. 'Ik weet dat ik zelf ook in de verleiding kwam, dus het is niet aan mij om te oordelen.'

'Dan ben je misschien wel de enige,' snauwde Diesel. 'Kan ik nu gáán?'

Kate knikte vermoeid. 'Ja. Je mag weg. Dank je.'

Diesel sloeg de deur zo hard achter zich dicht dat ze ervan schrok.

Decker zuchtte. 'Verdomme, wat een zooitje.'

'Ja. Dat is het.' Kate schudde even haar hoofd en richtte haar aandacht weer op haar breiwerk. 'Verdorie, ik heb een steek laten vallen toen hij Stone's naam noemde.' Ze haalde de steek op en keek hem toen met een gepijnigde uitdrukking op haar gezicht aan. 'Stone heeft al van alles te verduren gehad. Ik wil hem hier niet naar vragen.'

'Maar dat ga je wel doen. Je moet wel. Hij is verslaggever, Kate. Hem zullen kleine dingen aan de Professor zijn opgevallen die andere klanten misschien zijn ontgaan.'

'Ik weet het.' Ze stopte haar breiwerk in haar tas. 'Dit is waardeloos, Decker. Dani op de operatietafel, vier mensen in het mortuarium en het meisje heeft ook niet meer gebeld.' Ze drukte haar trillende vingers tegen haar slapen. 'Ik hoop niet dat hij haar ook heeft vermoord. Ik hoop niet dat ik door Corey Addison zo openbaar in de boeien te slaan dat meisje tot doelwit heb gemaakt. Waarom heb ik dat gedaan? Het was het risico niet waard om Addison zo voor de camera te laten paraderen.'

Een deel van Decker wilde haar troosten door tegen haar te zeggen dat het allemaal goed zou komen, dat er waarschijnlijk niets aan de hand was met het meisje, maar dat deed hij niet, uit respect voor haar. Want er was een levensgrote kans dat het meisje ook het doelwit was geworden, vooral als de man die haar tot porno had gedwongen wist dat ze contact had opgenomen met de politie. En dat was heel goed mogelijk, want die ellendeling leek overal ogen en oren te hebben.

Dus in plaats van haar te beledigen met gemeenplaatsen, trok hij haar handen van haar slapen en kuste haar vingertoppen. Zijn hart deed pijn toen hij haar ogen glazig zag worden van onvergoten tranen. 'Dit gaat niet om één meisje, Kate. Dat is nooit zo geweest. Het gaat om al die kinderen die op dit moment voor de camera en daarbuiten worden misbruikt. Door te laten zien dat liefhebbers van kinderporno worden gepakt, denken potentiële klanten twee keer na voor ze zo'n video downloaden. Voordat het kind dat is misbruikt nog eens wordt bekeken. Nog eens slachtoffer wordt. Bovendien heb je Sunshine Suzie helemaal niet genoemd via de radio.'

Ze was niet overtuigd. 'Zeg dat nog maar eens tegen me wanneer we haar lichaam vinden, oké?' zei ze met bijtend sarcasme. 'Dan zal ik die leugen nog een keer willen horen.'

Hij onderdrukte een zucht en probeerde een andere benadering. 'Dan mag jij me helpen herinneren dat het niet mijn schuld is als Dani sterft. Die leugen zal ik dan ook willen horen.'

Ze knipperde met haar ogen, waardoor de tranen over haar wangen liepen. 'Dat is niet hetzelfde.' Ze probeerde haar handen los te trekken, maar hij bleef ze vasthouden terwijl hij haar natte wangen afveegde met zijn duimen. 'Het is níét jouw schuld dat Dani is neergestoken.'

'Hoe kan het dan wel jouw schuld zijn als het meisje wordt vermoord door dezelfde man?' vroeg hij zacht.

'Het is niet eerlijk om logisch te doen,' fluisterde ze.

Zijn mondhoeken gingen omhoog. 'Heeft het gewerkt?'

Ze schudde haar hoofd en nieuwe tranen vulden haar ogen. 'Niet echt. Verdomme. Ik haat dit.' Opnieuw probeerde ze haar handen los te trekken en dit keer liet hij haar gaan. Ze veegde met de muis van haar handen haar ogen droog.

'Haat wat?' vroeg hij. 'Menselijk zijn?'

'Zo huilen. Het is stom en zwak en nutteloos en ik kan dit nu niet hébben. Daar heb ik geen tíjd voor. Verdomme nog aan toe.' Want de tranen bleven stromen en ze hield haar adem in om het snikken te onderdrukken.

Decker kon het niet langer aanzien. Hij nam haar in zijn armen, trok haar op schoot en legde haar hoofd tegen zijn schouder. 'Huil maar,' zei hij zacht. 'Ik hou je vast.'

Haar snik barstte los, gedempt door zijn overhemd, en het geluid deed pijn in zijn borst. Maar haar huilbui was van korte duur omdat ze haar verdriet naar binnen dwong op wat aanvoelde als pure wilskracht. Dat deed nog meer pijn in zijn borst. Ze haalde een keer diep adem en haar gesnik was compleet tot bedaren gebracht.

'Sorry,' fluisterde ze. 'Dat is nu al de tweede keer dat ik je helemaal onderhuil.'

'Ik vind het niet erg en ik zal het nooit tegen iemand zeggen. Je bent veilig bij me, Kate. Je kunt je laten gaan.'

'Dat weet ik. Maar als ik me laat gaan, raakt mijn gezicht helemaal opgezwollen en dan weten de mensen dat ik van streek ben en dat is waardeloos als ik de harde tante moet uithangen. Kan ik het tegoed houden? Me later laten gaan?' Ze stelde de vraag aarzelend, alsof ze niet zeker wist wat zijn antwoord zou zijn.

'Daar sta ik op,' zei hij luchtig en ze ontspande ogenblikkelijk en vlijde zich tegen hem aan. Hij ontspande ook, want het leek erop dat hij het juiste had gezegd op de juiste manier. 'Als ik me goed herinner eindigde de laatste keer dat je me onderhuilde verdomde fijn. Voor ons allebei.'

Ze maakte een zacht, tevreden geluidje. 'Dat is zo.'

Ze maakte geen aanstalten om weg te gaan, dus begon hij over haar rug te wrijven. 'Eerlijk gezegd,' begon hij, 'heb ik gelezen dat tranen en seks allebei endorfinen produceren, dus lekker uithuilen, gevolgd door... je weet wel, verdomde fijn eindigen? Weet wel dat ik er voor je ben,' zei hij quasi-ernstig. 'Wat je ook nodig hebt.'

Ze grinnikte. 'Je bent zo onzelfzuchtig. Of een meester in slap gelul, ik weet niet goed wat het is.'

'Misschien een beetje van allebei,' gaf hij toe en hij glimlachte omdat hij erin was geslaagd haar in een luchtiger stemming te brengen. Hij omhelsde haar stevig en werd beloond doordat ze haar armen om zijn middel sloeg en hem tegen zich aan drukte. 'Maar ik wil voornamelijk alleen maar jou,' fluisterde hij in haar oor en haar huivering deed zijn ego helemaal geen kwaad. 'Dus ik zal elk excuus gebruiken, als het maar werkt.'

'Ik denk dat "ik wil jou" heel erg goed werkt. Dank je, Decker,' voegde ze er zacht aan toe. 'Die reset had ik even nodig. Als ik mezelf toesta om om de slachtoffers te huilen, dan hou ik nooit meer op.'

'Je bent niet de enige,' zei hij, absoluut serieus dit keer. 'Dit is allemaal niet gemakkelijk.'

Ze wreef even met haar neus tegen zijn borst voor ze zich van zijn schoot liet glijden. 'Ik moet inspecteur Isenberg bellen en haar over zuster Belinda vertellen zodat ze haar kunnen oppakken om te verhoren.'

'Als Belinda tenminste nog steeds in de kliniek is. Ik weet wel dat ik allang weg zou zijn.'

'Jawel, maar ze weet niet dat Diesel haar heeft gehoord toen ze Dani over die patiënte vertelde. Zelfs als Dani het overleeft, zal ze denken dat ze kan zeggen dat Dani zich heeft vergist.'

'Toch zou ik er als een haas vandoor zijn gegaan. Dat wil zeggen, als ze daar al officieel werkte.'

'Daar zeg je wat.' Ze belde Isenberg en gaf haar de hoofdpunten uit Diesels verhaal, met inbegrip van het merk en het model van de vluchtauto van de gemaskerde. 'Maar die auto had vorige keer valse kentekenplaten, dus reken er maar niet op dat het een identiteit oplevert,' voegde ze eraan toe. 'Oké. Ik wacht.' Ze keek op naar Decker. 'Ze gaat op zoek naar de verpleegster.'

Decker wachtte geduldig, maar Kate begon te ijsberen. Haar stappen gingen steeds sneller en werden steeds geagiteerder terwijl de seconden wegtikten. Uiteindelijk pakte hij haar de telefoon af, zette die op de luidspreker en legde hem op tafel. Hij gebaarde naar haar stoel en stopte haar het breiwerk in handen toen ze eenmaal was gaan zitten.

'Ik wou dat ik dit niet nodig had,' mompelde ze. 'Maar dank je.'

Hij boog zich voorover en drukte een kus op haar voorhoofd. 'Graag gedaan.'

'Coppola?' Isenbergs stem klonk uit het luidsprekertje van de telefoon.

'Ik ben hier, samen met agent Davenport. Hebt u haar gevonden?'

'Nee,' antwoordde Isenberg kortaf. 'Ze is verdwenen.'

Kate liet haar schouders zakken en wierp Decker een blik toe van je-had-gelijk. 'Hebben we een adres waar we kunnen beginnen met onze zoektocht naar haar?'

'Ja. Ik heb een van mijn rechercheurs naar haar huis gestuurd om haar op te pakken voor verhoor. Ze heet voluit Belinda Boyette en ze woont in Madeira. In een van de duurdere delen.'

'Van het salaris van een verpleegster?' vroeg Decker. 'Heeft ze misschien een echtgenoot die een beter salaris binnenbrengt?'

Het bleef even stil. 'Waarom vraag je dat, agent Davenport?'

'Omdat ze vastbesloten leek om Dani Novak uit de kliniek en naar het huis van die patiënte te krijgen. Haar reactie toen ze zag dat Dani neergestoken was en bloedde, geeft aan dat ze geen idee had van wat er stond te gebeuren.'

'Je wil zeggen dat ze een marionet was,' zei Isenberg.

'Daar ga ik wel van uit, aangezien de man die we zoeken in County al personeel in het ziekenhuis heeft gebruikt om me te verdoven en in de gevangeniskliniek om Alice te vermoorden. Als Belinda ertoe overgehaald is om tegen Dani te liegen – zoals Eileen Wilkins ertoe was aangezet om mij te vermoorden – dan werd ze misschien ook gechanteerd. Ik neem aan dat ze drugs gebruikt. Als haar echtgenoot voldoende verdient voor zo'n duur huis, dan verdient hij misschien ook wel zo veel dat zij haar verslaving kan betalen en haar drugs van de Professor betrekt, in plaats van ze te stelen zoals Eileen deed.'

'Klinkt logisch,' zei Isenberg, die ondanks zichzelf onder de indruk klonk. 'Belinda is er blijkbaar vandoor gegaan kort nadat meneer Kennedy dokter Novak hier binnenbracht. Een van de patiënten verklaarde dat ze zo wit werd als een doek, haar tasje pakte en er als een speer vandoor ging. Een vrijwilliger van de opvang zag haar weggaan, hoorde van de patiënten het nieuws over dokter Novak, belde toen eerst het alarmnummer en daarna de directeur van de kliniek. Hij is kortgeleden hier gearriveerd en heeft ons heel goed kunnen helpen.'

'Dat is tenminste iets,' zei Kate. 'Belt u ons zodra er nieuwe ontwikkelingen zijn?'

'Meteen. Is er verder nog iets?'

'Nee, inspecteur,' antwoordde Kate tot Deckers verbazing.

Hij wachtte tot ze de verbinding had verbroken. 'Je hebt haar niet verteld over het verband tussen Stone en de Professor.'

'Nee, dat klopt. Dat heb ik niet gedaan. We moeten eerst met Stone praten.'

Decker trok zijn wenkbrauwen op. 'Wie zijn wij?'

'Jij en/of ik. Ik weet niet bij wie hij zich meer op zijn gemak voelt om mee te praten.'

'We gaan samen,' besloot Decker. Hij was intens tevreden dat ze hem er zo soepeltjes bij betrokken had. 'Als hij maar met één van ons wil praten, dan kan de ander de wacht houden. Maar laten we eerst kijken hoe het met Dani gaat voor we weggaan.' Hij ging staan toen zij ook overeind kwam en tilde haar kin omhoog met zijn vinger. Hij draaide haar hoofd eerst de ene kant op en toen de andere. 'De schade van het huilen valt mee, maar als je je make-up wil bijwerken, dan wacht ik wel.'

'Ik heb geen make-upspullen in mijn tas. Alleen mijn tablet, extra munitie en mijn breiwerk.' Ze gluurde in haar tas. 'Een paar plastic boeien, een paar energierepen, een fles water en een boek.'

Hij glimlachte. 'Voor het geval je je verveelt.'

'Neu. Het boek is een afleidingsmanoeuvre.' Ze knipoogde naar hem. 'Dat gebruik ik als ik mensen van dichtbij wil observeren zonder dat ze me in de gaten hebben.'

Zijn glimlach werd breder, want ze was zo verrekte leuk. 'Werkt dat?'

Ze stak het boek omhoog en hij keek met uitpuilende ogen naar de titel. 'Het is een van die überhete eroticaboeken,' zei ze.

Hij schraapte zijn keel terwijl al zijn bloed door de gedachte aan wat ze had gelezen zuidwaarts dreigde te trekken. 'Eh, juist.'

Ze grijnsde kort, maar ondeugend. 'Het maakt me onzichtbaar, want de meeste mensen willen geen oogcontact met me als ik dit zit te lezen. Dus ja, het werkt wel.' Ze stopte het boek terug in haar tas en hij wilde zachtjes jammeren. 'Ik heb papier om te vouwen. Kleenex. Maar geen make-up. Het spijt me.' Ze vertrok haar gezicht. 'What you see is what you get.'

Hij legde haar hand in zijn nek en trok haar naar zich toe voor een zoen die hij heet en hard en geil bedoelde, maar die uitpakte als lang en weelderig en teder. Hij legde zijn handen om haar gezicht en genoot van de manier waarop haar hele lichaam voor hem verzachtte. Hij beëindigde de kus met een beet in haar onderlip en daar moest ze om glimlachen. 'Dat is beter,' fluisterde hij met zijn mond tegen de hare. 'Ik ben heel blij dat ik krijg wat ik zie, want wat ik zie vind ik heel leuk.'

Ze ademde zwaar en haar ogen waren groot. 'Dat is fijn om te weten.'

Hij deed een stap achteruit en liet zijn handen langs zijn lichaam vallen. 'Kom op. Dan gaan we nu naar Stone.'

21

Cincinnati, Ohio, vrijdag 14 augustus, 18.30 uur

De wachtruimte van de spoedeisende hulp was een stuk voller toen Kate met Decker aan haar zijde terugkeerde. Hij bewoog zich wat langzamer vooruit en leunde zwaarder op zijn wandelstok, maar hij bewoog op eigen kracht en ze onderdrukte de aandrang om tegen hem te zeuren dat hij moest gaan zitten.

'Wauw,' mompelde Decker. 'Dat is nogal een opkomst.'

'Dani kent heel veel mensen,' zei ze zacht terug. 'En heel veel mensen zijn dol op haar.'

Hun blikken ontmoetten elkaar heel even, maar lang genoeg voor haar om de weemoed in zijn ogen te zien en ze nam aan dat hij hetzelfde in haar ogen had gezien. 'Ze zouden voor jou ook komen,' zei hij zacht. 'De harde kern in ieder geval. Je hebt familie hier, Kate.'

'Dankzij Deacon. Blijf hier maar een tijdje plakken, Davenport. Dan zuigen ze jou ook op.'

Zijn mondhoeken krulden. 'Dat zou ik geloof ik wel fijn vinden,' zei hij. Hij keerde zich weer naar de wachtkamer, waar alleen nog staanplaatsen waren. 'Wie zijn al die mensen?'

Kate wees op een ouder stel dat tussen Deacon en Adam zat. 'Dat zijn Adams vader en moeder. Ze hebben Deacon en Dani grootgebracht nadat hun ouders waren overleden. De tiener die tussen Deacon en Faith zit is zijn broer Greg. Leuke knul.'

'Hij is doodsbang.' Deckers observatie werd verzacht door medeleven dat hij niet probeerde te verhullen.

'Ja, dat is hij zeker. Dani is al die jaren als een moeder voor hem geweest.' Ze ging verder voor haar dichtgesnoerde keel zou resulteren in nog meer tranen. 'Die groep vrouwen daar? Ik herken er maar een paar van. Bailey ken je uiteraard.' De verpleegster was hen in haar eigen auto van Alice's appartement naar het ziekenhuis gevolgd en onderwierp Decker nu aan een visueel medisch onderzoek. Wat ze zag moest haar tevreden hebben gesteld, want ze richtte haar aandacht weer op het babydekentje dat ze zat te haken. Gelijkgestemde zielen, dacht Kate. 'Die lange Afro-Amerikaanse vrouw naast haar is Kendra Cullen.'

'Dat weet ik. Ik heb haar op tv gezien toen jullie met zijn tweeën Addison uit zijn kantoor haalden.'

Kate's bezorgdheid over het feit dat het meisje dat Kendra's hulp had gezocht geen contact had opgenomen stak de kop weer op, maar een wetende blik van Decker hielp haar die te onderdrukken. Maar het kon geen kwaad om even een schietgebedje te doen. *Laat haar alstublieft nog in leven zijn. Alstublieft.*

'Ik geloof dat die kleine vrouw naast haar haar zus is, Wendi,' ging ze verder. 'En die jonge vrouw met de wandelstok? Dat is Corinne Longstreet. Ik heb haar nooit ontmoet, maar ik heb de krantenknipsels over haar gelezen. Ze is negen maanden geleden ontvoerd en werd gevangengehouden, maar ze is erin geslaagd te ontsnappen en tegelijk het leven te redden van een jong meisje. Ze werkt nu voor Meredith.'

'De vrouw die kleurentherapie doet,' herinnerde Decker zich.

'Ik geloof van wel. En die kleine vrouw achteraan is Delores. Zij was ook bijna gedood door die man die Corinne had ontvoerd. Die ook Mikhail, de jongere broer van Marcus en Stone, heeft gedood en op een haar na Marcus heeft vermoord. Mikhail was pas zeventien toen het gebeurde.'

'Jezus,' zei Decker ademloos. 'En nu is Stone aan het herstellen omdat hij zelf bijna is gedood. Nu snap ik wat je bedoelde toen je zei dat hij behoorlijk door de molen was gehaald.'

'En dat is nog maar het topje van de ijsberg,' zei Kate binnensmonds terwijl ze dacht aan de overige artikelen die ze had gelezen. 'Stone heeft een serie problemen van hier tot Tokio. Ik praat je onderweg wel bij wanneer we naar hem toe gaan.'

'En dat is de reden dat je hem niet onder druk wil zetten wat betreft de Professor,' zei Decker zacht.

Ze knikte. 'Ik sta er versteld van dat hij niet nog steeds verslaafd is. Ik wil hem geen terugval bezorgen.'

'Als hij weer gaat gebruiken, zal dat niet door jou komen. Het klinkt alsof hij een miljoen andere redenen heeft om te gebruiken, zelfs als jij geen woord zegt. Maar misschien moeten we iemand waarschuwen zodat hij daarna ergens steun kan zoeken. Zijn broer, misschien?'

'We zullen zien hoe het uitkomt. Diesel zei dat Marcus het niet wist, dus ik geloof niet dat ik er verantwoordelijk voor wil zijn dat het aan het licht komt.' Ze nam de gezichten in het vertrek aandachtig op. 'Ik denk Delores. Ze is vorige week bij hem op bezoek geweest in het ziekenhuis. Weigerde van zijn zijde te wijken.'

'Wat doet Delores precies?'

Kate grinnikte. 'Ze heeft een opvangcentrum voor honden. Bijna iedereen in deze groep heeft een van haar dieren geadopteerd, inclusief Deacon, wiens schoenen het zwaar te verduren hebben. Puppytandjes.'

Deckers weemoedige blik verscheen opnieuw. 'Ik lag gisteren nog te denken dat ik dolgraag een hond zou willen hebben. Nu ik niet langer undercover ben, bedoel ik.'

'Dan is Delores de vrouw die je hebben moet.'

Hij boog steunend op zijn wandelstok opzij zodat zijn mond vluchtig langs haar oor streek. 'Ik zou liever hebben dat jij dat was, eerlijk gezegd.' Toen ging hij in één vloeiende beweging weer rechtop staan alsof hij geen woord had gezegd. Maar zijn mondhoeken gingen pesterig omhoog. 'Je bloost, Kate.'

'Ik vraag me af waarom.' Ze bracht haar hormonen weer onder controle en zag dat Scarlett zich ook in de groep bevond. 'Ik ga even vragen of er nieuws is over Dani, dan kunnen we daarna weg.' Ze maakte aanstalten om naar de vrouw met de zwarte vlecht te lopen, maar ze had nog maar twee passen gedaan toen Scarlett haar kant op kwam.

'Ik stond op jullie te wachten,' zei Scarlett dringend. Ze onderwierp Decker aan een kritische blik. 'Zat jij niet in een rolstoel, Davenport?'

'Oud nieuws, Bishop,' zei Decker luchtig. 'Je moet wel bijblijven.'

Kate schudde haar hoofd. 'Vergeet het maar,' zei ze tegen Scarlett. 'Die heeft een eigen wil. Ik geloof dat hij die in zijn kont heeft en dat is de reden dat hij op dit moment niet zit.'

Scarlett grinnikte en Decker gromde. 'Kate,' zei hij waarschuwend.

'Decker,' bauwde Kate hem na. Ze keek weer naar Scarlett, die haar lippen op elkaar kneep om niet te glimlachen. 'Hoe gaat het met Dani?'

Scarlett werd onmiddellijk weer ernstig. 'We hebben nog niets gehoord. Maar we weten nu in ieder geval wie er bij haar binnen zijn. De chirurg is een vriendin van Carrie Washington en Carrie steekt haar hand voor haar in het vuur.'

'Carrie is de lijkschouwer,' zei Kate tegen Decker.

'Dus Dani is in goede handen,' zei Decker. 'Dat is een opluchting.'

'Alle beetjes helpen,' gaf Scarlett toe. 'Maar dat is niet de reden dat ik hierheen kwam. Zie je die kerel daar?' Ze wees naar een man van middelbare leeftijd die in de gang liep te ijsberen met zijn armen stevig over elkaar geslagen. Hij keek achterom, zag dat ze naar hem keken en wierp hun een blik toe die zo kwaadaardig was dat Kate met haar ogen knipperde. 'Je bedoelt Mr. Psycho?'

'Ja. Jullie hebben het vuurwerk gemist. O, verdomme.' Scarlett zuchtte toen Deacon opstond en zich bij hen voegde. 'Ik had gezegd dat je je erbuiten moest houden.'

'Doe ik ook,' zei Deacon kalm. 'Ik heb hem nog niet vermoord. Nog niet.'

'En dat gaat niet gebeuren ook,' zei Scarlett vastberaden. 'Verdomme, D, ik heb je net ingewerkt. Ik wil geen nieuwe partner alleen omdat jij jezelf de bak in laat slingeren.'

Kate en Decker wisselden een blik. 'O-ké,' zei Kate. 'Wie is die vent?'

'Tim Rawlings,' zei Deacon en hij slikte. Hij was woedend. 'Bewaarder in de gevangenis.'

'Die zo ontwijkend deed?' vroeg Kate en in haar hoofd gingen allerlei alarmbellen af. 'Degene die Alice bewaakte?'

Deacon knikte kort. 'Een en dezelfde.'

Decker draaide zich met een ruk om en moest zijn wandelstok gebruiken om zijn evenwicht te bewaren. Hij zag de man woedend naar hen staren. 'Wie heeft hij binnengebracht? Vrouw of kind?'

'Kind,' bevestigde Deacon. 'Zoon, zestien jaar. Stuipen, overgeven, diarree.'

'Die knul leeft nog, hè?' zei Decker. 'Want hij loopt hier te ijsberen. Dus het was geen cyaankali.' Hij wendde zich met zijn blonde wenkbrauwen opgetrokken weer tot hen. 'Maar dat zijn wel de symptomen als je ricine binnenkrijgt.'

Deacon nam hem schattend op met een bijna instemmende blik. 'Dat klopt.'

Scarlett rolde met haar ogen. 'Ze zijn vriendjes aan het worden,' zei ze tegen Kate op luide fluistertoon en dat leverde hun allebei boze blikken van beide mannen op. 'Diesel heeft ons verteld over je theorie dat Dani's aanvaller in werkelijkheid achter jou aan zit, Davenport, dus ik heb wat feiten achterhaald.' Ze wierp Deacon een boze blik toe. 'Aangezien Dani erbij betrokken is, zouden Deacon en Adam zich ook terug moeten trekken van deze zaak.'

'Jezus,' fluisterde Kate. 'We vallen bij bosjes.'

'Dat zou wel eens onderdeel van zijn strategie kunnen zijn,' mompelde Decker.

Deacon maakte een angstaanjagend geluid dat uit zijn keel leek te komen. 'Klootzak.'

Scarlett kneep even vol medeleven in Deacons arm. 'Daar zijn we het allemaal over eens. Waarschijnlijk zelfs onze ijsberende bewaarder. Zijn zoon is Tim junior. De ambulance en twee agenten reageerden op een telefoontje naar het alarmnummer. Dat telefoontje kwam van een mobiele telefoon op naam van Charlie Chalmers, ook zestien jaar. De beller zei dat zijn vriend iets had geslikt. Toen de hulpverleners op het adres kwamen dat de beller had opgegeven, troffen ze daar Tim junior aan, die er slecht aan toe was, maar nog wel aanspreekbaar. Hij vertelde hun dat hij een pepmiddel had geslikt en "iets speciaals", maar hij wist niet wat. Hij had die drugs van zijn vriend Charlie gekregen nadat ze hadden gebasketbald in het park.'

'Uitstekend,' zei Kate en er liepen rillingen van opwinding over haar rug. 'Dus we kunnen met die Charlie gaan praten en hem...' Haar stem stierf weg toen ze de blik op Scarletts gezicht zag. 'Charlie is dood, hè?'

Scarlett knikte triest. 'Zo kwamen we zo snel achter zijn telefoongegevens. De ambulancebroeders laadden de jongen in en de agenten gingen naar het park om te zien of Charlie net als Tim junior ziek was geworden. De knul ademde niet meer en er was geen hartslag. Ze hebben de procedure gevolgd en het gemeld als een overdosis. Een andere ambulance pikte Charlie op. Hij was bij aankomst in het ziekenhuis overleden. Zijn lichaam ligt in een van de hokjes daarachter. Zo zonde.' Ze zuchtte. 'Hoe dan ook, een van de hulpverleners zag me hier in de wachtkamer met al die mensen nadat hij Tim junior had afgeleverd. Hij nam me even apart en zei dat de vader zich vreemd gedroeg. Ze hadden hem eigenlijk naar County moeten brengen, maar de vader protesteerde zo heftig dat ze hem hiernaartoe hebben gebracht. Hij zei dat de vader liep te brullen over moordzusters die bij de Professor in de zak zaten, dat zijn zoon niet veilig was in County. De ambulancebroeder had gehoord dat een verpleegster van County dood was aangetroffen nadat ze had geprobeerd een FBI-agent te doden, dus hij vond dat ik dat moest weten.'

'Dus dit was een waarschuwing aan het adres van de vader,' constateerde Kate. '*Doe er het zwijgen toe.*'

'Ik vraag me af waarom de Professor de vader niet meteen heeft vermoord,' voegde Decker eraan toe. 'Hij vermoordde Sidney toen ze niet langer nuttig was en daarna Eileen nadat ze haar opdracht had verprutst. Waarom niet de bewaarder doden die, als hij Alice al niet zelf heeft vergiftigd, waarschijnlijk weet wie het wel heeft gedaan?'

'Dat is een verrekt goede vraag,' zei Deacon met een strak gezicht. 'Rawlings deed zo glad toen ik hem vanmiddag ondervroeg. Wat een zelfingenomen hufter. Nu is hij niet meer zo zelfingenomen.'

Decker draaide zich om om de man nog eens goed te bekijken en probeerde dat niet te verbergen. Rawlings draaide hem de rug toe en staarde naar de deuren van de operatiekamer. 'Nee, hij is nu doodsbang en woedend.'

'Die woede is mijn schuld,' gaf Scarlett toe. 'De verpleger en ik stonden nog steeds te praten toen de agenten via de radio meldden dat die andere jongen daar ter plaatse dood was aangetroffen. Ik heb meteen Carrie gebeld en gevraagd of ze hierheen wilde komen om toezicht te houden op de inhoud van de maag van die jongen zodra ze die hadden leeggepompt. Ze is onderweg. Ik heb Isenberg gebeld en ze heeft opdracht te geven de vader niet bij zijn zoon te laten voor het geval hij hem op de een of andere manier het zwijgen wil opleggen.' Ze knikte in de richting van twee agenten. De ene stond tegen de muur in de buurt van waar Rawlings liep te ijsberen en de andere bij de uitgang. 'Ze zijn hier om hem in de gaten te houden. Hij staat nog niet onder arrest – nog niet – maar we laten hem ook niet gaan. Ze hebben opdracht hem in de boeien te slaan als hij probeert weg te gaan.'

'Heeft hij geprobeerd zijn zoon zijn mond te laten houden toen de hulpverleners met hem bezig waren?' vroeg Decker.

'Dat heb ik gevraagd en de verpleger zei van niet. Hij was zwijgzaam toen ze bij het huis kwamen. Hij liet ze alleen maar binnen en wees naar zijn zoon.'

'Alsof hij hen verwachtte,' merkte Decker op. 'Ook al had hij niet zelf alarm geslagen.'

Kate volgde zijn gedachtegang. 'Omdat hij al op de hoogte was gebracht. Ik durf te wedden dat Charlie Chalmers niet het alarmnummer heeft gebeld. Hij was waarschijnlijk al dood. Waar zijn zijn spullen? Ik zou zijn mobieltje wel eens willen bekijken.'

'Bij zijn lichaam,' zei Scarlett. 'Ik heb daar ook een agent geposteerd. Hij houdt beide jongens in de gaten en zorgt ervoor dat niemand bewijsmateriaal kan verdonkeremanen.'

'Waar is mevrouw Rawlings?' wilde Decker weten. 'Ik had gedacht dat ze toch wel hier zou zijn.'

'Nog een goede vraag,' zei Scarlett. 'Ze nam niet op toen we belden, dus heb ik een auto naar hun huisadres laten sturen. Een van de buren zei dat de vrouw en twee kinderen er met een paar koffers als een haas vandoor waren gegaan.'

'Ze is op de vlucht,' zei Kate. 'Ze probeert de overgebleven kinderen te beschermen.'

'Zijn de ouders van Charlie al op de hoogte gebracht?' vroeg Decker en Scarlett knikte.

'Het ziekenhuis heeft ze gebeld toen Charlie arriveerde. Ze hadden het nummer in zijn telefoon gevonden. Ze hebben niet tegen ze gezegd dat hij was gestorven, alleen dat hij hier was. Beide ouders zijn onderweg.'

Kate zuchtte. 'Ik zal het ze vertellen. Hopelijk weten we tegen die tijd of de zoon van Rawlings het zal overleven, want ik wil die vent met zijn reet in een verhoorkamer parkeren en hem eens een paar vragen stellen.'

'Hier zijn ook kamers,' zei Deacon en het venijn droop van elk woord. Zijn blik vestigde zich op Rawlings, die nog steeds met zijn armen over elkaar en zijn rug naar hen toegekeerd stond. 'Ik zou graag zelf met hem praten.'

Kate stond zich af te vragen hoe ze de tikkende tijdbom die haar voormalige partner was kon ontmantelen, maar gelukkig koos Faith dat moment om zich bij hen te voegen. Ze sloeg haar arm om Deacons middel.

'Ik heb je nodig,' zei Faith zacht. 'Kom alsjeblieft weer bij me zitten. Vertrouw op Kate, alsjeblieft. Alsjebliéft.'

Het was dat 'Alsjebliéft' dat het hem deed. Deacon huiverde en hij liet zijn blik zakken naar zijn gebalde vuisten. 'Ik wil het uit hem rammen, Faith. Hij weet wie dit heeft gedaan. Hij weet hoe hij met hem in contact kan komen.'

'Ik weet het, schat,' fluisterde ze. 'En Kate en Decker krijgen het wel uit hem. Kom nu bij mij en de rest zitten. Greg heeft je nodig. Ik heb je nodig.'

Hij knikte en liet zich door zijn verloofde naar hun stoelen leiden, waar hij zich in dezelfde ellendige houding liet neerploffen, rug gebogen, hoofd omlaag.

Op het moment dat Deacon ging zitten draaide Rawlings zich om en keek hen aan. Er blonk spottende triomf in zijn ogen. En er knapte iets bij Kate. Ze wilde de bewaarder de keel dichtknijpen tot hij paars zag. Maar dat zou helemaal niets oplossen. Dus in plaats daarvan boog ze zich naar Scarlett. 'Kun je die agenten waarschuwen dat Rawlings misschien een poging zal doen om ervandoor te gaan?' fluisterde ze.

'Met alle plezier.' Scarlett liep weg om te doen wat Kate haar had gevraagd.

'Decker, wil je me een lol doen?'

'Hang ervan af. Je bent toch niet van plan me te dumpen, hè? Dit begint net interessant te worden.'

Ze nam een seconde de tijd om hem glimlachend aan te kijken. 'Nee, maar ik moet er zeker van zijn dat ik de juiste informatie heb voor ik die man levend ga villen.'

Vanuit haar ooghoeken zag ze dat Rawlings zijn spottende, neerbuigende grijns nu op haar had gericht. *Mooi. Hij staat te luisteren.* 'Wil je zien of je de aantekeningen kunt krijgen die agent Novak vandaag heeft gemaakt toen hij in de gevangenis was? Ik ben er vooral in geïnteresseerd of hij iets te weten is gekomen over die jonge vrouw die de knokpartij met Alice is begonnen. Ik wil haar hele achtergrond weten – familie, vrienden, voormalige werkgevers, celgenoten uit het verleden en het heden. Iedereen die gebruikt zou kunnen worden om haar gedrag te beïnvloeden. Kinderen vooral – die van haar, of die van broers of zussen.'

Decker knikte ernstig. 'De bedreiging van je kind kan een sterk motief zijn.'

Rawlings' grijns was vervaagd en had plaatsgemaakt voor een woedende blik.

Kate keek opnieuw glimlachend op naar Decker. Hij begreep waar ze heen wilde en speelde haar spelletje mee. 'Precies. Vraag ook of agent Novak met iemand van de ziekenboeg in de gevangenis heeft gesproken. Zelfde vragen. O, en dan nog iets.' Ze wenkte met haar vinger om hem te vragen iets dieper voorover te buigen zodat ze in zijn oor kon fluisteren. 'Zorg ervoor dat je klaarstaat met je mobieltje om een foto te maken.'

Decker draaide zijn hoofd zodat zijn ogen maar een paar centimeter van die van haar waren verwijderd. Hij trok vragend zijn wenkbrauwen op, maar hij knikte. *Hij zit je te voeren*, zei hij met zijn blik.

Dat weet ik. Maak je geen zorgen. Kate had zichzelf stevig in de hand, voornamelijk omdat ze niet wilde dat die man vrij de deur uit zou lopen en dat zou zomaar kunnen als ze deed wat ze eigenlijk wilde doen. *Nou ja, hij zou niet lopen, want dan zouden zijn benen gebroken zijn. Misschien dat hij zou kunnen kruipen.* Maar hij zou vrij zijn en dat was niet oké.

Ze liep langzaam naar Rawlings toe. 'Wat doet uw vrouw voor de kost, meneer Rawlings?'

Hij knipperde met zijn ogen, omdat hij die vraag niet had verwacht. 'Ze is docente.'

'O. Ze heeft dus een goede verzekering. Dat is fijn voor uw zoon, aangenomen dat hij het overleeft.'

Hij kneep zijn ogen tot spleetjes. 'En wat mag dát te betekenen hebben?'

'Ze hebben u toch verteld wat de langetermijneffecten van blootstelling aan ricine zijn, hoop ik? Leverfalen, nieren... Uw zoon kan een lange herstelperiode tegemoetzien. Aangenomen dat hij blijft leven.'

Rawlings sperde zijn neusgaten open. 'Als je me wilt arresteren, doe dat dan. Zo niet, laat me dan met rust. Probeer me niet zo kwaad te maken dat ik iets beken. Ik heb niets verkeerd gedaan.'

'Ik begrijp het.' Kate slaakte een zucht. 'In die series op tv lijkt het altijd zo gemakkelijk om een bekentenis los te peuteren. Jammer genoeg trappen de slimme criminelen er niet in en de stomme criminelen laten zo veel belastend materiaal achter dat we onze toevlucht tot dergelijke trucs helemaal niet hoeven nemen.'

'Zit daar ergens een vraag in verborgen, rechercheur... wie je ook mag zijn?'

'O, mijn fout. Ik ben speciaal agent Coppola van de FBI. Ik ben degene die Novaks rol in het onderzoek overneemt. U weet wel,' voegde ze er op samenzweerderige toon aan toe, 'met de dames in de gevangenis praten. De vrouwelijke aanpak en zo.'

Hij keek haar vol verachting aan. 'Die zullen je niets vertellen. Er valt niets te vertellen.'

'Misschien dat ze niet met agent Novak wilden praten, maar ze zullen maar al te bereid zijn om met mij te praten. Zeker als ze weten dat u in hechtenis bent genomen.'

'Je kunt me niet arresteren. Ik heb niets verkeerd gedaan.'

'Ja, ik had u de eerste keer al begrepen. Ik hoef u niet echt te arresteren. Ik hoef ze alleen maar te vertellen dát ik dat heb gedaan. Al vermoed ik dat we meer dan genoeg zullen hebben om u te arresteren zodra we de resultaten van het laboratoriumonderzoek van de maaginhoud van uw zoon hebben en we die vergelijken met die van Alice Newman. Als de samenstelling van de ricine overeenkomt, dan bent u de gemene deler. Dat zal voldoende zijn voor een huiszoekingsbevel. Als ik eenmaal het gerucht verspreid dat u bent aangehouden om te worden ondervraagd en waarschijnlijk niet zult terugkeren naar uw werk, dan zal iedereen die u iets schuldig bent weten dat u dat niet inlost en iedereen die door u wordt afgeperst zal weten dat u hun niet langer iets kunt maken. Dan zullen ze hun geheimen maar al te graag prijsgeven. Trouw bestaat niet.'

Hij glimlachte vriendelijk. 'Je zit vol gebakken lucht, agent Coppola.'

Ze glimlachte hem stralend toe, pakte zijn hand en schudde die. 'Dank u. Dank u.'

'Wat heeft dat te betekenen, verdomme?' Hij rukte zijn hand los. 'Raak me niet aan.'

Kate keek naar Decker en zag tot haar genoegen dat hij zijn mobieltje voor zijn gezicht hield. 'Heb je dat?'

Decker liet zijn telefoon zakken. 'Jazeker.' Hij liep naar haar toe en toonde haar het schermpje van zijn mobiele telefoon. Het was precies zoals ze had gehoopt. – een vriendelijke ontmoeting en Kate met een dankbare blik.

De mond van Rawlings viel open. 'Dat kun je niet doen. Het lijkt net alsof ik meewerk.'

Kate haalde haar schouders op. 'Ik kan zo'n beetje doen wat ik wil. Tenzij u me vertelt wat ik wil weten.'

Rawlings werd bleek. 'Hij maakt me af. Hij zal mijn gezin vermoorden.'

Kate keek de bewaarder met kille blik aan. 'Hij heeft geprobeerd de zus van agent Novak te doden. Hij heeft de beste vriend van uw zoon vermoord en voor zover we weten nog minstens vier andere mensen. Ze hadden familie, die nu om hen rouwt. Hij heeft geprobeerd úw zoon te vermoorden. Laat u hem daarmee wegkomen?' Ze gaf hem een paar seconden de tijd om te antwoorden, maar besefte dat hij dat niet van plan was. 'Vertel me wat ik wil weten, of anders maak ik kopieën van die foto en deel die uit aan iedereen in de gevangenis. En dan stuur ik u terug naar uw werk met een brede glimlach en mijn hartelijke dank. Ik zal via de intercom een boodschap verspreiden over hoe blij de FBI is dat er bereidwillige, medewerkende, spráákzame ambtenaren als u zijn.'

Rawlings haalde moeizaam adem. 'Ben je bereid de rest van mijn gezin ter dood te veroordelen?'

Kate haalde haar schouders op. 'Nee. Dat doet u. Hoe u dit ook aan wilt pakken, ik zal ervoor zorgen dat hij denkt dat u hebt meegewerkt, dus u kunt me net zo goed vertellen wat ik wil weten.'

Ze verwachtte dat hij een uitval zou doen, maar was toch een beetje verrast toen hij dat deed, omdat hij niet probeerde te ontsnappen. In plaats daarvan schopte hij tegen Deckers wandelstok, waardoor deze viel, en graaide de telefoon uit zijn hand. Zonder een ogenblik te aarzelen smeet Rawlings de telefoon zo hard als hij kon tegen de muur. Het mobieltje versplinterde en de brokstukken vielen op de grond.

De twee agenten stormden op hem af, sloegen hem in de boeien en dwongen hem op zijn knieën. Decker zat op de vloer en maakte een geërgerde, maar ongedeerde indruk.

'Niks aan de hand,' snauwde hij voor Kate het kon vragen. 'Alleen mijn trots en mijn achterwerk zijn gekwetst. In die volgorde.'

Rawlings keek grimmig tevreden. 'Die foto gaat nergens naartoe.'

Decker snoof. 'Behalve naar de cloud. Ik heb hem naar mijn e-mail op het bureau gestuurd. Ook naar die van jou, Kate.'

'Technologie is toch iets geweldigs,' zei Kate luchtig en ze stond zichzelf weer toe adem te halen. Ze had even een moment van paniek beleefd toen ze haar drukmiddel in stukken uiteen zag spatten. Ze haalde haar eigen telefoon uit haar zak en checkte haar e-mail. 'Hier is hij. Laten we er nog een aan toevoegen.' Ze gaf haar telefoon aan een van de agenten en ging naast de op zijn knieën zittende Rawlings staan. 'Zorg er goed voor dat onze gezichten en de handboeien in beeld zijn.'

'Komt voor elkaar.' De agent nam de foto. 'Ik kan er nog wel een maken als dat nodig is.'

Ze bekeek de foto. 'Hij is goed. Heel goed.' Ze volgde Deckers voorbeeld en stuurde de foto eerst naar haar mailadres op haar werk voor ze hem aan Rawlings liet zien. 'U ziet een beetje witjes, maar dat is vermoedelijk omdat dat ook zo is. Dat zal de foto zo'n stuk effectiever maken als ik hem eenmaal verspreid.' Ze zette haar telefoon op video-opname en gaf hem toen terug aan dezelfde agent. 'Druk op de rode knop, alsjeblieft, en zeg maar wanneer ik kan beginnen.' Ze wachtte tot de agent het teken had gegeven. 'Tim Rawlings, u staat onder arrest vanwege het aanvallen van een FBI-agent en de vernieling van overheidsmateriaal.' Ze vertelde hem wat zijn rechten waren en knikte naar de agent, die de opname stopte en haar haar telefoon teruggaf. 'Dit zal ze wel overtuigen als de foto's onvoldoende mochten blijken.'

Rawlings keek naar haar op met ogen die blonken van haat. 'Het bloed van mijn gezin kleeft aan jouw handen.'

'We zullen uw vrouw en kinderen in beschermende hechtenis nemen zodra we weten waar ze zijn,' zei Kate. 'Maakt u zich nou maar zorgen om uzelf, meneer Rawlings. En om uw zoon daarbinnen.'

Ze keek naar Deacon, die overeind was gesprongen toen Rawlings op Decker af vloog, maar haar nu glimlachend zat aan te kijken. Grimmig weliswaar, maar hij glimlachte.

Hij kwam lang genoeg bij hen om Decker overeind te helpen. 'Jullie vormen een goed team,' was het enige wat hij zei voor hij weer tussen Faith en zijn broer ging zitten om op nieuws te wachten.

Ze keek Decker aan en glimlachte en hij glimlachte terug. Ze vormden een verrekt goed team.

'Wat moeten we met hem, agent Coppola?' vroeg de agent.

'Fouilleer hem,' zei ze. 'Overtuig je ervan dat hij niet gewapend is met wat dan ook.' Ze klopte op zijn zakken tot ze zijn telefoon vond. Twee mobieltjes om precies te zijn, en dat was geen verrassing. Eén was vermoedelijk een wegwerpexemplaar. Ze stopte ze in bewijszakken en verzegelde die. 'Ik zal agent Troy bellen om ze op te komen halen en te registreren. Zet hem tot die tijd in een stoel. Ik wil niet dat we ervan beschuldigd worden dat hij slecht is behandeld.'

Ze hoorde opgewonden stemmen achter zich en zag een man en

een vrouw, beiden in pak. De vrouw was hysterisch. Ze eisten dat ze bij hun zoon, Charlie Chalmers, zouden worden gelaten. Kate liet haar schouders hangen.

'Ik wil het wel doen,' bood Decker zachtjes aan.

'Ik kom in de verleiding om dat aan te nemen. Laten we het samen doen.'

Vrijdag 14 augustus, 18.45 uur

Het lijkt wel een politiebal. Hij parkeerde zijn auto aan de rand van het parkeerterrein van de spoedeisende hulp. Hij was eerst een paar keer heen en weer gereden en had in het voorbijgaan de auto's bekeken. Zowel Dani Novak als Tim Rawlings junior was naar dit ziekenhuis gebracht in plaats van naar County.

Niet dat hij dat iemand kwalijk kon nemen. Er waren akelige dingen gebeurd in County. *Allemaal door mij geregeld, dat klopt, maar toch.*

Hij had in dit ziekenhuis geen mensen. Nog niet. Maar dat gaf voorlopig niet. Dani Novak werd op dit moment geopereerd, dus die zou voorlopig niet praten. Hij had de tijd om met haar af te rekenen. Ondertussen was zo'n beetje de halve wereld samengeklonterd bij deze afdeling. Politie en FBI en verslaggevers...

Het was verdomme echt een politiebal. Daar stond de SUV van Deacon Novak, de Subaru van Marcus O'Bannion, Adam Kimble's Jeep en de gehuurde Toyota van Kate Coppola. Er viel niet te voorspellen wanneer ze naar buiten zouden komen, maar zodra dat gebeurde, zou hij ze kunnen volgen. Of een van hen in ieder geval. Hij had het zendertje van JJ's auto gehaald voor hij Mallory haar lichaam in de kofferbak had laten stoppen, dus hij had er een bij zich.

De keuze was tamelijk voor de hand liggend. Kate Coppola leek Griffin Davenport te hebben geadopteerd. De vrouw had dagen aan zijn bed gezeten op de intensive care en was een dag eerder door de gangen van County gestormd om zijn leven te redden. Als iemand wist waar het schuiladres van Davenport was, dan was dat Coppola.

Dus van alle auto's die naar het bal waren gekomen, moest hij die van Coppola in de gaten houden. Hij zette een pet op, trok de klep omlaag, trok handschoenen aan en wandelde op zijn gemak langs de auto's. Toen hij bij de gehuurde Toyota kwam, bleef hij staan en deed net of hij zijn veter moest strikken.

Hij bevestigde het zendertje onder de auto en wandelde terug. Als hij de confrontatie met Coppola wilde aangaan om bij Davenport te komen, dan zou hij beter voorbereid moeten zijn. De vrouw had al snel de reputatie verworven van een geweldige schutter. Hij keek vol afkeer naar zijn arm. *En dat ben ik niet op dit moment.*

Geef het toch op. Davenport heeft hun inmiddels alles al verteld wat hij weet.

Hij schudde zijn hoofd. Het probleem was dat hij niet wist wat Davenport precies wist. De FBI-agent was undercover geweest en had drie jaar lang Alice en haar vader bespioneerd. Iemand kon heel veel horen in drie jaar. En stel dat Alice had gelogen toen ze zei dat ze geen papieren spoor had achtergelaten. Die vrouw loog nog gemakkelijker dan dat ze had geademd.

Nee, Davenport vormde nog steeds een bedreiging. Bovendien was zijn beroepseer er inmiddels mee gemoeid. Als hij dat losse eindje niet wegwerkte, zou het voor altijd aan hem blijven knagen. Hij zou altijd achterom moeten blijven kijken en zich afvragen of ze iets nieuws te weten waren gekomen.

Ik kan me pas weer aan mijn zaken wijden als hij dood is.

En om ervoor te zorgen dat dat gebeurde, moest hij via Coppola. Tot zijn arm genezen was, zou het slimmer zijn om haar van een afstandje aan te pakken, ver buiten haar gezichtsveld. Gelukkig had hij daar precies het juiste middel voor in zijn voorraadkamer.

Vrijdag 14 augustus, 20.10 uur

'Decker. Decker, wakker worden. We zijn er.'

Decker ontwaakte langzaam, knipperde met zijn ogen en zag dat Kate zich over de console tussen hun stoelen had gebogen en haar hand op zijn schouder had gelegd. Haar gezicht was centimeters verwijderd van het zijne. Grote bruine ogen en zachte, verleidelijke lippen. Hij legde zijn hand in haar nek en trok haar dichterbij. Hij kuste haar en voelde haar aanvankelijk verstijven, maar al snel toegeven aan de druk van zijn hand.

Ze maakte zich met tegenzin los en likte haar lippen op een manier die hem naar een herhaling deed verlangen. Ze glimlachte quasizielig. 'Je bent in ieder geval wakker.'

Hij knipperde opnieuw met zijn ogen en besefte twee dingen. In de eerste plaats dat hij in meer jaren dan hij zich kon herinneren niet meer zo vredig en rustig wakker was geworden. Hij was over haar aan het dromen geweest en nu was ze hier. Geen plotseling wakker schrikken. Geen snakken naar adem. Geen gebalde vuisten of graaien naar een M16 die niet langer bij zijn bed stond. Alleen maar een heerlijk ontwaken. Als een normaal mens. Daar zou hij later nog eens goed over moeten nadenken.

Want hij realiseerde zich ook dat ze in haar auto zaten. Op een oprijlaan. Pal voor een kast van een huis dat gerust een landhuis genoemd mocht worden.

'Goeie genade,' fluisterde hij. 'Is dit waar Stone O'Bannion woont?'

'Zijn vader woont hier,' antwoordde Kate. 'Stone is hier voor zijn herstel. Ik kreeg de indruk dat een logeerpartij bij zijn moeder niet de beste oplossing was.'

Decker hield zijn hoofd schuin en wachtte op nadere uitleg. Kate zuchtte. 'Ze drinkt,' zei ze. 'Veel. Ik heb haar vorige week ontmoet en ze functioneerde nauwelijks. Ze heeft twee zoons verloren, allebei door geweld, en haar twee overgebleven zoons zijn in de afgelopen negen maanden allebei bijna gedood.'

'Je zei dat het broertje van Stone en Marcus negen maanden geleden is vermoord.'

Kate knikte. 'Mikhail. Hij was de neef van Faith en daarom staan Deacon en zij de familie bij. Maar de moeder heeft nog een andere zoon verloren, die werd gekidnapt toen hij nog maar een peuter was. Stone en Marcus waren ook ontvoerd. Marcus was acht. Stone zes. Ik heb alleen maar de krantenknipsels gelezen, maar ik kan me niet voorstellen dat iemand daar ongeschonden uit komt.'

Decker verwerkte die informatie. 'Dat bedoelde Diesel toen hij zei dat Stone en hij allebei op zesjarige leeftijd zijn blijven steken. En nog een reden waarom je Stone niet veroordeelt voor zijn... nou ja, stoned worden. Ik was ervan uitgegaan dat dat te maken had met alle rotzooi waar hij in de oorlog verslag over deed. Ik weet wat hij heeft gezien want ik heb daar ook een deel van meegekregen en dat zou genoeg zijn geweest om je over te geven aan drugsgebruik.'

'Het is een heleboel van mijn vrienden overkomen,' mompelde Kate.

'Wij zagen bij de MP niet zozeer de gevechten als wel de effecten ervan. De ruzies, het drinken. Het geweld. We waren allemaal veranderd toen we terugkwamen.'

Hij ging liefkozend met zijn duim over haar wang. 'Brei je van die camouflagedekens?'

Ze keek gegeneerd. 'Ja. Hoezo, wil je er ook een?'

'Alleen als jij eronder ligt.'

Ze schraapte haar keel. 'Ik geloof dat we maar eens naar binnen moeten gaan en aan het werk. Ze zitten waarschijnlijk naar ons te kijken.' Ze wees naar een camera die onder de daklijst van de garage hing. 'Niet erg subtiel.'

'Dan zouden we voluit moeten gaan, speciaal agent Coppola, en hun een echte show bezorgen.'

Ze schoof bij hem weg en pakte haar tas. 'Hoe verleidelijk dat ook klinkt, ik geloof dat dat een heel slecht plan is, speciaal agent Davenport.' Ze bekeek haar ogen in de spiegel en slaakte een zucht. 'Nog steeds rood. Ik haat het om familie op de hoogte te stellen van een overlijden, vooral als het om een kind gaat.'

Ze had meneer en mevrouw Chalmers vol medeleven en respect verteld dat hun zoon dood was. Daarna was ze met Decker naar de auto gelopen en huilend de parkeerplaats af gereden. Het enige wat hij had kunnen doen was haar hand vasthouden. Ze had zichzelf opnieuw niet toegestaan om lang te huilen en ze was opgehouden tegen de tijd dat ze bij de snelweg kwamen. Ze had zich vermand en was overgegaan tot haar volgende karwei, want er was werk te doen.

'Misschien moet ik toch make-up mee gaan nemen,' mompelde ze en ze deed met een zucht de zonneklep omhoog. 'Heb je me aan de telefoon gehoord toen je lag te slapen?'

'Nee. Ik was meteen vertrokken.' Op het moment dat ze was opgehouden met huilen. Hij kon niet slapen zolang zij verdriet had.

'Je zou op dit moment in bed moeten liggen,' constateerde ze met een frons. 'Uitrusten. Alléén,' zei ze met nadruk toen hij opleefde. 'Hoe dan ook, ik ben gebeld door Deacon. Dani is uit de operatiekamer. Ze hebben de wond dichtgemaakt en ze ligt nu op de verkoever. Vannacht blijft ze op de intensive care. We zetten een bewaker bij haar in de kamer en Carrie en haar vriendin de chirurg hebben het verplegend personeel persoonlijk geselecteerd. Ze hebben zich stuk voor stuk onderworpen aan een drugstest. Hopelijk heeft de Professor niet nog meer verpleegsters aan de haak geslagen.'

'Nog meer?' vroeg hij, bloedserieus nu.

'Troy heeft me ook gebeld. Er was behalve Eileen Wilkins misschien nog een verpleegster die naar het pijpen van de Professor danste. Troy had net Rawlings afgeleverd om te worden vastgezet toen hij bericht kreeg van zijn contactpersoon bij de beveiliging van County Hospital. Hij werkte met hem samen om de gangen van Eileen in het ziekenhuis na te gaan nadat ze gisteren geprobeerd had jou dat verdovingsmiddel toe te dienen. Hij had die beveiliger gevraagd een oogje te houden op de camera's en de toegangslogs op de computer en om het hem te laten weten wanneer iemand zijn ID gebruikte om binnen te komen terwijl hij of zij geen dienst had of wanneer iemand van het personeel niet kwam opdagen voor zijn werk. Een van de verpleegsters van de spoedeisende hulp heeft allebei gedaan – ze heeft gisteren haar ID gebruikt terwijl ze geen dienst had en is vandaag niet komen opdagen voor haar ingeroosterde dienst. Janet Jungers. De beveiliger heeft beelden bekeken van de verdieping waar jij lag en zag dat mevrouw Jungers daar rondhing. Ze was in feite een van de verpleegsters die ik voorbij ben gekomen toen ik gisteren naar jouw kamer rende.'

'Toen je over de gang stormde,' mompelde hij. 'Heb je een foto van haar?'

Kate haalde haar mobieltje tevoorschijn. 'Troy zei dat hij hem zou mailen. Ja, hier heb ik hem.' Ze downloadde de foto en boog zich opnieuw over de console zodat Decker haar scherm ook kon zien.

Mmm, wat rook ze lekker. *Concentreer je, Davenport.* Hij knipperde heftig met zijn ogen, bestudeerde de foto en vergeleek die met de beelden van de voorgaande dag die in zijn hoofd waren opgeslagen. Meestal waren die beelden scherp en helder, maar die van de dag ervoor waren versnipperd en vaag. Hij had de pest aan de nawerking van narcose. Hij zou nog dagen wazig blijven. 'Ik kan me haar niet herinneren... O, wacht even. Misschien...' Het beeld in zijn hoofd viel op zijn plaats. 'De lift. Ze stond op de lift te wachten toen Dani, Troy en Trip me naar beneden brachten. Ze zeiden tegen haar dat ze op de volgende zou moeten wachten.'

Kate leek onder de indruk. 'Wauw, Decker. Dat is echt heel goed. Troy herinnerde zich haar pas nadat de ziekenhuisbewaker hem had verteld dat de camera haar had opgepikt in de buurt van de liften. Hij is nu naar haar op zoek. Hij heeft een opsporingsverzoek laten uitgaan voor haar en haar auto en hij trek haar achtergrond na. Dus, nu ben je bijgepraat. Laten we met Stone gaan praten.'

'Denk je dat ze een butler hebben? Zelfs die mensenhandelaren hadden geen butler.'

Ze keek hem grijnzend aan, zoals hij had gehoopt dat ze zou doen. 'Ik weet het niet. Laten we maar eens gaan kijken.'

Hij pakte zijn wandelstok en liep achter haar aan over het goed verzorgde pad. 'Wat doet Stone's vader?' Wat het ook was, de man was steenrijk.

'Jeremy O'Bannion is een docerende dokter, want hij was betrokken bij een auto-ongeluk waarbij zijn hand is verbrand. Daarvoor was hij chirurg. Hij woont hier met zijn echtgenoot Keith.' Ze dempte haar stem zodat hij zich naar haar toe moest buigen om haar te kunnen horen. 'Deacon en Faith zijn echt gesteld op Jeremy. Keith kan blijkbaar nogal... irritant zijn. Het is niet zo dat Deacon de man niet mag, maar hij zegt dat hij lastig te doorgronden is. Nu weet je alles over de familie wat ik ook weet.'

Voor Kate in de gelegenheid was om aan te kloppen werd de deur geopend door een man van in de veertig, gekleed in een lichtgewicht grijs kostuum met een das, en met zwarte leren handschoenen aan. 'Agent Coppola?'

'Dr. O'Bannion,' antwoordde Kate beleefd. 'Dit is speciaal agent Davenport. Ik hoop dat we niet ongelegen komen.'

Decker bestudeerde de man aandachtig en maakte in zijn hoofd het rekensommetje. Stone moest een jaar of dertig zijn en Marcus was nog ouder. Deze man zag er niet ouder uit dan vijfenveertig. Stiefvader?

'Nee, natuurlijk niet,' zei Jeremy ondertussen. 'Kom alsjebl–'

'Jeremy! Verdomme!' Er klonk een bonkend geluid vanachter de deur en seconden later verscheen een stevige man die zich pal voor Jeremy posteerde. Hij was veel informeler gekleed en droeg een spijkerbroek en poloshirt, maar had ook een pistool in een holster aan zijn riem. Hij leunde zwaar op een wandelstok die eruitzag alsof hij met de hand uit heel zwaar hout gesneden was. Er zat ook een glimmende, koperen handgreep op – perfect om iemand helemaal mee in puin te slaan. *Zo een moet ik ook hebben*, dacht Decker.

'Ik had toch gezegd dat je mij de deur moet laten opendoen,' zei de man terwijl hij hen woedend aankeek.

Aha. De irritante Keith.

'Ik wist wie het was,' zei Jeremy op vriendelijke toon, alsof dit een meningsverschil was dat ze wel vaker uitvochten. 'Wil je onze gasten vragen binnen te komen, alsjeblieft?' De twee mannen deden een stap achteruit. Jeremy snakte even verschrikt naar adem toen het licht van een kristallen kroonluchter die waarschijnlijk zo'n beetje Deckers jaarsalaris kostte op Kate's gezicht viel. 'Je hebt gehuild. Is Dani...'

Kate schudde snel haar hoofd. 'Nee, meneer. Dani is uit de operatiekamer en het komt allemaal weer goed met haar.'

Hij was duidelijk opgelucht. 'Fijn. Ik ken de chirurg die haar heeft geopereerd. Ze is een voormalige studente van me. Beste van de klas. Fantastisch met haar handen.'

Kate glimlachte. 'De geruchtenmachine maakt overuren.'

'Marcus heeft me gebeld. Hij wist dat ik me zorgen maakte om Dani. Ik heb haar via Deacon en Faith nog maar een paar keer ontmoet, maar ze is een buitengewone vrouw. Kom binnen, alsjeblieft.' Hij bracht hen naar een echte ontvangstkamer, compleet met een zilveren theeservies op de salontafel. 'Hebben jullie zin in thee?'

'Nee, dank u,' zei Kate beleefd en ze ging in de stoel zitten die Keith haar met een grauw aanwees. Decker liet zich in de stoel naast haar zakken terwijl Jeremy en Keith plaatsnamen op de bank tegenover hen. 'We zijn hier eerlijk gezegd voor Stone. We blijven niet lang, dat beloof ik.'

Jeremy keek haar scherp aan alvorens zijn blik op Decker te richten. 'U bent alweer op de been, agent Davenport. Van wat ik in de *Ledger* lees, hoort u in bed te liggen.'

Kate snoof zachtjes. 'Zei ik toch,' mompelde ze en Jeremy's lippen trilden even.

'Keith wilde ook niet uitrusten en herstellen.' Hij wierp zijn echtgenoot een blik toe die tegelijkertijd liefhebbend en bestraffend was en iets van Keiths boosheid smolt zichtbaar weg. 'Maar ja, wat doe je eraan?'

'Helemaal niets,' zei Kate berustend. 'Is Stone er?'

'Ja,' antwoordde Jeremy en hij aarzelde even.

Keith sloeg zijn ogen ten hemel. 'Stone zei dat hij wel met Davenport wil praten, maar niet met u, agent Coppola. Jeremy wil uw gevoelens sparen.'

Decker en Kate wisselden een blik, opnieuw op dezelfde golflengte. *Diesel heeft hem gewaarschuwd*, maakte Decker duidelijk.

Doe maar. Het geeft niet. 'Zeg maar dat ik het begrijp,' zei Kate hardop en heel kalm. 'Ik geloof dat ik toch zin heb in een kopje thee, dr. O'Bannion, als dat mag.'

'Natuurlijk,' zei Jeremy. 'Keith, wil je agent Davenport even naar Stone brengen?'

Keith hees zich overeind en maakte een beweging met zijn hoofd naar de deur. 'Deze kant op.'

Decker keek even achterom terwijl hij achter de norse man aan liep. Kate en Jeremy zaten te glimlachen; Jeremy schonk thee in. 'Ze gaan het over ons hebben,' klaagde Decker.

Keith haalde zijn schouders op. 'Ze zijn bezorgd om ons, denk ik.'

'Ik denk het ook. Nou, wat is jouw verhaal?' Decker wees op de wandelstok.

'Nieuwe knieën. Ik ben negen maanden geleden neergeschoten.' Hij kromde zijn hand tot een pistool en wees naar beide knieën. 'Paf, paf.'

Decker vertrok zijn gezicht. 'Au.'

'Je hebt geen idee.'

'Niet precies, maar ik heb ook een kogel of twee opgevangen. Of twaalf.'

Keith nam hem opnieuw onderzoekend op. 'Leger?'

'Twee missies. Afghanistan.' Decker deed er even het zwijgen toe, maar zijn nieuwsgierigheid kreeg de overhand. 'Er is een hoop gebeurd, negen maanden geleden.'

'En niet veel goeds,' zei Keith somber. 'Behalve dat we Faith hebben leren kennen. Ze is een lieve meid. Ik mag haar graag. Deacon ook, ook al vindt hij me irritant.'

Decker voelde zijn wangen rood worden. 'Betrapt. Ik vroeg me al af of je de camera's ook had uitgerust met geluid.'

'Ik neem mijn plichten serieus. Ik bescherm mijn familie.' Dat was bedoeld als een waarschuwing en Decker vatte het ook zo op.

'Ik hoor je en ik begrijp het.' Ze hobbelden een paar seconden samen verder. 'Ik vind je wandelstok gaaf, tussen twee haakjes. Mag ik vragen waar je hem vandaan hebt? Mijn wandelstok komt van het ziekenhuis en hij is knap waardeloos.'

Keith gromde wat een lachje had kunnen zijn. 'Ik heb nog een reserve-exemplaar. Die mag je wel lenen.'

'Heeft die ook zo'n koperen handgreep? Want daar heb ik nu mijn zinnen op gezet.'

Toen glimlachte Keith, een echte glimlach. 'Daar heb er ook een van in reserve. Die heb ik speciaal laten maken.'

'Dat zou ik heel fijn vinden. Hopelijk zal ik hem niet lang nodig hebben. Ik hoop dat ik er vrij snel weer bovenop ben, want zo ben ik in het nadeel. Ik kan Kate niet bijhouden als ze moet rennen. Ik kan nog wel schieten, maar dat kan ze ook beter dan ik.'

Een grom. 'Ze heeft doel getroffen met dat schot. Toen jij bent geraakt. Ik heb erover in de krant gelezen.'

'Ze is verraderlijk dodelijk,' zei Decker en hij hoorde de trots in zijn stem. Het kon hem niets schelen.

Keith gromde opnieuw en Decker kwam tot de conclusie dat het gegniffel was. 'Ik geloof dat jij je eigen geheime wapen hebt, Davenport. Geloof maar niet dat ik niet doorheb dat ik word ingepakt.'

Decker grijnsde. 'Verdomme. Weer betrapt.' Hij haalde diep adem en werd weer ernstig. 'Luister, kaarten op tafel. Weet Stone dat we komen?'

'Ja. Diesel heeft hem gebeld. Ik weet niet waarom jullie hier zijn. Dat wil ik ook niet weten. Alleen... als het effect heeft op Jeremy, dan moet ik het weten. Kaarten op tafel.'

'Ik denk dat we wel kunnen voorkomen dat het zover komt,' zei Decker zacht.

'Dank je.' Ze bleven bij een stel dubbele deuren van donker hout staan. De deuren waren dicht. 'Hij is hierbinnen.' Keith sloeg met de handgreep van zijn wandelstok één keer op de deur. 'Stone!' blafte hij. 'Davenport is hier.'

'Nou, laat hem dan binnen,' blafte Stone terug. 'Ik ben klaar voor hem.'

Keith deed de deuren open, waardoor er een bibliotheek van drie verdiepingen zichtbaar werd, volgepakt met boeken. Overal donker hout. Een enorm rond raam liet het vervagende avondlicht binnen en wierp overal schaduwen. 'Krijg nou de pest,' zei Decker ademloos. Hij vermande zich. 'Sorry, ik was... Nou, het is een indrukwekkend schouwspel. Bedankt dat je me wilt spreken, Stone.'

Stone zat in zijn rolstoel naast het ziekenhuisbed, zijn donkere haar gekamd, maar nog nat. Hij had zich ook net geschoren en zijn jukbeenderen vielen op in een gezicht dat een stuk magerder was dan het zou moeten zijn. Zijn ogen waren donker en zijn mond vertrokken van pijn.

'Al goed,' zei hij vermoeid. 'Kom binnen.'

'Kan ik iets voor je halen, Stone?' vroeg Keith verrassend vriendelijk.

'Nee, maar bedankt. Davenport? Heb je honger?'

Decker aarzelde en dacht toen: *Wat kan mij het schelen.* 'Ik ben uitgehongerd. Kate is langs een drive-intent gegaan, maar dat was lang niet genoeg.'

'Ik breng wel iets. Ga maar bij hem zitten.' Keith deed de deuren dicht en het werd stil.

Decker trok een stoel bij van de leestafel, die van hetzelfde donkere hout vervaardigd was als de lambrisering. 'Verdomme,' mopperde hij terwijl hij zich op de stoel liet zakken, want het voelde veel te goed om te zitten. 'Ik haat dat revalidatiegedoe. Ik heb het elke keer weer gehaat.'

'Het is beter dan het alternatief,' zei Stone schouderophalend. 'Bovendien, jij bent pas gisteren bijgekomen en moet je nu eens zien. Rent van hot naar her. Ik ben...' Hij schudde vermoeid zijn hoofd. 'Ik voel me tachtig.'

'Hoe vaak ben je precies geraakt, Stone?' vroeg Decker. 'Vier keer? Vijf?'

'Vaker.' Stone zei verder niets en Decker zuchtte.

'Je weet waarom ik hier ben, hè?'

'Ja. Maar voor we daaraan beginnen, moet ik eerst weten waarom Coppola zat te huilen.' Hij wees naar zijn laptop die op het ziekenhuisbed lag. Op het scherm was het beeld te zien van de camera die aan de garage hing. 'Ik zag haar uitstappen. Haar ogen waren helemaal opgezet. Is echt alles goed met Dani? Marcus zei van wel, maar hij verbloemt soms dingen als hij denkt dat het ons pijn zal doen.'

'Kate zei dat Deacon heeft gezegd dat alles in orde komt met haar. Kate huilde omdat ze een stel ouders moest vertellen dat hun zestienjarige zoon dood was. Overdosis. Met dank aan de Professor.'

Stone sloot zijn ogen en verbleekte. 'Ik heb hem in geen vier jaar gezien of gesproken.'

'Diesel wilde het ons niet vertellen. Kate werkte op zijn gemoed. Die klootzak was degene die Dani had neergestoken. De Professor, bedoel ik. Niet Diesel.'

Stone snoof een lach. 'Diesel is ook een klootzak, maar een met een goed hart.' Hij wendde zijn blik af met een schaamtevolle uitdrukking op zijn gezicht. 'Ik heb niemand over de drugs verteld. Zelfs Diesel niet. Hij kwam op een ochtend onaangekondigd langs bij mijn appartement en ik was zo high als een torenflat. Hij vermoedde al dat er iets niet in orde was en hij wilde me op heterdaad betrappen. Ik beloofde dat ik zou afkicken als hij het niet tegen Marcus zou zeggen. Dat heeft hij voor zover ik weet ook nooit gedaan.'

'Hij zegt dat Marcus het niet weet. Hoe wist Diesel af van de Professor?'

Stone's mond vertrok bitter. 'Ik ben blijkbaar nogal praatgraag als ik stoned ben.'

'Waarom heb je die vent er niet bij gelapt toen je clean was en niet meer gebruikte? Waarom heeft Diesel dat niet gedaan?' Deckers woede nam toe. 'Verdomme, Stone, hij verkocht aan kínderen.'

Stone's gezicht werd nog afgetobder en plotseling zag hij er ook uit als tachtig. 'Ik weet dat hij aan kinderen verkocht,' zei hij bijna fluisterend. 'Want ik was er daar één van.'

22

Cincinnati, Ohio, vrijdag 14 augustus, 20.30 uur

Decker knipperde met zijn ogen en keek naar de man die onderuitgezakt in de rolstoel zat. Stone O'Bannion had drugs gekocht van de Professor toen hij nog een kínd was? Hij herinnerde zich wat Kate hem had verteld over de ontvoering van Marcus en Stone. De dood van hun kleine broertje. 'Verdomme, Stone.'

Stone maakte een geluid dat geen grauw was en ook geen snik. Het was pure pijn. 'Ik zal je vertellen wat ik weet. Daarna kun je me arresteren als dat moet. Maar laat het me mijn vader eerst vertellen, oké? Hij weet van niets.'

'Prima,' zei Decker zacht. 'Maar als er een mogelijkheid is om je niet te arresteren, dan zal ik dat ook niet doen. En als ik je kan helpen om je privacy te beschermen, dan doe ik dat.'

Stone's verbijsterde blik schoot naar de zijne. 'Waarom zou je dat in hemelsnaam doen? Mijn zwijgen, mijn tróts, heeft net de dóód van een zestienjarige veroorzaakt.'

Decker slikte moeizaam, want het medeleven met deze man deed pijn in zijn borst. 'Voor alle duidelijkheid, ik weet dat je bent ontvoerd toen je nog klein was. Ik weet dat je broertje is vermoord toen je zelf nog een kind was. Ik weet dat je je land met ere gediend hebt en ik weet dat je de afgelopen negen maanden door een hel bent gegaan omdat je nog een broer hebt verloren en omdat je Marcus bijna kwijt was geraakt en omdat je zelf ook bijna bent doodgegaan. En ik weet dat je op dit moment pijn lijdt, want dat zie ik aan je gezicht. Hebben ze je pijnstillers gegeven?'

'Ja. Ik heb ze doorgetrokken. Ik ben verslaafd. Ik kan ze niet nemen.'

'Je kunt wel iets nemen. Laten we iemand zoeken die je kan helpen met de pijn, oké?'

Donkere ogen namen hem met scherpe blik op. 'Je hebt mijn vraag niet beantwoord, Davenport. Waarom zou je me helpen? Jij bent een van de goeien. Goud. Waarom zou je je carrière op het spel zetten om een verslaafde te helpen die kinderen laat sterven? Waarom?'

'Omdat jij niet de enige bent die dingen heeft gedaan waar hij niet trots op is.' Hij liet die verklaring tussen hen in hangen. 'Ik zal vermoedelijk de rest van mijn leven bezig zijn om het goed te maken dat ik mijn zusje niet heb kunnen redden en te boeten voor de manier waarop ik met de klootzak heb afgerekend die daar verantwoordelijk voor was. Als je boete wilt doen, begin dan met te vertellen wat je van die hufter de Professor afweet.'

Stone knikte onzeker. 'Dat was ik toch al van plan.'

'Laten dan maar beginnen met de meest recente informatie. Je zei dat je hem in geen vier jaar hebt gesproken. Hoe nam je contact met hem op, wat kocht je van hem en waar kocht je dat? Ik neem aan dat je contant betaalde.'

'Uiteraard. Hij nam eerlijk gezegd contact op met mij. Hij gebruikte een mobiele telefoon. Ik was net terug van mijn tweede uitzending. Ik had me ingeschreven voor colleges op King's College.'

Dat trok Deckers aandacht. 'Een van de slachtoffers studeerde aan King's. Een andere volgde daar wel een paar colleges, maar hing vooral rond in de sportschool. De laatste twee zaten op de middelbare school. Hij zit achter studenten aan.'

'Twee?' Stone deinsde terug. 'Ik dacht dat je zei dat één jongen was gestorven.'

'Eén is doodgegaan. Van de andere is de maag leeggepompt. De knul die het overleefde was het echte doelwit, of liever gezegd, dat was zijn vader. De jongen die is gestorven... Hij was waarschijnlijk bijkomende schade.'

Stone liet zijn hoofd hangen. 'Wat een kutzooi.' Hij haalde diep adem en rechtte zijn schouders, die ondanks het gewichtsverlies nog steeds breed waren. 'De Professor had een breed klantenbestand en hij was zorgvuldig bij het rekruteren. Sommigen van ons waren al klant sinds de middenschool. Hij verkocht eersteklas spul. Niemand wilde hem erbij lappen. Niemand sprak ooit met iemand anders over hem. Je wilde bij hem in een goed blaadje blijven staan, anders liet hij je vallen als een baksteen. Hij belde me toen ik terugkwam uit de Golf om te zeggen dat ik er goed uitzag. Gepolijst. Dat het leger het babyvet eraf had gekregen. Hij vroeg of ik nog sterker wilde worden. Hij bood me steroïden aan.' Een schouderophalen. 'Die heb ik een tijdje genomen. Maar mijn gif waren voornamelijk de pillen. Ik wilde alleen maar gelukkig zijn of slapen. Of vergeten. Als mijn hersenen maar ophielden met werken.'

Decker nam aan dat ze zo wel aan de pillen zouden toekomen, maar hij moest eerst iets anders begrijpen. 'Babyvet?'

Stone haalde zijn schouders op. 'Ik was als kind echt een dikkerdje. Ik was nog nooit een donut tegengekomen die ik niet lekker vond. Ik begon af te vallen toen ik de pepmiddelen begon te gebruiken die de Professor bij school verkocht. Privéschool met een heleboel kinderen die wat te besteden hadden. Met inbegrip van mij. Ik nam amfetamine om af te vallen en me beter te voelen. Ik nam kalmerende middelen om 's nachts te kunnen slapen. Vanwege... Nou ja, je bent duidelijk op de hoogte van de ontvoering.'

'Alleen dat het is gebeurd. Dus die man haalde je in het begin binnen door in te spelen op je kwetsbaarheid. Hij maakte gebruik van datgene wat je het meest dwarszat aan jezelf. Die vent is echt een eersteklas klootzak om zo misbruik te maken van kinderen.'

'En studenten en iedereen die maar geld had, inclusief vrouwen van middelbare leeftijd. Ik had een keer een ontmoeting met hem, ik was nog maar een kind, veertien misschien. Ik had hem betaald en hij gaf me mijn spul toen er een vrouw aan kwam rennen. Hij leek verbaasd dat ze rechtstreeks naar hem toe kwam. Hij deed alles altijd alleen maar onder vier ogen. Hij had een paar favorieten en die werden zijn tussenhandelaar. Ik zamelde het geld in bij mijn vrienden en kocht voor ons allemaal in, omdat hij op me gesteld was. Hoe dan ook, die vrouw kwam naar hem toe en smeekte hem om een dosis. Hij zei met een heel gemene stem dat ze hem later maar moest bellen en ze werd wanhopig. Ze rukte haar blouse open. Ze zei dat ze hem daar ter plaatse ter wille zou zijn als hij haar maar genoeg gaf om haar erdoor te helpen tot haar echtgenoot zijn salaris kreeg en ze geld uit zijn portefeuille kon pikken.'

Deckers ogen werden groot. 'Hallo. Kun je die vrouw beschrijven?'

Stone keek hem aan. 'Man, ik was veertien en ze stond met haar borsten te zwaaien. Ik heb niet op haar gezicht gelet.'

'Begrijpelijk.'

Stone fronste nadenkend zijn voorhoofd. 'Maar ze trok zijn overhemd uit zijn broek. Hij... hij had een tatoeage. Ik weet niet wat het voorstelde en dat is de waarheid. Ik zag alleen de bovenkant ervan. Hij zat op zijn achterste. Ik wilde er toen ook een. Dat was ik helemaal vergeten.'

'Wat deed hij met die vrouw?'

'Hij gaf haar een klap, sloeg haar neer. Ik weet nog dat ik echt geschokt was. Ze... ze zakte gewoon snikkend op de grond in elkaar. Hij zei dat ze naar haar auto moest gaan en dat hij naar haar toe zou komen.'

'Waar ontmoette je hem?'

'In het park.' Stone dacht na. 'East Fork. Het gerucht ging dat hij daar een wietplantage had.'

'Dat is de plek waar we het lichaam hebben gevonden van de verpleegster die mij die verdovende middelen had toegediend.'

Stone knipperde met zijn ogen. 'Je zou toch denken dat hij na twintig jaar wel naar een andere plek zou zijn gegaan.'

Twintig jaar? 'Hoe oud was je dan toen je bij hem begon te kopen?'

'Dertien.' Stone schudde bitter zijn hoofd. 'Man, we vonden hem een god. Hij had het gezicht waar meiden voor vielen, een opgevoerde auto die ronkte als een tijger, en hij droeg echt gave kleren. Nu weet ik dat hij die meiden kreeg omdat hij hun dope verkocht.'

'Beschrijf hem eens voor me.'

'1 meter 80, gemiddelde bouw, bruin haar. Groene ogen. Misschien blauw, dat kan ik me niet herinneren.'

'En toen je hem weer zag nadat je was teruggekomen uit de Golf?'

'Hetzelfde, alleen ouder. Een beetje grijs in zijn haar. Een paar rimpels.'

'Hallo.' Decker was ondanks zichzelf onder de indruk. 'Zijn vermomming wordt ouder.'

Stone staarde hem aan. 'Draagt hij een vermomming? Hoe weet je dat in hemelsnaam?'

'Een van onze getuigen zag toen het warm was een uitstulping in de naad van de dingen die hij op zijn gezicht had aangebracht.'

Stone leunde verbijsterd achterover in zijn rolstoel. 'Krijg nou wat. Dat zou ik nooit verwacht hebben. Lekkere verslaggever ben ik.'

'Hij heeft twintig jaar overleefd zonder te zijn gepakt,' zei Decker droog. 'Hij is goed.'

Stone keek kwaad. 'Ik word geacht beter te zijn.'

'Je zat vast in je eigen shit, Stone,' snauwde Decker. 'Gun jezelf een beetje de ruimte.' Hij masseerde zijn slapen. 'Sorry. Ik ben moe en ik heb honger.' Hij keek op en verstijfde toen zijn blik op de laptop op het bed van Stone viel. 'Wel verdomme.' Hij sprong overeind uit zijn stoel. Er sloop een man naar Kate's auto.

'O, verdomme,' zei Stone en hij toetste een nummer op zijn mobieltje in. 'Keith. Er is iemand op de oprijlaan.'

Decker greep de handvatten van Stone's rolstoel. 'Hou je vast.' Hij nam even de tijd om de dubbele deuren open te gooien en greep vervolgens de rolstoel weer beet. Hij begon door de gang te rennen, waarbij hij de rolstoel gebruikte om zijn evenwicht te bewaren. Hij kwam aan de voorkant van het huis en zag dat de salon verlaten was. Lege theekopjes waren het enige teken dat hier iemand was geweest.

En toen stond zijn hart stil. Geweervuur. Buiten. 'Blijf hier,' blafte hij tegen Stone. Hij trok zijn dienstwapen en hobbelde naar de voordeur.

'Wandelstokken van Keith.' Stone wees naar de deuropening. 'Paraplubak bij de deur.'

Decker pakte er een met een koperen handgreep, voor het geval dat.

Vrijdag 14 augustus, 20.40 uur

Kate zat gezellig te kletsen met Jeremy O'Bannion. Ze begreep waarom Deacon hem zo graag mocht. De man was duidelijk briljant maar cijferde zichzelf weg, en hij was dol op zijn kinderen. Hij gloeide gewoon van trots – en bezorgdheid – wanneer hij sprak over Marcus, Stone en Audrey. Kate had de laatste nog niet ontmoet. Ze had hem vermaakt met verhalen over zaken die Deacon en zij in Baltimore hadden afgehandeld, maar toen schokte hij haar door opnieuw de vraag te stellen die ze dacht te hebben ontweken.

'Waarom was je aan het huilen, Kate?'

Eén blik was genoeg om haar duidelijk te maken dat ze er geen tweede keer onderuit zou komen. 'Ik moest mensen op de hoogte stellen van een overlijden. De jongen was zestien. Zijn ouders... ze stortten helemaal in.'

Jeremy leek in zijn stoel ineen te zakken. 'Ik weet hoe dat is.'

'Ik weet nooit wat ik moet zeggen. Ik kan het niet... beter maken.'

Hij verraste haar door zijn hand, gestoken in de zwarte handschoen, over de tafel uit te steken en op die van haar te leggen. 'Het feit dat je dat zou willen? Dat dringt door. De ouders die dat verlies hebben ondergaan voelen dat. Misschien niet op het moment dat jij ze het nieuws brengt, want dan is er sprake van een mentale muur, een mist. Je kunt alleen maar horen dat je kind dood is. Maar later, dan herinner je je het.'

'Dank u.' Kate's ogen prikten en ze wilde echt niet nog meer huilen, dus stak ze haar hand uit naar de theepot om haar kopje vol te schenken en knoeide bijna toen Jeremy haar opnieuw verraste.

'Ben je van plan Stone te arresteren?'

Kate wiebelde met de pot en morste thee op het zilveren dienblad. Ze keek hem aan. 'Nee, dat ben ik niet. Maar ik denk niet dat hij blij zal zijn.'

Jeremy duwde zachtjes haar hand opzij en nam de taak van het opruimen van de gemorste thee op zich. 'Stone is nog nooit gelukkig geweest. Ik heb hem tevreden meegemaakt. Ik heb hem gepassioneerd zien raken over een zaak, maar ik heb hem nog nooit blij gezien en dat is voor een ouder een bittere waarheid om onder ogen te moeten zien.'

'U ziet er... tamelijk jong uit. Bent u zijn stiefvader?'

Jeremy glimlachte. 'Ik denk dat ik me gevleid zou moeten voelen dat ik er "tamelijk jong" uitzie.' Hij grinnikte toen Kate haar gezicht vertrok. 'Het geeft niet. Ik ben met hun moeder getrouwd toen ik nog maar eenentwintig was. Marcus was tien en Stone acht.' Hij zuchtte. 'En toen al gebroken. Hij leerde om net te doen alsof hij hersteld was, maar hij was nog steeds gebroken. Wat heeft hij gedaan, agent Coppola?'

'Ik denk dat u hem dat zelf moet vragen, meneer. Ik wil het voor niemand van u nog erger maken.'

'Zie je wel? Een goed hart. Ik hoop dat jij en die heel knappe man van je het geluk zullen vinden.'

'Dank u.' Ze glimlachte sluw. 'Hij ís heel knap, hè?'

'Hij doet me denken aan Thor uit de film,' bekende Jeremy.

'Dat vond ik ook.' Ze leunde achterover in haar stoel met haar thee, maar ze schoot weer overeind toen Keith vanuit de keuken binnen kwam denderen. Met een geweer in zijn handen.

'Coppola, iemand zit aan je auto te knoeien.'

Ze zette haar kopje weg en sprong overeind. 'Blijf hier en bel het alarmnummer,' zei ze tegen Jeremy terwijl ze haar pistool uit haar holster nam. 'Waar is de zijdeur? Ik wil niet door de voordeur naar buiten.'

'Kom mee.' Keith bracht haar naar de garage, wees naar een deur en stak haar het geweer toe. 'Hier. Gebruik deze maar als het nodig is. Draag je kevlar?'

'Onder mijn blouse.' Ze stopte haar pistool in de holster en nam het geweer aan. 'Blijf hier, alstublieft.'

Hij trok zijn wapen uit zijn holster. 'Dit is mijn huis. Ik zal het verdedigen als dat nodig is.'

Ze rolde met haar ogen. 'Prima. Kunt u van hieruit de camerabeelden zien?'

'Op mijn mobieltje.' Hij hield het voor haar neus. Haar auto stond midden in beeld en laag bij de grond aan de linkerkant van de wagen was een schaduw te zien. 'Hij stopt iets onder je auto.'

Ze fronste haar wenkbrauwen. 'Er hangt daar een camera. Waarom neemt hij dat risico?'

'Je kunt de camera alleen maar vanuit een bepaalde hoek zien, bijvoorbeeld vanaf de voorstoelen van je auto. Anders zit hij verscholen achter het boeibord.'

'Klinkt logisch.' Ze glipte door de zijdeur naar buiten en bleef dicht bij het huis. Ze had het einde van de muur bereikt toen ze een geluid hoorde. Ze zette het geweer aan haar schouder en ging de hoek om. En staarde naar de man die de flatgenote van Sidney Siler had beschreven. *De Professor.*

Hij stond rechtop, achter de auto, met zijn eigen wapen getrokken en op haar gericht.

'Laat je wapen vallen,' beval ze.

Hij keek haar glimlachend aan.

En schoot.

Ze kreunde door de inslag van de kogel op haar kogelwerende vest en schoot terug met het geweer. Maar hij had zich al achter haar auto laten vallen, uit het zicht. Ze schoot niet nog een keer. Hij was er nog steeds. *Hij ligt te wachten tot ik me laat zien zodat hij nog een keer op me kan schieten. Klootzak. Ik kan ook wachten.*

Een geluid trok haar aandacht. Ze keek omlaag en slaakte een vloek. Een klein blik was tot aan haar voeten gerold. *Granaat*, was haar eerste gedachte, ze sprintte in een reflex weg in de richting van de deur waardoor ze naar buiten was gekomen. Weg van de auto waar hij zich achter had verborgen.

Klootzak. Hoe komt hij aan die verrekte granaat? Maar hij explodeerde niet. Er begon langzaam rook uit te komen en de wind voerde die godzijdank bij haar vandaan. Ze rende het huis binnen en sloeg de deur achter zich dicht. 'Wegwezen. Uit deze kamer.' Ze vloekte opnieuw toen ze Decker op een holletje vanuit de garage het huis zag binnengaan, gebruikmakend van een van de wandelstokken van Keith om zich voort te bewegen. Ze volgde hem nadat ze zich ervan had overtuigd dat Keith achter haar aan kwam.

'Hij gaat ervandoor,' riep Decker over zijn schouder. 'Wat was dat wat hij gooide?'

'We zagen hem op de beelden,' zei Keith.

'Een gasgranaat,' zei Kate en ze rende achter Decker aan. 'Breng iedereen naar de andere kant van het huis. Als je mondkapjes hebt, gebruik die dan.'

'Wat voor gas?' riep Keith haar achterna

'Misschien rook. Maar misschien ook wel ricine.' *Shit.* Ze moest voorzorgsmaatregelen nemen. 'Ik moet andere kleren hebben en een plastic vuilniszak. En ik moet onder de douche.'

'Komt voor elkaar. Hij is weg, agent Coppola. Blijf hier en verzorg jezelf.'

'Ik ben zo terug,' beloofde ze. 'De wind heeft het weggeblazen, dus ik ben er niet door geraakt.' En zelfs als dat wel het geval was, dan nog zou ze Decker moeten vinden. *Hij is achter hem aan gegaan. Zonder bescherming.*

Decker stond bij het raam aan de voorkant van het huis. 'Hij is weg. Hij rende door de straat met een gasmasker op en daarna kwam hij langs in een groene Mercedes.' Hij kreeg een ernstige uitdrukking op zijn gezicht. 'Je had op me moeten wachten. Wat dacht je nou om zo zonder versterking achter hem aan te gaan?'

Ze staarde hem met open mond aan en haar woede kreeg de overhand. 'O, ik weet het niet! Misschien dat je twee dagen geleden nog in cóma lag? Verdomme, Decker!'

Hij verhief zijn stem niet. 'Ik had je dekking kunnen geven. Je had moeten wachten.'

Ze deed haar mond open om hem tegen te spreken, maar besefte toen... *Hij heeft gelijk. Hij had me dekking kunnen geven.* Ze zuchtte. 'Je hebt gelijk. Het spijt me. Ik doe dat steeds weer. Vergeten dat je...'

'Capabel bent?' vroeg hij met een strak gezicht.

'Shit. Nee. Ik bedoelde niet...' Ze zuchtte opnieuw. 'Ik had op versterking moeten wachten. Ik blijf jou maar... gewond zien. Ik wil niet dat je iets overkomt.'

'Denk je dat ik dat van jou wél wil?' Hij schudde zijn hoofd. 'Ga nu maar, Kate. Ik zal dit melden. Jij moet voor je kleding zorgen en een douche nemen. Je zou besmet kunnen zijn.'

'De wind draaide. Er is waarschijnlijk niets aan de hand.'

'En als dat wel zo is?' vroeg hij scherp. 'Die jongen van Rawlings heeft het binnengekregen en hij gaat misschien wel dood. Maar als je het hebt ingeademd? Dan ben je al dood.'

Hij had weer gelijk. *Verdomme. Verdomme.* Ze had impulsief gehandeld door alleen achter de indringer aan te gaan. Ze haalde diep adem en vertrok haar gezicht. 'Au,' mompelde ze.

Ze was geraakt. Gelukkig in haar borst. Als hij op haar hoofd had gemikt, zou ze nu dood zijn.

'Ik heb twee schoten gehoord,' zei hij en voor het eerst was zijn blik koud. 'Eén van hem en één van jou?'

De moed zakte haar in de schoenen. Ze had Decker gekwetst. Zijn trots gekwetst. *We kunnen zo niet samenwerken. Er zijn emoties bij betrokken. Die van hem. Die van mij.* 'Ja. Hij heeft mijn kevlarvest geraakt. Perste alle lucht uit me.'

Er trilde een spiertje in zijn kaak. 'Is dat de reden dat je schot geen doel trof?'

Ze knikte. 'Ja.' Ze deed haar ogen dicht. 'Ik heb het verkloot.'

'Ja, dat heb je zeker.' Hij haalde diep adem en ze wachtte tot hij meer zou zeggen. Kwaad zou worden. Dat hij tegen haar zou zeggen dat ze niet deugde. Dat ze de enige kans had verprutst die ze hadden om de klootzak te pakken die zo veel mensen had vermoord. Maar hij zei niets. Ze deed haar ogen open en zag dat hij met zo'n trieste blik naar haar stond te kijken dat haar ogen weer begonnen te prikken.

'We hebben het hier later nog wel over,' zei hij zacht. Zo vriendelijk. 'Onder vier ogen. Oké?'

Ze slikte moeizaam en knikte. 'Ik heb tegen Jeremy gezegd dat hij het alarmnummer moest bellen.'

'Dat heeft hij ook gedaan. Ze zijn onderweg,' zei Stone en toen ze zich omdraaiden, zagen ze dat hij hen vanuit zijn rolstoel gadesloeg. 'Gaat het met jullie?'

Kate liet haar adem ontsnappen. 'Jawel. Geloof ik.' Ze waagde een blik in de richting van Decker. 'Jij?'

Maar Decker stond naar haar borst te staren en zijn adamsappel ging op en neer. 'Er zit een kogelgat in je shirt,' zei hij en zijn stem klonk hees. 'Ter hoogte van je hart.'

'Ja, ik weet het.' Ze fronste haar voorhoofd. 'Hij mikte op mijn hart. Waarom?'

Deckers antwoord bevatte een zweem van paniek, alsof het eindelijk tot hem doordrong. 'Om je te vermóórden?'

'Nou, ja, maar waarom mijn hart? Hij was nog geen vijf meter bij me vandaan. Hij raakte Eileen Wilkins midden in haar keel vanaf de andere kant van een grasveld. Zestig, zeventig meter, met gemak. Hij is een eersteklas schutter. Hij moet hebben geweten dat ik bescherming droeg. Waarom heeft hij niet op mijn hoofd gemikt?'

Decker sloot zijn ogen en haalde moeizaam adem. 'Ik kan dit niet. Ik kan dit niet aan.'

'Ik ben ongedeerd. Ik ben niet gewond.'

'Dat had wel gekund.'

'Maar. Ik. Ben. Niet. Gewond.'

'Dat is omdat Diesel hem met zijn mes in de arm heeft geraakt,' zei Stone vanuit zijn stoel.

Deckers borst zette uit terwijl hij diep ademhaalde en toen hij sprak, was hij weer kalm. 'Klopt. Hij heeft zijn rechterarm geraakt. Hij hield daarnet het pistool in zijn linkerhand, maar hij had het mes in zijn rechter toen hij Dani te lijf ging. Ik durf te wedden dat hij rechtshandig is en met zijn linker niet zo precies kan mikken. Hij richtte op het grootste doel.'

'Maar hij was voorbereid,' merkte Kate op. 'Ik moet zeker weten dat die granaat veilig is en dat niemand er in de buurt komt. Daarna moet ik de explosievendienst waarschuwen. Zij hebben de spullen om hem veilig op te slaan zodat we hem kunnen testen.' Ze hield haar hoofd schuin. 'Dek je me?'

Deckers lach klonk gesmoord. 'Jezus, Kate. Waarom ook niet? Geef de hond een koekje.'

Ze keek fronsend, verontrust door het openlijke sarcasme in zijn stem, maar voor ze erop kon reageren, kwam Keith uit de keuken. Hij had een grote pot in zijn ene hand en een mannenoverhemd en een trainingsbroek over zijn arm hangen. Hij gaf haar de pot. 'Je kunt deze gebruiken om hem af te dekken. Er zitten handschoenen en twee gasmaskers in. Zoals ik al zei, ik neem mijn taken serieus.' Hij wierp een blik op Decker. 'Je ziet een beetje groen, Davenport. Misschien moet je even gaan zitten.'

'Niets aan de hand,' beweerde Decker.

Kate gaf het geweer en een van de maskers aan Decker, zodat hij haar kon dekken, zette het andere masker op en ging de voordeur uit met de pot in haar trillende handen. *Later*, hield ze zichzelf voor. *Je kunt later wel instorten.* En als Decker kwaad op haar bleef?

Later. Denk daar later maar over na.

Ze zette de pot ondersteboven over de granaat die werkeloos op het gras lag waar de Professor hem had gegooid. *Klootzak.* Ze was bezig met een extra grote boog om haar auto heen te lopen voor het geval hij er nog iets ergers onder had verstopt, toen een oude auto piepend tot stilstand kwam in de straat. Een kleine blondine wipte aan de bestuurderskant naar buiten en floot naar een enorme hond die haar de oprijlaan op volgde ook al had ze hem niet aan de lijn.

Delores bleef abrupt staan toen ze Kate met haar masker zag. Kate gebaarde dat ze snel het huis in moest gaan. Decker stond bij de voordeur te wachten tot iedereen binnen was, kwam toen achter hen aan en sloot de deur. Hij zette het geweer bij de deur tegen de muur, deed zijn masker af en wachtte tot Kate zijn voorbeeld had gevolgd. 'Zimmerman stuurt de explosievendienst en een eenheid voor gevaarlijke stoffen.'

Jeremy haastte zich naar hen toe. 'Kom binnen allemaal. Alsjeblieft. Blijf weg bij de ramen.' De enorme hond ging met grote sprongen kwispelend op Stone af. Stone boog zich voorover en de hond likte zijn gezicht. Toen keek hij op en keek Delores glimlachend aan. 'Hoi.'

'Jij ook hoi,' zei Delores. Ze keek naar de gespannen gezichten die haar omringden. 'Wat is er gebeurd?'

'Een indringer,' zei Kate. 'Hij is ontsnapt.'

De ogen van Delores werden groot. 'Mercedes? Donkergroen?'

'Ja,' bevestigde Decker. 'Heb je hem gezien?'

'Hij reed me bijna van de weg,' riep Delores uit. 'Ik dacht dat hij gewoon onbeschoft was, maar...' Haar stem stierf weg en haar ogen werden nog groter toen ze naar Kate staarde. 'Er zit een kogelgat in je shirt. Hij heeft op je geschoten.'

'Kevlar,' mompelde Kate, die niet wilde dat Decker zich opnieuw zou opwinden.

Delores liet haar adem ontsnappen. 'Allemachtig. Ik moet even gaan zitten.' Ze nam plaats op de bank en bleef naar Kate's shirt kijken. 'Ik... ik ben hem gevolgd.'

'Wát?' barstte Stone uit. Hij vertrok zijn gezicht toen Delores zichtbaar achteruitdeinsde. 'Het spijt me,' zei hij op vriendelijkere toon. 'Waarom deed je dat?'

'Omdat ik zijn kenteken wilde weten. Hij is een wegpiraat. Hij had me kunnen vermoorden! Maar ik wist niet dat hij gewapend was. Hij had me echt kunnen vermoorden!'

Stone reed zijn rolstoel naar de bank en pakte haar hand. 'Heb je zijn kenteken?'

'Ja.' Delores stak haar arm uit waarop iets met een viltstift was gekrabbeld. Ze was duidelijk geschokt. 'Ik heb het opgeschreven.'

Kate nam de informatie over in haar notitieboekje. Het was niet waarschijnlijk dat hij zijn eigen auto of zijn eigen kenteken zou gebruiken, maar als hij wanhopig genoeg was geweest om zo dicht bij haar auto te komen, dan zou het kunnen dat hij nog meer fouten had begaan. 'Ik zal het natrekken. Dank je, Delores.'

Delores knikte verdoofd. 'Ik kwam voor jou, Stone. Diesel zei dat je me misschien nodig kon hebben.' Toen vertrok ze haar gezicht. 'Verdorie, dat had ik niet mogen vertellen.' Ze keek hem tussen haar lokken door aan. 'We kunnen toch gewoon vergeten dat ik dat heb gezegd, of niet?'

Stone lachte en hij zag er plotseling jaren jonger uit. 'Ja,' zei hij. 'Dat kunnen we vergeten. Ik ben gewoon blij dat je er bent en dat je ongedeerd bent.'

Jeremy zat Stone te observeren en zijn uitdrukking was een mengeling van verwondering en hoop. Want Stone leek oprecht blij.

Toen draaide Keith, die bij het raam de voorkant van het huis in de gaten had gehouden, zich om. 'De politie is er,' zei hij. 'Ik zal ze binnenlaten.'

Stone's glimlach verdween toen hij zich tot Decker wendde. 'Geef me even om met mijn vader te praten, oké?'

Decker leek het te begrijpen. 'Pak alles wat je nodig hebt, Kate, en ga onder de douche en trek andere kleren aan. Ik handel alles wel af tot je terug bent.'

Vrijdag 14 augustus, 22.15 uur

'Mallory! Mállory!'

O, geweldig. Hij is thuis. En hij klonk kwaad.

Mallory liep weg bij Roxy's bed. Ze schaamde zich omdat ze blij was met het respijt. Want de lakens moesten worden verschoond. Weer. En Mallory moest elke keer weer kokhalzen. *Ik ben echt zó geen verpleegster.* Ze had het gevoel dat ze Roxy elke keer dat ze haar aanraakte pijn deed en Roxy was altijd aardig tegen haar geweest en daarom vond ze het vreselijk om haar pijn te doen.

Mallory liep achteruit tot aan de deur. Ze had nog steeds de handschoenen aan die ze droeg wanneer ze de doorligwonden van die arme vrouw schoonmaakte. 'Ja?' riep ze naar beneden.

'Geen ge-ja! Kom als de sodemieter naar beneden.'

'Ik kom eraan,' riep ze. Voor de vrouw in bed voegde ze er zachtjes aan toe: 'Ik kom terug zodra ik kan. Het spijt me.' Ze pelde zorgvuldig de handschoenen af en trok ze binnenstebuiten zodat de buitenkant werd afgesloten. Ze zou ze beneden weggooien.

Ze haastte zich de trap af, terwijl ze wilde dat ze de moed had om gewoon een kussen op Roxy's gezicht te drukken om een einde te maken aan haar lijden. *Maar ik ben laf. Ik kan dat niet.* Het zou in ieder geval nu niet lang meer duren. Mallory had geen idee hoe ze dat wist. Ze had nog nooit eerder te maken gehad met iemand die zo ziek was.

Ze liep de keuken binnen en bleef abrupt staan. Hij zat aan tafel en worstelde met zijn overhemd. Zijn rechterarm zat in het verband en er was bloed door het gaas gesijpeld. 'Ik ben er al,' zei ze rustig. Ze wist wel beter dan te vragen wat er was gebeurd. 'Hoe kan ik je helpen?'

Hij keek haar woedend aan. 'Haal scharen. Twee stuks. Desinfecteer ze met alcohol. En haal de verbanddoos. Schiet op.'

Ze haastte zich om te gehoorzamen, rende de trap weer op om de verbanddoos te halen en vervolgens weer naar beneden, waar hij in zichzelf zat te mopperen. 'Kutwijf. Een beetje met een geweer op me afkomen. Gloeiende...'

Ze liep naar de gootsteen en legde de scharen op het aanrechtblad; ze opende de fles met alcohol en goot die rijkelijk over de scharen. 'Wat nu?'

'Knip dat overhemd van mijn arm. En als je míj raakt, maak ik je af.'

Daar twijfelde ze geen moment aan. 'Als je tegen me schreeuwt, gaan mijn handen trillen. Dus schreeuw alsjeblieft niet tot ik klaar ben,' vroeg ze en ze hield haar toon respectvol.

Hij staarde haar aan en snoof toen lachend. 'Prima. Schiet nou maar op.'

Ze gehoorzaamde en haalde voorzichtig het overhemd weg. Het was smerig en rook naar zweet. Zuur zweet.

'Nu moet je je handen héél goed wassen,' zei hij. 'Trek handschoenen aan, neem die andere schaar en knip het verband los. Voorzichtig.'

'Jazeker.' Opnieuw gehoorzaamde ze en ze dwong haar handen om niet te beven terwijl ze aan het werk was. Deed haar best om haar gezicht niet te vertrekken toen ze de wond zag. Die was lang en diep. Iemand had hem onhandig dichtgenaaid. De hechtingen waren ongelijk en de rand van de huid was opgezwollen en rood.

Hij had zich waarschijnlijk zelf gehecht. Als Nell het had gedaan, zouden de hechtingen perfect zijn geweest. Mallory kon het weten. Nell had haar een paar keer opgelapt wanneer hij haar een beetje te hard had geslagen en tegen zijn zus had gezegd dat Mallory dronken was gevallen of woedend was geworden en zo ver heen was geweest dat ze zichzelf iets had aangedaan.

'Wat moet ik met het verband?'

'Stop het in een vuilniszak. Ik heb nog een paar spullen die ik later ook moet verbranden. Pak nu de fles met ontsmettend middel uit de verbanddoos en spuit het op de wond. Er moet ook een tube in zitten. Gel. Smeer daar een beetje van op een verbandgaas en leg dat op de wond. Doe er dan verband omheen. Kun je dat onthouden?'

Ze knikte en begon de taak uit te voeren die hij haar had opgedragen. Terwijl ze bezig was, dacht ze na. Hij zou de volgende dag willen dat ze het verband opnieuw verschoonde. Ze had meer dan genoeg spullen, dus dat zou geen probleem zijn. Tenzij er iets opzettelijk op zou raken. De tube gel was nog bijna vol, maar de fles met ontsmettend spul was ongeveer twee derde leeg.

Als de ontsteking iets erger zou worden en de fles leeg raakte, dan zou ze voor hem naar de supermarkt moeten. *En dan kan ik die vrouw op het politiebureau bellen. Haar naar die agente vragen.*

Het kon werken. Ze keek naar de handschoenen die ze droeg en dacht aan het paar in haar zak. De handschoenen die ze bij Roxy had gebruikt. Zou het niet heel toepasselijk zijn als zijn wond geïnfecteerd raakte door de zweren van zijn vrouw? Als hij ook maar enigszins menselijk was geweest, dan was Roxy al lang geleden naar het ziekenhuis gebracht. Hij had haar zelf kunnen doden, maar Mallory had al vroeg beseft dat de man ervan genoot als andere mensen leden.

Omdat hij dat kon. Ze keek even achterom. Hij had zijn rug naar haar toe gekeerd, dus haalde ze de handschoenen uit haar zak en vouwde ze zo open dat het oppervlak waarmee Roxy's huid was aangeraakt naar buiten was gekeerd. Ze wreef het gaas snel over de handschoen en spoot er toen de zalf op. Het zou misschien geen enkel effect hebben. De gel zou misschien alle bacteriën doden voor ze het gaas op zijn huid legde.

Hoe zou ik dat moeten weten? Ik ben geen dokter. Met verrassend vaste hand draaide ze zich naar hem toe en voltooide het verbinden van de wond. Als laatste wond ze verband om zijn arm, zoals hij had opgedragen.

'Goed genoeg. Ruim alles op en stop het in een zak. Zet die bij de achterdeur. Ik zal morgen alles verbranden. Ik ga nu naar bed. Maak me niet wakker.'

'Komt in orde.' Ze wachtte tot ze zijn deur hoorde dichtgaan, draaide toen de dop van de spray en goot op een of twee doses na alles in de gootsteen. Ze stopte de spullen terug in de verbanddoos en ruimde verder alles op. Precies volgens zijn instructies.

Toen ging ze weer naar boven om Roxy's lakens te verwisselen.

En ze hoopte dat alles de volgende dag rond dezelfde tijd anders zou zijn. Beter. Voor iedereen. *Voor mij, Macy en die vier kinderen. En zelfs voor Roxy. Alstublieft.*

Zaterdag 15 augustus, 01.20 uur

'Je weet dat je geluk hebt gehad,' zei Zimmerman voor misschien wel de honderdste keer.

Decker kon hem wel een klap geven, want elke keer dat hij dat zei, leek Kate een beetje verder in elkaar te krimpen. 'Ja.' Ze knikte gedwee. 'Ik weet het.'

Ze had inderdaad geluk gehad. Dat wisten ze op het moment dat de dokter verklaarde dat ze niet besmet was, wat grotendeels te danken was aan Kate's snelle reflexen en een gunstige wind. Die klootzak van een Professor, wie hij ook mocht zijn, had ricine in die granaat gestopt – een heel fijn gemalen poeder dat hij geschikt had gemaakt voor een spuitbus en vrij had laten komen door een aangepaste vlooienbom. Het zou geen groot bereik hebben gehad, zelfs niet in een afgesloten ruimte, maar anders dan ingeslikte ricine, betekende geïnhaleerde ricine een doodvonnis. Als ze niet bovenwinds was gaan staan, had ze het kunnen inademen en dan was ze dood geweest.

Als het schot in haar borst haar niet eerst had gedood. Dus ja, ze had geluk gehad.

Dat had Decker al geweten voor de explosieveneenheid de provisorische, maar effectieve bom onder Kate's auto had gevonden. Nog voor Zimmerman het huis van de O'Bannions was komen binnenstormen.

Hun chef was kwaad geweest. Ze hadden hun verdachte binnen handbereik en ze hadden hem laten ontsnappen.

Niks laten ontsnappen. De klootzak was goed voorbereid geweest en bereid om nog meer mensen te vermoorden.

Decker vroeg zich af of hij van plan was geweest de ricinebom het huis binnen te gooien wanneer hij klaar was de kleine, maar krachtige zelfgeknutselde bom onder Kate's auto te monteren. Want Stone was een voormalige klant die hun alles verteld kon hebben.

Dat had Stone ook gedaan en Decker was ongelooflijk trots op hem.

'We zouden nu graag gaan slapen, meneer,' zei Decker beleefd. Hij hield de kruk van de voordeur van het schuiladres in zijn hand, waar Zimmerman de afgelopen paar minuten had gestaan. Enkele minuten waarin het hem gelukt was om Kate niet minder dan nog eens vijf keer te vertellen dat ze geluk had gehad. 'Ik geloof dat agent Coppola wel beseft dat ze geluk heeft gehad,' voegde hij er met een verwijtende blik aan toe.

Zimmerman knipperde met zijn ogen en het leek tot hem door te dringen. 'Dat heb ik al gezegd, hè?'

'Verschillende keren, meneer,' zei Decker vlak. 'En ik kan mijn rust echt goed gebruiken.'

'Je hebt twee volle uren geslapen in de bestelbus,' zei Troy met het sarcasme dat zijn handelsmerk leek te zijn. 'Was dat niet genoeg, boerenjongen?'

Decker moest ondanks zijn uitputting lachen. Hij had als een roos geslapen tijdens de hele rit terug naar het schuiladres die Troy, Zimmerman en Trip op de een of andere manier in plaats van drie kwartier een paar uur hadden laten duren. Ze waren verschillende keren van voertuig gewisseld voor het geval ze werden gevolgd. Decker had nu eens niet geklaagd dat hij in een rolstoel zat. Hij had veel te hard zitten snurken.

'Natuurlijk wel,' zei Decker sarcastisch. 'Ik sta te trappelen. Laten we vijftien kilometer gaan hardlopen.'

'Ze zijn veilig, baas,' zei Troy tegen Zimmerman. 'Ik ben vannacht hierbinnen en Trip is buiten. U hebt nog twee mannen beneden geposteerd. We zijn allemaal veilig. Ga naar huis.'

Zimmerman knikte en keek nog één keer met een verontschuldigende blik achterom naar Kate. 'Ik weet eerlijk gezegd echt niet wat ik anders gedaan zou hebben. We gaan morgen verder. Welterusten, iedereen.'

Decker deed de deur achter hem dicht en liep naar de bank waar hij zich naast Kate in de kussens liet zakken. 'Ik dacht dat hij nooit weg zou gaan.'

Troy had de hele tijd naast Kate gestaan, alsof hij haar persoonlijke bewaker was. Nu klopte hij haar vriendelijk op haar schouder. 'Ze maakt zich te veel zorgen en hij heeft al te veel agenten verloren aan deze zaak. Voor alle duidelijkheid, ik zou het ook niet anders hebben aangepakt. Ik ga slapen in de kamer die Dani gebruikte. Ik slaap heel licht. Ik zou het fijn vinden als jullie een beetje discreet zouden willen zijn.'

Kate keek hem met samengeknepen ogen aan. 'Neem me niet kwalijk?'

'O,' verzuchtte Troy, 'nú is ze beleefd. Gisteravond niet zo heel erg toen je de nachtwaker dwong te luisteren naar jullie twee... je weet wel. Bezig zijn, de horizontale polonaise doen.'

'Ze was niet horizontaal, als ik me goed herinner,' zei Decker zelfvoldaan.

Zowel Kate als Troy staarde hem aan, Kate vol afschuw en Troy eventjes geschokt. Toen wierp Troy zijn hoofd in zijn nek en begon te lachen tot de tranen over zijn wangen liepen.

'O mijn god,' hijgde hij toen hij weer kon praten. 'Kate, je zult die man de mond moeten afplakken wanneer dit allemaal achter de rug is en jullie net als normale mensen verkering krijgen.' Hij slaakte een zucht en werd weer ernstig. 'Want wanneer dit achter de rug is – en jullie allebei nog overeind staan, want jullie zúllen voorzichtig doen...' Zijn uitdrukking verzachtte tot iets weemoedigs. 'Jullie hebben een kans op iets echts. Verkloot het niet door je te laten vermoorden. En nu gaat oom Luther slapen. Maak me alsjeblíéft niet wakker.'

Kate's mond was opengevallen en bleef openstaan terwijl hij naar de slaapkamer liep. Ze bleef staren nadat hij de deur had dichtgedaan.

Decker legde een vinger onder haar kin en sloot haar mond. 'Hij is ook bezorgd.'

Ze ademde hulpeloos uit. 'Ik ben... Mijn god, Decker. Ik weet niet wat ik ben. Ik dacht even dat Zimmerman me zou ontslaan en dat Deacon me zou villen als hij dat niet deed.'

Deacon en Faith waren samen met Scarlett en Marcus komen opdagen, kort nadat Zimmerman als een wervelwind was komen binnenstormen. Heel even was het een massaal pandemonium, met iedereen die door elkaar sprak, tot de kleine Delores Kaminsky op de bank was gaan staan en zo'n scherp gefluit had laten horen dat iedereen stilviel. 'Delores heeft je gered,' zei Decker vol genegenheid.

Kate glimlachte. 'Ze wilde niet dat ze Stone van streek zouden maken. Ik had gewoon de mazzel in één moeite mee beschermd te worden.' Haar glimlach vervaagde. 'Mijn hemel, Decker. Stone... Ik had nooit kunnen vermoeden dat hij zo erg geleden heeft. En zo helemaal alleen afkicken... Diesel heeft hem wel geholpen, dat klopt, maar je familie in het ongewisse laten? Mijn god, wat moet hij zich eenzaam hebben gevoeld.'

'Ik weet het.' Want zodra de schoten waren afgevuurd had Stone beseft dat de politie zou komen en hij had geweten dat de belangrijke vraag zou zijn waarom twee FBI-agenten hem waren komen opzoeken. Hij had alles verteld. Ten overstaan van zijn familie, vrienden, Delores... 'Hij was zo bang dat Marcus en zijn vader zich gekwetst zouden voelen. Of hem niet meer zouden respecteren.'

Een nieuwe glimlach deed haar gezicht oplichten. 'Maar ze steunden hem. Ik moet zeggen, ik wilde heel even Jeremy O'Bannion smeken of hij me wilde adopteren.'

'Ik ook. Dus nu weten we dat Stone alle steun krijgt en we weten waardevolle dingen over de Professor.'

'Twintig jaar,' zei Kate hoofdschuddend. 'Hoe kan het dat hij twintig jaar actief is en niet is gepakt, Decker? Hij moet vrienden hebben in het politiekorps. Dat moet wel.'

'Mee eens. Iemand zou in al die jaren een keer iets gezegd moeten hebben. Een klacht hebben ingediend... wat dan ook.' Hij stak uitnodigend zijn arm uit en was tevreden toen ze naar hem toe schoof en haar hoofd tegen zijn schouder legde. Hij sloeg zijn arm om haar heen, trok haar tegen zich aan, en enkele ogenblikken lang genoten ze alleen maar.

Toen slaakte ze een zucht. 'Het spijt me, Decker. Het spijt me dat ik je vanavond buitensloot. Ik stortte me zonder erbij na te denken in die situatie. En het had zo heel anders af kunnen lopen. Ik ben bazig en onhandig. Met gevoelens.'

'Nee, dat is niet waar. Je bent er alleen te veel aan gewend om alleen te zijn. Wat dacht je dat ik zou gaan zeggen toen je daar in de hal bij Jeremy stond?' Toen ze haar ogen had dichtgedaan en had gewacht, alsof ze klaar was om een klap te krijgen. Verbaal of fysiek. Dat had hem bijna gebroken.

'Dat ik verdiende wat me te wachten stond. Dat ik bazig was en een trut en mensen wreed behandelde om mijn zin te krijgen.' Ze slikte moeizaam. 'Dat je helemaal klaar met me was, nog voor we waren begonnen. Want je zag er zo wanhopig uit. Alsof ik je hart eruit had gerukt.'

'Dat vermoedde ik al. Niet alles wat je daarnet zei, maar ik dacht wel dat je zoiets dacht. Maar ik dacht niets van dat alles. Ik vroeg me alleen af wie zulke dingen tegen je had gezegd. Toen bedacht ik dat het je pa en je broers moesten zijn geweest. Ik hoopte alleen dat het niet Johnnie was.'

Ze maakte zich ver genoeg van hem los om zijn gezicht te kunnen zien en in haar ogen stond opluchting te lezen, die zo heftig was dat het hem schokte. 'Ik ben bijna nog opgeluchter om dat te horen dan toen ze vertelden dat ik ricinevrij was.'

Hij keek haar fronsend aan. 'Dat is gewoon stom, Kate.'

'Ik zei ook bijna.' Ze ontspande en leunde vermoeid zuchtend tegen hem aan. 'Niet Johnnie. Nooit Johnnie. Mijn vader, ja. Mam, ja. Broers, shit, ja. En zelfs Jack op het laatst. Maar niet Johnnie.'

'Mooi.' Hij schoof het vleugje jaloezie dat zich zijn geest binnenwurmde terzijde. 'Daar ben ik blij om.'

'Johnnie is dood, Decker. Jij niet. En omdat ik – volgens Zimmerman – de gelukkigste speciaal agent op de hele planeet ben, ik ook niet.'

Hij drukte een kus op haar hoofd. 'Alles tussen ons in orde nu?'

'Ja. Tot ik weer ergens opaf storm en mijn verontschuldigingen moet aanbieden.'

Hij kneep even in haar schouders, waardoor ze haar gezicht vertrok. Hij liet haar meteen weer los. Hij was zo opgelucht dat ze niet aan de ricine blootgesteld was geweest dat hij telkens vergat dat ze een blauwe plek op haar borst had van die kutkogel van die kut-Professor.

Ze verstijfde verrast een beetje. 'Zat je nou net te grommen, Decker?'

'Ja. Klootzak. Om jou in de borst te schieten. Ik sta voor de rest van mijn leven bij Diesel Kennedy in het krijt omdat hij de arm van die hufter heeft verminkt. Anders zouden we ons helemaal geen zorgen over die ricine hebben hoeven maken. Dan zou je sowieso dood zijn geweest.'

'Of een week lang in coma zijn gehouden zodat mijn wond kon genezen,' zei ze nuffig.

Dat nam hem de wind uit de zeilen. 'O. Juist. Dat was ik even vergeten.'

Ze gniffelde. 'Shit, Decker, we zijn me een stel.'

Hij moest lachen. 'Als twee druppels water.'

Haar gegniffel ging over in een geluidloze lach die haar schouders deed schudden. 'We hebben allebei een kinderjuffrouw nodig.'

Hij tilde haar kin op. Hij was zo blij haar te horen lachen. Zo verdomd gelukkig, punt uit. Hij bleef staren, dronk haar in, prentte het beeld van haar lachende gezicht in zijn geheugen. Ze hield op met lachen, staarde naar hem op, en het moment veranderde abrupt. De opluchting in haar ogen maakte plaats voor honger.

En net zo snel was hij hongerig. Hij ging staan, pakte haar hand. Trok haar overeind.

Toen nam hij haar mond. Bezitterigheid overspoelde hem als een duistere vloed. *Je bent van mij.* Ze was al van hem vanaf het moment dat ze zich uit die boom liet vallen en het geweer in zijn rug porde.

Ze maakte een zacht geluid achter in haar keel, sloeg haar armen om zijn nek en beantwoordde zijn kus met een wanhoop die hij de kop moest indrukken.

'Sst,' fluisterde hij. 'Ik ben hier. Het is geen wedstrijd. En ik ga nergens naartoe.'

Haar armen ontspanden enigszins, ze likte haar lippen en toen die van hem. 'Ik geloof dat we maar beter ergens naartoe kunnen gaan. Want hier wordt geen horizontale polonaise gedaan.'

Hij grijnsde en kuste haar opnieuw, dit keer overvloedig en veel minder wanhopig. Ze neuriede binnensmonds en versmolt met hem, drukte haar borsten tegen zijn borst. Hij stak zijn hand onder de zoom van het dikke overhemd dat ze droeg en ging met zijn vingers over de zijdeachtige huid van haar onderrug voor hij hoger ging en de plek masseerde waar een beha zou hebben gezeten als ze er een had gedragen.

Voor ze onder de douche ging had ze al haar kleren uitgegooid, met inbegrip van haar beha. En aangezien ze in een huis vol mannen was, was er niemand van wie ze er een kon lenen. Ze had een overhemd gedragen over het T-shirt dat Keith haar had geleend, dus ze zag er zedig uit. Maar Decker had het geweten.

'Ik werd er stapelgek van dat ik wist dat je niets aanhad onder dat overhemd.' Hij begon in de richting van de slaapkamer te lopen en ze klampte zich gracieus achteruitlopend aan hem vast. En vol vertrouwen. Alsof ze wist dat hij ervoor zou zorgen dat haar niets overkwam.

Ze glimlachte, 'O ja?'

'Ja. Ik bleef maar voor me zien hoe je eruitzag. En hoe je aanvoelde. En smaakte.' Hij fluisterde de woorden terwijl hij haar hals liefkoosde. Eindelijk bereikten ze de slaapkamer. Hij deed de deur zachtjes achter hen dicht. 'Ik wil je.'

Ze likte opnieuw aan haar onderlip met snelle bewegingen van haar tong. 'Pak dan wat je hebben wilt, Decker. Dan neem ik wat ík wil hebben.'

'Wat wil je?' vroeg hij. Hij trok langzaam het T-shirt over haar hoofd, zodat ze vanaf haar middel naakt voor hem stond. En zo mooi. Een en al zachte huid en rondingen. Zo veel rondingen. En een akelige blauwe plek. Hij boog zich voorover om er een kus op te drukken. Hij had zich niet gerealiseerd dat zijn spieren helemaal verstijfd waren tot ze met haar handen over zijn schouders ging en ze zachtjes kneedde voor ze erover wreef en hem wegduwde.

'Ik wil dat je naar mij kijkt, niet naar de blauwe plekken.' Ze klopte hem door zijn overhemd kalmerend op zijn borst. 'Want ik zal altijd blauwe plekken hebben, Decker. Dat is een deel van mij.'

Ze had gelijk. Dat wist hij. Dus likte hij zich een weg van de blauwe plek naar haar keel, liet zijn handen langs haar flanken glijden en legde ze om haar borsten. Hij voelde haar huiveren.

'Langzaam?' vroeg hij. 'Of snel?' Zijn duimen speelden met haar tepels. 'Lief of heftig? Zeg het.'

Haar hoofd viel achterover zodat haar keel blootlag. 'Ik weet het niet. Ik kan niet denken wanneer je dat doet. Maar niet ophouden.'

Grinnikend kuste hij de welving van haar hals. 'Langzaam dan maar.'

Ze neuriede en de vibratie kietelde aan zijn lippen. 'Ik vind langzaam fijn. Soms. Maar vanavond niet. Niet op dit moment. Op dit moment wil ik onder de douche. Ik ruik naar ziekenhuiszeep.'

Hij ging met zijn lippen over haar oor, kneep zachtjes in haar tepels omdat ze daar de avond ervoor helemaal gek van was geworden. Ze huiverde opnieuw, heftiger. 'Dat kan me niet schelen.'

Ze rolde met haar schouders en ging in zijn omhelzing rechtop staan. Ze trok zachtjes zijn handen van haar borsten. 'Mij wel.'

'Dan kom ik met je mee.'

Ze aarzelde. 'We moeten iets op je verband doen om het droog te houden.'

'Niet nodig. Het verband op de plek waar het buisje in mijn borst zat is al weg. Ik heb de dokter er in het ziekenhuis naar laten kijken toen jij ontsmet werd. Ik heb toestemming voor alle doucheactiviteiten.'

'Fijn om te weten.' Ze pakte een handvol van zijn overhemd en hem met zich meetrekkend draaide ze zich om in de richting van de badkamer. 'Kom mee.'

Hij verzette zich niet, schopte alleen zijn schoenen uit en liet haar de leiding nemen. Voorlopig. Ze draaide de kraan open, begon zijn overhemd los te knopen en trok het van zijn schouders. Daarna pulkte ze aan de klittenbandsluiting van het kogelwerende vest dat hij eronder droeg. Hij deed het uit en hing het aan een haakje aan de deur. Want hij zou het morgen weer nodig hebben en gekreukt kevlar jeukte als de pest.

Toen lagen haar handen op hem, gespreid op zijn huid, en hij vergat alles over kevlar en hij dacht niet aan morgen. Hij sloot zijn ogen en... voelde alleen maar. 'Ik heb het zo lang zonder aanraking moeten doen,' fluisterde hij. De woorden klonken hees. 'Dit zal ik echt een tijdje nodig hebben.'

Ze zei geen woord. Kuste alleen maar liefdevol het kuiltje van zijn keel terwijl haar vingers zijn riem losmaakten en uit zijn broek trokken. De riem maakte een kletterend geluid toen hij op de plavuizen terechtkwam, maar dat geluid drong nauwelijks door, aangezien ze de knoop van zijn broek losmaakte, de rits omlaagdeed en zijn broek en onderbroek in één beweging naar beneden trok. Ze volgde ze omlaag en eindigde gehurkt. Ze keek naar hem op met een ondeugende glans in haar ogen, waardoor zijn piemel opsprong terwijl ze zat te kijken.

Ze kuste de huid boven zijn knie, drukte vervolgens vederlichte kussen op zijn dijen, naar boven naar zijn heup, en het duurde even voor hij in de gaten had dat haar lippen over zijn littekens gingen. Toen dacht hij helemaal niets meer, omdat haar mond zich om hem sloot, heet en nat, en er klonk een kreun vanuit zijn borst.

Ze maakte zich los. De ondeugende glans was geen spat minder geworden. 'Je moet wel stil zijn, anders doe ik dit niet.'

Hij klemde zijn kaken op elkaar, kneep zijn lippen dicht, en ze lachte zachtjes. 'Dat dacht ik wel,' zei ze. Ze nam hem weer diep in haar mond en hij dacht dat hij gek zou worden. Zijn hoofd viel achterover en hij spreidde zijn handen plat tegen de muur achter zich terwijl ze met hem bezig was. Ze zoog en likte tot hij het niet meer kon houden. Hij pakte haar bij haar schouders en trok haar overeind. Hij nam bezit van haar mond met een geweld dat hem tot nadenken had moeten stemmen, maar ze reageerde met dezelfde kracht, greep zijn hoofd, stak haar vingers in zijn haar en haar nagels schraapten over zijn hoofdhuid terwijl ze hem naar zich toe trok en hem met gelijke munt terugbetaalde.

Hij scheurde hijgend zijn mond los. 'Ik ben er nog maar zó ver van verwijderd om je naar bed te sleuren en je helemaal suf te neuken. Dus als je niet naar ziekenhuiszeep wilt ruiken, zul je op moeten schieten.'

Ze trok hem omlaag voor nog een zoen en maakte daar met een plagerige beet in zijn lip een einde aan. 'Ik ben nog half aangekleed, agent Davenport.'

Toen gromde hij naar haar, trok haar geleende trainingsbroek omlaag en gooide die opzij voor ze kon protesteren – niet dat ze dat van plan was – greep haar kanten slip en trok die in zijn haast kapot. Op één knie gezeten keek hij op en zag dat ze hem aanstaarde met rode wangen van opwinding. 'De hele avond al stel ik me je naakt voor onder die trainingsbroek van Keith,' zei hij met hese stem. 'Waar komt deze vandaan?'

'Jeremy's dochter had hem in zijn huis laten liggen. Hij zat nog in de verpakking,' zei ze ademloos. 'Was nog nooit gedragen en dat zal nu ook nooit meer gebeuren.'

'Ik zou me willen verontschuldigen, maar het spijt me helemaal niet.' Hij drukte met open mond een kus op de binnenkant van haar dij en snoof de goddelijke geur van haar geilheid op. 'Maar ik zal een nieuwe kopen.'

Haar lach was een halve kreun. 'Het geeft niet. Het is me nooit eerder overkomen dat mijn slip van mijn lijf werd gescheurd. Dat was echt geil, Decker.' Ze stapte achteruit de douche binnen en wenkte hem met haar vinger. 'Kom je nog?'

Hij deed even zijn ogen dicht. 'Je had gewoon kunnen zeggen dat je het niet langzaam wilde.'

Toen lachte ze, diep en zwoel, en hij kwam bijna ter plekke klaar. 'Ik zei dat ik langzaam soms lekker vind.' Ze stak haar hand uit. 'Alleen niet vanavond.'

Hij kwam zelfstandig overeind, liep achter haar aan de douche binnen en drukte haar tegen de wand. Hij drong zich tegen haar aan en ze begon te kreunen. 'Schiet op. Ik moet in je.'

Hij nam de zeep uit haar handen en zeepte haar snel in. Te snel, maar zijn behoefte was te groot. Dat hij had gedacht dat hij het langzaamaan kon doen... *Belachelijk.* Daarna zeepte hij zichzelf in, zich bewust van haar blik die op zijn borst gericht was en zijn handen volgden toen hij zich lager waste.

Hij gooide de zeep in het bakje, spoelde zich af, zette het water uit en greep de handdoek om hen even vluchtig af te drogen. Toen trok hij haar uit de douche, nam net genoeg tijd om een condoom uit zijn broekzak te pakken voor hij haar naar het bed sleurde en achter haar aan dook, haar lichaam met het zijne bedekte en zich tegen haar drukte. Hij kwam opnieuw bijna klaar door de wrijving alleen.

Ze duwde tegen zijn schouders, draaide hem op zijn rug en griste het condoom uit zijn vingers. Ze ging schrijlings op hem zitten, net als de avond ervoor, maar dit keer rolde ze het condoom over hem heen met snelle, efficiënte bewegingen. 'Oké?'

Zijn blik schoot van haar hand om zijn piemel naar haar borsten en uiteindelijk naar haar gezicht. 'Hè? Is wat oké?'

Ze keek grijnzend op hem neer. 'Op deze manier. Met mij zo... je weet wel.'

Hij sloot zijn ogen, probeerde nog een flintertje verstand te vinden. Ze beschermde hem opnieuw, gaf hem tijd om te genezen voor ze verwachtte dat hij bovenop zou liggen. Hij begroef zijn vingers in haar heupen en kneep rusteloos. 'Kate, ik zweer je, zolang ik binnen de komende vijf seconden maar in je kom, kan het me niet schelen al hing je aan een trapeze.'

'Nou, dat...' Ze kuste hem zacht en dat ontlokte een kreun aan zijn keel die meer leek op een jammerklacht. 'Dat klinkt heel interessant.'

'Káte.'

'Sst.' Ze tilde haar heupen op... en nam hem diep. *Eindelijk.* Hij kreunde opnieuw, maar ze bedekte zijn mond met de hare en slikte het geluid in. Toen begon ze te bewegen en hij zou zweren dat hij gestorven was en naar de hemel was gegaan, zo lekker voelde ze aan.

Hij ademde sidderend uit. 'Sneller. Alsjeblieft.'

Ze duwde zich overeind tot ze rechtop zat, waardoor hij nog dieper in haar kwam. Vervolgens liet ze haar hoofd achterover hangen en bereed hem hard en snel en obsceen, met haar borsten voortdurend in beweging. Hij wilde naar haar lichaam kijken, naar haar gezicht, maar zijn zicht vervaagde en zijn heupen schoten omhoog in een poging nog meer van haar te krijgen. Hij had de behoefte haar te vullen, haar te nemen... haar zo volledig te bezitten dat niemand anders, uit verleden, heden of toekomst, er ooit nog toe zou doen.

Hij knipperde heftig met zijn ogen, hij moest kunnen zien, en iets vanbinnen ontspande toen ze zijn blik ontmoette zonder een ogenblik te stoppen hem te berijden en het enige geluid in het vertrek het geklets van vlees was en de rauwe ademhaling terwijl de lucht zagend in en uit hun longen ging. Hij zette één voet op de matras zodat hij nog hoger kon stoten en ze maakte een jammerend geluid terwijl haar rug zich als een boog kromde.

Ze bedekte haar mond met haar hand om haar kreet te dempen toen ze klaarkwam en haar orgasme de aanzet gaf tot dat van hem. Hij trok haar omlaag, zoende haar hard en rolde hen samen om zodat zij op haar rug lag. Hij deed zijn ogen dicht en schokte met zijn heupen, drong diep in haar in hetzelfde ritme dat in zijn hoofd bonsde.

En toen hij klaarkwam... Het was een elektrische ontlading en er fonkelden kleine lichtjes achter zijn oogleden. Het was een zondvloed die alles wegvaagde wat op zijn weg kwam. En toen was het... stil.

Rust. Hij steunde op zijn ellebogen, begroef zijn gezicht in de kromming van haar schouder en huiverde toen hij haar hand op zijn rug voelde en ze hem zachtjes streelde, een nieuw, trager, voller ritme bepalend.

Rust, dacht hij opnieuw. Hij huiverde en drukte zijn lippen tegen de zijkant van haar hals. Hij hees zichzelf ver genoeg op om haar slaap te kussen en toen haar voorhoofd. Toen deed hij zijn ogen open en zag dat ze glimlachend naar hem lag te kijken.

Dit. Dit was wat hij wilde. Waar hij al die nachten dat hij alleen was geweest op had gehoopt. Zij, glimlachend naar hem. Hij wilde haar de rest van zijn leven zo zien glimlachen.

'Je bent ongelooflijk mooi,' fluisterde ze.

Zijn mondhoeken gingen omhoog. 'Ik dacht dat dat mijn tekst was. Behalve dat het dat niet zou zijn. Een tekst. Begrijp je?'

Ze raakte zijn gezicht in stille eerbied aan. 'Ik begrijp het.'

Hij wilde haar niet loslaten, wilde zich nooit onttrekken aan de warmte van haar lichaam, maar er waren dingen die hij moest doen. Hij was net lang genoeg weg om zich van het condoom te ontdoen, maar toen hij terugkwam waren haar ogen al dichtgevallen.

Hij liet zijn arm om haar heen glijden, tilde haar ver genoeg op om de dekens omlaag te trekken. Toen legde hij haar hoofd op het kussen, trok de spelden eruit en schikte het haar om haar schouders zodat hij een mooi plaatje creëerde waar hij van kon dromen wanneer hij sliep.

23

Cincinnati, Ohio, zaterdag 15 augustus, 04.45 uur

'Ben je eigenlijk wel menselijk, Davenport?'

Decker keek op van zijn computerscherm en zag Troy, gekleed in een boxershort en in zijn ogen wrijvend, de keuken binnenwankelen. 'Bij mijn weten wel,' zei hij vriendelijk.

'Ik geloof er niets van. Waarom ben je dan nog niet dood door slaapgebrek?'

Omdat hij helemaal opgeladen was door de seks, maar dat ging hij Troy niet aan zijn neus hangen. 'Ik heb in het ziekenhuis verdomme een week geslapen. Ik kan er wel een paar dagen tegen. Maar waarom ben jíj wakker?'

'Verrekte maagzweer,' mopperde Troy. Hij zette de waterkoker aan en deed kastdeurtjes open tot hij een mok had gevonden. 'Thee. Kamille. Het helpt.' Hij vertrok zijn gezicht terwijl hij een hand tegen zijn maag drukte. 'Avondeten zou ook hebben geholpen. Ik heb vergeten te eten.'

'Er staat nog eten in de koelkast. Keith O'Bannion heeft het ons meegegeven. Hij is een geweldige kok.'

Troy keek verongelijkt. 'Ik mag geen geweldig spul eten. Als het lekker is, moet ik het uitspugen.'

'Misschien niet. Ik had tegen hem gezegd dat een van onze agenten een maagzweer heeft en toen bleek dat Jeremy er ook een heeft, dus hij is gewend om maagzweervriendelijk te koken. Het staat in de koelkast met een etiket met MZV.'

Troy keek verrast. 'Dat is aardig van je, Davenport. En ook aardig van O'Bannion.' Hij vond de schalen in de koelkast, schepte een bord vol en zette dat in de magnetron. 'Wat ben je aan het doen?'

'Ik ben bezig de bestanden door te nemen die Diesel me vanmiddag heeft gebracht. Nou ja, gistermiddag inmiddels.'

Troy vertrok zijn gezicht opnieuw, dit keer van medeleven. 'Nog meer foto's?'

'Ja, maar ik had een idee. Ik vroeg me af wanneer –' Hij onderbrak zichzelf toen Kate binnenkwam, gelukkig gekleed in haar T-shirt en slaapsportbroekje. Ze had haar tas met breiwerk over haar schouder. 'Waarom ben je wakker?' vroeg hij.

'Ik hoorde stemmen en ik wilde niets van de lol missen,' zei ze luchtig, maar Decker liet zich niet voor de gek houden. Ze had die opgejaagde blik in haar ogen.

Had je de nachtmerrie weer? vroeg hij met zijn ogen en ze knikte vermoeid.

'Wat deden jullie nou net?' vroeg Troy achterdochtig.

'Privépraatje, oom Luther,' zei Kate. 'Leuke boxer trouwens. Ik ben blij dat je een fan van de Captain bent, anders had ik misschien nog om een níéuwe nieuwe partner moeten vragen.'

Troy bloosde. Zijn boxershort was bedrukt met Captain America-schilden. 'Ik trek wel iets anders aan. Ik dacht dat ik de enige was die wakker was.'

Kate wuifde met haar hand en ging aan tafel zitten. 'Ik ben opgegroeid met vier broers en dit is de keurigste boxershort die ik ooit heb gezien. Ik zit er niet mee als jij er ook niet mee zit.'

'Ik zit er wel mee,' zei Troy. 'Sommige grenzen moeten niet worden overschreden.' Hij verdween in zijn kamer en was binnen een minuut terug, gekleed in een trainingsbroek en een T-shirt van de FBI. 'Ik ben eten aan het opwarmen. Hebben jullie honger?'

Kate hield haar hoofd schuin. 'Ja, ik wel. Ik heb bij Keith niet gegeten... anders dan sómmige mensen.' Ze keek naar Decker.

'Hé. Ik heb een week geslapen en ben een week uitgehongerd. En ik verrek nu weer van de honger.' Decker knikte in de richting van Troy. 'Dus graag en dank je.'

Troy ging in de weer met borden en bestek. 'Wat was je ook alweer aan het doen, Davenport?'

Decker richtte zijn aandacht weer op het computerscherm. Die stond vol foto's, maar niet van de soort die hem nachtmerries zou bezorgen. 'Ik dacht aan iets wat Stone vanavond zei – dat hij van de Professor begon te kopen toen hij op de middenschool zat. Het maakte me zo kwaad toen hij dat zei dat ik alleen maar kon denken dat de Professor een roofzuchtige klootzak is. Toen kalmeerde ik wat en kon ik weer denken. Nu weten we hoe de Professor zijn jongeren strikt – hij komt als ze jong zijn op hun pad via de school en als ze ouder zijn via de campus van de universiteit of sportscholen.'

'Ik heb nog steeds die lijst met docenten in heel Ohio, Kentucky en Indiana,' zei Troy. 'Ik kan dat allemaal nog een keer doornemen op basis van lengte en lichaamsbouw.'

'Graag, doe dat,' zei Decker, 'maar ik vroeg me opnieuw af hoe hij het pad van Stone heeft gekruist.'

Kate beet op haar lip. 'We zijn die draad ergens kwijtgeraakt, hè? Dus onze dealer heeft contacten met schoolkinderen en verkoopt hun drugs. En McCord had contact met kinderen als hun leraar. Maar hij kocht kinderen voor zijn porno via Alice en haar vader.' Ze trok haar wenkbrauwen op. 'Zijn álle slachtoffers van McCord gekocht? Dat lijkt me nogal begrotelijk. Hoe kan hij winst hebben gemaakt?'

'Goed punt,' mompelde Decker en hij schreef het op. 'Ik had nog niet aan het winstoogmerk gedacht. Misschien kan ik mijn accountantsdiploma beter inleveren.'

'Of je kunt ons vertellen wat je dacht,' zei Kate ingehouden. 'Sorry, ik wilde je gedachtegang niet verstoren.'

Hij wierp haar een bestraffende blik toe. 'Je hoeft voor mij niet op eieren te lopen, Kate. Winst is een goed punt. De geldstromen volgen is altijd relevant.' Hij wees naar de geheugenstick die hij in zijn laptop had gestopt. 'Maar even terug naar dit hier. Ik heb een kopie van deze stick aan Zimmerman gegeven toen we elkaar gisteren in Alice's appartement zagen en hij heeft leden van de nationale eenheid foto's laten bekijken om die te vergelijken met bekende slachtoffers... alle zaken die ze altijd doen bij een routineonderzoek. Maar ik vraag me nog steeds af waar McCord en onze dealer elkaar zijn tegengekomen. Zelfs als ze collega's waren, dan nog is het niet zo dat je op een dag naar een collega toe stapt en zegt: "Hou je van honkbal? Ik ben dol op honkbal. Maak jij kinderporno? Ik ook. Laten we gaan samenwerken." Dat gebeurt gewoon niet.'

Troy zette borden met opgewarmd eten van Keith op tafel en ging zitten. 'Te groot risico. Er moet een ander verband zijn. Dus praat maar door terwijl ik eet,' zei hij terwijl hij eten naar binnen begon te werken. 'O, wauw.' Hij sloot verrukt zijn ogen. 'Dit is echt lekker. En ik ga er niet aan dood?'

Decker keek hem grijnzend aan. 'Ik hoop van niet, maar als het wel gebeurt, dan stap je er in ieder geval gelukkig uit.'

Troy wees met zijn vork in zijn richting, maar zijn boze blik was nu alleen maar show. 'Praat. Waar hebben hun paden elkaar gekruist?'

'Nou, laten we teruggaan naar Kate's punt, dat McCord niet altijd slachtoffers gebruikte die hij van Alice en haar vader had gekocht. Zijn bestanden beginnen ongeveer tien jaar geleden, ongeveer rond dezelfde tijd dat de bestanden op die pc in de kast ophielden. Ik heb ze maar vluchtig bekeken,' gaf Decker toe. 'Ik... ik kon me er niet toe zetten om ze stuk voor stuk uitgebreid te bestuderen.' Kate kneep bemoedigend in zijn arm. 'Er zijn... aan het begin Amerikaans uitziende kinderen. Niet zo veel als ik vreesde. De meesten leken afkomstig uit de lagere sociaal-economische klasse. Tweedehands kleren, hongerige gezichten en een verslagen blik in de ogen, als je begrijpt wat ik bedoel.'

'McCord gaf les op een school in de binnenstad,' zei Troy, die rechtop op zijn stoel ging zitten. 'Voormalige leerlingen, misschien?'

Decker knikte. 'Daar was ik mee bezig toen jullie twee binnenkwamen. Ik was bezig met de jaarboeken om te zien of ik een van de kinderen herkende. Tot dusver heb ik er één gevonden.' Kate en Troy wilden wat zeggen, maar Decker stak zijn hand op. 'Hij is dood,' voegde hij eraan toe en zowel Kate als Troy zakte in elkaar.

'Hoe?' vroeg Kate.

'Zelfmoord. Overdosis pillen genomen.'

Ze deden er allemaal het zwijgen toe. Troy schoof zijn bord van zich af. 'Verdomme.'

Kate zuchtte. 'Misschien kunnen we met zijn familie praten. Zien of we een verband kunnen vinden. Wanneer heeft hij zelfmoord gepleegd?'

'Vijf jaar geleden. Dat is ook het moment dat McCord tieners begon te gebruiken die hij van Alice betrok. Zijn slachtoffers veranderen van arme Amerikaans uitziende kinderen in arme kinderen uit Zuidoost-Azië. Thais en Vietnamees. Ook Filipijns en een paar uit India. Foto's en video's.'

Kate slikte moeizaam. 'Waar zijn ze? Waar zijn die kinderen?'

Decker wreef over zijn nek, waar pijn plotseling de kop had opgestoken. 'Ik weet het niet. Nadat McCord was gestorven zijn er geen kinderen in zijn huis aangetroffen en hij heeft geen andere bezittingen die op die naam staan.' Hij schraapte zijn keel. 'Ik neem aan dat hij ze heeft doorverkocht of ze heeft vermoord. Als hij ze heeft doorverkocht, dan moeten Alice en haar vader dat hebben geweten. Al hun slachtoffers waren voorzien van een enkelband. Die werden genoteerd in een logboek dat Alice's vader bijhield en bewaarde in zijn thuiskantoor, weggesloten in een bureaula. Ik heb het boek één keer gezien.'

'Het lag niet in het bureau toen we dat doorzochten,' zei Kate. 'En het zat ook niet in zijn koffertje.'

'Sean – de broer van Alice – heeft het misschien gepakt. Maar we weten niet waar hij zijn dossiers heeft verstopt. Ik weet dat jullie het hele terrein van die mensenhandelaren hebben afgezocht, maar als het niet in de auto was toen hij stierf, moet het daar nog steeds ergens op het terrein zijn. We moeten het opnieuw doorzoeken.'

'We zijn ook nog niet klaar met het doorzoeken van Alice's appartement,' merkte Troy op. 'Vandaag komt de röntgenapparatuur om de muren door te lichten. Misschien zitten de dossiers daar ergens verstopt.'

'Ik hoop dat je gelijk hebt,' zei Decker vurig. 'Ik heb niet alle kinderen op die foto's geteld, maar hij heeft er in die vijf jaar zeker tien gekocht, misschien wel meer.'

'We blijven zoeken,' zei Kate vastberaden. 'Maar ondertussen, de Sunshine Suzie-films veranderden vijf jaar geleden van locatie. Vijf jaar geleden stapte McCord over op buitenlandse kinderen. Vijf jaar geleden pleegde een voormalig slachtoffer zelfmoord. Toeval?'

'Ik zou zeggen van niet,' zei Troy. 'De jonge vrouw die Corey Addison aansprak met Suzie is in dezelfde auto gezien als die later is gebruikt bij de aanval op Dani. Het houdt allemaal verband met elkaar. Als we er nou eens van uitgaan dat McCord vijf jaar geleden een compagnonschap sloot met de Professor? Is er iets wat dat tegenspreekt?'

'Tot nu toe niet.' Kate haalde haar breiwerk tevoorschijn en haar naalden begonnen zachtjes te tikken. 'De Suzie-films gingen nog twee jaar door, maar met een ander uiterlijk. Een andere studio. Ik nam aan dat er op de eerste locatie iets herkenbaars was, want die films zijn online niet meer beschikbaar.'

'Je kunt nog steeds gelijk hebben.' Troy stond op, vulde zijn mok opnieuw, en de geur van kamille vermengde zich met de geur van het eten op hun bord. 'McCord en de Professor werken afzonderlijk van elkaar tot iets hen aanzet tot samenwerking. De leerling van McCord die hij misbruikte pleegde zelfmoord. Suzie's misbruiker – en ik denk dat we allemaal geloven dat dat de Professor is of iemand die met hem te maken heeft – verandert van studio en haalt een jaarvoorraad populaire video's van de markt en ontzegt zich daarmee hun verkoop. Maar ze moeten nog steeds elkaar ergens hebben getroffen. De Professor is van hier – of in ieder geval voldoende in de buurt om al twintig jaar drugs te verkopen aan de plaatselijke jeugd. McCord woonde in dezelfde stad als waar hij was opgegroeid. Ze moeten elkaar hier in Cincinnati hebben leren kennen.'

Decker schraapte het laatste restje eten van zijn bord. Hij was terneergeslagen vanwege de slachtoffers, maar hij verging desondanks van de honger. Bovendien was hij grootgebracht met de regel dat voedsel niet verspild mocht worden. Kate schoof zonder iets te zeggen haar half leeggegeten bord voor zijn neus. 'Dank je,' zei hij tegen haar. 'Waarom gaat iemand nou kinderporno maken? Ik bedoel, ik denk dat sommigen het voor het geld doen, maar het is gevaarlijk om bij betrokken te raken, want een zoekactie op internet kan je bekendmaken bij de FBI. Dus de drang om het te zien, het te maken, moet dat risico waard zijn. Waarschijnlijk waren de Professor – en McCord ook – al liefhebbers voor ze hun eigen porno begonnen te vervaardigen.'

'Klinkt logisch,' zei Troy, die in zijn thee zat te blazen om hem af te laten koelen. 'En? Ga door.'

Kate pikte Deckers lijn van redeneren op zodat hij kon eten. 'Stel,' zei ze bedachtzaam terwijl ze doorging met breien, 'dat de Professor een keer zit te kijken en een kind herkent dat hij al kent omdat hij hem drugs heeft verkocht. Hij maakt al Suzie-films, maar moet om wat voor reden dan ook van locatie veranderen. De vroege Suzie-films hebben een amateuristische uitstraling. Stel dat hij bang was dat zijn plek herkend zou worden en dat hij een partner wilde met meer ervaring. Hij benadert het kind dat hij uit de films heeft herkend en komt zo in contact met McCord.'

'Dat zou kunnen,' zei Troy, 'ware het niet dat de Professor aan rijke kinderen verkocht.'

'Voor zover Stone wist,' zei Decker. 'Stone was zelf een rijk kind. Hij zou waarschijnlijk niet in aanraking zijn gekomen met arme kinderen. Dat betekent nog niet dat de Professor niet aan ze verkocht. Stone zei dat hij ook aan vrouwen van middelbare leeftijd verkocht.'

'Ah, ja.' Troy vertrok zijn gezicht. 'Waar ontmoet hij die vrouwen?'

'Dat weet ik niet,' zei Decker. 'Maar de vrouw die Stone heeft gezien was ook niet arm. Stone herinnert zich nog dat ze zei dat haar man gauw thuis zou komen en dat ze het geld uit zijn portefeuille zou halen om de drugs mee te betalen. Als hij voldoende contant geld op zak had zodat zij daar genoeg van achterover kon drukken voor haar dope, dan was hij niet arm.'

'De Professor heeft ook contact met verpleegsters,' peinsde Kate. 'Hij heeft Eileen Wilkins via haar vriendje leren kennen, dat een klant was uit de sportschool. Eileen gebruikte opiaten die ze uit het ziekenhuis stal. Er is sprake van een nationale epidemie van verpleegkundig personeel dat gebruikt. Een andere groep die problemen heeft met drugsgebruik wordt gevormd door...' Ze keek op. 'Voetbalmoeders van een zekere leeftijd. Carrièrevrouwen met kinderen in het algemeen. Te veel te doen en te weinig tijd. Ze hebben een opkikker nodig en een latte van Starbucks werkt niet meer. Of ze worden binnengehaald via pijnstillers op recept en schakelen daarna over op heroïne. Hoe zou hij die moeders rekruteren?'

'Via scholen?' Troy haalde zijn schouders op. 'Ouderavonden. Supermarkt. Zumba in de sportschool, rondhangen op de tribune. Er zijn gewoon te veel mogelijkheden.'

'Maar er moeten een paar van die verslaafde voetbalmoeders zijn die zijn afgekickt,' zei Decker. 'Stone is afgekickt en alleen Diesel wist ervan. Maar stel dat we eens een babbeltje maken met iemand in zo'n afkickkliniek – iemand als Bailey Beardsley. Ze zal ons niets vertellen over huidige cliënten, maar misschien wel over succesgevallen.'

Troy keek twijfelachtig. 'Als ze met ons hadden willen praten, dan hebben ze daar twintig jaar de tijd voor gehad.'

'Misschien zijn ze bang,' opperde Kate zacht. 'We zijn er vanavond achter gekomen dat die vent er niet voor terugdeinst om een kind te gebruiken om een ouder te pakken of een onschuldig jong als Charlie Chalmers uit te schakelen. Als ze bang zijn dat hun gezin gevaar loopt, zullen ze hun mond houden. Maar het kan zeker geen kwaad om het te vragen. Misschien dat iemand de moed vat om ons te antwoorden als we het vragen.'

Decker had eindelijk zijn maag gevuld en werd overmand door een golf van uitputting. 'Ik zal morgenochtend met Bailey praten.' Hij geeuwde zo hard dat hij zijn kaken hoorde knappen. 'Ik geloof dat ik tegen een muur aan loop.'

'Godzijdank,' zei Troy heftig. 'Ik wilde al om genade smeken omdat ik net zo lang wakker wilde blijven als jij. We hebben nog een paar uur tot de ochtendvergadering. Laten we nog een beetje gaan slapen.' Hij zette de borden in de gootsteen en ging terug naar zijn kamer.

Decker stond op, dankbaar voor de wandelstok die hij van Keith O'Bannion had geleend, want de hele kamer draaide. 'Shit. Ik geloof dat ik echt tegen een muur aan ben gelopen. Ga je mee?'

Kate stopte haar breiwerk weer in haar tas. 'Jazeker, maar als ik niet kan slapen ga ik weer hiernaartoe om te werken, zodat ik je niet stoor.'

Decker bespeurde tegenzin in haar bewegingen terwijl ze naar de slaapkamer liep en in bed klom. Hij dacht dat hij wel wist waarom – of in ieder geval een deel van het waarom. Maar hij moest meer weten om in staat te zijn om haar te helpen. Hij nestelde zich naast haar, trok haar tegen zich aan en legde haar hoofd op zijn borst voor hij het licht uitdeed.

Vervolgens fluisterde hij in de duisternis: 'Je had weer een nachtmerrie.'

Ze bleef doodstil tegen hem aan liggen. 'Ja.'

'Ga je me vertellen waarom?'

Een lang, heel lang moment van aarzeling. 'Ja.'

Na een nog langer moment van stilte drukte hij een vluchtige kus op haar haar. 'Ik kan je niet helpen als ik in het duister tast.'

'Ik geloof helemaal niet dat je me kunt helpen, Decker. Er valt niets te helpen. Ik heb gedaan wat ik heb gedaan. Ik kan het niet ongedaan maken. En als ik dat wel kon, dan zou ik het nog niet doen.'

'Maar je droom gaat niet over wat je hebt gedaan, hè? Je droomt over wat Jack heeft gedaan.' Hij voelde de warmte van haar zucht op zijn borst. 'Ben je bang dat ik anders tegen je aan zal kijken?'

'Dat weet ik niet. Maar als dat zo zou zijn...' Haar stem beefde. 'Ik weet niet of ik dat aan zou kunnen.'

Hij wilde dat ze hem vertrouwde. Maar dat was na nog maar zo'n korte tijd niet redelijk om te verwachten. Tenzij hij het redelijk maakte. Hij haalde diep adem en zei toen snel, voor hij de moed zou verliezen, de woorden die hij nooit eerder hardop had uitgesproken. 'Ik heb de man gedood die mijn zusje heeft vermoord.'

Ze klopte met haar vingertoppen op zijn borst. 'Dat weet ik. Dat had ik zelf al bedacht.'

Maar hij had het nooit eerder hardop gezegd. Echt nooit. 'Ik heb hem op zijn hoofd geslagen met een honkbalknuppel. Hard. Ik hoorde zijn schedel barsten. Toen heb ik hem in de rivier geduwd. Hij leefde op dat moment nog. Volgens de lijkschouwer is hij verdronken zonder nog bij kennis te zijn gekomen.'

Haar stem verhardde. 'Dan is hij er gemakkelijk van afgekomen.'

'Waarschijnlijk wel. Ik dacht dat ik er niet mee zou zitten, maar ook al zou ik het zo weer doen... ik zat er wel mee. Ik zit er nog steeds mee.'

Ze zuchtte. 'Decker, als dit een test was om te zien of ik ervandoor zou gaan... dat zal niet gebeuren. Als het was om me gemakkelijker mijn verhaal te laten vertellen, dan waardeer ik dat. Dat waardeer ik echt.'

'Maar?'

'Geen maar. Ik ben je de waarheid schuldig. Het is alleen zo moeilijk om te vertellen. Moeilijk om eraan te denken. Onmogelijk om te vergeten.'

'Vertel het dan gewoon als een verhaaltje. Er was eens een vrouw die Kate heette, die dol was op haar echtgenoot.'

Ze slikte hoorbaar. 'Maar hij kreeg een hersentumor en kon niet worden geopereerd. Dus moest hij het moeilijke gesprek voeren met de mensen die het meest van hem hielden – zijn verloofde en zijn broer. Hij besloot dat hij geen chemokuur wilde, omdat hij wilde genieten van de tijd die hem nog restte. Hij vroeg hun om zijn beslissing te respecteren en niet te proberen hem van gedachten te doen veranderen. Het was moeilijk, maar ze stemden ermee in. Hij zou nog een heel jaar te leven hebben. Dus maakte hij een lijst van dingen die hij wilde doen. Zijn verloofde en hij gingen skydiven en bergbeklimmen in de Rocky Mountains. En...' Haar stem beefde. Brak.

En zijn hart brak een beetje mee. 'En twee punt zeven seconden op een stier die Fu Manchu heette?' vroeg hij toen hij de verwijzing naar het countryliedje begreep.

'Nee. Daar was hij tegen die tijd te ziek voor en hij wilde een stier trouwens toch al geen pijn doen. Toen vond zijn verloofde een mechanische stier en bereed die... nou, niet precies twee punt zeven seconden. Maar lang genoeg om hem aan het lachen te maken. En toen fotoshopte ze een Fu Manchu-snor op de mechanische stier op een foto die hij had gemaakt terwijl ze zich aan de stier vastklampte.'

Hij drukte een kus op haar voorhoofd en ging weer op het kussen liggen. 'Ik hoop dat je die foto's nog steeds hebt. Die wil ik ooit graag een keer zien.'

'Die staan op de iPad die ik je heb geleend. Alle foto's staan daarop.'

Hij was nu ontzettend blij dat hij niet even had gekeken toen hij in het ziekenhuis de kans had. 'Je kunt me ze laten zien als je daar klaar voor bent. Dus... zijn toestand verslechterde.'

'Ja. En hij moest de baan waar hij zo van hield eraan geven. Zijn leerlingen huilden. Hij huilde. Zijn verloofde... niet. Want ze probeerde sterk te zijn voor hem. Maar ze huilde later, toen ze alleen was, want niemand is zo sterk, weet je.'

'Ja, dat weet ik.'

'Ze waren van plan in juni te trouwen, op de trouwdag van zijn ouders, omdat die waren omgekomen bij een auto-ongeluk. Zijn verloofde en hij waren dol op ze geweest en wilden ze zo eer bewijzen. Maar zijn verloofde kwam erachter dat ze voor een verloofde geen verlof kon krijgen volgens de regels voor familieomstandigheden, dat kon alleen voor een echtgenoot, dus trouwden ze voor de rechter met zijn broer als getuige. Ze gingen ervan uit dat ze altijd nog in juni een bruiloft konden houden met hun vrienden erbij. Maar hij werd heel snel veel zieker en ze haalden juni niet.'

'Dat spijt me.'

'Mij ook.' Hij voelde de warmte van haar tranen op zijn borst. 'Hoe dan ook, hij werd heel snel minder. Een van de dingen die we hadden besproken tijdens dat moeilijke gesprek toen hij net te horen had gekregen dat hij kanker had was dat hij thuis wilde sterven en op zijn eigen voorwaarden. De artsen hadden gezegd dat hij ons op het laatst zou vergeten. Dat hij pijn zou lijden.' Ze grinnikte waterig. 'Johnnie hield niet van pijn. Hij was wat dat betrof echt een watje. Hij raakte al over zijn toeren als hij zich aan een envelop sneed.' Ze schraapte haar keel. 'Hij wilde niet als een schim van zichzelf sterven, als een man die we niet meer kenden. Dus hij liet ons beloven...'

De nattigheid op zijn borst verspreidde zich en haar schouders schokten. Decker kon haar alleen maar vasthouden.

'Hij liet ons beloven dat zodra hij zijn eerste periode had dat hij ons niet meer kende en als hij daarna weer tot zichzelf kwam, we hem moesten laten gaan. We moesten beloven dat we zijn pijnstillers binnen zijn bereik zouden houden zodat hij er zelf een einde aan kon maken.

Ik wilde dat niet beloven en Jack wilde dat ook echt niet beloven, maar Johnnie... hij kon ook geweldig mensen ompraten en hij wist ons over te halen. En toen brak die dag aan. In maart. Het was koud en het sneeuwde en hij werd op een ochtend gillend wakker. Hij wist niet waar hij was en niet wie hij was, wie ik was, en hij was bang. Ik gaf hem iets om hem te helpen in slaap te vallen. Een kleine dosis maar. En ik belde Jack, die zo snel kwam als hij maar kon. Hij zat in Iowa, want hij was trainer op dezelfde school waar we allemaal ons eindexamen hadden gedaan. Hij reed door een sneeuwstorm en kwam net aan toen Johnnie wakker werd. Ik dacht dat Johnnie zich de gebeurtenis niet zou kunnen herinneren, maar dat deed hij wel. En hij herinnerde ons aan onze belofte.'

'Probeerde Jack hem van gedachten te doen veranderen?'

'Nee. Hij probeerde *míj* zover te krijgen dat ik Johnnie van gedachten zou doen veranderen. Het punt was, we konden niet beslissen wie het flesje daadwerkelijk daar zou laten. Het is niet zo eenvoudig als je wel zou denken.'

'Hoe kwamen jullie tot een beslissing?'

Ze snoof een verdrietige, trieste lach. 'Steen, schaar, papier. Ik kon Jack altijd inmaken bij dat spelletje. Ik liet hem bijna winnen. Als ik iets zou kunnen veranderen, dan zou het dat zijn. Dan had ik hem laten winnen en zou ik degene zijn geweest die de fles voor Johnnie zou klaarzetten. Maar ik speelde eerlijk en Jack verloor. Hij zette de fles klaar, kuste Johnnie op zijn voorhoofd en rende toen als een speer het huis uit. Hij vond ergens een bar en werd straalbezopen.'

'En liet jou alleen achter om Johnnie te zien sterven?'

'Ja. Ik had altijd geweten dat Jack dat niet aankon. Dus... ik ging bij Johnnie in bed liggen en hield hem vast. We keken naar zijn favoriete film en toen de aftiteling begon was hij er niet meer.'

Decker knipperde heftig met zijn ogen en de tranen stroomden naar zijn slapen. 'Wat spijt me dat ontzettend.'

'Mij niet. Zoals ik al zei, ik zou het zo weer doen. Het was tegen de wet en dat had het niet moeten zijn. Het was zijn recht om te sterven zoals hij dat wilde. Toen de lijkschouwer hem kwam ophalen, vroeg hij hoe het mogelijk was dat Johnnie bij zijn pillen kon en toen heb ik gelogen. Ik zei dat we ze in de badkamer bewaarden en dat hij erin geslaagd was ze zelf te pakken. Dat ik in slaap was gevallen en dat hij was overleden toen ik wakker werd. Maar Johnnie was op dat punt al weken niet meer in staat om zelfstandig te lopen. En ik vermoed dat de lijkschouwer dat wist. Maar hij drong niet aan. Ik kreeg de overlijdensakte en overal stond "kanker". Niet zelfmoord. En zeker geen zelfmoord met assistentie. Dan zou ik zijn aangeklaagd.'

'Omdat je Jack er niet bij betrokken zou hebben.'

'Dat kon ik niet. Hij had het niet willen doen. Hij wist de herdenkingsceremonie maar net tot een goed einde te brengen, zo dronken was hij. Maar hij was buiten zinnen van verdriet, dus niemand had het door. Johnnie's leerlingen kwamen naar de dienst en ze zongen...' Ze slaakte een sidderende zucht en snoof. 'Ze zongen "Wish You Were Here". Dat stuk over twee verloren zielen die jaar in, jaar uit rondzwemmen in een vissenkom... Het breekt telkens weer mijn hart, want toen Johnnie was overleden, waren Jack en ik de verloren zielen.'

'Dat verklaart een hoop,' fluisterde Decker. 'Ik hoorde je het zingen op de avond dat ik weer bijkwam. Ik hoorde je huilen. Ik wilde je helpen, maar ik wist niet hoe. Dat weet ik nog steeds niet.'

'Je bent hier. Je luistert. Je hebt me geen moordzuchtige teef genoemd die te egoïstisch was om nog een paar dagen voor een stervende man te zorgen. Dat is helpen.'

Hij snakte naar adem. 'Heeft Jack dat tegen je gezegd?'

'O, zeker. En nog wel meer ook. Ik schoof het op verdriet. Nam aan dat hij er wel overheen zou komen, maar dat is nooit gebeurd. Hij bleef maar drinken en drinken. Hij nam pillen om lang genoeg wakker te blijven om de schooldag door te komen en dan weer pillen om te kunnen slapen. Het is een wonder dat het zijn dood niet is geworden, want hij hield geen moment op met drinken. Hij zag zelfs kans om meer dan twee volle schooljaren te blijven functioneren, maar uiteindelijk raakte hij toch zijn baan kwijt en toen ging het echt bergafwaarts. Hij belde me op de gekste momenten van de dag en dreigde alles te zullen vertellen. Zodat ik *mijn* baan kwijt zou raken. Omdat ik meer van mijn werk hield dan ik van Johnnie had gehouden. Hij zei dat Johnnie nog maanden geleefd zou hebben als ik Jack niet had geprest hem te doden. Dat ik alleen maar weer aan het werk wilde. Daar was uiteraard helemaal niets van waar. Jack was echt helemaal de weg kwijt en er was niets wat ik kon doen. Ik probeerde hem in een kliniek te krijgen, maar daar verzette hij zich tegen.'

Ze zuchtte. 'Ik had vol moeten houden. Ik wist dat als ik hem zou dwingen, hij zou vertellen wat we hadden gedaan, maar op het laatst was ik daartoe bereid. Dat hoop ik tenminste. Ik heb nooit de kans gekregen om daarachter te komen. Jack verdween. Niemand kon hem vinden. Hij was al meer dan een maand weg toen ik terugkwam in mijn appartement na een klus in een andere stad. Ik woonde tegen die tijd drie jaar in D.C. Mijn appartement was op de tweede verdieping. Er was geen lift. Ik kwam thuis met mijn koffer en liep zoals altijd de trap op, maar mijn deur stond open. Op een kier.'

O, god, dacht Decker. *Nu komt het.* Hij hoorde de grimmige toon in haar stem.

'Ik dacht dat er een indringer in huis was. Ik was op de overloop bij mijn voordeur al bezig het alarmnummer te bellen, maar toen hoorde ik zijn stem. Jacks stem. Later bleek dat hij ooit een sleutel had laten bijmaken. Dus ik verbrak de verbinding voor ik het laatste cijfer had ingetoetst, deed de deur open, en daar was hij. Hij zat in mijn gemakkelijke fauteuil met mijn pistool in zijn mond. Niet mijn dienstwapen, maar een van mijn andere pistolen. Hij was achter de combinatie van mijn wapenkluis gekomen. Niet zo heel moeilijk. Het was mijn trouwdatum. Al troffen ze later wel een ander wapen bij hem aan, dus hij was op alles voorbereid. Hij had het helemaal uitgedacht, tot en met de sprei die hij van mijn bed had gepakt en over de stoel had gedrapeerd. Mijn oma had die gemaakt. Dat was het enige wat ik van huis heb meegenomen toen ik wegliep nadat mijn vader me had geslagen.'

'En Jack wist dat omdat hij ooit je beste vriend was.'

'Ja. Ik probeerde het uit zijn hoofd te praten. Ik smeekte hem om geen zelfmoord te plegen en hij lachte me uit. Zei dat ik nou eens een beslissing moest nemen. Doden of niet doden? Toen haalde hij de trekker over.'

Decker schrok. 'Hij wilde dat je het zag.'

'Ja. En hij wilde dat ik het wíst. Daarom had hij een opname achtergelaten. Die had hij daar in mijn woonkamer opgenomen. Zei dat hij er al twee dagen zat te wachten tot ik thuis zou komen. Hij was zo kwaad. Zei dat ik ervoor gezorgd had dat hij zichzelf haatte. Dat hij niet zeker wist of hij zijn broer uit medelijden had gedood, uit lafheid of uit egoïsme. Het was geraaskal. Het sloeg nergens op, behalve dat het aantoonde hoe erg hij leed. Dat is wat ik droom, telkens en telkens weer. Ik ren de trappen op en hij zit altijd in mijn stoel. Hij zit altijd te lachen. En hij schiet zichzelf telkens weer dood. En ik ben altijd... machteloos.'

Dat, dacht hij, was de sleutel. Op dat moment, vlak voor Jack de trekker overhaalde, was ze machteloos geweest. Dat was vermoedelijk haar grootste angst. 'Wie heb je gebeld om je te helpen?' vroeg hij zacht.

'Mijn baas, Joseph Carter, en zijn vrouw Daphne. Daphne was een vriendin van Deacon en mij geworden toen we voor Joseph werkten. Ze deed zo heel erg haar best om me op te beuren. Ik denk dat Joseph wist dat er meer achter Jacks zelfmoord zat dan alleen verdriet, maar hij heeft nooit aangedrongen. En toen ik om overplaatsing vroeg, heeft hij dat geregeld.'

'Dan ben ik blij dat je hem had,' zei Decker alleen maar.

Ze rolde zich op haar zij en leunde op haar elleboog om zijn gezicht te bestuderen. 'Ben je niet geschokt?'

'Natuurlijk wel, maar alleen omdat het jou heeft gekwetst. Kate... ik heb in Afghanistan mannen gezien die pijn leden. Ik heb de stukken bij elkaar geraapt, soms was er niet veel meer over, maar ze leefden nog en leden ongelooflijk veel pijn. Je hebt de man van wie je hield geholpen waardig te sterven. Ik vind dat dat je... sterk maakt.'

Ze slikte. 'Dank je. Maar het grootste deel van de tijd voel ik me niet zo sterk.'

Hij keek haar glimlachend aan. 'Je doet anders heel goed alsof. Soms is dat alles wat je kunt doen.'

Hij zag de schittering in haar ogen, zelfs in de duisternis, dus hij was niet verrast toen de tranen over haar wangen stroomden. 'Ik ben zó blij dat ik me achter je uit die boom heb laten vallen,' fluisterde ze.

Hij trok haar naar zich toe voor een zoen, zo zacht en teder als hij maar kon. 'Ik ook. Nu moeten we gaan slapen. Je moet op krachten blijven om zo goed te blijven te doen alsof.'

Ze nestelde zich tegen hem aan met haar hoofd op zijn schouder en haar arm om zijn middel. 'Oké.'

Zaterdag 15 augustus, 08.45 uur

Mallory's handen beefden terwijl ze zijn koffie inschonk. Hij was vanmorgen kwaad wakker geworden en had pijn en tot nu toe had ze nog niets goed kunnen doen. Zijn eieren waren te zacht, het huis was te heet, ze had het verkeerde merk lekkernijen gekocht voor zijn jonge gasten die spoedig zouden arriveren.

In ieder geval had Gemma gunstig over haar bericht, want hij had het er niet over gehad. Tenzij hij zijn beschuldigingen bewaarde voor een andere keer.

Ze hoopte dat ze het juiste had gedaan toen ze de avond ervoor het flesje met ontsmettende spray bijna leeg had gegoten. Het zou haar in ieder geval een reden geven om naar de drogisterij te gaan. Ze zou daar iemand zoeken die de politie wilde bellen en dan kon ze alleen maar bidden dat ze haar zouden geloven en Macy in bescherming zouden nemen tot hij was gearresteerd en niet langer in staat was zijn dreigementen ten uitvoer te brengen.

Al zou dat een bijna onmogelijke opdracht zijn. Niemand zou willen geloven dat Macy in gevaar verkeerde. Dat zou pas gebeuren als het te laat was. Macy's adoptiefvader zat nota bene bij de politie.

Jaren geleden had Mallory geprobeerd Macy's vader te vertellen wat zijn zwager haar dwong te doen. Hij gaf haar een draai om haar oren die haar tegen de muur deed belanden en dreigde haar in een tehuis onder te brengen dat zo ver weg was dat ze Macy nooit meer te zien zou krijgen. En toen had hij het tegen zijn vrouw gezegd en die had het haar broer verteld.

Die Mallory vervolgens drie dagen lang in een donkere kast opsloot. Toen hij haar er eindelijk uit liet had hij een kleine verrassing voor haar – een nieuwe studio. En een nieuwe partner. Woody McCord.

Mallory huiverde bij de herinnering aan de handen van McCord op haar lichaam. Hij was de enige reden dat ze de dokter jaren geleden niet al had vermoord. Als de dokter iets overkwam, zou McCord het overnemen en hij hield van meisjes van Macy's leeftijd.

Dat mocht niet gebeuren. *Ik maak ze nog liever allebei dood.* Hoewel... Ze fronste haar voorhoofd. McCord was al een hele tijd niet meer langsgekomen – al bijna een jaar. Misschien was hem iets overkomen.

Ze voelde een sprankje hoop en dat was net genoeg om haar handen vast genoeg te laten zijn om het koffiekopje zonder ongelukken op tafel te zetten.

Hij keek op van de plak ham waarmee hij aan het worstelen was en zijn mond was vertrokken in een snauw. 'Snijden,' zei hij kortaf en hij schoof het bord in haar richting.

Ze sneed het vlees gehoorzaam in kleine stukjes en wenste dat ze de moed had om hem met het mes neer te steken. Maar het was geen groot mes en het was ook niet erg scherp. Dat was de reden dat hij zo veel moeilijkheden ondervond bij het snijden van het vlees, maar er was geen schijn van kans dat ze dat hardop zou zeggen.

'Je moet mijn verband verschonen voor de gasten komen,' zei hij en hij knoopte zijn manchet los. 'Ga de verbanddoos halen.'

Ze concentreerde zich om normaal adem te kunnen halen. Het was zover. 'Jazeker.' Ze ging hem uit de kast pakken en hoorde zijn afschuwelijke vloek. Toen ze de keuken weer binnenstapte kon ze een kreet van afschuw niet onderdrukken. 'O god.' Zijn arm was donkerrood en de wond zag er vurig uit. Geïnfecteerd. Er kwam etter uit. *Smerig.*

Hij keek haar woedend aan. 'Wat heb je verdomme gisteravond gedaan?'

Paniek benam haar de adem. 'Niks. Ik... ik heb gedaan wat je zei. Precies wat je zei dat ik moest doen.'

'Fuck.' Hij kneep met zijn goede hand in de brug van zijn neus. 'Ik moet antibiotica hebben.'

'Wil je... wil je dat ik je tas voor je haal?' vroeg ze met een klein stemmetje.

Hij richtte zijn blik op haar, zo kil dat ze ter plekke verstijfde. 'Nee. Ik zal je zeggen wat ik wil dat je gaat doen.' Hij keek naar zijn arm. 'Drugs van hier tot Tokio, maar niet één antibioticum,' mopperde hij. 'Oké. Maak schoon, doe er verband om, en dan stuur ik je naar de apotheek met een recept.'

Haar handen trilden toen ze de EHBO-doos opendeed. 'Ik wil je geen pijn doen,' zei ze om haar zenuwen te verbergen, maar het was een grove leugen. Ze zou niets liever doen dan hem laten brullen van de pijn.

Hij snoof ongeduldig en trok de doos uit haar handen. Hij vond het flesje met ontsmettende spray en schudde het. Toen keek hij haar opnieuw woedend aan. 'Dit is bijna leeg.'

'Ik... ik heb gisteravond heel veel gebruikt. De wond was... smerig. Ik heb geprobeerd hem schoon te maken.' Ze verstarde en bereidde zich voor op een klap, maar die kwam niet.

Hij ademde langzaam uit. 'Ik zal je niet slaan. Ik wil je niet nog meer blauwe plekken bezorgen dan JJ al heeft gedaan. Dan gaan de mensen maar praten.' Hij stond op en ging naar zijn kantoor. Hij kwam terug met een receptenboekje, waar hij de bovenste pagina van afscheurde. 'Hier is een recept voor antibiotica. Neem ook ontsmettingsmiddel mee. Ga gewoon naar de apotheek en niet dat hele eind naar de supermarkt.'

'Ma–' Het woord wilde naar buiten glippen, maar ze hield het op tijd in. Ze knikte en hoopte dat hij haar verspreking niet had opgemerkt. 'Ik ben zo terug.'

'Niet treuzelen. Ik wil dat dit verzorgd wordt voor ik de stad in moet om mijn gasten op te halen.'

Het recept was op naam van Roxy gesteld, zoals hij altijd deed. Mallory vroeg zich af wat hij ging doen als Roxy overleed, want ze had er die ochtend vreselijk uitgezien. Maar Mallory zei niets, ze wilde haar geluk niet op de proef stellen. Ze ging weer naar buiten. Ze sloeg haar ogen neer terwijl ze achteruit wegliep, zodat hij haar blik van opgeluchte triomf niet zou opmerken. 'Ik zal me haasten.'

Zaterdag 15 augustus, 10.30 uur

'Waar is Kate?'

Decker keek op van het scherm van zijn laptop. Deacon Novak was in de stoel tegenover hem aan Zimmermans vergadertafel gaan zitten. 'Troy en zij zijn vanmorgen naar een plaats delict geroepen. Ze kunnen elk ogenblik hier zijn.'

Adam pakte de stoel naast Deacon en beide mannen fronsten hun wenkbrauwen. 'Plaats delict?' vroeg hij vermoeid. 'Wat is er nu weer gebeurd?'

'Hebben jullie gehoord van die verpleegster op de spoedeisende hulp van County die wordt vermist?' vroeg Decker. 'Troy heeft dat gisteravond vernomen van zijn contact bij de beveiliging daar,' legde hij uit toen beide mannen hem niet-begrijpend aankeken. 'Dat moet zijn geweest toen Dani nog werd geopereerd of op de verkoever lag, dus hij heeft jullie daar waarschijnlijk niet mee lastig willen vallen.'

'Ik wist wel dat hij de jongens van de beveiliging in het ziekenhuis had gevraagd in de gaten te houden of er iemand kwam opdagen wiens dienst het niet was of die niet op het werk verscheen,' zei Novak. 'Dus we hebben er nog een?'

'Janet Jungers. Ze hing eergisteren rond op mijn afdeling toen ik die drugs kreeg toegediend.'

'En nu is ze dood?' vroeg Adam.

'O, zeker,' zei Kate terwijl ze met Troy en Zimmerman binnenkwam. Alle drie hadden ze een beker koffie in hun hand. Ze ging in de stoel naast Decker zitten en rook aan haar mouw. 'Ze is heel erg dood.'

Troy ging zitten en vertrok zijn gezicht. 'Ik sta er altijd weer verbaasd over dat een lichaam zo snel zo kan stinken.'

'Een dag in de kofferbak van een auto in de zon in augustus doet het wel,' zei Zimmerman grimmig.

'Het lichaam is gevonden door een stel tieners,' zei Troy. 'Ze zagen de auto van mevrouw Jungers voor een 7-Eleven geparkeerd staan met de sleutels erin en met draaiende motor. Dus toen zijn ze gaan joyriden. Toen ze een uur of vier later stopten om te tanken, roken ze iets "heftigs", deden de kofferbak open, gingen over hun nek en poetsten de plaat. De eigenaar van het tankstation ging achter ze aan omdat ze niet hadden betaald. Gelukkig moesten die gasten steeds stoppen om te kotsen. De eigenaar was in staat ze te pakken. Hij nam ze mee terug en belde de politie, die het kenteken herkende van een opsporingsbericht en mij belde. Het CPD had de tieners al meegenomen naar het bureau om proces-verbaal op te maken en ik heb de auto laten overbrengen naar de garage hier. Mensen van de patholoog-anatoom hebben het lichaam opgehaald en Quincy Taylor is op dit moment bezig de auto te onderzoeken.'

'Hoe weet je dat die jongens de waarheid vertelden toen ze zeiden dat ze de auto met draaiende motor hebben aangetroffen?' vroeg Decker.

Kate sloeg haar ogen ten hemel. 'Omdat we ook de genieën hebben ondervraagd die de auto bij de 7-Eleven hadden achtergelaten. Zij zitten ook vast op het bureau. Ze lieten de motor draaien omdat ze de 7-Eleven wilden overvallen en de auto had hun vluchtauto moeten zijn. Alleen nam dat andere tuig hem mee en waren zij gestrand. De man achter de toonbank was gewapend en heeft ze vastgehouden tot de politie kwam.'

Adam proestte het uit. 'Zoiets verzin je niet.'

Kate schudde haar hoofd. 'Ik weet het. De overvallers in spe beweren dat ze de auto gisterochtend hebben aangetroffen op het parkeerterrein van een Holiday Inn. Ze waren aan het liften en dachten dat het karma was of kismet of een gift van God. Ze zeggen dat de sleutels erin zaten. Ze beweren dat ze niet in de kofferbak hebben gekeken. Ze namen gewoon de auto mee.'

'Doodsoorzaak?' vroeg Novak.

'Dat weten we nog niet zeker,' antwoordde Kate. Ze nam een ferme slok koffie. 'Maar ze zat in drie koffers die in de kofferbak lagen.'

'O, gadver,' zei Adam vol afkeer. 'Ik haat zulke zaken.'

'Ja, nou, ik ben er ook niet bepaald dol op.' Kate nam opnieuw een slok van haar koffie. 'Het duurt een eeuwigheid voor je die smaak uit je mond hebt. Maar goed, die koffers zijn niets bijzonders. Waarschijnlijk gekocht bij Walmart of zo. Het is zo'n set met koffers van verschillende afmetingen. Carrie zal ons moeten vertellen of er forensisch bewijsmateriaal is, maar dat betwijfel ik. Hij heeft haar daar achtergelaten zodat wij haar konden vinden, net als hij met Eileen Wilkins heeft gedaan. De enige reden die ik kan bedenken is dat ze een waarschuwing moeten zijn aan eventuele andere handlangers die hij nog heeft dat ze hem maar beter niet kunnen belazeren.'

'Zoals hij Rawlings heeft gewaarschuwd met die aanslag op zijn zoon,' begreep Decker. 'Hij denkt dat hij veilig is omdat hij zich vermomt als de Professor wanneer hij dergelijke dingen doet.'

'Hoe zit het met Janet Jungers?' vroeg Novak. 'Weten we iets van haar?'

'Ze was al vijftien jaar verpleegkundige op de spoedeisende hulp,' zei Troy. 'We zijn nog niet in de gelegenheid geweest om met iemand van de afdeling te praten, maar de beveiliger die me gisteravond heeft gebeld zei dat ze zelden een dienst miste. Volgens haar personeelsdossier is ze ongetrouwd.'

'Ik heb iemand haar huis in de gaten laten houden vanaf het moment dat we hoorden dat ze werd vermist,' zei Zimmerman. 'Er is niemand naar binnen gegaan of naar buiten gekomen. We moeten het huis gaan doorzoeken zodra we hier klaar zijn.' Hij keek naar Novak. 'Hoe gaat het met Dani?'

Novak zuchtte. 'Ze leeft, maar ze ligt nog steeds op de intensive care. Het vreet aan me dat we niet weten wie we kunnen vertrouwen. Bailey is nu bij haar, maar zelfs zij kan niet zien of er geknoeid is met een infuuszak. We kiezen verpleegsters voor haar op basis van hun achtergrond en persoonlijke relaties met mensen die we vertrouwen, zoals Carrie Washington. En ze houden haar natuurlijk in de gaten wat betreft infecties. Dat wordt het lastigst.'

Kate stak haar hand uit over tafel en kneep even in zijn hand. 'We kunnen elkaar aflossen. Haar bewaken.'

Hij glimlachte dankbaar. 'Dank je. Het goede nieuws is dat haar bloedwaarden goed waren vóór de aanval, dus ze was gezond toen ze binnen werd gebracht. Diesel heeft haar leven gered.'

'En is nog steeds in het ziekenhuis,' zei Adam zacht. 'Dat wil nogal wat zeggen. Hij heeft zwaar PTSS als het om ziekenhuizen gaat.'

'Heeft ze iets kunnen zeggen over de aanval?' vroeg Decker. 'Heeft haar aanvaller iets gezegd?'

Novak schudde zijn hoofd. 'Ze is nog niet voldoende bij kennis geweest om vragen te beantwoorden. Ze weet dat we er zijn en de paar woorden die ze gezegd heeft waren om ons op te beuren.' Hij moest een paar keer slikken en hij klemde zijn kaken op elkaar. 'Stom mens. Wie gaat er nou zomaar naar de kliniek?'

Adam greep Novaks schouder en kneep er even bijna bruut in. 'Ze is een taaie,' zei hij tegen de rest. 'Het komt wel goed.'

Decker sloot zijn ogen toen hij hard getroffen werd door een hernieuwd schuldgevoel. Vervolgens werd hij nog harder geraakt door een vuist, pal op zijn schouder, en zijn ogen schoten open. Kate stond met haar hand te wapperen. 'Je hebt me geslagen,' constateerde hij verbijsterd.

Kate keek naar Novak en Adam. 'Hij zit zich daar een beetje schuldig te voelen omdat hij gelooft dat hij had kunnen voorkomen dat Dani naar de kliniek ging.'

Novak glimlachte zowaar. 'Dan is hij een idioot.'

Adam zat grinnikend zijn hoofd te schudden. 'Niemand kan Dani dwingen iets te doen en als ze eenmaal iets in haar hoofd heeft, kan niemand haar tegenhouden. Dat is de reden dat het goed komt.'

Novaks grijns veranderde in een oprechte glimlach. 'Maar dank je wel,' zei hij tegen Decker, 'dat je wilde dat je haar had kunnen tegenhouden.' Hij sloeg zijn notitieboekje open, nam zijn pen in de hand en kreeg plotseling een bruuske uitdrukking op zijn gezicht. 'Nou, wat gaan we nu doen? Want ik wil die klootzak echt te pakken krijgen.'

Ze draaiden allemaal hun hoofd om toen er op de deur werd geklopt. De deur ging open en Meredith stak haar hoofd naar binnen. 'Ik heb Wendi Cullen bij me. Mag ze erbij komen?'

'Natuurlijk,' zei Zimmerman en hij gebaarde hen naar binnen.

Meredith werd gevolgd door een vrouw die Decker zich herinnerde van de avond ervoor in de wachtkamer van de spoedeisende hulp. De achterhoede werd gevormd door een agent die Decker nog niet had ontmoet. Maar dat de man van de FBI was, was overduidelijk. Hij kwam rechtstreeks uit de spreekwoordelijke gietvorm.

O ja. Juist. Decker wist het weer. Meredith en Wendi Cullen waren op jacht gegaan naar mogelijke slachtoffers en hadden geprobeerd gebruik te maken van Wendi's contacten in de wijk waar ze haar opvanghuis runde voor vrouwen en meisjes die uit de prostitutie kwamen. Adam had zich zorgen gemaakt, maar Zimmerman had gezegd dat een van hun agenten een oogje in het zeil hield. Meredith had de man weggestuurd omdat zijn aanwezigheid mensen bang maakte.

Decker kon heel goed begrijpen waarom.

'Meredith, mevrouw Cullen,' zei Zimmerman, 'neem plaats alstublieft. Jij ook, agent Colby. We hebben stoelen genoeg.'

Colby gehoorzaamde stijfjes en zei helemaal niets.

Wendi wierp Zimmerman een warme glimlach toe toen hij iedereen aan tafel had voorgesteld. 'Ik waardeer de extra bewaking buitengewoon,' zei ze, 'maar ik heb geen behoefte aan een chaperon. Het geld van de belastingbetaler kan vast en zeker wel beter worden besteed. Bijvoorbeeld met een donatie aan mijn opvanghuis.'

Zimmerman leek verrast, maar een strenge blik van Colby deed de ogen van de chef nog groter worden. 'Eh, juist,' stamelde Zimmerman en hij schraapte zijn keel. 'Meredith en u kunnen de aandacht hebben getrokken van onze verdachte door rondvraag te doen naar wie is benaderd voor de porno-industrie. Na de aanval op dokter Novak zijn we voorzichtig geworden.'

Wendi leunde achterover op haar stoel en keek hem onderzoekend aan. 'Weet u zeker dat u FBI-agent bent, meneer? Want u liegt niet erg goed. Agent Colby volgt me in zijn eigen tijd, nietwaar?'

Colby keek boos, maar hij zei niets.

Zimmerman lachte. 'Nou, ik loog vroeger een stuk beter. Ik zit al te lang achter een bureau.' Hij zuchtte en werd weer ernstig. 'Maar het is waar dat we voorzichtig moeten zijn. Ik had niet verwacht dat onze verdachte op deze manier achter Dani Novak aan zou gaan.'

Wendi keek opzij naar de zwijgende agent naast haar. 'Dank je,' zei ze zacht en Colby's gezicht werd dieprood. 'Ik ben blij met de bescherming voor mij en mijn meiden.' Ze rechtte haar rug en richtte zich tot het gezelschap. 'Ik heb verschillende reacties gehad op de vragen die Meredith en ik twee dagen geleden hebben gesteld. Het bericht doet in de buurt de ronde dat er een psychopaat rondloopt en mensen beginnen te praten en houden elkaar in de gaten. Ik maak me niet zo veel zorgen om mezelf, maar als de man die Dani heeft aangevallen achter de meiden aan gaat die onder mijn bescherming staan... dan weet ik nog niet zo net wat ik zal doen.'

Ze haalde tegelijk met een geheugenstick een dikke bruine envelop uit haar tas. 'Ik heb tot dusver reacties gehad van vier mensen, moeders en grootmoeders die verantwoordelijk zijn voor hun gezin. Ze kwamen langs om eten te brengen, maar dat was een smoes om met me te kunnen praten. Elk van hen had een kind verloren. Drie zijn gewoon weg. Verdwenen. Eén heeft zelfmoord gepleegd. Overdosis pillen.'

Decker bleef roerloos zitten terwijl zijn nekharen overeind gingen staan.

'Ze zeiden stuk voor stuk dat hun tiener plotseling veranderd was,' ging Wendi verder. 'Ze deden stiekem. Waren buitengewoon humeurig. Elk vertelde dat ze bij het doorzoeken van hun kamer drugs hadden gevonden. Coke, pillen en wiet. Ze zeiden allemaal dat toen ze hun kind daarmee confronteerden, het kind te bang was om de waarheid te vertellen. Maar deze moeders hielden vol en zeurden net zo lang tot de kinderen toegaven dat ze seksueel misbruikt waren. Dat de drugs het lokaas hadden gevormd en dat ze nu verslaafd waren. Dat iemand foto's van ze had gemaakt en die op internet had gezet in ruil voor meer dope. En dat als ze zouden vertellen wie dat had gedaan, ze zouden worden vermoord, samen met de rest van hun gezin.'

Decker hoefde zijn aantekeningen niet te raadplegen. Hij had in de jaarboeken van McCords school nog twee kinderen gevonden die overeenkwamen met de gezichten die hij in de bestanden van Diesel had gezien. 'Was Wesley Young een van hen? Was hij degene die een overdosis heeft genomen?'

Wendi draaide zich naar hem om en keek hem geschokt aan. 'Ja. Hoe weet je dat?'

Zimmerman leek ook verbijsterd. 'Ja, agent Davenport. Hóé wist je dat?'

Decker bracht hen op de hoogte en vertelde over de geheugenstick zonder Diesels naam te noemen. Hij had het over een 'geheime informant'. Hij zag dat Novak en Adam beseften wie zijn informant was en dat Meredith en Wendi geen idee hadden. Zimmerman was uiteraard wel op de hoogte geweest van het bestaan van die bestanden, nog voor Decker hem er een dag eerder een kopie van had gegeven.

Maar hij was nog niet in de gelegenheid geweest om zijn baas op de hoogte te stellen van het werk dat hij 's nachts had gedaan.

Decker legde uit hoe hij zijn zoektocht had aangepakt en de theorieën die Kate, Troy en hij die nacht hadden ontwikkeld. 'McCord en die Professor hebben ergens elkaars pad gekruist. Stone is benaderd toen hij op de middenschool zat, dus ik dacht dat de school van McCord een goede plek was om te beginnen.'

'Wanneer heb je dat allemaal gedaan?' vroeg Zimmerman, duidelijk onder de indruk.

Decker voelde een blos vanuit zijn nek omhoogkruipen. 'Gisteravond en vanmorgen.'

'Omdat hij geen slaap nodig heeft,' klaagde Troy. 'Ik geloof nog steeds niet dat hij menselijk is.'

'Ik heb g... verdikkie een week geslapen,' protesteerde Decker, zichzelf op tijd corrigerend.

'Ik ben geen arts, maar ik weet bijna zeker dat een coma niet telt als slaap, Davenport,' zei Adam, die ook onder de indruk leek. 'Maar dit is echt heel goed werk.'

'Daar moet ik het wel mee eens zijn,' voegde Novak eraan toe met wat naar Decker hoopte gespeelde tegenzin was. 'Misschien deug je toch wel.'

'Dank je,' reageerde Decker droog. 'Blij dat ik er eindelijk mee door kan.' Hij keek naar Kate en Troy en zuchtte. 'Ik heb er vanmorgen nog twee gevonden nadat jullie aan de slag gingen met de moord op die verpleegster. Lashonda Hubbell en Trina Pasco.'

Wendi had hem ernstig zitten observeren sinds hij over de stick was begonnen die hij van zijn geheime informant had gekregen en hij nam aan dat ze meer informatie zou willen krijgen, maar in plaats daarvan schudde ze de inhoud van de bruine envelop op tafel. 'Lashonda was een van de kinderen die zijn verdwenen. Ik heb er nog twee die je nog niet hebt gevonden. Dit zijn foto's en signalementen van de vermiste kinderen, inclusief de belangrijkste datums – wanneer hun gedrag veranderde, wanneer ze verdwenen enzovoort.' Haar lippen trilden en ze kneep ze samen. 'Maar het lijkt erop dat deze vent er geen problemen mee heeft om een leven te beëindigen om de losse eindjes weg te werken, dus ik vermoed dat hij ze ook heeft vermoord.'

Het werd even doodstil aan tafel. Toen sprak Zimmerman: 'Over hoeveel van deze tieners hebben we het, Decker?'

'Ik heb niet alle bestanden bekeken,' zei Decker. Hij wenste nu dat hij de moed had gevonden om zichzelf te dwingen dat wel te doen, maar Kate maakte daar een eind aan met een zacht duwtje met haar voet tegen zijn kuit.

'Hou daarmee op,' mompelde ze. 'Je kunt niet alles doen.'

'De pot en de ketel,' zei hij binnensmonds. Vervolgens beantwoordde hij Zimmermans vraag. 'In de McCord-bestanden die ik heb onderzocht heb ik er tien gevonden. De helft was Afro-Amerikaans, de andere helft blank. Acht meisjes en twee jongens. Ze leken allemaal dertien tot vijftien jaar oud. Ze zijn tussen de vijf en tien jaar geleden allemaal verschillende keren gefotografeerd. Ik heb de bestandsnamen genoteerd zodat de ICAC ernaar kan kijken.'

'Tien,' zei Wendi op doffe toon. 'Plus de twee anderen van wie de moeder bij me is gekomen. En dat zijn nog maar degenen van wie we afweten.'

'Hoe zit het met Trina Pasco?' vroeg Decker haar. 'Ze heeft een jaar na Lashonda eindexamen gedaan – ik heb de foto uit haar jaarboek op mijn laptop.' Hij wekte hem tot leven, vond de juiste foto en draaide zijn scherm om.

Wendi begon haar hoofd te schudden, ging toen staan en boog zich over de tafel om de foto beter te kunnen bekijken. 'Ja. Ik heb haar gezien. Ze lijkt niet meer op deze foto en ze heet ook geen Trina meer.' Ze keek op, haar gezicht stond hard, maar haar ogen waren zacht en... vol pijn. 'Ik heb haar minstens twee jaar niet meer gezien, maar de laatste keer dat ik haar zag liep ze te tippelen. Ze gebruikte meth. Ze zag eruit als zestig in plaats van twintig. Ik zou ervan staan te kijken als ze nog in leven is, maar we kunnen eens rondvragen. Stuur mij de andere foto's ook, van degenen die je niet hebt kunnen identificeren. Misschien dat ik ze ken.'

Decker aarzelde. 'Ze zijn nogal schokkend. Ik kan ze zo bewerken dat je alleen hun gezicht nog ziet.'

Wendi ging met een bittere trek om haar mond weer zitten. 'Agent Davenport, ik weet hoe die foto's eruitzien. Er zwerven er genoeg van mijzelf rond op internet. Maar snij ze alsjeblieft bij, dan kan ik ze overal laten zien, als u dat goedvindt, agent Zimmerman.'

Zimmerman wierp een blik in de richting van de immer zwijgende agent Colby, die kort knikte. 'Ik vind het prima, zolang u het goedvindt dat agent Colby met u meegaat.'

Wendi keek naar Colby en zuchtte. 'Kun je er… gewoon uitzien? Ik bedoel… niet als een FBI-agent?'

Eindelijk deed Colby zijn mond open. 'Waarschijnlijk niet. Maar ik zal het proberen.'

'Meer kan ik niet vragen, denk ik.' Wendi gaf een van haar visitekaartjes aan Decker. 'Mijn e-mailadres. Wil je me die foto's zo snel mogelijk toesturen? En op een zeker moment zal ik moeten weten waar die bestanden vandaan komen. Iemand heeft ze verzameld…' Haar ogen fonkelden. 'Je kunt niet voorkomen dat die persoon gestraft wordt door hem je geheime informant te noemen.'

Nu begreep Decker haar onderzoekende blik. 'Zo is het niet gegaan. Ik kan alleen maar zeggen dat het vinden van deze foto's mijn informant… diep heeft gekwetst.'

Wendi richtte haar doordringende blik op Novak. 'Ben je het daarmee eens?'

Novak knikte. 'Ja. Absoluut. Jazeker. Degene die ze heeft gevonden was er niet naar op zoek. Hij kreeg ze in handen terwijl hij bezig was een goede daad van een andere soort te verrichten. Daar kun je op vertrouwen.'

'Oké dan. Want ik vertrouw Dani en ik weet dat ze jou vertrouwt.' Wendi raakte even Merediths schouder aan. 'Zorg jij ervoor dat Kendra niet in dit gevaarlijke gedoe verzeild raakt?'

Meredith glimlachte een beetje spottend. 'Kenny is politieagente, Wen. Ze kan wel voor zichzelf zorgen. Maar omdat ik weet dat jij je zorgen maakt, natuurlijk. Ik hou een oogje op haar.' Ze gebaarde naar de mensen aan tafel. 'Dat doen ze allemaal.'

Merediths spottende glimlach bleef op haar gezicht tot Wendi het vertrek had verlaten, op de voet gevolgd door agent Colby. Toen verdween de glimlach. 'Het gaat niet goed met Kendra.'

24

Cincinnati, Ohio, zaterdag 15 augustus, 10.35 uur

Mallory parkeerde de auto voor de apotheek en deed haar best om niet te huilen. Er was hier geen openbare telefoon en de apotheker van dienst wist bij wie ze woonde en was ervan overtuigd dat ze een gevaarlijke, jeugdige delinquent was die was opgesloten omdat ze tijdens een zenuwinzinking had geprobeerd iemand te vermoorden. Als ze zou vragen of ze de telefoon binnen mocht gebruiken...

Hij zou het te horen krijgen. Daar was ze nog niet klaar voor. Niet eerder dan wanneer ze beloften kreeg van een politieagente die ze kon vertrouwen. Pas wanneer ze er zeker van was dat Macy in veiligheid was.

Hij had altijd al een zender in haar auto gehad. Dat wist ze al sinds de dag dat hij haar met een sluwe, honende grijns de sleutels en een boodschappenlijstje gaf. Dat was de enige manier waarop hij haar een beetje vrijheid zou gunnen. Toch had ze even een snelle blik onder de auto geworpen toen ze die eerste keer dat ze zelf had gereden bij de winkel was aangekomen. Het zendertje was duidelijk zichtbaar en zou gemakkelijk te verwijderen zijn geweest – en dat maakte haar duidelijk dat hij nog een tweede had verborgen op een plek die niet zo zichtbaar was. Het was een test geweest. Dat had ze toen al geweten.

Hij gaf haar de bevestiging met opnieuw een sluwe grijns toen ze terugkwam. *Slimme meid*, had hij gezegd, terwijl hij haar een klopje op haar hoofd gaf. Dus week ze nooit van de weg af. Was ze nooit ongehoorzaam.

Want hij zou het te weten komen. Hij wist het altijd.

Ze sloot haar ogen en probeerde te bedenken wat ze moest doen. Ze had tien dollar in kwartjes. Daar kon ze niets voor kopen. Tenzij... Ze ging rechtop zitten en keek achterom naar de bushalte op de hoek. Misschien kon ze daar de bus mee betalen.

Ze snakte even naar adem toen een taxi een eindje verderop de parkeerplaats op reed. Het was voor een advocatenkantoor. Ze kenden hem daar ook, dus hun telefoon was ook verboden terrein. Iedereen in dit kleine winkelcentrum kende hem. En ze kenden Mallory – of dachten dat ze haar kenden.

Maar een taxi... De chauffeur zou toch zeker wel veilig zijn? *Niet iedereen kent hem.*

Schiet op, Mallory. Maar als ze nou niet genoeg geld had? *Als je het niet vraagt, kom je dat niet te weten ook. Schiet nou op, voor hij wegrijdt.*

Ze slikte een paar keer, stapte uit haar auto en deed hem op slot. Ze stak de sleutel in haar zak, liep naar de taxi en wachtte tot de vrouw die achterin zat uitstapte. De vrouw ging het advocatenkantoor binnen en Mallory boog zich met het hart in de keel voorover om door het raampje aan de passagierskant naar de chauffeur te kijken. Hij was een oudere man met een baard. Hij droeg een tulband. En hij glimlachte naar haar.

Een vriendelijke glimlach. Niet wellustig.

'Kan ik je van dienst zijn?' vroeg hij met een zwaar accent.

Ze deed haar mond open, maar er kwam geen geluid uit. *Hou op. Praat gewoon.* 'Ik moet naar de Kroger op Enright Avenue in Price Hill.' Dat was dichterbij dan de winkel die ze eerder had gebruikt en de enige andere waarvan ze wist dat er openbare telefoons waren. 'Hoeveel kost dat?'

'Minstens twintig dollar, dame.'

De moed zakte haar in de schoenen. 'O. Nou, toch bedankt.' Ze liep bij het raampje vandaan.

'Wacht!' zei hij en hij stapte uit. Hij nam haar over het dak van de taxi onderzoekend op. 'Hoeveel heb je, kind?'

'Tien dollar, maar ik moet er vijftig cent van overhouden.'

De blik in zijn ogen werd zacht. 'Ik zal je brengen voor negen dollar en vijftig cent. Stap in.'

Ze aarzelde, op het laatste moment vol wantrouwen. 'Waarom?'

'Omdat je de indruk wekt dat je bang bent en mijn kleindochter is ongeveer net zo oud als jij. Ik hoop dat iemand haar ook zal helpen als ze alleen maar negen dollar en vijftig cent heeft. Ga achterin zitten. In mijn taxi ben je veilig.'

Mallory snikte verstikt. 'Oké. Dank u.' Ze stapte in, elke spier gespannen en klaar om ervandoor te gaan zodra hij haar met kwade bedoelingen bekeek. Want Mallory wist hoe dat eruitzag.

Hij stapte in en keek haar aan in de achteruitkijkspiegel. 'Hoe kom je van de supermarkt weer naar huis?'

'Ik heb daar met iemand afgesproken.' *Die aardige vrouwelijke agent zal komen als ik haar bel. Hoop ik. Ze zal me ergens in veiligheid brengen. Hoop ik.* En zo niet, dan zou de vrouw haar toch op zijn minst terugbrengen naar haar auto. Hoopte ze. Ze zou voor alle zekerheid zijn recept en het ontsmettingsspul ophalen. Als ze uiteindelijk weer naar huis zou moeten, dan zou het al erg genoeg zijn dat ze veel te laat was. Met lege handen komen binnenstappen zou rondweg stom zijn.

Zijn blik werd ernstig. 'Oké. Ik zal je de volgende vraag maar één keer stellen en ik zal je antwoord respecteren. Heb je de politie nodig?'

Ze slikte moeilijk en de waarheid rolde eruit. 'Ja, maar dat is de reden dat ik naar de Kroger moet. Ik zie haar daar.'

Hij knikte. 'Uitstekend.'

Zaterdag 15 augustus, 10.50 uur

'Hoezo gaat het niet goed met Kendra?' vroeg Decker aan Meredith.

Meredith wierp opnieuw een blik in de richting van de deur, alsof ze verwachtte dat Wendi Cullen weer binnen zou komen en slaakte toen een zucht. 'Omdat ze elk uur dat ze niet bij ons op de spoedeisende hulp was van de ene Kroger naar de andere is gereden. Ze concentreert zich op de winkels met een openbare telefoon. Ze is... geobsedeerd door dat meisje en ik maak me zorgen.' Ze haalde haar schouders op. 'Ik maak me zorgen om Kendra en ik maak me zorgen om het meisje zelf. Zoals Wendi al opmerkte is hij niet te beroerd om een leven te nemen als hij daarmee een los eindje wegwerkt.'

Kate wendde haar blik af. Haar schuldgevoel was duidelijk van haar gezicht af te lezen. 'Ik moet steeds denken dat we Corey Addison misschien niet zo publiekelijk hadden moeten oppakken. Het is alsof we hem de handschoen hebben toegeworpen.'

Decker tikte geërgerd even met zijn vinger tegen haar arm. 'Hou op. Je hebt Sunshine Suzie niet eens genoemd toen je hem uit het gebouw wegvoerde. En jawel, je moest hem wel zo publiekelijk arresteren.

Addisons arrestatie was niet om de Professor uit te dagen. Het was een duidelijke boodschap van ons aan die kindermisbruikers: "Als je het doet, word je gepakt." Dus hou op.'

'Je hebt gelijk,' mompelde Kate.

'Natuurlijk heb ik gelijk,' zei hij en hij glimlachte Meredith verontschuldigend toe omdat ze van haar ongerustheid waren afgedwaald. 'Ik geloof dat we vroeg of laat allemaal wel eens geobsedeerd raken door een zaak. Tenzij je denkt dat het Kendra schade berokkent. Doet het haar kwaad om te zoeken?'

Meredith schudde haar hoofd. 'Ik geloof van niet. En het geeft haar het gevoel dat ze iets productiefs doet. Ik had niets moeten zeggen. Ik vind het gewoon akelig als ik niet in staat ben om de dingen goed te maken voor mensen.'

'Je bent niet de enige,' zei Kate zuur. 'Ik denk dat op dit moment onze beste kans om dat meisje te vinden ligt in eerst de Professor opsporen. Wat voor aanknopingspunten hebben we?'

'We hebben Rawlings nog in hechtenis,' zei Novak. 'Hij weet hoe hij in contact kan komen met de man.'

'We hebben de telefoon van Rawlings onderzocht,' zei Troy. 'We hebben in zijn lijst gebelde nummers het vermoedelijke nummer van de Professor gevonden, maar gasten als hij weten hoe ze hun sporen moeten verbergen. Hij zal over verschillende nummers beschikken. En hij heeft de telefoon uitgezet of anders heeft hij Rawlings geblokkeerd, want elke keer dat we naar dat nummer belden kregen we de voicemail. We hadden het er gisteravond over dat we moesten proberen volwassenen te vinden die nu clean zijn en niet meer gebruiken en ze vragen naar hun geschiedenis met de Professor. Als we er maar één konden vinden, dan kunnen we diens naam gebruiken om contact te leggen. Net doen of hij weer voor de verleiding is bezweken en een ontmoeting regelen.'

'Ik voel er niet veel voor om burgers als lokaas te gebruiken,' zei Zimmerman. 'Ook als wij zelf bellen, dan nog kan hij terugkomen en hun gezin uitmoorden.'

Adam fronste nadenkend zijn voorhoofd. 'En als die persoon een politieman is?'

Iedereen draaide zich verrast naar hem toe, Meredith nog het meest van allemaal. 'Adam?' zei ze verbijsterd.

'O, nee,' zei hij hoofdschuddend. 'Ik niet. Ik heb nooit iets van hem gekocht. Maar er moeten politiemensen zijn die dat wel hebben gedaan, anders zou hij niet twintig jaar lang straffeloos hebben kunnen opereren. We weten dat iemand informatie naar hem lekt over de McCord-bestanden – we weten nog steeds niet wie heeft getekend voor de harddrive die uit McCords huis is gehaald, maar we weten wel dat het Scarlett niet was. Stel dat de politieman die hem van informatie voorziet ook drugs van hem koopt.'

'Goed punt,' zei Zimmerman. 'Maar we weten nog steeds niet wie ons lek is.'

'Misschien kunnen we een val opzetten,' zei Kate zacht. 'Informatie verstrekken die ze niet kunnen weerstaan om door te geven aan de Professor.'

Zimmerman dacht erover na en knikte. 'Laten we dat proberen. Dat neem ik voor mijn rekening. Ik heb betrokkenheid van de politie al ter sprake gebracht bij de hoofdinspecteur. Ik moet mijn liegvaardigheden trouwens toch oppoetsen.'

Kate's mondhoeken gingen omhoog. 'Ik weet zeker dat u een eersteklas leugenaar kunt zijn, meneer.'

'Slijmbal,' snoof Novak. 'Terug naar Rawlings. Hij weet meer dan hij wil laten merken. En we weten nog steeds niet hoe hij Alice heeft vermoord. Hij had hulp, bereidwillig of anderszins. Ik ben niet de juiste persoon om terug te gaan naar de gevangenis, maar iemand zou dat moeten doen. Een echte vleier.'

Kate keek Decker glimlachend aan. 'Een slangenbezweerder.'

'Ik vind het vreselijk als je me zo noemt,' reageerde Decker. 'Ik haat slangen.'

Zimmermans lippen trilden. 'Uitstekend. Jullie twee gaan naar de gevangenis. Gebruik de foto's die je gisteravond hebt gemaakt om de gevangenen te doen geloven dat hij heeft gepraat.'

'Of dat hij verslagen is en niet langer een bedreiging vormt,' zei Kate. 'Je weet wel, *ding dong, de heks is dood*. We improviseren wel.'

'Ik kan wel even een pauze gebruiken van het bekijken van de foto's van die kinderen,' gaf Decker toe.

'Het is niet eenvoudig,' zei Adam zacht. 'Maar over foto's gesproken, ik heb naar dat slaapkamerraam in de Suzie-video's zitten kijken. De meeste beelden zijn gemaakt terwijl het buiten donker was en je kunt sterrenbeelden buiten het raam zien. Ik weet niet of ik daar iets mee kan of niet, maar het is een detail dat ons kan helpen in ieder geval in algemene zin de locatie te bepalen. We gaan er nog steeds van uit dat hij uit de omgeving komt omdat hij hier drugs verkoopt. Maar we weten ook dat hij soms maanden niet verkoopt, dus misschien is hij dan aan het filmen. En misschien maakt hij zijn films niet hier in Ohio. Ik heb geen zin om plaatselijk naar een studio te zoeken die hier helemaal niet is.'

'Ook een goed punt,' mompelde Zimmerman.

'Bovendien is de laatste Suzie-video drie jaar geleden geüpload. Hij heeft recenter met McCord gefilmd. Als hij dezelfde set en dezelfde locatie heeft gebruikt, dan zouden we in staat moeten zijn om die te vergelijken met de video's die op de stick staan die Deckers informant heeft geleverd. Ik heb nu de beschikking over de beste FBI-software, dus laat mij blijven zoeken naar de studio.'

'Oké.' Zimmerman raadpleegde zijn eigen lijst. 'Ik heb een paar dingen. Carrie Washington heeft de maaginhoud van de zoon van Rawlings onderzocht – de ricine komt wat puurheid betreft overeen met wat er bij Alice is gebruikt en wat er in die gasgranaat zat die hij naar jou heeft gegooid, Kate. Dat is weer een puntje op een i, niet dat we dat nodig hadden. Alles wijst erop dat het om een en dezelfde vent gaat.' Hij sloeg een pagina om. 'O. Dit is heel interessant, maar voor ik het voorlees wil ik jullie eraan herinneren dat we geen gebruik zullen maken van burgers bij onze pogingen om deze dealer te arresteren. Oké? Oké. Ik kreeg vanmorgen een mailtje van inspecteur Isenberg. Weten jullie nog, mevrouw Chalmers? De moeder van Charlie?'

'Ja,' zei Kate. 'Ik kon haar gisteravond niet uit mijn hoofd zetten. Alles goed met haar? Ze heeft toch niet... zichzelf iets aangedaan?'

'Geen zelfmoord, als dat is wat je bedoelt,' zei Zimmerman. 'Dit is gisteravond gebeurd nadat Decker en jij weg waren gegaan uit het ziekenhuis. Mevrouw Chalmers werd zo hysterisch dat ze haar een kalmerend middel hebben moeten geven. Haar toestand werd bijna kritiek. Bleek dat ze al high was toen ze op de spoedeisende hulp kwam. Methamfetamine. Ze had een flesje vol pillen in haar tasje. Ze gebruikt al een tijdje. En raad eens bij wie ze kocht?'

'Professor Klootzak,' antwoordde Novak bitter.

Decker keek naar Kate. Hij was onder de indruk, maar ook verontrust. 'Je had gelijk. Voetbalmoeders en carrièrevrouwen. Charlie's moeder stond pal voor onze neus.'

Kate haalde diep adem. 'Meneer, met alle respect, maar ik ben het er niet mee eens om geen gebruik te maken van burgers om deze man te pakken. Hij heeft haar zoon vermoord. Ik kan me niet voorstellen dat hij nu nog iets kan doen wat erger is. Als ze ons zou willen helpen, dan zeg ik, laten we daar gebruik van maken.'

'Je protest is genoteerd,' zei Zimmerman. 'Het antwoord blijft nee. Bovendien is deze vrouw geestelijk niet in staat om de consequenties te overzien van eventuele hulp aan ons. Ze is gisteravond bijna doodgegaan. Ze moesten de defibrillator gebruiken om haar terug te halen. En zelfs als ze wel in staat was om in te stemmen, dan zou Professor Klootzak daar niet in trappen.' Zimmerman klemde zijn kaken op elkaar en zijn ogen stonden somber. 'Hij weet dat zij weet dat hij haar zoon heeft vermoord. Hij zal niet geloven dat een eventuele toenadering van haar kant niet gericht is op wraak.'

Ze knikte verdrietig. 'U hebt gelijk. Dat weet ik wel. Maar... verdomme.' Haar ogen begonnen te glinsteren en ze haalde even diep adem. 'Verdomme.'

'Ik weet het, Kate,' zei Zimmerman op vriendelijke toon. 'Ik weet het echt. Maar we zullen een andere manier moeten zien te vinden.'

'We moeten nog steeds Alice's videobanden analyseren,' zei Troy. 'Ik zal wel amateurporno gaan bekijken. Voor het team.'

Kate hikte een lach. 'Verdorie, Troy. Jij –'

'Hé, jij bent degene die zei dat we af en toe eens moesten lachen, weet je nog?'

Ze keek hem glimlachend aan. 'Ja. Je bent een goeie nieuwe partner.'

Troy nam een trotse en zelfvoldane houding aan. 'Weet ik.' Toen zuchtte hij. 'Maar serieus, ik vind die films vreselijk. Alice is... was... nogal luid.' Hij huiverde. '"Pak me, schat, pak me lekker,"' voegde hij er met een falsetstem aan toe. 'Die stukken moet ik doorspoelen. Maar de bedgesprekken na afloop... daar halen we misschien informatie uit die we daadwerkelijk kunnen gebruiken. Voorlopig concentreer ik me op de gezichten van haar partners. Van allemaal. En met "allemaal" bedoel ik verrekte veel.'

Zimmerman schraapte zijn keel. 'En na deze mededeling kunnen jullie gaan.'

Iedereen stond op, hoofdschuddend vanwege Troy's smakeloze – maar o zo noodzakelijke – gevoel voor humor. Toen verstijfden ze omdat de telefoon in het midden van de tafel overging.

'Ik heb tegen mijn secretaresse gezegd dat ze alleen belangrijke telefoontjes mocht doorschakelen,' zei Zimmerman terwijl hij de hoorn van de haak nam. 'Met Zimmerman.' Hij luisterde enkele ogenblikken. 'Welke?' Toen knikte hij naar Meredith, die opkeek van haar mobiele telefoon, waar een bericht was verschenen. 'Blijf waar je bent, agent. Ga nog niet naar haar toe. Ik stuur versterking.' Hij hing op. 'Heeft Kendra een sms gestuurd?'

Meredith knikte. 'Haar obsessie heeft zich uitbetaald. Ze zag het meisje zojuist uit een taxi stappen en een telefoontje plegen met de openbare telefoon, waarna ze de Kroger op Enright binnenging. Ik moet daar snel heen. Wie kan me daar met zwaailichten heen brengen? Kate?'

'Kate gaat mee, maar jullie krijgen allebei versterking.' Zimmerman wees naar Adam. 'Jij gaat met Meredith mee. Blijf uit het zicht. Ik wil niet dat het meisje schrikt en op de vlucht slaat. Kate, jij gaat met Troy. Decker, Deacon, jullie kennen je opdracht. Op pad.'

Kate kneep onder de tafel even in Deckers knie. 'Ik zal uitkijken. Maak je geen zorgen.'

Maar dat deed Decker uiteraard wel. Hij verroerde zich niet en bleef aan tafel zitten terwijl iedereen, met inbegrip van Zimmerman, die de versterking ging regelen, zich naar buiten haastte. 'Kate's idee van "uitkijken" is niet mijn idee van "uitkijken",' mompelde hij.

Novak had zich ook niet bewogen. 'O, dat weet ik,' mompelde hij terug. 'Weet je, ik heb niet echt een opdracht gekregen.'

'Ik vermoed dat het Zimmermans bedoeling is dat je teruggaat naar het ziekenhuis om bij Dani te zijn.'

'En ik denk dat het zijn bedoeling was dat jij terug zou gaan naar het schuiladres om te gaan rusten.'

'Vergeet het maar.'

Novak trok een witte wenkbrauw op. 'Wat moet ik vergeten, jouw opdracht of de mijne?'

'Maakt niet uit. Allebei. Heb je een auto?'

'Jazeker. En ik wil die hufter echt graag te pakken krijgen.'

Ze keken elkaar even aan terwijl ze de situatie en elkaar beoordeelden. 'Jij rijdt,' zei Decker.

Novak knikte. 'Kom op.'

Zaterdag 15 augustus, 11.00 uur

Waar hing ze verdomme uit? Hij keek voor de tiende keer door het raam naar buiten. Hij wist dat Mallory niet de oprijlaan in zou draaien, omdat ze nog steeds bij die verrekte apotheek was. Hij vroeg zich opnieuw af of het verstandig was geweest om haar geen mobiele telefoon te geven, maar kwam tot de conclusie dat hij gelijk had gehad om dat niet te doen. Mobiele telefoons betekenden vrijheid. Hij had haar al genoeg vrijheid gegeven met de auto. Maar dat zou veranderen zodra ze thuis was. Ze zou niet meer naar de supermarkt kunnen gaan als ze niet in staat was om daar binnen een redelijk tijdsbestek naartoe en weer terug te rijden.

Hij bewoog zijn schouder en vertrok zijn gezicht van de pijn. De wond was echt goed ontstoken. Mallory moest als de sodemieter thuiskomen.

'Pardon, meneer?'

Hij plakte een glimlach op zijn gezicht en draaide zich om naar de oudste van de vier die hij had uitgekozen. 'Ja, Seth?'

'We vroegen ons af of we wat mogen drinken in de woonkamer.'

'Natuurlijk.' Hij zette de deur van de koelkast wijd open. 'Er is Coke, Sprite, limonade en nog een paar lightdrankjes.'

De jongen vertrok zijn gezicht. 'Geen lightspul. Dat zit vol chemicaliën.'

Coke ook, dacht hij. *Beide soorten.* 'Pak maar waar je zin in hebt.'

De jongen pakte vier blikjes cola. 'Dank u. We wilden *Eyes Wide Shut* gaan kijken,' voegde hij eraan toe, met een zweem van aarzeling in zijn stem.

Een van de gewaagdere films voor boven de achttien. 'Die vind ik goed. Ik kom over een tijdje met jullie meekijken. Ik moet eerst nog een paar dingen voor mijn werk doen. Er is ijs en er zijn hapjes voor als jullie trek krijgen.'

'Dank u,' zei de jongen, o zo beleefd, maar er lag een blik in zijn ogen die zei dat hij een sukkel had gevonden en die situatie zo ver zou uitmelken als hij maar kon.

Uitstekend. Precies het soort leider dat hij nodig had om deze kinderen de snelle behandeling te geven.

Hij ging naar zijn kantoor en nam een handvol ibuprofen, in de hoop dat die de pijn een beetje zouden verminderen. Hij wilde niet iets sterkers nemen. Hij moest alert blijven. Klaarstaan.

Zijn mobiele telefoon ging over en hij fronste zijn voorhoofd. *Dat kan maar beter niet opnieuw Rawlings zijn.* De lul had hem tien keer gebeld sinds hij was opgepakt. Maar het was Rawlings niet, zag hij toen hij op het schermpje keek. Dit was misschien nog wel erger. 'Ja?'

'Je moet uitkijken.'

Hij fronste opnieuw zijn voorhoofd. 'Wat is er gebeurd?'

'Ze hebben gisteren een vent gearresteerd. Corey Addison. Heb je het nieuws gezien?'

'Nee, ik had het druk.' *Met neergestoken worden en Griffin Davenport opnieuw mislopen.*

'Addison is opgepakt wegens het bezit van kinderporno.'

Hij was blij dat hij zat. 'O?'

'Hij is uit zijn kantoor gehaald door speciaal agent Kate Coppola.'

Hij onderdrukte de grom die in zijn keel opwelde. Hij had haar moeten doden toen hij de kans had. *Smerige kutkevlar. Kutarm. Kuttige getatoeëerde klootzak die dat kutmes had gegooid.* 'En?' vroeg hij, erin slagend zijn toon luchtig te houden.

'En ze was in gezelschap van agent Kendra Cullen. Ze waren om zes uur en om elf uur op het nieuws en op elke nieuwsbron op internet.'

Kom verdomme ter zake. 'Nogmaals... en?' Hij zag kans verveeld te klinken.

'En... Cullen is een kersverse agente. Ze is nog geen twee jaar van de politieacademie af.'

O. 'Waarom gaat een kersverse agent mee met een ervaren FBI-agent bij een aandacht trekkende arrestatie?'

'Precies. Ik ben een beetje gaan graven en heb gezien dat Cullen vorige week een verslag heeft ingediend. Ze is tussenbeide gekomen toen Corey Addison een jonge vrouw lastigviel. Hij noemde haar Sunshine Suzie.'

Kut, kut, kut. Hij haalde onzeker adem. 'En?'

'En Sunshine Suzie heeft net naar de meldkamer gebeld, die weer een bericht heeft doorgegeven aan agent Kendra Cullen met het verzoek haar te ontmoeten bij de Kroger op Enright.'

'Onmogelijk. Mallory is bij de apotheek.'

'Weet je het zeker? Het klinkt alsof ze bij de Kroger is.'

Hij wist alleen maar zeker dat haar áúto bij de apotheek was. Plotseling viel alles op zijn plaats. Ze zat er al dagen op te vlassen om naar de supermarkt te kunnen. Ze had gisteren niet naar een andere winkel willen gaan. Ze wás iets van plan. *Verdommese kutzooi.*

'Dank je.'

'Geen dank. Gebruikelijke betaling.'

'Natuurlijk. Tot later.' Hij verbrak de verbinding en liet zijn hoofd in zijn goede hand vallen. *Denk. Denk na, verdomme.* Ze zou niet praten. Niemand zou haar geloven.

Dat was misschien vorige week waar geweest. Afhankelijk van wat ze wist...

Fuck. Hij greep zijn sleutels en haastte zich de woonkamer in. Vier paar ogen keek naar hem op. Hij dwong zichzelf te glimlachen. 'Jongens, ik zit met een noodgeval in de familie. Kan ik erop vertrouwen dat jullie hier blijven en geen problemen zullen veroorzaken?'

Seth knikte. 'Ik zal ervoor zorgen dat iedereen zich gedraagt.'

'Pff.' Het oudere meisje trok een gezicht. 'Het is eerder zo dat wij meisjes jullie jongens in het gareel houden.' Ze keek hem glimlachend aan. 'We redden ons wel, meneer. Ik hoop dat alles in orde komt.'

'Het komt allemaal in orde,' zei hij met een valse glimlach. Hij liep in een normaal tempo naar de deur, maar toen hij eenmaal buiten was, rende hij naar zijn Mercedes.

Zaterdag 15 augustus, 11.50 uur

'Daar.' Kate wees naar Kendra. Ze stond tegen een auto geleund die op een parkeerplaats voor gehandicapten was neergezet. De auto had een invalidensticker, dus het was niet die van Kendra. De agente hield haar blik strak op de voordeur van de Kroger gericht. Troy stopte achter de auto en Kate deed haar raampje omlaag. 'Is ze nog steeds binnen?'

Kendra knikte. 'Ja. Mijn partner staat achter de winkel met onze politiewagen voor het geval ze schrikt en ervandoor wil. Mocht ze aan die kant naar buiten komen, dan heeft hij een foto van mij die hij kan laten zien om haar te kalmeren.'

'Je zei dat ze is afgezet door een taxi?' vroeg Troy.

Kendra knikte. 'Ik zou haar hebben gemist als ik op dat moment niet naar de telefoons had staan kijken. Ik verwachtte die roestbak van haar.'

'Ik weet niet of we die ooit nog te zien krijgen,' zei Kate zacht. 'Die is gebruikt bij de aanval op Dani.'

Kendra's ogen werden groot, maar haar ogen lieten de voorkant van de winkel niet los. 'Dat had ik niet gehoord.'

Als het aan Kendra ligt, gaat het meisje niet weg, dacht Kate. 'We houden sommige details buiten de pers. O, daar komt Meredith.' Adam was voor de winkel gestopt om haar te laten uitstappen. 'Zij en ik gaan de winkel binnen. Om te winkelen.'

Kendra fronste haar wenkbrauwen. 'Met alle respect, agent Coppola, maar je ziet eruit als politie. Meredith niet. Misschien jaag je het meisje weg.'

Kate zuchtte. 'Ik weet het. Dat is al vaker tegen me gezegd.' Ze wierp Troy een boze blik toe, wiens mond vertrok, maar hij zei wijselijk niets. 'Maar ik moet Meredith dekken. Adam ziet er nog meer uit als politie dan ik.' Ze deed haar raampje omhoog en zei zacht tegen Troy: 'Hou je Kendra in de gaten?'

Troy knikte. 'Ze neemt het erg serieus, hè?'

'Dat klinkt vriendelijker dan "obsessief",' mompelde ze terug en ze voegde zich bij Meredith, die bij de ingang van de winkel stond. 'Ik kom achter je aan, maar op een afstandje. Je draagt toch een kogelwerend vest, hè?'

'Ja, en het jeukt als de pest.'

'Ik was gisteravond anders heel blij met het mijne.'

Meredith trok haar wenkbrauwen op. 'Dat heb ik gehoord. We moeten het later eens hebben over de risico's die je neemt, Kate.' Ze pakte een wagentje en ging de winkel binnen.

Kate nam een mandje en gooide dat vol met blikken van het eerste schap dat ze tegenkwam. Ze konden nog goed van pas komen als ze een afleidingsmanoeuvre nodig had. *Zo veel winkelend publiek. Rond de middag op een zaterdag? Suzie had geen slechter tijdstip kunnen kiezen.*

Maar het meisje was vastbesloten geweest om hier te komen. *Een taxi. Wauw.*

Kate liep achter Meredith aan en hield haar vanaf de displays op de kop van de gangen in de gaten. Ze kregen het meisje allebei tegelijk in het oog. Ze stond bij de kassa, waar ze verbandmiddelen afrekende. Ze zag er precies zo uit als op de foto die Kendra van het web had geplukt, vrijwel helemaal niet ouder. Ze maakte een nerveuze, maar vastberaden indruk. Ze zag er ook mishandeld uit. Op haar wang was nog steeds een vervagende blauwe plek te zien en haar lip was gespleten. *Maar ze leeft.*

Meredith liet haar wagentje voor wat het was en liep nonchalant om de kassa's heen. Kate kwam achter haar aan en belde ondertussen met haar mobieltje naar Troy. 'Ze komt naar buiten,' zei ze gedempt en ze verbrak de verbinding.

Het meisje bleef bij de stoeprand staan en keek ongerust eerst de ene en toen de andere kant op. Toen ze Kendra overeind zag komen en haar hand opsteken, verscheen er een uitdrukking van enorme opluchting op het gezicht van het meisje. Ze begon haar wagentje naar de overkant van de straat te duwen.

En toen brak de hel los. Kate zag vanuit haar ooghoeken de donkergroene Mercedes waarvan de motor jankte, luid genoeg om het geluid van wagentjes en winkelend publiek te overstemmen. Hij spoot vooruit en racete over de baan voor het inladen recht op het meisje af. Kate trok haar wapen en rende in de richting van het meisje, maar niet hard genoeg om de auto te snel af te zijn.

Mensen gilden en Kate legde aan. Ze had één mogelijkheid om te schieten zonder dat zich winkelend publiek in haar schootsveld bevond, dus dat deed ze. Nog meer gegil vulde haar hoofd, maar ze concentreerde zich op het achterraam van de auto, dat mat werd toen de kogel insloeg, maar niet kapotging. De auto scheurde met piepende banden weg over de drukke parkeerplaats, zodat de mensen daar gedwongen waren opzij te springen. De klap van metaal op metaal gevolgd door een gil deed haar maag omdraaien. Een oudere vrouw was er niet in geslaagd op tijd weg te komen.

Toen klonk het geluid van een andere auto die gas gaf. Een grote zwarte SUV met Deacon achter het stuur en Decker op de passagiersstoel. Ze waren achter de Mercedes aan gegaan, maar hadden vaart geminderd toen de oude dame neerging.

Kate nam in één oogopslag de situatie in zich op. Suzie lag op straat, de ogen gesloten en volstrekt bewegingloos. Haar been lag in een onmogelijke hoek. Ze bloedde uit een hoofdwond, maar Meredith zat over haar gebogen en Adam Kimble en Kendra hadden hun wapen getrokken en zorgden voor dekking.

Kate rende in de richting van het oudere slachtoffer, ondertussen naar Deacon gebarend dat hij moest doorrijden. De SUV gaf weer gas en ging achter de Mercedes aan.

Het hele verloop van de gebeurtenissen had nog geen halve minuut in beslag genomen. Kate knielde bij de oude vrouw, die meelijwekkend lag te kreunen. Kate zag dat Adam aan het bellen was en wist zeker dat hij om assistentie vroeg. 'Ik ben speciaal agent Coppola. We hebben een ambulance gewaarschuwd. Probeer stil te blijven liggen.'

Toen Adam klaar was met bellen, toetste ze zijn nummer in. 'Ik heb hier nog een slachtoffer. Ze is gewond, maar bij bewustzijn.'

'Ik heb haar gezien. Ik heb twee ambulances laten komen,' zei Adam. 'Die groene Mercedes...?'

'Die voldoet aan de beschrijving van de auto die Delores gisteravond zag. Is het meisje...'

'Ze leeft. Niet bij bewustzijn.'

De moed zonk Kate in de schoenen, maar haar telefoon ging over, zodat ze zich moest blijven concentreren. 'Ik heb een ander gesprek.' Ze tikte op haar scherm en hoorde de stem van Decker, krachtig, maar kwaad.

'Hij is weg. Hij heeft de Mercedes achter de winkel gedumpt, maar hij is er eerst nog mee door een rij geparkeerde auto's geploegd, We zijn nu aan het controleren of er iemand in die auto's zat, maar zo te zien waren ze allemaal leeg. Ze zijn waarschijnlijk van mensen die in de winkel werken. Deacon en ik hebben hem niet goed kunnen bekijken. Jij wel?'

'Nee. De auto had getinte ramen.'

'We hebben geen flauw idee wie we zoeken, Kate.'

'Ik weet het.' De man maakte gebruik van vermommingen. 'Hij kan iedereen zijn. Bel Adam en laat het hem weten.'

'Waar is de versterking van het CPD?'

Inspecteur Isenberg had vier onopvallende auto's gestuurd. 'Die hebben de uitgangen afgezet en houden de mensen op afstand. Ik kan er twee zien.' Ze gebaarde naar een van de auto's dat ze moesten komen om bij de oudere dame te blijven tot de ambulance zou arriveren. 'Ik ga even rondlopen op het parkeerterrein aan de voorkant.'

Ze verbrak de verbinding en liep door de menigte, op zoek naar de ogen die haar de avond ervoor hadden aangestaard, vlak voor hij haar in de borst schoot, maar ze zag er geen die ook maar in de buurt kwamen. Ze zag dat Troy bezig was een gebied af te zetten en liep op een draf naar hem toe om hem te helpen. 'Niets,' zei ze bondig.

Troy haalde zijn schouders op. 'Dat dacht ik al. Hij kan overal zitten.'

Het overgaan van haar telefoon bespaarde haar een antwoord. Decker weer. 'Ja?'

'Was Kendra hier met haar partner?' vroeg Decker. 'Blanke man van een jaar of veertig?'

Kate liet mismoedig haar schouders zakken. 'Ze zei dat hij de achterkant in de gaten hield. Hij zat in hun politieauto.'

'Daar waren we al bang voor. We weten nu hoe de Professor is ontsnapt.'

'Hij heeft de politieauto gestolen,' zei ze zacht. 'Leeft haar partner nog?' vroeg ze en Troy naast haar zuchtte.

Deckers aarzeling gaf al antwoord op de vraag voor hij iets had gezegd. 'Nee. Hij is twee keer geraakt. Eén keer in de slaap en een keer achter in het hoofd. Zijn wapengordel en dienstpistool zijn verdwenen. Net als zijn overhemd en pet. Overal liggen knopen. Zijn overhemd is letterlijk van zijn lijf gescheurd. Er zitten zo te zien sporen van een geluiddemper op zijn huid. Het is snel gegaan. Het heeft hooguit twee minuten geduurd. Deze vent is rap, Kate. Hij denkt razendsnel. We zagen de politieauto zelfs nog rijden, maar we dachten dat hij bij de versterking hoorde, dus hebben we er geen aandacht aan besteed. Hij is weggereden via de toegangsweg achter de winkel. We waren verdomme maar een paar meter bij hem vandaan,' besloot hij bitter. 'Novak is bezig een opsporingsverzoek te laten uitgaan. We hadden hem bijna. Verdomme.'

'Geweldig,' zei Kate. Ze voelde zich plotseling zo moe dat ze wel kon janken. 'In één woord geweldig.'

Troy stootte haar aan. 'Kate. Adam staat te zwaaien dat we naar hem toe moeten komen.'

'Ik bel je wel terug,' zei ze tegen Decker en Troy en zij renden naar de plek waar Adam op zijn hurken aan de linkerkant van het meisje zat. Meredith zat geknield aan de andere kant en hield haar hand vast. Kendra hield de wacht en keek zonder iets te zeggen toe.

De ogen van het meisje waren dicht en haar ademhaling ging onregelmatig. Haar been was gebroken en het bot stak door haar huid naar buiten. Kate kon het wel verdragen om naar een lichaam te kijken dat in stukken was gesneden en in een bij elkaar passende set koffers was gestopt, maar de aanblik van dat bot maakte haar misselijk. *De pijn moet onverdraaglijk zijn.*

Kate maakte haar blik los van het gebroken been en keek naar Kendra. *Ze weet het nog niet*, dacht Kate. *Ik mag het haar vertellen. Geweldig.*

'Kendra,' begon Kate voorzichtig. 'Ben je vandaag met je partner in de auto hierheen gekomen?'

'Nee, ik heb hem gebeld toen ik haar uit die taxi zag stappen. Hij is hier naar me toe gekomen. Waarom?' Maar iets in de uitdrukking van Kate moest het haar duidelijk hebben gemaakt, want Kendra's ogen werden groot van afschuw. 'Nee. Néé!'

Kate legde haar hand op de arm van de jonge vrouw. 'Ik...' Ze had geen idee wat ze moest zeggen.

Troy nam het van haar over. 'Kom met me mee, agent Cullen,' zei hij vriendelijk. 'We zullen in mijn auto wachten.'

Kendra liet zich verdoofd wegleiden.

Adam keek met een grimmige blik naar Kate. 'Is haar partner dood?'

Kate knikte. 'En de politieauto is verdwenen.'

Meredith sloot haar ogen. 'Dit is een nachtmerrie.'

'Kom eens omlaag,' zei Adam. 'Ik wil niet hoeven schreeuwen.'

Kate ging onmiddellijk op haar hurken zitten en hield een oor voor Adams mond zodat hij kon fluisteren. 'Ze heeft heel even haar ogen opengedaan. Zei dat ze Mallory heet. Zei dat we de kinderen in zijn huis moeten redden. En ook dat we Macy moeten redden.'

Kate fronste haar wenkbrauwen. 'Wie is Macy?' fluisterde ze terug.

Meredith veegde het haar uit het gezicht van het meisje. 'Dat weten we niet. Behalve dat Mallory bereid is haar leven te wagen om haar te redden.'

25

Cincinnati, Ohio, zaterdag 15 augustus, 12.45 uur

Haal adem. Haal rustig adem. In een poging zijn hartslag omlaag te brengen zoog hij lucht naar binnen door zijn neus. *Dit is niet het moment voor paniek. Dit is een moment om helder en logisch te denken.* Hij zou hieruit weten te raken. Dat zou hij zeker.

Mallory had de politie gebeld. Hij kon het nog steeds niet geloven. *Ik had die trut lang geleden al moeten vermoorden.*

Hoe? Hoe had dit kunnen gebeuren? *Te veel vrijheid.* Hij had haar te veel vrijheid gegund.

Maar dat deed er nu niet toe. Hij moest de losse eindjes wegwerken, maar elke keer als hij even niet keek, kwamen er weer losse eindjes bij.

In ieder geval weten ze nog steeds niet wie ik ben. Hij had de hele tijd dat hij in de gestolen auto rondreed naar de politieradio geluisterd. Er was nog steeds geen opsporingsbericht voor hem. *Voor de Professor, ja, maar niet voor mij.* Niemand wist hoe hij er werkelijk uitzag. Nog niet.

Dat betekende dat Mallory nog niet had gepraat, waarschijnlijk omdat ze nog buiten bewustzijn was, zoals op de politieradio werd verteld. Als ze eenmaal aan het praten sloeg zodra ze weer bij kennis was, zouden ze veel te veel weten. *Ik had dat kutwijf vanochtend moeten vermoorden.*

Maar dat had hij niet gedaan en daar stond hij dan, op de stoep bij Gemma's achterdeur, te trillen als een espenblad. Hij had niet aangebeld. Hij wilde niet dat ze wist dat hij er was.

Bovendien had hij een sleutel. Hij haalde hem tevoorschijn, slaagde erin de deur van het slot te draaien en de deur open te duwen. Hij graaide de sleutels van Gemma's MPV van het rekje bij de achterdeur. Hij had de gestolen politieauto een halve kilometer terug achtergelaten op het parkeerterrein van een drukbezocht winkelcentrum. Hij had de tas met zijn gereedschap meegenomen – hij had de tegenwoordigheid van geest gehad om die mee te nemen uit de Mercedes voor hij die achterliet en het resterende stuk naar Gemma's huis was hij gaan lopen. Onderweg had hij het gescheurde overhemd en de pet van de dode agent in een vuilcontainer gegooid.

Hij sloop door het huis en luisterde. Zijn zwager was naar zijn werk, maar Gemma moest hier ergens zijn. Waarschijnlijk weer bezig stoned te worden. Hij kon de televisie in Macy's slaapkamer horen. Het geluid van tekenfilms. Hij ging naar de kast en schakelde het alarmsysteem uit. Zijn camera's waren verbonden met een onafhankelijk systeem en waren zo goed verborgen dat Gemma en haar man nooit hadden vermoed dat ze er waren. En dat wilde hij graag zo houden.

Hij moest Gemma in de gaten kunnen houden wanneer ze erachter zou komen dat haar kind was ontvoerd. Hij moest zeker weten dat ze niet helemaal door zou draaien of dat haar politie-echtgenoot één en één bij elkaar op zou tellen en voor het eerst van zijn leven op twee uit zou komen.

Hij was van plan om Macy gewoon mee te nemen en haar verborgen te houden tot het tijd was om haar te filmen. In de tussentijd zou hij in het openbaar als de aardige oom en peetvader die hij was treuren om haar ontvoering.

Het feit dat hij Macy in handen had zou Mallory voorlopig wel koest houden, in ieder geval tot het moment dat hij dichtbij genoeg kon komen om te voltooien wat hij op de parkeerplaats had geprobeerd te doen. *Haar afmaken. Hopelijk op een pijnlijke manier.*

Hij zocht in de kast naar iets waarmee hij zijn gezicht kon bedekken. Hij verwachtte niet dat Gemma een bivakmuts zou hebben, maar een oude ijsmuts zou voldoende zijn. Hij vond er een tussen de winterspullen en trok die zo ver over zijn hoofd dat zijn ogen en neus bedekt waren, met alleen zijn lippen nog zichtbaar.

Voor het geval ze camera's hadden waar hij niets vanaf wist. Hij deed de muts lang genoeg af om met zijn mes gaten voor zijn ogen te maken. Het was niet ideaal, maar het kon ermee door.

Hij deed zijn tas open en pakte de ether die hij had meegenomen. Hij was van plan geweest het spul bij Mallory te gebruiken wanneer ze uit de winkel kwam. Maar de politie was hem voor geweest. Ze hadden op haar staan wachten, hadden haar omsingeld.

Als hij volledig over zijn rechterhand had kunnen beschikken, zou hij haar tussen de ogen hebben geschoten. maar hij wist dat hij nooit van zijn leven met zijn linkerhand een bewegend doelwit had kunnen raken, niet van die afstand. Dus had hij het enige gedaan wat hij kon bedenken en dat was de Mercedes als wapen gebruiken.

Hij goot net genoeg ether op een doek om Macy buiten bewustzijn te brengen en sloop door de gang naar haar slaapkamer. Ze zat aan haar bureautje te lezen, het geschetter van de tv negerend. Ze had oortelefoontjes in en zat naar muziek te luisteren op haar telefoon. Dat was belachelijk – een kind van haar leeftijd een telefoon geven. Die van Macy was roze en hij was versierd met glittertjes en plakplaatjes van de Powerpuff Girls. De oortelefoontjes voorkwamen in ieder geval dat ze hem hoorde aankomen. *Bonus.*

Hij had haar binnen handbereik toen ze opkeek en zijn weerspiegeling zag in het raam boven haar bureau.

Ze zag kans te gillen voor hij de lap op haar neus en mond drukte. Hij gromde, want het kind was verrassend sterk voor een meisje van bijna tien jaar. Ze worstelde en ramde met haar elleboog tegen zijn gewonde arm en hij kreunde bijna hardop van pijn.

Toen schopte ze met haar laatste beetje paniekerige vastberadenheid een stoel omver en zijn hart stond stil. Hij verstijfde en luisterde.

'Macy?'

Kut. Het was Gemma. Hij legde de inmiddels slapende Macy op haar bed en wachtte achter de slaapkamerdeur. Hij had genoeg ether over om Gemma ook buiten westen te krijgen. Hij zou haar vastbinden en haar hier achterlaten en ze zou van niets weten. Ze zou een gemaskerde indringer rapporteren. Hij hield zijn adem in en bereidde zich voor. Op het moment dat ze door de deur naar binnen kwam, greep hij haar beet.

'Ma–'

Hij bedekte haar mond en gromde een waarschuwing. 'Verzet je niet, dan overkomt niemand iets.'

Maar ze verzette zich wel en ze was veel sterker dan hij had verwacht. Ze vocht als een boskat, krabde de huid bij zijn polsen kapot en probeerde zijn hand van haar mond weg te krijgen om te kunnen gillen. Toen zakte ze tegen hem aan en hij zakte op zijn beurt zwaar hijgend tegen de muur. Zijn arm klopte en hij zag zwarte vlekken voor zijn ogen. Hij was aan het hyperventileren. Dat was hem nog nooit overkomen.

Verdomme. Hoe kon ze zo sterk zijn geworden? *Sinds ze coke was gaan snuiven*, dacht hij terwijl hij lucht in zijn longen zoog. Hij liet zijn rechterarm ontspa–

Toen bezorgde ze hem een doodsschrik door zich los te rukken uit zijn greep en de mooie roze schemerlamp van het nachtkastje te grijpen. Ze draaide zich met een ruk om en hief de lamp boven haar hoofd. Ze was helemaal niet bewusteloos geweest. Ze had net gedaan alsof. Hij ging met een ruk rechtop staan, ondanks zichzelf onder de indruk. Hij had zijn kleine zusje onderschat.

Ze zwaaide de lamp in de richting van zijn hoofd en hij weerde de klap af met zijn linkerarm Hij sloeg hem gemakkelijk opzij, greep haar arm en draaide die op haar rug.

Hij was bezig haar naar het bed te duwen toen ze hem opnieuw schokte – en haar eigen lot bezegelde. Ze reikte met haar vrije hand naar achteren, greep de ijsmuts en trok die van zijn hoofd terwijl ze achteromkeek naar zijn nu onbedekte gezicht.

Ze verstijfde verbijsterd toen ze hem zag. *Verdomme, Gemma. Waarom deed je dat nou?*

Ze keek hem turend aan, in de war. 'Brandon? Wat doe jij hier?'

Hij sprak geen woord, maar hij greep wel haar vrije hand en omklemde beide handen met zijn sterke linker. Hij klemde zijn tanden op elkaar en dwong haar op het bed. Hij gebruikte zijn volle gewicht om haar in bedwang te houden. Hij haalde zijn stiletto uit zijn zak, drukte op het knopje en liet het lemmet over de sprei onder haar keel glijden. Toen gaf hij een geweldige ruk en trok het mes over haar keel.

Haar ogen waren groot van angst toen het bloed eruit spoot en de matras van haar dochter doorweekte. En toen waren haar ogen... niets meer. Dof. Haar leven vloeide samen met het bloed weg. Hij rolde haar op haar rug, pakte zijn pistool met geluiddemper uit zijn tas, zette dat midden op haar voorhoofd en haalde de trekker over. Toen controleerde hij haar ogen, voelde haar pols, gewoon om er zeker van te zijn dat ze uitgeschakeld was.

Dat was ze. Ze was voor altijd uitgeschakeld. Hij had haar vermoord.

En ik zou het zo weer doen. Ze had het aan zichzelf te wijten. Hij trok de muts weer over zijn hoofd, ging op zijn hurken naast het bed zitten, hees Macy op zijn schouder en kwam weer overeind. Zijn arm leek wel in brand te staan en toen hij het kind eenmaal in de garage had, waar hij haar achter in de MPV van Gemma legde, had hij het gevoel dat hij moest overgeven.

Maar dat zou een vergissing zijn. Hij was niet van plan om ergens DNA achter te laten waar de politie dat kon vinden.

Hij leunde tegen de auto en haalde diep adem tot de misselijkheid voorbijging. Vervolgens bond hij Macy aan handen en voeten, plakte tape over haar mond en pakte zijn telefoon om een foto van haar te maken die hij naar –

'Shit,' mompelde hij. Grote fout in een haastig opgesteld plan. Hoe kon hij die foto aan Mallory laten zien? Ze werd op de spoedeisende hulp omringd door politie. Ze had geen glinsterende roze mobiele telefoon, dus hij kon hem haar niet toesturen. En het was ook niet zo dat hij daar gewoon naar binnen kon walsen en...

Aan de andere kant... *Me verstoppen in het volle zicht.* Dat had hij al twintig jaar gedaan.

Hij ging het huis weer binnen, naar de inloopkast naast die van Gemma. Dit was de kast van haar man en hij hing vol uniformen. Hij was een beetje langer dan zijn zwager, en slanker, want zijn zwager was dol op bier en donuts. Een van de overhemden zou hem wel passen. Niet perfect, maar goed genoeg voor wat hij moest doen.

Hij kleedde zich om, ging terug naar Macy's kamer en pakte haar roze telefoon vol glittertjes. Toen hij weer bij de MPV was maakte hij een foto van Macy, legde een deken over haar heen, sloot de achterklep en reed naar het ziekenhuis.

Hij zou zich in het volle zicht verbergen, het ziekenhuis binnenzwieren en ervoor zorgen dat Mallory wist dat Macy in de problemen zat. Het meisje zou geen woord zeggen. *Daar zou ze veel te bang voor zijn.* En zodra hij kans zag even alleen te zijn met Mallory, dan zou hij haar ook vermoorden.

Zaterdag 15 augustus, 14.05 uur

Ze had het koud. Heel erg koud. En...

Omijngod. Het deed pijn. Haar been deed vreselijk pijn. Ze hoorde gejammer. *Dat was ik*, dacht ze. Alles was wazig. Ze probeerde in paniek te bewegen, maar dat lukte niet. Er kwam opnieuw zacht gejammer uit haar keel.

'Hoi, schat. Niet bang zijn.'

Ze kende die stem. Ze had hem eerder gehoord. Waar? *Waar?*

'Ik heet Meredith. Ik ben met je meegekomen in de ambulance. Je bent door een auto aangereden voor de supermarkt. Je hebt een gebroken been. Ik weet dat het pijn moet doen. Het was een akelige breuk.'

Mallory's tanden klapperden en iemand trok een deken over haar heen. 'Waar...waar is die agente?'

'Ze is er niet,' zei Meredith. 'Maar we zijn vriendinnen, zij en ik. We hoopten al dat je weer zou bellen, zodat we je konden helpen.'

Zo koud. En ze wilde die vrouwelijke agent. *Ik weet het nog. Ze was daar.*

Mallory deed haar ogen open en keek in het gezicht van een heel knappe vrouw die naar haar glimlachte. Maar niet de politieagente. De agente had ook naar haar geglimlacht. *Ze stond buiten bij de Kroger op me te wachten.* Ze had geglimlacht en gezwaaid.

En toen... de auto. Zijn auto. Zijn groene Mercedes. *Hij wist het. Hij wist het.*

Hoe? Ze jammerde opnieuw en haatte het geluid. Ze was niet in staat ermee op te houden.

Hoe had hij haar gevonden? Ze had haar auto bij de drogisterij laten staan. Ze had een taxi genomen. Die aardige man had haar niets in rekening gebracht. Hij had haar de negen dollar en vijftig cent laten houden. Voor het geval er niemand kwam die haar naar huis kon brengen.

Misschien had die man het verteld. *Maar hoe?* Ze had haar naam niet genoemd.

Ze kreeg tranen in haar ogen en ze knipperde, waardoor ze over haar wangen stroomden. Ze waren in ieder geval warm. Een zachte tissue droogde haar tranen.

'Niet huilen, Mallory,' zei Meredith.

Mallory drukte zich in haar kussen. 'Hoe weet je hoe ik heet?'

'Dat heb jij tegen me gezegd. Je zei dat je Mallory heette en dat we de kinderen moesten redden. En Macy.'

Dat was een leugen. Mallory kon zich daar helemaal niets van herinneren. Ze zou tegen een vreemde niets hebben gezegd over Macy. Maar de politieagente was er ook geweest. *Misschien heb ik het haar verteld.* 'Ik wil die politiemevrouw,' zei ze met schorre stem. Meredith stak een rietje in haar mond en liet haar een slokje nemen. Dat voelde lekker aan.

'Misschien moeten we Kendra hier halen,' zei een andere stem. Nog een vrouw.

Mallory keek naar rechts, langzaam, want haar hoofd deed pijn. Meredith droeg een mooi groen overhemd en kaki broek. Ze had ook een mooie halsketting om. maar die andere vrouw was helemaal in het zwart gekleed. Broek, jasje. Haar overhemd was wit... maar er zat bloed op.

En ze had een pistool. Maar ze glimlachte en toen zag ze er niet meer zo gemeen uit.

'Kendra?' vroeg Mallory.

'De politieagente heet Kendra Cullen,' zei de dame in het zwart. 'Ik ben ook een agente, als dat helpt. Ik ben speciaal agent Coppola. Ik ben van de FBI. Je kunt me Kate noemen als je wil. Kendra en ik hebben gisteren de man gearresteerd die je vorige week lastigviel.'

Mallory fronste haar voorhoofd. *Wat? O.* Nu wist ze het weer. 'Footballfiguur,' mompelde ze.

'Ja. Hij heet Corey Addison,' ging Kate verder. 'Hij zit in de gevangenis. Hij kan je niets meer doen.'

'Dank u,' zei Mallory beleefd. 'Maar ik wil toch de agente, Kendra.'

De twee vrouwen wierpen elkaar over het bed een blik toe. 'Ik zal het proberen,' zei Meredith, 'maar ze is erg overstuur.'

'Waarom?' vroeg Mallory.

Meredith slaakte opnieuw een zucht. 'Haar partner stond buiten bij de supermarkt te wachten, aan de achterkant, voor het geval je bang zou worden en ervandoor wilde gaan. De man die jou heeft aangereden, hij heeft... Kendra's partner vermoord.'

Mallory staarde haar aan. De woorden drongen aanvankelijk niet tot haar door. Toen begreep ze het. *Mijn schuld*, dacht ze. *Mijn schuld. O god. Dat is mijn schuld.*

'We hoopten dat je ons zou kunnen vertellen waar we die man kunnen vinden,' zei Kate zacht.

Mallory's ogen schoten naar rechts om Kate te kunnen zien. En dat was het moment dat ze het zag. Een roze mobieltje vol glitters. Dat was Macy's telefoon. Ze had hem met Kerstmis van haar moeder gekregen. Het mobieltje lag op het tafeltje naast Mallory's bed.

Mallory begon zwaarder te ademen. Terwijl ze haar hand aarzelend uitstak om de telefoon te pakken, werd ze zich bewust van de stilte in het kleine vertrek.

'Waar komt dat ding vandaan?' vroeg Meredith met een vreemde stem.

Kate haalde haar schouders op. 'Ik dacht dat jij hem voor haar had bewaard toen ze haar been zetten. Was dat niet zo?'

'Nee. En ik weet zeker dat hij daar een kwartier geleden nog niet lag. De verpleegster heeft het blad aan de kant geschoven toen ze het infuus aanlegde.'

Kate stak met een abrupte beweging haar hand uit naar de telefoon. Mallory was haar voor en zette hem aan.

En staarde. En staarde. En hoorde opnieuw het gejammer. Dat uit haar eigen keel kwam.

Kate bewoog nu langzamer en ze had nu ook handschoenen aan. Ze draaide de telefoon voorzichtig om zodat ze het scherm kon zien en toen snoof ze alsof ze kwaad was.

Goed zo. Word kwaad. Iemand moet kwaad worden. Hij had Macy. *Hij heeft haar vastgebonden. Hij heeft haar in een auto gestopt. Hij gaat haar pijn doen.*

Hij gaat haar in mij veranderen.

Meredith boog zich over het bed om het ook te kunnen zien. 'O, god,' zei ze ademloos. 'Mallory, is dit Macy?'

Mallory deed haar ogen dicht en klemde haar lippen op elkaar. *Niets zeggen. Hij is hier. Ergens. Hij heeft Macy en hij is hier. Hij kan je zien. Hij kan je horen. Hij is hier.* Haar handen leken verlamd en Kate nam voorzichtig de telefoon van haar af.

'Is het Macy niet?' vroeg Meredith.

'Ze is het wel,' zei Kate grimmig. 'Er staat "Macy" in glitters op de achterkant.'

'Mallory,' zei Meredith zacht. 'Wie is Macy?'

Mallory hield haar lippen stijf op elkaar. *Niets zeggen.*

'Ik gok dat het haar zus is,' zei Kate. 'Ze lijken heel erg op elkaar.'

Mallory beefde. *Geen ja zeggen. Niets zeggen. Hij is hier.*

'Deze foto is niet door iemand verstuurd,' zei Kate. 'Hij is met deze telefoon gemaakt. Iemand heeft hem hier neergelegd om Mallory bang te maken.'

'Verdomme, ik haat die vent,' zei Meredith zacht.

Tranen stroomden over Mallory's wangen. *Ik ook. Ik ook.*

'Heeft hij gedreigd Macy iets aan te doen?' vroeg Kate. 'Is dat hoe hij ervoor gezorgd heeft dat je al die tijd niets hebt gezegd?'

Niets zeggen. Niets zeggen. Niets zeggen.

'Mallory,' probeerde Kate opnieuw. 'We hebben je hulp nodig. Je hebt ons gevraagd de kinderen te redden. Je moet ons vertellen waar ze zijn.'

Kinderen? O god. De kinderen. Ze wilde het vertellen. Ze wilde het zo verschrikkelijk graag vertellen.

'We zijn op de hoogte van de video's,' zei Meredith. 'We willen je helpen.' Maar toen slaakte ze een zucht. 'Ze is doodsbang, Kate. En ze heeft pijn. Ik geloof niet dat ze op dit moment iets zal zeggen.'

Er klonk een zacht geluid. Kate die over haar gezicht wreef. 'Ik haat die vent uit de grond van mijn hart. We komen bij hem in de buurt, en dan naait hij ons.' Ze deed er even het zwijgen toe en boog zich toen voorover. 'Mallory, ik ga nu, maar ik kom terug. Ik zal proberen Kendra mee te nemen. Maar je moet iets goed begrijpen, schat. Jij bent tot dusver onze beste kans om de man te vinden die jou heeft aangereden en je zus heeft ontvoerd. Ik heb je hulp nodig en dat is de waarheid. Rust nu maar uit. Ik kom gauw terug.'

Niets zeggen, want hij is hier.

Er streek een hand zachtjes over haar haar. 'Ga slapen,' zei Meredith. 'Ik laat je niet alleen.'

Zaterdag 15 augustus, 14.35 uur

'Kate?' Zimmerman kwam zijn kantoor uit op het moment dat Decker en zij uit de lift stapten op hun verdieping in het FBI-kantoor. 'Heb je even?'

Kate rechtte haar rug. Dit was het gesprek waar ze al uren tegen opzag. 'Ja, meneer. Als u me even een paar seconden geeft.' Zimmerman knikte en ging zijn kantoor weer binnen. Ze keek op naar Decker. 'Als je pamfletten wilt maken van de foto's die we gisteravond van Rawlings hebben genomen, dan kunnen we als ik hier klaar ben naar de gevangenis gaan en proberen een paar antwoorden te vinden op de vraag wie Alice heeft vermoord. Tenzij... je weet wel... ik klaar ben.' Ze hadden dit gesprek al gevoerd toen ze onderweg waren van de Kroger naar het ziekenhuis en opnieuw toen ze van het ziekenhuis op weg waren naar het FBI-kantoor. *Ik ben de controle over de situatie kwijtgeraakt en er zijn mensen gewond geraakt. Er is een agent gedood. En de Professor is ontsnapt. Alweer.*

Decker stootte zachtjes met zijn schouder tegen de hare. 'Het was niet iets wat je in de hand kon houden. Het was van meet af aan een puinhoop.'

'Ja. Oké. Ik ga de bittere pil maar slikken.'

'Als het je opbeurt, ik denk dat hij kwader is op Deacon en mij.'

Haar mondhoeken gingen omhoog. 'Als ik me daar inderdaad beter door voel, ben ik dan een trut?'

Hij grijnsde en ze voelde zich vanbinnen... rustig worden. 'Ga maar. Ik zorg voor die foto's. Troy heeft me ook de portretfoto van Rawlings gestuurd van toen hij geboekt werd, dus die gebruik ik ook.'

Kate's grijns verdween als sneeuw voor de zon toen ze Zimmermans kantoor binnenging en in de stoel voor zijn bureau ging zitten. Ze balde haar vuisten en wilde dat ze haar breiwerk bij zich had gehad, maar dat had ze opnieuw in de auto laten liggen. Ze slikte en het geluid was hoorbaar. 'Het spijt me, meneer.'

Zimmerman hield zijn tot een punt gevouwen vingers onder zijn kin en bestudeerde haar. 'Wat spijt je?'

Kate knipperde snel met haar ogen en probeerde de plotseling opgestoken storm in haar hoofd tot bedaren te brengen. 'Ik weet niet eens waar ik moet beginnen.'

Hij leunde achterover in zijn stoel, haalde iets uit zijn la en wierp dat haar toe. Een energiereep. 'Om mee te beginnen, eet dat maar.' Hij haalde een flesje water uit dezelfde la en zette dat op de rand van zijn bureau die het dichtst bij haar was. Toen ze klaar was met eten en drinken, vlocht ze haar vingers in elkaar en wachtte af.

Iets kalmer, eerlijk gezegd. Hij zou haar toch zeker niet te eten geven als hij van plan was haar officieel op haar lazer te geven. Hoopte ze.

'Op een schaal van één tot vijf, hoe helder is je hoofd nu?' vroeg hij.

'Ik zit ongeveer op vier,' antwoordde ze naar waarheid en hij grinnikte.

'Neem dit dan maar.' Hij wierp haar een platte doos toe, zo een waar vroeger kanten handschoenen in werden verpakt.

Ze hapte even naar adem toen ze het deksel eraf deed. 'Origamipapier,' mompelde ze. 'Oké, ik zit nu op drie. U hebt me te eten en te drinken gegeven en me iets gegeven waardoor ik rustiger word, dus ik geloof niet dat ik in al te grote problemen zit.'

Hij grinnikte opnieuw. 'Nou, dat zou ik niet willen beweren, maar we zullen alle schuld delen.' Hij haalde zijn schouders op en werd weer ernstig. 'Decker had gelijk met wat hij daarnet in de gang zei.'

'Wat bedoelt u precies? Dat u kwader bent op Deacon en hem of dat het gedoe bij de Kroger van meet af aan een puinhoop was?'

'Allebei,' zei hij droog. 'Maar de waarheid is dat jullie snel hebben gehandeld om het gevaar voor burgers te beperken. Het had veel erger kunnen zijn.'

'We hebben hem laten ontsnappen,' mompelde ze terwijl ze aan het papier voelde. Het was zo mooi. Zo fijn van samenstelling, voelde zo heerlijk aan.

'Jullie hebben de plek niet uitgekozen. Dat heeft het meisje gedaan. Hij heeft gewoon optimaal gebruikgemaakt van de wetenschap dat je niet het risico zou willen lopen een onschuldige omstander te raken om hem tegen te houden. Ik handel de gevolgen wel af. Dat hoort bij mijn werk.' Hij gebaarde naar het papier. 'Dat komt van mijn vrouw. Ik had het over het vouwen dat je doet en ze heeft het gekocht toen ze op het nieuws zag wat er bij de Kroger was gebeurd. Ze dacht dat je het wel kon gebruiken.'

Kate ging met haar vingers over het dikke papier dat gewoon lag te wachten tot het in iets prachtigs werd gevouwen. 'Hebt u haar verteld dat ik papier vouw? Waarom?'

'Omdat het rust in mijn hoofd brengt als ik aan het einde van de dag met haar praat. Ik vertel haar niets over de akelige dingen van mijn werk. Zoals zien dat een vrouw in stukken is gezaagd en in een kofferset gepropt. Ik kan haar de gevoelige dingen over onze onderzoeken niet vertellen, maar ik kan haar wel vertellen over mijn mensen en dat vindt ze leuk, want ze moedert graag.'

Kate was geroerd. Verward, maar geraakt. 'Ik heb uw vrouw zelfs nog nooit ontmoet.'

'Dat heb je wel. Twee keer, om precies te zijn. Een keer bij de begrafenis van agent Symmes vorige week. Je hebt haar je doos tissues gegeven en naar haar geglimlacht. En gisteren heb je haar buiten op het parkeerterrein gezien. Ze stapte net uit haar auto om me mijn eten te brengen terwijl jij instapte en mopperde dat mannen een kinderjuf nodig hebben. Ze zei dat je je tirade even onderbrak om weer naar haar te glimlachen. Mijn vrouw vindt je aardig.' Hij haalde zijn schouders op. 'Nogal wiedes.'

Kate moest lachen. 'Goh. Dank u. Ik zal haar een echt ouderwets bedankbriefje sturen.' Ze pakte het bovenste vel papier uit de doos, schoof haar stoel dichter bij Zimmermans bureau en begon te vouwen. Ze werd ernstig toen ze haar verhaal vertelde. 'Dus. De Kroger. De oudere vrouw is er slecht aan toe. Ze heeft een gebroken rib en een kapotte heup, maar ze zal het wel overleven, vooropgesteld dat er geen rare infecties of complicaties ontstaan. Agent Heinz – dat is de partner van Kendra – is overgebracht naar het mortuarium. Deacon en zijn inspecteur hebben de weduwe op de hoogte gesteld.' Ze haalde diep adem en zuchtte. 'En Mallory – dat is de echte naam van Sunshine Suzie – weigert een woord te zeggen.'

'Ik denk dat we haar dat op dit moment nauwelijks kwalijk kunnen nemen,' zei Zimmerman zacht. Kate had hem vanuit het ziekenhuis gebeld om te vertellen over de roze glittertelefoon en de foto van de ontvoerde Macy. Ze hadden onmiddellijk een amber alert laten uitgaan met alleen de foto en "Macy" omdat ze haar achternaam niet kenden of wisten waarvandaan ze was ontvoerd.

'Niemand heeft gezien dat hij dat mobieltje op Mallory's nachtkastje heeft gelegd,' zei ze. 'Deacon, Decker en ik hebben de bewakingsbeelden bekeken en we denken dat we hem hebben gevonden.' Ze keek haar baas in zijn bezorgde ogen. 'Hij was verkleed als politieman, meneer. Geen penning, maar hij droeg het uniformoverhemd. Met lange mouwen, en daarom pikten we hem eruit.'

'Om zijn wond aan zijn arm te bedekken,' begreep Zimmerman en er klonk een eerste spoor van opwinding in zijn stem. 'Heb je zijn gezicht kunnen zien?'

Ze haalde haar schouders op. 'Niet echt. Hij droeg de standaardpet en hij had de klep omlaaggetrokken. Hij had een snor en een baard. Waarschijnlijk weer een vermomming, maar wie weet.'

Zimmerman slaakte gefrustreerd een zucht. 'We hebben de politieauto gevonden. Hij heeft hem achtergelaten bij een winkelcentrum. We hebben de telefoon van het meisje niet kunnen natrekken. Het is een wegwerptoestel.'

Kate knipperde met haar ogen. Dat had ze niet verwacht. 'Wie geeft een klein meisje nou een wegwerptelefoon?'

'Wie dwingt de grote zus van een klein meisje tot kinderporno?' was Zimmermans bittere wedervraag. 'Dus tot het moment dat Mallory begint te praten, zijn we weer net zo ver als we vanmorgen waren en op zoek naar aanwijzingen naar de Professor. Ik hoorde Decker en jou erover praten dat jullie naar de gevangenis willen.'

Ze maakte het mandje dat ze had zitten vouwen af, zette het weg en begon het volgende vel in gelijke stroken te scheuren. 'Ja. We nemen de foto's van Rawlings mee en dan zien we wel wat dat oplevert. Hopelijk iets wat ons duidelijk maakt hoe hij contact opnam met de Professor of hoe hij aan het gif is gekomen dat hij bij Alice heeft gebruikt. Wat de rest betreft, Deacon blijft in het ziekenhuis bij Dani. Meredith blijft bij Mallory, die naar een gewone kamer wordt overgebracht. We hebben voor bewaking gezorgd. Kendra is naar huis met Wendi. Ze is kapot, meneer. Kendra, bedoel ik. En Adam en Troy zijn weer hier.'

Zimmerman knikte. 'Adam is weer aan het proberen uit te zoeken waar is gefilmd voor de latere Suzie-video's. Troy is verdergegaan met het bekijken van de Alice-films. Hopelijk wipte Alice met iemand die enige informatie heeft over klanten en leveranciers van de mensenhandelaren.' Hij zuchtte vermoeid. 'Maar we zitten nog met een heleboel kinderen – tieners en pubers – van wie we niet weten waar ze zijn.'

Kate concentreerde zich op het papier en hoe het aanvoelde bij elke strook die ze vouwde. Ze dacht aan de kinderen – degenen uit de buurt die Decker en Wendi hadden geïdentificeerd en degenen die McCord van Alice had gekocht. 'Ik zat te denken... Decker heeft gelijk. McCord en de Professor zijn elkaar ergens tegengekomen, vermoedelijk vijf jaar geleden – want dat is het moment dat de studio een andere locatie kreeg. Ik blijf me maar afvragen waarom hij dat heeft gedaan en waarom hij die video's van internet heeft gehaald, want dat heeft hem geld gekost. Het slaat alleen ergens op als er iets in dat eerste huis was... of misschien in die eerste video's. Iets wat hem kan beschuldigen of identificeren.'

'Dus misschien kan Adam zich beter op de video's uit de beginperiode concentreren,' opperde Zimmerman voorzichtig.

Ze knikte. 'Misschien heeft McCord die video gezien en gezegd: "Gast, ik heb je zo gemakkelijk kunnen vinden omdat je dit detail in je film laat zien. Laat mij je eens vertellen hoe je het goed aanpakt."

En toen werden ze partners. Of misschien heeft hij McCord gevonden omdat wat er ook op die eerste plek is gebeurd hem er bijna bij gelapt heeft en hij bang was geworden. Maar niet zo bang dat hij ophield met films maken. Hij verkocht drugs aan kinderen die hij herkende van de video's en die hebben hem over McCord verteld.'

'Of misschien had McCord gewoon een mooiere plek om te filmen,' zei Zimmerman.

Ze schudde haar hoofd. 'Als dat het geval was, dan zou de Professor de video's gelaten hebben waar ze geld voor hem konden blijven verdienen. Hij heeft, afgaande op het gesprek dat Alice met haar vader had, inmiddels alles overgezet op servers in het buitenland. Dat gesprek dat Decker heeft afgeluisterd en opgenomen.'

'Het gesprek dat dit alles in gang heeft gezet.'

Ze knikte. 'Het gesprek dat in de ogen van Decker zo belangrijk was dat hij zijn leven waagde om het ons te vertellen. "Topje van de ijsberg", zei Alice. McCords activiteiten waren klein. De Professor is degene met het bereik. De IT-man van de handelaren – de halfbroer van Alice – heeft hem geholpen de servers naar het buitenland te brengen in ruil voor een constante stroom van inkomsten. Hij had de video's uit de eerste jaren opnieuw kunnen uploaden naar die buitenlandse server en een fortuin kunnen verdienen, maar dat heeft hij niet gedaan.'

'Je zou wel eens gelijk kunnen hebben,' zei Zimmerman bedachtzaam. 'Ik zal tegen Adam zeggen dat hij zich op de vroege Suzie-films moet concentreren, die je van Corey Addisons computer hebt.'

'Ik zal hem daarbij helpen zodra we klaar zijn in de gevangenis. Adam hoeft dat niet allemaal alleen te doen.'

'Dat doet hij ook niet. Ik werk samen met het hoofd van de ICAC om de mol bij hen te vinden. We kunnen niet toestaan dat één rotte appel ons ervan weerhoudt de hulpmiddelen van een hele afdeling te gebruiken. De ICAC coördineert hun activiteiten met onze eigen afdeling Internetmisdrijven en we zullen degene die vuile handen heeft gemaakt eruit halen. Intussen maken ze van het vinden van de locatie van de Suzie-films hun prioriteit, want je hebt gelijk – de Professor is degene met het grote bereik. Toen ik de ICAC vertelde waar we naar zoeken, vonden ze zijn andere films vrijwel meteen. Niet de server – te veel proxy's en te veel buitenlandse instellingen om daar snel en eenvoudig doorheen te kunnen navigeren. Maar er zit schot in.'

'Mooi. Dan gaan Decker en ik naar de gevangenis.' Kate veegde de bloemen die ze van de stroken papier had zitten vouwen bij elkaar en stopte ze in het mandje dat ze eerst had gemaakt. 'Voor mevrouw Z,' zei ze met een glimlach. 'Tot ik tijd heb om een bedankbriefje te schrijven.'

Zimmerman pakte het mandje op en er verscheen langzaam een verrukte glimlach op zijn gezicht. 'Ze zal het prachtig vinden. Dank je.' Hij keek op over Kate's schouder. 'Je kunt nu wel binnenkomen, Decker.'

Kate schrok op, draaide zich om in haar stoel en zag Decker tegen de deurpost geleund naar haar staan kijken. 'Hoelang sta je daar al?'

'Sinds jij papier begon te vouwen,' antwoordde hij. 'Ik wilde je niet onderbreken omdat je zo lekker bezig was. Maar aangezien je nu klaar bent, is er iets wat je zou moeten zien. U ook, baas.'

Kate en Zimmerman liepen achter hem aan. Kate hield de doos papier tegen zich aan gedrukt. Door Deckers toon maakte ze zich zorgen over wat ze op het punt stonden te gaan zien. Hij ging hun voor naar de afgescheiden plek waar Kate een dag eerder de Sunshine Suzie-video van Corey Addison had bekeken. 'Troy en Taylor hebben hier de video's van Alice zitten bekijken,' verklaarde hij.

De twee mannen zaten voor een groot beeldscherm. 'Quincy hier heeft sterk ingezoomd,' legde Troy uit, 'zodat zijn gezicht het hele scherm vult.'

'Meer vlees dan dat hoef je niet te zien als je niet wilt,' voegde Quincy eraan toe.

'Dat waardeer ik,' mompelde Kate. Ze zette zich schrap voor wat het was wat ze hadden gevonden.

Het was een man, alleen zijn gezicht, zoals Quincy had beloofd. Het was een knappe man, maar... Ze wist niet goed waar ze naar zocht. Zijn gezicht was naar boven gericht, met zijn hoofd in de nek. Hij had een gespannen uitdrukking van seksuele concentratie op zijn gezicht en zijn ogen waren gesloten. 'Wat worden we verondersteld te –'

Zimmerman verstoorde haar gedachtegang met een geschokt snakken naar adem. 'O mijn god,' bracht hij uit en hij liet zich zwaar op de stoel naast Troy vallen. 'Dat kan toch niet zijn wie ik denk dat het is?'

'O, jawel, dat is hij wel,' zei Troy ernstig.

'Wie?' wilde Kate weten. 'Wie is hij?'

26

Cincinnati, Ohio, zaterdag 15 augustus, 15.00 uur

'Nou?' drong Kate aan toen niemand haar antwoord gaf. 'Wie is die vent?'

Troy keek naar haar op. 'O ja, dat is waar. Je bent nieuw hier. Je kunt hem niet kennen. Hij is een plaatselijke televisiepersoonlijkheid. Hij presenteert het medische nieuws. De laatste keer dat ik hem zag had hij een programma over een of ander nieuw implantaat waarmee automatisch insuline kan worden ingebracht bij diabeten.'

Zimmerman zat zijn hoofd te schudden terwijl hij de betekenis probeerde te doorgronden van wat ze voor zich zagen. 'Had híj seks met Alice?'

'In héél veel verschillende standjes.' Troy vertrok even zijn gezicht. 'Alice was écht een atlete.'

'Krijg nou wat.' Kate keek met haar ogen knipperend naar het gezicht op het scherm. 'Is hij dokter?'

'Dokter Brandon Edwards,' zei Zimmerman verdoofd. 'Hij heeft een praktijk in de stad.'

'Een dokter heeft kennis van scheikunde,' zei Decker die naast haar stond. Hij leunde zwaar op zijn wandelstok. 'Vergif. Drugs. Ricine maken moet niet zo heel moeilijk zijn.'

Ze keek hem met open mond aan. 'Denk je dat hij de Professor is?'

Decker haalde zijn schouders op. 'Misschien. Misschien ook niet. Maar hij heeft de juiste lengte. Het juiste lichaamstype.'

'En,' voegde Troy daaraan toe, 'tot dusver is hij de enige die aan alle fysieke parameters voldoet.'

Zimmerman zat nog steeds te staren. 'Ik heb hem ontmoet. Hem de hand gedrukt.' Hij huiverde heftig. 'O mijn god. Mijn kinderen gingen naar hem toe toen ze op de universiteit zaten.'

Kate wilde met hem meehuiveren. Ze overwoog te proberen hem

te troosten, maar wat kon ze zeggen? Ze klemde in plaats daarvan de doos met het mooie papier nog steviger tegen zich aan – een soort talisman – en dwong zichzelf na te denken. 'Ik heb gisteravond zijn ogen gezien. Ik kan me zijn ogen herinneren. Kun je een beeld van hem vinden met zijn ogen open?'

'Nee,' zei Quincy grimmig. 'Niet terwijl hij zijn gezicht naar de camera heeft. Hij maakt geen enkele keer oogcontact met Alice terwijl ze... bezig zijn.'

'Het is net of hij daar helemaal niet wil zijn.' Troy haalde zijn schouders op en er trok een vreemde, bijna gekwetste uitdrukking over zijn gezicht. 'Hij stelt zich voor dat hij ergens anders is. Of dat zij iemand anders is.'

'Oké, dus...' Kate concentreerde zich op het gezicht op het scherm in plaats van op Zimmerman die zichzelf weer in de hand leek te hebben. 'Maar nu ik er wat langer naar kijk, komt zijn gezicht me ook bekend voor. Misschien heb ik hem vandaag in de menigte bij de Kroger gezien, maar... ik geloof niet dat dat het is. Het kan ook niet van het nieuws op tv zijn geweest, want dat heb ik sinds ik hier ben nog niet gezien. Misschien...' Ze snakte geschokt naar adem toen de herkenning hard toesloeg. 'Quincy, wil je het beeld terughalen naar het oorspronkelijke formaat?'

'Wil je hem in zijn volle glorie zien?' vroeg Quincy verrast.

'Nou, nee, maar doe het nou maar gewoon.' Ze snauwde het bevel bijna, maar toen zuchtte ze. 'Het spijt me. Ik wilde niet onbeschoft doen. Wil je alsjeblieft weer uitzoomen?'

Quincy gehoorzaamde en tikte een commando op zijn toetsenbord. 'De brave dokter, in volle glorie.'

Kate verstilde, haar lichaam voelde plotseling zwaar aan en haar schouders gingen gebukt onder de herinnering aan wat ze de laatste keer dat ze in dit vertrek was geweest had gezien. 'Daar,' zei ze hees terwijl ze op de zij van de man wees. 'Zoom daar eens op in.'

Quincy gehoorzaamde onmiddellijk en niemand sprak een woord.

Kate kneep haar lippen zo stijf op elkaar dat het pijn deed. 'Ja. Dat is hem. Daarom heeft hij ze offline gehaald. Viezevuilegoreklóótzak.'

'Kate?' vroeg Decker behoedzaam.

Ze keek niet naar hem. Haar ogen waren vastgekleefd aan de kleine tatoeage op de linkerbil van de dokter. 'Weten jullie nog, al die Sunshine Suzie-films die niet meer online bestaan? De films die zijn gemaakt toen ze twáálf jaar was?'

'O mijn god,' zei Decker ademloos. 'Doet hij daarin mee? Deze dokter? De tatoeage. Dat is wat Stone heeft gezien toen hij veertien was.'

Kate knikte grimmig en deed de doos met het mooie papier open.

Decker ging naast haar zitten. 'Ik vind leeuwen leuk,' mompelde hij. 'Tijgers en beren zijn ook goed.'

Ze glimlachte kort en geforceerd, maar ze waardeerde zijn poging. *Ik moet hier vanaf. Ik kan niet papier blijven vouwen of dekens breien om met stress te kunnen omgaan.* Maar dat zou niet op dit moment gebeuren, dus begonnen haar handen te vouwen, omdat haar keel werd dichtgesnoerd en er een snik opwelde bij de gedachte aan de monsters die kleine meisjes verkrachtten. En er vervolgens geld aan verdienden.

'Die man daar, op het scherm, was in alle video's. Het eerste, tweede en derde jaar.' Haar handen aarzelden terwijl ze de tennisbal in haar keel probeerde weg te slikken. 'Hij... verkrachtte haar in elke film.' Ze zoog een diepe teug lucht naar binnen. Haar handen beefden te heftig om nog te kunnen vouwen. Ze boog zich voorover en liet haar hoofd hangen. 'O, god.'

Decker legde zijn gespreide hand op haar rug en wreef in grote, troostende cirkels. Hij zei niets. Niemand zei iets.

Ze slikte haar emotie in en duwde die diep weg. *Ik moet hiermee om leren gaan. Het blijft de kop maar opsteken, hoe diep ik het ook wegstop.* Ze legde haar handen plat op de tafel om de spieren te rekken die waren verkrampt. Toen begon ze weer te vouwen. 'Ik denk dat hij een pruik droeg. In die video's. Zijn haar bewoog niet goed, alsof het met lak aan zijn schedel was geplakt. Alsof hij een grote Ken van Barbie was. Hij was gebruind uit een flesje en in de vroege video's kon je zijn tatoeage zien. In de latere is die er niet meer.'

Decker bleef haar rug masseren. 'Hij moet hebben geleerd hoe hij die kon wegwerken met make-up.'

Ze knikte. 'Maar hier...' Ze maakte een beweging met haar kin in de richting van het scherm. 'Hier wist hij niet dat hij werd gefilmd. Alice had haar camera verstopt. Hij verborg zijn tatoeage niet. Dat is hem.' Haar stem verhardde. 'En als we hem oppakken, dan kunnen we bewijzen dat hij een twaalfjarige heeft verkracht en hem beschuldigen van de productie en verspreiding van kinderporno.'

Ze keek even naar Zimmerman, die groen zag. 'Het spijt me het te moeten vragen, meneer, maar naar welke universiteit gingen uw kinderen?'

Hij sloot zijn ogen. 'King's College, net als Sidney Siler en Stone O'Bannion. Edwards heeft zijn praktijk vlakbij. We hadden onze eigen huisarts, maar allebei mijn kinderen deden aan sport en moesten worden gekeurd voor ze konden spelen. De nabijheid van zijn praktijk was handig. Dan hoefden ze geen colleges te missen. Hij ronselde klanten via zijn dokterspraktijk. Hij verkocht ze drugs als die klote-Professor. Dit wordt steeds erger.'

'U weet niet zeker of hij uw kinderen iets heeft gedaan,' zei ze vriendelijk, maar ze deinsde achteruit toen zijn ogen openvlogen en haar vol woede aankeken.

'Hij heeft ze aangeraakt!' brulde hij. 'Hij heeft ze bekeken.' Hij sloot opnieuw hoofdschuddend zijn ogen. Zijn handen balden zich tot vuisten die op zijn knieën beukten, één keer maar, en toen hij weer sprak, zij het niet met zijn karakteristieke kalmte, had hij zichzelf weer in de hand. 'Het spijt me, Kate. Ik weet dat je probeert te helpen, maar die klootzak heeft met zijn téngels aan mijn dóchters gezeten. Ik vind het op dit moment heel moeilijk om objectief te blijven.'

Kate aarzelde even, maar legde toen voorzichtig haar hand op een van zijn gebalde vuisten. 'Hoe zou u objectief kunnen zijn? Ik wil hem ook graag vermoorden.'

Zimmermans adamsappel ging op en neer terwijl hij probeerde te slikken. Hij opende zijn ogen, maar deed geen poging om haar hand weg te schuiven, dus liet ze hem liggen, hem voor zover ze kon troost biedend. 'Mijn kinderen zijn niet de slachtoffers hier. De slachtoffers zijn de kinderen die hij aan de drugs heeft geholpen terwijl ze op de middenschool zaten. En de kinderen die McCord en hij op de een of andere manier bij de kinderporno hebben betrokken. We moeten weten hoe hij de hand op Mallory heeft weten te leggen. Misschien maakt ons dat duidelijk hoe hij de slachtoffers rekruteerde.'

Decker nam zijn hand van haar rug. 'Ik weet waar ik hem ook nog heb gezien. Mag ik het toetsenbord even hebben?' Quincy gaf het aan hem door en Decker tikte zo snel dat het geluid op geweervuur leek. Hij opende een nieuw venster op de grote monitor en Kate's moed zakte haar in de schoenen.

'O, nee,' fluisterde ze. Want nu vielen er dingen op hun plaats. Er viel heel veel op zijn plaats.

'De Lorelle Meadows Shelter and Free Clinic,' zei Quincy. 'Dat is toch het opvangcentrum en gratis kliniek in Over-the-Rhine? Maar wat heeft dat met dit alles te maken?'

'Sommige van de slachtoffertjes van de kinderporno komen uit die buurt,' zei Decker.

'En het is de plek waar Dani Novak is aangevallen,' voegde Troy eraan toe. 'Ze zei dat ze daar als vrijwilligster had gewerkt voor ze er een baan kreeg aangeboden. Als hij daar ook vrijwilliger was, dan kent hij de kinderen uit de wijk. Dan kon hij weten wie er kwetsbaar waren. Mijn hemel, over een kind in een snoepwinkel gesproken.'

Decker schudde zijn hoofd. 'Hij is meer dan een vrijwilliger. Ik heb gisteren de website bekeken toen Dani zei dat ze naar het opvangcentrum was geroepen.' Hij klikte op *Over Ons.* De foto van dr. Brandon Edwards verscheen, keurig en waardig. 'Hij is de directeur. Dat is hij al jaren. En hij is Dani's nieuwe baas.'

'Diesel zei dat haar aanvaller uit het niets opdook,' zei Kate zacht. 'Omdat hij vanuit het centrum zelf kwam. We moeten een definitieve identificatie hebben van Mallory. Ze is afgezien van Alice misschien wel de enige die zijn ware gezicht heeft gezien.'

'Dat is de reden dat hij Alice heeft vermoord,' zei Zimmerman. 'Maar niet voor hij zeker wist dat ze hun transacties niet zwart op wit had gezet. Oké. Ik wil dit snel en op de juiste manier afhandelen. Ik wil niet dat iemand de cowboy gaat uithangen, begrepen?' Ze knikten allemaal gehoorzaam en hij ging verder. 'We zetten op drie punten de aanval in. Ik stuur agenten naar zijn huis en zijn kantoor. Die blijven daar tot ik voor beide plekken een getekend huiszoekingsbevel heb. We zullen waarschijnlijk de identificatie van Mallory nodig hebben om een handtekening te krijgen.'

'We kunnen de tatoeages vergelijken,' protesteerde Kate.

Zimmerman schudde zijn hoofd. 'Hij is een gerespecteerd arts die minstens één politieman in zijn zak heeft. Wie weet wie hij verder nog chanteert. Ik ga niet het risico nemen dat we een corrupte rechter treffen of zelfs alleen maar iemand die onder de indruk is omdat de klootzak op tv komt. We moeten bewijzen dat hij het is. We zouden misschien een bevel voor hem persoonlijk kunnen krijgen om het te bewijzen, maar niet voor zijn huis of zijn kantoor, niet meteen in ieder geval, en dat zou hem de tijd geven om bewijsmateriaal te vernietigen. En misschien zelfs Macy iets aan te doen.'

'Waar wilt u dat we naartoe gaan?' vroeg Kate.

'Decker en jij gaan naar het ziekenhuis. Zorg dat je een positieve identificatie krijgt van Mallory, zelfs als dat alleen maar een video is van haar reactie als ze zijn foto ziet. Ik laat de bevelen opstellen en het huis en kantoor van Edwards omsingelen. Laat het me meteen weten wanneer die identificatie rond is, dan laat ik de huiszoekingsbevelen ondertekenen. Troy, ik wil dat jij bij de agenten blijft die de praktijk omsingelen. Kate, Decker, zodra jullie de identificatie rond hebben gaan jullie naar zijn huisadres. Troy, ik zie jou bij het kantoor.'

'Hij maakt ergens films,' zei Kate. 'Zijn nieuwe studio. Die zou in zijn huis kunnen zijn.'

Zimmerman knikte. 'Laten we het hopen. Maar als dat niet het geval is, dan kan Meredith Mallory misschien zover krijgen dat ze vertelt waar dat is als ze eenmaal weet dat we hem hebben geïdentificeerd. O, en Kate, zeg tegen die voormalige partner van je dat als ik of iemand anders die witte kop van hem ergens zie, ik die persoonlijk zal laten rollen. Hij mag absoluut niet in de buurt komen van Edwards of een van zijn mogelijke schuilplaatsen. Ik meen het. Anders zal ik ervoor zorgen dat hij nooit meer ergens aan de slag komt. Meestal houdt hij het hoofd wel koel, maar als hij de man in handen krijgt die zijn zus heeft aangevallen, dan vermoordt hij hem. En dan kan ik niets meer voor hem doen.'

Kate knikte. 'Ik zal het tegen hem zeggen. Heb ik toestemming om hem vast te binden?' vroeg ze ironisch.

Zimmerman knikte. 'Die heb je. Nog beter, bel Faith. Zeg dat ze hem in het gareel moet houden.'

'Ja, meneer.'

Zimmerman wuifde hen de deur uit. 'Wegwezen. Nu. Iedereen, vest aan. Wees voorzichtig.'

Zaterdag 15 augustus, 15.00 uur

Hij reed Gemma's MPV achteruit tot aan de keukendeur. Hij moest die vier tieners uit zijn huis zien te krijgen en hij wilde hen met maar één goede arm niet verder slepen dan strikt noodzakelijk was. Zodra hij ze ergens veilig had opgeborgen, zou hij wel een manier vinden om bij Mallory in de buurt te komen. Hij maakte zich er absoluut niet druk om of hij daartoe in staat zou zijn. Hij was fluitend het ziekenhuis binnengegaan en niemand had hem een tweede blik waardig gekeurd. Hij kon iedereen zijn die hij wilde zijn en niemand kon hem tegenhouden.

Hij had bedacht dat hij een beetje GHB in de drankjes van de tieners kon doen, net als hij bij JJ had gedaan. Ze waren geen van allen vreselijk groot en hij had in de kelder nog een rolstoel staan van de laatste keer dat hij Roxy naar het ziekenhuis had gebracht om te worden behandeld. Hij zou ze gewoon naar buiten rijden en ze achter in de MPV gooien. Als ze eenmaal waren vastgebonden, dan kon hij ze bij de studio gemakkelijk een voor een uitladen.

Want hij had het geld dat deze kinderen hem zouden opleveren nu meer dan ooit hard nodig. Het zou een hele tijd duren voor hij zonder de Professor zijn drugshandel weer op het huidige niveau had.

En de Professor moest, helaas, komen te overlijden.

Hm. Een intrigerende gedachte. Hij kon een van de mensen die een bedreiging voor hem vormden daadwerkelijk vermoorden en het eruit laten zien alsof diegene de Professor was geweest. Op die manier maakte hij een einde aan een bedreiging en zou de politie hem met rust laten. Als de Professor dood was, zouden ze niet langer naar hem zoeken.

Daar zou hij nog eens heel goed over moeten nadenken. Hij deed de achterklep van de MPV open en keek hoe het er met Macy voor stond. Ze was wakker en doodsbang. En ze huilde. Hij klopte op haar wang.

'Niet huilen. Ik breng je gauw naar een heel leuke plek.' Hij trok de deken weer over haar heen en ging door de keukendeur het huis binnen. Hij werd onmiddellijk begroet door de zware geur van wiet. Dus de kinderen hadden zijn voorraad gevonden.

Uitstekend. Er was in ieder geval íéts wat volgens plan verliep.

Hij trof ze in een blije, vage stemming aan voor de tv waarop de heel pikante bijna-pornofilm voor boven de achttien speelde. Ze zouden eenvoudig te trainen zijn als hij ze eenmaal opgeborgen en gebroken had. Hij had graag meer tijd gehad om ze voor te bereiden, maar dankzij Mallory was die mogelijkheid voor hem afgesloten.

Mallory zou lijden. Dood door ricine was misschien wel pijnlijk genoeg. Nee, niets was pijnlijk genoeg. Maar hij kon zichzelf op dit moment niet toestaan zich op Mallory te concentreren.

'Hallo, meneer,' zei Seth blij.

'Hallo, jongens,' zei hij en hij deed alsof hij boos was. Normaal gesproken deed hij nooit alsof hij kwaad was. Het feit dat hij zo gemakkelijk accepteerde dat ze drugs gebruikten was een van de redenen dat ze vrijwillig terugkeerden. Maar aangezien hij toch niet van plan was ze te laten gaan, pakte hij het nu anders aan. 'Wat is hier verdomme aan de hand? Zijn jullie stóned?'

Sarah, de serieuze, fronste haar voorhoofd. Ze leek niet high te zijn. *Logisch.* Er zat altijd wel één brave hendrik in de groep. Wanneer hij ze eenmaal in de studio had, zou zij de eerste zijn die hij moest breken. De rest zou veel gemakkelijker in het gareel gaan lopen als ze hun morele kompas kwijt waren.

'Ik heb geprobeerd ze tegen te houden, meneer. Echt. Maar ze wilden niet luisteren.'

'Dit is niet goed, jongens,' zei hij boos. 'Jullie ouders en grootouders vertrouwen erop dat ik voor jullie zorg. Ik vertrouwde erop dat jullie je zouden gedragen.' Hij wendde zich met een zucht tot brave hendrik Sarah. 'Misschien kun je me helpen ze weer nuchter te krijgen. Ik kan wel wat hulp gebruiken bij het koffiezetten.' Waar hij een ruime dosis GHB in zou doen.

Ze liep achter hem aan naar de keuken, nog steeds met gefronst voorhoofd. 'Ik dacht dat u dokter was.'

Hij keek haar met opgetrokken wenkbrauwen aan. 'Dat ben ik ook.'

'Waarom draagt u dan dat uniform? Dat is het uniform van een politieman.'

Ik haat slimme kinderen. Hij gaf haar de zak met gemalen koffie en wees naar de machine. 'Omdat ik onderweg ben gestopt om iemand te helpen die betrokken was bij een auto-ongeluk. Ik had allemaal bloed op mijn kleren en een van de agenten bood me dit overhemd aan.'

Dat leek haar tevreden te stellen. 'O. Oké. Moet ik zorgen dat de koffie sterk is?'

'Graag. Ze zijn behoorlijk ver heen.'

'Ik weet het,' zei ze vol afschuw. 'Het spijt me zo.'

'Dat is nergens voor nodig. Ik had zelf moeten controleren of ze wiet bij zich hadden.'

Ze schudde haar hoofd, één wenkbrauw opgetrokken. 'Nee, meneer. Ze hebben het hier gevonden. In de koektrommel.'

Hij zuchtte diep. 'Mijn nichtje woont hier in huis. Ze heeft een drugsprobleem. Soms haalt ze dingen in huis die er niet horen. Het spijt me dat je daar getuige van hebt moeten zijn.'

'Dank u voor uw uitleg,' zei ze beleefd. 'Ik begrijp het, maar mijn oma zou echt kwaad zijn geworden. Mijn moeder haalt drugs in huis. Ze is helemaal losgeslagen.'

Dat wist hij, want haar moeder was een van zijn betere klanten. Hij had geen idee hoe de vrouw hem al die jaren had betaald, maar haar meest recente betaling was Sarah zelf. Wat hij niet had geweten was dat er ook nog een puriteinse grootmoeder in het geding was. 'Heb je het je oma verteld?' vroeg hij terloops. Tot zijn opluchting zag hij dat ze haar hoofd schudde.

'Mijn mobiele telefoon doet het hier niet. Bovendien heeft mama tegen haar gezegd dat ik de hele dag bij haar zou zijn. Ze wist dat oma me hier niet naartoe had laten gaan. Oma is heel streng vanwege mama's probleem.'

Mooi zo. Dat betekende dat Sarah's grootmoeder één persoon minder was die hij zou moeten doden. Sarah's moeder daarentegen... Ze had tegen hem gelogen en gezegd dat hij geen problemen zou ondervinden met Sarah. Ze had met geen woord gerept over oma. Dus zou er met mama worden afgerekend.

Hij zuchtte in zichzelf. Hij had zijn eigen regel overtreden: vertrouw nooit een verslaafde. Volgende keer zou hij niet zo'n haast hebben om deals te sluiten zoals hij met Sarah's moeder had gedaan.

Hij schatte Sarah's gewicht in. Ze woog hooguit vijfenveertig kilo. 'Drink jij koffie, Sarah?'

'Nee, maar ik ben dol op frisdrank,' zei ze met een glimlach.

'Laat mij dan een glas voor je inschenken.' Hij schonk cola in een glas en terwijl zij koffiezette voor de anderen, roerde hij er voldoende GHB doorheen om haar snel onder zeil te laten gaan. Ze sloeg het achterover en stak hem toen haar glas toe voor meer. Hij schonk het opnieuw vol en vroeg haar om wat snacks te pakken. Toen ze hem haar rug had toegekeerd, deed hij poeder in de kopjes koffie.

Sarah bracht de koffie naar binnen en maande de anderen die op te drinken en nuchter te worden. Ze klonk zelf als een moedertje. De andere drie kinderen gehoorzaamden en klokten de koffie naar binnen, ook al was die nog heel erg heet.

O, zeker. Ik moet Sarah absoluut als eerste breken. Zij is van een soort dat opstanden kan leiden.

Hij keek op zijn horloge en was opgelucht toen ze allemaal wazig begonnen te worden. Hij liep eerst met Sarah naar buiten. Hij ondersteunde haar toen ze wankelde en struikelde. Hij duwde haar achter in het busje, bond haar stevig vast en plakte haar mond dicht met tape voor hij terugging om de anderen te halen.

Alles verliep zoals hij had gehoopt en al gauw lagen alle vier de tieners achter in zijn busje. Hij verplaatste Macy naar een van de middelste stoelen, zodat ze niet platgedrukt zou worden door een van de grotere kinderen. Vervolgens sloot hij het huis af, stapte in de MPV en was onderweg. Het soepele verloop van de hele operatie beschouwde hij als een goed voorteken. De afschuwelijke pech van die dag was voorbij.

Hij zou ze allemaal naar de studio brengen en dan wat gaan rusten voor hij een manier bedacht om met Mallory af te rekenen. En vroeg of laat zou hij toch die antibiotica in zijn arm moeten zien te krijgen. De arm klopte niet meer. Hij was verdoofd. En je hoefde geen dokter te zijn om te weten dat dat helemaal niet goed was.

Zaterdag 15 augustus, 15.20 uur

Decker trok een stoel bij en ging naast agent Triplett zitten, die opnieuw een wachtbeurt ten deel was gevallen, dit keer buiten Mallory's ziekenhuiskamer. Zimmerman had alle beveiliging van het schuiladres teruggeroepen, omdat niemand dat nog gebruikte.

Meredith kwam Mallory's kamer uit. Ze zag er net zo moe uit als Decker zich voelde.

'Hoe gaat het met haar?' vroeg Kate op gedempte toon.

Meredith haalde haar schouders op. 'Fysiek gesproken heeft ze pijn. Ik heb haar ademhaling en hartslag haarscherp in de gaten gehouden, voor het geval iemand iets anders in haar infuus probeert te doen dan pijnstillers. Ze zakt telkens weer weg. Ze bleef maar om Kendra vragen, tot ik uiteindelijk Wendi heb gebeld en heb gevraagd of ze Kendra hierheen wil brengen. Ze zijn onderweg.'

'Er is geen bezoek geweest,' voegde Trip eraan toe. 'Niemand heeft iets geprobeerd. Alles is rustig.'

'Niet lang meer,' zei Decker.

'Dat is een ding dat zeker is,' stemde Kate in en ze praatte hen in het kort bij. Ze gaf Meredith en Trip even de tijd om de nieuwe informatie te verwerken voor ze hun vertelde wat ze van plan waren te doen.

'Ga je haar reactie opnemen op video?' vroeg Meredith onzeker. 'Dat lijkt me een inbreuk op haar privacy. Maar ik kan niets beters verzinnen. Heb je het haar dokter verteld, zodat ze voorbereid zijn mocht ze in shock raken?'

Decker knikte. 'Dat hebben we gedaan. Haar dokter houdt zich klaar. Maar het ligt meer voor de hand dat ze jou nodig heeft om haar te kalmeren, Meredith.'

'Hopelijk komt Kendra snel. Mallory is heel doelgericht als het erom gaat haar hierheen te krijgen. Dat is niet ongebruikelijk bij slachtoffers van misbruik. Ze hechten zich vaak aan één persoon – of het idee van een persoon. Kendra was de hele week haar redding, haar vangnet. Ik denk sowieso dat de wetenschap dat iemand haar rugdekking gaf haar de moed heeft gegeven om tevoorschijn te komen. Dat Kendra daar op haar stond te wachten toen ze de winkel uit kwam – dat is een krachtig beeld. En zeker niet een dat we haar zouden moeten proberen af te nemen.'

'We hebben niet genoeg tijd om op Kendra te wachten,' zei Kate. 'Zimmerman heeft een rechter stand-by om de huiszoekingsbevelen te tekenen.'

Meredith knikte vermoeid. 'Kom op dan.'

'Jij en ik de kamer in,' zei Kate tegen haar. 'Decker doet de video.'

'En ik ga hier een beetje mooi zitten wezen,' zei Trip en hij sloeg zijn ogen ten hemel.

Meredith klopte op zijn massieve arm. 'Jij bent hier om haar het gevoel te geven dat ze veilig is, ook al beschikt ze op dit moment nog niet over de woorden om je dat te vertellen.'

Decker ademde blazend uit en dwong zichzelf te gaan staan. 'Ik moet toegeven dat ik er aardig doorheen zit.'

'Wanneer hebben jullie twee voor het laatst gegeten?' vroeg Trip.

'Dat kan ik me niet eens herinneren,' antwoordde Decker met een kort lachje. 'We zullen ergens iets moeten halen wanneer we hier weggaan.'

Trip klopte op de koelbox die aan zijn voeten stond. 'Je mag mijn eten hebben. Ik heb mijn oog laten vallen op een verpleegster die ik wel kan verleiden om me later iets te brengen.'

Deckers maag begon bij de gedachte alleen al te rommelen. 'Ik zou graag nee zeggen, maar mijn maag zou me waarschijnlijk vermoorden.' Hij liep achter Kate aan naar Mallory's kamer en bleef in de deuropening staan om te wachten op wat de reactie van het meisje zou zijn. Hij begon te filmen, waarbij hij zijn mobiele telefoon zo hield dat niet meteen te zien was wat hij aan het doen was.

'Hoi, Mallory,' zei Kate terwijl ze een van de stoelen bij het bed zette. 'Ik ben er weer.'

Mallory keek haar half slapend met haar ogen knipperend aan. 'Kate.'

'Dat klopt. Die man daar? Hij is een van mijn partners. Hij heet agent Davenport.'

Het meisje leek een beetje wakkerder te worden. 'Davenport?'

'Jazeker, maar je mag me Decker noemen. Dat is een bijnaam.'

'Waarom? Waarom is het een bijnaam?'

'Omdat ik als kind graag knokte en ik iedereen tegen de grond sloeg,' antwoordde hij met een glimlach. Dat was zijn standaardantwoord wanneer mensen ernaar vroegen. Maar toen zei iets in hem dat hij haar meer moest geven dan dat. Hij keek ernstig, de glimlach verdween. Hij schoof de opgepoetste versie aan de kant. 'Ik sloeg iedereen tegen de grond omdat mijn moeder altijd stoned was en wij onder de hoede van jeugdzorg werden geplaatst en soms was dat goed en soms niet.' Ze keek hem aan. Uit haar samengeknepen ogen sprak achterdocht en onzekerheid of dit verhaal wel waar was. Dus gaf hij haar de waarheid en legde zichzelf bloot. 'Ze kickte steeds lang genoeg af om mijn zus en mij terug te krijgen en dan begon alles weer van voren af aan. Tot mijn moeder een overdosis nam nadat ze een of andere oude viezerik mijn zusje had laten misbruiken.'

Mallory snakte naar adem en vanuit zijn ooghoeken zag hij dat Merediths ogen groot waren geworden. Kate daarentegen... Ze glimlachte hem bemoedigend toe, wat het zo veel gemakkelijker maakte om Mallory's volgende vraag te beantwoorden. 'Wat is er met haar gebeurd? Met hen allebei?'

'Mijn moeder is in haar eigen kots gestikt met de naald nog in haar arm.' Hij haalde diep adem. 'Mijn zusje stierf ook en... nou, dat was heel moeilijk, want ze heeft geleden. Heel erg. Zij was een klein meisje en hij... nou ja, hij was een volwassen man. Hij verwondde haar zo erg dat ze stierf. Maar het was niet zo dat ze in vrede kon rusten, want de klootzak die haar had misbruikt had foto's van haar gemaakt.'

Mallory bleef doodstil liggen en keek Decker strak aan. 'Dat spijt me zo,' fluisterde ze.

Hij zag kans even te glimlachen naar de jonge vrouw die ook geleden had. 'Dank je. Maar het werd nog erger, omdat die klootzak de foto's op internet zette. En een paar jongens die ik kende vonden ze. En ze vonden het grappig. Daar was ik het niet mee eens.'

Mallory slikte moeizaam. 'Dus je sloeg ze allemaal tegen de grond?'

'Jazeker, dat heb ik gedaan.'

Het meisje lag te trillen. 'Goed zo,' fluisterde ze. 'Daar ben ik blij om.'

'Nu ik erop terugkijk, ik ook. Ik kreeg de kans om terug te vechten. Ik kon in ieder geval tegen mezelf zeggen dat ik er iets aan deed en dat is een stuk beter dan niets doen.'

Haar ogen fonkelden, nu van woede. 'Jullie willen dat ik jullie dingen vertel. Dat kan ik niet. Hij heeft Macy. En hij is hier. Dat weet ik gewoon. Hij weet het.'

'Omdat hij die telefoon voor je heeft achtergelaten,' zei Kate zacht.

'Jullie hebben geen idee wat het is om in de gaten te worden gehouden. De hele tijd. Ik dacht dat ik de waarheid kon vertellen wanneer ik kans zag weg te komen, dat ik iets kon doen, maar hij houdt me hier ook in de gaten, net als thuis. Hij heeft overal ogen en oren. Spionnen, camera's overal. Ik wil jullie alles vertellen. Echt waar.' Mallory's ogen stroomden vol tranen en Deckers hart brak. 'Ik wil echt heel erg graag het juiste doen. Maar dat kan ik niet.'

'Mag ik dichterbij komen?' vroeg Decker.

Mallory knikte onzeker. 'Ja. Bedankt dat je het vraagt.'

Decker gaf zijn telefoon aan Trip, die op de plek ging staan waar Decker had gestaan en verderging met filmen.

'Het laatste wat ik wil is je bang maken. Nog banger,' verbeterde Decker zichzelf. Hij liet zich op de stoel aan de andere kant van het bed zakken en kon een kreun niet onderdrukken. 'Neem me al dat gekraak alsjeblieft niet kwalijk,' zei hij lijzig met een rustige glimlach, in de hoop haar op haar gemak te stellen. Als er ooit een moment was om al zijn charmes in de strijd te gooien, dan was het nu wel. 'Ik ben vorige week gewond geraakt. En toen... nou, toen probeerde iemand me nog een keer iets aan te doen.'

'Is je voornaam Griffin?' vroeg ze en nu was het Deckers beurt om verrast te zijn.

'Ja, dat klopt. Hoe weet je dat?'

'Ik heb gehoord dat ze het over je hadden. Hij was... bang. Dat was de eerste keer dat ik hoorde dat hij bang was. Hij heeft iemand gestuurd om je in het ziekenhuis te vermoorden. En toen was hij vreselijk kwaad omdat ze hadden gefaald.' Haar mondhoeken gingen grimmig tevreden omhoog. 'Ik ben blij dat ze hebben gefaald.'

'Ik ook. Maar daar moet ik mijn partner voor bedanken, agent Coppola. Ze racete als een dolle door het ziekenhuis en sprong over lunchkarretjes alsof het horden waren.'

'Dat moet een spektakel zijn geweest,' mompelde Mallory. Toen kneep ze haar lippen op elkaar alsof ze diep nadacht. Ze deed er bijna een minuut het zwijgen toe voor ze eindelijk weer iets zei. 'Jullie moeten iemand waarschuwen die Dani heet. Een dame. Een dokter. Hij gaat proberen om haar ook te vermoorden.'

'Dat heeft hij al geprobeerd,' vertelde Decker haar. 'Het is mislukt. Haar vriend was er en hij heeft hem tegengehouden. Gooide een mes in zijn arm.'

'O,' zei Mallory ademloos. 'Dus zó is hij aan die wond in zijn arm gekomen. Hij is ontstoken. Ik heb misschien iets smerigs in het verband gedaan toen hij me opdracht gaf hem te verbinden. Ik moest eigenlijk antibiotica voor hem halen. Die heb ik vandaag bij de Kroger gekocht. Maar toen reed hij me aan en ik heb geen idee waar het flesje is. Dat is karma, hè?'

'Dat is het zeker,' mompelde Decker. 'Maar soms is karma niet voldoende. Soms moet het een handje worden geholpen. Soms heeft het iemand nodig die jou beschermt, die over lunchkarretjes springt alsof het horden zijn.'

'Ik heb niet zo iemand. Ik heb alleen mezelf. En Macy heeft alleen mij.'

'Nou, dat is niet waar,' zei hij licht bestraffend. 'Je hebt mij. En Kate. Kendra. Meredith. Agent Triplett daar. Je hebt onze hele ploeg. Je bent zo dapper geweest. Toen je dat eerste telefoontje pleegde. Vandaag die taxi nemen zodat je voor de tweede keer kon bellen. Je vertrouwde ons al voor je ons kende. Je moet ons nu nog een beetje meer vertrouwen. We willen dat je een foto bekijkt. Eentje maar. Wil je dat doen?'

'Wat staat er op die foto?'

'Zes mannen,' zei Decker tegen haar. 'We moeten weten of je een van hen kent.'

Ze keek naar de deur, zag Trip met Deckers telefoon in de weer. 'Nemen jullie dit op?'

'Ja,' zei Decker eerlijk. 'Weet je wat een huiszoekingsbevel is?'

'Dat is toch een document waarop staat dat je het recht hebt om iemands huis binnen te gaan en te doorzoeken ook al willen ze dat niet hebben? Hebben jullie er een? Voor zijn huis?'

'Eén ding tegelijk,' zei hij. 'Jouw definitie is voor het grootste deel correct. Maar we kunnen niet zomaar een huiszoekingsbevel krijgen als we dat willen. We moeten zorgen dat een rechter het ermee eens is. Wat je tweede vraag betreft, ja, we hebben een bevel klaarliggen, dat alleen nog getekend moet worden door een rechter. Hij zit te wachten tot jij ons vertelt of we de juiste man hebben. We dachten dat we dit beter op konden nemen voor het geval je nog steeds niet met ons zou willen praten, zodat we de rechter jouw reactie konden laten zien. Maar we willen er ook voor zorgen dat je beschermd wordt. We vermoeden dat deze man een heleboel vrienden heeft en we willen zeker weten dat niemand kan zeggen dat we je woorden in de mond hebben gelegd.'

Ze staarde hem met een achterdochtige uitdrukking op haar gezicht aan. Het was duidelijk dat ze zijn woorden dolgraag wilde geloven. 'Moet ik iets zeggen?'

'Niet als je dat niet wilt.'

Ze beet op haar gespleten lip. 'Hij zal erachter komen. Hij zal Macy iets aandoen. Je kent hem niet zoals ik hem ken.'

Ze wil overtuigd worden, dacht Decker. Ze was sterk genoeg om een beetje van de bittere waarheid aan te kunnen. 'Als je niets zegt, dan kunnen we hem niet pakken en dan heeft hij Macy nog steeds. Maar als je ons helpt, dan wordt de kans dat we haar terugkrijgen een stuk groter.' Hij stak zijn hand op met de palm naar voren gekeerd. 'Vertrouw ons.'

Mallory staarde naar zijn hand en toen naar hem. 'Beloof je dat je haar zult vinden?'

'Nee,' zei hij kalm. 'Dat kan ik niet beloven. Ik zal niet tegen je liegen. Je verdient beter en je bent sowieso slim genoeg om te weten wanneer er een leugen wordt verteld. Ik kan niet beloven dat ik haar zal vinden. Ik kan wel beloven dat ik mijn uiterste best zal doen. En ik kan je beloven dat mijn uiterste best behoorlijk goed is.' Hij had zijn hand niet bewogen.

'Hij denkt dat ik bang voor hem ben,' fluisterde ze. 'En hij heeft gelijk. Dat ben ik ook. Maar als ik niks zeg en hij maakt Macy net zoals ik? Dat wordt mijn dood.' Ze haalde diep adem en legde toen haar hand in de zijne. 'Oké. Laat me de foto zien.'

Kate wierp hem een blik toe die hij zich de rest van zijn leven zou blijven herinneren, ongeacht wat er nog te gebeuren stond. Er sprak trots uit en nog iets meer, iets wat hem zo verrekte blij maakte dat ze uit die boom was komen vallen en haar geweer in zijn rug had gepord.

Kate had op haar mobiele telefoon een serie foto's samengevoegd, waar dokter Brandon Edwards er één van was. 'Heeft een van deze mannen je gedwongen pornografische films te maken toen je twaalf jaar oud was?'

Mallory verstijfde. Toen knikte ze.

Kate liet haar stem zacht en vriendelijk klinken. 'Ik weet dat het moeilijk is, maar zou je aan willen wijzen wie dat was?'

Mallory hief trillend haar hand en wees naar het portret van Edwards.

Kate sloot het venster met de foto onmiddellijk. 'Dank je, Mallory. Dat is het enige wat we weten wilden.'

'Wacht!' zei Mallory. Ze keek in de richting van Trip. 'Bent u nog steeds aan het filmen?'

'Jazeker,' zei Trip.

'Mooi.' Ze verstevigde haar greep op Deckers hand tot hij bijna piepte. Maar hij maakte geen geluid, want ze staarde recht in de camera. 'Ja, meneer de rechter, wie u ook bent,' zei ze luid. 'De man in de rechterbovenhoek is dokter Brandon Edwards. Hij heeft me gedwongen films te maken vanaf het moment dat ik twaalf was en is daarmee doorgegaan tot ik vijftien werd. Hij deed vreselijke dingen. Seksdingen. Ik wilde ermee ophouden, maar dat vond hij niet goed. Ik probeerde hulp te vinden en hij vertelde leugens over me. Hij schilderde me af als een krankzinnige en drugsverslaafde. Hij maakte mijn kleine zusje bang voor me. En toen strafte hij me door me dagenlang in een kast op te sluiten en toen ik er weer uit mocht... liet hij andere mensen... andere mannen... ook dingen doen. Hij zei dat als ik niet deed wat hij zei, hij Macy al die dingen ook zou laten doen. Ik heb er zo vaak over gedacht om hem te vermoorden, maar hij zei dat als hij stierf, zijn partner, Woody McCord, het van hem over zou nemen en dat die niet zou wachten tot Macy ouder was.' Ze haalde hijgend adem. 'Hij heeft in de tijd dat ik bij hem woonde ook andere kinderen gehad. Jongens en meisjes. Hij dwong ze ook om films te maken. En vandaag... hij heeft vier kinderen in zijn huis. Dat was in ieder geval de bedoeling. Ik weet niet of ze inderdaad zijn gekomen. Ik zal dit voor de rechtbank verklaren.' Ze stak haar kin naar voren. 'Tenzij hij me eerst vermoordt. Hij zei dat hij dat zou doen als ik ooit mijn mond opendeed.'

'We zullen hem daar niet de kans voor geven,' zei Decker. 'We laten hem jou niet vermoorden.'

'Ik weet dat jullie je best zullen doen om hem de kans niet te geven,' zei ze, zijn woorden herhalend met een berusting die pijn deed om te horen. Ze sloot even haar ogen. 'Niet ophouden met filmen. Ik ben nog niet klaar.'

'Komt voor elkaar,' zei Trip vol respect.

'Hij heeft zijn vriendin vermoord. Ze heette JJ. Hij...' Ze slikte hoorbaar. 'Hij heeft haar lichaam in stukken gezaagd en die in koffers gestopt. Toen heeft hij me gedwongen de koffers naar het motel te brengen waar ze haar auto had geparkeerd en in de kofferbak te stoppen. Hij had gezegd dat ik de sleutels in het contact moest laten zitten en dat heb ik gedaan. Misschien heeft iemand hem meegenomen, dat weet ik niet. En hij heeft een echtgenote – Roxy – en ze is echt heel erg ziek. Ze is in zijn huis. Help haar, alsjeblieft.'

'Is er verder nog iets?' vroeg Trip.

'Eh... hij heeft een zus, Nell. Ze is aardig, maar ze denkt dat ik slecht ben. Ik geloof niet dat ze weet wat hij uitspookt. Zijn andere zus, Gemma, is verslaafd. En ze is Macy's moeder. Hij heeft ons van onze echte moeder gekregen en hij heeft mij gehouden en Macy, die toen nog maar een peuter was, aan Gemma gegeven.' Ze maakte nerveus haar lippen nat. 'Gemma's man zit bij de politie. Hij heet Bob. Ik weet zijn achternaam niet. Ik weet ook niet waar ze wonen.'

Een politieman. Dat klinkt heel logisch. 'Oké,' zei Decker. 'We gaan naar ze op zoek. Bob is een heel algemene naam, maar Gemma niet. Haar naam zal in zijn personeelsdossier staan.'

Haar ogen werden groot en vulden zich met tranen. 'Geloof je me?' fluisterde ze.

'Ja. Natuurlijk geloof ik je,' zei Decker.

Ze snikte. 'Niemand wilde me geloven. Niemand heeft me ooit willen geloven.'

Deckers ogen prikten. 'Wie wilde je niet geloven, schat?'

'Bob. Ik dacht dat hij me zou helpen. Ik dacht dat hij van Macy hield en haar zou willen beschermen. Maar hij geloofde me niet en hij sloeg me. Hard. Hij zei dat ik moest ophouden met liegen en toen vertelde hij het tegen Gemma, die het aan de dokter vertelde. Dat was de eerste keer dat hij me in de kast opsloot, maar niet de laatste. Hij zorgde dat iedereen om ons heen, alle buren, iedereen die me ontmoette, geloofde dat ik geestelijk gestoord was. Dat ik mezelf dingen aandeed en dat hij zo'n geweldige vent was omdat hij me bij hem in huis had genomen en me een thuis had gegeven. Niemand wilde me geloven als ik zei dat hij een slecht mens was.'

Decker moest heftig slikken. Er was meer, wist hij. Zo veel mensen hadden deze jonge vrouw in de steek gelaten. Hadden haar verraden. Hij zou uiteindelijk van elk van hen de naam achterhalen. Maar hij moest eerst de Professor vinden. Dat was op dit moment zijn prioriteit.

'Nou, wij geloven je wel,' zei hij schor.

Meredith stond bij het hoofdeinde van het bed en streek nu Mallory's haar van haar voorhoofd. 'Wat is er met je moeder gebeurd, Mallory?'

'Ze gaf ons weg omdat hij haar drugs verkocht. Ze was verslaafd aan heroïne en wilde steeds maar meer en meer. Dus toen... heeft ze ons aan hem verkocht,' snikte ze gebroken. 'En niemand wilde me geloven.'

Decker veegde met zijn vrije hand zijn ogen droog, want hij was niet van plan Mallory los te laten, ook al brak ze elk botje in zijn hand.

Trip schraapte zijn keel. 'Moet ik blijven filmen, Mallory?'

Mallory haalde adem en verdomd als ze haar snikken ook niet inslikte, net als Kate. De tranen bleven stromen, maar ze huilde geluidloos uit pure wilskracht. 'Ja. Jullie moeten in de kelder kijken. Dat is waar hij de verdovende middelen maakt. Soms ruikt het echt heel akelig. Ik weet niet wat hij daar maakt. Soms moest ik buiten slapen vanwege de dampen. Dus controleer de kelder.' Ze wendde met gefronste wenkbrauwen haar blik af. 'Dat is alles, geloof ik.'

'Ik heb een vraag,' zei Kate. 'Nou, misschien twee. We weten dat hij een andere plek heeft gezocht om zijn films te maken. Weet je waar de nieuwe plek is? Is die in zijn huis?'

'Nee, die is niet in zijn huis, maar ik weet niet waar hij wel is. Het spijt me. Ik weet het werkelijk niet. Dat is waarschijnlijk de plek waar hij Macy naartoe heeft gebracht. Hij gaf me altijd iets waarvan ik in slaap viel en dan blinddoekte hij me voor het geval ik wakker zou worden voor we er waren. Het is omringd door bomen. Dat is alles wat ik weet. Het spijt me.'

'Dat geeft niet,' zei Kate. 'Je hebt ons geweldig geholpen. Laatste vraag – waarom is hij op een andere plek gaan filmen?'

'Vanwege de tweede keer dat ik het probeerde te vertellen. Ik leende een telefoon van een mevrouw in een winkel en belde de politie. De politie kwam naar zijn huis – zijn oude huis – en keek rond en een van hen... hij kende me. Van de films. Hij zei tegen de dokter dat hij het zou vertellen. Hij wilde geld van de video's, anders zou hij bekendmaken dat er films werden gemaakt in zijn huis. Dus toen heeft de dokter het huis verkocht en is hij verhuisd naar waar hij nu woont. Willen jullie het adres?'

'Vertel maar, voor de opgenomen verklaring.'

Mallory dreunde het adres op en het was hetzelfde als dat wat Zimmerman op het huiszoekingsbevel had gezet. Hetzelfde huis dat ze zouden gaan doorzoeken zodra het meisje haar zegje gedaan had.

'Maar ik weet niet hoe die politieman heet,' besloot ze.

'Zou je hem herkennen als je hem weer zag?' vroeg Decker.

Mallory kneep nadenkend haar gezwollen rode ogen samen. 'Ja. Maar alleen als... als ik hem zonder kleren zie. Want hij dwong de dokter ook hem het met... met mij te laten doen. Ik heb zijn gezicht nooit gezien, maar ik herinner me zijn moedervlek nog. Dus ja, ik zou hem herkennen als ik zijn moedervlek weer zie.'

Decker knarste met zijn tanden toen een plotselinge golf van blinde woede door hem heen trok. *Verdomme.* Opnieuw een politieman die haar had moeten beschermen. Geen wonder dat ze zich niet eerder had gemeld. 'Mooi. Want dat geloven we ook van je.'

Ze glimlachte vermoeid. 'Dank u. Er is een sleutel van het huis... ik had hem in mijn zak.'

Meredith wees naar een doorzichtige plastic tas met Mallory's kleren. Kate trok een paar handschoenen aan en vond de sleutel in de kleding. 'Die is splinternieuw,' zei ze.

'Hij heeft twee dagen geleden de sloten vervangen. JJ had een sleutel laten bijmaken voor zichzelf en probeerde drugs van hem te stelen. Hij heeft de alarmcode ook veranderd. De nieuwe code is 4655.' Mallory liet zich in de kussens zakken. 'Ik ben kapot. U kunt nu ophouden met filmen.'

Vanuit zijn ooghoeken zag Decker dat Trip het mobieltje liet zakken en even langs zijn ogen veegde. Decker kneep kort in Mallory's hand. 'Ik moet nu een tijdje weg. Ik kom terug. We gaan onze uiterste best doen om je zusje te vinden. Maar je moet goed beseffen dat wat er ook gebeurt, je heel dapper bent. En je bent een goed mens. Niets van wat er allemaal is voorgevallen is jouw schuld. En Macy mag blij zijn dat ze jou als grote zus heeft. Oké?'

'Oké,' fluisterde ze. 'Dank u dat u me over uw zus hebt verteld. Hoe heette ze?'

'Shelby Lynne. En ik mis haar nog elke dag.'

'Dan mocht ze ook van geluk spreken dat ze u had.'

Decker bracht haar hand naar zijn wang. 'Dank je. Probeer nu wat te slapen. We komen terug.'

Ze liet zijn hand los en hij stond op. Hij stond te trillen op zijn benen. Zijn hele lichaam beefde. Hij moest deze kamer uit voor hij instortte.

Kate liep met hem mee naar de deur en nam de telefoon uit Trips handen. 'Hoorde ik het goed dat je hem eten aanbood?'

'Dat klopt.' Trip gaf haar zijn koelbox. 'Wees voorzichtig.'

'Dat zullen we zeker doen.' Kate zei verder niets meer, maar hield hem stevig bij zijn arm vanaf het moment dat ze Mallory's kamer uit gingen tot hij zich op de passagiersstoel van haar auto liet zakken. Ze maakte voorzichtig zijn gordel vast en drukte een kus op zijn voorhoofd. 'Ik was daarnet zo trots op je. Je bent een goed mens, Griffin Davenport. Griff en Mama D zouden ook trots zijn geweest.'

Hij probeerde te glimlachen, maar merkte dat hij daar te uitgeput voor was, zowel fysiek als emotioneel. 'Je moet Zimmerman bellen.'

'Ik heb hem al een sms gestuurd terwijl Mallory aan het woord was. Ik heb hem verteld dat we verder konden. Dat de video eraan kwam. Ik denk dat ik hem naar de cloud moet sturen, want hij is veel te groot om te mailen. Toen je haar eenmaal aan het praten had gekregen, wilde ze niet meer ophouden. En ik wilde ook niet dat ze ophield.'

'Kate?'

'Wat wil je, Decker?'

'Jou om mee te beginnen, maar op dit moment toch voornamelijk even slapen.'

Ze kuste zijn slaap. 'Prima, maar eet eerst wat er in die koelbox zit.'

Decker zag kans alles op een stuk appeltaart na op te eten nog voor Kate de snelweg bereikte. Toen deed hij zijn ogen dicht.

En stond zichzelf toe te treuren om Mallory en Macy en Shelby Lynne en al die andere kinderen wier namen ze misschien nooit te weten zouden komen. Pas op het moment dat Kate hem een pakje tissues in zijn handen drukte, besefte hij dat hij zat te huilen, maar hij voelde geen enkele gêne. Geen schaamte. Niet bij haar. Hij zou zich aan niemand anders zo... naakt hebben laten zien. Alleen aan haar. Want zij zat ook te huilen.

27

Cincinnati, Ohio, zaterdag 15 augustus, 18.30 uur

Decker werd met een schok wakker. Hij had zijn vuisten gebald. Alles aan hem verstijfde. Want Kate was er niet meer. Haar geur zat niet meer in zijn hoofd.

'Rustig, soldaat.' Troy zat op de bestuurdersstoel en balanceerde zijn laptop op het stuur terwijl hij zat te tikken. 'Ze is naar binnen.'

Decker zat op de passagiersstoel, die zo ver achterover was gezet als maar mogelijk was. Hij wist niet precies hoelang hij had geslapen. Het was nog niet donker, maar de zon was al een eind langs de hemel getrokken. Hij wreef over zijn gezicht terwijl hij probeerde helemaal wakker te worden. 'Waar naar binnen?'

'Het huis van Edwards. Man, het is fijn om hem niet meer de Professor te hoeven noemen.'

Decker gromde instemmend en drukte op de hendel om de rugleuning weer rechtop te zetten. Hij wierp een blik op de klok op het dashboard terwijl hij de omgeving in zich opnam. Hij had tweeënhalf uur geslapen.

En hij voelde zich verrassend goed. 'Ik dacht dat Zimmerman en jij naar de praktijk van de dokter zouden gaan.'

'Daar zijn we ook geweest. We hebben de zus van de dokter, Nell Edwards, opgepakt. Ze is doktersassistente en werkt op de vergunning van haar broer.'

'Mallory heeft het over haar gehad. Ze zei dat ze aardig was en waarschijnlijk niets afweet van de activiteiten van haar broer.'

De uitdrukking op Troy's gezicht verzachtte. 'Ja. Ik heb de video gezien. Dat was aardig van je, Decker, haar over je zus vertellen.'

Deckers gezicht werd warm ondanks de koele lucht die uit de roosters van de airco kwam. 'Ja, oké. Hoe dan ook, wat zei Nell precies?'

'Dat we het bij het verkeerde eind hadden. Dat haar broer nooit betrokken kon zijn bij dergelijke zaken. Dat Mallory geestesziek was, in de war. Dat hij als een vader voor het meisje had gezorgd en dit de dank was die hij daarvoor kreeg. Enzovoort, enzovoort. We hebben haar in een verhoorkamer gezet met een gewapende agent. Ze beweert dat ze geen idee heeft waar haar broer kan zijn, maar ik durf er een lief bedrag onder te verwedden dat ze liegt. Dat ze hem beschermt. We zijn van plan om de video's te gebruiken – van hem met Alice en van hem met Mallory – om haar ervan te overtuigen dat hij een psychopathische pedofiel is, maar ik wed dat ze daar ook wel een excuus voor kan bedenken.'

'Waarschijnlijk wel. Mensen zijn heel goed in geloven wat ze willen geloven. Dus Edwards was niet in het huis. Hoe zit het met die vier kinderen?'

'Het enige wat er nog hing was de lucht van een gigantisch wietfestijn. De eerste mensen die er naar binnen gingen zeiden dat ze al stoned werden toen ze alleen maar door het huis liepen. Het is nu wel weggetrokken, maar je kunt het nog steeds in het tapijt ruiken. Er stonden koffiekopjes in de woonkamer en een halfleeg glas cola. Allemaal met sporen van GHB.'

'Dus hij heeft ze verdoofd en ergens naartoe gebracht.'

'De boerenjongen is weer helemaal terug,' zei Troy met een sarcastische juichkreet. Decker stak zijn middelvinger naar hem op en Troy moest lachen.

'Hoelang staan we hier al?'

'Jij bent hier al meer dan een uur. Ik ben pas twintig minuten geleden gearriveerd. Ik heb de Decker-wacht op me genomen, voornamelijk omdat ik in een ruimte met airco wilde zitten.'

'Niemand hoeft mij te bewaken.'

Troy wierp hem een licht verwijtende blik toe. 'Kate is nog geen vierentwintig uur geleden beschoten. Daarvoor is Dani aangevallen omdat ze wist waar jij was. We gaan nergens alleen naartoe. Niemand van ons. Bevel van Z. En over de baas gesproken, we zijn er gelukkig achter gekomen dat het Nell, de assistente, was die een paar jaar geleden de keuring van zijn kinderen heeft gedaan, niet Edwards zelf.'

'Dat is mooi,' zei Decker, vreselijk opgelucht. 'Hoe zit het met de vrouw van Edwards?'

Troy vertrok zijn gezicht. 'Dat was echt akelig. Ze hadden haar al afgevoerd tegen de tijd dat ik hier kwam, maar ze is heel ziek. Ze heeft misschien nog maar een paar dagen te leven. Ernstige leveraandoening. Haar huid zag geel en ze was niet aanspreekbaar. Het beddengoed was smerig… al leek het er wel op dat ze tot vandaag werd verzorgd.'

'Mallory,' zei Decker zacht. 'En geen teken van Macy, neem ik aan. Of een verband met een politieman die Bob heet?'

'Tot dusver niet. En tot dusver heeft ook niemand Macy als vermist opgegeven.'

'En de kelder?'

'De deur lijkt wel een kluis. We willen er zeker van zijn dat we alle bewijsmateriaal hebben voor we de deur uit zijn hengsels blazen en een grote stofwolk veroorzaken.'

'En als hij nou daarbeneden is met Macy en de vier kinderen?'

'Er is geen andere uitgang. Dus als hij daar zit, dan hebben we hem. Maar ik zie hem zich nog niet zo gauw in een hoek laten drijven.'

'Mee eens.' Decker begon onrustig te worden. 'Ik ga naar binnen. Ga je mee?'

'Natuurlijk. Ik zat alleen maar te wachten tot jij klaar was met je schoonheidsslaapje.'

Troy pakte zijn spullen bij elkaar en Decker en hij troffen Kate samen met Adam en Quincy Taylor in Edwards kantoor aan rond zijn computer.

Kate keek met een opgewonden blik in haar ogen op. 'Weet je nog dat Mallory zei dat hij haar altijd in de gaten hield?'

'Met spionnen en camera's,' herinnerde Decker zich. 'Hebben jullie de camera's gevonden?'

'Ik zou zeggen van wel,' antwoordde Adam. 'Het duurde even voor we achter zijn wachtwoord waren. We hebben uiteindelijk aan Diesel gevraagd hoe hij negen maanden geleden McCords systeem had weten te hacken. Toen hij ons dat eenmaal had verteld, was het kinderspel.'

'Niet echt,' zei Quincy. 'Diesel is een soort van genie en dat had ik niet verwacht.'

'Ik denk dat hij expres dat image van Hells Angel probeert uit te stralen,' zei Decker. Hij dacht terug aan hoe de man was ingestort nadat hij hem de geheugenstick had gegeven. 'Hij is ook niet wat ik had verwacht. Nou, wat hebben jullie gevonden?'

'We beginnen nog maar net te kijken.'

'Het systeem maakt opnamen,' zei Quincy opgewonden, 'en het bewaart de beelden jaren. Dit is een goudmijn.' Hij drukte een paar toetsen in en schakelde van camera naar camera. De kelder, de keuken, de badkamer, Mallory's slaapkamer. 'Mijn god. Hij hield haar werkelijk in de gaten. De hele tijd. Arm kind.' Hij vond de woonkamer en spoelde terug tot de vier tieners verschenen. Drie van hen rookten wiet terwijl hun aandacht volledig werd opgeslokt door wat zo te zien een nietsverhullende film op het grote tv-scherm was.

'Hij bereidt ze voor op seks,' zei Kate walgend. 'Geeft ze drugs en krijgt ze zover dat ze porno accepteren. Het zou slechts een kwestie van tijd zijn voor hij ze zover zou krijgen dat ze bereid waren te poseren en seks met elkaar te hebben. En met hem.'

Quincy spoelde een stukje vooruit, tot waar Edwards terugkwam en zag dat er een feestje gaande was. Hij reageerde daar tamelijk nuchter op en verliet toen de kamer met een van de tieners in zijn kielzog. Quincy schakelde naar de camera in de keuken en ze keken toe terwijl Edwards wit poeder in koppen koffie en een glas cola mixte. 'Daar doet hij de GHB erin. We hebben het aangetroffen in de overgebleven drankjes.'

De kinderen werden een voor een onvast ter been en hij bracht ze naar buiten.

'Had hij ook een camera buiten?' vroeg Kate.

Quincy wist hem te vinden en ze keken toe terwijl Edwards de tieners in een oude MPV stopte en ze vastbond en knevelde.

'We zijn hem net misgelopen,' mompelde Adam. 'Verdomme.'

'Hoe zit het met de kelder?' vroeg Decker.

Quincy vond de camera en floot. 'Wauw.' Het vertrek stond vol met laboratoriumapparatuur en er waren verschillende binnendeuren. Een paar keer drukken op de tabtoets onthulde wat er achter die deuren zat – achter een ervan zat een voorraadkamer met grote zakken waar HEROÏNE, COKE, METH op stond en flessen met op het etiket STEROÏDEN. Achter een andere deur bevond zich een wapenarsenaal – voornamelijk halfautomatische geweren en handvuurwapens.

'Bingo,' zei Decker met een grijns die zijn gezicht bijna in tweeën spleet. Ze hadden Edwards voor de porno en de drugs. Nu hoefden ze alleen nog het bewijs te verzamelen voor de moorden die hij had gepleegd. De man zou nooit meer uit de gevangenis komen.

'En hij heeft ook nog een zeer verfijnde wijnkelder,' voegde Troy eraan toe. 'We hebben hier te maken met een erudiete, psychopathische, pedofiele drugshandelaar.'

Quincy drukte nog een paar keer op de tabtoets en ze deinsden allemaal even terug.

'Dat is zijn praktijk,' zei Troy terwijl hij dichter naar het scherm kwam. 'Daar waren we net nog.'

Quincy drukte op een paar toetsten en de beelden werden teruggespoeld. 'Klopt. Daar ben je, Luther.' Hij stopte het terugspoelen en drukte op PLAY. 'De camera maakt je echt vijf kilo zwaarder.'

'Val dood,' zei Troy, maar zonder boosheid. 'Dat is Nell, zijn zus.' Ze zat heftig met haar hoofd te schudden. 'Ze weigerde te geloven dat haar broer iets verkeerds kon hebben gedaan.'

'Heeft hij ergens anders nog camera's?' vroeg Decker. 'In zijn studio bijvoorbeeld?'

Kate keek hem goedkeurend aan. 'Dat dutje heeft je goedgedaan.'

'Ik heb hem een sapje en een koekje gegeven,' zei Troy met een uitgestreken gezicht. Toen verstijfde hij plotseling. 'Wel verdomme... Stop. Mijn hemel. Quincy, stop.'

'Ik stop al, ik stop al,' klaagde Quincy. Ze staarden allemaal naar het scherm. Het was een andere woonkamer. 'Dit is niet hier of in de praktijk. En wie is dat?' vroeg hij toen een man in beeld verscheen die door de kamer liep. Hij had zijn handen in zijn haar en maakte een opgewonden indruk. In paniek. Hysterisch zelfs. 'Dat ziet eruit als een uniform van het CPD.'

Decker kwam dichterbij. 'Afgaande op de foto's van Macy op de boekenplank zou ik zeggen dat dit de politieman is die Bob heet, Edwards zwager en Macy's adoptiefvader. Herkent iemand hem?'

'Nee,' antwoordde Adam, de enige van het CPD in het vertrek. 'Maar als we een stilstaand beeld van zijn gezicht naar mijn inspecteur kunnen sturen, kan zij hem rond laten gaan. Er staan op die boekenplank ook een paar foto's met een vrouw erbij. Dat zou zijn vrouw kunnen zijn. Maak daar ook een kopie van.'

'Om ze te kunnen kopiëren moet ik er eerst achter komen waar hij de fysieke kopieën van de banden bewaart,' zei Quincy. 'De opslag is misschien helemaal niet hier. Het bewakingssysteem is zo te zien draadloos. Voorlopig moeten we misschien maar een foto van het scherm maken.'

'Dat moet dan maar even volstaan.' Decker keek toe terwijl de man op het scherm doorging met ijsberen. 'Bob lijkt overstuur, maar hij heeft Macy's vermissing nog niet aangegeven, toch? Of heeft hij dat gedaan terwijl ik lag te slapen?'

'Nee.' Kate fronste haar voorhoofd. 'Niemand heeft haar vermissing gerapporteerd. We hebben alleen het amber alert, gebaseerd op de foto die Edwards voor Mallory had achtergelaten. Waarom zou Bob het niet melden?'

'En waarom heeft haar moeder dat niet gedaan?' voegde Decker eraan toe. Hij begon een akelig voorgevoel te krijgen. 'Wil je een rondgang maken door het huis, Quincy?'

Quincy gehoorzaamde en ging langzaam van vertrek naar vertrek. De studeerkamer, de keuken, de ouderslaapkamer. Een kinderslaapkamer met de camera precies op het bed gericht.

'O, god,' zei Decker ademloos. Een vrouw lag op haar rug op de roze sprei met haar keel weerzinwekkend doorgesneden. Haar ogen waren open en leeg. De sprei onder haar was bedekt met bloed. En ze had een kogelgat in haar voorhoofd. 'Gemma. De jongere zus van Edwards.'

'De stoel van het kind bij het bureau,' zei Kate wijzend. 'Die is omgeschopt. Er heeft een worsteling plaatsgevonden. Macy is hiervandaan ontvoerd. Kun je even terugspoelen?'

Quincy deed wat hem was gevraagd en ze keken vol afschuw toe terwijl een gemaskerde man de kamer binnenkwam, Macy van achteren vastgreep en een doek tegen haar mond drukte. Een paar seconden later kwam Gemma binnen en er volgde een soortgelijke worsteling, maar de vrouw deed alsof ze bewusteloos was, waardoor de indringer enigszins ontspande. Toen sprong ze overeind en greep een lamp, maar ze aarzelde te lang. Ze werd overmeesterd, maar zag nog kans het masker van het gezicht van de indringer te rukken. Edwards. Zijn gezicht was duidelijk zichtbaar. Gemma staarde hem met grote ogen aan en toen werd haar uitdrukking er een van verwarring en verraad. Vlak voordat haar keel werd doorgesneden.

'Dat zou genoeg moeten zijn om Nell ervan te overtuigen dat haar broer geen brave hendrik is,' zei Decker. 'Maar voor het geval dat, wil je kijken of je de studio kunt vinden?'

En jawel, er waren camera's in de studio, zowel buiten als binnen. Uit de buitenkant van het huis bleek dat het afgelegen was en werd omringd door veel bomen.

'Dit lijkt het uitzicht door het raam in de nieuwere Suzie-films,' bevestigde Adam. 'Geen buren. En geen enkel aanknopingspunt wat betreft de locatie. Verdomme.'

'En binnen?' drong Decker aan. 'Ga naar de camera's binnen.'

De camera in de kelder toonde vijf kinderen, geboeid en gekneveld. Ze leken allemaal nog te ademen. Een van hen was Macy. De anderen waren pubers.

Decker klampte zich vast aan de rand van Edwards' bureau. Zijn benen dreigden het te begeven van opluchting. 'Ze leven nog. Allemaal. Godzijdank. Waar is Edwards?'

'Kijk.' Kate wees. Quincy had langs nog een paar vertrekken geklikt en was uitgekomen bij een fraaie slaapkamer waar een man lag te slapen. Hij had zijn overhemd uitgetrokken en zijn arm was verbonden – precies op de plek waar Diesels mes was beland. 'Dank je, Diesel, dat je altijd zo geoefend hebt in messenwerpen,' mompelde ze. 'Wat is dat daar op het nachtkastje?'

'Een medicijnflesje,' zei Quincy. 'Maar de camera kan niet inzoomen. Ik kan niet dichterbij komen. Maar misschien dat de beeldsoftware het wat helder kan krijgen.'

'Het lijkt me een nieuwe fles,' merkte Decker op. 'Weet je nog, Kate, dat Mallory zei dat ze net medicijnen op recept voor hem had gehaald bij de Kroger, vlak voor ze door die auto werd geraakt?'

'Dat flesje is teruggevonden,' zei Troy. 'Het ging om een antibioticum dat kon worden geïnjecteerd, geen pillen zoals in dat flesje. Het was op straat terechtgekomen. Een van de agenten ter plaatse heeft het gevonden. Het stond op naam van Roxanne Edwards.'

'Misschien heeft hij een nieuw recept geschreven,' zei Decker. 'Als we rondbellen naar apothekers, dan kunnen we vragen of er nog een recept voor Roxanne is uitgeschreven. Dan weten we in ieder geval in welke richting hij ging.'

'Heel, heel goed,' mompelde Troy. 'Misschien ga ik ook eens zo'n dutje proberen. Waar is de MPV? Ik heb hem niet op de beelden van buiten gezien.'

Quincy schakelde verder tot hij bij de garage kwam waar de MPV in stond. 'De hoek is verkeerd. Ik kan het kenteken niet zien.'

'Ga terug naar het huis van Bob de politieman,' zei Decker. 'Als Edwards de politieauto bij de Kroger heeft gestolen en die heeft geparkeerd...' Hij fronste nadenkend zijn wenkbrauwen. 'Hij heeft de politieauto bij een winkelcentrum neergezet, hè?'

'Dat klopt,' zei Troy. 'Of hij heeft een andere auto gestolen om naar het huis van Macy te komen of hij is te voet gegaan. Maar hij kan hoe dan ook de MPV bij Bob hebben weggenomen. Als we het kenteken weten, kunnen we in ieder geval Bobs adres achterhalen.'

Quincy had teruggeschakeld naar Bobs garage, een dubbele garage waar maar één auto in stond – een nieuwe Honda Accord. De camera was gericht op de motorkap. 'We kunnen nog steeds dat verrekte kenteken niet zien,' gromde hij. 'We hadden anders het adres ook zo kunnen krijgen.'

'Dat kan misschien nog steeds,' zei Troy. 'Spoel terug naar waar Edwards arriveert.'

'Nee,' zei Decker. 'Wacht.' Want de deur vanuit het huis was opengegaan en Bob de politieman wankelde de garage in – live. Hij had een pistool in zijn hand. 'Ah. Shit. Er zit een geluiddemper op. Wat...' Het akelige voorgevoel was er weer en werd nog eens duizend keer sterker toen Bob in de auto stapte en zijn ogen dichtdeed. De uitdrukking op zijn gezicht was er een van opperste wanhoop. 'Doe het niet, Bob,' mompelde Decker, half smekend, half biddend. 'Doe het... gewoon niet.'

Maar Bob deed het wel. Hij stopte in het volle zicht van de camera de loop van zijn pistool in zijn mond. En haalde de trekker over.

Even heerste er alleen maar doodse stilte bij het beeldscherm.

'Fuck,' siste Adam. 'Verdomme.'

'Kate?' Troy's stem. Vol bezorgdheid. 'Gaat het?'

Te laat dacht Decker aan Kate's nachtmerrie. De zelfmoord van Jack. *Shit.* Hij draaide zich net op tijd naar haar toe om haar op te kunnen vangen. Hij sloeg zijn arm om haar middel, ondersteunde haar toen haar knieën het dreigden te begeven en stelde haar zo in de gelegenheid haar evenwicht te hervinden. Haar gezicht zag bleek en haar lippen trilden. Haar ogen waren groot en glazig van de schok.

'Kate,' fluisterde Decker dringend in haar oor terwijl hij haar kort door elkaar schudde. 'Niet hier.'

Hij wist dat ze niet in zou willen storten waar de anderen bij waren. Het door elkaar schudden en de gefluisterde waarschuwing waren precies wat ze nodig had en hij keek toe terwijl ze haar zelfbeheersing als was het een mantel om zich heen sloeg. Hij hield zijn arm om haar middel tot hij haar lichaam steviger voelde worden en ze weer op eigen benen kon staan.

'Mijn god,' fluisterde ze, nog steeds naar het scherm starend, waar het interieur van de Honda onder de hersenen van de politieman zat.

Troy wierp Decker een veelbetekenende blik toe voor hij een gezicht vol walging trok. 'Jezus, Quince, kun je naar een andere kamer overschakelen? Ik sta op het punt om te gaan kotsen. En dat wordt niet leuk.'

Quincy schakelde met houterige bewegingen terug naar de slapende Edwards.

'Dank je,' zei Troy dramatisch en hij kneep vervolgens even in Kate's hand.

Ze knikte dankbaar en Decker was plotseling heel erg blij dat Troy haar partner was. Hij wist dat hij dat zelf niet kon zijn, niet als hij zijn verstand niet wilde verliezen. *Ik sta veel te dicht bij haar.* Veel te dicht op het punt om voor haar te vallen.

Maar Troy... Die zou Kate rugdekking geven. Dus dat zat wel goed.

Quincy snoof vreugdeloos lachend. 'Die lul ligt nog steeds te slapen. Ik verwachte half dat hij wakker zou worden, gewoon van schrik. Stom, hè?'

'Nee,' zei Troy op vriendelijke toon zonder een spoortje sarcasme. 'Ik doe dit werk nu al bijna twintig jaar en dit is pas de tweede keer dat ik iemand zich werkelijk een kogel door zijn hoofd zie jagen. Dit is iets wat geen van ons snel zal vergeten.'

Ze stonden als groep naar Edwards te staren terwijl iedereen probeerde zijn emotionele evenwicht te hervinden. Want ze hadden zojuist een man zien doodgaan.

'We moeten hem vinden,' zei Decker. 'Voor hij wakker wordt. Als we hem kunnen verrassen...'

'Maar we weten nog steeds niet waar hij is,' snauwde Adam gefrustreerd. 'Niet waar zijn studio is en niet waar het huis van Gemma is.'

Kate zuchtte huiverend. 'Maar we hebben genoeg om iemand die in wezen een goed mens is te bewegen het juiste te doen,' zei ze grimmig. 'Laten we Nell eens een bezoekje brengen.'

Zaterdag 15 augustus, 19.50 uur

'Heb je Kate ooit iemand zien ondervragen?' vroeg Zimmerman terwijl Decker en hij in de observatieruimte stonden aan de andere kant van de spiegel in de verhoorkamer. Kate en Troy zaten aan de tafel en namen hun aantekeningen door terwijl ze hun strategie bepaalden.

'Geen officieel verhoor zoals dit.'

'Ze is goed. Ze heeft uiteraard meer dan genoeg munitie om de beweringen van mevrouw Edwards dat haar broer een goed mens is aan flarden te schieten, dus dit is waarschijnlijk geen eerlijke demonstratie, maar toch.'

Zimmerman had besloten dat Kate en Troy degenen moesten zijn die het verhoor zouden doen en Decker had niet geprotesteerd tegen de beslissing. Hij was zo verrekte blij dat hij het huis van Edwards kon verlaten.

Het kwam door de schok van het getuige zijn van de zelfmoord van Bob de politieman, live, op hetzelfde moment. De hulpeloosheid van de ogenblikken daarvoor. En de pijn van de wetenschap dat het Kate meer kwaad had gedaan dan de rest van hen bij elkaar.

Maar het was ook dat het tempo van de laatste dagen hem begon op te breken. Hij had twee dagen lang door de vermoeidheid heen gewerkt, maar de afgelopen paar uur was hij gaan verlangen naar een zachte matras die zijn lichaam omarmde. En, uiteraard, het gevoel dat hijzelf Kate's lichaam omarmde.

Binnenkort. Ze zaten Edwards op de hielen en ze zouden hem snel in de kraag grijpen. *Daarna kunnen we slapen. En dan kunnen we seks hebben. Heel, heel veel seks.* Ze zouden de liefde bedrijven, langzaam en zoet en... Hij moest ophouden aan dergelijke dingen te denken terwijl hij naast zijn baas stond.

Decker trok een stoel naar het venster en ging zitten. Hij dwong zichzelf zich weer op de zaak te concentreren. 'Het is Quincy gelukt om kopieën te maken van de beveiligingsbeelden en Adam en hij blijven de banden doorzoeken.'

'Wat we hebben is allemachtig sterk,' zei Zimmerman. Hij leek even te aarzelen en slaakte toen een zucht. 'Ik ben op de hoogte van Kate's zwager. Ik weet dat ze zijn lichaam heeft gevonden.'

Nee, dacht Decker. *Ze heeft hem de trekker zien overhalen, net als Bob de politieman.*

'Als ze iets... nodig heeft, wat dan ook,' ging Zimmerman verder, 'zeg dan tegen haar dat dat oké is. Ze zal het waarschijnlijk niet tegen me zeggen als ze last krijgt van haar PTSS, maar misschien wel tegen jou.' Hij keek met een opgetrokken wenkbrauw op Decker neer. 'En dat is álles wat ik over dit onderwerp te zeggen heb.'

Decker begreep dat 'het onderwerp' zowel Kate's PTSS betrof als hun ontluikende relatie. 'Ik zal het tegen haar zeggen,' zei hij vriendelijk.

De deur van de observatieruimte ging open en Deacon Novak liet zichzelf binnen. 'Eerbiedig verzoek om aan boord te komen, meneer.' Hij salueerde naar Zimmerman.

Zimmerman zuchtte. 'Deacon...'

'Ik kom niet in de buurt van de plaats delict. Ik ga niet achter Edwards aan.' Deacon kon niet volharden in zijn houding en zijn gezichtsuitdrukking liet zich nu heel gemakkelijk lezen. Hij was kwaad en bang, maar ook vastbesloten. 'Alstublieft. Ik moet het gewoon weten. Ik moet het horen.'

Zimmerman zuchtte opnieuw. 'Oké. Maar één uitbarsting...'

'En u hakt persoonlijk mijn witte kop eraf. Ja, dat heeft Kate tegen me gezegd. Eh... Scarlett staat buiten. Ze wil ook graag in de zandbak komen spelen.'

Zimmerman sloeg zijn ogen ten hemel en opende de deur. 'Kom binnen, rechercheur. Zijn er nog meer die "in de zandbak willen spelen"?'

Scarlett grijnsde hem toe terwijl ze naar binnen liep. 'Nee, meneer. Dank u, meneer.' Deacon en zij trokken nog een paar stoelen bij en ze gingen allemaal zitten om toe te kijken. 'De laatste keer dat ik Kate in actie heb gezien was toen ze daar met Alice zat. Opgeruimd staat netjes en dat ze mag branden in de hel,' voegde ze er binnensmonds aan toe.

'Daar zijn we het wel over eens,' reageerde Zimmerman droog. 'Ik denk dat Deacon en jij er recht op hebben om getuige te zijn van het einde, aangezien jullie er ook bij waren toen het allemaal begon. En over beginnen gesproken, ik sta ervan te kijken dat je Marcus O'Bannion niet hebt meegenomen.'

Want Scarlett en Marcus waren degenen geweest die het netwerk van de mensenhandelaren vanaf de buitenkant hadden ontrafeld, terwijl Decker van binnenuit had gewerkt.

Scarlett keek Zimmerman opnieuw grijnzend aan. 'Marcus wilde dolgraag meekomen, maar ik wilde mijn geluk niet op de proef stellen.'

Zimmerman snoof. 'Nú wil je je geluk niet op de proef stellen? Na dit alles?'

Ze knipoogde naar haar baas. 'Nou ja, Marcus zei wel dat hij zich tevreden zou stellen met een exclusief interview wanneer dit achter de rug is.'

'Wat hopelijk snel het geval zal zijn,' zei Deacon. 'Waar is Nell Edwards?'

'In een ander vertrek,' zei Decker. 'Ze brengen haar binnen zodra Kate en Troy zover zijn.'

Deacon staarde door het venster naar Kate. 'Ik heb gehoord over Bob de politieman. Gaat het wel met haar?'

'Wat denk je zelf?' reageerde Decker.

Deacon zuchtte. 'Juist. Weten we al wie Bob is?'

'Nee,' antwoordde Zimmerman. 'Niemand heeft het schot gemeld omdat hij een geluiddemper heeft gebruikt. Ergens in deze stad zit een politieman dood in zijn auto. Maar ik snap nog steeds niet waarom hij het heeft gedaan. Hij heeft Macy nooit als vermist opgegeven. Dacht hij dat ze dood was?'

'Misschien,' zei Decker, want Kate en hij hadden dit besproken toen ze van Edwards' huis onderweg waren naar de stad. 'Maar Mallory zei dat Edwards Macy aan zijn zus en haar echtgenoot had gegeven. Waarom zou hij dat hebben gedaan? Hebben ze geprobeerd een kind te adopteren en is dat niet gelukt? Macy was destijds een jaar of drie. Wat voor verklaring hadden ze dat er plotseling een kind was? Is ze naar school gegaan? Nell moet iets weten, want zij staat op een paar van de foto's in Bobs woonkamer. Gemma, Macy en zij. Kate zal haar ernaar vragen.'

'Gemma is geen algemene naam,' zei Scarlett, 'ook al is Bob dat wel. Hebben we in de database van het CPD gezocht naar een Robert, getrouwd met Gemma?'

Zimmerman knikte. 'Dat heeft je inspecteur gedaan. Maar noppes. We hebben Gemma Edwards in het geboorteregister gevonden, maar er is geen trouwakte van haar, dus misschien dat Bob en zij over de puthaak zijn getrouwd. Ze hebben nooit gezamenlijk belastingaangifte gedaan. Gemma heeft helemaal nooit aangifte gedaan.'

Deckers telefoon zoemde in zijn zak. Hij bekeek het binnengekomen bericht en Zimmerman deed hetzelfde. 'Van Adam,' zei Decker. 'Ze hebben het medicijn achterhaald dat Edwards een paar uur geleden heeft gehaald. Het recept is afgegeven bij een CVS absoluut niet in de buurt van zijn huis. En de arts die het heeft voorgeschreven is Nell Edwards.'

'Doktersassistenten mogen in bepaalde gevallen recepten uitschrijven,' zei Decker nadenkend. 'Als zij erover heeft gebeld, dan weet ze dat hij gewond is. Zo niet, dan heeft hij haar handtekening vervalst.'

Kate en Troy zaten ook op hun telefoon te kijken. Kate keek op en wees naar boven, waarop Zimmerman het geluid van de luidspreker harder zette. 'We laten haar nu binnenbrengen,' zei Kate.

'Hebben jullie dat sms'je over dat recept ook gekregen?' vroeg Zimmerman.

'Ja, wij allebei,' antwoordde Troy voor hen beiden. 'Dus nu weten we ongeveer in welk gebied hij zich ophoudt. Hopelijk horen we meer van Nell.'

'Duim maar flink,' zei Kate. 'Oké, daar gaan we.'

28

Cincinnati, Ohio, zaterdag 15 augustus, 20.05 uur

Nell Edwards was een jaar of vijftig, maar Kate vond dat ze er veel ouder uitzag. Dat kwam voornamelijk door de zorgen. En zorgvuldig ingehouden woede. Hopelijk konden Troy en zij die woede in hun voordeel gebruiken.

Nells gezicht verzuurde toen ze Troy aan tafel zag zitten. 'Jij weer.'

'Ja, mevrouw,' zei Troy beleefd. 'Ik ben speciaal agent Troy, voor het geval u zich mijn naam niet meer herinnert. Dit is mijn partner, speciaal agent Coppola.'

'Ik weet je naam nog heel goed,' zei Nell kil. 'Ik herinner me heel goed dat jij met die bende apen van je bent komen binnenstormen en mijn kantoor overhoop hebt gehaald en leugens verteld.'

'We hadden een huiszoekingsbevel, mevrouw,' zei Troy. 'We beschikken nu over iets meer informatie.'

Kate nam het voortouw, zoals ze hadden besproken. 'We hebben een paar video's die we u graag zouden willen laten zien.' Troy en zij hadden de video's zorgvuldig op volgorde gezet en ze hoopten dat ze ze niet allemaal hoefden te laten zien voor Nells weerstand was afgebrokkeld. Als ze echt een goed mens was, zoals Mallory had beweerd, dan was het te wreed om te beginnen met de video waarop te zien was hoe haar zusje werd vermoord. 'Deze is vanmiddag opgenomen in het ziekenhuis.'

Nell perste haar lippen op elkaar toen ze Mallory's gehavende gezicht op het scherm zag. 'Dat kind spoort niet. Ze heeft hulp nodig, mensen moeten haar leugens niet geloven.'

'Luister nou maar,' zei Kate op vriendelijke toon en ze drukte op PLAY. Het was het deel van het gesprek waar Mallory gewoon haar verklaring aflegde en alles vertelde. 'Eh... hij heeft een zus, Nell. Ze is aardig, maar ze denkt dat ik slecht ben. Ik geloof niet dat ze weet wat hij uitspookt.'

'Ze heeft gelijk,' zei Nell. 'Ik denk dat ze een leugenaarster is.'

'Ik ben alleen hier begonnen om u te laten weten dat Mallory denkt dat u een goed mens bent,' zei Kate. 'Ik wil graag dat u dat onthoudt.' Ze riep de volgende opname op. Dat was de video die Quincy Taylor had gevonden toen hij de beelden terugspoelde van het kantoor in de praktijk van Edwards.

Nell snakte naar adem. 'Dat is mijn kantoor. Hoe komen jullie daaraan?'

'Uit het kantoor bij uw broer thuis. Hij heeft overal camera's hangen in zijn eigen huis, met inbegrip van de slaapkamer en badkamer die Mallory gebruikt. Hij heeft ook camera's in uw praktijk en bij u thuis.' Kate drukte weer op PLAY. 'Dit is gisteravond opgenomen in uw praktijk.'

Opnieuw een kreet van schrik. 'Hij is... gewond. Hoe is hij gewond geraakt? Hij heeft me niet gebeld.' Ze vertrok haar gezicht toen haar broer zichzelf begon te hechten. 'Dat is een akelige wond. Hij had me moeten bellen.'

'Hij had kort daarvoor een dokter aangevallen bij de gratis kliniek,' zei Kate.

'Dat is belachelijk!' Nell kwam trillend van woede overeind. 'Ik weiger hier nog naar te luisteren.'

'U gaat nú zítten,' beval Kate op een toon die ze maar zelden gebruikte, maar die altijd het beoogde effect had. Net als nu, want Nell liet zich voorzichtig weer op haar stoel zakken. Vanuit haar ooghoek zag Kate dat Troy onder de indruk was. 'Dank u,' zei ze tegen Nell.

'Je bent gek,' fluisterde Nell. 'Jullie zijn allebei gek. Ik bel mijn advocaat.'

Maar dat zou ze niet doen, dat wist Kate. Ze zou haar advocaat niet bellen en ze zou niet weglopen. Nog niet. Na jaren van omgaan met mensen, zowel als MP en als FBI-agent, zag Kate dat Nell een vrouw was die zich gemakkelijk liet intimideren. Gemakkelijk te manipuleren was. Dat was waarschijnlijk – in ieder geval voor een deel – de reden dat haar broer haar zo lang zand in de ogen had weten te strooien.

'U staat niet onder arrest, mevrouw,' zei Kate beleefd. 'Het staat u vrij om uw advocaat te bellen als u dat wilt, maar ik hoef niet te wachten tot hij of zij er is voor ik verderga.' Ze pakte een paar foto's en spreidde ze op de tafel voor Nell uit. 'Deze zijn gisteravond genomen op de spoedeisende hulp. Het slachtoffer is dr. Dani Novak.'

Nells uitdrukking werd er een vol afschuw. 'Dani? We hebben haar nog maar pas aangenomen bij de kliniek. Is ze gewond geraakt? Wie doet zoiets? Ze doet geen vlieg kwaad.'

'Dat probeer ik u nou juist te vertellen, mevrouw,' zei Kate. 'Dani is gisteravond aangevallen toen ze de kliniek verliet, maar haar aanvaller wist niet dat iemand over haar waakte. Die persoon gooide een mes in de rechterarm van de aanvaller. De aanvaller heeft het mes uit zijn arm getrokken en Dani ermee neergestoken. Ze zal het overleven, maar alleen omdat de man die haar beschermde snel handelde en zorgde dat ze hulp kreeg. Het mes van die man heeft de wond veroorzaakt die u net uw broer hebt zien dichtnaaien.'

'Dat is belachelijk,' zei Nell opnieuw, maar haar stem trilde.

Kate kon zien dat Nell begon te twijfelen. Ze voerde de druk op. 'Waarom heeft hij u niet gebeld? Waarom heeft hij niet om hulp gevraagd? Waarom heeft hij uw handtekening vervalst onder een recept voor antibiotica?' Ze liet Nell haar telefoon zien. Adam had een kopie van het recept te pakken gekregen dat Edwards had gebruikt.

Nell staarde naar het document. 'Er is een verklaring. Er moet een verklaring zijn. Dat is niet mijn handschrift. En het recept is voor Roxy, mijn schoonzus.'

'Die nu op de intensive care ligt.'

Nell sloeg haar ogen ten hemel. 'Ze heeft zichzelf doodgedronken. Ik heb tegen Remy gezegd dat ze hulp nodig had.'

'Waarom noemt u uw broer Remy?' vroeg Kate oprecht geïnteresseerd.

Een schouderophalen. 'Hij heet Brandon. Kinderen noemen hem Brandy, gewoon om brutaal en wreed te doen. Onze vader noemde hem ook zo, om hem te kleineren. Dus toen zei ik tegen mijn broer dat Remy het beste merk brandy was. Dat was ons kleine privégrapje.' Ze stak uitdagend haar kin naar voren. 'Ik heb die jongen gróótgebracht, agent Coppola. Denk maar niet dat ik ook maar íéts van wat je hebt verteld geloof.'

'Ik hoor wat u zegt,' zei Kate. 'En ik hoop dat Mallory's oordeel over u klopt, want ik ga u iets laten zien wat ik had gehoopt niet te hoeven tonen.' Ze zette het fragment klaar van Mallory op twaalfjarige leeftijd. 'Dit is buitengewoon ernstig, mevrouw. Ik zou het u niet laten zien... ik zou het niet eens in mijn bezit hebben als het niet zo ernstig was. Mijn werk bij de FBI behelst een einde maken aan de activiteiten van mensenhandelaren, vooral degenen die hun slachtoffers dwingen tot seksuele slavernij.'

Nells ogen spogen vuur. 'Beschuldig je mijn broer ervan dat hij een seksuele afwijking heeft? Ik heb er genoeg van!' Ze ging staan.

Kate stond tegelijk met haar op en boog zich zo ver voorover dat ze neus aan neus stonden. 'Ik zweer u, mevrouw, als u niet gaat zitten, dan zal ik u dwíngen te gaan zitten. Dit is een video over een kind dat wordt verkracht. En het is niet de enige. Ga. Onmiddellijk. Zitten.' Ze bleef Nell aankijken tot de vrouw zich met tranen in haar ogen op de stoel liet zakken.

'Waarom doen jullie dit?' fluisterde ze. 'Waarom deze heksenjacht op mijn broer?'

Kate drukte weer op PLAY en sloeg haar armen over elkaar. 'Kijk.'

Nell wendde zich af van het scherm. 'Zeker niet. Dat is walgelijk.'

'Dat is Mallory,' zei Kate op kille toon.

Een geluid van minachting. 'Dat... dat verbaast me niets. Ze is een gestoord kind. Ik kan me haar wel voorstellen met een oudere man. Ze is te... verleidelijk.'

Kate knipperde met haar ogen. *Wauw.* Geen wonder dat haar broer erin was geslaagd haar al die jaren te misleiden. 'Let op de man, mevrouw Edwards. Kijk naar de man.'

Nell hield haar blik afgewend. Kate tilde de laptop op en hield die voor haar gezicht, dwong haar naar het scherm te kijken. 'Doe uw ogen open. Kijk. Naar. Hem.'

Dat deed Nell en haar mond viel open van afschuw. 'Ze... ze heeft hem verleid.'

Kate zette de laptop voorzichtig weer neer, want ze wilde hem wel tegen de muur smijten. 'U bent... Mallory had het bij het verkeerde eind. U bent géén goed mens. U bent helemaal geen goed mens.'

Nell stak haar kin naar voren, maar hij trilde. 'Kan ik nu gaan, agent Coppola?'

'Nog twee fragmenten,' zei Kate. Ze had Nell deze willen besparen, maar nu... *Nu niet meer. Ik wil dat ze serieus pijn voelt.* Ze startte het fragment waar Bob de politieman de garage binnenkwam. 'Kent u deze man?'

'Natuurlijk. Hij is mijn zwager. Hoe kom je aan deze beelden?'

'Dat zei ik toch. Uw broer heeft overal camera's opgehangen. Ook in uw slaapkamer, maar dat doet er nu even niet toe. Kijk.'

Kate lette op Nells gezicht, want ze was niet in staat om naar het scherm te kijken. Niet weer. Ze was er de eerste keer al bijna kapot aan gegaan. Dankzij Decker en Troy was ze niet ingestort waar haar collega's bij waren.

Ik stort later wel in.

'O mijn god.' Nell begon zwaar te ademen. 'O mijn god. Nee. Nee!' Ze deinsde achteruit op het moment dat Bob de trekker overhaalde en er welde een snik op uit haar keel. 'Waarom? Waarom heeft hij dat gedaan? Waarom laten jullie dit zien?'

'Omdat ik uw aandacht wilde hebben,' zei Kate effen. 'En omdat ik uren video's heb moeten bekijken waarop te zien is hoe uw broer een twaalfjarig meisje verkracht.'

'Dat heeft hij niet gedaan. Ze heeft hem verleid. Mijn broer is een goed mens!' Ze schreeuwde de laatste woorden en haar handen kromden zich tot klauwen terwijl ze op Kate's gezicht afging.

Kate greep haar bij de polsen en hield de vrouw op een paar centimeter afstand tegen. Gelukkig was Troy overeind gesprongen op het moment dat Nell begon te gillen en hij trok de vrouw allesbehalve zachtzinnig terug. Hij boeide haar handen op haar rug en duwde haar schouders omlaag zodat ze niet weer kon opspringen.

'Jezus,' zei hij hijgend. 'Ze zijn allemaal krankjorum.'

Kate schudde haar hoofd. 'En zij zou de normale moeten zijn.' De deur ging open en Decker stormde binnen. Zijn knappe gezicht zag rood van woede.

'Heb je assistentie nodig, agent Coppola?' vroeg hij.

Kate keek hem glimlachend aan. 'Nee, maar bedankt, agent Davenport. O, Davenport, ik wil je graag even voorstellen aan mevrouw Nell Edwards. Haar broer, dokter Brandon Edwards, is degene die geprobeerd heeft je te laten vermoorden toen je in het ziekenhuis lag.'

Decker kalmeerde tijdens de ironische introductie, zoals ze had gehoopt dat zou gebeuren. 'Ik zou graag zeggen dat het een genoegen is, mevrouw,' zei hij lijzig, 'maar dan zou ik liegen.'

Nell staarde hem met een woeste blik in haar ogen aan. 'Jullie zijn allemaal krankzinnig.' Ze keek weer naar het scherm, waar het fragment was geëindigd met de hersenen van Bob de politieman overal verspreid in het interieur van zijn Honda. 'Ik kan dit niet geloven.

Waarom zou Bob zoiets doen? Gemma en hij hebben een goed leven. Ze hebben een dochter.' Ze verstijfde. 'Waar is Gemma? Waar is Macy?'

'Aha,' zei Kate. 'Ander onderwerp.' Ze zag dat Decker zijn hoofd in de richting van de tafel boog en haar daarmee vroeg of ze wilde dat hij zou blijven. Ze knikte even en wachtte tot hij ging zitten. 'Nou, Nell, vertel eens over Bob en Gemma. Bob was bij de politie, begrijpen we.'

Nells blik schoot heen en weer tussen Kate en Decker. Troy stond nog steeds achter haar, klaar om haar in bedwang te houden als dat nodig mocht zijn. 'Ja. Hij werkte op het hoofdbureau. Hij gaf leiding aan de meldkamer.'

En dat verklaart een hoop, dacht Kate. 'Dus hij was op de hoogte van alle binnenkomende gesprekken en was in staat te zien hoe arrestaties verliepen.' *En kon zijn zwager waarschuwen als jonge vrouwen om hulp vroegen, zoals Mallory vandaag deed.*

'Dat denk ik wel. Jullie moeten me laten gaan. Ik moet Gemma zoeken. Ik moet het haar vertellen. Stel dat ze hem zo aantreft.'

'Wat is Bobs achternaam?' vroeg Kate.

Nell verstijfde. 'Dat zeg ik niet. Ik moet weg. Ik moet mijn zus en mijn nichtje zoeken.'

'Uw nichtje is ontvoerd door uw broer. Daar hebben we ook beelden van,' snauwde Kate. 'Er loopt al sinds vanmiddag een amber alert. Dus misschien zou u ons kunnen helpen haar te vinden in plaats van ons uit te maken voor leugenaars en ons dwars te zitten.'

Nell verbleekte. 'Is Macy weg? Ontvoerd? Hoe?'

'Door. Uw. Broer,' herhaalde Kate terwijl ze zich vooroverboog in de persoonlijke ruimte van de vrouw. 'En u mag levende mensen behandelen in uw praktijk. O mijn god, vrouw. Word wakker!'

'Je bent gemeen,' zei Nell, die nu als een kind klonk. 'Gemeen en akelig, en ik ga je aangeven bij je leidinggevende.'

'Ga uw gang. Hij zit achter dat venster,' zei Kate met een hoofdbeweging in de richting van waar Zimmerman stond te kijken. Ze haalde diep adem en liet haar stem kalm klinken. 'Mevrouw Edwards, uw nichtje is ontvoerd en uw zus is dood. Dwing me alstublieft niet om u die beelden ook te laten zien.'

Nell ging rechtop zitten en probeerde ondanks haar boeien een waardige houding aan te nemen. 'Ik geloof je niet. Ik wil mijn advocaat bellen.'

Kate snoof geërgerd. 'U bent nog steeds niet gearresteerd.'

'Arresteer me dan!' snauwde Nell. 'Ik wil mijn advocaat.'

Kate haalde haar schouders op. 'Ik dacht dat dit eenvoudig zou worden. Omdat ik dacht dat u een goed mens was. Oké, ik zal u arresteren zodat u uw advocaat kan bellen, maar u moet eerst hiernaar kijken.' Ze startte de video van Macy's ontvoering en de moord op Gemma.

Eerlijk is eerlijk, Nell keek vervuld van afschuw. Op het moment dat de gemaskerde man binnenkwam en Macy verdoofde, maakte ze een geluid alsof ze fysiek pijn voelde. En toen Gemma de muts van Edwards' gezicht trok, begon ze te huilen. 'O Remy, wat heb je gedaan? Wat heb je gedaan?'

Kate drukte de pauzeknop in. 'Hij snijdt haar de keel door en schiet haar vervolgens in het hoofd. Dat is de reden dat uw zwager zelfmoord heeft gepleegd. Hij heeft het lichaam van uw zus gevonden. Wilt u dat ook graag zien? Want ik wil het met alle plezier laten zien, eenvoudigweg omdat ik u niet mag, mevrouw.'

Nell schudde snikkend haar hoofd. Ze zat te wiegen op haar stoel. 'Waarom doet je me dit aan? Ons?'

'Krijg nou wat,' fluisterde Kate. Ze besefte dat de vrouw het niet zou geloven tot ze het met haar eigen ogen zag. 'Hier. Kijk zelf maar.' Ze drukte op PLAY.

Nell haalde geen adem en deinsde achteruit toen Gemma door het hoofd werd geschoten. 'Remy,' fluisterde ze. 'Waarom?'

'Dat kunt u hem zelf vragen zodra we uw nichtje en de andere vier kinderen die hij heeft ontvoerd hebben gered,' zei Kate en ze liet de video van Macy en de tieners zien die vastgebonden in de kelder lagen. 'Uw broer is in dit huis.' Ze spreidde foto's van de studio uit op de tafel. 'Waar is het?'

'Ik weet het niet. Ik weet het echt niet. Als ik het wist, zou ik het zeggen, voor Macy, maar ik weet het niet.'

Kate wist niet zeker of ze de vrouw moest geloven toen ze zei dat ze het niet wist. Maar ze geloofde wel dat Nell zou doorgaan met het beschermen van haar broer. Ze ving Deckers blik op en zag dat hij er net zo over dacht. 'Wat is de achternaam van uw zwager?' vroeg ze met zachte stem.

'Seifert,' snikte Nell. 'Robert Seifert.'

'En het adres?' drong Kate aan. 'We moeten hun lichamen weghalen.'

Nell maakte een jammerend geluid, als een dier dat pijn lijdt. Ze gaf het adres, zichzelf nog steeds wiegend.

'Mevrouw,' zei Decker en Nell keek op. 'Hadden Bob en Gemma een grijze MPV?'

Nell keek verbijsterd. 'Ja. Een Chevy Traverse. Dat was een cadeau van Remy vanwege hun trouwdag.'

'Dank u.' Decker ging staan. 'Gecondoleerd met uw verlies. Maar dat u een twaalfjarig meisje ervan beschuldigt dat ze uw broer heeft verleid... Mevrouw, u bent geen goed mens.'

Hij maakte rechtsomkeert en liep leunend op zijn wandelstok het vertrek uit. Kate en Troy kwamen achter hem aan en alle drie lieten ze zich uitgeput tegen de muur vallen toen ze eenmaal in de gang waren. Kate stond te trillen, maar dat gold ook voor Troy en Decker. Gedeeltelijk van woede, gedeeltelijk van nervositeit en voor een deel ook door het vrijkomen van adrenaline.

Zimmerman voegde zich bij hen en trok de deur dicht zodat Nell hen niet kon horen. 'Ik dacht dat ze je zou vertellen waar het huis is.'

'Ze weet het misschien niet,' zei Troy, 'of ze heeft het verdrongen. Ze lijkt goed te zijn in ontkennen.'

'Trek Robert Seifert na bij de dienst voertuigenregistratie,' zei Decker. 'Het is een Chevy. Splinternieuw.'

Kate voelde nieuwe energie door haar botten trekken toen zijn gedachtegang tot haar doordrong. 'Hij heeft misschien OnStar. Dan kunnen we de auto opsporen via de maatschappij.'

Decker keek haar aan en knikte. 'Precies.'

'En we kunnen alvast naar de apotheek gaan waar hij zijn medicijn heeft opgehaald,' voegde Troy eraan toe.

Zaterdag 15 augustus, 21.35 uur

Het ergste deel van elke operatie, dacht Decker, is wachten tot die begint. De sfeer in het busje was gespannen, maar in ieder geval niet somber. Ze hadden de grijze MPV tamelijk snel opgespoord, al leek elke minuut dat ze bij de apotheek stonden te wachten waar Edwards zijn medicijn had gehaald wel een jaar te duren. Ze waren nog steeds een paar kilometer van hun doel verwijderd, ook al reed Troy alsof hij zich op een formule 1-circuit bevond.

Dat resulteerde in een hobbelige rit.

Het huis was, ironisch genoeg, eigendom van Bob Seifert, de zwager van Edwards. Het stond in ieder geval op Bobs naam en de hypotheek en de bankrekening waarvan de hypotheek werd betaald ook. Of hij iets van het huis had afgeweten – of van wat daar gebeurde – was niet duidelijk en zou dat ook nooit worden.

Want Bob had de laffe uitweg gekozen. Decker had dat nog steeds niet verwerkt. Hij had mensen zien sterven, veel te vaak. Hij had hoofden van mannen uiteen zien spatten wanneer ze werden geraakt door vijandelijk vuur, maar vandaag was de eerste keer dat hij iemand zichzelf op deze manier van het leven had zien beroven. *Anders dan Kate.*

Hij keek naar de andere kant van het busje, waar Kate op de vloer zat met haar benen voor zich uitgestrekt. Ze zat rustig te breien en had dat de afgelopen veertig minuten vrijwel voortdurend gedaan, maar zo nu en dan verstijfde ze en snakte ze even naar adem. Dan sloot ze haar ogen en bracht zichtbaar haar ademhaling weer onder controle.

Dan tikte Decker even met zijn voet tegen de hare en dan glimlachte ze naar hem. Het was niet haar echte glimlach, maar het leek haar genoeg vastigheid te geven om haar weer regelmatig te laten ademen. Hij ging ervan uit dat haar nachtmerries nog een hele tijd regelmatig hun opwachting zouden maken.

Shit, hij zou waarschijnlijk zelf ook last hebben van nachtmerries. Dan konden ze elkaar daarna zozeer uitputten dat ze hopelijk weer in slaap konden vallen. Die gedachte vrolijkte hem aanzienlijk op.

Hij keek naar de monitor die aan het plafond van het busje was bevestigd. Het scherm toonde livebeelden van het camerasysteem van Edwards. Quincy had het geflikt en was er op de een of andere manier in geslaagd het draadloze systeem te hacken en de beelden naar hen door te sturen. Het scherm was gevuld met een slapende Edwards.

'We naderen de afslag,' riep Troy naar achteren. 'Is iedereen er klaar voor?'

Er volgde een reeks bevestigingen – alleen Decker, Kate, Adam en Triplett, die ontheven was van zijn taak om Mallory te bewaken. Dat werk was overgenomen door een van de mannen die dienst hadden gedaan in de parkeergarage van het schuiladres. Zimmerman had het team klein willen houden – en met mensen die hij kon vertrouwen.

Met Bob de politieman uit beeld liepen ze minder kans op lekken dan het geval was toen hij nog wel meedeed. Maar ze waren zich er allemaal heel goed van bewust dat een man als Edwards niet zo lang actief kon zijn als hij was geweest zonder een paar heel serieuze medestanders binnen het CPD. Zimmerman was niet van plan om risico's te nemen terwijl de levens van vijf kinderen op het spel stonden.

Zelfs het arrestatieteam dat op weg was om hun rugdekking te geven was zorgvuldig gekozen. Ze waren meteen de stad uit gereden nadat OnStar de locatie van de MPV had doorgegeven. Zimmerman had het arrestatieteam niet alvast op pad gestuurd voor het geval de apotheek waar Edwards zijn medicijnen had gehaald toch niet op de route lag. Dus nu kwamen ze eraan. Hopelijk reden ze als de wind.

Kate legde haar breiwerk weg en begon haar wapens te controleren, met inbegrip van het geweer dat ze nu over haar schouder had hangen. Precies zoals de avond dat Decker en zij elkaar hadden ontmoet. Ze ging op haar knieën zitten en drukte op een knop op het communicatiepaneel dat direct onder de monitor tegen de achterwand was bevestigd.

'Quincy, wil je nog een keer door het hele huis gaan, binnen en buiten? Ik wil zeker weten hoe het in elkaar steekt.' Zodra ze aankwamen zou ze een boom zoeken vanwaaruit ze vrij uitzicht had op – hopelijk – alle uitgangen van het huis. Ze hoopten dat ze de kinderen stiekem uit het huis konden halen voor Edwards wakker werd, om hem vervolgens in zijn slaap te overmeesteren.

Want de man had een akelige bereidwilligheid getoond om met ricine te strooien en ze wilden niet opnieuw afhankelijk zijn van geluk en een gunstige windrichting om in leven te kunnen blijven. Bovendien twijfelde ze er geen moment aan dat hij die kinderen zonder enige aarzeling of een greintje gewetenswroeging om het leven zou brengen.

Op het scherm boven hen ging het beeld van kamer naar kamer, allemaal leeg, behalve het vertrek waar Edwards lag te slapen en de kelder waar de vijf kinderen nog steeds gebonden en gekneveld lagen. En nog steeds doodsbang, in ieder geval de drie die bij kennis waren. Twee van hen hadden hun ogen dicht en lagen hopelijk te slapen, maar het was inmiddels te donker om te kunnen zien of hun borst op en neer ging. *Laat ze in leven zijn. Laat ze alsjeblieft nog leven.*

'Wil je dat ik er nog een keer doorheen ga, Kate?' vroeg Quincy via het paneel. Hij was nog steeds in het huis van Edwards.

'Ja, graag. Ik wil graag de buitenkant nog een keer zien.'

Quincy herhaalde de rondleiding terwijl de bestelbus langzamer ging rijden. Troy draaide een zijweg in die naar het huis leidde en bracht het voertuig tot stilstand.

'Ik wil niet verdergaan, voor het geval hij een val heeft gezet op de weg. Kate, Adam? Zijn jullie klaar?'

Zij waren de beste schutters van de groep en daarom uitgekozen om de verkenning te doen.

'Zo klaar als maar zijn kan,' zei Kate. Adam en zij maakten zich gereed om het busje te verlaten. Kate controleerde haar wapens nog een laatste keer en glimlachte Decker nog een keer toe. 'Ik ben zo terug.'

Maar ze ging niet verder, want Quincy had het beeld geschakeld naar de plek waar Edwards had liggen slapen.

Het bed was leeg.

'O, kut,' mompelde Decker. Het monster was ontwaakt.

Zaterdag 15 augustus, 21.40 uur

Hij wankelde naar de badkamer en gooide water in zijn gezicht in een poging om helemaal wakker te worden terwijl het alarm hinderlijk bleef toeteren.

Er is iemand. Iemand had het alarm aan het begin van de toegangsweg in werking gesteld. Hij gaf een ferme klap op zijn linkerwang met zijn goede hand, probeerde hetzelfde met zijn rechter en was opgelucht toen die arm wat soepeler bewoog. De antibiotica begonnen te werken.

Hij rende naar de studio waar hij alle nabewerkingen deed en riep zijn bewakingsbeelden op, te beginnen met die van de camera aan het begin van zijn oprijlaan.

Een bestelbus. Er stond een zwarte bestelbus zonder ramen met de motor stationair draaiend. *Fuck.*

Hij schakelde naar een ander beeld, bekeek de kelder, en iets van de spanning verdween. De kinderen waren er nog steeds, precies zoals hij ze had achtergelaten. Er was hier niemand binnengedrongen.

Maar er stond een busje op zijn oprit en dat betekende dat iemand erachter was gekomen. Hoe konden ze het weten? Hoe hadden ze geweten dat ze híér moesten zijn? Iemand had zijn mond opengedaan.

Zijn hartslag nam toe en hij schakelde naar de camera in zijn thuiskantoor.

En zijn hart stond stil. Er zat een man in zijn kantoor, zat verdomme aan zíjn bureau. Naar zijn computer te staren. Door de camerahoek kon hij niet zien waar de man naar zat te kijken, maar deed dat er iets toe? Er waren mensen in zijn huis. *Politie.* Er was politie in zijn huis. Ze zaten met hun tengels aan zijn spullen. Hij brulde van woede en schakelde het beeld van kamer naar kamer.

Ze zaten in elke kamer van zijn huis, met uitzondering van de kelder, maar ze hadden het alarmsysteem van het huis niet in werking gesteld. Hoe hadden ze verdomme het alarm weten te omzeilen? En toen drong het tot hem door.

'Mallory,' zei hij zacht. Dat meisje zou sterven en wel zo verdomde pijnlijk.

Maar hij moest eerst afrekenen met die sukkels op zijn terrein.

Hij haalde diep adem en schakelde naar de beelden van de praktijk. Daar waren ook mensen geweest. Laden van dossierkasten stonden open, ze waren leeg en alle computers waren weg.

Ze wisten het. Iedereen wist het.

Macy zou de eerste zijn die eraan ging. *Laat Mallory daar maar mee zien te leven.*

Hij schakelde naar Gemma's huis. Haar lichaam lag niet langer op het bed. Hij pakte met trillende vingers de telefoon en belde naar de mobiele telefoon van Bob. Hij bleef maar overgaan en toen schakelde hij naar voicemail. Bob liet zijn telefoon nooit naar de voicemail gaan. En Bob was zo'n slappe lul, die zou onmiddellijk alles vertellen. Maar Bob wist helemaal niets af van dit huis. Niemand had ervan afgeweten. Hoe kon het dat ze hier waren? Hoe hadden ze hem weten te vinden?

Het deed er niet toe. Hij moest zien weg te komen.

Rustig ademen, beval hij zichzelf. *Je hebt troeven in handen. Een heleboel troeven.*

Maar weinig wapens. Hij had alles thuisgelaten, in zijn kelder. Hij had twee vuurwapens – zijn eigen negenmillimeter en het dienstwapen dat van de politieman was geweest die hij achter de Kroger had doodgeschoten.

Concentreer je op hier wegkomen. Pak de kinderen en ga ervandoor.

Hij kwam in beweging, maar verstijfde plotseling. Het beeld op zijn monitor veranderde terwijl hij niets deed.

Iemand had de controle over zijn bewakingssysteem overgenomen. *Die vent aan mijn bureau.*

Hij klemde zijn kaken op elkaar en drukte een paar toetsen in. Zijn code voor zelfvernietiging. Zijn scherm werd helder wit en meteen daarop donker. Hij kon het busje niet meer zien, maar zij hem ook niet.

Pak de kinderen, zei hij tegen zichzelf, *en dan als de sodemieter weg hier.*

Zaterdag 15 augustus, 21.43 uur

'Quincy, wat ben je aan het doen?' vroeg Kate toen de monitor langs Edwards' andere panden begon te schakelen. De moed zonk haar in de schoenen, want ze wist het antwoord al.

Ze waren gesnapt.

'Dat doe ik niet,' klonk Quincy uit het paneel. 'Hij heeft de controle overgenomen. Ik kan die pas weer terugkrijgen als hij de muis of zijn toetsenbord loslaat of wat hij dan ook gebruikt.' Het beeld bleef staan bij Macy's slaapkamer. Gemma's lichaam lag niet meer op het bed. De lijkschouwer had haar al weggehaald.

Het beeld schakelde weer naar het huis met de studio. 'Ik heb de controle weer,' zei Quincy, vlak voor de monitor fel oplichtte en toen donker werd. 'Hij heeft de stekker eruit getrokken. We zijn blind.'

'Hou je vast,' zei Troy grimmig en het busje ging er als een kanonskogel vandoor. Ze sprongen op en neer als dobbers op de golven, omdat de wielen elk gat in het wegdek wisten te vinden. 'Als hij toch weet dat we komen, kunnen we er maar het beste zo snel mogelijk zijn.'

'In ieder geval,' zei Decker grimmig, 'als wij niks kunnen zien, dan is hij ook blind.'

'Dat is tenminste iets,' gaf Kate toe. 'Oké, Troy, nieuw plan. Ik zoek een boom met uitzicht op de garage. Hij zal proberen te ontsnappen en hij zal vermoedelijk minstens één kind meenemen.'

'Dat zal Macy zijn,' zei Decker. 'Hij moet weten dat Mallory ons heeft geholpen.'

Kate knikte. 'Mee eens. En dat is het minste van alle kwaden, want ze is klein. Ze zal niet zo'n goed schild vormen als een van de oudere kinderen zou zijn. Als ik een vrij schootsveld krijg, dan schiet ik, oké?'

'Oké,' zei Troy, die naar het huis draaide en het gras op reed. Hij keerde snel zodat het busje met de neus naar de weg stond en de achterkant naar de achterzijde van het huis wees. Hij deed de verlichting uit, zowel binnenin als buiten. 'Adam, jij en ik gaan achterom en proberen binnen te komen via een van de kelderramen. Afgezien van Kate ben ik waarschijnlijk de enige die mager genoeg is om daardoor naar binnen te kunnen. Ik zal de kinderen naar buiten tillen. Hopelijk voor hij beneden komt. Quince, zorg voor een paar ambulances. Laat ze aan het begin van de oprijlaan wachten tot we een seintje geven, want ik wil niet dat ze een vuurgevecht binnenrijden. Trip, Decker en jij blijven hier. Hou je klaar om kinderen van ons over te nemen als we ze naar buiten kunnen krijgen en stop ze in de bus. Decker, jij rijdt. Maar als ik je het sein geef, dan rijd je weg met de kinderen die we kunnen redden. Blijf niet hangen om op ons te wachten als ik zeg dat jullie moeten gaan. Want dat betekent dat we in gevaar zijn. We redden er zo veel als we kunnen. Duidelijk, iedereen?'

Ze knikten een voor een.

'Gaan,' zei Troy grimmig. 'Laat je niet doodschieten.'

Kate keek nog een laatste keer naar Decker. Hij staarde haar met een intense blik aan. *Wees voorzichtig.*

Ze knikte. *Jij ook.* Toen rende ze in de richting van de bomen en hoopte er het beste van.

Zaterdag 15 augustus, 21.45 uur

Decker keek toe terwijl Kate van hem wegrende met haar geweer op haar rug. Binnen een minuut was ze in een boom verdwenen, waar ze met een behendigheid in was geklommen die hem niet zou moeten verbazen.

Ze was net zo gracieus geweest toen ze hem in bed bereed. Hij bad dat ze het zouden redden zodat ze dat nog eens kon doen.

Trip en hij zeiden geen woord; ze waren allebei gespannen. Vanaf de bestuurdersplaats kon Decker de voorkant van het huis zien, met inbegrip van de garagedeur, die, zoals ze hadden verwacht, openging.

'Hij zal de MPV niet kunnen starten,' zei hij zachtjes tegen Trip. 'Het OnStar beveiligingssysteem geeft ze de mogelijkheid om de ontsteking onklaar te maken. Wees voorbereid op –'

Een uitzinnige brul weerklonk uit de garage.

'Een uitbarsting van woede,' maakte Decker zijn zin af.

'Ik heb haar!' Dat was Edwards en hij stond te schreeuwen. 'Ik heb het kind van de politieman en ik maak haar af.'

Decker keek Trip aan via de zijspiegel. Trip wees naar de hoek aan de achterkant van het huis, waar Adam stond met een vastgebonden tiener onder zijn arm. Trip rende in de richting van Adam. Geen van beiden was zichtbaar voor Edwards in de garage.

'Ik kom niet naar buiten!' gilde Edwards. 'Ik weet dat jullie geweren hebben. Als jullie dit kind levend in handen willen krijgen, moeten jullie me naar buiten begeleiden. Jullie vormen mijn dekking. En geef me jullie bestelbus. Ik maak geen geintjes! Als jullie niet doen wat ik zeg, gaat dat kind eraan en daarna de rest. Ik heb niks te verliezen.'

En dat was waar.

Kate had alleen maar een vrij schootsveld als Edwards de garage uit kwam.

Trip legde de eerste tiener achter in de bestelwagen. Hij deed dat met een zachtheid en zorgvuldigheid die niet als een verrassing kwamen. 'Ik heb hem gehoord,' zei hij. 'Wat ga je doen?'

'Ik ga proberen hem naar buiten te lokken,' zei Decker zacht fluisterend. 'Ga terug en zeg tegen Adam en Troy dat ze moeten opschieten.'

Hij nam de sleutels uit het contact. Als Edwards erin zou slagen ertussenuit te knijpen, dan zou hij in ieder geval niet kunnen wegrijden. *Niet zonder mij eerst uit te schakelen.* Vervolgens nam hij zijn pistool in zijn linkerhand, greep met zijn rechter de wandelstok vast en sloop zijdelings langs het huis. Hij bleef even staan toen hij bij de geopende garagedeur kwam en gluurde snel om de hoek. Edwards stond naast de onbruikbare MPV met de vastgebonden en geknevelde Macy tegen zich aan gedrukt. Hij had zijn linkerarm om het middel van het kind geslagen. Hij leek weer enigszins over zijn rechterarm te kunnen beschikken, want hij had een stevige greep op het pistool dat hij tegen Macy's hoofd gedrukt hield.

Macy leefde, maar haar blik was glazig en ze knipperde niet eens met haar ogen toen ze Decker zag. Ze zat ofwel onder de drugs, of ze was verstijfd van angst of zelfs catatonisch. *Of misschien wel alle drie.*

'Ik zie je, Davenport,' zei Edwards vol minachting. 'Zie ik goed dat ze hun invalide hebben gestuurd. Echt waar?'

'Echt waar,' zei Decker kalm. 'De rest zat allemaal in jouw huis met je speelgoed te spelen toen ik dit huis vond. Ze zijn onderweg.'

'Tuurlijk,' snoof Edwards. 'Die trut van een Coppola heeft haar geweer waarschijnlijk op de deur hier gericht en zit te wachten tot ik naar buiten stap.'

Alsof het zo moest zijn, ging op dat moment het licht van de garagedeuropener uit en de garage werd donker.

Edwards lachte. 'Nu zie je me niet meer zo goed, hè?'

Decker ging een paar centimeter achteruit en zette zijn wandelstok lang genoeg tegen de muur om de zendknop van de radio die aan zijn kogelwerende vest hing in te drukken. Hij greep zijn stok en boog zich ver genoeg voorover om Edwards te kunnen zien.

Nu konden de anderen hem horen en hopelijk op de situatie reageren.

'Aangezien ze niet hier is, doet dat er niet toe.'

Edwards lachte opnieuw. 'Je bent een goede leugenaar. En uit mijn mond is dat een behoorlijk groot compliment.'

'Dank je. Maar ik lieg niet. Ik was erachter gekomen waar je zat en ben hier als een speer naartoe gekomen. Ik heb tegen de anderen gezegd dat ze me moesten volgen.'

'Uh-huh. En hoe ben je er precies achter gekomen waar ik zat?'

Hij is nieuwsgierig, dacht Decker. Dat was goed. En niet helemaal onverwacht. De man was een volslagen narcist. 'Ik ben accóúntant, Edwards. Ik volg dat verrekte geld.'

'Hè? Ben je echt accountant? Ik dacht dat dat een dekmantel was.'

'Nee, de lijfwacht spelen voor psychopathische moordenaars, drugsdealers en mensenhandelaren was de dekmantel. Ik ben afgestudeerd en al, serieus. Ik ben beëdigd forensisch accountant, dus was ik begonnen de boekhouding van je zwager door te spitten nadat we erachter waren gekomen dat hij zichzelf voor zijn raap had geschoten – een vreselijke troep, trouwens. Hij heeft de binnenkant van de Honda geruïneerd waarvan ik vermoed dat jij die voor hem gekocht hebt, want hij verdiende niet genoeg om er zelf een te kopen.'

Decker bleef maar praten. *Ik moet de anderen genoeg tijd geven om de kinderen uit de kelder te halen.* Maar hij had zojuist een klein meisje verteld dat haar vader zichzelf van het leven had beroofd. *Verdomme.* Hij hoopte dat Macy te verdoofd was om te begrijpen of zich te herinneren wat hij net had gezegd.

'Ah, fuck,' snauwde Edwards. 'Heeft Bob zelfmoord gepleegd? Nou ja, dat is beter dan dat hij gepakt zou worden. Hij had een paar serieuze geheimen prijs kunnen geven.'

'Ja, maar zijn Social Security-nummer heeft zo zijn eigen geheimen prijsgegeven. Zoals de huizen die hij bezat. Waaronder dit hier.'

Dat was niet waar, maar het was bij hem opgekomen dat ze het op die manier hadden kunnen doen. Misschien nog wel eenvoudiger dan met dat hele OnStar-gedoe. En het was blijkbaar zo logisch dat Edwards het geloofde.

Edwards bleef een paar seconden stil, maar Decker kon zijn gezicht niet meer zien. 'Nou, ze zeggen dat de nerds de wereld zullen veroveren,' zei hij ten slotte. 'Goed gedaan, Davenport. Breng me nu naar je busje, anders knal ik de hersenen van dit kind hier tegen de muur.'

Decker zag vanuit zijn ooghoeken beweging in de bomen. Alleen maar een flits van bleke huid. Kate was uit de boom gesprongen. Ze zocht een betere positie om te kunnen schieten.

Goed gedaan. 'Als ik doe wat je van me eist, dan wil ik dat je Macy hier bij mij achterlaat.'

'O nee,' reageerde Edwards. 'Je gaat met mij mee. Jij rijdt. Ik zal dit mooie kleine meisje zo blijven vasthouden.'

'Oké. Maar doe haar niets, alsjeblieft.'

'Laat je pistool vallen en schop het deze kant op.'

Decker aarzelde, maar gehoorzaamde toen. 'Alsjeblieft. Nu heb je mijn pistool. Het is het enige wapen dat ik bij me heb. Wil je me fouilleren?'

Edwards grinnikte. 'Je bent grappig, dat mag ik wel.' Hij schopte het pistool onder de MPV. 'Gewoon voor het geval dat je je bedenkt.'

Maat, als ik me bedenk, dan heb ik echt geen pistool nodig. Ik breek je nek als een dorre tak. Maar dat zei Decker niet hardop. 'Dat was mijn favoriete wapen,' klaagde hij in plaats daarvan.

'Laat me de sleutels van het busje zien,' snauwde Edwards.

Decker hield de sleutelring tussen duim en wijsvinger omhoog en rammelde er even mee. 'Waar gaan we heen?'

'Dat vertel ik je wel als we hier weg zijn.'

Decker lachte bitter. 'Je hebt geen idee waar je naartoe gaat, want je hebt geen plek meer om je te verschuilen. Maar dat geeft niet. Ik vermoed dat je wel iets bedenkt nadat ik je geholpen heb hier weg te komen en dan schiet je me dood.'

'Ah, doe niet zo akelig,' spotte Edwards. 'Dek me, Davenport. Ik geloof er niks van dat je alleen bent en als die trut van je daar inderdaad ergens zit, wil ik niet dat ze me op een vitale plaats kan raken. Jij bent mijn schild, grote vent, dus spreid die armen maar uit. Maak je eens nuttig.'

Decker gehoorzaamde en stak één arm ver uit. 'Ik heb die andere hand nodig voor de wandelstok. Ik ben nog maar net uit coma, weet je,' voegde hij er op sarcastische toon aan toe. 'En niet dankzij jou.'

'Ja, dat weet ik.' Edwards klonk ontstemd. 'Geen geintjes.'

Decker keek over Edwards' hoofd en zag de deur van de garage naar het huis langzaam opengaan. Troy glipte naar binnen. Hij had zijn pistool getrokken en richtte dat op Edwards.

Maar Troy kon zien dat Edwards Macy in zijn macht had. Edwards' vinger lag om de trekker en de geringste beweging zou Macy's dood betekenen. En als je je aan de ontvangende kant van een schot in het hoofd bevond, dan kon dat een verdomd felle beweging tot gevolg hebben. Daarom hield Troy zich gedeisd. Maar hij was er. Dat betekende dat alle kinderen uit de kelder waren gehaald en in veiligheid gebracht. Decker deed een pas achteruit om Edwards net voldoende ruimte te geven om zijwaarts de garage uit te komen. Hij gebruikte zijn lichaam om Edwards zo te manoeuvreren dat de rug van de man naar de andere kant van zijn huis was gekeerd.

Waar Kate naartoe was geslopen. Ze had zich even aan Decker laten zien en had zich toen weer teruggetrokken in de schaduw, waar ze haar kans afwachtte. Hij moest Edwards' pistool weg zien te krijgen van Macy's hoofd zodat zij een kans kreeg om te schieten.

Zijn handen omklemden de koperen handgreep van zijn geleende wandelstok terwijl er in zijn hoofd een plan ontstond. Hij hoopte dat Kate toekeek. Toen glimlachte hij in zichzelf. Natuurlijk keek ze. Ze had het plan waarschijnlijk al bedacht voor het in hem opkwam.

Hij struikelde met opzet en deed net alsof hij de arm met de wandelstok te ver uitstrekte om zijn evenwicht te bewaren. Hij verplaatste zijn hand, draaide de wandelstok om en pakte hem met twee handen beet terwijl hij hem naar boven zwaaide alsof het een golfclub was. De koperen handgreep raakte Edwards precies op zijn elleboog en Decker zwaaide door, gebruikmakend van het momentum om de arm van Edwards samen met het pistool in een boog naar boven te duwen.

Edwards gilde en wankelde echt en Decker maakte daarvan gebruik om Macy uit zijn linkerarm te trekken. Hij schermde het kind af met zijn lichaam en draaide weg. Hij had de wandelstok stevig vastgeklemd in één hand en haalde opnieuw uit. Hij raakte Edwards op zijn achterhoofd en de man zakte op zijn knieën.

Decker zag met Macy tegen zijn borst geklemd kans om een paar stappen in de richting van hun bestelbus te doen voor er twee keer een pistoolschot klonk. Beide kogels troffen hem in de rug. Zijn kogelwerende vest ving de klappen op, maar het deed nog steeds verrekte veel pijn. Vloekend van pijn deed hij een misstap en wankelde. Zijn knieën kwamen met een hoorbaar gekraak op de straatstenen. Hij gooide zijn gewicht naar één kant en landde op zijn schouder zodat hij Macy niet verpletterde. Toen trok hij zijn hoofd in en wachtte met opeengeklemde tanden op het volgende schot.

Het geluid van schoten weerklonk, maar hij werd niet geraakt.

Het was in een paar seconden voorbij en de stilte die volgde was oorverdovend. Hij rolde zich kreunend op zijn rug en zag Trip die zich vooroverboog en Macy uit zijn armen pakte. Decker liet het meisje los en spreidde zijn armen.

Hij had pijn. Overal. Maar hij was niet dood. En Macy ook niet. Dus dat was in orde, toch?

Hij knipperde met zijn ogen naar de hemel in een poging bij zijn positieven te komen. 'Kate!' riep hij. 'Alles goed?'

Hij slaakte een opgeluchte zucht toen Kate's gezicht boven het zijne verscheen. Haar bruine ogen stonden bezorgd. 'Als je zegt dat er niets aan de hand is, dan krijg je een klap,' snauwde ze.

Hij keek lachend naar haar op. 'Ik denk dat mijn knieschijven kapot zijn en ik voel scheuten in mijn rug. Alles doet pijn. Ben je nou tevreden?'

Haar handen beefden toen ze het haar uit zijn gezicht streek. 'Ja.'

'Je bent een harde tante, Kate.' Hij draaide zijn gezicht in haar hand en ontspande. Liet zich door haar strelen. 'Heb je hem te pakken gekregen?'

Ze ontspande ook en haar handen beefden niet meer. 'Jazeker. En Troy ook. En Trip. Maar jij had hem als eerste te pakken.' Ze grijnsde terwijl haar humeur plotseling opklaarde. 'Mooie techniek met die wandelstok, Decker. Je was een echte Kung Fu Panda toen je hem te pakken nam.'

De adrenaline deed haar werk en ze waren allebei bijna giechelig. 'Helemaal niet,' zei hij beledigd. 'Bruce Lee, misschien. Of zelfs Jackie Chan. Maar geen panda en zeker geen tekenfilmfiguur.'

'Hé, panda's zijn wreed, man. Ze verslinden zo je gezicht.'

Hij wierp haar een hete blik toe die haar de adem benam. 'Ik weet wel wat ik liever zou versli–'

'Decker!' Ze legde haar hand op zijn mond en keek op omdat Troy zich bij hen had gevoegd.

'Kinderen, kinderen,' zei Troy vermanend. 'Decker, heb je een ambulance nodig? Er zijn er een paar onderweg voor de kinderen.'

'Hemel, nee. Geen ambulances meer voor mij.' Hij huiverde en werd bij die gedachte weer ernstig. 'Help me even rechtop te gaan zitten. De pijn trekt al weg.' Wat een absolute leugen was, maar geen van beiden sprak hem tegen. Kate hielp hem te gaan zitten en hij deed zijn ogen dicht tot de wereld ophield met draaien. 'Ik kan een week slapen, maar geen ambulances.'

Triplett kwam op een drafje aangelopen om hem overeind te helpen en Decker stak zijn hand uit naar de wandelstok om hem te helpen zijn evenwicht te bewaren, maar stopte de beweging nog voor Troy zijn hoofd schudde.

'Sorry. De wandelstok is bewijsmateriaal. Bovendien zit hij onder het bloed van Professor Klootzak. Die wil je niet meer gebruiken.'

Kate sloeg haar arm om Deckers middel. 'Ik hou je wel overeind,' zei ze zacht en hij twijfelde er geen moment aan dat ze dat kon.

'Dat aanbod neem ik graag aan.' Want hij had echt behoefte aan haar handen op zijn lichaam. 'De kinderen?'

'De tieners zijn lichamelijk in orde,' antwoordde Troy opgelucht. 'Ze zijn doodsbang en uitgedroogd en ze hebben honger. Maar ze verkeren in emotionele shock. Er ligt een heleboel therapie voor hen in het verschiet.'

'Ik geloof dat Macy in een fysieke shocktoestand verkeert,' zei Trip bezorgd. 'Adam zorgt voor haar.'

Decker keek in de richting van het bestelbusje, waar Adam de boeien van Macy's polsen en handen had losgemaakt en nu voorzichtig bezig was de tape van haar mond te trekken.

'Ik denk dat Edwards haar iets heeft gegeven zodat ze zich niet zou verzetten,' riep Adam. 'Haar hartslag is veel te laag. Hoelang duurt het voor de ambulances hier zijn?'

'Ze stonden aan het begin van de oprijlaan te wachten, zoals we hadden gezegd dat ze moesten doen,' zei Troy. 'Ik heb ze het sein veilig gegeven toen de rook was opgetrokken, dus hooguit een minuut.'

'Goed zo.' Adam nam het meisje in zijn armen. 'Ze moeten haar als eerste behandelen.'

Decker draaide zich om naar het in elkaar gezakte lichaam dat nauwelijks een meter bij de plek vandaan lag waar Macy en hij waren terechtgekomen. Hij realiseerde zich hoe dichtbij de man was gekomen om een derde keer op hem te vuren.

'Hij mikte op je hoofd,' zei Kate zacht. Ernstig.

'Zoiets vermoedde ik al, aangezien de eerste twee schoten op mijn rug zijn afgeketst. Klootzak,' mompelde hij.

'Kate richtte háár eerste schot op zijn hand nadat hij zíjn eerste schoten op jou had afgevuurd,' zei Troy. 'Ze raakte zijn hand en hij liet zijn pistool vallen, maar hij had er nog een. Hij probeerde met links te schieten. Hij mikte op je hoofd. Hij miste. Maar jij was in elkaar gedoken, dus toen konden we op hem schieten zonder het risico te lopen dat we Macy en jou per ongeluk zouden raken.'

'Ik wilde hem levend in handen krijgen,' zei Kate nu meer dan ernstig. 'Ik wilde weten wat hij met al die kinderen heeft gedaan die hij in de loop der jaren in handen heeft gekregen. Maar hij stond met zijn pistool op jouw hoofd gericht. En jij...' Haar stem brak. 'Jij beschermde dat kleine meisje en... ik kon hem je niet iets laten aandoen. Jullie geen van beiden. Maar nu zullen we het nooit weten. We zullen nooit weten wat hij met de anderen heeft gedaan.' De tranen sprongen haar in de ogen en haar stem brak volledig. 'God, Decker. We kunnen ze nooit thuisbrengen als we zelfs niet weten waar ze zijn.'

Decker sloeg zijn arm om haar schouder, trok haar tegen zich aan en drukte een kus op haar hoofd. Het kon hem niets schelen dat het hele team stond te kijken of dat de ambulances net aankwamen of dat er een dood lichaam aan hun voeten lag. Hij wiegde haar zachtjes, plotseling zo dodelijk vermoeid dat hij nauwelijks overeind kon blijven. 'Maar we hebben er vanavond vijf thuisgebracht. Vijf kinderen. En Mallory ook. Dus zes mensen, Kate. Zes menselijke wezens die een tweede kans hebben op een goed leven. Zes mensen zijn in veiligheid omdat jij het moeilijke hebt gedaan, maar voor die zes was het het juiste om te doen. Vanavond denken we daaraan. Morgen maken we ons weer druk om hoe we al die anderen kunnen redden.'

'Zeven,' fluisterde ze. 'Jou ook.'

'Precies,' fluisterde hij terug. 'Je hebt me weer gered. Dus, zeven.'

Troy en Trip waren een eindje weggelopen om hun wat privacy te gunnen en leidden de hulpverleners naar Macy en de vier tieners.

Decker legde zijn wang op Kate's hoofd. 'Weet je wat ik vind dat we zouden moeten doen?'

Ze hikte een lach. 'Meen je dat nou, Decker?' vroeg ze droog.

Hij moest wel grinniken. 'Ja, nou ja, dat was niet wat ik wilde zeggen. Wat ik wél wilde zeggen, is dat ik vind dat we naar het ziekenhuis moeten gaan om Mallory te vertellen dat haar zusje en die vier gasten in veiligheid zijn. En dat de man die haar leven al die jaren tot een hel heeft gemaakt dat nooit meer zal kunnen doen. En dat ze zich geen zorgen hoeft te maken dat hij iemand anders zoiets aandoet. Nooit. We gaan het haar vertellen omdat ze het moet horen en omdat we het onszelf moeten horen zeggen. En dan gaan we terug naar ons geleende bed en dan doen we dat andere. En misschien dat we daarna een week lang in één ruk door kunnen slapen.'

'Ik vind dat een geweldig plan. Alles.'

29

Cincinnati, Ohio, zaterdag 15 augustus, 23.25 uur

Meredith wilde Mallory eigenlijk niet wakker maken, maar raakte toch zachtjes haar hand aan. Ze sliep nog helemaal niet zo lang. Nadat ze haar verklaring had afgelegd was ze wakker gebleven en had naar het plafond liggen staren. Ze wist dat ze het juiste had gedaan, maar ze was zich er heel goed van bewust wat de prijs daarvan kon zijn. Het leven van haar kleine zusje lag in de waagschaal, nadat ze zo veel had verdragen om haar te beschermen, en Meredith had elk moment van Mallory's pijn en ongerustheid gevoeld. Als Macy was gestorven...

Maar dat was ze niet. *En ik mag het haar vertellen.* 'Mallory, schat, wakker worden.'

Mallory schrok wakker, maar ontspande een beetje toen ze besefte waar ze was. Veilig, maar niet zonder zorgen. Ze zou misschien nooit meer helemaal onbezorgd zijn, maar Meredith was vastbesloten haar alle middelen aan te reiken die ze nodig had om een leven op te bouwen. Want dit meisje verdiende een leven.

Mallory ging met haar tong over haar droge lippen. 'Je bent teruggekomen,' zei ze schor.

Meredith schonk een beker water in en legde voorzichtig het rietje op de gebarsten lippen. 'Ik ben het ziekenhuis helemaal niet uit geweest. Ik heb in de cafetaria gegeten en daarna ben ik bij mijn vriendin op de intensive care geweest.'

'De dokter. Dani Novak. Komt het goed met haar?'

'Ja. Ze is een taaie.' *God, laat Dani alstublieft taai zijn. Nog even.* 'Ik heb goed nieuws voor je.' Mallory sloot haar ogen, maar niet voor Meredith even een flits van angst had gezien, gevolgd door vermoeide acceptatie. Ze rechtte haar schouders en bereidde zich voor. Ze was er zo zeker van dat het nieuws slecht zou zijn, ook al had Meredith gezegd dat dat niet zo was, want niets in haar leven was ooit goed geweest.

'Vertel maar. Ik ben er klaar voor.'

'Niet alle nieuws is slecht, Mallory,' zei Meredith. 'Kate en Decker hebben Macy gevonden. Ze leeft nog en alles komt goed.' *Uiteindelijk.*

Mallory zakte ineen en er welde een snik op uit haar keel. 'Ik had niet gedacht dat het ze zou lukken. Ik was ervan overtuigd dat ik haar had vermoord door de waarheid te vertellen.'

'En je hebt het toch verteld omdat je Decker vertrouwde. Vergeet dat niet. Vergeet nooit van je leven dat je iemand hebt vertrouwd, Mallory. Niet iedereen stelt je teleur.'

'Waar...' Ze slaakte een sidderende snik. 'Waar is ze?'

'Ze is hier, op de intensive care. Ze hebben haar zojuist binnengebracht.' Meredith was op de afdeling geweest om de ambulances op te wachten zodat ze zich ervan kon verzekeren dat er maatschappelijk werkers waren voor de vier pubers. En toen... Haar hart was zo heftig ineengekrompen. De aanblik van Adam Kimble die naast de brancard liep en Macy's hand vasthield. De uitdrukking op zijn gezicht... Ze haalde diep adem. Het was pure opluchting. Opgetogen dankbaarheid. Stille trots. Hij had er één gered. Hij had er eerlijk gezegd vijf gered.

Vijf overwinningen. En toen ze elkaar van een afstand aankeken, glimlachte hij naar haar.

Morgen zou hij zich druk maken over de kinderen die hij niet had gered en misschien zou hij terugkomen voor nieuwe gesprekken en meer kleurplaten. Maar vanavond glimlachte hij en Meredith zou zich daar zo lang als ze kon aan vastklampen.

Mallory fronste haar voorhoofd. 'Als alles met haar in orde is, waarom zie je er dan uit alsof je gaat huilen?'

Meredith schraapte haar keel. 'We maken ons heel vaak zorgen en we verwijten onszelf alle dingen die we niet kunnen doen of de mensen die we niet kunnen helpen. En dan gaan er op een dag dingen goed. En dat is... fantastisch. Dus die paar traantjes hier, dat zijn blije tranen.'

Mallory knikte, maar er sprak nog steeds achterdocht uit haar blik, dus pakte Meredith haar telefoon. 'Ik heb een foto van haar genomen.' Het was eerlijk gezegd een foto van Adam, maar dat hoefde Mallory niet te weten. Ze gaf Mallory haar mobieltje en toen begon de jonge vrouw ook te huilen.

'Dank je.' Mallory's stem brak en haar handen trilden terwijl ze de telefoon vasthield en naar de foto staarde. 'Echt ontzettend bedankt.'

'Ik heb niets gedaan. Ik heb alleen maar het voorrecht gehad om het jou te mogen vertellen.' Er werd op de deurpost geklopt en ze keken allebei op.

Kate en Decker keken om de deur. 'Mogen we binnenkomen?'

Mallory knikte en er speelde een glimlach om haar lippen. 'Graag. Meredith heeft me verteld dat Macy in veiligheid is.'

'Dankzij deze kerel hier,' zei Kate. 'Weet je nog dat ik over hindernissen ben gesprongen om hem te redden? Hij heeft een paar serieuze ninja-acties gedaan om Macy te redden.'

Decker wierp haar een glimlach toe die op een privégrapje duidde. 'Ninja's zijn cool. Daar kan ik wel in meegaan.' Hij kwam leunend op een houten wandelstok naar het bed. 'Mag ik gaan zitten? Ik ben echt heel erg moe.'

'Ga je gang.' Mallory keek fronsend naar de wandelstok terwijl Decker zich op een stoel liet zakken. 'Dat is niet dezelfde die je eerst had. Die was glimmend.'

'De wandelstok die ik had zit nu onder het bloed van Brandon Edwards,' zei Decker met voldoening. 'Hij is dood, Mallory. Hij zal jou of Macy nooit meer iets aandoen.'

Mallory sloeg overmand een hand voor haar mond. 'Hoe? Wie?'

Kate leunde met haar heup tegen Deckers schouder. 'Decker heeft hem met de wandelstok geslagen en je zus uit zijn handen getrokken en toen... heb ik hem neergeschoten. En twee andere agenten ook. Het was een gezamenlijke inspanning.'

Mallory zuchtte sidderend. 'O, god. Maar... Macy... Moet ze terug naar Gemma en Bob? Ik zal voor haar zorgen. Ik wil alles doen.' Ze boog zich voorover, oprecht en gespannen en bang. 'Ik zoek een baan. Laat mij alsjeblieft voor haar zorgen.'

Meredith wreef over Mallory's rug. 'Daar komen we wel uit. Maar ze gaat niet terug naar Bob en Gemma.'

Mallory bestudeerde de gezichten om haar heen en liet zich toen weer in de kussens zakken. 'Zijn zij ook dood?'

Decker knikte. 'Ja. De dokter heeft Gemma vermoord en toen heeft Bob...' Hij aarzelde en wierp een snelle blik op Kate, die ineen leek te schrompelen.

'Bob heeft zelfmoord gepleegd,' maakte Kate het voor hem af. 'Dus je hoeft je om niemand van hen zorgen te maken.'

Mallory schudde haar hoofd. 'Die andere man loopt nog steeds rond.

McCord. Edwards zei dat McCord Macy zou overnemen als er iets met hem gebeurde. Dat hij haar meteen op video zou zetten omdat hij dol is op kleine meisjes. Dat hij niet zou wachten tot ze groter was. Ik moet haar nog steeds tegen hem beschermen.'

Kate deed haar mond open, en weer dicht. Ze zuchtte zacht. 'Nou, ik weet zeker dat je niet bang hoeft te zijn voor McCord, want hij is al negen maanden dood.'

Er flakkerde woede in Mallory's ogen. 'Wist Edwards dat?'

'Ja,' antwoordde Kate.

Mallory's lippen werden een dunne streep. 'Als ik dat had geweten, dan had ik Edwards negen maanden geleden gedood. Ik was banger voor McCord omdat hij dol was op echt kleine meisjes, zoals Macy nu. Edwards was in ieder geval het kwaad dat ik kende.'

'Nou, je hoeft je om geen van beiden meer druk te maken,' zei Kate zacht. 'Ze zijn er niet meer. En jij hebt dat tot stand helpen brengen. Jij had de moed om dat eerste telefoontje te plegen om Kendra te vinden.' Ze keek met een vragende blik om zich heen. 'Ik dacht dat Kendra naar je toe zou komen?'

'Ik heb haar naar huis gestuurd,' zei Mallory zacht. 'Ze huilde. Ze deed wel haar best om het niet te doen, maar... haar partner is dood en ze was verdrietig.'

'Je bent een goed mens, Mallory,' zei Decker. 'Ik ben trots op je.'

Mallory haalde diep adem en haar ogen glansden. Ze veegde ze af met de rand van het laken en keek toen naar Meredith. 'Ik snap het. Blije tranen.'

'Heel blije tranen,' zei Meredith. 'Maar volgens mij zit Decker daar in die stoel in slaap te sukkelen. Ik geloof dat we hem ook maar naar huis moeten sturen.'

Decker glimlachte, maar de uitputting was duidelijk aan hem af te lezen. 'Ik heb nog geen huis. Maar binnenkort wel. Ik denk niet dat iemand het erg zal vinden als we het schuiladres nog één nacht gebruiken.' Hij kwam overeind en drukte een kus op Mallory's voorhoofd. 'Dank je.'

Mallory bloosde verlegen. 'Dank je? Waarvoor?'

'Omdat je zo dapper bent en omdat je me in de gelegenheid hebt gesteld om over mijn zusje te vertellen. Want iemand heeft pas nog tegen me gezegd dat als ik mensen over haar vertel, ze niet zal worden vergeten.'

'Ik zal haar nooit vergeten,' beloofde Mallory. 'En jou ook niet.' Ze boog zich voorover om Kate te kunnen zien. 'Jou ook niet, Kate.'

Kate lachte. 'Ja hoor. Ik weet heus wel wie de charmeur in dit gezelschap is. Kom mee, ninjakrijger. Tijd om te gaan slapen.'

Mallory keek hen na en draaide zich toen met een bezorgd gezicht naar Meredith. 'Ik heb ook geen huis.'

'Dat heb ik allemaal al voor je geregeld. Maak je geen zorgen. Voorlopig is het voldoende dat je weet dat Macy in veiligheid is en dat vier andere kinderen dankzij jou ook zijn gered. Nou, ik heb wel een huis en daar wil ik echt graag naartoe om te gaan slapen. Ik hoop dat het er geen puinhoop is. Mijn nichtje had er gisteravond een slaapfeestje en misschien is het er wel een troep.'

'Ik kan schoonmaken,' bood Mallory aan. 'Dat kan ik goed. Ik kan jouw huis schoonmaken en dat van andere mensen. Dan kan ik misschien wat verdienen voor een plekje voor Macy en mezelf.' Maar haar stem beefde toen ze het zei en Meredith wist dat de belofte van een thuis en veiligheid niet werd geloofd.

'Wist je dat de zus van Kendra een tehuis heeft voor jonge vrouwen zoals jij? Meisjes die gedwongen zijn geweest om veel van de dingen te doen die jij moest doen?'

'Waarom? Waarom heeft ze zo'n huis?'

'Omdat Wendi twintig jaar geleden ook een Sunshine Suzie was.'

'O,' zei Mallory ademloos. En toen geloofde ze het. 'Dus ik heb een plek om te wonen. Voor hoelang?'

'Zo lang als het nodig is. Wendi heeft al een bed gereserveerd in een kamer alleen voor jou en als ik haar een beetje ken, en ik ken haar, dan zal ze ook kleren en shampoo en alles wat je nodig hebt voor je klaar hebben liggen. Zodra je hier weg mag, breng ik je rechtstreeks naar haar toe. Dan kun je in Wendi's huis helemaal genezen.'

'En Macy? Mag ze bij mij komen wonen?'

'Misschien. Al heeft ze wel behoefte aan andere dingen dan jij omdat ze veel jonger is. Ik beloof je dat we hoe dan ook een fantastische plek voor haar zullen vinden waar ze over de schok kan raken van alles wat ze heeft meegemaakt. Want ze zal geen idee hebben van wat ze ervan moet denken. Ze zal ook heel bang zijn. Haar wereld is zojuist uiteengespat. We zullen er voor haar zijn en ook voor jou. Nou, wat betreft huizen schoonmaken, als mijn nicht een zooitje heeft gemaakt van mijn huis, dan mag ze dat allemaal zelf opruimen. Maar ik weet bijna zeker dat ze dat toch al heeft gedaan. Je hoeft niet voor me te werken om me terug te betalen omdat ik je heb geholpen. Als je tegen betaling de huizen van anderen wil schoonmaken, dan is daar helemaal niets mis mee. Maar ik zou graag zien dat je echte keuzes kunt maken, want die kans heb je niet vaak gehad in je leven.'

'Wat voor keuzes?'

'We gaan je een vak leren. Je kunt een baan kiezen die je graag wil of we kunnen een manier vinden om je te laten studeren, als dat is wat je wil.'

'Ik kan niet gaan studeren. Ik...' Mallory keek gegeneerd. 'Ik heb nooit op de middelbare school gezeten. Dat vond hij niet goed. Ik heb alle boeken die hij in huis had gelezen, maar ik mocht niet naar school. Hij zei tegen de mensen dat Roxy me thuis lesgaf, maar dat was ook niet waar.'

'Daar vinden we ook wel iets op. Er zijn mogelijkheden voor je, Mallory. Heel veel keuzes. Maar daar kunnen we het later over hebben. Maar weet wel dat je niet alleen staat.' Meredith kneep even in haar hand. 'Ik kom morgen weer op bezoek. Probeer wat te slapen. Er wacht een leven op je.'

Mallory slikte moeizaam en ze kneep vastberaden haar ogen samen. 'Er wacht een góéd leven op me.'

Zondag 16 augustus, 03.45 uur

Chocola. Decker haalde diep adem en glimlachte toen hij vanuit een diepe slaap in die plek tussenin belandde waar van niemand verwacht werd dat hij helder dacht. Hij vond dat een fijne plek. Vooral wanneer het zo lekker rook. De laatste paar keer dat hij wakker was geworden had hij zijn longen volgezogen met de geur van Kate en het feit dat dat nu niet het geval was deed hem zijn voorhoofd fronsen. Hij voelde aan het kussen naast hem en dat was koud.

Maar de geur van chocola werd sterker. De volgende diepe ademhaling maakte hem helemaal wakker en hij deed zijn ogen open. Kate stond naast het bed, gekleed in een vale spijkerbroek en een T-shirt van de Baltimore Orioles en met een vragende uitdrukking op haar gezicht. Ze had een blad vol brownies in haar ene hand en een handvol lange stokken in de andere. Drie lange stokken met koperen handgreep. Wandelstokken met een rood lint er kruiselings omheen, dat eindigde in een grote rode strik. Een soort boeket. Maar ook weer niet.

'Waarom zit er een lint omheen?' vroeg hij met een hese stem van de slaap. Hij had het grootste deel van de dag geslapen en was alleen maar wakker geworden om te eten en met Kate te vrijen. Maar hij had geen van beide in voldoende mate gedaan, want op dit moment verlangde hij naar meer – naar eten en naar haar.

'Het is een cadeau van Keith en Jeremy O'Bannion. Er zit een kaart bij.'

Hij hees zich overeind en schikte de kussens zo dat hij tegen het hoofdeinde kon zitten. Hij nam de kaart aan en pakte een brownie, die hij zo in zijn mond schoof. 'Mmm. Lekker.'

Ze lachte. 'Mijn god, Decker, stik er niet in. Ik heb geen zin om de heimlichmanoeuvre te doen.'

'Honger,' bracht hij uit.

'Wanneer niet?' Ze ging op de rand van het bed zitten. 'Wat staat er op de kaart?'

'Waarom ben je aangekleed?'

'Ik weet bijna zeker dat dat niet op de kaart staat,' zei ze droog. 'Ik heb rapporten zitten schrijven terwijl jij lag te ronken als een motorzaag.'

Er was meer aan de hand dan alleen maar rapporten schrijven. Hij zag schaduwen in haar blik, maar hij drong niet verder aan en vouwde in plaats daarvan de kaart open. Hij grijnsde. '"We hoorden dat je de stok die ik je geleend heb naar de kloten hebt geholpen. Hier zijn drie nieuwe, voor het geval je de kans krijgt om ze op dezelfde manier te gebruiken." Twee verschillende handschriften. Ik vermoed dat Keith het eerste stuk voor zijn rekening heeft genomen.'

'Ik denk dat je daar wel eens gelijk in kunt hebben.' Ze leunde tegen hem aan en legde haar kin op zijn schouder. 'Wat staat er nog meer?'

Zijn grijns verzachtte. 'Jeremy voegt eraan toe: "Dank je dat je de man hebt uitgeschakeld die een veertienjarige jongen heeft uitgebuit en hem drugs heeft verkocht toen hij verdrietig en kwetsbaar was. De wereld is een beetje mooier geworden nu Brandon Edwards er niet meer is." Dan Keith weer: "Volgende keer moet je de stok een beetje hoger beetpakken. Op die manier kun je meer kracht uitoefenen. Ben graag bereid je te laten zien hoe dat moet. Als je het al kunt, het honkbalteam van de *Ledger* is altijd op zoek naar een sterke slagman."'

Ze grinnikte. 'Bloeddorstig. Dat mag ik wel.'

'Jammer dat ik die stokken niet veel langer meer nodig zal hebben.' Tot het moment dat hij helemaal hersteld was en niet meer zo gemakkelijk moe werd. 'Ze geven me een heel gedistingeerd gevoel.'

'En ze zijn een formidabel wapen.'

'Nou en of.' Hij legde de kaart weg, sloeg zijn arm haar schouder en trok haar tegen zich aan. 'Wat is er gebeurd?'

'Troy is langsgekomen om te kijken hoe het met ons ging en om je wandelstokken te brengen. Keith had ze afgegeven bij het bureau. O, Troy heeft ook ongeveer drie kilo M&M's gebracht uit naam van Deacon. Dat is zijn manier om je bedanken voor het afrekenen met "die verdomde klootzak die Dani heeft neergestoken".'

'Aardig van hem. En? Waarom kwam Troy verder nog langs?'

Ze zuchtte. 'Om ons te vertellen wat ze in de achtertuin bij Edwards' studio hebben gevonden.'

Het werd hem zwaar te moede. 'De kinderen voor wie hij geen emplooi meer had.'

'Ja. Quincy heeft niets anders zitten doen dan de bewakingsbeelden van Edwards terugspoelen en hij heeft beelden gevonden waarop te zien is dat hij verschillende lichamen begraaft. Ze hebben onderzoek gedaan met een grondradar. Er liggen zes lichamen begraven. Dat zijn niet alle kinderen, maar Quincy heeft bewijzen gevonden van... verkooptransacties. Hij blijft zoeken. Zowel in de computer als in de grond, neem ik aan. Misschien dat we er nog een paar kunnen redden. Of in ieder geval een paar van de ouders die zich bij Wendi hebben gemeld de kans geven alles af te sluiten.'

Decker haalde diep adem en liet die weer ontsnappen. 'Verdomme.'

'Ik weet het, maar... we geven het niet op, oké? Wat was het ook alweer dat jij zei? Iets in de trant van dat het zich verspreidt naar alle donkere hoekjes en dat het enige wat we kunnen doen is achter die klootzakken aan gaan die het vervaardigen, een voor een, toch? Dus dat is wat we gaan doen. En dan zullen we redden wie we kunnen.'

'Wanneer?'

Ze zat zijn huid te strelen, lichte bewegingen die niet waren bedoeld om hem op te winden, maar om te troosten. 'Wanneer wat?'

'Wanneer beginnen we?'

Ze boog zich een beetje achterover om zijn gezicht te kunnen bestuderen. 'Ik begin woensdag weer. Met Troy. Mijn partner, weet je nog? Jij krijgt een paar weken vrij. Orders van de baas. Zimmerman heeft blijkbaar onder vuur gelegen van de hoge bazen omdat hij je de afgelopen dagen heeft laten meedoen. Ze zeiden dat hij jouw deelname eerst had moeten voorleggen aan zijn superieuren voor hij je het veld in stuurde.'

'Dat zit me wel een beetje dwars.' Dat was zo. Hij mocht Zimmerman wel.

'Neu, maak je niet druk. Troy zegt dat Zimmerman het heeft afgehandeld. Hij heeft de hoge piefen zijn excuses aangeboden, beloofd dat hij het nooit meer zal doen, maar Troy kent de man al jaren. Hij zegt dat dit niet de eerste keer is dat Zimmerman excuses aanbiedt in plaats van op voorhand toestemming te vragen en dat het zeker niet de laatste keer zal zijn.'

'Als jij woensdag begint, wat ga je morgen en dinsdag dan doen?'

'Mijn appartement in orde maken. Mijn meubels komen dinsdag. En misschien neem ik een hond. Een kleintje.'

Hij knipperde met zijn ogen. 'Echt waar? Van Delores?'

'Waar anders? Dat schijnt goed gebruik te zijn.'

'Hoelang loopt je huurcontract?'

Haar strelende hand bleef stil liggen. 'Drie maanden en daarna steeds een maand. Het is zo'n huis voor mensen met een tijdelijke stationering. Hoezo?'

'Is deze stationering tijdelijk?' vroeg hij behoedzaam in plaats van te antwoorden.

'Nee. Maar ik moest een plek hebben om te wonen en ik had niet veel tijd om te zoeken. Ik had het nogal druk met bij jou aan het bed te zitten en je te zien slapen. Bovendien wilde ik geen lang contract tekenen om er later achter te komen dat ik de buurt niks vind. Hoezo?'

'Omdat ik een huis wil als Cincinnati mijn vaste standplaats wordt. Een huis met een stuk grond waar ik een tuin kan aanleggen. En een hond kan houden. Een grote. Ik heb nooit een plek gehad die van mezelf was.'

'Dan moet je er zeker een nemen. Weet je, je zou bij mij kunnen logeren tot je een huis gevonden hebt. Ik heb twee slaapkamers. We kunnen elk onze eigen ruimte hebben en de tijd nemen om elkaar beter te leren kennen.'

'En als het me drie maanden kost om het juiste huis te vinden?'

'Waarom wachten we niet gewoon af? Het is geen wedstrijd.'

Hij snoof lachend. Dat was heel snel hun standaardzin geworden als een van hen te opgewonden raakte en snelle seks wilde, terwijl de ander het langzaamaan wilde doen. Ze hadden hem vandaag alleen al twee keer gebruikt. Maar de derde keer wilden ze het allebei hard en snel, dus toen was er helemaal niet gesproken. 'Oké. Geen wedstrijd.'

Ze drukte een kus op zijn borst op de plek van zijn hart. 'Je middagdutje is voorbij. Je moet je aankleden, want we zijn uitgenodigd voor het eten bij Scarlett en Marcus. Scarlett heeft haar nieuwe oven uitgeprobeerd en Marcus heeft de barbecue aan de praat en er is bier en biefstuk. Er komt een hele bende. Heeft iets te maken met Marcus helpen een tuinhuisje te bouwen.'

Zijn gezicht klaarde op. 'Dan kan hij me helpen iets te bouwen zodra ik mijn huis heb.'

'Ik heb gehoord dat het inderdaad zo werkt. Kom op. Ik wil eerst nog even langs het ziekenhuis en ik moet onderweg nog een paar dingen kopen. Dani is van de intensive care af en ik wil ook nog even bij Mallory en Macy kijken.'

Hij wilde mopperen, maar hij lag de hele dag al in bed. 'Waar stoppen we onderweg?'

Ze wierp hem een knipoog toe. 'Breiwinkel. Ik ga proberen een paar mensen tot breien te bekeren. Op die manier lijk ik niet de enige mafketel in het gezelschap.' Ze maakte aanstalten om het vertrek te verlaten. 'Ik wacht op je in de woonkamer. Als ik hier blijf, kom je niet eerder dan morgen je bed uit en ik wil biefstuk.'

Hij liet zich niet voor de gek houden door die knipoog en haar haastige aftocht. Het zat haar dwars dat ze iets met haar handen moest doen om in staat te zijn om te denken. 'Je hebt gezegd dat je het me zou leren,' riep hij haar na toen ze bijna bij de deur was. 'Misschien dat ik een paar van die hele dikke naalden kan gebruiken, want ik heb... je weet wel, grote handen.'

Een oprechte glimlach verlichtte haar gezicht. 'Ik dacht dat je maar wat zei. Zou je echt gaan zitten breien? In het openbaar?'

'Natuurlijk zou ik dat doen, puur om egoïstische redenen. Het helpt jou om heel slim verbanden te leggen en ik wil dat voordeel ook hebben. Bovendien moet je dan heel dicht bij me komen zitten om me te laten zien wat ik moet doen. Ik heb het allemaal uitgekiend.'

'Dan kun jij me misschien leren hoe je undercover moet gaan?'

Hij hield de deken omhoog. 'Daar heb je een staande uitnodiging voor.'

'Je bent slecht en ik ben serieus. Ik wil, zeg maar, niet FBI op mijn voorhoofd hebben staan.'

Hij deed net alsof hij een grimas maakte. 'Nou, dát zal niet zo eenvoudig zijn. Het is maar goed dat ik dol ben op een uitdaging.'

Ze lachte terwijl ze de deur dichtdeed en hij voelde trots omdat hij een glimlach op haar gezicht had getoverd. Hij voelde zich gelukkig. Gewoon... gelukkig om hier te zijn.

Hij zou eindelijk een thuis hebben. En een fantastisch iemand om het mee te delen. Dat was meer dan genoeg. Het was alles.

Zondag 16 augustus, 18.00 uur

Decker drukte een kus op Kate's wang toen ze bij Dani's kamer kwamen. 'Ga maar naar binnen. Ik kom zo.'

Kate glimlachte triest. Toen ze langs de wachtkamer liepen, was Diesel daar geweest. Hij stond bij het raam en zag eruit alsof hij zijn beste vriend had verloren. 'Probeer hem over te halen om met ons mee te gaan naar Scarlett en Marcus. Zo te zien kan hij het wel gebruiken om hier even weg te zijn.'

'Ik zal mijn best doen.' Meer kon Decker niet beloven. Hij wierp even een blik in Dani's kamer om met eigen ogen te kunnen zien wat voor indruk ze maakte. En eerlijk gezegd zag ze er veel beter uit dan hij had verwacht. Ze zat rechtop in bed, bleek, maar glimlachend. Vooral toen ze zag dat het Kate was die op bezoek kwam.

'Eindelijk iemand die me het ware verhaal zal vertellen!' riep Dani uit. 'Deacon wil helemaal niets zeggen. Hij wil niet dat iemand me van streek maakt.'

Kate snoof terwijl ze op de stoel bij het bed ging zitten. 'Deacon loopt al dagen lichtgeraakt te doen. Ik zal je alles vertellen wat je wil weten en wat híj niet weet zal hem ook niet deren.'

Decker trok zich met een aanzienlijk lichter gemoed terug. Hij had zich Dani voorgesteld met slangen en een masker en eruitziend als een opgewarmde dode. Er waren wel slangen, maar slechts een paar en ze zag er... goed uit. Nog niet zichzelf, maar oké.

De rol van opgewarmde dode, dacht Decker toen hij de wachtkamer binnenliep, was voor Diesel. De getatoeëerde berg zag er ronduit wanhopig uit.

Decker leunde naast het raam tegen de muur zodat hij Diesels gezicht kon zien. 'Je ziet er niet uit.'

Diesel rolde alleen maar met zijn ogen en zei niets.

'Serieus, jij ziet er beroerder uit dan zij. Het komt allemaal goed met haar. Dat heeft de dokter gezegd.'

'Dat weet ik.' De woorden kwamen er rommelend uit, schor en op zo'n lage toon dat ze vrijwel onhoorbaar waren.

'Waarom dan zo somber? En waarom zit je niet in die kamer bij haar?'

'Ze heeft familie om bij haar te zitten.'

Decker hoorde de bittere ondertoon, maar hij wist niet zeker waar die vandaan kwam, dus hij ging voorzichtig verder. 'Heel veel familie. Ze heeft in dat opzicht geluk.'

Diesel wierp een blik opzij. 'Wat is er van jóúw familie geworden? Je pleeggezin?'

'Die zijn er niet meer. Ze waren al oud toen ze mij opnamen. Maar ze hielden van me toen ze me hadden en ik vermoed dat ik dus ook geluk heb gehad, of niet?'

Diesel richtte zijn aandacht weer op het raam. 'Je hoeft niet op me te passen. Ik red me wel.'

'Ik was niet aan het oppassen. Ik dacht dat ik hier stond te praten met een vriend die me misschien nodig had. Maar ik kan hier gewoon staan, als je dat liever hebt. En niets zeggen.'

Diesel snoof. 'Dat wil ik wel eens zien.'

Decker grijnsde, in het geheel niet beledigd. 'Verdomme, man, ik heb een week lang in coma gelegen en daarvoor was ik undercover in de grootste verzameling uitschot die je echt nóóit wil tegenkomen en ik ging echt niet met hen praten als dat niet nodig was. Dus ik heb wel een paar woorden opgespaard. Ik kan ze voor jou gebruiken of voor het universum in het algemeen, maar ze gaan niet in mijn mond blijven, dat kan ik je wel vertellen.'

Diesels mondhoeken gingen omhoog. 'Wauw.'

'Ik bedoel maar.'

Hij liet zijn blik naar Deckers wandelstok gaan. 'Ik hoor dat je daar gisteravond behoorlijk schade mee hebt aangericht.'

'Dat klopt. Maar niet met deze. Dit is een vervanging voor de stok die ik gisteravond heb gebruikt, maar die ligt in de bewijsopslag. Hij zit onder het bloed van Edwards.'

'Dank je.' Dat werd op serieuze toon gezegd en Deckers grijns vervaagde tot een glimlach van grimmige tevredenheid.

'Ik wilde dat ik hem hard genoeg had geraakt om ook nog een beetje hersenen rond te laten vliegen, maar dat heeft Kate voor haar rekening genomen.'

'Ik zal haar ook bedanken.'

'Edwards heeft zo veel mensen iets aangedaan dat je waarschijnlijk wel in de rij zult moeten staan.' Decker zweeg even en slaakte toen een zucht. 'Waarom sta je hier alleen? Je hoeft niet alleen te zijn.'

'Dat weet ik.' Diesel aarzelde. 'Ik weet alleen niet goed hoe ik me bij andere mensen moet gedragen.'

'Ik denk dat ik dat wel begrijp. Het is net als wanneer je terugkomt van een missie en overal om je heen zijn burgers en je hoort er niet bij en je weet niet zeker of dat ooit het geval zal zijn. Je loopt en je praat en je ziet eruit als een gewoon mens, maar... we zijn niet zoals zij en dat zullen we ook nooit zijn.'

Diesels brede schouders kwamen omhoog en zakten weer in na een diepe zucht, maar zijn uitdrukking veranderde niet. 'Nee, dat zal ik nooit zijn.'

Maar er zat zo veel meer aan vast dan zich alleen maar niet op zijn plaats voelen. Decker worstelde om de juiste woorden te vinden. 'Je hebt een poel van ellende blootgelegd die krioelde van de maden. Door naar die foto's te kijken, bedoel ik. En door ze mij te brengen. Dus misschien denk je nu dat Dani familie heeft die voor haar zorgt en dat ze waarschijnlijk geen behoefte heeft aan, of zelfs prijs stelt op het gezelschap van iemand wiens hoofd vol zit met maden.'

Eindelijk, eindelijk maakte Diesel oogcontact en Deckers hart brak opnieuw. 'Ja,' mompelde Diesel. 'Ongelooflijk walgelijk beeld, maar het klopt.'

'Ik geloof dat Dani Novak zelf ook maden heeft.'

Diesel keek hem woedend aan. 'Maar niet door haar eigen toedoen,' zei hij koppig.

'Misschien, maar misschien ook niet. Je weet niet waar haar maden vandaan komen. Ik zeg niet dat ze haar eigen schuld zijn, maar ik kan je wel vertellen dat je niet geïnfecteerd raakt met hiv door een wc-bril, dus ze heeft daar ergens wel een verhaal. Jij weet niet wat dat verhaal is. Je weet ook niet wat er in haar hoofd omgaat. Niet tot je het vraagt.'

Diesel snoof ongelovig. 'En dat gaat ze me gewoon vertellen?'

'Misschien. Misschien niet vandaag of zelfs niet morgen en misschien wel nooit, want die keuze is aan haar. Maar heel misschien vindt ze het fijn om te weten dat je om haar geeft, want ze is net zo eenzaam als jij.'

'Ze heeft familie,' zei Diesel opnieuw, harder dit keer.

'Oké, oké, ik hou mijn mond.'

Opnieuw dat even optrekken van zijn mondhoeken. 'Dat geloof ik pas als het zover is.'

Dat was geen direct bevel om op te houden, dus dat was in ieder geval iets. 'Kate en ik blijven niet lang. We zijn op weg naar een of ander gedoe bij Marcus.'

'Dat weet ik. Ik ben ook uitgenodigd.'

'Waarom ben je dan hier? Ik durf te wedden dat het eten op dit moment al klaarstaat.' En verdomd als Decker niet opnieuw verrekte van de honger.

Een grom. 'Marcus gaat ons laten helpen met dat verdomde tuinhuisje van hem.'

'Dat weet ik. Maar dan staat hij bij me in het krijt wanneer ik mijn huis moet opknappen.'

Een vleugje interesse. 'Heb je een huis?'

'Nog niet. Ik ben van plan om morgen op zoek te gaan. Ik weet wat ik wil, maar ik weet ook wat ik me kan veroorloven en het zal dus opgeknapt moeten worden. Ik heb gehoord dat Marcus en jij huizen bouwen.'

'Dat hebben we gedaan. Maar al een tijdje niet meer.'

'Maar je hebt wel een vergunning als aannemer, hè? Misschien dat jij de huizen kunt bekijken waar ik in geïnteresseerd ben en me zeggen of ze het geld waard zijn.'

'Ze zijn allemaal een bodemloze put, Davenport. Zelfs de goede.'

'Ja,' gaf Decker toe, 'maar toch wil ik een huis. Ik wil een thuis. En een hond. Ik wil een plek waar ik mijn vrienden kan ontvangen, met een tv met een groot scherm voor honkbalwedstrijden en zo en meubels die niet kapotgaan als we erop gaan zitten. Ik neem aan dat als jíj op een bank gaat zitten zonder dat die kapotgaat, het voor iedereen wel veilig is.'

Diesels grijns was kort, maar echt. 'Ik ben jouw kanarie in de mijn, hè?'

'Zie je, jij kunt ook praten. Kom mee, dan zeggen we even gedag tegen Dani en dan gaan we naar Marcus voor naar ik hoop een paar goede biefstukken.'

Hij was verrast toen Diesel achter hem aan kwam. Samen waren ze te breed om naast elkaar door de gangen te lopen.

Dani keek met oprecht genoegen op toen Decker binnenkwam en haar glimlach werd zachter toen Diesel achter hem opdook. 'Kom binnen. Kate leert me breien.'

'Aan het bekeren, Kate?'

'Absoluut,' zei Kate heftig knikkend. 'Want één persoon die breit ziet er excentriek uit, maar twee vormen een club.'

Decker boog zich voorover om een kus op Dani's wang te drukken voor hij zich op de stoel aan de andere kant van het bed liet zakken. 'Mijn cadeau voor jou, dr. Novak, is dat je gelijk had. Ik had veel langer moeten rusten voor ik weer aan de slag ging. Daar moet ik nu voor boeten.'

Dani keek hem nuffig aan. 'Je weet dat ik helemaal geen gelijk wilde hebben.'

Decker grinnikte. 'Maar je bestrijdt niet dat je het wel had.'

Ze glimlachte. 'Nee. Dank je, Decker. Ik heb gehoord wat je gisteravond hebt gedaan. Helemaal Kung Fu Panda en zo. Lief en schattig, maar dodelijk.'

Diesel maakte een gesmoord geluid, alsof hij zijn best deed om niet te lachen. Decker keek boos naar Kate, die hen allemaal negeerde en vredig zat te breien.

Decker zuchtte. 'Hoe dan ook, ik doe het kalm aan. Meer dan genoeg bedrust.'

'Dat is niet wat Kate zei,' verklaarde Dani met opgetrokken wenkbrauwen. 'Niet van dat rusten, in ieder geval. *O schatje. O schatje!*'

Hij had geen spiegel nodig om te weten dat zijn gezicht knalrood werd. 'Mijn god, Kate.'

Kate's hoofd kwam met een ruk omhoog en haar ogen waren groot. 'Echt niet. Dat heb ik helemaal niet gezegd! Kung Fu Panda, ja, maar nooit *O schatje, o schatje*. Zelfs niet één enkele keer *O schatje*. Dani, hou op met moeilijkheden te schoppen. Verdomme, mens, door jou heb ik een steek laten vallen!'

Diesel stond zachtjes te gniffelen en Dani's glimlach deed haar hele gezicht oplichten. 'Maar het heeft Coach Diesel aan het lachen gemaakt en dat was het waard.'

Kate pakte haar spullen bij elkaar. 'Dat is de laatste keer dat ik een boek uit mijn verzameling voor je meeneem,' zei ze terwijl ze pretendeerde geërgerd te zijn.

'Eh, welke verzameling?' vroeg Decker die zich het erotische boek uit haar tas herinnerde.

Kate trok een wenkbrauw op. 'Die waar je op dit moment aan denkt.'

Dani hield het boek omhoog zodat ze het allemaal konden zien en jawel, het was een van de boeken die Kate in het openbaar las als ze er zeker van wilde zijn dat niemand haar zou aankijken of zich zelfs haar gezicht zou herinneren. 'Dit heb ik al uit,' zei Dani, 'maar ik zal het doorgeven aan de verpleegsters. Dan kom ik in een goed blaadje te staan. Misschien levert me dat een extra portie pudding op.'

'Het is wel meer waard dan een portie pudding,' hield Kate haar voor. 'Ik kom morgen weer langs. Als je je gedraagt, neem ik een nieuw boek voor je mee.'

Dani's glimlach vervaagde en de vermoeidheid daalde als een loden deken op haar neer. 'Dat is prima. Ik kan me nu toch niet voldoende concentreren om te lezen. Mijn hoofd doet nog steeds een beetje pijn.'

Ze hadden zich allemaal zo druk gemaakt om de steekwond, dat ze bijna haar hoofd waren vergeten. Edwards had haar hard genoeg geslagen om een hersenschudding te veroorzaken. 'Een luisterboek, misschien?' stelde Decker voor. 'Ik weet nog dat ik het fijn vond om stemmen te horen toen ik mijn best deed om wakker te worden.'

'Misschien,' zei Dani. 'Dat zou echt fijn zijn. Nou, ik wil niet bot doen, maar ik val bijna in slaap. Ik heb gehoord dat jullie naar een barbecue moeten, dus eet maar een paar hamburgers voor me. Laat het me weten als Deacon er niet is. Ik heb tegen hem gezegd dat hij moest gaan omdat ik gek van hem werd. Coach, zou je nog even willen blijven?'

Diesel keek verbijsterd, maar hij knikte. 'Ik zie jullie bij Scarlett en Marcus,' zei hij tegen Decker. 'Ik beloof dat ik kom.'

Zondag 16 augustus, 19.15 uur

Uiteindelijk bleek Diesel er eerder te zijn dan zij omdat Kate onderweg nog een boodschap moest doen. Scarlett Bishop woonde in een veelkleurig huis op de top van een hoge heuvel. Gelukkig had iemand een plekje op de oprit voor hen vrijgehouden, anders had Decker die steile heuvel moeten beklimmen, want er stond een lange rij auto's voor de deur geparkeerd.

'Ik geloof dat de hele stad er is,' fluisterde Decker in haar oor terwijl ze langs het huis naar de achtertuin liepen. Kate dacht dat hij wel eens gelijk kon hebben. De tuin was stampvol mannen en kinderen. De meeste mannen – met inbegrip van Diesel – waren bezig met een prieel dat langzaam vorm begon te krijgen. Muziek van een countryzender weerklonk uit de speakers, achtergrondmuziek voor het geklop van hamers en het gejammer van een cirkelzaag. Er waren hamburgers en bier, maar tot Kate's opluchting was niemand zich te buiten gegaan. Anders dan de barbecues die ze als kind had meegemaakt was dit een fijn, vriendelijk feest.

Ze herkende ongeveer twee derde van de aanwezigen. Marcus, uiteraard, die het bakken en braden voor zijn rekening nam. Stone was er ook. Hij zag er beter uit dan de laatste keer dat ze hem hadden gezien. Delores moest ook ergens zijn, want haar grote hond lag opgerold naast Stone's rolstoel. Eerlijk gezegd liepen overal honden – een sheltie aan de voeten van Marcus, een bulldog met drie poten die achter een labradorpup aan zat wiens tanden vermoedelijk overeenkwamen met de afdrukken in Deacons verpeste schoenen.

Iemand had een baan voor hoefijzerwerpen gemaakt en verschillende kinderen waagden een poging. Een klein meisje was aan de beurt. Ze miste en toen ze opkeek zag ze Kate en Decker net binnen de poort staan.

'Meneer Decker!' Ze rende met een glimlach op haar gezicht op hen af en weerhield zich er nog net van om haar armen om Deckers middel te slaan. Ze liet haar armen zakken en zette een beleefd gezicht op. 'Ik ben blij dat je er bent.'

Decker strekte zijn vrije arm uit. 'Knuffel, alsjeblieft.' Haar glimlach keerde terug en het meisje gehoorzaamde. Decker deed braaf alsof ze hem fijnkneep. 'Hope, dit is mevrouw Kate. Kate, Hope Beardsley. Ze heeft me geholpen Alice's appartement te vinden.'

Kate schudde de uitgestoken hand van het meisje. 'Leuk je te ontmoeten. Ik heb veel over je gehoord.'

'Ik heb gehoord dat u fantastisch kunt schieten,' zei Hope onbevangen en Kate vroeg zich af of ze zelf ooit zo onschuldig was geweest.

Waarschijnlijk niet. Maar het deed er niet echt toe, want wie Kate was had haar hier gebracht, naar deze achtertuin in deze stad met een geweldige man naast zich.

'Ik ben aardig goed,' gaf ze toe. 'Als je groter bent en je ouders het ermee eens zijn, dan zal ik het je leren.'

Hope's ogen sprankelden. 'Mijn vader vindt dat beslist goed. Hij wil dat u het hem ook leert.'

'Nou, dat komt dan wel goed, denk ik. Waar zijn de dames?'

'Binnen, ze proberen uit de hitte te blijven. We zijn aan het hoefijzer gooien. Doen jullie ook mee?'

'Ik wel,' zei Decker. 'Ik was daar altijd aardig goed in, lang geleden. Kom je ook, mevrouw Kate?'

'Straks. Ik wil eerst Deacon vinden.'

'Meneer Deacon is binnen,' deelde Hope hun mee. 'Hij zei dat het licht pijn doet aan zijn ogen. Hij zei dat hij naar buiten komt als het donker is en dan gaan we vuurvliegjes vangen. We houden ze niet, natuurlijk. Dat zou gemeen zijn.' Ze wees naar de tas die Kate vasthield. 'Wat is dat?'

'Een cadeautje voor meneer Deacon. Veel plezier jullie twee.' Kate keek toe terwijl Decker de achtertuin door liep. Ze vroeg zich af of hij wist dat het kleine meisje haar handen uitgestrekt had om hem op te vangen als hij viel. *Je kunt maar beter niet vallen, Davenport.* Hij zou dat arme kind pletten als een insect.

Het gonsde in het huis van de stemmen, voornamelijk vrouwen die ze twee dagen eerder op de spoedeisende hulp had gezien terwijl ze stonden te wachten op nieuws over Dani's operatie. Ze zaten rond een gehavende tafel met aan het hoofd een jonge brunette die ze nooit eerder had gezien. Faith zat aan de ene kant van de vrouw en Wendi Cullen aan de andere kant. Meredith, Scarlett, Bailey en Kendra hadden hun hoofden bij elkaar gestoken en zaten geanimeerd te praten terwijl ze naar het papier wezen waarop de brunette ijverig aantekeningen zat te maken.

Ze wekten de indruk dat ze iets zaten te plannen.

Deacon kwam naar Kate toe met een fles koud water. 'Drink wat. Je maakt een uitgedroogde indruk.'

'Dat klopt. Het is zo heet als de hel daarbuiten. Wat is hier allemaal gaande?'

'Aha. Het sponsorcomité onder leiding van Audrey O'Bannion.' Deacon wees naar de brunette tussen Faith en Wendi. 'Audrey is de dochter van Jeremy. Wendi's opvangcentrum moet een nieuw onderkomen hebben en Faith heeft het oude huis dat ze van haar grootmoeder heeft geërfd gedoneerd. Ze gaan geld inzamelen voor de reparaties die gedaan moeten worden.' Hij glimlachte sluw. 'Die mannen daar in de tuin hebben geen idee dat ze als vrijwilliger zijn aangemeld voor allerlei klussen.'

Kate grinnikte. 'Ik vind het fantastisch. Precies wat we nodig hebben na wat we de afgelopen week hebben meegemaakt.'

'Dat vind ik ook. Veel te veel triestheid. En zorgen. We waren wel toe aan een beetje hoop, weet je.'

'Ja, dat weet ik. Temeer daar het nog niet voorbij is.'

'Ik weet het.' Hij zuchtte diep. 'Adam en ik hebben de telefoongegevens van Bob Seifert doorgenomen. Hij heeft Edwards helemaal niet gebeld op de avond voor de inval bij McCord.'

'Verdomme,' zei ze zacht. 'Dus er loopt nog ergens een corrupte agent rond.'

'Ja. En we weten nog steeds niets over het netwerk van de handelaren – van wie ze kochten, aan wie ze leverden. We weten ook niet of iemand van de slachtoffers nog in leven is...'

'Dat wordt Deckers taak. Hij blijft de boeken die hij zich kan herinneren reproduceren en uiteindelijk zal ik in staat zijn hem te helpen alle transacties te ontrafelen. Achter het geld aan gaan is nog steeds ons reserveplan.'

Deacon deed er lange tijd het zwijgen toe. 'Ik heb met Troy gesproken. Hij heeft me verteld over de begraafplaats achter het huis van Edwards. Dat wordt een taaie opdracht: de lichamen identificeren, de ouders inlichten. Ik heb hem mijn hulp aangeboden.'

Dat was een groots gebaar, want Deacon wist precies hoe zwaar die taak was. Hij had het eerder gedaan toen ze nog in Baltimore werkten en Kate wist nog wat dat hem had gekost. Ze had hem destijds bijgestaan, hem koffie gebracht op de ochtenden dat de wallen onder zijn ogen zijn nachtmerries duidelijk maakten.

Maar we hebben allemaal onze nachtmerries. Kate's nieuwste bestond uit het beeld van Edwards die zijn pistool op Decker richtte terwijl Decker een onschuldig kind beschermde. Een kind dat niet op die begraafplaats zou belanden. Dat bleef Kate zichzelf voorhouden en de gedachte gaf haar voldoende kracht om haar rug te rechten.

'Het was heel aardig van je om dat aan te bieden, Deacon. Ik weet dat Troy het waardeert. Dat heeft hij vanmiddag tegen me gezegd toen we bespraken wat er allemaal gedaan moet worden om de slachtoffers te identificeren.'

'Dus dat wordt je opdracht?' vroeg Deacon met een droevige uitdrukking op zijn gezicht.

'Hij is mijn partner, net als jij ooit was. Ik heb jou erdoorheen geholpen. Troy en ik verzinnen wel iets. Maar als het me te veel wordt, dan kom ik je opzoeken. Net als jij en ik vroeger deden.'

Zijn mondhoeken gingen omhoog in een zweem van een glimlach. 'Dan houden we een Marvel-dvd-marathon en dan eten we shoarma zoals de Avengers deden aan het eind van de film. Weet je nog?'

Ze keek hem glimlachend aan. 'Toen ze zo vreselijk moe waren nadat ze de planeet hadden gered. Ja, dat weet ik nog.'

'Zo voel ik me op dit moment, wist je dat? Ik ben zo verdomde moe. Ik heb het gevoel dat we net de planeet hebben gered. Opnieuw.'

'Of op zijn minst de stad. Jij en Scarlett en Marcus en Decker en ik. Adam en Meredith. En Troy en Quincy Taylor en Diesel ook. We zouden het op de een of andere manier moeten vieren.'

'Diesel beslist ook. Dani zou nu niet meer ademen als hij er niet was geweest. Ik moet hier in de buurt een shoarmatent zien te vinden. Faith wil de hele tijd Cincinnati-chili en dat is prima. Dat is haar troosteten. Maar soms,' zei hij verlangend, 'maar soms moet je shoarma eten met de mensen met wie je in de loopgraven hebt gezeten.'

'Ik weet het.' Kate hield de plastic tas omhoog die ze uit de auto had meegenomen. 'Ik heb er dus een gevonden. Een shoarmatent, bedoel ik. Die is niet zo ver hiervandaan en hij is verrekte goed.'

Zijn ogen lichtten op van opgewonden geamuseerdheid. 'Je hebt in de auto zeker weer honger gekregen en ervan gegeten, of niet?'

'En ik heb breinaalden in mijn tas die ik ook durf te gebruiken,' antwoordde ze zonder boosheid. 'Wil je niet gewoon gaan zitten en een beetje chillen en genieten van het feit dat we een stelletje levens hebben gered?'

'Ik vind dat een fantastisch plan. Het probleem is dat heel wat meer mensen een bijdrage hebben geleverd.'

'Ik heb genoeg meegenomen voor iedereen. We mogen vandaag allemaal vermoeide superhelden zijn.'

Deacon haalde diep adem en zijn ogen begonnen plotseling te schitteren. Hij zette zijn zonnebril op om zijn emoties voor de overigen te verbergen, maar Kate had het gezien en dat was meer dan goed genoeg.

'Kom op dan,' zei hij. 'Scar? Meredith? Dames? Kom met ons mee.' Toen ze buiten waren riep hij de mannen. 'Jij ook, Davenport,' riep hij en dat leverde hem een trage glimlach van Decker op terwijl hij hand in hand met Hope terugkwam van de hoefijzerbaan.

'Mag je hem nu wel?' vroeg Kate terwijl Deacon en zij de tas uitlaadden op de picknicktafel.

'Misschien. Als hij je in de komende tien of twintig jaar niet kwetst.'

Kate kwam Decker halverwege tegemoet en liet het aan Deacon over om de rest uit te leggen wat ze gingen eten en waarom. 'Vond hij het een goed idee?' vroeg Decker.

Ze sloeg een arm om zijn middel en legde haar hoofd tegen zijn schouder. 'Jazeker. Bedankt dat je die tent voor me hebt gevonden.' Decker had het 'loopwerk' gedaan en op internet naar het restaurant gezocht terwijl zij in de breiwinkel was.

'Graag gedaan. Echt een team, hè?'

Kate keek naar het team, naar de brede glimlach op de gezichten. 'Absoluut een team.'

Decker drukte een kus op de bovenkant van haar hoofd. 'Zij ook. Maar ik had het over ons. Jij en ik.'

'Jij en ik. Ik vind dat fijn klinken met dat Mississippi-accent van je. Ja. Jij en ik. Laten we wat van die feestshoarma zien te krijgen.'

'En dan later... Nou, later kunnen we meer vieren. Met ons team van twee. Oké?'

Ze moest lachen. 'Dat is een goed plan.'

Dank aan:

Marc Conterato, voor alle medische zaken. Dank dat je altijd tijd vrijmaakt om mijn vragen te beantwoorden.

Amy Lane, omdat ze me opnieuw liet kennismaken met de kunst – en het therapeutische effect – van het breien. Het helpt echt om mijn overactieve geest tot rust te brengen.

Mike Magowan, voor je kennis op het gebied van vuurwapens.

Terri Bolyard en Kay Conterato, die me door de moeilijke stukken heen hebben gepraat.

De Zeesterren – Cheryl, Chris, Kathy, Sheila en Susan – voor de aanmoedigingen en de discipline. Tijd om te gaan schrijven!

Mijn lieve echtgenoot, Martin, die voor ons gezin zorgt terwijl ik in mijn hol zit te schrijven.

Mijn geweldige lezers in de hele wereld – jullie stellen me in de gelegenheid het prachtigste werk te doen dat er bestaat. Dank!

Zoals altijd komen alle fouten voor mijn rekening.

Lees ook van Karen Rose:

Het recht zegeviert niet altijd, want rechercheur Scarlett Bishop heeft in haar carrière talloze *bad guys* door de mazen van het net zien glippen en hun straf zien ontlopen. Ze heeft haar wraakgevoelens altijd kunnen beteugelen, maar nu wordt haar zelfbeheersing danig op de proef gesteld.

Journalist Marcus O'Bannion zet zich in voor slachtoffers en hun rechten. Hij raakt betrokken bij het onderzoek van Scarlett Bishop naar de moord op een jonge vrouw die ooit zijn hulp zocht.

Het onderzoek leidt hen naar een omvangrijk netwerk van mensenhandel. Scarlett en Marcus moeten zich inlaten met meedogenloze figuren en hun eigen grenzen overtreden. Als ze tenminste levend uit handen van de bende weten te blijven...

Paperback, 768 blz., ISBN 978 90 261 4124 9 | E-book ISBN 978 90 261 4125 6

Lees ook van Karen Rose:

Openbaar aanklager Kristen Mayhew heeft een geheime aanbidder die haar brieven stuurt en die precies lijkt te weten wat ze denkt en waar ze is. Behalve een stalker is hij ook levensgevaarlijk, want hij heeft zich ten doel gesteld criminelen te vermoorden die Kristen niet veroordeeld heeft kunnen krijgen. Maar het gevaarlijkste is dat hij Kristens diepste geheim kent. Een geheim dat haar er tot nu toe van weerhield in te gaan op de avances van Abe Reagan, de rechercheur die haar bijstaat sinds ze doodsbedreigingen ontving. Terwijl een seriemoordenaar steeds gruwelijker te werk gaat, ontwikkelt zich een gepassioneerde relatie tussen Kristen en Abe, zelfs nu de moordenaar uit is op vergelding en Kristen zijn doelwit is.

Paperback, 448 blz., ISBN 978 90 261 4368 7 | E-book ISBN 978 90 261 4369 4